Para toda menina negra que foi "a primeira".

A ORDEM DA TÁVOLA REDONDA

PRÓLOGO

MINHAS VEIAS QUEIMAM com os espíritos dos meus ancestrais.

Vinte e quatro horas atrás, eu removi a Excalibur da pedra. Agora, estou pagando por isso.

A lâmina ancestral me destruiu. Destruiu quem eu era. Quem eu poderia ser. Quem eu nunca serei novamente.

Eu me tornei fragmentos de mim mesma.

A Briana Matthews que segurou a Excalibur foi despedaçada — e forjada em algo novo.

Uma coisa nova. Poderosa. Foi assim que William me descreveu.

Ontem à noite, quando ergui a Excalibur, dois espíritos *batalhavam* dentro de mim feito tambores: Vera, minha ancestral materna, e o próprio Arthur Pendragon. Mesmo que tenham vivido a séculos de diferença, os dois tinham usado magia para atrelar poder a suas linhagens de sangue e a mim. Vera, clamando aos ancestrais. Arthur, com um feitiço para os seus cavaleiros. Quando a batalha chegou ao fim e eu finalmente caí na cama, achei que os dois tivessem desaparecido. Sumido para onde quer que espíritos fossem quando terminam de possuir os seus descendentes médiuns.

Arthur ficou em silêncio. Vera pareceu dizer adeus: *"Ser uma lenda tem um custo, filha. Mas não tema, você não carregará este fardo sozinha."*

Porém, as palavras dela não eram uma despedida. Eram boas-vindas ancestrais.

Agora, nas primeiras horas da manhã, me vejo deitada na cama do Alojamento, o lar histórico dos Lendários. Mas não estou descansando. Estou dolorosamente desperta. Cobertores jogados no chão, corpo e espírito exauridos. Meus cachos ensopados grudando no meu pescoço.

Eu me viro para o lado, ofegante, e fecho os olhos com força. Rastejo até o chão. Sinto e escuto minhas unhas arranhando, um som desesperado noite adentro.

Quando abro os olhos, não vejo o quarto ao meu redor, e não sou mais a Bree. Em vez disso...

Sou Selah, a filha de Vera. Sou adulta e carrego uma criança no ventre.

Está de noite. Muitos anos atrás. Estou sendo impelida para dentro de uma casa por uma mulher preta de olhos castanhos e sagazes, olhando para o caminho de onde vim. Ela segura meu ombro com seus dedos fortes e quentes.

— Depressa, menina. Depressa! — *sussurra ela.*

Eu não conheço essa mulher, mas ela diz "menina" com urgência e solidariedade.

Ela me guia até o alçapão nos fundos da casa. Ao erguê-lo, revela um cubículo feito de terra e madeira apodrecida.

Descansarei aqui por um momento, mas, amanhã, voltarei a correr.

Eu pisco, e o quarto do Alojamento volta. Sombrio e familiar. Iluminado, tábuas largas de carvalho se estendendo sob meus pés.

Inspiro. Expiro.

Fecho os olhos. Abro-os.

Estou num restaurante. Meu nome é Jessie. Tenho vinte anos de idade.

Seguro um amontoado de cardápios. Música dos anos cinquenta toca numa jukebox.

— Ei, você aí! Menina!

Uma voz áspera, rude, grita na minha direção. A palavra "menina" é dita com tanto desprezo que mal esconde o que ele realmente quer dizer. Aquele insulto está estampado no rosto dele. Vejo o homem branco na cabine perto da entrada, exibindo o sorriso arrogante de quem sabe que não será detido.

— Atendimento, por favor? — *zomba ele.*

Um insulto e uma isca. Me desafiando a responder.

Um lampejo de raiva, a fornalha enraizada no meu peito em chamas ficando mais forte, mas vou até ele com um sorriso no rosto.

Eu gostaria de ignorá-lo, ou de gritar, mas não posso fazer isso.

Não aqui, não hoje. Mas um dia, em algum lugar.

Quando passo por outra cabine, uma mulher branca usando um vestido preto e prateado se vira. Ela ergue as mãos, agarrando os meus cotovelos. Estreita os olhos cor de âmbar, e fagulhas de suspeita dançam pelo meu rosto. Sinto um cheiro picante de fumaça, feito um fósforo recém-aceso, pronto para se espalhar.

De repente, sei quem ela é. Faz parte do grupo deles. Os feiticeiros da Ordem sobre os quais a minha mãe me alertou quando criança.

"Não deixe que esses Merlins da Ordem te encontrem. Não fique sozinha com eles. Se vir as chamas azuis deles, corra."

Com o coração disparado, engulo a fornalha. Apago. Escondo.

— Senhora?

Minha voz é nítida e firme.

A Merlin me olha. A dúvida perpassa o rosto dela. Um momento se esvai. Ela consegue ouvir o meu coração? O meu medo?

Por fim, diz:

— Deixa pra lá. Peço perdão.

Ela afrouxa os dedos, me soltando, e se volta para a comida. O aroma da magia dela desaparece — uma arma na bainha.

Suspiro, aliviada. Essa foi por pouco.

Não é só o homem que merece minha raiva. Um dia, espero, serei capaz de enfrentar os Merlins também.

Não aqui, não hoje. Mas um dia, em algum lugar.

Dessa vez, quando volto para o quarto do Alojamento, sou Bree de novo, e as minhas palmas suadas mancharam o chão de madeira.

Inspiro. Expiro.

Olhos fechados. Olhos abertos.

Meu nome é Leanne. Tenho quinze anos. Estou passeando em um parque com uma amiga ao entardecer. Damos risadas. Bobas.

Na escuridão, difusa e a metros de distância, há uma criatura. Um cão quase translúcido brilhando no parque — e uma figura ao seu lado, conjurando armas feitas de luz. A figura se move mais rapidamente do que deveria. O cheiro de ozônio preenche as minhas narinas. Um cheiro de mel, queimando.

Congelo. Respiro em silêncio. Fico imóvel como uma pedra, assim como minha mãe me ensinou.

Minha amiga para, seus olhos marrons confusos e curiosos.

— Leanne, o que...

Não a ouço falar. Tudo que escuto é o mantra que herdei de minha mãe. A voz dela num sussurro furioso ao pé do meu ouvido:

"Não deixe um Merlin te encontrar. Se vir um, fuja. Ouviu? Fuja."

Tiro os sapatos, fico só de meias. É mais silencioso assim. Murmuro uma desculpa para a minha amiga. E fujo.

Sou jogada para trás e para a frente, me contorcendo entre o tempo e o espaço.

Selah. Mary. Regina. Corinne. Emmeline. Jessie. Leanne. Vejo até um vislumbre de minha mãe, Faye.

Oito visões.

Oito conjuntos de memórias que não são minhas. Oito corpos que habito, sugada para vidas que não vivi. Todas em fuga.

Todas as filhas da linhagem de Vera nos últimos duzentos anos fugiram da Ordem. Todas as mães passaram o aviso adiante. E aqui estou eu, no lar deles.

Em dado momento, deslizo para um espaço escuro e sem paredes. Na minha frente, um par de pés marrons e descalços cercados por chamas.

— Filha das filhas.

Eu me levanto e vejo Vera. Ela é a mesma de sempre: uma mulher num mundo vazio, sombrio. Sangue e chamas rodopiam ao redor de seus braços negros, seu cabelo subindo e se espalhando como se quisesse tocar o universo.

— Onde...?

— Este é o plano entre a vida e a morte.

O plano entre... Olho para a escuridão ao redor e sinto a ânsia que há ali, e a completude também. Igual à fumaça, pronta para se tornar matéria ou se dissipar. Um som pronto para ser ouvido ou silenciado. Este é um lugar de *quases* e de *agoras*.

— Você... você me trouxe aqui antes — falo, ofegante. — Quando removi a espada.

Ela assente.

Falo entre lágrimas, através de memórias que doem em meu peito.

— Todas essas vidas... tantas *fugas*...

— Você precisava ver, porque precisa entender quem você é.

— Quem eu sou...?

— Você é a ponta da nossa flecha. — A voz dela se torna mais alta a cada palavra. — A ponta da nossa lança. A proa do nosso navio. A chama do nosso calor que cozinha há muito tempo. Você é a personificação viva da nossa resistência. A revelação após séculos de espera. A lâmina forjada pela dor. A ferida transformada em arma.

— Eu sei... — falo. — Eu sei.

— Não. Não sabe.

As chamas na pele de Vera brilham com mais intensidade.

— Da primeira filha até a última, nossa fornalha cresceu. Cada vida queima com mais força do que a anterior. Você é a minha linhagem, a parte mais lapidada e forte. Com tudo aquilo que flui por você, o poder de proteger o que o mal destruiria é seu. Você pode enfrentar o que deve ser enfrentado.

As palavras dela fluem diretamente para o meu peito, me atingindo por todos os lados.

— Fugimos por muitos motivos. Fugimos para nos protegermos. Fugimos para não morrer, para que nossas filhas pudessem *viver*. — Vera dá um passo adiante, e a voz dela é lenta, como lava grossa contra a minha pele. — Mas um propósito, um sonho, paira acima de todos os outros. Você sabe qual é, Bree?

Balanço a cabeça, ofegante.

— Não.

As chamas na pele dela brilham com mais intensidade, o cabelo esvoaçando para o alto e para os lados de modo que nem consigo ver onde termina. Pisco de novo... e estou tremendo, uma adolescente coberta de suor no chão de um lar histórico. Estou respirando com o pulmão em chamas. Derramando lágrimas que são minhas e lágrimas que não são minhas.

Se a voz de Vera era antes um fluir vulcânico, agora tinha se tornado obsidiana, fria. Afiada.

— Nós fugimos... para que você não precisasse fugir.

PARTE UM
FORÇA

É AQUI QUE HESITO.

Sei que vou ficar bem. Escapei várias vezes, sem problemas. Encantamentos de proteção são barreiras mágicas, mas a que está do lado de fora da janela do meu quarto foi lançada para manter intrusos do lado de *fora*, não para trancafiar quem está dentro.

Ainda assim... parece uma boa ideia testar a cortina resplandecente e silenciosa feita de luz que cerca o Alojamento antes de passar o corpo todo através dela. Só por precaução.

Abro a janela e *pressiono* até tocar o aether. O feitiço azul-prateado brilha ao toque, mas não oferece resistência. Em vez disso, reverbera em ondas lentas por minha mão e meu pulso. Pinicante e quente, mas inofensivo. As pontas dos meus dedos passam com facilidade pela camada iridescente e alcançam o ar frio do outro lado. Quando puxo a mão, a mágica se acalma de novo.

Excelente.

O vento ganha força, soprando uma onda de aromas fortes em meu rosto: canela apimentada, forte. Uísque quente. Fumaça de lenha queimando por horas.

Sel normalmente renova os feitiços de proteção no começo da noite, antes que a agitação das Crias Sombrias aumente, então a marca de seu aether ainda está fresca. Ele só consegue lançar barreiras ao redor de locais específicos e imóveis. Prédios, pedaços de terra, um cômodo. Fui levada para o Alojamento — contra a minha vontade — *justamente* porque ele fica atrás de uma fortaleza de feitiços de proteção. Esta, em particular, fica ao redor de tijolo e pedra e é mais forte do que as que ele costumava lançar, impossibilitando a entrada de alguém sem a ajuda de um Lendário ou Merlin.

Eu sou a Herdeira de Arthur há um mês e já entendo um pouco o que Nick deve ter sentido durante a vida inteira. Paralisado. Preso. Poderoso e impotente, tudo ao mesmo tempo. *Inquieto.*

— Nossa.

Outra lufada de ar atinge o meu nariz sensível. Faço uma careta e me viro. Olho para o despertador ao lado da cama. Dez e meia.

Quase na hora.

Eu me jogo de volta na cama com um suspiro. Sel e os Lendários provavelmente estão chegando agora à primeira parada da rota de patrulha deles, o pedacinho de floresta perto do extremo sul do campus. Não importa o quanto eu tente descansar, meu corpo inteiro parece uma mola de compressão. Até minha mandíbula está tensa enquanto espero.

Uma brisa cortante atravessa a janela aberta, roçando as minhas bochechas com o frio do início do outono. Um lembrete de que o inverno está chegando e de que o tempo está passando.

Eu não deveria estar aqui.

A mesma frase corre pela minha mente todos os dias. Não importa onde eu esteja ou o que eu esteja fazendo, aquelas palavras borbulham das profundezas das minhas entranhas, sobem pela minha garganta e parecem que... se chocam contra o meu cérebro.

Eu não deveria estar nesta aula de literatura, ouvindo um seminário. Eu não deveria estar comendo uma refeição de quatro pratos na sala de jantar do Alojamento. Eu não deveria estar dormindo numa cama macia, sã e salva atrás das paredes do Alojamento.

Tenho certeza de que os meus amigos já sabem como me sinto. Como não iriam saber? Greer se senta atrás de mim na sala de aula e vê os meus joelhos balançando, provavelmente notando que estou prestes a me levantar a qualquer momento. Eu me sento para o banquete de quatro pratos, mas Pete está ao meu lado quando cutuco a comida, sem a menor fome, e me esqueço de comer. Sempre estou desperta quando os Lendários retornam às duas da manhã da patrulha noturna, esperando na porta para recebê-los.

Eles estão à espera. *Eu* estou à espera. Todo mundo tem estado assim desde os eventos do *ogof y ddraig*, a caverna do dragão. Desde que enfrentei — *nós* enfrentamos — assassinatos e traições e desde que verdades amargas foram reveladas.

Desde que Nick foi tirado de mim enquanto eu dormia, sequestrado por Isaac Sorenson, o poderoso Mago-Real ligado ao pai de Nick. Ninguém os viu ou ouviu falar dos três desde então.

Nos últimos dias, a frustração fez morada em meu estômago como um pedaço de carvão — e só de *pensar* no sequestro de Nick sinto as brasas se transformando numa chama dolorosa, brilhante e familiar.

Um mês atrás, nas profundezas do campus da Universidade da Carolina do Norte, o espírito do Rei Arthur Pendragon Despertou no mundo — e dentro de *mim*, sua verdadeira descendente. O Despertar dele sinalizava que o Camlann, a guerra ancestral entre os Lendários e os exércitos das Crias Sombrias, estava se aproximando mais uma vez. E logo no dia seguinte, os Regentes, a liderança atual da Ordem da Távola Redonda, nos instruiu a fazer... nada. Temos que frequentar as aulas, fazer provas e até mesmo ir a festas se formos convidados. Não podemos chamar a atenção para a divisão — ou para mim — enquanto os agentes de inteligência dos Regentes reúnem informações sobre os nossos inimigos e sobre o sequestro de Nick por um servo fiel e muito bem conhecido. Até que tenham novidades, a diretriz é que os Lendários permaneçam quietinhos aqui.

Para nós, esse *aqui* significa *semanas* de tensão às vésperas da guerra. Mas, para mim, *aqui* significa ficar sentada dentro do meu quarto no Alojamento enquanto os Lendários estão lá fora caçando os nossos inimigos.

Meu pai já sabia que a Ordem era um grupo antigo de estudos acadêmicos. Sabia que Nick tinha me convidado para entrar. Mas depois de ficar sabendo da minha mudança súbita para a acomodação deles fora do campus, exigiu uma explicação. Foi preciso que o reitor dos estudantes, minha melhor amiga Alice *e* minha antiga terapeuta, Patricia, se juntassem para convencê-lo de que o alojamento era legítimo e seguro. Eu não podia contar toda a verdade para ele, mas falei que não tinha lugar mais seguro do que aquele. O que não é mentira, mas...

Eu não deveria estar aqui. Eu não *quero* estar aqui.

Então, recentemente... decidi que *não* vou ficar aqui.

Pelo menos por algumas horas.

Outra olhada para o relógio. Quinze para as onze agora. Já é o bastante.

Dou uma inevitável risada quando subo no peitoril. Mesmo com a força de Arthur, eu *jamais* pensaria em saltar de uma janela no segundo andar se não tivesse passado pela experiência com Sel no terceiro andar, nas costas dele.

— Obrigada pela inspiração, Mago-Real — murmuro, com um sorriso, me equilibrando na faixa estreita de madeira.

Sabe qual é a diferença entre um pulo e uma queda? Um impulso forte e decisivo.

— Um. — Inalo. — Dois. — Cerro os dentes. — Três!

Pulo.

Quando aterrisso, escuto a voz do meu treinador, Gillian, me dizendo para receber o impacto de forma *intencional*, dobrando os joelhos em vez de travá-los. Quando Gill começou a me treinar, antes de eu herdar a força sobrenatural de Arthur, minhas pernas não conseguiriam absorver o impacto nem se eu pulasse de meio andar. Um salto desses teria feito toda a força do chão ir diretamente para os meus calcanhares, joelhos e quadris.

Agora, o poder de Arthur me impede de quebrar um osso, mas não melhora o meu equilíbrio. Eu cambaleio um pouco ao me levantar, mas dou um jeito de permanecer de pé. Já é alguma coisa. Estou a um passo de distância do prédio quando uma voz me detém.

— Ele vai te pegar no flagra uma noite dessas, sabia?

Eu me viro e vejo uma figura emergir das sombras. William, usando uma jaqueta verde jeans e uma calça jeans azul, com um sorriso irônico no rosto.

— E fazer o quê? — Cruzo os braços. — Gritar comigo de novo?

William retorce os lábios.

— Sim. Muito alto. — Ele inclina a cabeça na direção da minha janela. — O salto não foi nada mal. Nem o pouso, na verdade. Você está se acostumando com a força de Arthur.

— Sim, é... — Balanço a cabeça. — Força não é tudo.

— Nunca é.

William sabe bem o que é ou não força. Por duas horas no dia ele é o mais forte entre nós. Mais forte do que eu. Mais forte do que Sel. Mais forte até do que Felicity, a Herdeira de Lamorak.

Silêncio. Mordo o lábio.

— Você veio me impedir?

Ele poderia, se quisesse. Ele provavelmente *deveria*, mas...

William suspira e enfia as mãos nos bolsos de trás da calça.

— Não. Se eu te impedir, você vai continuar fugindo. De formas cada vez mais criativas, imagino.

Na primeira vez em que William me viu, eu tinha sido ferida por um cão infernal. Ele me curou enquanto eu estava quase inconsciente. Não sabia meu nome, nem mesmo perguntou. Pouco depois — quando já sabia o bastante para suspeitar que eu não estava sendo completamente honesta com relação aos meus motivos para me juntar à Ordem —, curou os meus ferimentos de novo. William entendia a importância dos segredos e não julgava os outros por guardá-los. Uma bênção, de verdade. Principalmente na noite de hoje.

Em vez de julgar, ele me observa com uma expressão amena, esperando que eu admita os meus crimes. Solto um suspiro.

— Quanto tempo?

— Há quanto tempo eu sei que você tem saído de fininho? — Ele aponta para o meu braço direito. — Desde segunda-feira de manhã, quando vi essa queimadura porcamente enfaixada no seu punho durante o café da manhã.

Isso foi há quatro dias. A maior parte da queimadura está curada. Escondo o braço atrás do corpo.

— Pensei que eu tinha conseguido disfarçar com a manga comprida.

— E disfarçou mesmo. De todo mundo, menos de mim.

Fico grata por William simplesmente... *saber das coisas*... e não dizer nada. Mas não quero falar sobre as queimaduras que ainda não tenho a capacidade de evitar.

— Sel também teria notado se tivesse visto você no dia.

— Bem, ele não me viu no dia — murmuro.

William fica em silêncio.

— Pensei que você fosse patrulhar com os outros. — Aponto para nós dois e pergunto: — Ou isso aqui é mais um dos seus turnos como guarda-costas?

— Bree. — William me analisa por um longo momento, pousando sua repreensão sutil cair como um peso macio ao redor dos meus ombros. — Você não pode nos culpar, não é mesmo?

— Não. — Desvio o olhar e repito a história que ninguém me deixa esquecer desde aquela noite na caverna. — "Se um Arthur Desperto for morto por sangue demoníaco, as Linhagens Lendárias serão quebradas para sempre." Já entendi.

Eu não queria fugir, pelo menos não no começo. Mas então, na semana passada, Greer confessou que Sel tinha ordenado que os Herdeiros Lendários e Escudeiros me escoltassem de um prédio para o outro no campus. *Discretamente*, para que eu não notasse que os outros estavam me protegendo de ataques em potencial. *Em segredo*, para que eu não me ofendesse com a escolta deles.

Eu me senti ofendida mesmo assim.

Uma frustração quente se acumula no meu peito, e eu fecho a mão — até as minhas unhas ferirem a pele. Sibilo e abro a mão imediatamente. A força de Arthur é mais irritante do que útil quando não tenho permissão para usá-la. Solto um suspiro e me viro, e vejo William encarando a minha mão. Sério, ele percebe *tudo*.

William ergue uma sobrancelha.

— Se você entende, por que está irritada?

— Eu deveria ser capaz de me defender sozinha. Deveria lutar nessa guerra que nem todo mundo.

— Você vai. Mas não agora. — Ele olha para além de mim, para o caminho que eu planejava traçar mata adentro. — Está indo para a arena?

Não faz sentido esconder. Assinto.

Ele faz uma careta de dúvida. Fugir é um segredo; ir para a arena sozinha é outro.

— Já está tarde e o memorial vai ser de manhã...

— Eu sei. — Mordo o lábio. Eu não tinha me esquecido do memorial. Como poderia? A cerimônia formal da Ordem em homenagem a Russ, Whitty, Fitz e Evan será o primeiro funeral que presencio desde o da minha mãe. — Não vou demorar. Juro.

— Bree...

Faço um biquinho.

— Por favor.

Com um suspiro e um revirar de olhos bem-humorado, ele cede.

— Tudo bem. — Então, para a minha surpresa, ele fica do meu lado. — Mas, se você for, eu vou junto.

Fico surpresa.

—Você vai?

Ele dá de ombros.

— Mostre o caminho.

Nós dois conhecemos a trilha pela mata bem o suficiente para atravessarmos mesmo sem a minha lanterna. Se Sel estivesse aqui, ele poderia iluminar o caminho com sua mão cheia de aether.

No entanto, se Sel estivesse aqui, ele estaria me arrastando de volta para a casa, ainda que os feitiços de proteção dele formassem um perímetro de três camadas ao redor do Alojamento. Aquele na janela era só o primeiro.

Quando passamos pela segunda barreira, William percebe a minha reação. Meu nariz retorcido e olhos marejados.

— Aquela sua habilidade da Arte de Sangue é fascinante.

— Sentir o cheiro de aether?

O único poder da Arte de Sangue que sempre posso conjurar é a habilidade passiva de sentir a presença de magia: visão que me permite enxergar aether, tato que me permite senti-lo. Olfato que me diz se alguém o usou num feitiço.

— Não só sentir o cheiro do aether. Os Lendários sabem quando há aether por perto e se foi transformado em arma, mas *você* consegue notar a diferença entre as pessoas, o humor delas...

William balança a cabeça, impressionado.

A Arte de Sangue lançada por Vera tinha sido criada, antes de tudo, para ajudar as ancestrais dela a sentir a presença de usuários de aether que poderiam nos caçar, principalmente Merlins.

— Estou curioso. — Ele aponta de novo para a barreira de proteção que atravessamos. — O que você sentiu ali?

Respiro fundo outra vez.

— É um cheiro levemente queimado, então Sel estava furioso quando realizou o feitiço.

Ele dá uma risadinha. Pausa. Revira a minha resposta em seu cérebro analítico, clínico.

— Você parece congestionada. Tem alguma alergia?

Penso um pouco.

— Não. É só, tipo... quando alguém usa um perfume *muito* forte.

William se abaixa ao passar por um galho.

— Sel é marcante *mesmo*.

Solto um grunhido.

— Mesmo quando não está por perto! As barreiras, os guarda-costas Lendários, as exigências. É *sufocante*.

Então William ri, os olhos cinzentos brilhando.

— O que foi? — pergunto.

Ele sorri suavemente.

— Parece até o Nicholas falando.

Pela segunda vez naquela noite, a dor perfura meu corpo. Mas agora é pior, porque eu a tinha enterrado antes. A ferida profunda pela perda de Nick não é como a onda de obliteração que ainda sinto quando penso na minha mãe, é algo mais agudo. O luto atravessa meu peito como um bisturi. Algo contra o qual eu me debato, mas não consigo impedir. As árvores se tornam um borrão. Meus olhos ardem. Paro de andar.

Nick estava *bem do meu lado* quando foi levado. Tinha acabado de perder o título e de ser traído pelo pai, e ainda assim escolheu ficar comigo enquanto eu me recuperava na cama dele. De vez em quando, sinto o calor da respiração dele em meu pescoço, o peso reconfortante do braço dele no meu corpo. Palavras, sussurradas contra o meu ombro:

Você e eu, B.

— Bree.

William entra no meu campo de visão. A voz dele é baixa, tranquilizante.

— Não temos nenhum motivo para acreditar que o pai dele poderia feri-lo.

Pisco até as lágrimas sumirem.

— Ele *vai* se ferir. Do jeito que as coisas estão, isso vai acontecer antes que a gente o encontre.

William escolhe as palavras com cuidado.

— Duzentos e quarenta anos se passaram desde que um Herdeiro de Arthur foi Chamado pela última vez. Nenhuma pessoa viva testemunhou o momento que estamos vivendo. Tudo que sei sobre o Alto Conselho dos Regentes confirma que eles são... parcimoniosos. Cuidadosos com relação a como proceder às vésperas de uma guerra e com Primavidas em risco...

— Primavidas não são os únicos em risco — insisto. — Nick foi sequestrado por um assassino. A vida dele também está em risco!

William comprime os lábios, paciente.

— Assim como a sua.

Eu não costumo discutir com William. Mas, com relação a esse assunto em específico, nós temos, *sim*, caído numa dança de pontos e contrapontos.

— Tirando o fato de que todo mundo que sabe da Ordem ainda acredita que Nick é o Herdeiro de Arthur. — Respiro fundo. — E o pai dele e Isaac estão com Nick por aí, além de um número desconhecido de Crias Sombrias que estão decididas a matá-lo. O que significa que a vida dele, no momento, corre mais risco do que a minha.

Não há como refutar esses argumentos, e William nem tenta. Manter minha identidade em segredo para que eu ficasse em segurança foi a primeiríssima ordem passada pelos Regentes. Até Arthur me Chamar no *ogof y ddraig*, Nicholas Davis era o Herdeiro de Arthur. No universo dos Lendários, Nicholas Davis *ainda* é o Herdeiro de Arthur. Mas, na verdade, ele não é. Eu sou. Nick não está tirando um período sabático da escola para se preparar para subir ao trono; ele foi sequestrado, e *eu* estou me preparando. Neste momento, menos de vinte pessoas no mundo sabem disso — e a minha vida depende de que esse confiável círculo continue pequeno.

Como Herdeira Desperta de Arthur e âncora do Feitiço da Eternidade, sou a personificação viva do poder Lendário. Meu sangue e minha vida são o motor que alimenta a magia que une os espíritos e as habilidades dos treze cavaleiros originais aos seus Descendentes. Se eu morrer pelas mãos de uma Cria Sombria, o feitiço também morrerá, e quinze séculos de poder Lendário chegarão ao fim. Nenhum outro Herdeiro receberá o Chamado, e a humanidade cairá nas mãos das Crias Sombrias. Demônios ficarão livres para se alimentar dos sentimentos humanos, incitar o caos e conflitos, e atacar de forma indiscriminada, sem remorso. Tranquilo, não?

William suspira.

— Você terá mais poder de decisão... com relação a tudo... depois do Rito.

Reviro os olhos.

— O Rito no qual eu tiro a espada da pedra de novo. Só que dessa vez para um público cativo?

William franze a testa.

— Tirar a espada durante a batalha foi uma coisa espontânea e necessária...

Não foi só eu, penso. *Foi Vera, Arthur e eu. Todos nós juntos. Não era só uma mão, mas três.*

— Você precisa clamar formal *e intencionalmente* o seu título perante os Regentes para iniciar a transferência de poder, para tornar oficial. Principalmente durante um período de guerra.

— O único momento em que Arthur Chama um Herdeiro *é* durante um período de guerra, William — resmungo.

— Guerra contra inimigos *conhecidos*, talvez. Se aquele goruchel mímico, Rha... — William interrompe a frase abruptamente. Respira fundo antes de tentar de novo, como se estivesse tentando *forçar* a própria boca a dizer o nome do demônio que tinha assassinado e imitado Evan Cooper tão perfeitamente que enganou toda a divisão. — Se Rhaz falou a verdade, pode ser que haja outros impostores neste campus. E, se Rhaz mentiu, nós ainda assim não poderíamos nos arriscar e atrair uma atenção desnecessária para você ou para a ausência de Nick. Não com Portais se abrindo todas as noites e o Camlann no horizonte. Nossas forças estão incompletas.

É verdade. Uma Távola Redonda completa é formada por vinte e seis membros Lendários: treze Descendentes Herdeiros, cada um ligado a um Escudeiro que lutará ao seu lado. A Távola ganhou mais uma integrante quando Arthur me Chamou, mas Rhaz matou quatro membros: *Fitz. Evan. Russ. Whitty.* Os nomes deles estão estampados nos olhos de William. Membros da Távola que se foram, guerreiros que se foram, amigos que se foram.

Quando Fitz morreu, o irmão mais novo dele foi imediatamente Chamado por Sir Bors para substituí-lo. Mas Evan, Russ e Whitty eram Escudeiros escolhidos, e os Herdeiros têm demorado para escolher substitutos. Não que tenham muitas opções. Depois que vazou a informação de que

Whitty foi morto por um demônio poucas *horas* depois de se tornar Escudeiro de William, a maior parte dos Pajens que competiram pela posição de Escudeiro no ano passado retirou a candidatura.

E então tem Nick e eu. Nick pode não ser mais o Herdeiro de Arthur, mas é o Herdeiro de Lancelot. Como Herdeiros, a lei da Ordem dita que precisaremos escolher os nossos próprios Escudeiros.

Merlin montou a Távola Redonda original para vinte e seis pessoas; o nosso poder pleno *exige* vinte e seis pessoas — e faltam cinco membros.

A guerra está prestes a estourar e não estamos prontos.

— Os Regentes vão entregar a você um reino em situação precária, Bree. Mas eles não vão entregar um círculo no qual você não pode confiar. Eu, por exemplo, fico grato por isso. — O rosto de William se contrai numa rara demonstração de dor. — Tivemos perdas demais para não proceder com cautela e aliados Juramentados ao nosso lado.

Seguro o antebraço dele na escuridão e o aperto antes de continuarmos a andar.

Mordisco o lábio.

— Falando de Juramentos... Sel...?

— Teria nos alertado se o Juramento dele indicasse que Nick estava em perigo — explica William, com calma. — Nick é uma carta valiosa. Lorde Davis vai querer fazer uma jogada certeira.

— Ainda não entra na minha cabeça que Merlin não criou aquele Juramento com algum tipo de feitiço localizador ou *sei lá*. Para que serve um guarda-costas saber que o seu vigiado está em perigo se não sabe onde ele está?

— Antigamente, os Magos Reais nunca saíam do lado de seus protegidos. — William ergue uma sobrancelha. — Os tempos modernos tornaram isso mais... complicado.

A arena vazia está quase silenciosa quando chegamos; o ar noturno está frio demais para a vida selvagem e os insetos. Nossos passos ecoam conforme descemos os degraus esculpidos na margem do morro. O cheiro enjoativo e agridoce de folhas secas e madeira úmida ascende do solo.

Na noite da primeira provação, andei por aqueles mesmos degraus com os olhos cobertos pela mesmerização de Sel e sendo guiada por Nick. Agora, enquanto desço, quase posso sentir as mãos dele, grandes e quentes no meu ombro. Quase escuto a voz dele — uma risada baixa e engraçada, saída de uma memória esquecida.

— *Cuidado, Bree, cuidado. O problema é que, se você cair, o código do cavalheirismo diz que preciso mergulhar atrás de você.*

— Você ainda usa o colar dele? — A voz de William me traz para o presente.

Chegamos ao último degrau das escadas, e ele está atrás de mim, me observando enquanto aliso a moeda Pendragon pendurada na corrente que repousa sobre o meu peito.

Minhas orelhas ficam quentes.

— Uso.

A moeda pode ter sido um presente de Nick, mas agora sinto como se fosse algo que compartilhamos. O símbolo da Linhagem de Arthur: o dragão rampante, a marca do rei, de um lado, e o símbolo Lendário, um diamante de quatro pontas dentro de um círculo, do outro. Lembro que fiquei indignada quando Nick me deu essa moeda, quando disse que eu era "dele" de um jeito que não era correto. Mais tarde, aceitei que talvez eu *pudesse* ser dele de uma forma que *parecesse* correta para mim. E então eu me tornei dele.

Balanço a cabeça para clarear os pensamentos e nos guio até a grama da arena. Quando chegamos no centro, William para.

— A última barreira de Sel...

— Vai até a linha das árvores. Eu verifiquei.

Aponto com o queixo para o outro lado do campo aberto. A terceira e mais distante barreira de Sel começa alguns metros depois da trincheira onde me escondi com Sydney, uma Pajem, durante o torneio. Dali, o bloqueio se alonga numa ampla curva que circunda a reserva florestal Battle Park, com o Alojamento no meio.

William assente, satisfeito.

— Certo. Mostra o que você sabe fazer, novata.

Sei o que ele está fazendo. Me lembrando, com uma provocação, de que ainda que eu — e não Arthur — tenha tido sucesso na provação por combate, usando as minhas próprias habilidades, os outros Herdeiros ainda estão *anos* à minha frente quando o assunto é lutar usando o aether. Eles começaram a se preparar para a possibilidade de herdar as habilidades do aether de seus ancestrais aos seis anos de idade. Começaram a praticar com versões de borracha e madeira das armas favoritas de seus cavaleiros aos sete. Eu tenho dezesseis anos — e comecei dez anos depois de todo mundo.

William está me lembrando, acho, de que preciso ser gentil comigo mesma. Lembrando-me de que, ainda que domine seus poderes, também é humano, assim como eu. E os humanos precisam aprender a lidar com o aether dando um passo de cada vez.

Médiuns não controlam os mortos. Mesmo que eu pudesse entrar em contato com Arthur à vontade, não posso — nem vou — depender de uma possessão para controlar o poder dele. Se eu for liderar, preciso ser capaz de acessar e controlar o aether sozinha, como os outros fazem.

Ouço minha respiração alta e rouca. Meu coração empurra meu peito uma, duas vezes. Fecho os olhos. Tento acalmá-lo. Respiro de novo. Ergo as mãos para o céu.

— O aether está ao seu redor. — A voz de William é suave no meu ouvido. — Na ponta dos seus dedos.

O aether está ao meu redor. Ele já está aqui.

— Um suspiro. É só disso que você precisa.

Faço uma careta.

— Sel não suspira para invocar os poderes dele, ele *puxa* — falo.

— Um exemplo que você não precisa seguir, não aqui — rebate William.

Respiro fundo e tento puxar e não puxar ao mesmo tempo, até o ar quente — aether — começar a dançar na minha pele. Então, abro os olhos e *chamo* aquele aether. Eu o convido a passar do estado gasoso invisível e se transformar em uma energia que eu possa ver e manipular. Chamas azuis surgem ao redor das minhas mãos e dos meus braços.

— Bom — murmura William — Invocar o aether como fogo mágico é o primeiro passo. Agora, manuseie isso...

O fogo mágico fica mais quente. Sibilo, mas continuo e imagino os fios rodopiantes caindo na massa sólida que é a Excalibur. Imagino a empunhadura de Arthur e *forço* as chamas para dentro da imagem. Visualizo uma tempestade rodopiante de aether colapsando na extensão da lâmina de Arthur, e então criando camadas, uma por cima da outra, até que as finas faixas de magia se tornem uma arma de ponta afiada.

No entanto, a minha vontade não é o bastante para solidificar o fogo mágico. As minhas imagens não funcionam.

A única coisa que existe é o queimar.

Em vez de se unirem numa massa sólida, minhas chamas rugem *mais alto*. Os pelos finos nos meus antebraços se incendeiam; sinto cheiro de queimado.

— Vamos... — murmuro.

William dá um passo adiante.

— Bree, pare. Vamos tentar de novo.

— Não.

Preciso tentar de novo *agora*. Enquanto as chamas ainda estão aqui. *A lâmina é uma... uma espada longa. Larga e prateada, com um sulco de sangue no meio...*

— Bree.

— Eu consigo.

Cerro os dentes.

O cabo tem o formato de um círculo. Com um diamante vermelho no centro...

Meu sibilo aumenta até se tornar um choro baixo. Não é só o aether que me escalda agora, é a minha recusa em soltá-lo.

— Bree, solte o aether...

— Não! Eu só preciso...

— *Solte!*

A magia belisca a minha pele, as queimaduras se aprofundando. Eu grito... e finalmente o solto.

A explosão se espalha por todos os lados, lançando terra e folhas mortas no meu rosto antes de o aether brilhar e desaparecer.

— Droga!

Bato no chão com um punho fechado e faço um buraco na terra.

William tosse, agitando a mão para afastar a poeira do seu rosto.

— Agora as suas feridas estão cheias de terra.

Solto um grunhido. Ele está certo. *E* no meu cabelo. Vou ter que lavá--lo de novo se quiser estar apresentável amanhã.

— *Droga!* — repito.

William se ajoelha do meu lado, pousando a mão coberta de líquido prateado no meu antebraço. Ele tinha invocado o próprio aether para um *swyn* de cura tão rápido que eu nem percebi. O cheiro marcante de citrus da assinatura de aether dele preenche o meu nariz.

— Está tudo bem.

— Não está, não! Eu tentei chamar a espada de Arthur dessa vez. Antes, tentei invocar o escudo dele. Nem uma manopla simples, William. Não consigo forjar *nenhuma* armadura de Arthur, muito menos criar algo sólido o bastante para causar algum dano.

William segura meu braço direito com delicadeza e o gira. A queimadura dói bastante, ainda mais agora, com pedacinhos de terra presos nas marcas vermelhas, brilhantes e em carne viva.

— Forjar o aether em estado sólido também foi difícil para mim, mesmo depois de tudo que estudei...

— Eu não tenho uma década para estudar! — grito.

Acostumado com as explosões de Sel — que são bem mais furiosas e intensas do que as minhas —, William mal olha para mim, e simplesmente continua:

— Mesmo depois de tudo que estudei, ainda demorei longas horas para visualizar e forjar as adagas de Gawain. Visitei as réplicas no depósito com frequência para memorizar o peso delas, sentir as empunhaduras nas mãos. É preciso conhecer a arma para poder forjá-la. Você tem que passar mais tempo com a Excalibur, acho. Ela é única no nosso mundo, lembre-se disso. Uma arma de aether que fica cada vez mais forte a cada Herdeiro de Arthur que a utiliza, mudando a cada mão que a toca.

O *swyn* de William é um verdadeiro bálsamo. Calmante, reconfortante.

— Os seus feitiços não queimam. Você esfria o aether que tira daqui para cá — falo, apontando para o ar e depois para meu punho, envolto em fluído azul-prateado.

— O aether que invoco não é, nem de longe, tão quente quanto o seu, para início de conversa. E eu com certeza não o invoco a quantidade que você invoca.

Franzo a testa.

— Como assim?

— É aquilo que já sabemos. Você é peculiar. Um tipo novo de poder, ou melhor, uma nova combinação de poderes. A energia invisível que chamamos de aether é um elemento ambiental mutável e pode ser manipulado à vontade, mas essa manipulação é definida por quem o invoca. Herdeiros e Escudeiros estão limitados pela herança de seus cavaleiros. Posso realizar os *swyns* de Gawain e forjar uma armadura. Não é exatamente igual à do século VI, já que não havia placas naquela época, mas precisa ser uma variação que funcione de acordo com os dons de Gawain. A única arma que conseguimos forjar é a arma que o nosso cavaleiro escolher. Por causa de sua linhagem demoníaca, Merlins conseguem plasmar o que quiserem: um bastão, um cão, uma barreira de proteção. Você mesma já invocou aether em estado de fogo mágico para queimar demônios em batalha... coisa que os Lendários não conseguem fazer. — Ele faz uma pausa. — E as suas habilidades de Arte de Sangue? Você consegue invocar o aeth... digo, *a raiz*, que vem de dentro de você e *forjá-la* em matéria sólida?

Balanço a cabeça.

— A minha Arte de Sangue não funciona assim. É defensiva, não ofensiva.

Aquilo que os Lendários chamaram de aether, os Artesãos de Raiz chamam de raiz. Em vez de forjar armas, os típicos Artesãos de Raiz comungam com os ancestrais para pedir acesso à raiz do ambiente, e não parece haver uma restrição para como usá-la depois disso, seja para curar ou fazer uma caminhada pela memória.

Mas a Arte de Sangue de Vera foi um passo além. Na caverna, chamas vermelhas de raiz queimaram *dentro* de mim e fluíram *a partir* do meu corpo, descendo por meus braços e mãos. Eu incitei um fogo carmesim que incinerou isels e queimou a carne demoníaca deles, mas só depois de eles terem me atacado.

William cantarola, pensativo, e passa os dedos embebidos de aether em meu braço esquerdo. A queimação pungente do lado direito já diminuiu, e agora é apenas uma coceira horrível.

— Aquilo que você fez no *ogof*... foi mais poderoso do que qualquer feitiço de arma que um Lendário poderia realizar. Você não precisava de uma arma, você *era* a arma.

As palavras de William me lembram as de Vera. *Você é a minha linhagem, a parte mais lapidada e forte.* Respiro fundo com a memória da voz dela, cada sílaba parecendo uma espécie de corte.

— Aquele poder todo... a armadura de aether de Arthur, a raiz da Arte de Sangue de Vera... estava tudo fora do meu controle. Que nem agora. — Eu o encaro de novo, minha voz mais firme. — E eu preciso *controlá-lo* antes que os Regentes descubram que não tenho controle sobre isso.

— Por quê? Você é a Herdeira Desperta da Coroa de Arthur. O controle sobre as habilidades de aether dele, ou a falta de controle, não muda isso. Você pode clamar o título durante o Rito, até mesmo ser coroada, mesmo sem forjar uma única peça de armadura de aether. *Você* retirou a espada. — Ele sorri. — Você é a herdeira dele, com os braços queimados ou não.

— Mas se eu for liderar a busca por Nick, preciso conquistar o *respeito* dos Regentes e dos outros Herdeiros. Preciso ser tão boa nisso quanto Nick teria sido.

— Bem — diz William, simpático. — Sabe qual é o meu diagnóstico? É só uma questão de tempo até você dominar as habilidades de Arthur. E, até lá, pelo menos você sabe como a sua Arte de Sangue funciona.

Faço um som de desdém e chuto o chão.

— Não tão bem quanto eu gostaria. Eu fugi da minha Arte de Sangue no início, mesmo sem me dar conta do que era aquilo, porque eu não queria lidar com a morte da minha mãe. Se eu tivesse encarado as coisas de peito aberto, teria acessado a raiz *meses* atrás.

William me observa.

— É isso que você está fazendo agora? Encarando as coisas de peito aberto?

Penso por um momento, e me lembro mais uma vez das últimas palavras de Vera. Quentes, incisivas e diretas. *Nós fugimos para que você não precisasse fugir.* Então, me lembro das palavras da minha mãe, da memória oculta que ela deixara. *Quando chegar a hora, se chegar, não tenha medo. Lute.* Minha mãe não sabia nem a metade do que sei sobre os poderes da Arte de Sangue, e mesmo assim ela os usou para fazer a coisa certa. Para salvar pessoas.

— Sim — respondo. — Não vou mais fugir.

— O que *diabos* vocês dois estão fazendo?

A voz de Selwyn atravessa a arena — como um chicote sonoro que nos açoita. Resmungo e olho para cima. William suspira e balança a cabeça.

A figura alta e escura de Sel aparece no topo do penhasco. Ele está longe demais para que eu leia sua expressão facial, mas não preciso ver para sentir a fúria dele. Mesmo a quinze metros de distância, o olhar dele lança um calor por minhas bochechas.

Ele dá um passo na beira do penhasco. Seu casaco se ergue no ar, uma sombra escura flutuando nas pedras. Assim que pousa, ele se move. E surge ao meu lado como um borrão furioso.

Os olhos dele são de um dourado brilhante e profundo. Parece ter acabado de voltar de uma caça: bochechas coradas, cabelo preto bagunçado pelo vento, marcas de sujeira no casaco escuro e sua assinatura de aether pairando em uma nuvem ao redor dele, fresca e quente. Uísque em chamas.

— E aí? Não vão se explicar? — berra Sel, encarando William.

William solta outro suspiro, mais profundo, e continua o trabalho dele.

— Olá, Selwyn. Já voltou da caçada?

— O campus está seguro — responde Sel. — Imagine qual não foi a minha surpresa ao chegar em casa e ver que vocês *dois* não estavam lá. Eu vou dar dois minutos, não, *um* minuto para que vocês se expliquem antes que eu arraste Br...

Sel olha para o meu braço nas mãos de William.

Ele deve estar extremamente furioso para que sua percepção situacional esteja tão atrasada. No espaço curto de uma respiração, o Merlin remove o aether que envolve o meu braço do cotovelo até o punho. Ele dilata as narinas, sentindo o ozônio pairando no ar.

— Você se queimou. — Ele olha para cima, me encarando. — De novo.

É a primeira vez que ele olha nos meus olhos desde que chegou. A primeira vez que nos vemos em uma semana. As primeiras palavras que ele me fala depois de *dias* de silêncio.

E aqui estamos nós, repetindo a mesma briga que nos afastou.

Mordo o lábio para não gritar com ele.

— Eu disse que não conseguiria só ficar sentada no meu quarto enquanto vocês estão caçando e lutando. Eu deveria estar...

— Você *deveria* estar no Alojamento! — rosna ele. — Atrás de *três camadas* de proteções, Briana! — Ele aponta para as minhas feridas. — Será que isso não é evidência o bastante?

Vergonha e constrangimento me inundam. E, além disso, sinto dor quando Selwyn usa o meu nome completo para me dar um sermão.

— Assim que eu conseguir controlar o aether de Arthur, eu não vou *precisar* das barreiras. E você não pode ficar me dando ordens para sempre, Mago-Real!

Ele me lança um olhar frio.

— Eu vou te dar ordens até você executar o Rito dos Reis, e não vou parar antes disso.

Dessa vez eu grito. Um som frustrado, inarticulado, entre dentes cerrados.

— E os outros?

Sel arqueia a sobrancelha escura.

— Seja específica.

— Você...

Eu começo a me levantar, mas William me força a me sentar de novo. Ainda não é meia-noite. Eu poderia me desvencilhar dele com a força de Arthur, mas é o *William*. Ele pode até não entrar no meio da nossa briga, mas é um curandeiro de verdade e nunca vai me deixar sair andando com ferimentos não tratados.

— Você mandou os outros me seguirem pelo campus! — acuso.

A boca de Sel forma uma linha fina.

— Mandei.

— Não preciso que eles cuidem de mim...

— Claramente precisa. — Ele balança a cabeça. — Você *tem* ideia...

Um uivo curto, vindo do outro lado da trincheira da arena, o interrompe. O som dá fim à nossa discussão. Meu coração dispara tão rápido que dói. Eu conheço esse grito... eu *me lembro* dele.

— Sel...

A expressão dele muda de surpresa para foco mortal num instante.

— Flanqueie ela — ordena Sel, correndo para a minha direita com o aether fluindo das duas mãos.

William fica de pé do meu lado esquerdo num piscar de olhos. Sua armadura de aether se monta num fluxo rápido de placas tilintantes e cota de malha. Controlo a inveja.

Ouvimos o grito agudo novamente. Ele atinge a parede do penhasco e ricocheteia contra as árvores, pregando peças em nossos ouvidos.

— Quantos? — pergunto.

— Muitos. Pode ser uma alcateia. — Sel olha para trás de nós e para o topo do penhasco, onde a floresta continua em direção ao Alojamento na escuridão da noite. Eu sei o que ele quer fazer, no que está pensando. Ele quer me mandar correr de volta por onde viemos, para a segurança atrás de suas proteções. — Vai.

— Não. — Cerro a mandíbula. — Eu tenho a força de Arthur!

Os olhos de Sel brilham.

— Mas não a sabedoria dele. — Seja lá qual for o cálculo que ele estiver fazendo, as possibilidades que cruzam a mente dele, eu não estou inclusa. — William, precisamos do poder de Gawain. Quanto tempo temos?

William olha para a lua acima. Uma rápida consulta do céu pelo poder no seu sangue.

— Ainda faltam alguns minutos...

Sel xinga.

— Tempo demais.

— Leve Bree para o Alojamento — diz William. — Eu consigo me virar sozinho.

Os olhos de Sel se estreitam na escuridão, enxergando mais do que nós — e o rosto dele empalidece.

— Não, William, você não consegue.

— Selwyn! — É possível ver o despeito no rosto de William. — Eu falei que *consigo* me virar! Pare de ser...

— Ah, não...

Eu finalmente vejo o que nos encontrou na floresta.

William segue o meu dedo em riste e perde a cor.

— Meu Deus do céu.

Uma dúzia de enormes raposas infernais usando armaduras, completamente corpóreas, emergem das árvores. Elas podem até ser demônios isels menores, mas são grandes feito caminhões. A linha de frente se estica por nove metros em cada lado. Um aether verde, esfumaçado, sai do corpo delas, erguendo-se como nuvens toda vez que elas abanam a cauda escamosa.

William gira o punho uma vez — um estalo afiado —, e duas manoplas brilhantes surgem nos antebraços dele.

— Aquilo não é uma alcateia...

— Não. — Sel cerra os dentes. — É uma legião.

A essa altura, ele já reuniu aether suficiente para criar uma nuvem rodopiante ao redor de nossos tornozelos — gelada e perfeitamente sob seu controle, mas não sei se é o bastante. Sel e eu mal conseguimos lutar contra três juntos, e eles eram metade do tamanho desses e parcialmente corpóreos.

Nunca vi tantas Crias Sombrias totalmente corpóreas ao mesmo tempo. Quanto aether elas consumiram para se tornarem densas o suficiente para que os Primavidas pudessem vê-las?

As raposas atacam a barreira de Sel. Batem a cabeça contra ela. Testando. Ondulações de aether aparecem no impacto, espalhando-se em círculos bruscos e brilhantes no ar.

— A barreira vai segurá-las, certo? — pergunto.

Como se me respondesse, a raposa na nossa frente dá um passo para trás e se agacha. Ela arreganha a mandíbula num grito de estourar os tímpanos — e o aether da barreira de Sel começa a fluir para dentro da boca da criatura num fluxo de fumaça prateada.

— Ah, merd...

Sel é interrompido por vários outros gritos, até que todas as doze raposas começam a absorver partes do feitiço dele... e a barreira diminui na frente de nossos olhos.

SEL ESTÁ PARALISADO. Apenas seus olhos se movem para cima e para baixo, observando a barreira diminuir, testemunhando os doze redemoinhos que desaparecem na boca das raposas. Não sei dizer se ele está pensando ou surtando. Meu Deus, espero que não seja a última opção. Não quero ver Sel surtando.

Usar o aether para lutar contra Crias Sombrias poderosas é uma lâmina de dois gumes. Pode ser usada como uma arma... ou os nossos inimigos podem consumi-la para se tornarem mais fortes. Às vezes na mesma batalha.

William se retesa ao meu lado. As adagas de Gawain repousam em seus punhos.

— Podemos alertar os outros.

Sel se força a voltar à ação.

— Não temos tempo — diz, balançando a cabeça.

Dou um passo adiante, e o movimento chama a atenção da raposa maior. Sua boca se fecha com força, e ela baixa a cabeça, me encarando com seus olhos verde-escuros. As raposas ao seu lado também se viram, me observando fixamente.

— Eles sabem que é a Bree — rosna Sel. — Estão aqui atrás dela. — Sem tirar os olhos da legião, ele grita ordens: — Suba o morro com ela e vá até o Alojamento. Se elas passarem por mim, corra para o porão e abra o Mural das Eras. Sele a parede atrás de vocês, fujam pelos túneis. — Ele tira o casaco, ficando só de camiseta. — Eu vou detê-las.

— Como? — grito. — Elas estão comendo a barreira! Elas vão comer as suas armas também!

Os olhos dele escurecem.

— Elas vão ter que pegá-las primeiro.

Sel caminha na direção das raposas, aumentando seu furacão. O vento assovia, ganhando força, e então assume a forma desejada por ele: uma única corrente de aether prateado que cresce, elo a elo, no chão. Um peso redondo, do tamanho de uma laranja, se materializa em uma das pontas. Na outra ponta, surge um cabo preso a uma lâmina arqueada e perversa.

Reconheço imediatamente a arma das sessões de treinamento na arena, feitas com as bestas de aether criadas por Sel: é uma foice de corrente, uma arma para prender, puxar e cortar um inimigo completamente.

Sel segura a foice com a mão esquerda e, com um grunhido, arremessa a bola pesada presa a uma das pontas da corrente, girando-a acima da cabeça, com os músculos das costas e dos braços flexionados. Na segunda rotação, a bola está se movendo tão rapidamente que se torna apenas um borrão prateado sibilante na escuridão. O guincho das raposas fica mais alto.

Duas palmas quentes desviam meu rosto daquela visão. Eu me contorço, ofegante, e encaro William. Os olhos dele, agora brilhando com o verde profundo e pulsante de Gawain, perfuraram os meus.

— Se ele tiver que proteger você, não vai conseguir se proteger! — grita William.

— Mas...

— Precisamos correr, Bree!

Engulo em seco e assinto. Tudo bem. Corremos.

Mas já é tarde demais. Damos apenas alguns passos na direção das escadas de pedra no penhasco quando uma sombra enorme avança em nossa direção, vinda lá de cima, um projétil escuro em forma de homem que aponta direto para mim.

Sem parar ou desacelerar, a sombra se curva no último segundo, me agarra e me joga por cima do ombro em um único movimento. O mundo fica de cabeça para baixo. Expiro em um chiado doloroso. A sombra se move num piscar de olhos, me segurando com um braço pelas coxas, e corre de volta pelo caminho de onde veio antes que William possa reagir.

Já estou tonta, mas o pânico faz a minha mente girar. Minha cabeça bate nas costas do meu captor a cada passo, partindo os meus pensamentos em pedaços irregulares.

Uma legião de Crias Sombrias. Completamente corpórea — poderosa o bastante para derrotar os Lendários enfraquecidos. Sel está sozinho na fronteira, em desvantagem.

Capturada. Alguém me sequestrou do lado *de dentro* da barreira. Não pode ser um demônio. Não pode ser um goruchel metamorfo. Uma figura *humana* me atacou, assim que Sel virou as costas... no exato instante do ataque demoníaco, exato até demais...

De repente, a resposta cruza a minha mente.

"Minha senhora, Morgana..."

Rhaz tinha nos *alertado*, *me* alertado...

Crias Sombrias e Morganas trabalhando em conjunto. Aliados contra a Ordem.

Meu instinto de sobrevivência entra em ação. A fúria faz com que a clareza corra pelas minhas veias.

Eu não serei levada.

O Morgana já percorreu metade da escadaria de pedra, com William nos perseguindo em sua armadura completa. Bato nas costas do meu sequestrador com um punho fechado. Uma vez. *Duas*.

— Argh.

O Morgana resmunga sob a força de Arthur — ótimo — e tropeça, quase me derrubando.

Antes que eu consiga atacar de novo, o Morgana segura as minhas pernas com mais firmeza e corre pelo resto do morro, chegando ao topo em um único pulo.

Ele salta de novo um segundo depois. Dessa vez, nós pousamos nos galhos baixos de um carvalho-branco gigantesco que fica nas florestas entre o Alojamento e a arena.

Ainda presa nos ombros do Morgana, meu peito sobe com o dele quando a criatura respira fundo e pula de novo, várias vezes, até estarmos a seis andares de altura nos galhos que ficam no meio da árvore.

Ele se dobra abruptamente, me colocando no chão até eu ficar de pé, recostada contra o tronco largo da árvore. O galho abaixo de mim é largo o suficiente para comportar os meus dois pés. Consigo me equilibrar um pouco e me recompor, mas estamos a uma distância assustadora do chão.

O Morgana me prendeu num lugar alto demais para eu escapar em questão de segundos, mesmo com a força de Arthur em minhas pernas.

A legião de raposas ecoa ao longe — gritos e ruídos, depois uivos furiosos. O meu agressor é iluminado por flashes rápidos de aether verde e azul conforme avalia o galho da árvore. Ele é da minha altura, imerso numa túnica de couro preto e vestindo uma calça militar. Luvas sem dedos revelam a pele pálida. As dobras pesadas de seu capuz de couro escondem o rosto e o cabelo do Morgana no momento em que ele observa o chão abaixo.

Não importa. Não preciso ver um inimigo para lutar contra ele.

Assim que ele entra no meu alcance, me preparo para dar um soco usando o peso do meu corpo, mas ele segura meu punho direito, erguendo-o no último segundo sem nem ao menos olhar em minha direção.

A mão dele agarra a minha com bastante confiança e força, uma força que poderia se tornar esmagadora...

Giro. Me equilibro. Chuto o joelho dele... o forço a me soltar.

Ele gira... eu avanço.

Dou um gancho de direita nas costelas dele. O Morgana se afasta antes de ser atingido — rápido demais —, agarra meu antebraço e usa meu impulso para me desequilibrar. Eu esbarro nele, quase caindo. Ele segura o meu pulso com força.

Então, o Morgana ri.

Ri.

Está... *rindo?* De mim?

Um grunhido de raiva dispara do meu estômago até meu peito, e minha raiz vermelha ganha vida. Ela floresce, brilhante, no meu cotovelo e corre por meu pulso até que *minha mão e a dele* estejam envoltas em chamas.

Mas só um de nós se queima.

Meu algoz grita de dor, dando um pulo para trás no galho. Ele pousa, agachado, de forma habilidosa e equilibrado nos calcanhares, passando a mão enluvada no peito e assobiando baixinho nas sombras da floresta.

A luz da minha raiz se acumula ao meu redor. Em meus punhos, palavras feitas de ritmo pulsam no ritmo do meu batimento cardíaco. *Eu-não-vou-correr. Eu-não-vou-correr. Eu-não-vou-correr.* Eu sei, sem ver meu reflexo, que meus olhos foram tomados pelo vermelho brilhante da minha Arte de Sangue.

Até mesmo os olhos do meu agressor brilham com as chamas das minhas ancestrais.

Ergo o queixo.

— Quem está rindo agora?

Silêncio por um momento, dois. Então, ouço a risada baixa de novo, seguida por uma voz masculina *jovem*, bem-humorada e com sotaque.

— Eu, ainda... minha soberana.

A raiz ao redor das minhas mãos bruxuleia. *Minha soberana.* Estreito os olhos.

— O quê?

— Então é verdade. — O *r* dele arranha de leve. Escocês, talvez? — O que falam do seu aether.

— O que você sabe sobre o meu aether? — retruco, feroz.

Abruptamente, ele ergue a cabeça para me olhar. Sinto um calor nas bochechas como uma onda. Minha raiz queima de novo.

— Quem é você?

Ele ergue a mão, na defensiva.

— Eu sou...

Schláp! Um chicote de aether azul brilhante estala no ar, agarrando o tornozelo do meu captor por baixo. Ele fica tenso.

— Merda.

O chicote brilhante aperta com mais força e o arranca de cima do galho.

Mas meu captor é *rápido*. Enquanto cai, ele produz uma lâmina de aether em uma das mãos e corta o chicote.

Selwyn também é rápido. Ele vai para cima do inimigo antes mesmo de ele atingir o chão. Em um milissegundo o Morgana está caído de costas e Selwyn acima dele, o chicote longo tomando a forma de uma lâmina irregular apontada para a garganta do oponente. O peito de Sel sobe e desce. Está sem fôlego, ou furioso, ou as duas coisas. Uma poeira verde-amarelada e gotas de icor escorrem por seu rosto e por sua bochecha, até os ombros. Pedaços de demônio morto cobrem seus ombros como um manto. Havia uma dúzia naquela legião... Ele matou todos?

Selwyn pode até não gostar de mim no momento, mas está aqui para me proteger. Mesmo que minha mente não processe esse fato, minha magia entende isso. Minhas chamas de raiz ficam úmidas e depois desaparecem. Eu estremeço de leve, mas me mantenho firme. Pequenas explosões de raiz não me drenam como antes, felizmente.

— Eu deveria matar você por encostar nela. — Sei que Sel está falando de mim, mas, depois da nossa briga, o tom possessivo que vem do alto das árvores parece fora de lugar. Como se ele estivesse falando de outra pessoa. Do Herdeiro Coroado, não de mim. — Eu deveria fazer isso... — murmura ele. — E acho que vou.

— Kane!

O recém-chegado arranca o capuz, revelando um cabelo ruivo escuro e despenteado, longo e raspado nas laterais, e olhos dourados brilhantes. Um jovem branco, com não mais de vinte anos.

Sel franze a testa.

— Douglas?

Meu captor é um *Merlin*. Não era um Morgana, no fim das contas. Uma onda de confusão e vergonha me atravessa. Por que um Merlin tentaria... me sequestrar?

— Quanto tempo — diz Douglas, o leve sotaque escocês atravessando suas palavras.

— Muito tempo.

A expressão inflexível no rosto de Sel faz com que um calafrio percorra meu corpo. Não sou a única a notar que ele ainda não baixou a lâmina.

— Baixe a sua arma, Mago-Real — ordena Douglas.

Os lábios de Sel se curvam para cima.

— Só quando eu estiver a fim.

— Selwyn! — Escuto a voz de William e seus passos apressados. Ele avança pelos arbustos e aparece debaixo da árvore em que estou. — Cadê a Bree?

— Estou aqui! — grito.

William ergue a cabeça, me vê e arregala os olhos verdes reluzentes. Sel me olha pela primeira vez.

— Ela está em segurança.

— Graças a mim — diz Douglas.

Ele aproveita a distração de Sel para afastar a lâmina do Mago-Real e se pôr de pé.

— Por que eu deveria agradecer pelos seus serviços — Sel sorri e aponta para a mão direita de Douglas com sua lâmina —, quando aparentemente a própria Briana já fez as honras?

— Ufa — diz Douglas, com um arquejo, virando a palma para cima. Mesmo de tão alto consigo ver a queimadura no meio da luva de couro. Ele inclina a cabeça para trás até encontrar meus olhos. O sorriso dele, de dentes brancos e caninos longos, brilha na noite. — Ela fez isso mesmo.

Sel não está mais achando graça.

— Douglas, você...

— *Noswaith dda*, Selwyn.

Uma nova voz entra na clareira. Baixa e suave como mel quente, ela desliza por meu corpo, me deixando arrepiada. O novo Merlin que emerge das árvores tem a pele marrom-clara e cabelo preto cheio raspado dos lados e penteado para trás. Ao sair, ele ajusta o longo sobretudo preto. Há um símbolo prateado dos Lendários costurado em cada uma das largas lapelas. As argolas de prata em seus ombros brilham nas sombras.

O homem encara Sel, na expectativa. Sel enfim abre a mão e solta a arma forjada. Ela se dissipa em uma nuvem cintilante antes de atingir o solo. Para a minha surpresa, Sel engole em seco e endireita os ombros, dirigindo-se ao recém-chegado.

— *Noswaith dda*, Mago Senescal.

Sinto um frio na barriga. Se o homem lá no chão é um Mago Senescal, então isso significa que ele é um dos Merlins mais importantes na hierarquia da Ordem. Um conselheiro do Alto Conselho dos Regentes.

Como se fosse uma deixa, quatro figuras surgem da floresta, duas de cada lado do Senescal. Chamas mágicas giram ao redor de suas palmas e pulsos, vivas e prontas para serem lançadas. Seus olhos — dourados, brilhantes, faiscantes — perfuram a névoa que se dissipa e me mostram exatamente quem são. Mas é o traje deles que mostra a história completa. Cada detalhe de seus equipamentos táticos os torna sombras mortais: botas elegantes, calças pretas e pesadas túnicas com capuzes que escondem seus rostos na escuridão. Suas luvas de couro têm listras prateadas — fios condutores de aether. Todos eles, altos e de ombros largos, irradiam poder e controle. Param juntos atrás do Senescal, como energia cinética contida.

Outra conclusão me acerta feito um soco.

Esses Merlins são da Guarda dos Magos, a unidade de elite militar das forças da Ordem.

O que significa que o homem não é um Mago Senescal qualquer do Conselho. Ele é Erebus Varelian, o Senescal das Sombras. O Merlin mais poderoso do mundo.

Eu ofego. De repente, um calor que nunca senti antes escalda a minha pele e meu rosto. Vários olhares de Merlins se voltam para mim, com tamanha força que estremeço.

Erebus, contudo, lança seu foco não sobre mim, mas sobre os restos dos demônios destruídos no corpo de Sel.

— Parece que não são os lobos que batem à sua porta, Mago-Real, mas raposas — diz ele, lenta e deliberadamente.

— Tenho certeza de que os lobos não estão muito longe — responde Selwyn, com calma.

Erebus encara Sel por um longo momento, como se estivesse decidindo se ele está sendo impertinente. Se o comentário de Sel foi literal, sobre cães infernais, ou metafórico, sobre nossos novos hóspedes. Por fim, ele diz:

— Sempre estão.

— Eu destruí a legião. — Sel olha para além de Erebus, para a floresta. — Mas é melhor vasculharmos a área em busca de um uchel.

— Nós *já* vasculhamos a área — responde um dos encapuzados da Guarda dos Magos. — Não tem nenhum.

Sel balança a cabeça.

— Sabemos que isels não trabalham juntos sem a liderança de um uchel...

— E, por muitos anos, "sabíamos" que os metamorfos goruchels estavam extintos — rebate Erebus. — Mas, ainda assim, um deles se infiltrou nesta divisão há menos de seis meses.

Sel e eu enrijecemos à menção de Rhaz. Sel nunca pensou que os goruchels estivessem extintos. Na verdade, ele era o único que suspeitava que um goruchel pudesse estar entre nós, nos estudando e esperando. Seu único erro foi pensar que era eu.

A vontade de protestar surge em meus lábios, e Sel pigarreia desnecessariamente alto, um recado claro de que devo reprimir esse impulso antes que ele se transforme em palavras. Cerro os dentes. *Tudo bem.*

— Se nos limitarmos a caçar apenas o que conhecemos — continua Erebus —, o *desconhecido* logo irá *nos* caçar. — Ele estala a língua. — E, com relação à sua afirmação anterior, tem certeza de que eliminou a legião por inteiro?

Sel ergue o queixo.

—Tenho.

— Entendo. — O Senescal volta os olhos brilhantes para William. — Herdeiro Sitterson da Linhagem de Gawain, certo?

— Sim. — William se aproxima. — Boa noite, Senescal Varelian. Guarda. — Ele meneia a cabeça para os Merlins, cujos rostos ainda estão escondidos nas sombras. — Não esperávamos encontrar um membro do Conselho hoje à noite.

— Por motivos de segurança, nós não anunciamos nossos movimentos — diz Erebus. —Tenho certeza de que você entende. — Ele inclina a cabeça, observando o brilho esmeralda tremeluzente de Gawain nos olhos de William. — Há muito tempo sou fascinado pela herança duelística da Linhagem de Gawain. Pelo poder de esmagar os ossos de inimigos com uma das mãos e de curar com a outra. Poético.

O rosto de William é inescrutável.

— Podemos dizer que sim.

— Diplomacia e tato. — Um sorriso se espalha pelo rosto de Erebus. Os caninos dele são longos, um sinal de sua idade e poder como Merlin. Igual a Isaac. — Descobri que tais características também são traços de sua Linhagem.

William assente.

— Meu pai concordaria com você.

— Se a área estiver segura e as gentilezas tiverem terminado — diz Sel, impaciente —, vou buscar a Herdeira da Coroa no alto da... árvore.

Quando o Senescal finalmente ergue a cabeça e me vê, a simples força de seu olhar quase me derruba do galho. Erebus já tinha me notado, claro. Ele *escolheu* me cumprimentar por último.

Uma pausa. O ar crepita, permeado por apreensão. Embora ouvidos humanos sejam incapazes de detectar qualquer diferença, a essa altura tenho certeza de que todos os Merlins desse lugar conseguem ouvir o meu coração acelerado.

— Não vai, não — afirma Erebus, com gentileza.

Sel arregala os olhos.

— O quê?

Erebus acena com a cabeça para Douglas.

— Guarda Douglas, você poderia, por favor?

Antes que Sel possa protestar mais, Douglas dá dois passos rápidos e salta habilmente para um galho abaixo de mim, depois para o próximo, até que de repente está de volta onde começou. Dou um passo para trás, e meu pé escorrega na casca destroçada. Douglas me segura pelo cotovelo.

— Cuidado, minha suserana.

Agora que o capuz do Guarda Douglas está abaixado, vejo que ele tem olhos dourados e profundos, mais brilhantes que os de Sel. Dessa distância, eles lançam um brilho quente no meu rosto. Assim como Sel, esse Merlin tem tatuagens, mas elas rastejam como videiras pela lateral de seu pescoço, brotando, selvagem, de seu colarinho e descendo pelos dedos pálidos expostos por suas luvas.

Ciente dos olhares lá do chão — e indignada por Sel —, cuidadosamente me desvencilho do toque dele.

— Me coloque logo no chão.

Os olhos dele brilham.

— Sim, minha suserana.

Ele avança lentamente, dessa vez anunciando seus movimentos para que eu possa ver sua aproximação. Quando aceno, ele mergulha, passando um braço por trás de meus joelhos e o outro por meus ombros, me erguendo com facilidade. Sem perder o equilíbrio, ele se vira, desce do galho comigo em seus braços e aterrissa tão suavemente que mal sinto o impacto quando chegamos ao chão.

No entanto, ouço o leve murmúrio de vozes se erguendo do solo no momento em que coloco meus pés em terra firme. Protestos silenciosos de ancestrais que não reconheço. Mostrei muito pouco da minha raiz, em comparação com o que fiz na caverna... mas foi o suficiente. O suficiente para que os mortos reclamassem.

Engulo em seco. Tenho que entrar em contato com Mariah o mais rápido possível. Para ver se alguém vivo sentiu a minha raiz também.

Douglas percebe meu desconforto.

— Você está bem?

Encaro Sel, vejo a tensão em seu maxilar retesado. Ele está furioso por diversas razões, mas também compreende o que estou sentindo. Sel sabe exatamente o que me preocupa com relação à comunidade da Arte de Raiz e sabe exatamente por que não posso dizer nada para a Guarda dos Magos.

— Estou bem.

Eu me desvencilho de Douglas e fico cara a cara com a horda de Merlins à espera e um Senescal do Alto Conselho dos Regentes.

Os olhos de Erebus são do vermelho mais escuro que já vi, um vermelho quase preto, o mesmo tom do sangue bombeado pelo coração. Sua expressão é impassível, mas a atenção — o *mero* ato de seu interesse — lança um rubor pela pele macia das minhas bochechas. Até agora, eu teria afirmado que Isaac Sorenson era o Merlin mais avassalador que eu já tinha conhecido, mas o escrutínio de Erebus Varelian transformaria o olhar de Isaac em uma ameaça vazia. Meu coração troveja em meus ouvidos. O medo estilhaça os meus nervos. *Quando chegar a hora, se chegar, não tenha medo.*

Eu sou filha da minha mãe.

Também estou... coberta de sujeira.

Fico imaginando como Erebus me vê. Os vergões ainda não cicatrizados que eu mesma causei formam listras vermelhas em meus antebraços. Meus cachos, que já foram luminosos, estão soltos e descabelados, as pontas soltas e quebradiças.

De repente, o olhar de Erebus não importa. Sua força *não* importa. O que importa é como *eu* respondo agora, neste momento. Não posso me encolher diante do primeiro membro do Conselho que encontro. Não vou.

Ergo o queixo e me aproximo, batendo de frente com o fogo da atenção de Erebus.

— Senescal Varelian.

Ele arregala os olhos carmesins. São silenciosos, cortantes... mas o interesse e a expectativa brilham juntos em seu rosto quando me aproximo. Ele está impressionado.

— Matthews, Herdeira da Coroa. — A voz dele é alta e ressoante para que todos ouçam. — É uma honra estar na sua presença.

Então, sem aviso, Erebus Varelian, o Merlin mais poderoso do mundo, se ajoelha diante de mim.

3

A GUARDA DOS MAGOS segue o exemplo, um de cada vez, até todos terem se ajoelhado. As pontas de seus robes se arrastam no chão, cobrindo a terra de preto e cinza.

À minha esquerda, William olha para os feiticeiros ajoelhados, depois para mim. Certo. Agora é a hora de usar o protocolo que estudei. Pigarreio.

— Levantem-se, Mago Senescal Varelian do Alto Conselho e nobres membros da Guarda dos Magos da Távola Redonda.

Erebus e os Merlins se erguem graciosamente.

Ele me encara, e me dou conta de que espera que eu guie o resto da conversa.

— Eu... — *Protocolo, protocolo.* Vamos lá, Bree. Comece pelas formalidades. — Seja bem-vindo à Divisão do Sul, Senescal das Sombras. A sua Regente o acompanha? Eu gostaria de conhecê-la.

Erebus sorri, a expressão quase gentil.

— A Regente Cestra, como comandante das forças militares, está com os outros membros da Guarda. Estará presente na cerimônia de amanhã. Assim como os outros dois Regentes e seus Senescais.

Sinto um nó na garganta. Todos os três Regentes e os respectivos Senescais estarão no memorial. O Conselho completo dos seis, quase aqui. Fico mais grata do que nunca por ter avisado os Artesãos de Raiz do campus.

Sel está incomodado e não faz questão de esconder.

— Esperávamos que mais Merlins se juntassem a nós antes da cerimônia. Não que o Conselho ou a Guarda dos Magos viessem.

Erebus o encara.

— A Guarda dos Magos confere todos os locais antes da chegada do Conselho. Um aviso prévio fornece aos nossos inimigos o tempo necessário para tramar contra nós.

Uma irritação súbita queima dentro de mim.

— Somos os seus inimigos, então? Foi por isso que não fomos avisados da sua presença no memorial de amanhã?

O olhar de Sel voa até o meu, as sobrancelhas erguidas.

Erebus estremece.

— N-não, minha suserana. É evidente que não.

Ele abre a boca, mas a fecha de novo, como se quisesse repensar a frase seguinte antes de dizê-la.

Nós o pegamos desprevenido. *Bom. Agora ele sabe como é.*

Por fim, Erebus fala. Com cautela, percebo.

— Uma aparição pública da liderança da Ordem em um só lugar não ocorre há anos e, claro, Arthur não Chama um Herdeiro há dois séculos e meio.

— Isso significa que toda a Guarda dos Magos foi convocada para o evento deste fim de semana? — indaga Sel, os olhos passeando pelas figuras silenciosas atrás de Erebus.

— Sim, todos os vinte e quatro estarão aqui — responde Erebus. — Com uma unidade secundária.

— Bastante poder de fogo para um funeral — murmuro.

— Em tempos tão incertos, em que Crias Sombrias poderiam estar escondidas à plena luz do dia, é impossível ser cuidadoso demais, minha suserana. Qualquer reunião grande traz grandes riscos, e, além disso — Erebus balança a cabeça e fecha a cara —, você não tem um Mago-Real juramentado.

É uma armadilha bem pensada. A tensão repuxa o canto dos olhos de Sel, mas ele fica em silêncio.

Tento mudar de assunto.

— Se quiser, podemos levá-los até o local da cerimônia amanhã de manhã, bem cedo.

O olhar de triunfo sutil de Erebus me diz que minha tentativa de acalmar os ânimos falhou. Em vez disso, minhas palavras lhe forneceram uma munição que não consigo identificar.

— Não é necessário, Herdeira da Coroa. O outro grupo está lá agora. Vamos ficar aqui, porque o trabalho de um Merlin é assegurar que o nível de proteção que você recebe seja inviolável, noite ou dia, onde quer que você esteja. Dentro do Alojamento da divisão ou no terreno ao redor... até mesmo nas fronteiras.

O trabalho de um Merlin. Ele está falando de Sel. Ah, não.

A raiva ferve nos olhos de Erebus quando diz:

— Tivemos sorte de chegar quando chegamos, se o que testemunhei aqui for o melhor que o Mago-Real da Divisão do Sul consegue fazer.

Sel enrijece.

— Eu garanto, Senescal Varelian...

— Você não me garante nada, Mago-Real Kane! — explode Erebus. — Não quando chego e vejo *uma dúzia* de *cedny uffern* derrubando a sua barreira. — Ele aponta para mim, para o meu rosto e para os ferimentos em meus braços. — Não quando chego e vejo a Herdeira da Coroa de Arthur coberta de terra e sujeira, *ferida* e correndo para *sobreviver*.

Sel não refuta o comentário de Erebus, e abro a boca para protestar, para dizer que meu estado e minhas feridas não são culpa de Sel, mas na mesma hora sinto a mão de William em meu cotovelo. Não sei se ele quer que eu fique quieta por mim ou por Sel, mas me segura com força o suficiente para eu entender o aviso. *Não*. Ele e Sel já precisaram me deter hoje. Confio neles ou desafio Erebus? Há algum... procedimento aqui, um fluxo de coisas numa certa ordem, um confronto há muito esperado, e estou apenas do lado de fora. Então hesito.

A voz de Erebus fica baixa e perigosa:

— Traga o demônio que o Mago-Real Kane negligenciou em destruir.

Sel levanta a cabeça, os olhos arregalados, e uma sexta guarda surge da direção da arena, arrastando algo brilhante e verde pelo mato.

O demônio gigantesco está vivo, por pouco. Uma lança, que reconheço como o design típico de Sel, balança na garganta da criatura, que rosna para a guarda. Foi lançada com a força costumeira de Sel, mas parece ter errado o alvo por centímetros. Sel faz uma careta.

— Acreditei que tivesse sido um golpe fatal, como os outros.

— A crença não é um fato, Mago-Real Kane — murmura Erebus.

Um rubor sobe do pescoço de Sel até suas bochechas.

51

— Sim, Senescal.

Com um sinal de Erebus, a Guarda dos Magos que segura a raposa moribunda solta a criatura no meio do grupo de Merlins. Cada Merlin — incluindo Sel — dá um passo para a frente, fechando o círculo e evitando uma fuga. O demônio cai, olhando para seus inimigos.

— Do que você está falando? — Eu me viro para Erebus, furiosa. — Ele perdeu um, mas está na cara que o seu time o encontrou!

— O meu argumento é... — murmura Erebus.

Ele se afasta, e o vento muda, o focinho do demônio se movendo para seguir obstinadamente um cheiro até encontrar sua única presa: eu. A criatura rapidamente se lança em direção ao espaço entre Sel e Erebus, tentando chegar até mim. Erebus gira e, em um movimento suave, agarra o demônio no meio do salto com uma das mãos. Ele afunda os dedos tão profundamente na armadura da criatura que o aether gasoso escorre pelos dedos do Merlin.

— Meu argumento é que um mero golpe bem direcionado por parte de uma Cria Sombria é capaz de matar uma Herdeira Desperta de Arthur e desfazer quinze séculos de sacrifícios e vitórias da Ordem e dos Lendários, tornando tais sacrifícios inúteis.

O demônio rosna. Então, o punho de Erebus arde com chamas azuis tão quentes e incandescentes que incineram a raposa quase no mesmo segundo. A assinatura de aether do Senescal me envolve com aromas que associo a árvores antigas e lugares sagrados, mirra e seivas, queima de incenso.

Erebus enxuga as mãos, limpa a terra da gola da roupa e se vira para Selwyn.

— Eu te dei este posto esperando que você protegesse a vida de um Herdeiro de Arthur com a própria vida.

Sel está tão furioso que mal consegue falar.

— E eu aceitei o posto sob essa circunstância — dispara. — Quando eu era uma *criança*.

— Você era um *prodígio* — corrige Erebus. — E, ainda assim, surge diante de mim como um fracasso.

Os olhos de Sel brilham, desafiadores.

— Nicholas Davis *não* era o Herdeiro de Arthur, então, com relação a *isso*, acho que *nós dois* falhamos!

Num piscar de olhos, Erebus avança, nada mais do que um borrão, e aperta o pescoço de Sel. Ele levanta o Mago-Real com facilidade, como se não fosse nada. As botas de Sel raspam na grama, e depois no ar. Sel engasga, segurando os punhos de Erebus...

— *Pare!* — falo.

Erebus solta Sel na mesma hora, deixando-o cair no chão, mas não se afasta.

— Minhas desculpas, Herdeira da Coroa.

Ele observa Sel tossir e ofegar, agachado no chão.

Dou um passo adiante.

— Sel...

Ele balança a cabeça, para me deter. Depois de mais um momento ofegante, Sel fica de joelhos, os olhos injetados de sangue e as bochechas coradas. Está com os punhos fechados, os lábios comprimidos, mal conseguindo conter a raiva. Erebus esganou Sel por um breve momento, mas já havia hematomas roxos se formando na região do pescoço. A ferida vai se curar e desaparecer pela manhã, mas sei que, até lá, vai doer.

— Mago-Real Kane, você tem uma explicação para o que aconteceu hoje à noite? Se tiver, por favor, fale. — Os olhos de Erebus se estreitam. — Mas faça isso com cuidado.

Uma pausa. Sel engole em seco uma, duas vezes, antes de falar, numa voz tensa:

— Não tenho nenhuma explicação por ter falhado em proteger a Herdeira da Coroa.

— Entendo. — Erebus assente. — *O que* você tem?

Sel olha para mim antes de se voltar para Erebus.

— Apenas as minhas ações, sobre as quais devo refletir.

— Então, com relação a *isso* — Erebus ecoa friamente a resposta anterior de Sel —, nós dois concordamos.

A Guarda dos Magos nos cerca na caminhada de volta ao Alojamento. Não os ouço nem os vejo, mas se tropeço em um galho, sinto os olhos deles queimarem minha pele.

Erebus fala em voz baixa com William, à minha esquerda. Sel é uma sombra silenciosa à minha direita. Tento fazer contato visual, para deixar claro meu remorso, para que ele saiba que percebi que errei.

Ele não olha para mim. A tensão em seu pescoço e em seus ombros diz tudo que preciso saber. Conforme nos aproximamos das luzes no quintal do Alojamento, vejo os ferimentos que eu não havia notado mais cedo na floresta: um corte em sua clavícula coberto de icor e sangue seco. Sangue em sua têmpora um pouco suada. Até os tampões prateados em suas orelhas estão parcialmente cobertos de sujeira. Um par de garras deve ter cortado sua escápula esquerda, fazendo um rasgo em sua camisa preta. A culpa corrói meu estômago.

A barreira central de Sel cobre meu rosto. Dois membros da Guarda dos Magos se materializam da floresta e se voltam para inspecionar a proteção por dentro, levantando as mãos na direção dela.

Sel se irrita ao ver os Merlins mexendo no trabalho dele.

— Eu acabei de lançar essa barreira.

— E ela será reforçada — retruca Erebus.

Sel revira os olhos, e deixamos os dois guardas para trás. Quando chegamos ao gramado dos fundos, há mais luzes acesas dentro do Alojamento do que quando saí. O resto dos Lendários já voltou da patrulha. Estão vasculhando a geladeira e a despensa em busca de comida, sem dúvida. William caminha em direção à porta da entrada lateral.

— Com licença, por favor. Eu sempre dou uma olhada nos outros quando voltam, caso tenham se machucado.

— Herdeiro Sitterson. — A voz de Erebus detém William.

— Sim?

William se vira. Ao me olhar de relance, vejo seus olhos verde-pálidos banhados pelas fortes luzes no exterior do Alojamento. A força de Gawain ainda queima dentro dele.

— Por favor — Erebus gesticula para alguém da Guarda dos Magos —, leve Olsen com você. Eu me juntarei a vocês daqui a pouco para me apresentar aos outros Lendários.

O guarda baixa o capuz, revelando uma mulher alta e loira com o cabelo raspado acima das orelhas e preso num rabo de cavalo. William assente e segue em frente ao lado dela.

Fecho a cara.

— William não precisa de uma segurança na própria casa.

Ao som da minha voz, a Guarda dos Magos dá meia-volta. Ela olha para mim, depois para Erebus. Eu não pretendia que meu comentário fosse uma ordem, mas foi assim que a Merlin entendeu, e agora ela espera por uma confirmação, de mim ou de Erebus.

— Peço desculpas, minha suserana. — Erebus pisca uma, duas vezes, parecendo genuinamente consternado. — Eu mandei a Guarda Olsen *acompanhar* o Herdeiro Sitterson, não escoltá-lo. Ela pode oferecer uma introdução mais casual à presença da Guarda dos Magos do que a troca formal de títulos e saudações. Pensei que isso seria mais fácil em uma unidade Lendária recém-chegada da caça e sem dúvida ansiosa para dormir.

Erebus pausa, também esperando pela minha resposta.

Atrás da Guarda Olsen, William dá de ombros.

— Tudo bem — falo. — Obrigada por explicar.

Erebus baixa a cabeça.

— Claro.

Com um olhar silencioso, Olsen se vira, seguindo junto a William para a casa.

— Mago-Real Kane — chama Erebus, apontando para a fachada do Alojamento e as fileiras de janelas marcando os andares residenciais. — Qual desses é o quarto da Herdeira da Coroa?

Sel olha rapidamente para a minha janela, e seus olhos escurecem.

— Segundo andar, terceira janela.

Erebus franze a testa.

— O com a janela aberta?

Sel me encara ao responder.

— Sim.

Estremeço.

— Fui eu que...

Erebus direciona um olhar curioso na minha direção.

Hesito. Se eu disser que deixei a janela aberta, e não Sel, então terei que admitir que escapei com sucesso de seus esforços para me manter segura. E Erebus acrescentará essa à crescente lista de evidentes falhas de Sel em cumprir seu dever.

55

— Tem uma terceira camada de proteção — gaguejo, enfim, evitando por completo uma explicação — nos vidros e tijolos, em tudo ao redor.

Erebus estuda o prédio, pensativo.

— Uma barreira contra impacto e invasões? — pergunta ele a Sel.

— Sim — responde Sel.

Outro barulho. Uma decisão tomada.

— Guardas Zhao e Branson — chama Erebus.

Dois dos três guardas restantes aparecem ao lado de Erebus com um som de *vuuush* bem baixo e removem seus capuzes ao mesmo tempo. Um homem alto do Leste Asiático com lábios grossos e olhos cor de mel. Um homem branco de olhos verde-acobreados. Os dois usando o penteado característico da Guarda dos Magos.

— Sim, Senescal? — perguntam.

— Um de vocês no caminho da entrada, por favor — ordena Erebus. — O outro fica aqui no pátio.

Os Merlins assentem, e então seguem em direções opostas como dois borrões.

Eu, Sel, Erebus e Douglas ficamos sozinhos. A expressão cuidadosamente elaborada de Sel é de tédio. Eu me pergunto se alguém aqui está acreditando nessa encenação e me pergunto se sua insolência de sempre só vai servir para irritar Erebus ainda mais.

— Já acabamos por aqui? — pergunta Sel.

— Não. — Erebus gesticula para o Guarda Douglas, que dá um passo adiante. — Acho que apresentações formais são necessárias. — Erebus olha de mim para o Merlin. — Briana Matthews, Herdeira da Coroa, por favor, conheça o Guarda Larkin Douglas.

Eu me assusto.

— Larkin?

— Pode me chamar de Lark. — Ele faz uma reverência. — Minha suserana.

Erebus sorri.

— Guarda Douglas é o membro mais jovem da Guarda dos Magos, mas foi treinado por um dos melhores.

— Por você? — pergunta Sel, ácido.

— Não — responde Erebus. — Pelo pai dele, Calum Douglas.

— Como *está* o seu pai, Douglas? — pergunta Sel, com malícia no olhar. — Ainda magoado ao lembrar que o filho dele perdeu para um Kane?

Lark não cai na armadilha de Sel.

— Ele superou o fato de eu não ter sido escolhido Mago-Real quando fui chamado para a Guarda — responde o guarda, calmamente. Então se vira para mim, os olhos brilhando. — Selwyn pode ter um título chique, mas nós ficamos com as missões de campo mais interessantes.

— Sim — diz Sel, com um suspiro. — Quando não estão cuidando da segurança dos Regentes, a Guarda dos Magos opera nas sombras mais escuras, enfrentando as legiões mais perigosas de Crias Sombrias, blá-blá-blá.

— Até um soberano ser coroado, é claro — comenta Lark, dando de ombros.

— Sim, até um soberano ser coroado, e então... — Sel se detém, estreitando os olhos. O olhar dele vai de Lark para Erebus. — E então o único dever da Guarda se torna proteger o rei.

O ar fica carregado de uma tensão sem nome.

Pigarreio, confusa.

— Acho que deixei passar alguma coisa.

— Acredito que eu também, Briana — murmura Sel.

Um arrependimento sutil repuxa a boca de Lark.

— Olha, Kane...

Erebus se vira para mim.

— Minha suserana, você conhece a estrutura da Ordem? O corpo político?

— Sim. — Na primeira noite em que me juntei à divisão, Lorde Davis explicou a Ordem como sendo um só corpo trabalhando em conjunto. — Os Lendários são o coração pulsante da Ordem.

Erebus sorri.

— Sim. E você será a cabeça e a coroa. Mas, na ausência de um rei, e mesmo quando um é Chamado, os Regentes são a espinha dorsal. Como Regente das Sombras, Cestra cuida dos Merlins militares, da Guarda dos Magos, da rede de inteligência da Ordem e de todas as suas forças de segurança.

— Forças de segurança que incluem o Mago-Real. — comenta Sel, seco. A arrogância de antes sumiu de seu rosto. — Com a diferença de que meu Juramento supera qualquer ordem que você ou a Regente Cestra possam dar.

— Superava... — responde Erebus lentamente. — Antes de provarem que seu Juramento foi um erro.

A mandíbula de Sel se contrai. Ele se aproxima de repente e, para a minha total surpresa, encosta em mim pela primeira vez em semanas. Ele fecha os dedos longos ao redor do meu pulso, mas seu toque não é gentil, e sua palma está suada.

— Se essa aula de política medieval tiver terminado, então acho que a Herdeira da Coroa precisa descansar...

— Selwyn, acho que você entende que não apresentei Larkin à toa... — A voz de Erebus não é maldosa, mas firme. — Agradecemos os seus serviços no último mês, mas...

— Fale de uma vez — dispara Sel, entredentes.

— O Guarda Douglas irá proteger a Herdeira da Coroa a partir de agora e irá acompanhá-la até estarem unidos pelo Juramento de Mago-Real.

4

AS PALAVRAS DE EREBUS caem como chumbo ao nosso redor. Sinto meu estômago revirar, e Sel fica perfeita, sobrenatural e perigosamente quieto.

Erebus parece intrigado.

— Isso será um problema?

— Eu não... eu não preciso de um Mago-Real — gaguejo. —Temos que encontrar o Herdeiro Davis e trazê-lo de volta para casa em segurança.

Erebus ignora o comentário sobre o Mago-Real.

— Ouvi dizer que você e o Herdeiro Davis são bem próximos. É verdade?

O olhar dele é curioso e seu sorrisinho não é malicioso, mas a pergunta não é inocente.

Os Regentes não permitem que Herdeiros se envolvam romanticamente se houver qualquer chance de uma criança nascer de sua união. Crianças com múltiplas linhagens podem desafiar — ou até mesmo quebrar — a habilidade da Ordem de rastrear e prever qual descendente se tornará um Herdeiro e qual cavaleiro ancestral irá Chamá-lo. A Távola só se manteve organizada por tanto tempo porque rastreou as linhagens com precisão. Claro, Nick e eu somos a prova viva de que existem lacunas na supervisão da Ordem. Ninguém conhecia nossas verdadeiras linhagens até Lancelot Chamá-lo e Arthur Chamar a mim.

Que grande superioridade moral eles têm, não?

— Somos próximos — respondo, a voz neutra.

Sel me solta e desvia o olhar. Ele pigarreia e diz:

— Antes da revelação de suas respectivas linhagens sanguíneas, o Herdeiro Davis tinha nomeado Matthews, a Herdeira da Coroa, como sua Pajem, e a escolheu como Escudeira na seleção de gala. Tais intenções foram expostas publicamente.

Erebus encara Sel.

— Uma intenção para um Juramento que não iria funcionar, claro, dado que os dois são Herdeiros e não podem ser ligados um ao outro de tal forma. Um triste efeito colateral desse fato, temo eu, é que alguns relacionamentos precisem ser deixados de lado em favor de outros. — O aviso sutil na voz de Erebus desliza por nós, carregado por um sorriso contido. — Como o relacionamento entre você e o Conselho, Herdeira da Coroa. Ou entre você e o seu novo Mago-Real. Você precisa entender que a *sua* segurança é a nossa maior prioridade.

— *Minha* prioridade é salvar aqueles que podem estar correndo mais perigo do que eu — rebato. — E não me ligar a alguém que não conheço.

Erebus suspira.

— Por favor, entenda a nossa posição. Não só é inédito que uma Herdeira de Arthur da sua idade não esteja ligada a um Mago-Real, mas nunca antes em nossa história um Herdeiro de Arthur foi Desperto *e* se tornou Herdeiro Coroado sem um Mago-Real ao lado. O Guarda Douglas é o melhor candidato, mas... — Erebus retira uma tabuleta de dentro do bolso do casaco. — Se você não quiser aceitar Larkin como seu companheiro de Juramento, reuni seis Merlins para a sua avaliação. Cada um com um ano de diferença de você, de diferentes gêneros, especialidades de feitiços e personalidades. Quem quer que você escolha estará aqui dentro de um dia. Regente Cestra e eu podemos discutir cada possível Mago-Real diretamente com você, amanhã, depois do Rito na câmara da caverna.

Arregalo os olhos, chocada com a mudança brusca de assunto.

— O Rito? Amanhã?

Erebus arqueia uma sobrancelha.

— Você... não está preparada para o Rito dos Reis para clamar o seu título?

— Não. Quer dizer, sim. — Meu coração acelera. Tudo está acontecendo tão depressa. — Estou preparada. Só não me dei conta de que seria tão rápido.

— Devemos adiar?

— Não! Mas... — Falo com mais convicção, os pés mais firmes no chão: — Se tivermos tempo depois do Rito, eu gostaria de ouvir os planos de busca pelo Herdeiro Davis. Repito, ele é o meu foco.

— Muito bem. Mas, como você viu hoje à noite, sua vida já está em perigo, o que significa que a nossa Ordem está em perigo. Eu li o relatório sobre a batalha do *ogof y ddraig*, minha suserana. É muito impressionante que você tenha destruído o assassino, o goruchel Rhaz, sozinha. Mas, no mundo ideal, você teria um Escudeiro ao seu lado para lutar *com* você. — Ele olha para Selwyn, avaliando-o. — E um Mago-Real para lutar *por* você. Você não tem nenhuma dessas coisas.

— Isso não é justo — insisto. Tenho evitado pensar em escolher tanto um Escudeiro quanto um Mago-Real. Qual é o objetivo disso se não posso me aproximar do perigo? E não preciso nem de um nem de outro para encontrar Nick. — Nós lutamos aquela batalha juntos. Como uma divisão. Sel, diga a ele.

Sel encara Erebus por um segundo, desafiando-o, e então se vira para mim.

—Você precisa de um Mago-Real, Briana. Já discutimos isso.

Nós *de fato* discutimos isso. Uma vez. Quando estávamos na varanda depois de Nick ter sido sequestrado, enquanto eu alternava entre o meu antigo e o meu novo eu. Uma Impetuosa Bree, abalada. Uma Bree-de-Antes e uma Bree-de-Depois, unidas. Uma Médium e uma Herdeira, fechadas em um recipiente de poderes ancestrais que eu nunca poderia ter imaginado. Balanço a cabeça para afastar aquele dia, aquela memória. — Não é para isso que serve a Guarda dos Magos?

— A Guarda dos Magos protege o rei, sim, mas suas outras obrigações às vezes a afasta dessa função direta. O Mago-Real, por outro lado, é uma guarda pessoal para a vida toda. Um dia, quando você, hum... — Erebus fica corado, mas pigarreia e continua — ... quando seus herdeiros nascerem, a Guarda dos Magos será realocada para proteger as crianças até que elas tenham crescido, mas o Mago-Real permanecerá ao seu lado.

Nossa... Sinto um calor subir por meu pescoço e, de repente, o quintal parece pequeno demais. Quero derreter na grama e descer até o núcleo do planeta, até chegar do outro lado. Me deixem fugir desse planeta, *por favor*. Sinto o olhar de Sel no meu rosto, e os olhares de Lark e Erebus também.

— Podemos não falar de herdeiros agora?

Erebus ruboriza ainda mais.

— Sim, claro. Muito cedo na sua jovem vida, e muito tarde da noite para o assunto, acho. — Ele sorri, constrangido. — Preciso ligar para Cestra e você precisa descansar. Guarda Douglas?

Lark estende a mão na direção do Alojamento.

—Vamos? — Para a minha surpresa, Lark se vira para Sel. — Gostaria de se juntar a nós, Mago-Real Kane?

Sel fica chocado, surpreso, mas se recupera rapidamente.

— Sim, claro.

Damos a volta no prédio em silêncio, uma fileira de três pessoas saindo e entrando nas sombras na extremidade do Alojamento retangular. Sel caminha atrás de mim, me deixando no meio, e Lark lidera o caminho com a mão esquerda estendida, deslizando-a ao longo do lado de fora da barreira mais interna de Sel. Suas luvas de couro deixam as pontas de seus dedos expostas, criando rastros de prata na barreira cintilante.

Entramos pela porta da frente, preparados para a atenção se voltar para nós, mas ninguém está aqui. Pequenas alegrias.

Lark baixa a cabeça, ouvindo.

— O Herdeiro Sitterson e Olsen estão lá embaixo, com... cinco? Outras vozes. Os Lendários, imagino. — Ele observa o saguão, o salão à esquerda, as grandes escadarias que levam ao andar residencial, as portas da enorme sala sob a sacada. — Mais alguém lá dentro?

— Não. — Sel também está ouvindo. Eles captam muito mais informações que meus ouvidos humanos conseguem registrar. — Dispensei os Pajens de seus deveres diários no Alojamento semanas atrás e revoguei a entrada do cartão-chave. Ninguém além dos Lendários pode entrar no prédio. E Merlins, obviamente.

Lark assente.

— Boa ideia, Kane.

— Sei executar o meu trabalho, *Douglas* — diz Sel.

Lark se vira e nos encara, seus olhos pálidos com um ar malicioso.

— Me chame de Lark — repete ele.

— Tudo bem — dispara Sel. — Sei executar o meu trabalho, *Lark*.

Solto um resmungo baixinho. Ele simplesmente *não* consegue, né?

— Kane. — Lark suspira e se vira para Sel. — Olha, não acho que você, eu ou a Herdeira da Coroa tenhamos imaginado que estaríamos aqui nesse momento, nessas circunstâncias.

Eu bufo.

— Isso mesmo.

— Mas nós *estamos* aqui — prossegue Lark —, e essas *são* as circunstâncias. Pelo amor de Deus, estou aqui para ajudar. Você deveria me agradecer!

Sel lança um olhar frio para Lark.

— Pelo que exatamente eu deveria agradecer?

Lark arqueia as sobrancelhas.

— Não éramos amigos na academia, mas também não éramos inimigos. Nossos pais nos treinaram do jeito antigo, para irmos além do título, para além dos Juramentos, para fazer o que precisa ser feito.

Algo silencioso e ressonante se passa entre os dois Merlins, e isso me surpreende. Eu não tinha pensado nisso — que Sel está isolado há meses, talvez anos, de pessoas como ele. Ele sempre esteve sozinho no Alojamento, em título e dever, bem como na origem. Mas, num piscar de olhos, há sete Merlins ao seu redor, em seu espaço, conectando-se com ele de maneiras que ninguém mais consegue. Pessoas que entendem o que é ser um Merlin entre humanos, servindo a Juramentos que mantêm a natureza demoníaca deles sob controle.

Lentamente, Sel faz que sim.

— É verdade. Aonde você quer chegar?

— No fato de que nos conhecemos há muito tempo. Eu, mais do que qualquer outro Merlin, sei tudo que está em jogo para você, pessoalmente. — Lark se aproxima de Sel, a voz baixa. — Porque sei que isso está matando você, Kane. Você está dividido entre proteger a sua carga Juramentada e a sua Herdeira da Coroa, o tempo todo morrendo de medo de que o sangue chame por você durante a noite, assim como fez com a sua mãe.

Meu coração dá uma guinada no peito ao ver o menino de língua afiada que parece sempre atacar os pontos sensíveis de outras pessoas *estremecendo* quando Lark atinge um dos pontos dele. O fato de que Lark tem conhecimento de algo que o próprio Sel descobrira havia apenas um mês — que sua mãe não foi morta por um demônio numa missão, mas presa e trancafiada — não ajuda, tenho certeza.

Qualquer um que saiba a história da Maga-Real Natasia Kane provavelmente a vê como uma lição de moral por "sucumbir ao sangue", como os Merlins chamam quando se perdem para a natureza demoníaca escondida sob a superfície de todos os cambions meio-humanos, meio-demônios. O Merlin original, feiticeiro de Arthur, enfeitiçou seus descendentes com uma salvaguarda para que, enquanto cumprissem seus juramentos de serviço e proteção à Ordem, pudessem impedir que aquela parte demoníaca de seu sangue assumisse o controle. Vinte e cinco anos atrás, o pai de Nick incriminou a mãe de Sel — e sua Maga-Real original — por abrir o Portal demoníaco para assassinar humanos Primavidas, de modo que a suspeita não recaísse sobre ele por seu ato de traição. Lorde Davis disse aos Regentes que Natasia havia se tornado poderosa demais para que os Juramentos a impedissem de sucumbir ao sangue, e todos acreditaram nele. Quando os Regentes silenciosamente removeram o título dela e a prenderam, assumiu-se que a incapacidade de cumprir seus Juramentos apagaria tudo que restasse de sua humanidade.

Mas uma memória recuperada da noite em que minha mãe morreu me mostrou que Natasia Kane estava lá no hospital, de luto por minha mãe. Apenas Sel e eu sabemos que a mãe dele não só escapou de seu cárcere privado, como, de alguma forma, evitou sucumbir ao sangue enquanto estava presa. Não sabemos como ela fez isso, e não sabemos onde ela está para podermos perguntar. Sempre que evoco essa lembrança de sua mãe, Sel muda de assunto.

Sel não é a mãe. E, com o sumiço de Nick, o Juramento de Mago-Real não está sendo cumprido. Agora vejo a ferida do *medo* nele. E Lark também. Um olhar assombrado e vazio perpassa o rosto de Sel, e a culpa fere meu peito, pequenas adagas me golpeando com *Por que não perguntei sobre isso antes?* e *O que mais eu perdi?*.

Outro Merlin viu o que não vi.

— Sel — murmuro, me aproximando dele —, você...?

— Estou bem — responde ele, num sussurro.

Lark coloca a mão no ombro de Sel ao passar, andando com tranquilidade na direção das escadas. Sel faz o mesmo, restando a mim correr atrás dele.

— Mas o Nick... o seu sangue...

— Ele está falando a verdade, Herdeira da Coroa. Ele *está* bem — responde Lark do meio da escada. — Seu Juramento de Serviço à divisão está ajudando Sel a manter o controle. Se não fosse isso, e ele não tivesse controle total de si mesmo, Erebus o teria eliminado de primeira. E *eu* não estaria disposto a deixá-la sozinha com ele.

Sel bufa com desdém atrás dele.

— Você *não* me deixou sozinho com ela.

— Estamos quase lá. — Lark chega ao topo antes de nós e diz: — Permita-me ir em frente. Eu mesmo vou varrer o quarto da Herdeira da Coroa.

— Você não precisa fazer isso — rebate Sel, com um resmungo.

— Preciso, sim. Além disso — Lark olha deliberadamente para nós, sorrindo —, isso dará a vocês dois um momento a sós.

Sel enrijece.

— Um momento a sós para quê?

Lark acena para nós.

— Para discutir qualquer que seja o problema entre vocês.

Fico um pouco perplexa. Lark assente e avança para a esquerda, sumindo de vista.

— Ele...

— É irritante — completa Sel, que se recompõe antes de mim, subindo os degraus rapidamente, os passos silenciosos.

— Sel. — Corro escada acima para alcançá-lo. — Espera.

Ele me encara.

— Sim?

— Me desculpe — disparo.

— Pelo quê? — pergunta ele, com indiferença.

— Por... — Eu murcho, agitando as mãos. — Por tudo isso.

— Seja específica ao se desculpar, Briana. Funciona melhor assim.

Ele desvia de mim e chega ao topo da escada, virando à esquerda atrás de Lark, as mãos enfiadas nos bolsos.

É um esforço quase físico superar o golpe incessante de Sel empunhando o meu nome completo como uma arma. Para nos forçar a voltar a ser quem éramos quando nos conhecemos — inimigos, não amigos.

— Certo... — Eu o alcanço de novo. — Me desculpe por fugir. Por ter ido até a arena com William.

Ele continua andando.

— Que forma estranha de se desculpar por colocar em perigo não só você, mas um dos seus cavaleiros também.

— Sel, para com isso. Eu não sabia que teria *cedny uffern* na arena!

Ele faz um som de deboche.

— Os demônios costumam se revelar para você?

— Bem, não... mas...

Sel dá meia-volta.

— Mesmo que não houvesse *cedny uffern* na fronteira, suas ações colocaram você e os outros em risco. De novo.

Nossa briga surge em minha mente, um roteiro que eu poderia recitar palavra por palavra, mesmo que tenha sido semanas atrás.

— Eu falei o que eu queria. Eu queria melhorar, ficar mais forte...

— Você poderia ter feito isso nas salas de treinamento do Alojamento. Aqui dentro. Atrás das minhas barreiras. Em vez disso, você foi descuidada, repetindo os mesmos erros.

— Eu já pedi desculpa por isso!

— Desculpas não fizeram diferença antes e não fazem agora. — Ele se inclina para a frente, rosnando. — Você convenceu Greer e Pete a te levarem numa caçada não autorizada e quase morreu. E agora você está fazendo a mesma coisa com William.

— Eu não convenci o William a fazer nada! Ele *pediu* para ir comigo.

A voz de Sel se torna fria e mortal.

— Você colocou o seu Herdeiro numa armadilha. William precisou escolher entre ir com você para protegê-la ou deixar a Herdeira da Coroa, *extremamente* vulnerável, ir sozinha, *sem sombra de dúvida* colocando tanto a vida dela quanto o feitiço que alimenta o ciclo Lendário há *séculos* em perigo. Você o forçou. Só não consegue ver.

A vergonha se acumula dentro de mim, dobrando, triplicando o que senti mais cedo.

Mas Sel ainda não terminou.

— Mesmo que Erebus e a Guarda dos Magos não tivessem chegado hoje à noite, as suas ações colocaram o meu título em risco. Isso não te preocupa nem um pouco?

— Eu fiquei dentro da última barreira. Estava sendo cuidadosa!

— Não. — A tensão e a fúria fazem seu cabelo preto esvoaçar como fumaça. — Você estava sendo egoísta.

— Como eu vou ser rei se não posso...

Lark sai do meu quarto de repente, fechando a porta atrás de si.

— O quarto está pronto — diz o guarda. Ele olha para Sel, depois para mim. — Tudo bem por aqui?

— Sim — murmuro.

— Perfeito — resmunga Sel.

Lark não parece convencido.

— Certo. Bem, até onde eu sei, meu trabalho aqui terminou. Vou para a enfermaria agora. — Ele inclina a cabeça para mim numa saudação silenciosa. — Herdeira da Coroa, vejo você de manhã.

Lark se vira em direção ao corredor, tamborilando no corrimão ao se afastar.

— Douglas — chama Sel, cruzando os braços.

Lark olha para trás.

— O que foi agora?

Sel franze a testa.

— Aquela legião não veio do nada. Eles sabiam que Bria... que a Herdeira da Coroa estaria aqui. Eu já vi os isels trabalhando em conjunto. Sei do que estou falando. Ou um uchel ou um goruchel os mandou atacar esta noite, ou outra pessoa fez isso.

O rosto de Lark se contrai.

— Outra... pessoa?

— Não temos tempo para brincadeiras, você sabe do que estou falando. Sei que o nosso relatório sobre a aliança Morganas-Crias Sombrias chegou até o Conselho vinte e quatro horas depois da batalha de *ogof*, o que significa que a Guarda Real recebeu a informação em um dia. Podem ser os Morganas. O velho está de mau humor. Não vai me dar ouvidos, mas...

Lark o encara por um momento, então assente.

— Vou pedir ao Senescal Erebus para fazer a guarda checar de novo. — Ele olha para mim. — Boa noite.

Quando Lark chega à escada e desce para o saguão, dou um passo para perto de Sel e sussurro:

— O próprio Erebus treinou você e não vai te ouvir? Ele não me conhece. E se ele decidir não me dar ouvidos? Como vou ser rei se...

Sel ergue um dedo.

— Espera.

Fico em silêncio. Nós esperamos. Ouvimos o *ding* do elevador no primeiro andar. Ouço a porta se abrindo. Perto. Até eu consigo ouvir os fios e as engrenagens rangendo enquanto ele desce. Ao longe, dois andares abaixo, outro *ding* soa no silêncio. Longe o suficiente para podermos falar em particular.

Sel solta o ar e baixa a mão.

— Você precisa ser mais cuidadosa, com tudo. Pesar o que revela de suas habilidades ou da falta delas, e para quem. — Ele passa a mão pelo cabelo. — E, respondendo à sua pergunta, não sei como você vai liderar. Assim como não sei o que os Regentes vão dizer quando descobrirem que a Herdeira da Coroa de Arthur não consegue invocar aether por conta própria sem vários níveis de autodestruição.

— Eles vão me deixar no banco — falo. —Vão me deixar aqui, trancada, enquanto vocês procuram por Nick.

— *No banco?* — Ele se aproxima, a raiva em seu olhar queimando minhas bochechas. — É isso que você acha que estamos fazendo? *Um esporte coletivo?* E você é a jogadora estrela que está sendo mantida longe da glória?

— Não! — grito.

Ele balança a cabeça.

— Então você quer resgatar o Nicholas sozinha, é isso?

Eu ofego.

— *Não*.

—Você é *tão* teimosa quanto ele — dispara Sel. Ele olha para a porta atrás de mim e faz uma careta. — E tão idiota quanto.

— Isso não tem a ver com glória — falo, com raiva. — E eu não sou idiota!

Ele assovia baixinho, depois dá uma risada debochada, vazia.

— Douglas não faz a menor ideia do problema em que se meteu ao aceitar proteger você.

— Ele não "entrou" em nada — respondo. — Eu não vou fazer aquele Juramento.

Sel olha para mim.

— Por que não?

— Porque eu nem o conheço.

Ele dá de ombros.

— Eu não conhecia Nicholas. Nicholas não me conhecia. Não muito bem.

— E isso foi cruel — rebato. — Vocês eram crianças.

Ele arqueia as sobrancelhas, mas não muito.

— Isso era irrelevante. Você deveria fazer o Juramento. É possível se virar sem um Escudeiro por enquanto, mas você precisa de um Mago-Real.

— Bem, eu não preciso do Lark — protesto. — Tenho você, não tenho? O que aconteceu hoje à noite foi um erro meu, não seu. Você me manteve em segurança.

Uma mistura de dor e frustração surge no rosto dele. Ele solta um longo suspiro.

— Eu não posso protegê-la como um Mago-Real a protegeria.

— Você é um Mago-Real.

— Não o seu — rebate Sel, em um sussurro. — E isso faz toda a diferença do mundo.

— Mas...

— *Não. O. Seu.* — Ele me encara. — Se eu fosse o seu Mago-Real, teria sentido quando Larkin a levou.

— Você estava lutando contra uma dúzia de raposas de armadura, *sozinho...* — resmungo.

— Eu teria sentido o seu medo mortal como se fosse meu, no *segundo* em que você sentiu...

— Você chegou em poucos minutos...

— Só porque senti a sua raiz e sei que ela queima quando você está em perigo. — Ele balança a cabeça. — Sim, eu vim correndo, mas você poderia ter sido morta várias vezes antes de eu chegar, não consegue ver isso?

— Espera... — Eu o ignoro. — Foi por isso que você perdeu a última raposa? Porque saiu do campo de batalha para me encontrar?

A culpa me domina de novo. *Eu* causei essa bagunça toda. Humilhei Sel na frente de seu superior, dos seus semelhantes.

— Não importa. — O maxilar dele se retesa. — O Juramento de Mago-Real é de uma pessoa para a outra, não de um título para outro, e o meu Juramento é com Nicholas. Um fato que você fez questão de ressaltar na primeira vez em que conversamos sobre esse assunto, Briana.

Com os olhos semicerrados, ele me observa, a memória daquela conversa na varanda tomando conta de mim novamente. Sel não se ofereceu para ser meu Mago-Real explicitamente, mas ele ofereceu... algo. Algo que ainda não abordamos.

Sel me clamou como rei dele.

Mais do que isso, ele me chamou de *cariad*. Uma palavra galesa que eu não conhecia.

Era uma coisa típica de Sel, usar uma expressão que não conheço, numa língua que não falo.

Quando ele me chamou de *cariad*, abriu uma porta sem um convite direto. Ele sabia que eu precisaria escolher entendê-lo. Mas, naquele dia na varanda, eu não fiz essa escolha. Ou fiz, de certa forma, acho, ao não fazer nada. Ao não pedir a ele para traduzir, ao não forçá-lo a explicar aquilo que parecia um tratamento. Depois que os emissários dos Regentes chegaram e ficou claro que a poeira nunca iria abaixar, eu fiquei com raiva. Se Sel realmente quisesse que eu soubesse o que ele tinha dito naquele dia, deveria ter falado em inglês em vez de esperar que eu procurasse o significado da palavra e fizesse o trabalho dele.

Não consigo deixar de me perguntar se aquela fricção criou a distância entre nós, antes da vigilância e das barreiras e de ordenar que os nossos amigos me protegessem por detrás das minhas costas.

— Nada a dizer sobre a nossa última discussão? — pergunta ele. — Ou já se esqueceu desse detalhe nessa demonstração imatura de rebeldia que você está fazendo?

Minha cabeça gira. Eu me seguro para não bater o pé no chão... e provar ainda mais o argumento dele.

—Você está sendo *tão* babaca agora.

Um sorriso maldoso retorce a boca de Sel.

— Depois do que você aprontou hoje à noite? Acho que tenho direito. Você disse a Erebus que está pronta para o Rito, mas será que está mesmo?

A pergunta me detém.

O Rito vai mudar tudo. Tornar tudo real. Finalmente irá nos tirar — *a todos nós* — da posição de espera e nos jogar na luta pela qual estamos treinando.

— Sim. Tenho ensaiado com William. — Ergo o queixo, ajeito a postura, porque, se Sel não acreditar em nenhuma outra palavra minha esta noite, preciso que ele acredite *nisso*. — Estou mais do que pronta.

Ele assente, satisfeito.

— Ótimo.

Tem mais uma coisa que eu preciso que ele saiba.

— Sel, me *desculpe* pela posição em que te coloquei hoje com Erebus e a Guarda dos Magos.

Ele analisa a minha expressão por um longo momento.

— Se você realmente lamenta as suas ações, vai ficar no seu quarto pelo resto da noite. — Ele dá uma risadinha sombria, se afastando. — Ou será que eu deveria dizer no quarto *dele*?

Eu ruborizo. Quando os Regentes me tiraram dos dormitórios, eu ainda estava me dando conta de que minha vida nunca mais seria a mesma. Eu poderia ter escolhido um quarto não designado e desocupado, tem muitos no Alojamento. Mas não fiz isso. Escolhi o de Nick.

— Era só... onde eu me sentia...

— Segura? — pergunta ele.

Passo os braços ao redor do corpo.

— Eu nunca disse isso.

O sorriso dele é contido e sem humor.

— Nunca precisou.

Depois do que aconteceu esta noite, o que Sel deve achar da minha escolha de ficar no quarto de Nick? Agora que seu título e sua capacidade de me manter em segurança foram tão publicamente questionados? Quando outro Merlin foi designado para me proteger?

— Erebus está certo, sabia? — diz ele. — Sobre levar em conta do que o Conselho e a Ordem precisarão caso você lidere. E eu sei como você trata William e os Lendários. Suas prioridades, seus relacionamentos... Tudo isso precisa mudar. — Ele olha para um ponto atrás de mim, para a porta de Nick, e então me encara. —Tudo.

Meus olhos ardem. Sei que as coisas vão mudar entre mim e Nick quando ele voltar. Sei que as coisas entre nós não serão mais as mesmas. Mas, ainda assim... odeio que Sel possa estar certo.

Uma expressão ilegível passa pelo rosto de Sel. Uma emoção que poderia se transformar em palavras se fosse possível, mas ele pressiona os lábios com força, enterrando-as.

— Tenho que ir.

Não quero terminar as coisas assim, com remorso e dor pressionando meu peito.

— Sel...

— Boa noite, Briana.

E, com isso, ele vai embora em um borrão. Descendo as escadas, saindo pela porta da frente e adentrando a noite.

5

NA MANHÃ SEGUINTE, sou acordada pelos sons abafados de portas se abrindo e fechando no andar de baixo e passos apressados escada acima.

— Abra, Herdeira da Coroooooa! — Uma voz cantarola do outro lado da porta. — O Esquadrão da Moda está aquiiiiii!

Olho o relógio: sete e meia. É o primeiro dia em semanas em que o resto da casa já está de pé antes de mim.

Saio da cama dando uma risada rouca e estou no meio do caminho quando outra voz entra na conversa.

— E alguém trouxe biscooooooitos!

Greer e Alice estão sorrindo como idiotas quando abro a porta. Greer está vestindo uma calça comprida e uma camisa preta com as mangas arregaçadas. O tecido em seus punhos é amarelado, um sutil aceno para a linhagem de seu Herdeiro. A capa formal da Linhagem de Owain está pendurada em seu ombro, ainda no saco plástico de lavagem a seco. Alice está com uma blusa listrada azul e branca de botão e calça jeans, ostentando uma pulseira de couro verde-esmeralda na mão esquerda e um saco de frango frito do Bojangles na direita.

— Herdeira da Coroa — diz Greer, com uma mesura exagerada. — Posso apresentar a Vassala Alice Chen?

Alice faz uma cortesia de brincadeira.

— Estar na sua presença, Herdeira da Coroa, é a mais...

— Ai, meu Deus, *cala* a boca! — falo, puxando-a para dentro.

Ela solta uma gargalhada.

— Que jeito esquisito de dizer "obrigada, Alice, por vir me ajudar com o cabelo tão em cima da hora" — murmura Alice. — Que forma esquisita de pronunciar "obrigada, Alice, por trazer o meu café da manhã".

Ela passa valsando por mim, enchendo o quarto com os aromas intoxicantes de gordura, fritura e bacon. Depois, coloca a bolsa na mesa e começa a vasculhar as ferramentas que eu trouxe para nós na noite anterior: um pente-fino com ponta para repartir o cabelo, um pote de vidro com óleo de cabelo recém-misturado na cozinha de Patricia, um pouco de gel e uma pequena pilha de faixas. Alice prende o cabelo preto em um rabo de cavalo.

— Isso deve dar — diz ela.

Reviro os olhos.

— Obrigada por atravessá-la pela barreira de dentro — digo para Greer, que se escora no batente da porta, rindo.

Não são só os Pajens que não podem entrar no Alojamento sem companhia.

— É, sem problema. — Elu franze o nariz. — Na verdade, tenho notícias não muito boas...

Congelo.

— É o Nick? Ele foi...

Greer se levanta, agitando as mãos.

— Não, não. Foi mal, nada desse tipo.

Elu segue meu olhar até a pequena coleção de armas apoiada na parede do outro lado da porta, mas é gentil o suficiente para não fazer piadas sobre isso. Não sou a única a guardar armas extras no quarto ultimamente, só por precaução. A porta do arsenal no porão, que costumava ficar trancada o tempo todo está aberta o dia inteiro agora, todos os dias, também só por precaução.

— Não, é sobre a, hum... a situação do Alojamento — prossegue Greer.

Fecho a cara.

— Como assim?

— Bem... — Greer passa a mão pelo cabelo loiro-escuro, preso num coque baixo para a cerimônia. — Você vai ter que fazer as malas. A Regente Cestra mandou todo mundo sair do Alojamento e ir para o complexo em Pembray.

— O quê? — exclamo. — Por quê?

Elu dá de ombros.

— Lamento, Bree. Depois do que aconteceu ontem com as raposas, eles querem que a gente fique num lugar mais seguro. A Guarda dos Magos tem quartéis por lá, fica na zona rural, e...

Eu solto um grunhido.

— Está bem. Vou arrumar as malas.

— Vou pegar uma carona com Pete — conta Greer. — Aquele Merlin novo, Douglas, falou que ia encontrar você lá embaixo quando estivesse pronta.

— Claro que vai.

Greer sorri, voltando para o corredor e acenando para Alice.

— Vejo você mais tarde, Chen.

— É *Vassala* Chen para você! — exclama Alice. Ela levanta o braço e sacode o bracelete. — Da Linhagem de Gawain!

— Tudo *isso* acontecendo por trás das minhas costas — falo para Greer, apontando para Alice — é culpa de William.

— Aham, mas qual é a *sua* desculpa?

Greer dá uma piscadinha, faz uma saudação e então vai embora.

Fecho a porta e me encosto nela. Elu tem razão. Eu trouxe Alice para o Alojamento na noite da traição do pai de Nick. Chamá-la de Vassala, uma apoiadora não iniciada da Ordem, foi a primeira mentira em que consegui pensar para explicar a presença dela aqui como minha convidada.

— Eu só sugeri que a gente transformasse você numa Vassala *oficial* para que pudéssemos ter uma papelada para oficializar as coisas, Alice, não para que você saísse por aí exibindo o verde de Gawain.

— E ainda bem que você fez isso — murmura ela, enfiando a mão no pacote de frango frito. — Caso contrário, as pessoas iam se perguntar por que eu estava rondando o Alojamento o tempo todo, metida nos arquivos com William, tentando me atualizar com seu novo estilo de vida de Herdeira da Coroa. Arquivos que, aliás, são *fascinantes*. Não entendo por que você não passa os dias lá.

Eu poderia estar usando esse tempo para estudar o espírito antigo cujas habilidades herdei e os Herdeiros de Arthur que vieram antes de mim. Mas não faço isso. É quase como se eu estivesse entrando em contato com o cara.

Meu celular toca em cima da cama, me salvando de ter que me explicar para Alice. Pego o aparelho enquanto ela come. Uma mensagem de Mariah.

Vi a sua mensagem. Tudo bem fazer uma chamada de vídeo comigo e a doutora?

Sim, digito em resposta.

— Ei — chamo Alice. — A Mariah me mandou uma mensagem. Vou falar com ela e a com dra. Hartwood sobre a noite passada.

Alice ergue a cabeça, os olhos castanho-escuros alertas e curiosos.

— Ah... Reunião secreta das Artesãs de Raiz. Preciso sair?

— Não, você não tem problema.

Alice, William e Sel são as únicas pessoas para quem contei sobre a comunidade de Artesãos de Raiz no campus.

Apoio o celular na jarra de óleo de Patricia e deslizo para o lado, para atender a ligação quando a notificação aparece.

O rosto marrom-avermelhado e afável de Mariah aparece do lado esquerdo da tela.

— Oi, Bree-Bree.

Ela acena e sorri. Colocou longas tranças no cabelo e usou um tecido grande para fazer um coque.

— Oi, amiga — respondo.

— É a Alice ali atrás?

— Oi, Mariah! — Alice acena. — Pode me ignorar.

Ela se ajeita na minha cama com o celular dela, satisfeita em nos deixar conversando.

Olho ao redor de Mariah no vídeo. Pelo que consigo ver, ela está no quarto do dormitório.

— E aí?

Ela dá de ombros.

— Muitos nadas. No momento estou sendo muito boa em ignorar uma prova que preciso fazer em casa. Você falou que aconteceu algo ontem. O que foi?

Estremeço.

— Você não sentiu?

Ela arqueia uma sobrancelha.

— Senti o quê?

— Uma... uma onda de choque de raiz?

— Não! *Espera aí...* — Ela se inclina para mais perto, observando atentamente minhas expressões. — Você foi atacada a ponto de a sua raiz entrar em chamas?

— Sim. Não. Não muito.

Alice bufa, e eu me viro para encará-la.

— Ruim o suficiente para fazê-la se mudar de casa — acrescenta ela, ajeitando os óculos sem olhar para nós.

— Uau! — Mariah fica boquiaberta.

— Eu estou bem!

— Você não é a herdeira ao trono da magia dos branquelos? — Mariah agita a mão. — Deveria estar cercada por guarda-costas.

— Ah, ela está — solta Alice, atrás de mim.

Olho para ela.

— É complicado.

— Olá?

A dra. Patricia Hartwood, minha antiga terapeuta, aparece na tela ao lado de Mariah. Ouvimos a voz dela, mas a câmera está virada para o teto.

Mariah disfarça uma risada.

— Não estou vendo você, dra. Hartwood.

Patricia ajeita a câmera até a imagem ser o enorme sorriso dela, olhos brilhantes por trás de óculos de armação amarela e suaves maçãs do rosto num tom marrom-escuro. Seus dreads grisalhos estão presos no alto da cabeça hoje.

— Melhorou?

— Sim — respondo. Noto os arredores de Patricia também. Ela está numa cabana que parece confortável. A luz do sol cria padrões brilhantes no teto acima dela. — É o lugar que você alugou?

— Isso! — Ela olha para o celular e ao redor da sala. — É bem confortável. Preciso agradecer ao seu pai pela recomendação.

Sorrio.

— Papai conhece os melhores lugares nas montanhas.

É verdade. Meu pai cresceu na zona rural do oeste da Carolina do Norte, e ele e minha mãe costumavam me levar lá todo ano para ver as folhas caírem. Vermelhos brilhantes, dourados vibrantes, borrões rosa, pêssego e laranja. Pensar nas férias em família que nunca mais teremos faz meu peito doer.

Encontro o altar montado na porta do armário. É apenas um caixote de madeira, nada de especial, mas os itens em cima dela me lembram por que vim para cá.

No centro, há uma tigela rasa de cerâmica cheia de flores silvestres medicinais secas. Três cristais em uma pilha, da caixa de joias da minha mãe, que eu pedi e meu pai enviou: um heliotropo oval, um quartzo rosa de três pontas e uma cornalina que se encaixa perfeitamente na minha mão. Uma jarra alta de figos secos, uma doçura cultivada do chão. A pulseira de berloques da minha mãe, aberta em cima de um pano preto.

— As paisagens são incríveis — diz Patricia, chamando a minha atenção. — Eu me vejo ficando em Asheville por mais de uma semana. — Ela inclina a cabeça. — E você ainda não falou com ele sobre o que está acontecendo, certo?

— Não. — Liguei para meu pai ontem de manhã para dar notícias, uma conversa curta e carinhosa. Ele me disse que estava difícil arranjar um trabalho decente na oficina. Fiquei feliz por minhas "novas acomodações extravagantes" no Alojamento serem de graça. Isso significava que ele poderia parar de pagar as taxas do dormitório. — Falei para ele que talvez eu entenda melhor a mamãe agora, que entendo por que ela guardou para si tudo que passou em seu período na universidade. Ele falou que não ia insistir.

Minha mãe não está mais aqui, e jamais teremos nossas férias de família novamente. Não consegui impedir a morte dela, mas vou fazer o que for preciso para manter meu pai fora disso.

Maria dá de ombros.

— Não se sinta mal. Muitas mulheres da Arte de Raiz mantêm suas práticas em segredo.

— Eu odeio mentir, mas se contasse só ia arranjar mais preocupação para a cabeça dele. Além disso, saber a verdade é perigoso. — Faço um gesto para Patricia. —Vocês precisaram sair da casa de vocês para ficar em segurança. Eu me sinto péssima.

Patricia ri.

— É só uma ausência curta, Bree. Não vou ficar muito tempo longe do trabalho.

— Eu sei, mas...

— Bree — interrompe Patricia. — Ficamos gratas pelo seu aviso na semana passada. Foi ideia *minha* usar a oportunidade para sair enquanto os seus Merlins da Ordem estão na cidade para o memorial.

Mariah assente.

—Também fiquei feliz com o aviso.

— Era o mínimo que eu podia fazer — murmuro. —Vocês tiveram a chance de passar a minha mensagem adiante?

— Sim. Falei para a rede da raiz que seria bom não chamar a atenção no campus esse final semana. Muitos estudantes não executam os ramos mais chamativos da raiz, mas é melhor prevenir do que remediar.

Mordo o lábio.

— Espero que eles não estejam me odiando por causa disso.

— Hã? — Mariah balança a cabeça. —Você teve o cuidado de manter os locais em segurança. Avisou com antecedência que os Merlins viriam. Por que iriam ficar com raiva?

— Depois da primeira onda de choque... — Inclino a cabeça para a frente e para trás. — Eu entendo por que eles ficariam chateados.

Não foram apenas os Lendários que tiveram que lidar com as consequências daquela noite na caverna. Um típico Artesão de Raiz abre um único caminho para um ancestral a fim de pegar seu poder emprestado e, em seguida, devolve esse poder quando termina de usá-lo. Mas, quando Vera me possuiu, a fornalha de raiz vermelha dentro do meu peito se abriu como uma estrada larga e em chamas para cada ancestral que ela convocou visando alimentar a Arte de Sangue original. É por isso que os Artesãos de Raiz acreditam que a Arte de Sangue — que liga o poder ancestral às linhagens de forma permanente, como Vera e Merlin fizeram — é um tipo amaldiçoado de magia. Ela traz muito poder do reino dos mortos para o reino dos vivos, perturba o equilíbrio de ambos os lados.

E eu sou uma Artesã de Sangue multiplicada por dois.

— "Preocupados" é a palavra que eu usaria. — Patricia sorri. — Quando o raio cai, a corrente viaja pelo chão e através do solo, mas não destrói a terra. Foi um choque, e nós nos recuperamos.

— Foi um *baita* jeito de se anunciar para a comunidade, não vou mentir — diz Mariah, com um sorriso. — Eu senti sua raiz até lá no campus Sul.

— Você está numa posição de liderança, comandando gente que caça usuários de magia como nós, Bree — diz Patricia. — E você já está usando seu poder com sabedoria.

— Artesã de Sangue e tal?

Ela sorri.

— Artesã de Sangue e tal. Agora, conte-nos o que aconteceu ontem à noite.

Eu conto sobre a noite passada, parando no coro de vozes que ouvi quando Lark me tirou de cima da árvore. Mariah assovia.

— Acho que está tudo bem. Isso parece ser o "barulho" típico dos Médiuns, que vem e vai. Você não tocou em poder o suficiente para perturbar os mortos para além do seu local imediato.

— Que alívio — falo.

— A pergunta mais importante é: você está bem guardada agora?

Não respondo de imediato. Para Mariah, estar "bem guardada" significa que não ouço diretamente os mortos, a menos que peça a alguém por meio de um ritual. Mas a verdade é que, certas manhãs, acordo com sede de guerra na boca. Um gosto metálico, quente e faminto. Não posso dizer a quem pertence, mas sei que não vem de mim.

— Olha, essa resposta está demorando demais, amiga — alerta Mariah. — Você está guardada ou não?

Faço uma careta.

— Acho que sim? Não fiz nenhuma oferenda ou ritual para convidar ninguém. Sem possessões. Mas, de vez em quando, eu me sinto... diferente.

— Os Lendários ganham traços de personalidade de seus cavaleiros — explica Alice, prestando atenção à conversa. — Será que é isso?

— Hum... — Mariah está pensativa. — Mas você não é *apenas* Lendária, você é uma Médium. Imagine uma fumaça escapando por debaixo de uma porta, tentando chegar até você. Pode estar rolando um incêndio do outro lado. Vazamentos. Tenha cuidado.

— Vou ficar de olho. — Solto um suspiro pesado, sem saber ao certo como tomar mais cuidado do que já tomei. — Não vou ficar segurando vocês. Alice está aqui para trançar o meu cabelo.

— Esse cabelo *todo*?! — Mariah se joga para trás na telinha de vídeo com um sorriso, os olhos arregalados. — Meniiiina, boa sorte.

— Obrigada! — responde Alice.

— A gente se fala, Bree — diz Patricia.

Assim que desligamos, abro o aplicativo de música e pressiono o play. Alice se levanta e tira minha touca de cetim. Ela puxa as mechas soltas, ainda úmidas por tê-las lavado e penteado tarde da noite.

— Vamos, Vassala Chen. Vamos acabar com isso.

6

MEU PRIMEIRO GESTO público como Herdeira da Coroa é dizer adeus aos nossos mortos.

No entanto, como a maioria das pessoas neste funeral não percebe que *eu* sou a Herdeira da Coroa, não é lá muito público.

Trinta quilômetros a sudoeste da Universidade da Carolina do Norte, há um grande empreendimento residencial chamado Pembray Village. Para o público, Pembray é uma comunidade tranquila e privada situada nos hectares pitorescos de terras agrícolas de duzentos e cinquenta anos. Os edifícios históricos do complexo de Pembray incluem uma pousada de três andares, um spa cinco estrelas e um restaurante com estrela Michelin que serve apenas vegetais cultivados na propriedade a partir de sementes sem modificações genéticas. Na primavera, o mirante com vista para o lago, digno de cartão-postal, é um dos locais mais procurados para casamentos no estado. O que as revistas de turismo e os moradores da região não sabem é que Pembray, como muitos dos complexos de luxo ao redor do país, foi construído pela Ordem da Távola Redonda para servir de local de encontro sempre que necessário. Quando Primavidas tentaram fazer reservas na pousada esta semana, foram informados de que o local estava fechado para "reformas".

De um local tranquilo sob o toldo da pousada, observo carros deixando seus passageiros. Eu mal me lembro do funeral da minha mãe. Mas sei que não foi assim: uma centena de brancos ricos em trajes funerários extravagantes saindo de um fluxo constante de limusines e carros de luxo. Celebridades locais, alguns ex-alunos famosos, o prefeito, eu acho?

Não me surpreende nem um pouco que as únicas pessoas não brancas por aqui são alguns Merlins e eu, mas ainda assim é bem podre. Mesmo que minha identidade *fosse* revelada, não sei se aguentaria estar em um funeral com tanta gente branca emocionada encarando com perplexidade a Garota Negra Herdeira de Arthur. Por um lado, é assim que as coisas são, queiram eles ou não. Por outro... eca. Quando Nick me reivindicou publicamente como sua Escudeira, a resposta no baile de gala foi uma batalha por si só. Não tenho energia para lutar contra a descrença desse bando de brancos hoje.

Um quarteto de cordas toca Bach no gramado esmeralda perfeitamente cuidado sob o céu nublado da manhã. Ao longe, a superfície de vidro do lago Llywelyn ondula em tons de prata e cinza com a brisa. O ar cheira a chuva e perfume caro. Tenho certeza de que havia coroas de flores no túmulo de minha mãe, mas nada como a parede viva de três metros de altura de dálias frescas, cravos e ranúnculos que servem de pano de fundo para as nove cadeiras altas espalhadas pelo estrado. Os convidados que caminham em direção à capela usam ternos pretos, casacos longos, vestidos. Andam com a cabeça baixa, sussurrando uns para os outros, observando as urnas que estão sobre uma mesa coberta com um pano preto na frente da congregação.

São quatro urnas. Uma delas está vazia porque o corpo de Evan nunca foi encontrado.

O que ninguém diz sobre os funerais é que logo após o luto comunitário por alguém que você ama, depois que todos se foram e a tristeza geral se dispersa, vem uma solidão inimaginável. Um grande e escancarado *nada* onde uma pessoa, uma vida e um futuro costumavam estar. O outro lado de um funeral é o abismo.

Do outro lado *deste* funeral, no entanto, a minha nova vida começa oficialmente.

Só preciso passar pelo funeral para chegar até o Rito. Atravessar o Rito para reivindicar meu título. Reivindicar meu título para participar da busca por Nick. E, quando eu sair para a busca, o Conselho sairá da região também, o que significa que a Guarda dos Magos ficará a uma distância necessária da rede de Artesãos de Raiz no campus. Vou poder ter tudo isso se *sobreviver ao dia de hoje*.

83

— Pajem Matthews?

Theresa Hamilton, uma das emissárias dos Regentes que chegou para anotar os nossos depoimentos no dia seguinte à captura de Nick, me chama. Ela acena para mim do perímetro do local da cerimônia. Theresa tem que me chamar de "Pajem" porque, para quase todos aqui, é isso que sou.

Eu não gosto de Theresa. Nem um pouco.

Antes de me aproximar, no entanto, me forço a fazer uma expressão que espero não ser lida como hostil. A mulher usa um coque alto e óculos estreitos e sem armação e, embora eu só a tenha visto algumas vezes, tenho certeza de que seu queixo inclinado com ar de arrogância é um traço constante.

Paro ao lado dela.

— Que bom ver você de novo, Theresa.

— Por favor, me chame de Emissária Theresa aqui, se não se importar. — Theresa me olha de cima a baixo. — Ah.

Seu escrutínio passa por minha calça, meus quadris e vaga até meus ombros largos e a veste preta longa amarrada no meu pescoço. No momento em que chega ao meu cabelo, o sorriso de plástico da emissária derreteu.

— Algum problema? — pergunto, entredentes.

Ela responde com o olhar fixo em meu cabelo. Um trabalho de Alice Chen — tranças pensadas para manter meu cabelo afastado do rosto, fluindo em cachos soltos, macios, brilhantes e cheios, penteados com gel para cair sobre meus ombros.

— É tarde demais para mudar as primeiras impressões, mas talvez, futuramente, por questão de decoro, você possa levar em consideração ter mais cuidado com o seu... — Ela gesticula ao redor da própria cabeça. — Talvez suavizar as coisas para dar uma aparência maior de limpeza?

Sinto uma onda de calor subir por meu corpo.

— Limpeza? — disparo.

— Bem... — diz ela. — Sim.

Por ser curiosa, Alice aprendeu a fazer tranças com a minha mãe, que achou graça e deu uma aula para a minha amiga quando tínhamos treze anos. Eu poderia gritar obscenidades para essa mulher sem estragar um fio. Em vez disso, falo:

— Só porque o meu cabelo é cheio, não significa que está *sujo*, Theresa.

Ela arregala os olhos e baixa a cabeça de volta para a prancheta.

— Os... os últimos convidados chegaram ao local da cerimônia, a Guarda dos Magos está pronta para recebê-la agora. — Theresa verifica seu mapa de assentos e depois olha para a multidão. — Pajens ficam sentados na segunda seção, e você ficará no meio. Tudo bem por você, certo?

Não. Depois dos comentários dela sobre o meu cabelo, não estou apenas impaciente. Estou *furiosa*.

Suspiro, fechando os olhos.

— Agora, se puder, Pajem Matthews — insiste Theresa, a voz baixa —, um funeral para os nossos falecidos irá começar.

Abro os olhos, o sorriso voltando para o lugar quando encaro Theresa.

— Depois do Rito de hoje à noite — falo —, você *vai* parar de me chamar disso.

Theresa ergue uma sobrancelha e bate no broche acobreado com o símbolo da Ordem preso em sua lapela.

— Eu sou a voz do Alto Conselho dos Regentes e trabalho sob ordens diretas deles. Vou me referir a você da forma como os Regentes ordenarem, *Pajem Matthews*, até que eles digam que é seguro chamá-la de outra forma.

Tenho que me controlar ao máximo para não responder, mas não faz sentido ficar com raiva de Theresa. Ela é apenas uma porta-voz. A mulher inclina a cabeça, gesticulando para os assentos quase ocupados.

— Eles precisam de você no seu lugar antes que...

Já estou em movimento, seguindo as orientações dela, passando pelos outros convidados que também procuram seus assentos.

Há apenas alguns lugares vagos na seção dos Pajens, bem no meio. Excelente. Fico entre Pajens que não só competiram contra mim no torneio de seleção, mas que também não fazem ideia de quem eu sou agora. Enquanto atravesso o corredor, Spencer acena para mim de uma cadeira ao lado de duas vazias. Ainsley, que falhou no primeiro teste, estreita os olhos na minha direção na fila de trás.

A Guarda dos Magos deve ter esperado até que eu estivesse acomodada no meu lugar, porque no segundo em que me sento, meus ouvidos estalam dolorosamente. Uma rajada de assinatura de aether me atinge por todos os lados em uma onda.

Isso *definitivamente* não se parece com o funeral da minha mãe.

O que quer que tenha acontecido no enterro da minha mãe na Igreja Batista Whatley, em Bentonville, Carolina do Norte, com certeza não chegou perto de estalos mágicos no ar.

Ergo a cabeça para contemplar a maior construção de aether que já vi. A maioria das proteções é quase invisível para os que têm a Visão, a menos que elas sejam perturbadas ou atacadas, mas uma construção em forma de cúpula é uma barreira física de verdade. A cúpula acima das urnas de Russ, Whitty, Fitz e Evan se estende por trinta metros em todas as direções e lança um brilho prateado no céu azul da Carolina do Norte.

Oito dos vinte e quatro membros da Guarda dos Magos no local estão espalhados pelo local, equidistantes uns dos outros, usando ternos pretos e mantendo as mãos esticadas. Eu os observo reunir aether em suas mãos e espalhá-lo pelos dedos, de onde flui para um feitiço coletivo. A densidade de tanto aether — de assinaturas fortes e pronunciadas, misturadas — faz o meu nariz arder.

Alguém do meu lado pigarreia, e eu dou um pulo.

— É preciso um domínio profundo de construtos de aether para erguer uma barreira *annistryw* indestrutível. Muita disciplina e muito foco.

Olho para Lark. Eu não o tinha visto quando me sentei.

— De onde você... — Paro, observando-o. Não tenho certeza de que o teria *reconhecido* sem ouvir a voz dele. — O que você está *vestindo*?

Quando Lark me deixou aqui uma hora atrás, trajava o que parecia a versão diurna do uniforme da Guarda dos Magos: cinza-escuro, em vez de preto, calça larga e um suéter com cordão de carvão, sem túnica ou capuz. Agora ele está com um terno preto que parece valer mais do que meu guarda-roupa inteiro. Seu cabelo está penteado para baixo, cobrindo a maior parte da nuca raspada. E as tatuagens que vi ontem à noite estão cobertas por uma gola alta branca e pelas mangas compridas do blazer. Seus olhos âmbar não perderam o brilho, mesmo escondidos atrás de um par de lentes de contato castanhas de alta qualidade e quase tão perfeitas que talvez sejam projetadas sob medida para esconder sua herança cambion. Apesar da roupa de grife, ele parece um estudante universitário extremamente comum. Pouco marcante. Até mesmo seu sorriso é contido o suficiente para que os lábios escondam seus caninos de Merlin.

— Um terno Armani de três mil dólares. — Lark ajeita o colarinho com um sorriso. — Não é o que eu usaria, sendo sincero, mas é o que a Theresa mandou para o meu quarto aqui no complexo.

— A Emissária Theresa *mandou* um terno para você? — Spencer se vira para nos encarar, obviamente ouvindo a conversa. — De qual divisão você é?

Lark tem uma mentira pronta.

— Estou aqui para representar os membros da Divisão do Norte e oferecer meus sentimentos em nome dos nossos Herdeiros e Escudeiros.

Até o sotaque dele está mais ameno. Outra parte do disfarce.

As divisões universitárias dos Lendários não se misturam muito, nem mesmo em funerais. O ciclo Lendário ensina que, quando um Herdeiro morre, há sempre um membro da família treinado e pronto para ocupar seu lugar. Se um Escudeiro morre, há sempre outro Pajem pronto para ser escolhido e Juramentado. O funeral de hoje está cheio apenas porque quatro Lendários morreram de uma vez.

— Ternos Armani são presentes comuns no Norte? — reclama Spencer. — Mesmo quando quem morre não é um membro da *sua* divisão?

Parece haver uma quantidade saudável de rivalidade entre as divisões, ainda que, supostamente, estejamos todos do mesmo lado.

Lark, avaliando a multidão, apenas dá de ombros sem muita atenção, um gesto que pode ser lido como um "sim", um "não sei" ou nada. Está na cara que Lark não se importa com o tratamento que os Pajens de outras divisões recebem, mas Spencer considera seu silêncio um insulto.

— Essa gente do Norte — resmunga Spencer, fazendo uma careta. — Um bando de mimados, como todo mundo diz.

Sem nem se dar ao trabalho de olhar para Spencer, Lark abre um sorriso.

— A hospitalidade da Divisão do Sul em sua melhor face, dá para ver.

— Repete isso... — rosna Spencer, começando a se levantar.

— Ai, chega!

Eu fico de pé num pulo antes que Spencer diga mais alguma coisa e empurro Lark pelo ombro até que ele seja forçado a se levantar e sair da fileira. Passamos pelos outros até chegarmos a um lugar tranquilo debaixo de uma árvore. A guarda mais próxima, uma mulher baixa com cabelo preto e olhos brilhantes, está a cerca de dois metros atrás de nós. Ela olha para mim, então para Lark, e volta para o seu feitiço.

— O que você está fazendo aqui? — pergunto, sussurrando de um jeito típico dos Merlins, por precaução.

Lark retorce a boca em deleite.

— Estou aqui para o funeral, assim como você, Pajem Matthews.

Reviro os olhos.

—Você sabe do que estou falando.

Ele me lança um olhar firme.

— Do jeito que as coisas estão, serei seu Mago-Real. Onde mais eu estaria?

Aponto para a Guarda dos Mágicos ao nosso redor, para o domo acima de nós.

— Este deve ser o gramado mais protegido magicamente no mundo inteiro. Você não estaria, me desculpe, exagerando?

Ele ri.

— Não existe isso quando se trata de você.

— Discutível.

O sorriso verdadeiro de Lark enfim surge.

— Não é discutível para a Guarda dos Magos — diz ele.

Solto um *aff*.

—Você está parecendo o Selwyn.

Ele hesita de início.

— Sua segurança não deveria ser discutível para ninguém. Principalmente para um Mago-Real.

O rumo da conversa me surpreende.

— Como assim? — pergunto.

—Você e Kane...

Estreito os olhos.

— O que tem?

Ele balança a cabeça.

— Deixa pra lá. Não é da minha conta.

— Provavelmente não.

Quando chegamos ao funeral, observei o perímetro na esperança de ver um Merlin em particular. Agora, observo o local novamente e ainda não encontro quem estou procurando. Presumi que nos veríamos no culto e poderíamos conversar de novo. Melhorar as coisas de alguma forma.

A Arte de Sangue que me dá a capacidade de sentir quando um Merlin olha na minha direção nunca erra, aparentemente, então sinto faíscas na bochecha quando Lark se vira para me observar.

— O que foi? — explodo.

—Você está atrás do Kane?

— Pensei que ele estaria aqui. — Suspiro. — Eram amigos dele também.

Lark inclina a cabeça.

— Magos-Reais não costumam se atrasar.

Franzo a testa novamente diante do segundo comentário estranho sobre Magos-Reais. Ele está me dizendo que Sel está aqui? Ou que não estará? Ou ele está tentando se vender como meu Mago-Real?

— Sel vai chegar — falo.

Juntos, escaneamos todo o lugar da cerimônia, mas não há sinal de Selwyn.

De onde estamos, é fácil ver que as pessoas ali presentes estão divididas em quatro grupos:

Em cima do estrado e atrás da mesa de urnas, os Lendários se sentam em cadeiras altas, usando capas coloridas e túnicas formais. Os Herdeiros estão sentados em ordem de classificação: Tor como terceira classificada, Felicity como quarta, Pete como sétimo e William como décimo segundo. Em seguida estão Sarah, Escudeira, e Greer, Escudeire.

Diretamente na frente dos estrados altos estão os familiares dos mortos. Então os Pajens.

Na fileira de trás, em trajes formais escuros, estão meia dúzia de Suseranos — Herdeiros e Escudeiros aposentados, alguns que nunca foram Chamados por seus cavaleiros e outros que foram. Eles usam adornos com faixas nas cores de suas Linhagens e carregam cicatrizes e expressões severas. Alguns se viram para mim com olhares curiosos e cautelosos.

— Quantos Suseranos você conhece? — murmura Lark.

Ele também reparou que estavam me observando.

— Só os dois que me treinaram — respondo. — Owen e Gillian.

— *Hum*. Suseranos são esquisitos.

— Por quê?

— Ah... me perdoe. — A culpa toma conta de sua expressão. — Não é... educado discutir.

— Eu já acho você mal-educado mesmo — comento. — Então fala logo.

Lark arregala os olhos.

— Aprecio a honestidade. — Ele suspira. — Olha, nós, Merlins, temos nossas habilidades de aether desde que nascemos, mas vocês, Lendários, só têm as suas por no máximo seis anos, certo? Dezesseis a vinte e dois. — Ele balança a cabeça. — Os que são sortudos o suficiente para sobreviver a esse período enfrentam uma longa morte por poderes que nem possuem mais.

— Abatimento — murmuro.

Suseranos tendem a morrer aos trinta e cinco. Se um cavaleiro chama seu Herdeiro ao poder, o Feitiço da Eternidade dá a eles habilidades incríveis, mas queima o tempo de vida, a encurtando. Uma forma de Abatimento parece afetar a Linhagem de Vera também. Mães que são tiradas de suas filhas cedo demais.

— Isso — confirma Lark. — Os Suseranos nunca perdem a sede de sangue. Não saem do campo de batalha, nem mesmo quando a herança deles os *abandona*. Na minha opinião, existem Suseranos sem poderes lutando contra Crias Sombrias lá fora que são mais perigosos do que muitos Merlins. Quando você tem uma contagem regressiva acima da sua cabeça, não existe motivo para se segurar.

Eu serei uma Suserana um dia, se tiver a sorte de viver tanto.

Uma mulher de cabelo ruivo na primeira fila chora alto. Toda vez que ela abaixa a cabeça para enxugar os olhos com um lenço, o homem ao seu lado faz carinho em seus ombros. Ele parece familiar, como se eu o tivesse visto no noticiário em algum lugar.

— Quem são eles? — pergunto a Lark, apontando com a cabeça na direção do casal.

— Os Cooper — murmura ele.

Meu estômago revira na hora. Os pais de Evan Cooper. O *verdadeiro* Evan Cooper. Não Rhaz fingindo ser Evan... Fecho as mãos com força, minhas unhas arranhando o tecido da calça preta. Não são as imagens da luta na caverna — o *ogof* — que me assombram. São as memórias dos sentidos que vêm inundando meu corpo.

Na palma da mão, *sinto* a forma pesada e desajeitada do corpo do demônio Rhaz perfurado por minha lâmina, ainda se contorcendo em agonia. Cheiro de carne derretida, podre. Ouço o som distorcido dos gritos do demônio. O icor na minha pele, a raiz queimando. Então, em uma corrente silenciosa, sinto a sede de sangue inebriante em minhas veias que poderia ter sido de Arthur, mas poderia ter sido minha também...

— Fique calma — murmura Lark.

Eu me viro para ele com uma pergunta estampada nos olhos, e ele acena para o meu punho esquerdo ainda cerrado. Eu desdenho, mas abro os dedos e os pressiono bem na coxa mesmo assim.

— Estou bem.

— Ótimo — diz Lark, segurando o meu cotovelo de leve —, porque precisamos de você de volta no seu assento.

— Por quê?

Ele inclina a cabeça na direção da longa estrada no topo da colina, e eu vejo a resposta para minha pergunta.

Os Regentes chegaram.

7

UMA ONDA DE MURMÚRIOS flui em nossa direção do fundo da multidão. Funerais Lendários são comuns quando se está em uma guerra santa secreta. Mas este funeral, presidido pelos Regentes e feito para quatro guerreiros ao mesmo tempo, provavelmente ficará na história da Ordem.

— Venha.

Lark me puxa pelo cotovelo. O som grave do cascalho sendo esmagado por veículos pesados atravessa a barreira. A carreata dos Regentes se aproxima, e a energia da expectativa dos presentes aumenta. Ao meu redor, todos ficam de pé, ajustando suas vestes formais, mantos, faixas e sigilos, para que os Regentes possam reconhecer suas Linhagens e títulos à primeira vista.

— Por favor, levantem-se — comanda Tor a todos, imperiosa.

Reviro os olhos. Tor está gostando muito de seu papel como líder pública *pro tempore* da divisão, para o meu gosto.

Lark se inclina na minha direção.

— Pronta?

— Sim. — Se Lark ouviu o leve tremor na minha voz, ele foi educado o suficiente para não mencionar isso. — Eles estão vinte minutos *atrasados*.

— O Alto Conselho dos Regentes não se reúne há uma década. Acho que eles podem demorar quanto tempo quiserem.

Os murmúrios ao nosso redor se transformam em um silêncio ansioso quando três SUVs pretos param na entrada que fica no topo da colina. Eles param. Ouço uma porta bater. O som faz meu coração disparar.

— Cabeça e queixos erguidos, ombros para trás — recomenda Lark, a voz calma e perto o suficiente do meu ouvido para que apenas Merlins possam ouvir. — Não fique se mexendo. Eles não vão reconhecê-la, mas *vão* vê-la.

Olho para ele e paro de repuxar as mangas da minha veste.

O silêncio paira quando um homem branco alto, usando óculos escuros e um terno preto, sai do primeiro carro. Uma espécie de Vassalo. Ele faz uma longa reverência para os Lendários que estão sentados, e todos acenam com a cabeça em resposta. Então, ele caminha pela lateral do longo veículo até chegar na última porta, abrindo-a suavemente.

Uma mulher branca e alta sai do carro, ajustando seu rabo de cavalo ruivo e elegante, e na mesma hora a reconheço.

— Cestra — murmuro.

— *Regente* Cestra — corrige Lark, o bom humor em seus olhos contrastando com o tom áspero e dominante de sua voz. — Uma Pajem nunca deve se referir a uma Regente sem o título.

Assinto de leve, mostrando que entendi, e Lark dá uma piscadela. Está claramente se divertindo com nosso plano temporário.

Cada Regente é selecionado por seu antecessor, mas deve ser de uma ascendência Lendária. Sei que Cestra já foi filha da Linhagem de Tristan, uma parente distante de Tor que nunca foi Chamada. Quando Cestra assumiu o título, porém, ela abandonou sua ascendência, as cores e o sigilo, tornando-se a Regente de Sombras.

Quando Cestra se afasta do carro, vemos que ela está adornada com as cores Merlin: uma longa faixa preta com bordas prateadas por cima de seu terninho escuro de risca de giz. Atenta, ela observa a multidão e o círculo de Guardas dos Magos que a cerca. Percebo que seu Senescal não está presente.

— Onde está... — sussurro.

— Erebus permanece em trabalho de campo enquanto sua Regente está na cerimônia — informa Lark.

Quando Cestra se aproxima da borda do escudo, o guarda mais próximo gira o pulso em um gesto rápido, criando uma abertura parecida com uma porta na barreira mágica para ela e os outros passarem. Cestra avança sem parar ou se virar para os convidados de pé.

A equipe de inteligência da Regente está conduzindo a investigação sobre o sequestro de Nick, estudando os depoimentos dos membros da divisão para obter informações. Poucos dias depois de Nick ser raptado, eles tiveram acesso a todos os documentos sobre mim encontrados em qualquer sistema digital imaginável. Registros médicos, históricos escolares, CPF, endereços, tudo. O que significa que Cestra conhece o meu rosto e sabe exatamente quem sou, mas agora ela passa por mim sem nem olhar na minha direção.

Por que uma Regente se daria ao trabalho de olhar para uma Pajem?

Quando chega ao estrado, ela sobe as escadas para os assentos centrais e acena para os Lendários de pé antes de se sentar. Enquanto se acomoda, a porta de outro carro na colina se abre, desviando nossa atenção para o caminho de onde ela veio.

O recém-chegado motorista já está na porta. Quando seu passageiro sai, reconheço o homem branco de terno azul-marinho. É o Regente Gabriel, que, como Regente da Luz, supervisiona todas as operações da sociedade no mundo Primavida, incluindo aquelas que ajudaram a Ordem a sair da sociedade medieval e se tornar um moderno conglomerado de poder. Gabriel lidera o recrutamento e a gestão de milhares de Vassalos no mundo todo. Os Merlins que se reportam a ele são especificamente encarregados de manter o Código de Sigilo e hipnotizar qualquer um que tenha visto o que não deveria.

Gabriel é pálido, de nariz arrebitado e mechas grisalhas nas costeletas de seu cabelo castanho-claro. Ao contrário de Cestra, atravessa o corredor central parando a cada poucos metros para apertar a mão de alguém que reconhece. *Fazendo contato*, penso. *Que nem um político*. Enquanto ele oferece condolências aos pais dos mortos, as portas do último carro se abrem.

O próximo homem é o líder do Alto Conselho dos Regentes, Lorde Regente Aldrich, guardião dos registros Lendários, história da Ordem e comandante da Távola quando ela não está reunida.

Conforme Aldrich sai do carro, a impressão que tenho é de que ele vai ficando cada vez mais alto. Um homem imponente e bronzeado, com o corpo de um guerreiro.

Aldrich se acomoda na frente do altar, e sua capa longa e pesada balança sobre as tábuas de madeira da plataforma elevada à frente da congregação. Tor faz um sinal para nós, pedindo para nos sentarmos.

— Sejam todos bem-vindos. — A voz baixa e grave de Aldrich atravessa o gramado e faz com que a multidão sussurrante fique em silêncio. Sua capa e faixa são brancas e douradas, e refletem a luz sob as nuvens baixas. — Iniciaremos nossa cerimônia com um lamento tão antigo e precioso quanto a nossa grande missão.

Aldrich respira longa e silenciosamente antes de recitar uma elegia para os caídos, um poema para um guerreiro perdido em uma guerra de outrora.

— Quanto à alma de Owain, filho do antigo rei Urien — murmura Aldrich, solene —, que nós, como seus companheiros guerreiros, com as famílias de hoje, nos sentemos ao joelho de seu criador para considerar sua jornada...

William me ensinou direitinho. Reconheço essa parte da cerimônia. Mas fico surpresa quando as palavras iniciais de Aldrich detonam uma onda de calor por meu corpo, seguida imediatamente por uma sensação estranha e fria. Outra onda de calor, depois frio. A figura alta do Lorde Regente no altar parece ficar com o contorno borrado. De repente, meus olhos se enchem de lágrimas.

Aldrich recita as linhas seguintes em galês, repetindo o antigo poema.

— *Rheged udd a gudd tromlas...*

Sinto uma lágrima escorrer por meu rosto. Pisco novamente.

Olhos fechados.

Olhos abertos.

— *Nid oedd fas i gywyddaid...*

De uma estrofe para a outra, o Lorde Regente Aldrich é substituído por uma figura alta, usando um robe. De um lamento em inglês para um lamento em galês, indo de um céu azul matinal sobre um gramado pitoresco, cuidado por profissionais, a infinitas nuvens cinzentas e um sol de tarde oculto... A cena diante de mim se transformou em uma cerimônia semelhante, passada há muito tempo.

— *Gan ni cheffir cystedlydd...*

A voz é ressonante, lenta, sobrepondo-se à de Aldrich, mas um pouco fora de sincronia. Ecoa como uma oração em uma enorme catedral, mas não estamos dentro de lugar nenhum, estamos em um vale. E o orador não é um homem santo, mas sim um cambion.

Sei disso porque reconheço o rosto longo, estreito, emoldurado por maçãs do rosto marcadas. As feições sombrias e olhos vermelhos e alaranjados, brilhando.

Ele não é *um* Merlin.

Ele é *o* Merlin.

Nunca vi uma representação do Merlin original, mas, nesse momento, nesse velho mundo que agora engole o meu, reconheço suas feições como reconheço as de Alice. Elas são familiares, tranquilizadoras, confiáveis. São as características de um amigo. Do *meu* amigo. Não, amigo de *Arthur*...

— *Medel galon, gafaelad*...

Ao lado dele estão corpos cobertos em mortalhas e escudos.

A cerimônia dos Lendários me fez lembrar do funeral de minha mãe, mas as perdas são tão distantes umas das outras que não há comparação. E, no entanto, *neste* mundo, sinto um eco devastador da dor que me é tão familiar, sinto a perda de cavaleiros caídos que não conheço, corroendo minhas defesas.

É a dor de Arthur. *Ele* acaba de perder mais quatro cavaleiros.

A dor dele repuxa a cicatriz da ausência de minha mãe, rasgando a ferida. Ele se *arrasta* por cima do vazio do desaparecimento de Nick. A possibilidade de que a morte o alcance também surge dentro de mim como um fantasma por vir, uma assombração do que pode ser...

"*... e se acontecer de novo, pode acontecer de novo, eu os amaria só para perdê-los depois, eu os perderia, eu os perderia, eu o perderia, de novo, não...*"

A dor de Arthur arranca as palavras da minha garganta em um sussurro áspero.

— *Eisyllud ei dad a'i daid*...

As palavras não me pertencem, mas eu as recito com o feiticeiro e com Aldrich, nossas vozes se sobrepondo em passado e presente.

Olhos fechados.

Olhos abertos.

Voltei a ser Bree, e falo junto de Aldrich.

— *Pan laddodd Owain Fflamddwyn... Nid oedd fwy nag ei gysgaid.*

Vejo flashes de imagens disformes, horrores espalhados pelo mundo brilhante: o corpo de Nick, quebrado e retorcido aos pés de um goruchel risonho. Uma poça de sangue sob seu crânio porque demorei demais para salvá-lo. Sel, dilacerado por uma legião de Crias Sombrias, seu corpo aberto para o mundo todo ver, um ferimento grande demais para qualquer Merlin curar. Alice, perseguida pelo campus, encurralada por uma raposa que ela não consegue ver. Meu pai, indefeso enquanto um Morgana o persegue para poder encontrar a filha dele.

Minha mãe, morrendo sozinha depois de ser atropelada...

— Ei. — Lark cutuca meu ombro, e eu me sobressalto. — Eu não sabia que você falava galês antigo.

— Eu... — Pisco várias vezes, tentando afastar os pesadelos. Eles não vão embora. Mal consigo falar. — O quê?

— Galês antigo? Você fala?

— Eu... não.

Lark inclina a cabeça.

— Acabou de falar.

Ele puxa um lenço prateado do bolso de sua veste e o oferece para mim. Só então percebo que estou chorando.

Minhas mãos tremem no meu colo. Agarro o pedaço de pano e desejo que elas parem de tremer.

Depois de cinco estrofes ouço o que Aldrich diz:

— As famílias dos caídos podem se apresentar?

Uma a uma, as famílias se levantam e vão até as urnas que guardam seus filhos. A exceção são os pais de Evan, que devem ficar diante de um recipiente vazio.

— A morte caminha ao lado de nossos Herdeiros e Escudeiros Lendários. Nós sabemos disso. Não somos estranhos aos memoriais e, no entanto, essas cerimônias nunca ficam mais fáceis e nunca são vistas como algo normal. A perda de Fitzsimmons Baldwin, Russell Copeland, Evan Cooper e James Whitlock é um golpe para as forças da nossa divisão, um golpe multiplicado por quatro. Os sacrifícios de seus filhos nunca serão esquecidos, nem foram em vão — diz o regente Aldrich, sua voz sonora fluindo facilmente pelas centenas de pessoas presentes. — Eu os honro como meus irmãos e como membros sagrados desta Távola. Eu os honro por seus corações puros, por sua dedicação e pelo compromisso deles com a vanguarda contra o mal que todos devemos enfrentar. Herdeiros cumprem um papel sagrado em nossa Ordem, e aqueles que os apoiam e os cercam também cumprem papéis sagrados. Como pais, vocês trouxeram uma criança ao mundo mesmo sabendo que ela poderia ser Despertada para o poder... e para o perigo. Também tenho certeza de que nossos escudeiros caídos sentiram responsabilidade por seus Herdeiros e deram suas vidas para que pudessem viver. Desta forma, a vontade deles foi feita.

Atrás dele, os Lendários conseguem se manter inexpressivos, mas Felicity vacila. Russ adorava Felicity e adorava ser Juramentado a ela. Se Rhaz tivesse ido atrás dela, a culpa destruiria Russ, mas isso não significa que ele queria morrer. Pensar nisso faz minha cabeça girar. Tanta morte, tanto sangue... e mais por vir se eu não puder controlar esses poderes e liderar como devo.

Aldrich gesticula para Gabriel, observando as famílias.

— Assim como nos serviços anteriores, os Merlins do Regente Gabriel estão aqui para oferecer apoio às famílias dos falecidos. Nossos especialistas em mesmerização proporcionarão o alívio do esquecimento a qualquer um que o deseje, sem julgamento ou censura.

O alívio do esquecimento... Eu estremeço.

Pouco tempo depois de Nick ser raptado, Vaughn Schaefer, um Pajem que pretendia se tornar Escudeiro de Nick durante o torneio, anunciou que se encontraria com um especialista em mesmerização. Ele não queria se lembrar do que havia testemunhado no *ogof*. Tinha visto muito naquela noite. Todos nós vimos. Assassinatos. Um pequeno exército de demônios. Rhaz, um pesadelo ambulante. Meu Despertar e possessão. Não sei exatamente qual parte daquela noite foi a gota d'água para ele. Não sei e nunca perguntei. E ninguém viu Vaughn desde então.

Já vai tarde.

Há uma guerra no horizonte.

Mas agora... eu me pergunto se aquele especialista era um dos Merlins de Gabriel.

Quando vejo alguns membros da família murmurando entre si, discutindo a oferta de Aldrich, qualquer resquício de simpatia que sinto se transforma em desgosto.

A dor ainda rasga as minhas entranhas, mas as feridas e memórias são minhas. *Minhas.*

Eles são fracos.

Olho para trás, e Lark se vira para mim.

— Você está bem?

Aquela *voz*.

— Estou... — sussurro, mas o meu estômago revira.

Faço uma oração silenciosa para que minha mente esteja apenas ecoando o que acho que Arthur poderia dizer. Ele não pode vir até mim dessa forma sem pedir. *Falar* comigo sem ser convidado. Isso seria muito mais do que as vagas ressonâncias emocionais que os Lendários dizem sentir de seus cavaleiros. Falar, se conectar com os meus pensamentos e com o que estou vendo... é praticamente possessão. Vazamentos. Sangramentos. Mariah me avisou. Fumaça escapando por debaixo de uma porta, buscando o hospedeiro...

Meu joelho começa a tremer.

— E agora, algumas palavras dos textos antigos para oferecer consolo neste momento de luto...

Enquanto eu estava distraída, Aldrich pegou um volume pesado e começou a lê-lo.

— Como você *ousa*!

Uma voz crepitante de raiva e tristeza interrompe a leitura.

Lark se mexe ao meu lado, o corpo retesado com a tensão.

Mas não é um demônio no funeral, encarando o Lorde Regente. É uma mulher de meia-idade.

A mãe de Evan Cooper se levanta, os ombros trêmulos. O marido, que está sentado, segura seu braço, mas ela se desvencilha e levanta a cabeça de forma desafiadora.

— Como você ousa sugerir que esqueçamos os nossos filhos! É isso que você prefere?

A multidão se surpreende, e até a barreira de aether acima de nós ondula de leve, como se um dos guardas tivesse perdido o foco.

O pai de Evan está de pé agora, passando um braço em volta dos ombros de sua esposa.

— Regente Aldrich, peço desculpas por minha esposa. Não queremos desrespeitá-los. Bonnie...

— Não! — Bonnie Cooper se afasta do marido, apontando para o estrado e para as quatro urnas embrulhadas em fita de cetim preto. — Não temos nem um corpo para enterrar, John!

— Bonnie...

O pai de Evan protesta, mas mesmo a essa distância vejo seus ombros caídos. John Cooper pode não concordar com os métodos da esposa, mas cada palavra que ela diz parece golpeá-lo. Dor, conectada e ampliada.

Aldrich estende a mão.

— Não, congressista Cooper. Eu que estaria agindo com desrespeito se não atendesse ao chamado de uma mãe em luto por seu filho Lendário.

As expressões dos pais de Evan estão retorcidas com uma mistura de tristeza aguda e transbordante, confusão e uma grande quantidade de raiva.

O Regente chama Bonnie.

— Por favor, fale.

A mãe de Evan avança.

— Regente Aldrich, nosso Evan foi tirado de nós por um... monstro. — A voz dela estremece, lágrimas ameaçando cair ao final de cada respiração. — Ligamos para Evan no aniversário dele no ano passado, e ele falou com a gente por chamada de vídeo no quarto dele. Pelo menos nós pensávamos que era ele...

— Regente Aldrich. — John dá um passo adiante, envolvendo a esposa nos braços. — Sabíamos que seria perigoso para o nosso filho ser um Escudeiro. Mas esse demônio não apenas tirou Evan de nós, ele *fingiu* ser o nosso filho... — O congressista para. Depois começa de novo, dessa vez com a força e a paixão de um político, acostumado a influenciar o público para alcançar os próprios objetivos. — Queremos saber como e quando o nosso filho foi morto. Quando foi a última vez que falamos com o verdadeiro Evan e não com essa criatura... Rhaz? Por quanto tempo recebemos esse demônio em nossa casa? — O congressista abre os braços, gesticulando para as outras famílias sentadas ao redor deles. — Não somos os únicos pais Lendários sofrendo hoje. Sei que falo pelos outros quando pergunto: onde está o líder desta divisão? Merecemos respostas do Herdeiro de Arthur sobre o que aconteceu sob a sua vigilância! Onde está Nicholas Davis?

Lark põe a mão em meu joelho. Não sei se para me proteger contra alguém no meio da multidão que queira me atacar ou para me impedir de ficar de pé e revelar minha identidade. Ele não precisa se preocupar com a segunda opção. Estou paralisada, morrendo de medo do que o Lorde Regente Aldrich vai dizer a seguir.

No Baile da Seleção, Lorde Davis previu publicamente, na frente de centenas de membros da Ordem, que o Camlann estava próximo. Era mais um aviso do que uma previsão, já que era ele quem orquestrava e acelerava o evento nos bastidores. Mas era tarde demais, e a notícia se espalhou.

— Uma pergunta válida, e eu posso respondê-la.

Aldrich olha para a multidão.

O que é dito aqui hoje não ficará dentro da barreira de aether. Irá se espalhar como fogo para os Vassalos, para outras divisões, para as famílias Lendárias em todo o mundo e, potencialmente, para os nossos inimigos.

O brilho de prontidão e de expectativa no rosto do Alto Regente faz com que eu sinta calafrios. Ele é o Lorde Regente por um motivo. Veio preparado para este momento.

— Os quatro jovens que homenageamos hoje caíram durante a recente onda de atividade das Crias Sombrias em torno das quatro divisões cardeais de nossa Ordem. Nós informamos que Nicholas Davis e seu pai estão se preparando para a chegada do Camlann, mas sinto que talvez eu deva... — Aldrich olha para baixo e respira fundo, como se estivesse pensativo. — Não. Sinto que é *minha obrigação* compartilhar com vocês que não é só isso que está acontecendo. Nicholas Davis e seu pai não estão de licença para se prepararem para a ascensão dele ao trono.

Uma onda de choque e incerteza atravessa o gramado. Respiro fundo, trocando olhares com Lark. Ele balança a cabeça, a atenção fixada no palco, o maxilar tenso. Também não sabe o que o Lorde Regente está fazendo. *Merda.*

— À luz dos recentes incidentes que resultaram em perdas incalculáveis, nós, do Alto Conselho dos Regentes, decidimos resguardar Nicholas Davis para a sua própria segurança como Herdeiro de Arthur e para a segurança da Távola Redonda. Ele, seu pai, Lorde Martin Davis, e o Mago-Real de Lorde Davis, Isaac Sorenson, permanecerão em um local seguro e não revelado...

— *Alguém* precisa responder por essas mortes! — insiste Bonnie Cooper, resoluta.

Uma voz surge na multidão.

— Não é dever do Mago-Real proteger a divisão de ataques demoníacos?

Outro pai, de Whitty, acho, grita:

— Como vamos ter certeza de que Kane protegerá o rei durante o Camlann se ele não conseguiu proteger nem os nossos filhos?

O pai de Russ acena com a cabeça, visivelmente furioso. Vejo toda aquela dor, vejo a raiva que há por trás, borbulhando por todos os lados, buscando um culpado. Os vestígios de violência surgem ao nosso redor.

— Calma.

A voz de Lark é suave, mas ele deve estar sentindo a mesma coisa que eu, porque posiciona as duas mãos para o lado, as palmas viradas para cima. Pronto para invocar aether.

Aldrich umedece os lábios.

— Essas perguntas também têm uma resposta. Uma verdade que devemos aos pais dos caídos. — Aldrich dá um passo para o lado, acenando para Cestra no pódio. — Vou deixar a Regente Cestra, comandante de nossas forças militares e de segurança, expor nossas preocupações.

Cestra caminha com tranquilidade em direção ao pódio, tomando o lugar de Aldrich sem sequer encará-lo. Seus olhos azuis pálidos percorrem a plateia e, quando ela fala, sua voz é ainda mais baixa do que o tom grave de Aldrich.

— Alguém em quem a divisão confiava estava abrindo os Portões locais propositalmente antes do ataque ao campus e durante os eventos do *ogof y ddraig* também. Alguém que traiu nossa Ordem.

Arregalo os olhos. Nunca esperaria nesse momento que os Regentes expusessem a traição de Lorde Davis. Não durante um funeral, não antes do Rito. Não quando acabaram de anunciar que ele foi resguardado com Nick, outra mentira. Sinto um aperto no peito, mas o que Cestra diz em seguida me tira do meu corpo.

— Acreditamos que Selwyn Kane seja o traidor.

8

FICO DE PÉ antes que Lark possa me impedir.

No palco, Cestra estreita os olhos, que parecem duas adagas azuis apontadas diretamente para mim, me desafiando a abrir a boca.

— Sob o meu comando — continua ela, fria —, o Mago Senescal Erebus e um seleto grupo da Guarda dos Magos tentaram trazer Selwyn Kane para ser interrogado hoje de manhã. Infelizmente, ele optou por não colaborar de forma pacífica.

Mais exclamações da multidão. Atrás de Cestra, os Lendários estão em choque. No palco, Sar se levanta, mas Tor a puxa de volta. Greer parece prestes a cair da cadeira. William está boquiaberto.

— Selwyn Kane feriu dois de nossos guardas e escapou da custódia. — Cestra levanta o queixo. — Dada a sua evasão até mesmo para responder a perguntas simples sobre os eventos no *ogof y ddraig*, eu despojo Selwyn Kane de seu título de Mago-Real e o declaro um inimigo da Ordem e fugitivo da justiça.

— Não! — grito.

Todos os olhares se voltam para mim. Ao lado dos Regentes, William balança a cabeça, desesperado.

— A Pajem quer dizer algo acerca das ações dos militares com relação a este assunto? — pergunta Cestra, a sobrancelha erguida e a voz repleta de ameaça.

Lark se levanta, segurando meu cotovelo com sua mão quente.

— Peço desculpas, Regente Cestra...

Aldrich dá um passo à frente, acenando com a mão.

— Não, não, Pajem Douglas. Deixe a Pajem...

Aldrich para, inclinando a cabeça como se não tivesse certeza de quem sou. O gesto exagerado revira as minhas entranhas, faz os pelos da minha nuca se arrepiarem. O segundo que uma Pajem comum levaria para dizer o próprio nome se arrasta, porque não sou uma Pajem comum. O mundo parece ficar cada vez menor, se afunilando até focar em um único ponto... no fato de que ele *está fingindo* que não sabe *exatamente* quem eu sou...

"*Já chega desta palhaçada!*"

Aquela voz de novo. Não é minha.

Senti a dor de Arthur. Reconheci. Mas agora essa dor se foi, deixando apenas fúria para trás. Reconheço esse sentimento também. Bree-de-Antes, Bree-de-Depois, tudo de novo.

Cerro os dentes com força, impedindo que as próximas palavras saiam da minha boca. Deixei Aldrich esperando, mas, se eu falar agora, não sei qual será a voz que a multidão vai ouvir.

William se levanta bem na hora.

— Regente Aldrich, esta é a Pajem Briana Matthews.

— *Matthews*, sim, claro! A futura Escudeira escolhida de Nicholas Davis. Peço desculpas! — A voz de Aldrich carrega um falso tom de surpresa e reconhecimento que só faz com que eu cerre os dentes com mais força. — Entendo que para você pode ser difícil ouvir isso, Pajem Matthews. — Ele se vira para o resto dos Lendários e depois para a multidão. — Difícil para *todos* vocês.

Um rosnado baixo começa no fundo da minha garganta.

Lark puxa meu braço de novo, mas eu não cedo.

Com a força de Arthur correndo em minhas veias, será preciso mais do que apenas um Merlin para me tirar daqui se eu não quiser me mexer. E agora eu *não* quero me mexer. Firmo os pés na terra.

— Sel não traiu ninguém! — grito.

— Obrigada, Regente Aldrich, pela atualização! — Tor fica de pé. Ela fala alto o bastante para que sua voz chegue até o microfone e atravesse o gramado, me silenciando. — *É* difícil *mesmo* ouvir isso, mas agradecemos a sua honestidade com aqueles que continuam aqui.

Aldrich responde, mas eu não acompanho nada. Não consigo ouvir. O sangue pulsa em meus ouvidos, o chão se inclina sob meus pés e se estabiliza. Quando olho para cima de novo, apenas uma parte da multidão está prestando atenção em mim, porque Tor conseguiu desviar a atenção deles da estranha Pajem que ninguém conhece.

Meu coração bate de raiva, e um segundo batimento cardíaco bate junto com ele.

Um campo de batalha encharcado de vermelho. Minha túnica e peças de couro, brilhando. Suor pingando em meus olhos. O fedor de ozônio e carne de aether ao longe. Estou gritando com o meu primeiro cavaleiro. Estamos discutindo. Estamos sempre discutindo, mesmo aqui, com os nossos companheiros gritando no chão ao nosso redor, sangrando...

— Por favor, jovem. Deixe isso pra lá... — Ouço a voz de Lark perto do meu ouvido.

Ele estava falado comigo? Não sei há quanto tempo estou de pé, imóvel. Alguns minutos, talvez? A cena desaparece diante dos meus olhos, erguendo-se como uma camada de filme até que o mundo esteja nítido e claro e eu esteja em um funeral onde ninguém está sangrando. Mas agora todos estão de pé, cantando em uníssono o mantra da Ordem com os Regentes para encerrar a cerimônia.

— *Quando as sombras se erguem...*

— Ele... Sel... não matou os nossos amigos. Ele nunca faria isso. Eles estão mentindo...

Lark tapa a minha boca, e perco o equilíbrio. Ele me segura pela cintura e de repente está me puxando pelo corredor, para longe dos Pajens chocados ao meu redor.

— *Pela Távola do Rei...*

A princípio, deixo Lark me arrastar, porque *preciso* deixá-lo fazer isso. Não posso lutar contra os Regentes e mais cem pessoas só com os meus punhos. *Eu nem deveria estar aqui, para ser sincera.*

Mas assim que saímos da área dos assentos, afasto a mão dele.

— Me solta. Agora.

Ele me observa com atenção, hesitando diante da autoridade na minha voz, então abaixa os braços.

Estreito os olhos, lembrando o que ele disse sobre Magos-Reais hoje mais cedo. Lembrando como ele falou *sobre* Sel de formas que eu não entendia.

105

—Você sabia?

Lark cora. Era tudo que eu precisava saber.

Saio, empurrando-o da frente.

— Espera...

Ele avança e segura meu cotovelo.

Desta vez eu *uso* a força de Arthur para me desvencilhar dele. Escuto um estalo. Um osso quebrado. Lark recua, fazendo um som agudo de dor, os olhos arregalados.

— M-me desculpe... — gaguejo.

"Não peça desculpas por fazer o que precisa ser feito." Agora sei que é a voz dele. Reconheço o barítono grave.

— Não — sibilo. — Não vou te ouvir.

Lark pisca várias vezes.

— O quê?

Eu me viro antes que os pensamentos e que o *descaso* de Arthur apareçam no meu rosto, e deixo Lark para trás, surpreso.

Vou até a barreira, caminhando em direção a um dos feiticeiros da Guarda dos Magos que reconheço. Um dos recém-chegados de ontem à noite. Zhao, talvez? Ele move os lábios, murmurando o canto que ajuda a unir sua barreira de aether à barreira dos outros.

— Me deixe passar — exijo.

O Merlin me encara de cima com seus olhos cor de âmbar e arqueia a sobrancelha.

— Não aceito ordens de uma Pajem.

Respiro fundo. Ele *sabe* que não sou uma Pajem. Ele espera mesmo que eu entre na brincadeira dessa... jogada de marketing de hoje depois de tudo que acabou de acontecer?

— Deixe a gente passar, Max. — Lark surge ao meu lado antes que eu possa responder, a mão ferida atrás das costas. — Matthews precisa voltar para o complexo e para o quarto dela.

Max avalia Lark e resmunga.

—Também não aceito ordens suas, Douglas.

Max balança a cabeça.

—Você acha que é mais alto na hierarquia só porque é o bichinho de estimação de Erebus? — indago.

— Que tal aceitar ordens minhas?

William nos encontrou, e fala com firmeza na voz e calor nos olhos.

— Herdeiro Sitterson. — Max baixa a cabeça e gira o punho de uma vez, abrindo o escudo como se fosse uma cortina. — Peço desculpas.

William se aproxima do guarda, estreitando os olhos perigosamente.

— Enquanto estiver no território da Divisão do Sul, você não vai impedir *ninguém* de buscar o próprio refúgio, entendeu?

Zhao gagueja.

— Mas a segurança...

— A *Pajem Matthews* parece estar em perigo imediato para você? — questiona William.

— Não. — Max balança a cabeça. — Perdão, Herdeiro.

Avanço sem olhar para trás e atravesso a colina, me afastando da multidão que se dispersa. Max volta a lançar a barreira e Lark corre atrás de mim, me alcançando sem dificuldade.

— Não quero conversar com você, Lark — bufo.

— Percebi. — A voz dele é taciturna.

William se aproxima, com suas pernas compridas, terno preto com faixa esmeralda e as sobrancelhas muito franzidas.

— Acho que não fomos apresentados formalmente ontem à noite, Guarda...?

— Douglas — responde Lark, arregalando os olhos. — Larkin Douglas.

William sorri.

— Prazer em conhecê-lo, Larkin.

— Igualmente, Herdeiro Sitterson.

Se eu não estivesse tão irritada, acharia o rubor nas bochechas de Lark interessante e fofo. Mas do jeito que estou, resmungo e reviro os olhos, porque Lark faz parte do grupo de Merlins que está caçando Sel nesse exato momento, sem contar que ele é um idiota *mentiroso*, então quem se importa se acha William bonito?

William não percebeu os olhares de Lark, ou percebeu e está ignorando, como eu.

— Bree, sei que você está chateada. Todos nós estamos.

— Isso é ridículo! — disparo, e continuo marchando.

— Eu sei...

— Ter o título retirado?
— Eu sei...
— Ei, Matthews!

Uma voz raivosa nos alcança, e meus ombros ficam tensos. Tor. Ela lidera o grupo de Lendários pela colina: Sarah, bem perto, vestindo o azul de Tristan e combinando com Tor; Greer e Pete com as vestes amarelas e claras de Owain; e Felicity, atrás, usando o vermelho-escuro de Lamorak.

William olha para Lark, a voz suave.

— Que tal você dar uma olhada nessa mão, Douglas?

Lark se choca, surpreso.

— Como você...

William sorri.

— Segredos do ofício. — Ele acena para o lado com o queixo. — Peço desculpas pelo pedido, mas se você não se importar...

Lark vê Tor se aproximando e entende a dica, se afastando.

— Claro. Estarei por perto quando for a hora de irmos, Herdeira da Coroa.

Resmungo algo ininteligível para toda a humanidade.

— O que *diabos* foi aquilo, Matthews? — questiona Tor.

Percebo na hora que não está usando nenhum título com meu nome, e me viro para retribuir o favor.

— Agora não, Morgan.

Tor olha ao redor rapidamente, em busca de ouvidos curiosos antes de continuar.

— Obrigada por quase estragar seu próprio disfarce — rosna ela, entredentes.

— Eu não ia estragar o meu disfarce — vocifero.

Embora eu quase tenha feito isso.

Tor cruza os braços.

— Você sabe que vai colocar mais pessoas em risco caso se exponha, não é? — Ela acena na direção dos nossos companheiros Lendários ao lado dela. — As Crias Sombrias ainda estão por aí. A gente gostaria de manter a capacidade de realizar o nosso trabalho, se não for muito incômodo para você, e não ficar no quarto fazendo beicinho.

— Se eu pudesse estar lá fora lutando com vocês, eu estaria! — sibilo.

— Sim, mas você não pode, certo? — diz Tor. Ela dá um passo para mais perto, a voz baixa e afiada como uma navalha. — Porque você não consegue nem invocar a armadura de aether de Arthur ou forjar a sua própria arma. Não sem se queimar toda que nem uma batata frita patética.

—Victoria... — adverte William.

Sinto uma onda quente de constrangimento tomar conta do meu rosto. Odeio o fato de Tor saber o que não posso fazer, que tenha me visto falhar.

— E você, Tor? Ia ficar de braços cruzados enquanto os Regentes espalhavam mentiras sobre Sel?

— Que mentiras eles contaram? — Tor gesticula, espalmando as mãos. — O trabalho de Sel era nos manter seguros. E, aparentemente, ele fugiu para algum lugar. Ele precisa aparecer se quiser defender as próprias ações.

— *Defender as próprias ações?*

Eu me movo em direção a Tor, e ela dá um passo para trás, olhando para os meus punhos cerrados.

Greer se aproxima de Tor.

— Vai dar uma volta, Tor. Você está fazendo um papelão no meio de um funeral. — Elu me lança uma careta de desculpas. — Bem... outro papelão.

Tor olha para os outros. Estava pronta para me humilhar, mas é esperta o suficiente para saber que não teria apoio.

— Sar? — Ela se vira para a namorada, estendendo a mão para levá-la, mas Sarah abraça o próprio corpo e balança a cabeça.

—Te vejo no quarto, amor.

Tor parece atordoada por um momento antes de uma fúria teimosa tomar conta de suas feições, fazendo suas bochechas pálidas ficarem vermelhas.

—Tudo bem.

Ela sai para a garagem, o rabo de cavalo balançando a cada passo.

—Tudo bem, Sar? — pergunta William, e Sarah assente.

— Ela só... — Sarah respira fundo, observando enquanto Tor se distancia. — Estamos todos de patrulha nessas últimas noites. Até tarde. — Ela olha para mim, suspirando. — Mas isso não é desculpa para ser grossa com você, Bree. Peço desculpas por ela.

Eu a encaro por um momento.

— Não é sua culpa.

Sar dá de ombros, desviando o olhar.

— Mas eu também não tentei detê-la, não é? Então isso é culpa minha também.

Há um silêncio constrangedor.

— Se você não tivesse falado nada, Bree, acho que eu teria falado — diz Pete. — Eles jogaram isso em cima de nós. De todos nós. — Ele funga, olhando por cima do ombro e baixando a voz. — Nunca pensei que os Regentes tomariam o título de Sel e o chamariam de traidor na primeira aparição deles.

— Bem — intervém William —, retirar o título de Sel não significa muito, dadas as circunstâncias atuais.

Ele me encara, sério.

— Por que eles o interrogariam como se ele fosse um criminoso? — pergunto. — Sabemos que Rhaz e Lorde Davis estavam abrindo aqueles Portais...

— Magos-Reais *são* protetores das divisões — explica William. — Então ele é responsável por saber como e por que eles morreram. Tenho certeza de que a investigação é apenas protocolar.

— Deve ser isso — afirma Greer. Elu se aproxima, passando um braço ao redor do meu ombro. — É só parte do processo, certo?

— Então por que ele fugiria? — indaga Pete, dando voz ao indizível.

William balança a cabeça, olhando para o chão.

— Não sei.

— Péssima hora para sair da cidade — murmura Greer.

— Tenho certeza de que Sel tem os motivos dele — responde William, mas não soa nem um pouco confiante.

Suspiro, a culpa girando em meu peito. Ontem à noite as coisas entre mim e Sel não ficaram... nada boas.

E agora ele está sabe-se lá onde, fugindo da lei. A Guarda dos Magos é formidável. E se eles o pegarem? E se o prenderem? Há prisões para Merlins... Eu só quero sair e encontrar Nick, mas nunca imaginei fazer isso sem Sel. É isso que os reis fazem? Dificultam a vida de outras pessoas com suas próprias decisões ruins?

Fecho os olhos e respiro fundo. Quando os abro, meus amigos estão conversando em voz baixa, mas volta e meia vejo um olhar em minha direção com um vestígio de decepção. Esses olhares transformam minha culpa em vergonha. Felicity é a única Lendária que não está prestando atenção em mim. Ela está parada ao lado de nosso grupo, desconfortável, observando a família de Russ com os olhos avermelhados. Ela fica abrindo e fechando as mãos ao lado do corpo.

Conheço esse olhar, essa postura. Ao observar Felicity sozinha, travando uma luta interna, a culpa e a vergonha desaparecem do meu corpo. Eu me lembro do que Alice fez por mim quando meu mundo inteiro se despedaçou da noite para o dia, quando a dor me destruiu e eu não tinha palavras para descrevê-la. Me lembro de precisar de alguém, de *qualquer um*, que pudesse aceitar meus pedaços quebrados sem tentar me remontar. Talvez eu não saiba o que os reis fazem, mas ainda posso ser uma boa amiga.

Eu me afasto de Greer e me aproximo de Felicity em silêncio.

— Ei.

Ela salta quando toco no cotovelo dela.

— Oi, Bree.

Eu a encaro por um momento, abrindo espaço para sua dor e a minha. Deixo o sentimento se infiltrar por essa abertura, se estabelecer e depois vir à tona em palavras. Depois de alguns segundos, falo:

— Não tem nada que alguém possa dizer que vá melhorar as coisas.

— Não, não tem — diz ela.

Ela sorri, mas seus olhos continuam impassíveis, porque eles já refletem outras emoções que reconheço. Raiva. Ressentimento. E uma barreira, erguendo-se entre nós.

Uma vez que você se cansa de pessoas buscando soluções que não se encaixam na sua dor, é mais fácil levantar a ponte do que mantê-la estendida. É mais fácil interromper as tentativas de conexão do que continuar observando as constantes falhas.

— Você... — começo. Ela olha para mim, transformando sua atenção em algo cortante. Algo feito para mutilar. Eu reconheço esse desejo também. — Você deve estar muito, muito zangada.

Felicity arregala os olhos, surpresa. Depois, deixa um pouco daquela expressão incisiva voltar para seu olhar e sua voz.

— Você não tem ideia.

Eu poderia responder que sim, tenho alguma ideia. Mas o luto não é uma competição. Não é uma dor idêntica que todos nós encontramos um dia quando a morte nos encontra. É um monstro, personalizado pelo nosso amor e pelas nossas memórias para nos devorar *através desses sentimentos*. O luto é um sofrimento sob medida.

Resisto ao impulso de fugir dela, mas é difícil. Eu vejo o buraco negro, o lugar escuro em que estive. O horizonte de eventos que preciso evitar, porque eles podem me puxar de volta sem aviso prévio.

Então ofereço a ela o máximo que posso.

— Espero que a dor diminua logo. Que ela te dê uma... uma folga.

Ela dá uma risada. Um som vazio, com uma pitada de humor.

— É — sussurra ela, e se vira. — Eu também.

Lorde Davis e Rhaz podem não estar trabalhando juntos, mas ambos destruíram essa divisão de várias maneiras.

— É melhor eu me aprontar para a patrulha — diz Sarah, se afastando.

Pete olha para Greer, e um diálogo silencioso e olhares secretos se passam entre o Herdeiro e ê Escudeire. Quando chegam a algum entendimento, Greer diz:

— Nós também vamos cair fora. — Elu me puxa para um abraço rápido e forte e sussurra em meu ouvido: — Se o virmos, vamos trazê-lo para você, não para eles.

Um sentimento quente de gratidão enche meu peito. Se Sel estiver fugindo da Guarda dos Magos, duvido que ele apareça nas rotas regulares dos Lendários. Mas, se Sel precisar de ajuda, Greer, Pete e companhia estarão lá.

— Obrigada.

Elu se afasta e aperta minha mão.

—Você vai se encontrar com a gente depois do Rito?

— Claro — digo, com firmeza. Olho para os Regentes ainda na multidão, mais ansiosa do que nunca para que o Rito dos Reis transfira o poder para mim, para usar a coroa de verdade. — Hora de fazer isso do nosso jeito.

— Isso mesmo — sussurra Pete. — Hora do Rei Bree.

Enquanto os outros se afastam, Felicity olha para mim e acena antes de se juntar a eles.

—Você consegue, Bree.
—Valeu, pessoal.
— Precisamos conversar.

A voz de William surge logo acima do meu ombro, seus passos suaves na grama ressoando atrás de mim.

—William, eu não...
— Não foi um pedido.

William quase nunca é assertivo desse jeito. Ele arqueia uma sobrancelha.

—Tudo bem — murmuro. —Vamos conversar.

9

CHEGO COM WILLIAM AO QUARTO reservado para mim no complexo. Sem dizer uma só palavra, ele pega a chaleira elétrica na sala de estar e a leva até o banheiro para enchê-la de água.

Minhas vestes de Pajem me sufocam. Eu as tiro e as jogo no canto. Eu me sinto mais fresca de camiseta, mas o sangue ainda pulsa nas minhas veias. Não quero sentar. Quero sair daqui e exigir uma audiência com os Regentes.

— Você acha que Lark me levaria para conversar com Erebus? — pergunto, indo em direção ao armário para trocar de roupa. — Faço o Rito mais cedo se for preciso, custe o que custar. Não posso deixá-los fazer isso com Sel...

— Não, o que você não *pode* fazer foi isso que *acabou* de fazer — rebate William, com calma.

Isso dói.

— Mas...

— Você *não pode* explodir na frente de seus futuros súditos, Bree. — Ele volta para a sala com a chaleira cheia. — Você acabou de mostrar a uma multidão inteira de membros da Ordem, Pajens, Lendários, Vassalos, Suseranos, Merlins, Senescais e Regentes que você é impetuosa, impulsiva e não tem protocolo ou decoro. Uma explosão que quase rivalizava com as de Selwyn.

Engulo a verdade que ele diz. E a verdade de que nem toda aquela explosão foi minha. Ou, pelo menos, não acho que foi. Não sinto mais Arthur, não o ouço na minha cabeça. Isso significa que ele se foi? Ou que um sangramento poderia acontecer novamente? Eu gostaria de saber a resposta.

Também gostaria de pensar que William estava errado em me dizer o que fazer, como ser, mas parte de mim acha que ele pode estar certo.

— Então você veio até aqui para me dar um sermão? — pergunto.

Ele faz que não e sorri gentilmente.

— Não estou brigando com você. Estou dizendo que você não pode explodir em público, nem na frente dos outros Lendários, que esperam que você seja uma líder... mas você *pode* explodir em privado. Aqui.

Pisco várias vezes, pega de surpresa pelo convite.

— Como assim...?

— Anda. — Ele faz um gesto expressivo com a mão. — Solta.

Tento encontrar as palavras para tudo que acabou de acontecer. O que mais tem para dizer?

—Você ainda tem um longo dia pela frente... então, agora é a hora.

Por fim, eu estouro.

— Isso é uma *palhaçada*! — grito.

— Ótimo. — William assente. — Concordo. O que mais?

Começo a andar de um lado para o outro e me permito ser apenas a *Bree* e ficar furiosa.

— Concordamos em não anunciar a ausência de Nick, concordamos em dizer que os Davis estavam de licença, mas aí os Regentes inventaram *uma mentira* sobre Nick e o pai estarem "resguardados" pela segurança deles! E agora eles estão espalhando mentiras sobre Sel. Quando eles mesmos disseram que acreditavam em nós, acreditavam que Lorde Davis abriu aqueles Portais. Eles estão acobertando os crimes de Davis, droga!

— Concordo.

Isso me faz parar.

— Concorda, é? Você não disse isso para os outros.

Em vez de responder, William arqueia as sobrancelhas e emite um som tão suave e curioso que me confunde a princípio. Então, olho para as mãos dele e vejo que está segurando uma caixa de chá aberta, estendida na minha direção.

Rejeito a oferta silenciosa com um aceno e começo a andar novamente.

William pigarreia.

— Eu insisto, Herdeira da Coroa.

Paro e o encaro.

— Sei o que você está fazendo. Está me deixando reclamar, e depois tentando me acalmar.

— E está funcionando? — pergunta ele.

— Não.

— Camomila, então. — Com um suspiro, ele pega duas canecas da prateleira embaixo da mesinha de canto. — Não falei nada lá fora porque não queria causar pânico. O seu, o meu ou o de nossos amigos. *Você* é nossa melhor chance de sair dessa confusão. Você foi criada fora da Ordem. Você vê coisas sobre o nosso mundo que não enxergamos. Você não pode chegar no Rito dos Reis com a mente turbulenta. Precisamos nos preparar, pensar bem.

Solto um resmungo. O ritual.

— Vou ter que enfrentar os Regentes no Rito, mas não posso agir como se tudo estivesse normal depois que eles acabaram de difamar Sel. Depois que eles o perseguiram como se ele fosse um criminoso. Por que eles apareceriam e mentiriam para todo mundo?

William dá de ombros.

— Meu palpite? Controle. Mas sobre o que exatamente? A guerra?

Franzo a testa.

— Eles não são capazes de controlar o Camlann ou detê-lo sem a gente — declaro. — Sem mim.

— Não, não são, mas podem controlar a narrativa da guerra. — Ele pluga a chaleira elétrica na tomada, na mesa de café, e se senta numa das duas cadeiras próximas enquanto a água aquece. — O que andam dizendo por aí há meses é que estamos nos aproximando do Camlann. Podemos até parecer uma hierarquia única, mas a Ordem é composta de duas facções, e os Regentes precisam caminhar numa linha tênue entre elas, assim como você. A maioria é de Tradicionalistas da Távola Redonda. As treze famílias de linhagens Lendárias que produzem Herdeiros e as famílias de Escudeiros escolhidos e Vassalos juramentados que servem às Linhagens há gerações. Eles esperam que seus filhos guerreiros sejam tratados com honra. Esperam por um rei. Mas o mundo mudou. Os membros da Ordem tiveram que se expandir para manter todos os seus acessos e recursos.

Agora, há um número crescente de modernistas se comprometendo com a Ordem. Vassalos que não possuem décadas de lealdade a uma família Lendária. Eles não se importam com as origens da Ordem, apenas com o dinheiro e a influência. — Ele bate na caneca, pensativo. — Mas eu me pergunto como isso impacta os Regentes *agora*.

Fico tensa, me lembrando da indignação e da ira do pai de Nick sobre o mesmo assunto. Do que Lorde Davis me falou, com raiva, enquanto me mantinha presa e me ameaçava se eu não deixasse a Ordem.

— É por isso que Lorde Davis queria começar o Camlann. Para lembrar os novos membros do poder e da missão dos Lendários. Para eles, os Lendários são, provavelmente, mais simbólicos do que qualquer outra coisa, assim como Arthur costumava ser para mim antes. Apenas histórias. Principalmente pelo fato de o último Camlann ter sido há muito tempo e de muitos ataques demoníacos serem sufocados antes de realmente começarem. Eles não veem a carnificina porque as divisões e os Merlins fazem um trabalho muito bom de mantê-la afastada.

William respira fundo.

— E imagino que a facção moderna de quase crentes não ficaria satisfeita se descobrisse que um tradicionalista como Lorde Davis iniciou uma *guerra* debaixo do nariz dos Regentes. Com apoio suficiente, eles poderiam desafiar o controle dos Regentes sobre a organização. Os Regentes não podem se dar ao luxo de perder o apoio de um lado ou a lealdade do outro. A Ordem precisa de ambos os lados para manter seu status global.

Eu me lembro da certeza na articulação de Aldrich, de como ele estava pronto para soltar a nova mentira sobre Nick e o pai dele.

— Aldrich veio até aqui para botar panos quentes na situação — murmuro. — Ele queria usar o funeral, a dor e a raiva das pessoas para reprimir as *duas* facções com a mesma mentira. Honrar os Lendários, mas não dizer por que eles morreram.

William assente, assimilando o que falei.

— O que significa que Sel é a distração deles — acrescenta ele. — Voltar a atenção para essa história de investigação ajuda a encerrar a "tragédia" da caverna em um arco amarrado, ligando toda a situação às ações de um único e volátil Merlin, que colaborou com um único e assassino goruchel. Um incidente contido em vez da primeira salva de guerra.

Fico atordoada com a lógica brutal de tudo isso. E com os altos custos de suas mentiras.

— Eles não querem controlar a guerra — sussurro. — Querem ocultá-la.

— De fato. Pelo menos por enquanto — concorda William. Já passou bastante do meio-dia e, no entanto, quase vejo o brilho verde nas íris dele. — Não se trata apenas das facções. Devíamos pelo menos ter imaginado que iriam adiar o anúncio da chegada do Camlann pelo maior tempo possível, da forma que pudessem, até que a Távola estivesse pronta.

Eu me sento na cadeira em frente a ele, pensando exatamente na mesma coisa. Toda aquela *espera* enquanto eles se *planejavam*. No pior dos casos, sinto um desejo ainda mais forte de controlar os meus poderes e reunir a Távola. Fazer isso significa que os Regentes não poderão mais fazer os truques de mágica deles.

A chaleira apita. William começa a servir nosso chá.

Ele me olha com cuidado.

— Ainda não sabemos se há mímicos goruchel infiltrados. Se uma investigação sobre as ações de Sel também tirar a atenção de cima de você, tenho certeza de que até *ele* diria que é um erro que vale a pena.

Apoio a cabeça nas mãos.

— Você não está preocupado com ele?

— Não preciso me preocupar. Selwyn é inteligente, forte e mais do que capaz de cuidar de si mesmo. Se ele não quiser ser encontrado, a Guarda dos Magos não o encontrará. E, antes que você pergunte sobre os Juramentos dele, Sel está entrando em contato comigo regularmente. Cumprir seu Juramento de Serviço aos Lendários o manteve estável, e agir como substituto do Mago-Real para você também, acredito eu.

— Isso é bom — suspiro.

— Sua vida está em perigo o tempo inteiro, mesmo quando você está cercada por uma dúzia de guardas. Agora, todos nós precisamos manter a cabeça firme e jogar o jogo.

Balanço a cabeça.

— Xadrez, não damas.

— Xadrez, não damas. — William estala a língua. — Cabeça erguida, tome o seu chá.

Faço o que ele manda. Ficamos sentados por um momento e, enquanto a camomila faz sua mágica, um calor de humilhação toma conta de mim. Quem me viu gritar com os Regentes pode estar pensando qualquer coisa a meu respeito agora, e alguns deles facilmente vão associar isso a Arthur e incontroláveis possessões ancestrais. Provavelmente também confirmei as piores suposições de qualquer racista que estava ali, como Theresa, por exemplo, que já me trata como se eu fosse uma desleixada cujo lugar não é entre eles. Eu não posso me importar com essas pessoas, e não me importo. Mas também não quero que esse trabalho seja mais difícil do que já é.

Quanto dano terei que administrar por conta de coisas que não são minha culpa?

Arrisco uma pergunta a William.

— Eu fiz papel de boba lá fora, não fiz?

— Um pouquinho. — William toma um pequeno gole de seu chá, os olhos brilhando. — Não se preocupe. Quando você ascender ao trono, pode ordenar que todos se esqueçam do ocorrido.

Bufo.

— Não é para isso que Merlins e a mesmerização servem?

William revira os olhos.

— Sabia que você seria uma déspota. — Ele me estuda por um momento, o bom humor desaparecendo, então coloca sua caneca na mesa. — Falando nisso, tem outro detalhe.

Arqueio uma sobrancelha.

— Sim?

— Você quebrou a mão do Lark, Bree.

Faço uma careta.

— Não foi minha *intenção*...

— Eu vi o que aconteceu. Você não queria machucá-lo — diz William calmamente —, mas você também não se importou quando aconteceu.

Eu coro ao notar o olhar dele e não me dou ao trabalho de negar. É claro que William notaria a lesão de Lark e me repreenderia pelo meu descuido. "Eu não me sentia como *eu mesma*" é o que quero dizer. Mas não acho que isso tornaria a situação melhor ou justificaria as coisas. Posso ser uma Médium, e Arthur e a força dele podem ser uma parte de mim, vazando na minha vida, mas é *meu* corpo que está causando o dano.

— Pareceu ser uma fratura pequena, e os Merlins se curam rápido. — Ele se levanta para levar sua caneca vazia para a pia. — Mas Lark só estava fazendo o trabalho dele. Você precisa pedir desculpas.

— Eu vou.

— Como *Herdeira da Coroa*.

— Eu sei.

William me encara com um olhar sério.

— Você, entre todas as pessoas, não pode se dar ao luxo de usar suas heranças de forma imprudente, especialmente para ferir aqueles que estão a seu serviço. Isso não é o que os reis fazem.

— Eu *sei*. — Baixo a cabeça e suspiro. — Pelo amor de Deus, *essa* é a parte do insulto?

— Sim, mas já acabei. — Ele aperta o meu ombro e vai até a porta. — O serviço de quarto abasteceu as geladeiras para nós. Pegue algo para comer. Você tem que se vestir para o Rito, e eu preciso voltar para o Alojamento. Se eu vir Alice nos arquivos, vou dar um abraço nela por você.

— Um abraço bem apertado — falo conforme ele sai, me sentando. —Tipo, o abraço mais apertado de todos.

— Um abraço extra-apertado. Fortíssimo.

William pisca e sai pela porta.

Assim que William sai, dou um suspiro de alívio. Não é que seja estressante ficar perto de William. É exatamente o oposto, na verdade. Para mim, ele continua calmo como sempre foi. Mas constantemente ter companhia é... exaustivo.

Abro a geladeira para ver quais são as minhas opções e saboreio as últimas horas de solidão.

Não dura muito. Trinta minutos depois, meu celular toca enquanto pego o prato de queijos chiques e frutas secas que continuo desejando que fossem um hambúrguer. É Alice. Como foi o funeral?

Digito uma resposta rápida. Um show de horrores.

Ah, então foi um evento Lendário normal.

Dou uma risada. Alice tem razão. Ela digita mais rápido do que consigo responder. Pronta pro Rito?

Na medida do possível, sim. Ainda não tenho certeza do que usar debaixo do meu robe. Sou uma garota, mas hoje vou dar o primeiro passo para me tornar um Rei. Existe algum tipo de roupa para isso?

Vista o que quiser. Vc é a ÚNICA pessoa no planeta que pode tirar a Excalibur. Usar uma saia enquanto faz isso não vai mudar esse fato

Vc tá certa

Sempre

Reviro os olhos. Então, tenho que ir me vestir pra esse negócio

Esse "negócio"?! O ritual mágico de mil e quinhentos anos em que você faz um Juramento a si mesma a serviço de toda a Ordem e os Regentes fazem o Juramento de Serviço a você?

Estalo a língua. É, esse negócio mesmo.

Eu li sobre esses Juramentos nos arquivos do Alojamento. O aether do Juramento entra no seu corpo. Tipo, o compromisso se torna parte de vc, fisicamente. Nas suas células. PRA SEMPRE

Agradeço por este lembrete superútil, Alice.

De nada! Tenha uma ótima cerimônia de sangue ancestral!

No fim, opto por um par de leggings grossas, mas confortáveis, e botas de montaria. Uma longa túnica enrolada nas mangas e amarrada na minha cintura. Uma capa verde com capuz. No espelho, mexo nos meus cachos e me lembro do comentário de Theresa.

Não dá para me misturar de jeito nenhum, mesmo que seja exatamente o que eu precise fazer agora.

Os últimos itens que adiciono são a pulseira de berloques da minha mãe e o colar de moedas Pendragon do Nick.

O que realmente quero é que todos estejam seguros. Que Nick volte. Que Sel fique livre para voltar para casa. Quero que Patricia e Mariah vivam sem medo. Desejo o mesmo para William e Alice. Para Felicity, cuja dor a esvaziou. Preciso ter certeza de que Lorde Davis não destrua mais vidas, como fez com a da minha mãe, de Sel e de Nick.

É *isso que reis fazem*, penso. *Protegem as pessoas.*

Posso não ser capaz de controlar meus poderes, mas os tenho por um motivo. Estou reivindicando esse título por *uma razão*. A única maneira de honrar a minha mãe e os sacrifícios dela, e os sacrifícios das mulheres antes de nós, é enfrentar cada desafio de frente. Elas fugiram para que eu não precisasse fugir. Nem da Ordem, nem dessa responsabilidade, nem desse título ou desses poderes.

— Não tenha medo — sussurro para a garota no espelho. — Não tenha medo. Lute.

10

QUANDO PISO DO LADO de fora, o sol já está quase se pondo. A maioria dos convidados da cerimônia foi embora, e o estacionamento está vazio, exceto por um único carro blindado esperando no meio-fio com a porta traseira do passageiro já aberta. Vi esse veículo monstruoso pela primeira vez hoje de manhã, do lado de fora do Alojamento, quando Lark me pegou para me levar até Pembray. Ele o chamou de "Besta".

Perguntei por que diabos o carro tinha um nome e por que eu não podia simplesmente andar com os outros Lendários, e ele respondeu que as Bestas de I a IV são nomeadas em homenagem aos carros blindados usados pelo presidente. Mas *esses* carros são projetados especificamente para transportar membros valiosos da Ordem como eu e os Regentes. Cada Besta pesa sete toneladas, é equipada com armas de prata amarradas na parte interna das portas e embaixo dos assentos, tem costuras de prata embutidas nos painéis para ajudar os Merlins a invocar aether, se necessário, e portas de vinte centímetros de espessura com janelas de quatro camadas. Parece um carro capaz de resistir ao ataque de um míssil.

Quando chego à porta do passageiro, Lark está no banco do motorista, olhando para a frente. Não está mais usando sua jaqueta, e as mangas de sua camisa estão arregaçadas, exibindo mais de suas tatuagens. A primeira coisa em que reparo é na mão direita dele, enfaixada.

Deslizo para o banco de trás do passageiro, fecho a porta pesada e expiro devagar, me acomodando no banco. Encaro Lark pelo espelho retrovisor.

— Me desculpe por ter quebrado sua mão. Eu não queria fazer isso, mas fiz mesmo assim, e isso não está certo.

Ele dá um sorrisinho.

— Sei que você não queria fazer isso, moça. Já tive fraturas bem piores, acredite. Minha mão já está parcialmente curada agora, mas agradeço e aceito suas desculpas. — Sua expressão fica séria. — Eu também devo desculpas a você.

Trinco os dentes.

— Porque você sabia de Sel e não me contou — deduzo.

Ele assente em silêncio.

— É.

A frustração ferve dentro de mim.

— Por quê?

Lark suspira.

— Porque Kane me pediu para não falar.

— O quê?

Eu me ajeito no banco, os pensamentos agitados.

Lark dá de ombros.

—Tenho que admitir. Kane é... esperto. Ele adivinhou que alguma coisa estava acontecendo. Foi falar comigo antes de eu sair do Alojamento ontem à noite. Acho que ele estava preocupado com o que você faria antes de os Regentes chegarem se soubesse que Erebus e Cestra estavam atrás dele.

Eu me afundo de volta no assento.

— E então ele fugiu.

Lark assente.

— E então ele fugiu.

— E Erebus está atrás dele?

— Está. — Ele sorri de leve e liga o carro. — Mas Kane é muito bom e muito inteligente para deixar rastros.

Ele dá partida e começa a viagem de volta para o Alojamento. Quando gira o volante, noto a marca familiar dos Lendários em seu antebraço esquerdo, mas com o detalhe adicional de uma chama mágica preta e cinza saindo do centro da estrela de quatro pontas. Eu vi a mesma tatuagem no antebraço esquerdo de Selwyn, mas não liguei os pontos. Nunca pensei que poderia haver uma tatuagem compartilhada por todos os Merlins. Um símbolo próprio.

Dirigimos em silêncio até Lark falar de novo:

— Está nervosa para a noite de hoje?

— Não — minto. — Só quero que isso termine logo.

—Tenho uma pergunta.

— Ok — falo.

— Você acha mesmo que Lorde Davis sequestrou o próprio filho? Que ele colocou a vida de Primavidas em risco ao abrir os Portais *de propósito*?

— Eu não acho, eu *sei*. —Tamborilo com impaciência no couro preto do banco. — Ele fez questão de jogar isso na minha cara.

— Davis é um homem muito respeitado — começa ele. — Uma vida inteira a serviço da Ordem. Muitos aliados, dentro e fora...

— Você não acredita que as pessoas possam mentir? — resmungo, irritada. — Esconder sua verdadeira natureza?

—Ah, nisso eu acredito. — Lark ri. — Confie de olhos abertos, princesa.

Mordisco meu polegar.

— Não sou sua princesa.

— Rei, então.

— Nem isso.

Um sorriso torto aparece no rosto dele.

— Se é assim, vai ser bem esquisito ser o seu Mago-Real.

Dou de ombros.

—Talvez eu não precise de um Mago-Real.

Vejo Lark arquear uma sobrancelha pelo retrovisor, mas em vez de insistir naquela questão, ele muda de assunto.

—Tenho um presente para você. Dê uma olhada no descanso de braço do assento.

Franzo a testa. Eu não sabia que estávamos no estágio de amizade em que trocamos presentes. Principalmente depois de todas as mentiras e ossos quebrados. Eu vasculho o apoio de braço central e puxo uma grande bolsa de couro com cordões na ponta. Sinto algo rígido, mas flexível no meio.

— O que é isso?

Ele ri.

— Esse é o lance de receber presentes. Você descobre o que é quando abre.

Eu me seguro para não dar uma resposta atravessada e puxo as cordinhas, derrubando a bolsa no meu colo. Um par de manoplas sem dedos cai. O cheiro de couro fresco preenche o carro. Há tiras de couro na vertical e na horizontal para ajustar a circunferência e cintas grossas ao redor dos pulsos.

— Manoplas?

Lark olha para mim pelo retrovisor.

— Uma longa linhagem de Merlins na minha família. Meu pai faz armaduras e objetos de couro, peças que podemos usar debaixo das roupas se precisarmos caçar em público.

Estudo as manoplas, surpresa com a habilidade, com o cuidado.

— Eu nem sabia que Merlins usavam armaduras.

Lark cora.

— Alguns de nós, sim, só para não ter que conjurá-la no meio da batalha. Ouvi dizer que você começou a treinar com a espada há pouco tempo...

Algo em sua voz me faz parar. Ninguém sabe que não consigo conjurar uma armadura de aether, exceto os outros Lendários, Sel e Alice.

— Hum...

A voz de Lark é estranhamente suave e neutra.

— Você não teve muito tempo para treinar. Essas manoplas são temporárias, até você pegar o jeito de fundir e forjar aether por conta própria. Achei que poderia ser um tipo legal de... hum, presente de Rito.

Ele ficou sabendo, de alguma forma. Mas não está esfregando na minha cara.

Lark talvez seja um cara decente, no fim das contas. Não significa que eu o queira ligado a mim pelo resto da vida.

Acaricio o couro, liso e sem nenhuma marca ou amassado. Eu me pergunto se as manoplas serão fortes o suficiente para proteger meus braços na próxima vez que eu conjurar aether. Se foram feitas por um Merlin, talvez sejam.

— Eu não sabia que era uma tradição dar presentes no Rito.

— Os costumes antigos são esquecidos com o tempo, acho. De qualquer forma, se não tiver gostado delas...

— Não, eu gostei! — Eu as seguro contra o peito. — Gostei, sim.

Ele dá uma risadinha.

— Vou falar para o meu pai.

Coloco as manoplas uma de cada vez e sinto o toque do couro. É como se já pertencessem a mim. Puxo as tiras da manopla com força, e o sentimento é confirmado. Elas estão prontas para serem minhas e de mais ninguém.

Andamos mais alguns minutos na escuridão, afastando-nos das luzes residenciais e entrando em uma estrada rural escura. Algum rock antigo toca no rádio, baixa demais para que eu a identifique. As folhas sobem quando passamos, rodopiando no ar frio lá fora. Aproveito para ensaiar mentalmente o Rito e meus discursos.

De repente, Lark se inclina para a frente para abaixar ainda mais o volume do rádio, e o som melódico da guitarra é substituído por um... uivo grave, como algo de outro mundo.

— O que...

Um som alto ressoa quando o carro bate em alguma coisa. Lark pragueja.

As rodas dianteiras do veículo levantam com um barulho de metal rangendo.

Eu grito, me preparando, e todos os objetos nos porta-copos centrais caem nos bancos traseiros. Café frio respinga no meu rosto, um copo de plástico bate no meu peito. Sou espetada no ombro por uma caneta. Moedas parecem chover do teto do veículo; meu telefone está em algum lugar atrás de mim. Acabo pressionada contra o banco, olhando para o céu através do para-brisa dianteiro.

— Merda!

Acima de mim, Lark está se movendo mais rápido do que posso ver, em sua velocidade Merlin. Ele desafivela o cinto de segurança, vira-se para mim do banco da frente, puxa meu cinto e o rasga. Então me agarra pela cintura.

Uma rachadura atravessa o espesso para-brisa dianteiro à prova de balas. Ele se estilhaça — uma chuva de vidro —, e Lark é puxado para o céu, para longe de mim.

Algo o pegou pelas pernas.

Lark ruge, os dentes à mostra. Enfia os dedos nas almofadas de couro nas minhas laterais, até alcançar as barras de metal que prendem os assentos ao chão. Ele se segura com firmeza, estabilizando-se. Rosna com o esforço, os olhos fixos nos meus, o corpo quase na vertical, os pés virados para o céu.

— Fique... no...

— O quê?! — grito, o coração batendo com força.

Lark assente uma vez, assertivo... e solta.

Enquanto voa para cima, ele aperta um botão ao lado do volante. O escudo de privacidade opaco entre o banco da frente e a parte de trás se fecha com um estalo. O para-brisa traseiro e as janelas à esquerda e à direita fazem o mesmo movimento. Ouço o som sibilante da sucção. Estou trancada. Presa na escuridão turva de uma cabine blindada que mal é iluminada por luzes de emergência fracas no chão e no teto.

Então, o que quer que esteja segurando o carro se solta... e o veículo se inclina para a frente mais depressa do que quando foi para trás.

Milhares de quilos de metal e aço caem na estrada com um enorme estrondo. Estamos de volta às quatro rodas.

Empurro a porta traseira do lado do motorista com o ombro.

— Lark!

Bato nos controles da porta, tentando fazer *alguma coisa* se abrir. O escudo de privacidade, as janelas... qualquer coisa. Mas nada se mexe.

— Lark!

Chuto os bancos da frente, mas eles permanecem imóveis. Ouço um grito abafado, um rosnado lá fora. *BAM*!

O carro se inclina novamente. Começo a cair. Para a direita desta vez. Como se alguém tivesse chutado o lado esquerdo da Besta com tanta força que ela *flutuou* para a direita.

O carro paira em duas rodas. O metal range.

Por meio segundo, a porta do lado do passageiro está quase debaixo do meu pé.

Então, gravidade. Caímos de novo.

O carro cai sobre as quatro rodas novamente com outro barulho alto. Meu ombro é a primeira parte do corpo a bater no chão. A dor se espalha pelo meu peito.

BAM! Outro chute na porta traseira do lado do motorista amassa o metal a alguns centímetros da minha cabeça.

Dessa vez a Besta sobe e gira.

Sou jogada que nem uma boneca de pano. O capô bate no chão, minhas costas batem no teto.

O carro fica parado, mas a minha respiração sumiu... como se tivesse sido roubada dos meus pulmões.

Não consigo respirar.

Não consigo *respirar*.

Não consigo...

Eu me contorço de dor, ouvidos zunindo, lágrimas queimando meus olhos, *desejando* que meus pulmões *funcionem*...

O ar volta ao meu peito abruptamente, me deixando ofegante, e olho para os assentos do carro acima.

Do lado de fora, um rugido abafado corta o ar.

Não sei dizer se é de Lark ou dos demônios contra os quais ele está lutando. Devem ser demônios. Nada mais poderia levantar o carro assim, nada...

Um grito... Lark.

Eu me viro até os meus pés alcançarem a porta mais próxima da voz de Lark. Jogo as pernas para trás o máximo que consigo. Chuto a porta.

Uma dor incandescente sobe das minhas canelas até os meus joelhos. Grito, cerro os dentes e chuto novamente. Desta vez, o metal se dobra sob a força de Arthur.

De novo.

De novo!

Finalmente, o centro da porta se curva para fora, abrindo uma fresta de um dos lados. O mundo exterior entra de uma vez por aquela abertura de cinco centímetros de largura, sons de metal contra pedra. Um grito profano. A forte assinatura de aether de Lark queimando no meu nariz. E outro cheiro... azedo e podre.

Chuto novamente, e a abertura aumenta. Duas vezes e a porta pende de um lado. Mais um chute a solta. Giro o corpo no espaço apertado, procurando a espada presa embaixo do assento. Solto-a. Rastejo até a estrada com a espada erguida, respirando ar fresco.

Então vejo contra o que Lark está lutando.

Um enorme demônio feito de pedregulhos e chamas verdes golpeia uma cúpula de aether. Uma miniversão daquele do funeral, mas ainda assim do tamanho de Lark.

Lark está no meio da cúpula, erguendo uma das mãos e conjurando o brilhante escudo azul e branco ao seu redor. O demônio desfere golpes repetidamente. Lark estremece, mas o escudo se mantém firme.

Ele está apertando a mão direita enfaixada — a que eu quebrei — contra o peito. Seus dentes estão cerrados de fúria e dor. Ele está lutando com apenas uma das mãos.

Meu Deus.

Duas raposas o cercam. Elas sugam o escudo, forçando Lark a diminuí-lo enquanto o demônio o ataca com seus punhos de bigorna, inclementes.

— Não!

Corro, mas já é tarde demais.

O escudo racha, se parte, dissipa.

Lark rola para longe... mas não é rápido o bastante.

O punho do demônio sobe e desce, levantando o Merlin com as costas da mão. Ele aterrissa no asfalto a uns dez metros de distância, o corpo se contorcendo antes de ficar completamente parado.

Então o demônio se vira para mim.

Seus olhos são como dois poços profundos cheios de fumaça e fogo esmeralda. Tem a forma de um humano, então é um demônio maior, um uchel, mas um que nunca vi antes. É um monstro feito de obsidiana, as partes mais raivosas e duras da terra, com juntas verdes e brilhantes. Suas pernas devem ter mais ou menos um metro e vinte de largura e seus braços articulados terminam em dedos brutos.

Um sorriso se entalha em sua cara quando a criatura me reconhece.

— *Pendragon Desperto* — diz, uma nota de satisfação em seu grave ribombar.

Estou forte agora. Tão forte quanto um Merlin, pelo menos, graças ao sangue de Arthur em minhas veias. Mas preciso de uma armadura. Puxo o ar freneticamente com a mão livre, conjurando o aether ao meu redor. Criando desenhos como me ensinaram. Ele explode em chamas brilhantes, se funde em uma camada sobre minhas manoplas, então se apaga.

Conjuro novamente, concentrada e com medo, mas dessa vez o aether simplesmente não se transforma em nada. Nem mesmo em uma faísca.

Não, não, não!

— *Prendam a garota* — ordena o demônio, e as raposas respondem com um alegre ranger de dentes.

Elas andam na minha direção, as pernas longas e escamosas. O vapor sobe de suas costas no ar fresco da noite. O demônio se aproxima também, cada passo fazendo a estrada tremer, cada passo significando uma última chance de decidir o que vou fazer: correr ou lutar.

Olho para Lark, para o corpo dele estirado no pavimento. Tudo culpa minha.

Lutar.

Fecho os punhos, e as chamas vermelhas da raiz surgem em meus dedos, fazendo a espada de prata aparecer na minha mão, do cabo à ponta.

Um borrão preto passa pelo meu campo de visão, lançando-se sobre o peito de pedra do uchel. Uma lâmina cristalina, conjurada e forjada quase instantaneamente, atravessa o olho do monstro. O uchel recua, batendo em seu adversário, mas ele já sumiu. Está atrás da cabeça da criatura agora, uma lâmina brilhante de aether mergulhando no outro olho. O monstro estende as duas mãos, mas seus punhos encontram apenas ar. Seu oponente se foi.

Selwyn Kane para na estrada entre mim e o demônio, de costas para mim, as mãos bem abertas.

O demônio cai na estrada de joelhos. O asfalto vibra sob nossos pés.

Sel já está forjando outra arma. Entre a palma das mãos, uma enorme lança brilhante se forma, dura como um diamante. As raposas galopam em nossa direção, guinchando na noite.

Ele vira um pouco a cabeça e olha para mim, os olhos ainda fixos no monstro que ruge e cambaleia na estrada.

— Fuja.

11

EU NÃO FUJO.

Em vez disso, corro para o lado dele e deixo as chamas arderem até os meus cotovelos. Vamos lutar contra eles. Juntos.

— Será que você pode ouvir as instruções? — reclama Sel. — Pelo menos *uma vez* na vida?

Antes que eu consiga responder, as raposas se separam, movendo-se para nos encurralar. Sel gira. Está pressionando suas costas nas minhas e, apesar de sua atitude, sinto segurança e alívio correndo em minhas veias. Ele está aqui, e está bem.

Sel começa a reforçar sua lança. A raposa na minha frente fica tensa, se abaixa, se prepara para um salto — e congela. Sua cabeça chicoteia pela rua. Ela rosna e começa a recuar lentamente.

Quando me viro, Sel está olhando para a mesma direção, para trás, pelo caminho por onde vim. Ele arregala os olhos.

— Esconda suas chamas — sussurra ele, em uma voz que não reconheço.

— Por quê?

— Farão perguntas demais antes do Rito.

Hesito.

Ele me encara, incrédulo.

— Uma vez! Só *uma*...

O som de motores se aproxima, rodas sobre o asfalto.

Eu me viro, protegendo meus olhos dos raios brancos e brilhantes de meia dúzia de carros da cidade. As portas do primeiro veículo se abrem antes mesmo de ele parar. Figuras escuras desaparecem e entram em ação, passando correndo por nós em direção aos demônios na rua.

Ah. Cerro os punhos para apagar a raiz entre meus dedos. As chamas vermelhas se dissolvem em uma névoa ao redor da espada e voltam a ser apenas uma simples lâmina de prata na minha mão.

A Guarda dos Magos é coordenada e mortal. As raposas desaparecem num piscar de olhos. Eles também acabam rapidamente com o demônio, cortando-o em pedaços. Assim que a cabeça do uchel cai na estrada com um baque que faz o asfalto tremer, três carros param atrás de mim.

Mais Merlins. Uma sombra se materializa ao lado do meu ombro, ficando entre mim e Sel.

— Veio para tentar de novo, Kane?

É Max Zhao, o Merlin que não me deixou passar pela barreira do funeral. Ele segura o braço de Sel.

Sel rosna, mas não luta.

— Vocês demoraram.

— Qual era o plano? — zomba Max. — Sair do esconderijo para atacar a Herdeira da Coroa?

— Não! — grito, confusa, mas protegendo Sel mesmo assim. — Ele me salvou. Salvou todos nós. Lark estaria morto se ele não tivesse aparecido!

Max olha para o outro lado da estrada, para onde estou apontando. Lark, quase inconsciente, está sendo ajudado a se levantar por um membro da Guarda. Ainda segurando Sel, Max desvia o olhar para a direita para examinar a Besta de cabeça para baixo, a pesada porta de metal amassada e jogada de lado.

— Ou ele chegou bem a tempo de matá-la enquanto você estava desprotegida.

— Desprotegida? — Sel revira os olhos. — Para com isso, Maxwell. Nós dois sabemos que Larkin, mesmo inconsciente, tem muito mais capacidade de protegê-la do que você jamais poderia ter.

Max rosna, e é um rosnado cruel, que antecede um ato de violência. Eu me movo sem pensar.

— Chega!

Eu me aproximo de Max, a palma da mão aberta, e percebo tarde demais que meus dedos ainda estão iluminados com raiz. Assim que encosto em seu braço, seu casaco queima.

O Merlin solta Sel com um rugido e pula para trás, boquiaberto. Ele olha para a minha mão.

— *Merda*.

Sel fecha os olhos com força e geme.

Max estreita os olhos.

— O que é que...

— Então é verdade. Os relatórios sobre seu aether vermelho, gerado dentro de você. — A voz de Erebus flui sobre os meus ombros, me cobrindo como uma promessa mortal. Ele para do meu lado com um longo bastão de aether prateado na mão esquerda, a mão direita enfiada no bolso. Seus olhos escuros estão fixos na raiz piscando em meus dedos. — Eu li os relatórios de interrogatório dos Lendários, é claro, mas é... incrível vê-lo pessoalmente.

Olho para Sel, que dá de ombros. *Tarde demais para escondê-lo agora*. E como Erebus disse, ele já sabe sobre minha raiz.

— Sim — falo, lentamente.

Erebus inclina a cabeça, observando quando fecho a mão e as chamas se apagam.

— Fascinante.

Engulo em seco. O último Merlin poderoso a dizer que eu era "fascinante" foi Isaac, e não acabou nada bem. Mas ao contrário do escrutínio predatório de Isaac, o interesse de Erebus parece científico. Ele se vira para estudar Max, que ainda olha com raiva para a pele rosada exposta pelo buraco em sua jaqueta queimada.

Sob o olhar de Erebus, Max se endireita, olha para mim com cautela e acelera em direção ao cadáver do demônio na rua. Os guardas ajudam Lark a se sentar no banco de trás de um dos carros. O veículo se afasta assim que a porta se fecha, e espero que o estejam levando ao médico. Para William ou outra pessoa. O som de seu corpo batendo na calçada ecoa em meus ouvidos. Erebus volta o olhar para Sel.

— Estávamos procurando por você, Selwyn. Achei que você estaria longe agora, mas então você aparece no exato momento em que a Herdeira da Coroa é atacada. Você orquestrou isso?

— Você sabe que não — rebate Sel. — Mas alguém fez isso. Alguém que sabia que ela estaria passando por aqui. Um goruchel...

— Goruchels não são fáceis de serem detectados, como tenho certeza de que você sabe. Temos vasculhado rigorosamente as outras divisões em busca goruchels mímicos desde o aparecimento de Rhaz. Uma tarefa que deve ser feita sem alertar um demônio assassino em potencial dentro de nossas trincheiras — responde Erebus.

Sel se aproxima do Senescal e sussurra:

— Quem mais sabia que Lark estava com ela hoje à noite, Erebus?

O homem fecha a cara.

— Eu não te devo satisfações...

— Você confia em todos os Merlins na Guarda? — indaga Sel. — Você escolheu cada um dos membros?

Erebus pisca. Uma breve sombra de dúvida. Foi rápido, mas eu vi. Sel viu.

Quando o Senescal responde, sua voz tem uma pitada de incerteza.

— Cestra escolheu vários deles. Mas todos são Juramentados. E um goruchel não consegue imitar um Merlin...

— Não consegue? — desafia Sel. — Um goruchel consegue imitar um Juramento.

Olho para a Guarda dos Magos. Observo Max, que foi cruel desde o início, depois Olsen. Os outros que nunca falaram comigo, mas cujos olhos sempre queimam minha pele.

— Aquilo sabia quem eu era — murmuro, lembrando-me da voz grave como um trovão do uchel. — Ele me chamou de "Pendragon Desperto".

— Alguém que conhece a identidade de Bree estava por trás disso. — A voz de Sel é uma combinação perigosa de urgência e desafio. — *E* das raposas. Se não foi a Guarda, o que dizer do Conselho? Você confia nos Regentes? Nos outros Senescais?

Erebus contorce os lábios.

— Seja muito, *muito* cuidadoso, Selwyn... essas acusações só vão piorar as coisas. E nem eu serei capaz de protegê-lo das consequências...

— Os Morganas, então! — sibila Sel.

— Chega! — Erebus pousa a mão pesada no meu ombro. — Olsen! Ramirez!

Dois guardas aparecem ao lado de Sel, um segurando seu cotovelo com força, o outro carregando uma grande caixa preta.

— Soltem ele!

Eu avanço, mas Erebus me segura.

Sel olha para a frente, cerrando o maxilar, um gesto que só consigo interpretar como resignação. Ele não está tentando se soltar, e isso envia uma onda de medo pelo meu corpo. Sel não é de desistir. Sel não é do tipo que apenas... *para*. Pela primeira vez, dou uma boa olhada nele. Vejo sombras profundas sob seus olhos, sua pele fina.

O Merlin carregando a caixa, Ramirez, se aproxima de Erebus com duas algemas de ferro preto, pesadas e largas. Erebus as pega.

— Para que servem? — pergunto. — O que você está fazendo...

Sel deixa o Senescal levantar sua mão esquerda, prendendo a primeira algema de ferro em seu pulso. O clique alto termina com um estalo silencioso em meus ouvidos, e sinto que a pressão mudou. Sel estremece, como se tivesse acabado de receber um golpe invisível.

— Selwyn Emrys Kane — declara Erebus —, você está preso por seis acusações de negligência com a Divisão do Sul, uma acusação de negligência grave com a coroa e uma acusação de tentativa de assassinato contra a Herdeira de Arthur. Você será detido até que a data do seu julgamento seja determinada.

— Não! — Entro na frente de Erebus. — Aldrich disse que você e Cestra queriam interrogá-lo sobre os Portais. Quais são essas outras acusações?

— Os *Portais*? — Diversão e desdém colorem a voz de Sel. Ele nem mesmo aborda as outras acusações. — É *essa* a história que você está contando para a Ordem? Que eu abri os Portais em vez de Lorde Davis? — Ele solta uma risada vazia, balançando a cabeça. — Claro que é. Agora você pode me usar como bode expiatório e não só enterrará a guerra, mas também a traição do servo mais visível e leal da Ordem. Mentiras e...

— E distração, sim.

Erebus assente.

Ocultar a guerra. Eu tinha previsto aquilo. *Distração*. Palavras de William. Mas não estávamos totalmente certos. Sel entendeu tudo. Os Regentes não pretendem apenas ocultar a guerra. Eles querem ocultar a traição também. E prender Sel por esses outros crimes não anunciados não era apenas uma distração.

Eles realmente queriam afastá-lo.

Sinto um aperto no peito ainda machucado e dolorido, como se o ar tivesse sido arrancado de mim novamente. Isso não pode estar acontecendo.

— Me pergunto o que o Conselho dirá para as famílias Lendárias, para os Herdeiros e para os Escudeiros sobre o *motivo* de eu ter aberto esses Portais — diz Sel, com ironia. — Vou adivinhar: o poderosíssimo Mago-Real infelizmente sucumbiu ao seu sangue. Assim como a mãe.

Erebus arqueia uma sobrancelha.

— E como você saberia o que aconteceu com sua mãe?

Sel ri.

— Segredos não ficam enterrados para sempre, velho.

— Alguns ficam. E alguns deveriam.

— Eu não vou aceitar isso! — disparo.

Erebus se vira para mim, com um suspiro cansado.

— Peço desculpas, Herdeira da Coroa, mas, se o Alto Conselho revelar que Lorde Davis traiu a Ordem *e* que Morganas e demônios podem ter se alinhado para enviar um assassino goruchel para matar os jovens Lendários e a Herdeira de Arthur, haverá pânico e agitação. Não podemos permitir um caos generalizado durante um período de guerra e durante sua transição para se tornar rei. O público, mesmo o da Ordem, quer seu pão e circo, e essa razão fabricada para a prisão de Selwyn dá isso a eles. Enquanto isso, cuidamos de coisas como seu Rito, como a busca por Nicholas... discretamente.

— Tudo bem, façam os seus joguinhos. Mas por que você está prendendo Sel?

— Porque *devemos* prendê-lo. Por causa das acusações muito verdadeiras de um caso que estamos construindo há semanas, com base em tudo o que Selwyn, você e os outros membros da divisão nos contaram sobre as ações dele que levaram aos eventos da caverna. Ele deve ser responsabilizado.

Fico boquiaberta.

— Negligência? Tentativa de homicídio? Você está de brincadeira? Nada disso é verdade...

Erebus franze a testa e tira seu tablet do bolso do peito. Depois de alguns momentos de busca, ele lê:

— "No começo, Sel pensou que eu fosse um goruchel. Ele me atacou no cemitério com seus cães, quase me matou..."

Essas são as minhas palavras. O que relatei a Theresa nos dias seguintes ao desaparecimento de Nick.

— Não, não... não foi bem assim.

Erebus guarda o tablet.

— Você nos disse isso, Herdeira da Coroa. Está dizendo que mentiu para os investigadores?

— Não, eu... — Cerro os dentes. — Ele me atacou porque achou que havia um mímico entre nós, e era verdade... era Rhaz. E mesmo que Sel quisesse me matar, eu não era a Herdeira de Arthur naquela época!

Assim que as palavras saem da minha boca, o choque percorre cada um dos Merlins ao redor. Sel olha para cima, as sobrancelhas franzidas. Ramirez e Olsen piscam rapidamente, os olhos cor de âmbar arregalados. Várias emoções percorrem o rosto de Erebus, uma após a outra: confusão, desgosto, raiva e, por último, pena.

É a pena que rasteja em minha garganta, que a sufoca.

— Herdeira da Coroa Matthews — diz Erebus, com um tom agora estranhamente gentil —, você *sempre* foi a Herdeira de Arthur. Sempre foi você.

Por um momento, me sinto nua sob os olhares deles. Boba. Estúpida, mais uma vez. Pigarreio. Tento recuperar o equilíbrio.

— E, como Herdeira da Coroa, ordeno que você liberte Selwyn.

Erebus inclina a cabeça para trás, achando graça.

— Sinto muito, mas a lei da Ordem só reconhece aqueles que reivindicaram formalmente seu título perante um órgão governamental. — Ele franze a testa. — Você não pode interromper o devido processo.

Ele repete o que Nick dizia desde o dia em que exigi que ele me ajudasse a me infiltrar na Ordem. Nick também falou de processos, títulos e reconhecimento. Quando todos pensavam que ele era o Herdeiro de Arthur, ele ainda teve que reivindicar seu título publicamente antes que pudesse me escolher como Pajem. Essa foi uma das primeiras lições que Nick me ensinou sobre o seu mundo: a Linhagem é a Lei, mas sangue não é o suficiente para passar por cima dos procedimentos. Mesmo que esse sangue pertença ao próprio Arthur Pendragon.

— Herdeira da Coroa. — Sel interrompe os meus pensamentos. — Os meus crimes... os verdadeiros... não devem ser julgados por você. Júri de iguais e tudo mais.

O nó na minha garganta vai para o meu estômago. O sentimento se transforma em pavor, agitado e vertiginoso. Sel... *acredita* neles. Acredita que isso está certo.

Erebus se move para colocar a outra algema em Sel.

— Solte-o.

Instintivamente avanço para detê-lo, segurando o braço de Erebus com as duas mãos.

O Senescal congela, assim como todos os Merlins ao nosso redor.

— Briana, por favor, me solte.

Erebus poderia me afastar facilmente, se quisesse. Ou tentar, pelo menos. Mas está hesitando, preso entre o meu título e seu dever. E a incapacidade de me prejudicar, ditada por seus Juramentos.

— *Bree!* Fique fora disso — diz Sel, entredentes.

É a sua voz baixa e tensa que me impede de pressionar Erebus ainda mais.

— Mas...

— *Solte-o, Briana!*

A ordem de Sel é como uma tapa na cara. Seus olhos dourados, mais escuros do que nunca, queimam as minhas bochechas. As pontas de seu cabelo preto se erguem em um vento de aether silencioso — um sinal de sua raiva —, brilhando com a magia que ele não está usando. Até seus dedos estão pulsando de leve, como acontece quando Sel invoca o aether inconscientemente.

Dou um passo para trás, deixando a mão cair. Depressa, antes que eu tenha tempo de me recuperar, Erebus prende a segunda algema de ferro no pulso direito de Sel. Meus ouvidos estalam de novo, dolorosamente, ao mesmo tempo que uma respiração alta escapa dos pulmões de Sel. Quando o Senescal passa a mão sobre as duas amarras, um símbolo curvo que não reconheço brilha em aether azul na parte de trás de cada algema, desaparecendo em seguida.

Sel rosna com os dentes cerrados, e assim que a magia acaba, seu cabelo volta ao normal. A pouca cor em suas bochechas se esvai. Suas mãos formam punhos bem fechados sob o ferro pesado, os nós dos dedos empalidecem sob a pressão. Se antes havia chamas mágicas entre seus dedos, agora não há aether à vista. Como se a magia conjurada tivesse acabado de... desaparecer.

— Nós sabemos que você pode se transformar em coruja, Kane, então nem tente — rosna Ramirez. — Essas algemas foram projetadas especificamente para você.

O olhar de Sel permanece vazio. Se ele pensou em mudar de forma para escapar das algemas, sua expressão não denuncia isso. Eu só o vi se transformar uma vez, e não sabia que era possível na época, ou quão rara é essa habilidade entre os Merlins. Eles começam a levá-lo para longe.

Quando Sel passa, o Senescal oferece palavras de consolo.

— É uma atitude honrada ir pacificamente desta vez, Kane. Isso também é serviço à Ordem. Isso o ajudará e manterá todos ao seu redor seguros.

Sel quase responde, mas decide deixar pra lá.

Eles puxam Sel na direção dos carros. Ele passa sem olhar para trás, me deixando parada no meio da rua.

Erebus é como uma sombra iminente ao meu lado. Enquanto o resto da Guarda dos Magos está focada na destruição do demônio, sua atenção está toda voltada para mim. As construções de aether da Guarda dos Magos são como relâmpagos azul-prateados refletidos em suas íris.

De repente, o Senescal passa depressa por mim em direção à Besta, e seu foco na porta de metal quebrada na rua me deixa imóvel. Ele puxa o casaco para trás e se ajoelha no chão, seus dedos longos percorrendo os amassados causados pelos meus calcanhares. Ele ergue o metal, vira-o facilmente, como se fosse feito de papel, e não de camadas grossas de aço pesado. Ainda ajoelhado, Erebus olha para mim, pensativo, então volta o olhar para baixo de novo. Ele retorce o metal, encontra a espada na rua e assente. Fica de pé. Volta para o meu lado em um instante.

— Você realmente possui a força de Arthur. — Uma afirmação, não uma pergunta. — Não seria possível arranhar aquela porta de outra forma. — Fecho as mãos, e Erebus as observa com interesse. — Para ser nomeado Senescal, primeiro fui um Mestre Mago por décadas, ensinando os jovens Merlins a servir à Ordem. Sempre tive curiosidade em saber se a força lendária do rei Desperto seria comparável à minha.

Ele faz um movimento com a mão, esfregando a ponta do dedo no polegar.

— Isso é uma ameaça, Senescal? — pergunto, deixando cada grama da minha fúria nítida em minhas palavras, sangrando em meus olhos.

Esse homem não é meu aliado. Provavelmente nunca foi.

Erebus arregala os olhos.

— Não, Herdeira da Coroa. Uma observação.

Não acredito nele. Mesmo se eu achasse que poderia ser párea para Erebus, todo o esquadrão da Guarda dos Magos está aqui. Eu estaria cercada pelos Merlins mais poderosos do mundo antes mesmo de conseguir piscar.

— Vamos continuar essa conversa em seu transporte alternativo — pede Erebus, gesticulando para a limusine em que chegou. — Eu mesmo irei acompanhá-la até o Rito dos Reis.

Deslizo no banco de trás com a sensação nauseante de que algo horrível está acontecendo e sou a última a saber. A raiva ferve em meu peito, mas não tenho onde colocá-la. Os Senescais respondem apenas aos Regentes e, por enquanto, os Regentes ainda estão no comando.

A guerra está sendo acobertada, pelo menos por enquanto. A traição de Lorde Davis está sendo acobertada, talvez para sempre. Selwyn está sendo acusado publicamente por ambos os acontecimentos e tratado em particular como um criminoso por erros e mal-entendidos. E eu deveria apenas passar pelo Rito como se tudo estivesse *normal*?

Erebus faz uma curva para nos levar de volta à estrada que leva ao Alojamento. Eu me viro bem a tempo de ver quatro Merlins colocarem a Besta de volta no asfalto, sem fazer o menor esforço. Então, minha visão é bloqueada por outra limusine escura se aproximando e indo na direção oposta. Sel está lá, mantido em cativeiro e contido por sabe-se lá que tipo de mágica.

De repente, queria desesperadamente que Alice estivesse aqui. Ela é estratégica e detalhista, assim como os Regentes. Saberia quais perguntas fazer para enganar Erebus e os outros. Conseguiria jogar o jogo deles e desarmá-los. Ou diria que tudo que posso fazer é seguir em frente, usar o poder que tenho agora enquanto luto por mais.

— Não vou deixar você aprisioná-lo por coisas que ele não fez — digo para Erebus. — Depois do Rito...

— O Rito é nosso compromisso mútuo um com o outro, como Regentes e o futuro rei. É o primeiro passo para honrar quem você é e fazer o Juramento pelo bem da Ordem. — Erebus tamborila no volante. — Seria inteligente da sua parte não libertar um criminoso acusado no seu primeiro ato como rei. Seria melhor comandar suas forças para fins mais nobres. A busca por Nicholas Davis, talvez?

Engulo em seco, tentada a gritar que, se sou rei, devo ser capaz de fazer as duas coisas. Eu não deveria ter que escolher entre resgatar Nick e deixar Sel ser punido por crimes que não cometeu. Mas então penso na Guarda dos Magos, que se reporta a Erebus e Cestra. Preciso de seus recursos e sua lealdade para encontrar Nick. Eles me seguiriam se eu reivindicasse meu título e desafiasse suas leis de Merlins logo em seguida? Lark ficaria ao meu lado depois que meu descuido hoje cedo me levou a quebrar sua mão, principalmente quando essa lesão quase o matou?

A fúria sobe pela minha garganta. O Rito acaba de se tornar duas vezes mais crítico. A noite de hoje deixou bem claro que não posso fazer nada se não for rei. E se eu não tiver mais informações. *Todas* as informações.

— Para onde ele está sendo levado?

— Para uma Prisão das Sombras. Um lugar adequado para Merlins que sucumbem ao seu sangue. Ele será tratado com respeito. Terá seus próprios aposentos e serviço de alimentação até a sentença.

— Você age como se ele já fosse culpado.

— Temos provas necessárias para condená-lo em declarações gravadas. Apenas um Merlin prestes a sucumbir ao seu sangue se comportaria como Selwyn. É mais seguro contê-lo.

Eu bufo com desdém, e ele me olha, sério.

— Selwyn não está sucumbindo ao sangue dele, nem está perto disso — falo. — Ele estava lúcido o suficiente, e *bem* o suficiente, para me resgatar antes mesmo de a Guarda dos Magos chegar. Alguém mais demônio do que humano não me ajudaria; pelo contrário, iria gostar de ver a minha dor. Tem outra coisa acontecendo aqui. Um bode expiatório, como ele disse.

— Com todo o respeito, Herdeira da Coroa. — Erebus franze a testa. — Como você saberia o que significa para um Merlin sucumbir ao próprio sangue quando foi criada como uma Unanedig? O que quer que o antigo Mago-Real tenha dito a você foi apenas a ponta do iceberg de nossa espécie, nossas habilidades e nosso papel na Ordem.

— Sei que isso significa que seu sangue de demônio pode mudá-lo. — Eu me empertigo. — Ele diz que poderia ficar selvagem. Se tornar... maligno.

—Você não poderia ter dado uma explicação mais simples e menos abrangente. — Erebus ri baixinho. — Você pensa em termos de "bem" ou "mal", mas Merlin imaginou que seus descendentes poderiam ser ambas as coisas, tendo os Juramentos como salvaguardas. Demônios são criaturas egoístas e solitárias. Se as nossas naturezas demoníacas latentes nos dominam, perdemos a empatia, a simpatia, a bondade. A humanidade. Até que um dia tudo que resta são as fomes centrais da demonia: os desejos incontroláveis de criar e consumir a miséria humana. Dor, caos, angústia. Os demônios não têm escolha a não ser se sentirem atraídos por essas coisas, e é por isso que somos assombrados pela perspectiva de tal deslize. E é por isso que devemos prender Selwyn para o próprio bem dele. — Uma pausa. — É o que a mãe dele gostaria que fosse feito.

Respiro fundo.

—Você conheceu a mãe de Sel?

Erebus se vira para a janela e para a escuridão lá fora.

— Natasia e eu treinamos juntos antes de ela ser enviada para morar com o jovem Martin Davis. Assim como Selwyn, ela era um prodígio. Uma guerreira incrível.

O tom de voz do Senescal e o traço de dor sob suas sobrancelhas severas atiçam minha curiosidade.

—Vocês se conheceram quando eram crianças? — pergunto.

Ele abaixa a cabeça, e dou um palpite:

—Vocês eram próximos.

Ele me encara, pensando antes de revelar mais. Então assente.

— Natasia era a minha contraparte na academia. Estava a caminho de se tornar Mago-Real, e eu estava destinado a me tornar Senescal da Guarda dos Magos. — Ele sorri com melancolia. — Foi Natasia quem me deu o apelido de "Erebus", dos mitos gregos, já que eu acabaria comandando os Merlins que lutam contra criaturas das trevas. Já eu a chamei de "Nyx", deusa grega da noite. Ela se movia tal qual uma sombra, silenciosa e rápida. Quando ela...

Ele para, perdendo as palavras na memória, ou tentando não dar muitas informações.

Eu o pressiono mesmo assim.

—Você sabia que ela havia sido levada para a Prisão das Sombras. Sabia que mentiram para Sel quando disseram que ela morreu lutando contra um uchel.

E você ainda não sabe nada *do que realmente aconteceu com a mãe dele*, penso, mas fico calada. Agora não é o momento de revelar que Natasia Kane não apenas escapou da Prisão das Sombras, como também seu sangue é perigoso. E agora também não é *realmente* o momento de compartilhar que sei dessas coisas porque quebrei a mesmerização dela e vi a verdade.

Erebus fica sério.

— Todo Merlin que ascende ao cargo de Senescal é informado sobre qual de nossas fileiras sucumbiu à demonia. Quem, como e por quê. Para que saibamos o que observar em nossos pares e possamos manter a Ordem e seu rei em segurança.

— Para que você possa punir Selwyn pelos erros de outra pessoa e torná-lo meu vilão, você quer dizer.

— Somos Merlins, Herdeira da Coroa. Somos cambions ligados por Juramentos, esperando manter nossa humanidade pelo maior tempo possível, mas no final... estamos, todos nós, contando os dias até nos tornarmos seus vilões. — Ele me encara. — Não ache que sabe o suficiente para julgar nossos destinos.

Não quero pensar na certeza em sua voz, ou na sugestão de que Sel possa ter essa mesma certeza dentro de si. Que ele está com o tempo contado. Engulo em seco e desvio o olhar.

— Eu sei que Sel é uma boa pessoa e um Mago-Real digno.

— *Era* um Mago-Real digno — diz Erebus. — E sim, Sel foi excelente. Eu sei bem; eu o escolhi a dedo para o título quando ele era apenas um garotinho, e eu mesmo realizei seu Juramento de Mago-Real. Mas Sel não está cumprindo esse Juramento, certo? Eu lhe darei crédito por auxiliar sua Herdeira da Coroa. A intenção de servir conta para alguma coisa e deve atrasar sua decadência.

O cuidado na voz dele machuca, porque soa verdadeiro. Erebus cuidou da mãe de Sel, e parece cuidar de Sel também, de um jeito quase paternal. Talvez até mais do que o próprio pai ausente de Sel. Mas esse "cuidado" está misturado com um descaso horrível.

Respiro fundo e tento controlar o pânico, repetindo a mim mesma meu objetivo. Manter meus amigos seguros, mantê-los longe do perigo. Chega de mortes, chega de danos. Passar pelo Rito, depois passar pelo resto.

Queria que Nick estivesse aqui para poder dizer a ele que agora entendo quantas emoções ele mantinha sob controle todos os dias. A solidão, a dúvida, e, acima de tudo... a raiva lentamente acumulada, nascida de carregar os fardos de um poder que não se possui totalmente.

Chegamos ao Alojamento no momento em que as estrelas emergem do manto escuro do céu.

Erebus me acompanha até a porta sozinho, então desce os degraus para que possa conversar com o guarda ao redor do perímetro. Enquanto espero na porta, sinto a ondulação de barreiras protetoras recém-lançadas, mais espessas e fortes do que jamais senti.

A carreata dos Regentes chega, três carros se aproximando até pararem de repente na entrada de cascalho. Como se estivesse coreografado, a porta do lado do passageiro dos carros se abrem ao mesmo tempo. Cestra sai do último veículo, ainda em seu traje de funeral, mas com saltos mais baixos. Escolha inteligente para a caminhada até o *ogof*.

Então aparecem o Regente Gabriel e seu Mago Senescal, um Merlin branco de cabelos escuros, alto e bonito, olhos cor de ferrugem e dedos longos, vestindo um manto cinza-escuro.

Erebus está ao meu lado, murmurando:

— Senescal Tacitus, Mestre de Mesmerização, nascido na Itália.

Aquele que pode oferecer o esquecimento como se fosse uma dádiva. Esquecimento como se fosse misericórdia. Resisto ao impulso de estremecer e falho. Tacitus sorri, e eu imediatamente o desprezo. Ele é a esperteza e o charme em pessoa. Ainda posso ouvir a voz de Sel em meus ouvidos, e me pergunto se Tacitus poderia ser o verdadeiro traidor em nosso meio. Quando olho para Erebus, sua testa franzida me diz que ele está se perguntando a mesma coisa.

Se todo mundo está participando de um jogo mental, então em quem devo confiar?

Por fim, Aldrich sai de seu carro. Seu Senescal é um Merlin baixo, de corpo largo e pele negra dourada, a ponta dos dedos brilhando como diamantes, com uma linha tênue de chamas em azul-escuro em volta. Sua assinatura de aether é um cheiro pesado e inquietante, e seus olhos são de um laranja profundo.

— Senescal Serren, Mestre de Construtos — diz Erebus. — Um poderoso artesão do aether vindo do noroeste do Pacífico, aqui nos Estados Unidos. As chamas em seus dedos nunca se apagam. Ele pode mudar a forma de suas construções de aether sem reformulá-las, e elas são sempre inquebráveis.

Erebus desce, e os seis membros do Conselho olham para mim com curiosidade e expectativa. Eu me pergunto o que eles veem. A Herdeira de Arthur criada como Primavida ou a garota negra de dezesseis anos que eles nunca esperaram que fosse tirar a espada da pedra. O que quer que eles vejam, preciso que entendam uma coisa: depois desta noite, eu sou o rei deles.

— Honrados Regentes e Senescais — digo com firmeza ao recitar a saudação formal. — Eu me declaro elegível para o Rito dos Reis por meio de linhagem e os convido a testemunhar o retorno de nosso rei, Arthur Pendragon, mais uma vez Desperto para liderar nossa Távola e Ordem à vitória na Guerra Santa contra as Crias Sombrias.

12

DOIS GUARDAS ENTRAM nos túneis para fazer uma última varredura dos Portões fechados antes de permitir que toda a liderança da Ordem — atual e futura — entre na caverna subterrânea. Enquanto esperamos, o Conselho se volta para mim com expectativa.

— Herdeira da Coroa Matthews. — Aldrich aparece ao meu lado com seu Senescal Tacitus. — Devo me desculpar pelo choque que meu pronunciamento causou nos cultos de hoje. Garanto-lhe que as minhas palavras foram meramente...

— Uma estratégia — interrompo, com um sorriso contido. — Para desviar a atenção do público da investigação sobre Lorde Davis, o verdadeiro responsável pela abertura dos Portais. Estou ciente.

Aldrich arqueia de leve as sobrancelhas.

— Estou impressionado com a sua rápida compreensão. Dada a sua resposta emocional, presumi que tivesse ficado surpresa, até mesmo magoada com o ardil.

Minha mentira está pronta.

— De jeito nenhum. Penso que, como a Escudeira escolhida do Herdeiro Davis, eu precisava demonstrar publicamente a minha descrença na traição à Ordem por parte do próprio Mago-Real do meu Herdeiro.

— Ela é esperta — diz Tacitus, assentindo em aprovação. — Há muitas maneiras de alimentar uma mentira, mas elas são sustentadas por elementos da verdade. Bravo, Herdeira da Coroa.

É a primeira vez que o ouço falar. Seu sotaque italiano está lá, mas é tão leve que passaria despercebido se Erebus não tivesse me contado sobre sua origem. Eu me pergunto há quanto tempo ele mora nos Estados Unidos.

Mantenho minha expressão a mais neutra possível.

— Vejo o benefício de um ardil habilidoso, principalmente enquanto planejamos o resgate de Nick.

— E quando trouxermos Martin Davis à justiça — acrescenta Cestra. Sua voz perdeu a formalidade da cerimônia matinal, sua máscara não está mais ali. — Ele deve pagar por seus crimes, em particular, é claro, junto com Isaac Sorenson.

Gabriel balança a cabeça.

— Ainda é difícil acreditar que Martin faria essas coisas.

O olhar de Cestra escurece.

— A Guarda dos Magos encontrou uma geladeira segura na casa de Davis cheia de sangue cambion e frascos pertencentes a Selwyn e Natasia Kane, que supostamente foram usados para abrir os Portais. Temos as provas de que precisamos.

O tom de sua voz quase me dá esperanças de que, pelo menos assim, os Regentes estejam buscando a verdade e a justiça. Mesmo que não publicamente.

— Mas e os Juramentos dele? — pergunta Gabriel, abrindo os braços. — Esse nível de traição para alguém Juramentado é inédito.

— Não é verdade — diz Cestra, com um elegante dar de ombros. — Já ouvimos falar de traição antes. Mas os Juramentos dos traidores tiraram suas vidas antes que pudéssemos chegar até eles.

Aldrich pigarreia, diminuindo a tensão no ar. Ele se vira para mim.

— Espero que você não se sinta ofendida por nosso desejo de realizar o Rito antes de discutirmos outros assuntos e começarmos a transição.

Dou de ombros.

— Entendo. O Rito tem a ver com confiança mútua. É a primeira vez que o Herdeiro de Arthur ergue a lâmina, e isso geralmente é um assunto muito mais público. O Herdeiro é Chamado, e então todos se reúnem para vê-lo puxar a Excalibur e ser totalmente Despertado — falo, sem emoção, como se esse fato não estivesse gravado em meu cérebro, dito primeiro na voz de um demônio.

Seria fácil se eu apenas precisasse que Arthur Chamasse Nick como os outros, mas aquele mas aquele reizinho arrogante de merda não vai Despertar o seu Herdeiro até ele pegar a espada.

Vejo Rhaz me perseguindo no escuro novamente, a algumas centenas de metros de onde estou, e estremeço.

— É o que dizem os arquivos — concorda Aldrich. — Mas somos os primeiros Regentes em duzentos anos a realizar este ritual. Algo que você espera nunca fazer, mas para o qual deve estar preparado. Não muito diferente de como acontece na guerra.

Olsen volta e gesticula para que entremos no túnel. Está na hora.

No centro da caverna, assim como antes, há um pequeno lago com uma ilha rochosa no meio e uma pedra elevada. Excalibur, brilhante e afiada, parece piscar para mim quando entro. Meus dedos vibram com o desejo de tocá-la.

Cinco guardas estão posicionados ao redor do perímetro da caverna. Os seis membros do Conselho formam uma fila na beira do fosso, alternando entre Regente e Senescal. Aldrich gesticula para a ilha com a mão.

— Estamos prontos quando você estiver, Herdeira da Coroa.

Ergo o queixo e dou um passo à frente, deixando a capa verde deslizar por meus ombros e pousar no solo arenoso. Por baixo da roupa, a moeda Pendragon brilha em meu peito. Eu me abaixo e tiro os sapatos. Então entro na água fria e cristalina, deixando-a adentrar minha pele e meus ossos, me gelando até o joelho. Ando até a ilha e ao redor dela até encontrar o primeiro ponto de apoio, dando um passo de cada vez até chegar à plataforma ao lado da pedra.

Não vejo a Excalibur desde aquela noite, só a imaginei em minhas tentativas de invocar sua lembrança. Mas acho que ela se lembra de mim; o diamante carmesim no centro do pomo absorve a luz em vez de refleti-la, um lembrete do que meu toque — minha Arte de Sangue — fez com a lâmina antiga para torná-la minha. Eu a observo, e o diamante pulsa como um coração.

— Herdeira da Coroa? — chama Erebus lá de baixo.

Desvio rapidamente o olhar para ele e os outros, parados com os braços cruzados, uma mistura de curiosidade e solenidade em suas expressões.

— Estou pronta.

Os Senescais produzem uma cópia de cada uma das passagens do Rito — papéis que decorei quando me preparava para esse momento, para que eu soubesse o que seria dito antes de ser dito.

Erebus se ajoelha com as mãos abertas na margem do lago, até que um lampejo de éter nos envolve, iluminando as paredes escuras em cintilantes tons de azul e prata, apagando as lanternas em um vento silencioso. Sua assinatura é forte e perfumada, como um incenso queimando muito perto do rosto.

Logo, estamos no meio de um furacão de magia. Cada vez que seu fogo mágico gira, ele ganha outras cores, azul-escuro, azul-marinho, os fantasmas das chamas de Merlins ainda embutidas no solo. Os Regentes se equilibram ao redor do lago, plantando os pés para se equilibrarem diante da força daquele poder antigo.

Aldrich me chama.

— Pegue a espada, por favor.

Meus dedos pairam sobre a Excalibur. Seu aether vibra contra a minha mão, puxando-a em sua direção como um ímã. Com uma inspiração profunda e rápida, seguro o punho da lâmina e cerro os dentes, me preparando para receber a energia da espada forjada em aether que dispara pelo meu braço e pelo meu cotovelo. Em resposta, a lâmina sussurra uma pulsação baixa e rítmica como tambores em meu crânio, aumentando até se tornar um rugido faminto.

— *Rhyfelgri* — sussurra Cestra. — O grito de guerra.

— As sombras se ergueram. — Ouço a voz de Aldrich por cima do vento. —Você jura, como rei, se erguer também?

Posso impedir qualquer Juramento de me prender, assim como posso resistir à mesmerização. Mas tenho me preparado ao longo de um mês para aceitar esse Juramento. Para reivindicar meu título completamente, a magia precisa fazer parte de mim.

— Eu juro — enquanto falo, o Juramento envolve meus tornozelos — que me erguerei como rei para dissipar as sombras.

— Você jura — começa Cestra —, como rei, se responsabilizar pelo peso do sangue do mundo?

— Eu juro — o Juramento envolve minha cintura, apertando-a — me responsabilizar pelo peso... — Suspiro quando o aether aperta o meu peito. — Me responsabilizar pelo peso do sangue do mundo.

O Juramento devora o meu corpo, minhas células, correndo pelas minhas veias. Tento lembrar que esse é o preço que me preparei para pagar, mas preciso de todas as minhas forças para não acabar com isso bem ali, agora.

— E você — entoa Gabriel, me observando com cuidado —, como rei, jura servir à missão da Ordem acima de todas as outras, até a sua morte?

Os dedos frios do antigo Juramento se entrelaçam ao redor da minha garganta, se espalhando da minha mandíbula até a linha do meu cabelo, cobrindo meu crânio para completar a rede de promessas.

— Juro — engulo em seco — servir à missão da Ordem acima de todas as outras, até a minha morte.

— Por seu sangue, em seu coração, sele os seus Juramentos com a Távola Redonda — ordena Erebus. — Unir a Távola primeiro em espírito, para que você possa em breve unir seus Herdeiros em carne.

Somente depois do Juramento posso conhecer os cavaleiros de Arthur em espírito e me comprometer a liderar e servir seus Herdeiros em vida.

Juramentos feitos, recebidos e oferecidos. Juramentos aos espíritos, à carne, pela união.

Ergo a Excalibur em uma saudação, segurando a lâmina na vertical diante do meu rosto, vendo meus olhos escuros em seu reflexo, cuidadosamente pousando a mão nela.

— Pelo meu sangue...

Cerro os dentes e puxo a mão que segura a espada para baixo rapidamente. O corte é breve, não há dor, nenhuma ferida. E então o sangue brota.

— No meu coração...

O sangue flui em uma brilhante linha vermelha pelo meu pulso, através do ouro brilhante da pulseira de berloques da minha mãe. Levo a mão ensanguentada ao peito e seguro a moeda Pendragon.

— Para unir a Távola em espírito e em carne...

Pela segunda vez na caverna, o tempo desacelera, se retorce... e uma visão me engole por inteira.

Nenhum Herdeiro de Arthur jamais escreveu ou compartilhou com ninguém o que viu durante o seu Rito. Nem para os membros da Távola, nem para seus Escudeiros unidos, nem para seus Magos-Reais. Nem mesmo para os próprios filhos. Essa parte do ritual é, única e exclusivamente, para reis.

Estou em um grande salão com o pé-direito tão alto que só consigo distinguir um redemoinho de sombras em cinza e preto no teto. O chão é tão escuro que devora a luz. E no meio dessa sala enorme há uma mesa.

Não preciso ver suas bordas curvas para adivinhar o formato.

Uma luz fraca cresce no centro da mesa. Quando chego à única cadeira de madeira vazia e paro atrás dela, a luz azul e branca se espalhou apenas o suficiente para iluminar uma dúzia de pares de mãos enluvadas e antebraços envoltos em manoplas repousando sobre sua superfície.

À minha esquerda, banhado em sombras escuras, um homem está imóvel como uma pedra, exceto pela respiração lenta que ergue seu peito num ritmo constante. Fios de luz brilham no metal de sua cota de malha. Quando ele respira, sua túnica sobe o suficiente para que eu possa vislumbrar o símbolo em seu centro: o leão amarelo fulvo de Sir Owain. O homem à esquerda *dele* inspira, expira. Sua túnica traz o círculo com três faixas laranja-escuro, símbolo de Sir Bors. Há outros homens ao lado deles, até um ponto em que a luz não chega e não posso mais vê-los, mas ainda os sinto.

Ouvindo. Esperando.

Esta é a Távola Redonda. Um eco dos últimos doze cavaleiros do exército de Arthur, enfeitiçados por Merlin para que seus espíritos pudessem viver para sempre. Seus espíritos estão esperando por mim aqui. Algo me diz que eles não se moverão, não falarão, até que eu comece.

Solto uma respiração lenta e tranquila. *Unir a Távola em espírito, depois em carne.*

Seguro a parte de trás da cadeira para puxá-la — e congelo.

As mãos no encosto de madeira não são só minhas.

Cintilando entre meus dedos estão os tênues contornos prateados de dedos mais largos e mais longos que envolvem os meus.

Não. Não.

Eu. Arthur. Meu corpo. O dele.

De novo, não.

Com o coração batendo forte no peito, cambaleio para trás com um gemido baixo. Agito as mãos, tento derrubá-lo, *afastá-lo*, mas não adianta. O contorno prateado do corpo dele paira sobre o meu, seus longos antebraços cobertos de cota de malha. Uma túnica grossa de tecido, mais comprida que meu torso e mais larga que meu peito, pende sobre a camisa que escolhi horas atrás em meu quarto no complexo de Pembray. Não consigo dizer se estou sobreposta a ele ou se ele está sobreposto a mim. Não sei se foi isso que os outros Herdeiros experimentaram. Nenhum outro Herdeiro de Arthur foi um Médium. Nenhum outro Herdeiro de Arthur foi *eu*.

Não sinto Arthur, não o ouço na minha cabeça, mas isso é quase pior. Eu não posso implorar para ele me deixar em paz ou exigir que me deixe sair porque ele não é uma pessoa separada do meu corpo aqui. Ele não é sequer uma pessoa *morta* — ele é um espírito *vivo* amarrado a mim.

Ouço minha respiração alta durante aquela espera, mas os cavaleiros não se viraram na minha direção ou se moveram.

Eu vim aqui para completar o Rito. *Tenho* que completar o Rito. *Quando chegar a hora, não tenha medo.*

Assim que o mantra surge em minha mente, uma luz dourada brilha em meu peito. Olho para baixo e vejo o dragão rampante costurado na túnica que veste Arthur, pulsando no ritmo do meu batimento cardíaco.

Meu coração. Não o dele.

Eu entrei no Rito por vontade própria, e a Távola espera por *mim*, não por Arthur.

Minhas — nossas — mãos tremem, mas eu lentamente as fecho, e a mão dele faz o mesmo.

Dou um passo adiante, arrastando o eco prateado de Arthur Pendragon atrás de mim. Alcanço a cadeira, puxo-a e me sento.

— Olá — falo, na minha voz, não na dele.

Uma voz baixa e rouca ressoa das sombras do outro lado da mesa.

— *Fy nglew*.

O antigo galês entra em meus ouvidos, se transformando em inglês em seguida. *Meu senhor*.

Então *eles* enxergam Arthur, ouvem Arthur.

Ceeerto.

O cavaleiro que falou comigo — conosco — se move. Ouço o som de metal tilintando na mesa quando ele estica os braços pela pedra, revelando a cota de prata que cobre suas manoplas, mas sem revelar seu rosto.

— *A yw'n amser?*

Traduzo mais rápido agora, quase imediatamente. *É chegada a hora?*

Há uma movimentação quando os outros se viram para olhar e ouvir.

Lembro-me da saudação que ensaiei.

— Está na hora. O Camlann chegou.

As palavras ecoam na voz grave de Arthur meio segundo depois da minha, em galês antigo. Espero até que elas sejam ouvidas.

Minhas palavras aguçam a energia ao redor da mesa. Barulho de metal e tecido em fricção, respirações profundas, grunhidos baixos.

— As Crias Sombrias aumentaram em número e em força. Matei um demônio que usava o rosto de um Escudeiro da Linhagem de Sir Bors. Eu me comprometo com vocês durante esta e as próximas guerras, e peço a vocês que façam o mesmo, para que a Távola lute como uma só, e assim eu possa chamar seus Herdeiros em vida.

— Que a Távola lute sempre como uma só.

A voz grave e retumbante vem da minha direita e pertence a alguém cujo rosto não está encoberto. O pulso do dragão no meu peito acelera quando o meu coração também acelera.

Lancelot.

O cavaleiro mais famoso da Távola Redonda de Arthur está sentado ao meu lado. Seus ombros são largos, e ele veste uma túnica azul-clara, com um grande veado dourado usando uma coroa de chifres e olhando para a frente, altivo. Ele tem o mesmo tom de pele de Nick, e seu traje o favorece. Quando olho para Lancelot, sou atingida pela conexão que sinto com Nick, familiar e verdadeira. Nunca vi Nick usar barba, mas estudo o rosto de seu ancestral para imaginar como seria a de Nick. Eu me pergunto se estou vendo seu futuro, se estou vendo Nick para além do garoto que conheço. Há diversas razões pelas quais não consigo desviar o olhar de Lancelot, e não luto contra nenhuma.

Em vez disso, eu me inclino para mais perto, procurando as feições por baixo do capacete, procurando por Nick, mesmo aqui. Seus olhos azuis tão escuros, quase azul-marinho, estão voltados para mim, um protetor de nariz prateado entre eles. Lancelot não recua, mas inclina a cabeça, confuso.

— Meu suserano?

Estremeço. Até a voz dele me afeta como a de Nick.

— Arthur? — insiste ele.

E eu respondo:

— Lancelot.

Chamado e resposta. É assim que funciona entre mim e Nick. Como *sempre* funcionou. Como um sino pendurado em meu peito que responde ao dele. Se essa visão da Távola é um interlúdio, então esse momento com Lancelot é um retorno.

Não consigo evitar. Estendo a mão enluvada na mesa. No momento em que nossos dedos se tocam, uma pulsação elétrica corre do meu peito, desce pelo meu braço e faísca até o dele. Lancelot solta um chiado, recua — e seu rosto começa a piscar. Solto uma exclamação de surpresa, vendo seu capacete de metal brilhar, ficar transparente e fino, e então ficar sólido novamente. Transparente e sólido, até começar a desaparecer.

Então, o metal some lentamente, levando Lancelot com ele, até que tudo que resta é um cabelo loiro desgrenhado, sobrancelhas marcantes e olhos azuis como a tempestade.

Um rosto que eu reconheceria em qualquer lugar.

O rosto que tenho imaginado todos os dias desde que ele sumiu.

Um soluço sufocado me escapa. Aqui, no limbo do meu Juramento eterno, meu desejo tomou forma. E, mesmo sabendo que não é real, eu chamo por ele.

— Nick? — pergunto.

— Bree — responde ele.

PARTE DOIS

PODER

13

SINTO A MÃO quente segurando meu pulso, mas ainda não acredito.

— Bree? — Nick chama meu nome novamente, mas dessa vez é uma pergunta.

Viro a mão para segurar com força o pulso dele. Parece ser ele. Minha voz falha.

— Nick. Isso é real?

— Onde estamos? — pergunta ele, olhando para a mesa.

Os cavaleiros ao nosso redor estão tão quietos que levo um momento para perceber que estão completamente mergulhados na escuridão, parados.

— Estamos... esse é o Rito dos...

— Reis. Deve ser por isso que... senti algo. — Ele bate no peito. — Bem aqui. Uma atração por *você*... e então... — Nick observa o contorno de Arthur pela primeira vez, depois me enxerga sob o rei. — Como...

— Eu não sei. Mas estou indo buscar você, ok?

— Não! — grita ele. — Não venha atrás de mim!

As palavras são como um tapa no meu rosto.

— O quê?

Ele balança a cabeça.

— É perigoso demais. Meu pai...

— Eu não me import...

— *Não* procure por mim, Bree. Prometa que não vai fazer isso. — Ele segura o meu braço, com força o suficiente para machucar. — Jure.

Ouço um som cortante, estridente em meus ouvidos. O cabelo de Nick esvoaça com o vento invisível...

— Você está pronta para completar o Juramento, Herdeira da Coroa? Sem aviso, Nick se foi. Em seu lugar, Sir Lancelot é uma presença forte.

— Traga-o de volta!

— Você está pronta?

Uma expectativa feroz exala do ancestral de Nick, na maneira como ele me observa, no modo faminto como examina meu rosto.

Dou um passo para trás, tento me desvencilhar dele, mas ele me segura com força, me mantendo no lugar.

— Onde está Nick? — pergunto.

A voz baixa que ouço por baixo do metal gasto ganha um tom de urgência.

— Você deve jurar nos servir se formos jurar a você...

— Me solta! — grito.

Ele se afasta e eu me levanto da cadeira, cambaleando e respirando com dificuldade. Quando os outros cavaleiros se viram para me encarar em seus capacetes, sinto todo o peso dos doze homens. Não mais esperando, mas exigindo.

O olhar de Lancelot endurece.

— Você fará o Juramento ou não?

Meu coração acelera. O sangue pulsa em meus ouvidos.

— Você fará o Juramento?

— Eu...

A sala parece me apertar como se fosse um punho. Farei o Juramento à Távola?

Uma resposta escapa dos meus lábios:

— Não.

Com a minha recusa, a luz do meu corpo — não, do corpo de Arthur — brilha em um vermelho forte, mergulhando o quarto em preto e carmesim. Lancelot levanta a mão para proteger os olhos, assim como Nick fez quando me viu pela primeira vez com a Excalibur. Com um estalo alto, os cavaleiros desaparecem de suas cadeiras até que a Távola esteja vazia.

E, ainda assim, não estou sozinha. Um momento de silêncio e então...

— *Estron wyt.*

Você é uma forasteira.

A voz de Arthur ressoa por todos os lados, explodindo todos os meus pensamentos com seu estrondo grave.

Ele consegue me ver ainda que eu não consiga vê-lo.

Estremeço com a sua proximidade, com o som de sua voz em minha mente. Ele está aqui agora, está aqui *de verdade*. Uma presença separada da minha, mas habitando minha pele junto comigo. Caótica e completa, assim como quando minha avó Charles me possuiu.

Um rei do século VI. Claro que ele olharia para mim e me chamaria de forasteira. A fúria revolve meu peito. O sentimento é forte o suficiente para acabar com meu medo, para passar por cima das minhas mãos trêmulas.

— Está dizendo que eu não me pareço com você? Bem, você também não se parece comigo.

Uma longa pausa. Quando Arthur volta a falar, não preciso traduzir.

— E você é uma mulher.

Percebo a surpresa em sua voz, como se o fato de eu ser uma mulher fosse a revelação mais chocante.

Faço uma cara de deboche.

— Você só percebeu isso agora?

— Quando lutamos juntos pela última vez, eu não consegui te ver claramente, filha dos filhos.

Aquela frase me lembrou de Vera dizendo "*filha das filhas*". Não gosto disso. Não gosto do quão familiar é aquilo, do quão familiar ele me parece.

— Eu tenho um nome. Bree.

— Bri? — Uma risada baixa. — Claro que *esse* é o seu nome. Você é a encarnação de bri. O seu e o meu.

— O que isso quer diz... — Balanço a cabeça, mas novamente o velho galês de Arthur me dá a resposta. "Bri", para ele, é um substantivo. Honra. Dignidade. Autoridade. Poder. Eu zombo: — Não sou seu bri. Me chame de Bree ou Briana.

Ele continua como se eu não tivesse falado nada.

— Você é a minha Herdeira. A sua luta vem da minha, e as batalhas que venci e perdi são para o seu conhecimento e uso, são suas. Meu poder é seu, para o seu uso. Somos parentes e iguais.

— À força — disparo. — Não por escolha. Um dos seus "parentes" era um *monstro*.

Uma pausa.

— Só posso testemunhar a vida de meus Herdeiros quando os Chamo, e Samuel Davis nunca foi Chamado. Foi apenas quando Chamei *você* que eu soube do pecado dele. — Outra pausa. — Gostaria que esse pecado não tivesse sido cometido.

Minha confusão se transforma em raiva.

— Você não poderia tê-lo detido?

— Ainda que eu tivesse Despertado com ele, Davis não teria me conhecido, me *ouvido* como você. *Você* é a primeira Herdeira com quem posso comungar, Briana. A primeira em quinze séculos. Nunca poderíamos ter imaginado, em meus sonhos ou nos de Merlin, que eu poderia viver e respirar ao lado de uma descendente, do jeito que vivi, respirei e lutei ao seu lado na noite em que você me permitiu Chamá-la.

As palavras de Arthur parecem irritantemente verdadeiras. Eu sou uma Médium.

É claro que a forma como ele me habita é diferente de todos os Herdeiros anteriores. É claro que o Feitiço da Eternidade — e seu conjurador, Merlin — não me levaram em conta.

— Você é *única*, filha.

Trinco os dentes.

— E qual é o preço que vou ter que pagar por isso?

Uma terceira pausa na escuridão.

— Um preço enorme.

Minha sede de vingança ferve, queima, mas as palavras de Arthur a impedem de transbordar como eu gostaria. A fúria que sinto em nome de Vera não tem para onde escoar, mas ainda *cresce*. Assim como uma flor se volta para o sol, minha raiva procura uma fonte para alimentá-la.

— Sim — pondera Arthur. — Isso. Eu reconheço o seu desejo de lutar. Sede de sangue, com propósito. Nossas batalhas são mais parecidas do que você imagina. Nós dois lutamos contra monstros, sejam eles demônios ou humanos.

— Nossas batalhas não são as mesmas.

— Mas elas vêm do mesmo desejo. O desejo de conquistar a morte. Eu vi dezenas de amigos morrendo nas mãos das Crias Sombrias. "Chega", eu falei para mim mesmo. "Chega de mortes."

Chega de mortes. Eu também falei essas palavras.

— Não somos parecidos — sussurro.

— Então de quem é esse luto?

De repente, estou me afogando. O que senti no funeral me atinge de forma avassaladora, enchendo meus olhos e minha boca com a agonia gritante da *ausência*. O buraco escancarado do amor sem um ser amado. A memória de acordar no meio da noite desejando que tudo fosse um sonho. Assim como meu corpo na visão da Távola Redonda, não consigo distinguir a dor de Arthur da minha. A minha dor segue a dele por onde ele vá, e, quando me lembro, ele se lembra também. Então, o sentimento passa, e estou desesperada por ar, por luz, perseguindo os restos do meu próprio coração.

— Aquilo foi...

— Nosso... — A voz dele falha, tão irregular e rouca quanto a minha. Como se a dor o tivesse devorado e o deixado vazio também. — O que realmente nos une não é o sangue, mas a dor. Quando amamos alguém e o perdemos, essa perda é transferida para todos os outros que amamos também. Eu vejo em seus olhos, Briana. Você não imaginou os rostos daqueles que você ama, flácidos com a morte? Não porque você deseja ver tal cena, mas porque sua mente e seu coração não lhe dão escolha?

Penso em Nick, Sel, Alice. Minha mãe. Mortes que não posso evitar.

— Acho... que você faz o mesmo que eu fiz — prossegue ele. — Você invoca a dor agora para que a morte nunca mais a surpreenda. Você imagina como isso *pode* acontecer, para então imaginar como não pode. Você deseja destruí-la antes que ela destrua você. É isso?

Acabei de sentir Nick, tenho certeza disso. Segurei a mão dele, vi seu rosto. A ideia de nunca mais vê-lo na vida real supera a tristeza e me deixa com uma raiva entorpecente.

Sim, diz meu coração machucado. *Sim*.

— O poder da Távola, Briana, é impedir que as Crias Sombrias destruam a vida humana. Mas o poder de um rei é liderar a partir da *nossa* dor. Escolhemos derrotar a morte antes que ela nos encontre, nos roube novamente. Um coração pela metade não é suficiente para viver uma vida inteira, é?

Essa dor penetrante me atinge novamente, mesmo depois de eu estar certa de que tinha escapado dela. O medo da morte me caça, procura pelo resto do coração que já está partido, procura pela pessoa que vai arrancar da minha vida para pegá-la.

Alice. Nick. Sel. Mariah. Patricia.

Meu pai.

Reis podem derrotar a morte. Salvar os próprios corações.

— Como? — sussurro.

— Eu posso lhe ensinar.

— Eu *tenho* professores. William. Até mesmo Sel, quando ele não está sendo um babaca...

— O que você tem são lições diluídas e muitos séculos distantes de suas origens. O Herdeiro de Gawain. O descendente de Merlin. O caminho mais lento é o que eles devem trilhar, mas você não precisa disso. Por que pegar conhecimento emprestado quando você possui a fonte?

Não há temperatura neste quase-espaço, mas sinto um frio percorrer meu corpo.

— As sangrias. A voz. *Era* você. A memória no funeral...

— Sim.

Estremeço.

— Você *estava* tentando falar comigo.

— Sim.

— Por quê?

— Porque você deixou a porta aberta e porque a guerra se aproxima. E porque posso ajudá-la a conhecer a força, o poder e o controle.

Apesar da minha vontade de afastá-lo, de gritar para ele sair, um desejo profundo e crescente nasce em meu peito. Um desejo que se volta em direção à sua voz, que está em todos os lugares.

Força. Poder. Controle. O suficiente para lutar e me defender. Para enfrentar meus inimigos. Para trazer Nick de volta, salvar Sel, manter os Artesãos de Raiz seguros. Sem fugir, nunca mais. *A ponta da nossa flecha. A ponta da nossa lança.* Força. Poder. Controle. Essas três palavras ressoam profundamente em mim, me dão água na boca. Minha voz está rouca de desejo.

— Me diz como.

Uma longa pausa na escuridão.

— Me invoque e eu *mostrarei*.

O meu enorme anseio cessa. Imediatamente. Arthur está morto há mil e quinhentos anos, mas naquela noite, quando os Lendários e eu enfrentamos uma horda de demônios, ele comandou meu corpo como se fosse dele. Como se eu fosse uma marionete. Isso revira meu estômago, me deixa tonta só de *pensar* em deixá-lo me controlar novamente.

— Meu corpo pertence a mim. Não vou deixar você me usar novamente.

— Eu não preciso possuí-la para lhe ensinar. O poder é uma coisa; controle é outro. Há muito, muito mais para aprender. Nossa conexão é um milagre. Uma oportunidade que atravessa as eras. — Outra risada baixa. — E, no entanto, aqui está você, obstinada.

Faço que não com a cabeça.

— Não vou obedecer a um fantasma só porque ele é antigo. Talvez eu não tenha fechado a porta antes, mas agora que sei que a deixei aberta, vou fechá-la.

Imagino a casa da minha mente, assim como Mariah me ensinou. Imagino as janelas se fechando, as cortinas fechadas. Portas fechadas, trancadas, sem chaves, rachaduras seladas...

—Você teme a sua própria grandeza? O seu próprio *bri*? Invoque-me, Briana, e eu mostrarei o que significa ser o Pendragon...

Uma imagem passa em minha mente. Escamas iridescentes. Fumaça ao redor de um focinho. Presas tão longas quanto o meu próprio corpo. Calor e enxofre. E então somem. Uma criação dele ou da minha própria mente, não sei dizer.

—Vou embora porque você deseja, mas só estou aqui porque você me procurou. Através do seu sangue, em seu coração.

— Pare de *falar*!

De repente, meu incômodo com Arthur se transforma em raiva, minha raiz vermelha pulsando em meu corpo como ondas.

— Nós lutamos como um só porque você me convocou. Você irá me convocar novamente, porque somos o bri um do outro. — Sua voz troveja em meus ouvidos. — Apenas um dragão pode encontrar um dragão, Briana. Apenas um rei pode ensinar um rei...

Não vou deixá-lo me forçar a nada, independentemente da semelhança entre nós.

— Me deixa em paz! — grito. — *Agora*.

Conforme minha raiz aumenta, a presença de Arthur se dissipa ao meu redor. Chamas rugem na sala para queimá-lo, fazê-lo sumir, mas não param por aí. As paredes pegam fogo. Depois, o chão sob meus pés. Minha visão *inteira* está em chamas.

Assustada, tropeço para trás, caindo. Eu me preparo para bater no chão, mas, em vez de atingir a pedra dura da grande sala, eu caio com um... *respingo*.

O piso de pedra da sala medieval desapareceu. No lugar dele, há uma grande extensão de terra batida e o riacho raso de água em que estou sentada. No meio de uma floresta. No crepúsculo.

A água brilhante corre sobre os meus tornozelos e meu quadril, ondulando nas pedras sob as minhas mãos. O riacho corre na minha direção, passando por mim, e não consigo ver onde termina. Suas margens são obscurecidas por nuvens baixas de névoa brilhante. Sua forma é irregular, como um raio sobre a superfície do solo.

— *Filha dos filhos... Meu bri...*

A voz de Arthur está abafada, distante, mas me faz levantar. Enquanto estou no riacho, a luz que emana da água começa a diminuir.

— *Meu bri...*

Sua voz está mais baixa agora. Desvanecendo-se com a luz. Dou dois passos rio acima e, no terceiro, a água escurece e, de alguma forma, sei que ele se foi.

Mais à frente, vejo uma pedra levantada em uma clareira gramada e decido que aquele é meu alvo.

Enquanto ando, outras vozes se erguem ao meu redor como rajadas. Sussurros desencarnados na escuridão.

A ponta da nossa flecha.

A ponta da nossa lança.

A ferida transformada em arma.

Quando chego à pedra coberta de musgo e subo, o riacho atrás de mim — o riacho de Arthur — mingua e seca, se transformando em um pequeno fio de água sobre a terra.

Fico maravilhada ao perceber que este lugar — onde quer que seja — é quase o oposto do *ogof y ddraig*: em vez de estar em uma pedra antiga no centro de um lago em uma caverna de pedra, estou em um monte no meio de uma floresta em crescimento. Enquanto o *ogof* parece sagrado e preservado, este lugar parece antigo e vivo. Onde a Excalibur repousava, eu me ergo. Aqui, *eu* sou a lâmina.

Eu me viro para encarar o riacho de Arthur. Tudo que resta dele é um veio de terra molhada.

Uma voz atrás de mim — límpida, orgulhosa — parte o silêncio ao meio.

— Filha das filhas.

O alívio toma conta do meu peito.

— Vera — falo.

Não demoro muito para encontrá-la. Ela está parada em um riacho do outro lado da pedra coberta de musgo. Está do mesmo jeito em que a vi pela última vez no meu quarto do Alojamento. Banhada em sangue e chamas, o cabelo formando sua própria coroa.

— Onde estou? — pergunto.

— Onde já esteve antes. — Ela estende a mão, e eu me inclino para ajudá-la a subir na pedra ao meu lado. Sua pele é quente, sua palma e seus dedos me seguram com firmeza. A parte inferior do meu corpo está gelada por causa da água, mas ela parece perfeitamente seca. Atrás de Vera, o pequeno canal onde ela estava balbucia baixinho. — O plano entre a vida e a morte.

— Não parece o mesmo.

Esfrego meus braços, confusa.

— O plano pode se parecer com muitas coisas — diz Vera, com um sorriso. — Antes você me visitou na *minha* visão. Agora, estou visitando a sua.

— Mas não é minha de verdade. Era do Rito.

Ela pressiona os lábios num indício mínimo de desagrado.

— Fale-me sobre este Rito.

— É um ritual para os Lendários. Fui parar numa sala com uma mesa onde os cavaleiros de Arthur estavam.

— Os homens do rei podem reivindicar o ritual, mas não podem reivindicar o plano como sendo deles. — O sotaque sulista suave dela envolve as palavras como um cobertor, unindo-as. — Ninguém é dono do espaço entre as linhagens, entre ancestrais e descendentes. Nem mesmo os mortos. — Ela bufa e passa a mão pela névoa ondulante em nossos joelhos. — A feitiçaria que os homens do rei usam para criar o plano à sua imagem é apenas uma pobre imitação do que um Médium nato pode alcançar neste lugar. O que *você* pode fazer conforme seu poder cresce.

Balanço a cabeça.

— Não entendi.

Ela cantarola e olha para o solo vazio atrás de mim e em seguida gesticula para o riacho de onde ela emergiu, o riacho ainda corrente.

— Os córregos são passagens — diz Vera. — Suas linhagens se manifestaram.

Olho para a floresta ao nosso redor e imagino quantos córregos existem ali, esperando por mim. Minha linhagem materna começando pela vida da minha mãe, da minha avó, indo até a de Vera. Dos pais do meu pai também, imagino.

Vera me chama para mais perto e aponta para o leito do rio agora seco.

— Essa é a linhagem de Arthur. Você usou a intenção e o sangue do rei para acessar a visão deles neste plano, mas depois fugiu — Vera aponta para onde caí — e se colocou no centro outra vez. — Ela abre os braços, gesticulando para o chão ao nosso redor. — Se você andar com intenção e propósito neste plano, poderá abrir o caminho para qualquer um de seus ancestrais. Ou — ela olha para o fluxo de Arthur novamente — pode fechá-lo.

— Eu o afastei com a raiz. — Assinto conforme a ideia fica mais nítida na minha mente. — Nunca fiz isso antes. Nunca fui capaz de invocar seu poder à vontade. Só consigo quando preciso me defender, quando já estou em perigo... — Uma vibração de empolgação me interrompe. Possibilidade. — Mas aqui eu usei porque quis. Não para me defender... — Dou um passo em direção a ela. — Como posso atacar assim no mundo real?

— Não sei. — Seu olhar vaga por cima do meu ombro, e ela arregala os olhos. — Mas sei que, antes de aprender a lutar, você deve primeiro se proteger.

Meus olhos se abrem.

O mundo real me cerca, brilhante. O *ogof*. Onde o Rito começou.

O tempo voltou e se move lentamente.

Sinto um beliscão no ombro direito e ouço um *plém*. A Excalibur cai da minha mão na pedra abaixo.

— O que...

Paro ao ver uma seringa saindo do meu braço e a emissária Theresa segurando o êmbolo.

Vuuum! Chamas vermelhas brilhantes irrompem do meu peito. Theresa grita e escorrega para trás na grande pedra, caindo na água.

Vejo uma movimentação lá embaixo. Os Regentes correm para longe do fosso antes que a minha onda de raízes os alcance.

Minhas chamas carmesim encontram um escudo de aether azul e branco — a Guarda dos Magos, lançando uma barreira contra o meu poder. Protegendo os Regentes. Protegendo-se. De mim.

A seringa *ainda está ali*. Eu a puxo. Max aparece à minha esquerda, os dentes à mostra. Perco o equilíbrio. Ele logo me pega pelo pulso. Desabo no chão.

A última coisa que vejo é o rosto cínico dele acima do meu.

— Boa noite, Herdeira da Coroa.

14

O FAMILIAR ESTOURO nos meus ouvidos causado pela mudança na pressão me acorda.

Uma barreira de aether se abrindo — ou fechando.

O pensamento de estar sendo aprisionada me faz levantar, e percebo que estou presa por amarras de couro. A que está presa no meu pulso se arrebenta.

Gritos. Abro os olhos.

— Ei!

— Prendam ela!

Estou na parte de trás de uma van, numa maca de metal, com um guarda de cada lado. Max e Ramirez. Max avança na minha direção. Tarde demais. Com meu punho solto, atinjo o nariz dele com tanta força que o sangue respinga em suas bochechas.

— Pare a van! — diz Max, a voz anasalada e carregada.

Quem quer que esteja dirigindo a van pisa no freio, fazendo os dois Merlins deslizarem, enquanto a minha maca, presa a uma parede de metal, fica parada. Puxo a mão esquerda com força, rasgando a outra alça.

Ramirez se lança para a frente, desvia do meu segundo soco e golpeia meu peito com força, me fazendo desabar na maca. Minha cabeça bate no metal. Vejo estrelas. O teto cinza da van gira, se expande, ameaça virar líquido.

Ramirez grita, levando as mãos à garganta quando um brilho forte de aether azul-prateado envolve o pescoço e o rosto dele.

Meus pensamentos se embaralham. A lógica se perde, como tramas se desfazendo, difíceis demais de acompanhar. Penso, confusa, que se Ramirez está queimando é porque ele não queria apenas me conter. Ele queria me *machucar*. Seu Juramento de Serviço para proteger os Lendários, me proteger, está o *punindo*? Estremeço, sem entender.

As portas de trás se abrem, há uma confusão. Ramirez é jogado no chão.

— Seu idiota!

Erebus. A assinatura de aether dele invade a cabine feito uma onda de calor.

— Ela nos atacou! — grita Max. — Ela quebrou o meu nariz!

Inclino a cabeça para o lado e o vejo encolhido diante de seu general. Ao lado dele, Ramirez está gemendo sob as chamas que se apagam.

Erebus avança contra os dois guardas.

— Não encoste nela novamente. Não que eu me importe se o seu Juramento acabar com você por causa disso, mas ela é a única Herdeira de Arthur que conhecemos. Se você matá-la, a herança do rei irá para o próximo herdeiro elegível na Linhagem, uma Linhagem da qual não temos pistas e nenhum outro Herdeiro para substituí-la.

— E daí? — rosna Max, o rosto ensanguentado. — Então eu devo deixar essa garotinha me bater?

— Ela vale mais para a Ordem do que você, Zhao. Faça as contas.

Sem pistas... sem Herdeiro... Meu cérebro não consegue acompanhá-lo, mas algo...

Max resmunga. Ele puxa uma terceira alça da maca, prendendo meu braço esquerdo junto ao meu quadril. Eu não poderia levantá-lo nem se tentasse. Não com o teto de metal girando e meu estômago se revirando. Gemo, e Erebus rapidamente olha para mim, depois para as portas abertas.

Alguém grita:

— O dr. Reed já está a caminho com uma dose maior!

— Não... — murmuro, encarando Erebus. — O Juramento...

Ouço as palavras dele como se estivessem vindo de muito longe, sussurradas através de um túnel.

— Nossa intenção com o soro é mantê-la segura, Briana, não machucá-la. Não é uma punição, e não é permanente. Caso contrário, não poderíamos administrá-lo. O Guarda Ramirez, no entanto, está pagando o preço porque conscientemente agiu com a intenção de machucá-la. Ele *queria* causar mal a você. Uma distinção crítica. — Erebus se agacha ao meu lado, põe a mão atrás da minha cabeça, então pragueja. O sangue cobre seus dedos, brilhante e escuro. Ele rosna: — Traga Sitterson também!

William?

A van gira de novo.

O tempo passa. Quanto tempo, não sei. O teto vira um borrão.

Outro beliscão no meu braço. Uma agulha entrando na minha veia. Não reajo. Essa dor não parece nada em comparação com a dor ardente na parte de trás do meu crânio. Uma sensação atordoante e nauseante começa no meu braço e sobe pelos meus ombros, chegando até a minha coluna, e então eu me sinto esgotada. *Algo* deixa o meu corpo. Não é energia, não exatamente. Alguma coisa vital que estava nos meus membros e fluía do meu coração. Algo que eu tinha me acostumado a sentir, mesmo naquele curto período desde o Despertar de Arthur. Agora foi embora. Eu estremeço.

O cheiro de uma assinatura brilhante e cítrica de aether acompanha a sensação dolorida e incômoda do meu crânio se unindo.

— Bree? — Ouço a voz trêmula de William e sinto uma palma quente na minha bochecha. — Você teve uma fratura pequena... uma concussão... deve se curar em breve.

— Você não está aqui para bater papo, Sitterson — diz Ramirez, a voz instável com fúria. — Se eles tiverem errado a dose e ela tiver uma overdose, você a traz de volta. Só isso.

Abro os olhos e vejo William pairando sobre mim. Ele acende uma lanterna no meu olho esquerdo, e *dói*. Aperto os olhos, gemendo. A luz brilha à minha direita, e William segura minha cabeça para que eu não me afaste. Então a luz se vai. Ele olha por cima do ombro.

— Não tenho ideia do que esperar ou do que curar, mesmo que ela reaja mal. Eu curo ferimentos, não... o que quer que seus cientistas tenham feito aqui. Isso é extremamente irresponsável! Você não precisava drogá-la...

— Não era minha decisão nem sua — interrompe Max.

— Eu juro, Maxwell... — A voz de William é áspera. — Você vai pagar por isso.

— Duvido — zomba Max. — Ela está estável ou não?

— Estável. — William fecha os olhos e respira fundo. — Por enquanto.

— Então cai fora, Herdeiro.

Ouço a voz de William no meu ouvido, sinto sua respiração contra a minha bochecha.

— Me desculpe, Bree.

Então, mais uma vez a escuridão.

15

— BOM DIA, BRIANA.

Pisco até o quartinho entrar em foco.

Estou vestindo uma calça de moletom e uma camiseta que não reconheço.

A parte de trás da minha cabeça parece uma grande ferida.

Estou sentada numa cadeira diante de uma mesa.

Do outro lado está o Regente Gabriel em um terno cinza, sua jaqueta pendurada no encosto de uma cadeira que combina com a minha. Sua expressão é ensaiada e agradável. É o sorriso de quem quer que as pessoas ao seu redor se sintam à vontade. No momento, sinto o exato oposto.

— O que é isso? — grasno.

— Um lugar seguro — diz outra voz.

Atrás de Gabriel, no canto, está seu Senescal, Tacitus. O Mestre de Mesmerização está usando um conjunto cinza. Calça, uma jaqueta de botão. Quando percebe que estou estudando-o, seu olhar atento percorre minha pele como formigas-de-fogo.

Uma luz vermelha pisca na minha direção acima da cabeça de Tacitus. Uma câmera está montada na parede, a íris negra apontada para mim.

— Estamos no Alojamento... o Rito... — falo.

Gabriel estala os dedos.

— Correto. Estávamos no Alojamento ontem à noite.

As memórias me invadem, e eu franzo a testa. O *ogof*. A agulha. A van.

— Você colocou alguma coisa em mim!

Eu me levanto e quase caio. Tacitus está do meu lado em um instante, me colocando cuidadosamente de volta na cadeira antes de reaparecer ao lado de seu Regente. A bile sobe por minha garganta, ameaçando sair, então a sensação diminui.

— Por favor, tenha cuidado, Briana — diz Gabriel, com sua voz baixa e calma.

— Por que você...

A dor me atravessa. Pela primeira vez, sinto as picadas nos braços. Puxo as mangas da camiseta e vejo os hematomas roxos em torno de uma constelação de pequenas marcas. Picadas de injeção.

Gabriel responde antes que eu possa formular a pergunta.

— Suprimimos as suas heranças ancestrais. A força física de Arthur e a sua habilidade de manipular o aether.

Alarmes soam em minha mente quando entendo o significado de suas palavras e elas se tornam concretas. Ponho a mão no peito, agarrando a camisa. Ainda estou com aquela sensação de vazio que experimentei na van. Um buraco onde deveria estar minha fornalha de raiz, onde às vezes bate o coração de Arthur. Eu me sinto oca.

— Isso é para a sua segurança e a nossa. — Sem jeito, ele me observa esfregar o peito. — Peço desculpas pelo desconforto. Foram necessárias várias tentativas para acertar a dosagem. O soro ainda é experimental, entende? Funciona diretamente em seu DNA, então os efeitos colaterais físicos são... significantes.

Ele se senta, cruzando as pernas.

— *Por quê?*

— Você é inegavelmente a Herdeira de Arthur, mas também é algo novo. Suas habilidades de aether foram temporariamente neutralizadas porque gostaríamos de conversar com você sem... surpresas ou coisas desagradáveis.

Dou uma risada.

— Você poderia ter pedido — falo.

A boca de Gabriel se retorce.

— O Alto Conselho dos Regentes é responsável por decisões que protegem, ou colocam em risco, milhões de vidas no mundo inteiro. Tenho certeza de que você nos perdoará por nossas precauções. Como Regente que supervisiona os limites entre a nossa ordem secreta e o mundo Primavida e que julga possíveis violações do Código de Sigilo, tenho perguntas específicas para você sobre esses tópicos. — Ele abre um tablet e uma pasta de documentos impressos. — Por que você não me conta sobre o seu pai, Edwin Matthews, e o que você disse a ele sobre nossa Ordem?

Meu coração acelera.

— O que vocês fizeram com ele?

Gabriel fica surpreso.

— O que fizemos com ele? Não "fizemos" nada com o seu pai. Ele está sob a vigilância de um Suserano, mas não sabe. — Gabriel abre as mãos. — Não temos motivos para ferir a sua família, Herdeira da Coroa. Só queremos entender até onde a informação vazou. Para isso, por favor, me diga o que você contou ao seu pai sobre a Ordem da Távola Redonda.

— Meu pai não sabe de nada — disparo.

Vejo o rosto de Patricia de relance. O rosto de Mariah. De Alice. Tento não pensar nelas, enterrar sua existência, para que nada apareça na minha expressão. Nenhum outro nome, nenhuma outra pessoa para os Regentes caçarem.

— Consistente com o que observamos — murmura Tacitus.

— Maravilha. — Gabriel desliza outra pasta pela mesa, com documentos que reconheço imediatamente. — Sua mãe, Faye Ayeola Matthews, cujo nome de solteira é Carter, testemunhou uma Cria Sombria totalmente corpórea assassinando um Unanedig vinte e cinco anos atrás. E ela foi mesmerizada para esquecer.

Ele faz uma pausa, esperando que eu fale ou demonstre alguma coisa.

Minhas pálpebras tremem. Suas palavras são declarações simples, mas também são alertas. Ele não sabe que eu sei a verdade. Ninguém, exceto Alice e Sel, sabe sobre o envolvimento da minha mãe com a Ordem ou sobre a nossa história de resistência à mesmerização, uma habilidade inédita e muito perigosa para expor. Nem mesmo William sabe que minha mãe fingiu ser mesmerizada por décadas ou que posso quebrar a mesmerização, se quiser.

— Do que você está falando? — pergunto lentamente, lutando para manter a respiração calma. — Não, ela não foi.

— O coração dela está acelerado. — Tacitus estreita os olhos. — Ela pode estar mentindo.

— Ou pode ser o efeito do soro. — Gabriel morde o lábio. — Vamos perguntar de novo. Briana, você está dizendo que não sabia da história da sua mãe com a Ordem quando se tornou Pajem da divisão?

Não preciso disfarçar o esforço que faço para me concentrar.

— Me desculpe, eu...

Gabriel repete a pergunta:

— Você sabia da história da sua mãe com a Ordem quando se tornou Pajem da divisão?

Balanço a cabeça.

— Não... não.

Algo surge no sorriso astuto de Gabriel. Ele está satisfeito.

— Excelente.

Acho que me safei até Tacitus falar.

— Então, por que e como a filha dela encontraria o caminho para a divisão vinte e cinco anos depois?

Não me escapa que Tacitus está falando *sobre* mim, não comigo. Como se eu não fosse uma pessoa real. Quando sua mesmerização é forte o suficiente para apagar pessoas da memória de alguém, talvez ninguém seja real. Pela primeira vez, me pergunto se foi ele o Merlin que apagou Nick da mente de sua mãe. Tacitus me pega olhando e sorri, presas longas se abrindo em um sorriso demoníaco.

— Responda-o, por favor — pede Gabriel.

— E-eu vi um demônio atacar uns garotos numa festa, e Selwyn e Victoria o mataram. Na noite seguinte, vi outro demônio no campus com Nick. Ninguém mais conseguia ver esses demônios. Eu queria saber por que eu conseguia. Concluí que a Ordem tinha as respostas.

Gabriel me avalia com olhos semicerrados.

— E você já tinha visto demônios antes?

— Não.

A verdade.

Gabriel se recosta na cadeira, pensativo.

— Mais perguntas, Tacitus?

O Senescal inclina a cabeça me avaliando com os olhos fechados.

— Você sempre planejou frequentar a Universidade da Carolina do Norte?

— Sim. Minha mãe estudou aqui, então achei que faria o mesmo. Não estou mentindo.

— É improvável que isso seja apenas o resultado de uma tradição familiar. — Tacitus se mexe, suspirando. — Se os arquivos forem confirmados, o Herdeiro de Arthur é atraído para o local de descanso da Excalibur. A menina e a mãe compartilham uma linhagem de sangue, então a mãe também teria sido a Herdeira. Faz sentido que as duas se sintam atraídas pela universidade, mesmo acreditando que são Unanedig. Elas poderiam ter descartado isso como um sentimento de lealdade aos ex-alunos, conexão com o legado, nostalgia e assim por diante.

— Concordo. Qual é a sua avaliação, Tacitus?

O Senescal dá de ombros.

— Nada nos arquivos de observação de testemunhas sugere algo que contradiga as declarações. Faye Ayeola Matthews, nascida Carter, estava mesmerizada e nunca indicou nenhuma lembrança retida do que testemunhou na noite em que Natasia Kane abriu os Portais do campus. A mesmerização dela foi administrada pela minha predecessora, que o serviu como Senescal. Uma Merlin particularmente adepta da substituição de memória.

— Jenna, sim, eu me lembro. — Gabriel se afasta de seu assento com uma expressão pensativa. — Vamos parar por enquanto. Vamos repetir essas perguntas na próxima sessão para ter certeza.

Tacitus aparece do meu lado num piscar de olhos, a mão quente e escaldante segurando minha cabeça, um golpe contra a minha consciência.

— Durma. E esqueça.

— Pare...

A mesmerização dele me empurra rapidamente por um ralo.

— Boa tarde, Briana.

Pisco até o quartinho entrar em foco.

Estou vestindo uma calça de moletom e uma camiseta que não reconheço.

A parte de trás da minha cabeça parece uma grande ferida.

Estou sentada numa cadeira diante de uma mesa.

Do outro lado está a Regente Cestra, vestindo uma blusa preta e prateada, o cabelo puxado firmemente para trás.

— *Tsc*. Ela mal consegue erguer a cabeça. Será que vai conseguir responder às minhas perguntas?

Alguém cuja voz reconheço responde:

— A mente dela ficará mais clara, mas o corpo ainda vai sofrer efeitos colaterais. Se você quiser, podemos tentar de novo mais tarde.

— Prefiro tentar agora.

Cestra tamborila na mesa.

Inclino a cabeça para trás, muito pesada. Sigo Erebus com o olhar, ele acabou de entrar no meu campo de visão. Ele se apoia na parede dos fundos, o rosto ilegível. O general da Guarda dos Magos está usando seu típico casaco preto longo. Seu bastão de aether preto e prata está encostado na parede ao lado dele. Vê-lo faz com que eu tenha uma memória. Algo aconteceu com ele... algo ruim.

Algo que me deixou com raiva.

— Onde estou? — grasno.

— Em um lugar seguro — responde Erebus.

Seu rosto está tão perto do meu que as faíscas brilhantes de seus olhos queimam minhas bochechas. Incomodada, eu me viro, e noto uma câmera na parede acima da cabeça dele, uma luz vermelha piscando ao lado da íris.

— Um lugar seguro? — Balanço a cabeça. — Não... estávamos no Alojamento...

— Sim — diz Cestra, inquieta. — Estávamos no Alojamento ontem à noite.

Ontem à noite? As memórias voltam, desfazendo teias de aranha. O *ogof*. Uma agulha. A van. Minha cabeça, William me curou.

— Você colocou alguma coisa em mim...

Cestra revira os olhos para Erebus.

— Essa repetição é entediante.

Repetição. A irritação em seu rosto, misturada com profunda impaciência. Como se já tivéssemos tido essa conversa antes. Mas não tivemos. Acabei de acordar aqui, onde quer que seja.

Ela suspira.

— Sim, você estava no Alojamento ontem à noite. Nós a drogamos com um supressor que bloqueia a sua habilidade de acessar os seus ancestrais. É por isso que você está — ela gesticula, fazendo um círculo perto do meu rosto — assim.

— Drogada? — Pisco lentamente e noto o sentimento esquisito no meu peito. Um sentimento de vazio. Como se houvesse um buraco onde deveria estar minha fornalha de raiz, onde às vezes bate o coração de Arthur. Eu me sinto oca. — Por quê?

— Para que você se comporte.

Erebus pigarreia.

— Para que todos nós possamos manter a cabeça fria, Herdeira da Coroa.

— Escuta, vamos simplificar as coisas — diz Cestra. — Eu faço perguntas, você responde. Se eu pedir mais informações, você elabora. Entendeu?

Eu a encaro.

— Essa foi uma das perguntas?

— Não — resmunga a Regente.

Ela abre um painel de controle no centro da mesa e uma tela desce na parede atrás dela. Enquanto ela trabalha, olho para Erebus novamente. Nós nos encaramos, e mais memórias retornam. Minha raiva também volta.

— O que está acontecendo com Sel?

Cestra não ergue o olhar, e fala conforme as imagens começam a aparecer na tela.

— O julgamento de Selwyn Kane começará depois que nosso interrogatório for concluído.

Ela diz isso num tom casual, como se aquilo não tivesse qualquer importância.

— Eu gostaria de... eu gostaria de falar em prol dele. Como Herdeira da Coroa.

Cestra sorri. Não gosto do brilho nos olhos dela. De repente, me sinto presa em uma teia que não consigo ver. Toda vez que acho que estou em pé de igualdade com os Regentes, isso é tirado de mim.

— Ele não é seu Mago-Real — responde Cestra. — Você não cresceu com ele. Vocês não são ligados. Pelo que ouvi dos outros Lendários,

Selwyn Kane foi hostil com você desde o momento em que você chegou no Alojamento, ameaçando a sua vida publicamente e em privado em várias ocasiões. Por que você falaria em prol dele?

Abro a boca, fecho e abro de novo, confusa.

— Ele é meu amigo.

— Ele está afastado do próprio objeto de cuidado e do serviço ao Juramento que fez há um bom tempo — murmura Cestra, se apoiando nos cotovelos e se inclinando para a frente para investigar minha expressão. Erebus, sem dizer nada, assume a busca dela, passando as imagens na tela atrás de nós. — Qualquer amizade que você tenha sentido será enterrada pelos sintomas da... condição dele.

Eu me mexo na cadeira, desconfortável. Mesmo que Sel mude, ele ainda será Sel. A demonia é parte dele.

— Eu não acredito que ele irá sucumbir.

Ela me fuzila com o olhar.

— Então você é uma idiota. É impossível parar o processo depois de iniciado. Quanto mais forte o Merlin, maior sua queda.

— Se Sel fosse capaz de proteger Nick novamente, seu Juramento seria cumprido — falo. —Você está mesmo procurando por Nick e pelo pai dele ou isso é mentira também?

— *Interessante*. — A expressão de Cestra se torna conspiradora. — Você e Nick Davis são próximos. De acordo com as nossas informações, de forma inapropriada para dois Herdeiros.

Erebus apenas insinuou a natureza do meu relacionamento com Nick, mas Cestra é muito mais ousada. Não digo nada.

— Quando suas Linhagens foram reveladas, ele, assim como os outros Lendários, deve ter percebido que o relacionamento entre vocês não poderia continuar. — Ela franze a testa em uma expressão de solidariedade, mas o brilho cruel em seus olhos estraga o efeito. — Deve ter sido uma conversa difícil.

Eu me mexo na cadeira de novo.

— *Entendo*. — O sorriso sagaz dela retorna. —Vocês dois não tiveram a chance de discutir isso. Então deixe-me fazer as honras: esse relacionamento é proibido. Se continuar, o Conselho tomará medidas para impedir que você e Nick coloquem as linhagens em risco.

Sinto um aperto no peito, e minhas orelhas queimam.

— Colocar as linhagens em risco? Você quer dizer...

— Você sabe exatamente do que estou falando. Talvez vocês ainda não estejam preocupados com isso, aos dezesseis e dezessete anos, mas a Ordem proibiu relacionamentos entre Herdeiros que têm o potencial de conceber, e com razão. Não podemos arriscar um filho primogênito nascido de duas Linhagens, *confundindo* duas Linhagens, independentemente de sua intenção ou precauções.

Quando William explicou pela primeira vez a regra sobre relacionamentos entre Herdeiros, parecia algo longe de minhas preocupações. Um tipo horrível de *"fin'amor* moderno", ele disse. *Amor cortês que nunca pode ser consumado*. Eu não era uma Herdeira na época, e Nick e eu mal tínhamos explorado quem poderíamos ser um para o outro. Mas agora, com as palavras de Cestra atacando nosso futuro antes mesmo de termos um presente, a lei parece muito real — e não é da conta dela.

A obsessão da Ordem com quem tem filhos, com quem e como é de revirar o estômago.

— Eu vejo sua teimosia, Bree — murmura ela —, então considere isso um aviso, mesmo que você vá se esquecer: nós sabemos tudo sobre você. Quem você ama. De quem você sentiria falta...

Uma onda de medo me congela. Eu jamais me esqueceria de uma ameaça como aquela.

— É simples. — Ela se reclina, agitando a mão de unhas feitas. — Quando isso acabar, encontre outra pessoa com quem se divertir.

Erebus pigarreia, para o meu alívio.

— Posso interromper?

Ele finalmente parou em uma imagem da caverna. Nela, estou erguendo a lâmina, segurando a espada, olhos vermelhos e azuis. Então a imagem se move, e a chama mágica azul e branca gira ao redor dos meus pulsos e das minhas mãos.

—Você gravou o Rito? — Fico boquiaberta, me sentindo exposta.

Cestra murmura.

— Continue assistindo.

No vídeo eu me levanto, sem foco, perdida no ritual. Com uma das mãos, seguro a moeda Pendragon. Com a outra, ergo a Excalibur. Então, um som de rugido, um flash, e as chamas mudam de azul para carmesim. A Guarda dos Magos e os Senescais trabalham juntos, lançando um escudo quase instantâneo para proteger os Regentes. A Excalibur cai, e olho de volta para o mundo ao meu redor, visivelmente abalada, com os olhos arregalados. Theresa aparece e enfia uma seringa no meu braço.

O segmento inteiro levou trinta segundos, talvez. Minha visão de Arthur e Vera durante o Rito pareceu durar minutos longos e confusos. O tempo diminuiu e se expandiu.

— Pause — ordena Cestra.

Erebus para o vídeo bem no momento em que caio aos pés de Max.

— Volte para antes do flash.

O vídeo para, e Cestra aponta para a tela.

— Vamos discutir o que aconteceu aqui, quando as chamas ficaram vermelhas. Quando você falou com nossos emissários sobre suas habilidades, você se descreveu como descendente da... — Ela toca na tela de um tablet, percorrendo as transcrições, depois sorri. — "Linhagem de Vera". Adoção interessante de nossa nomenclatura. Essas habilidades, conforme relatado pelos outros Lendários, são impressionantes. — Ela lê uma lista. — Geração e manipulação de aether para criar uma parede, sopro de fogo mágico vermelho. — Ela se vira para mim. — É isso mesmo?

Assinto.

— Foi isso que aconteceu no *ogof* na noite em que puxei a Excalibur pela primeira vez — conto.

— E você nunca tinha usado essas habilidades antes daquela noite?

— Não.

Não exatamente.

— Por que você acha que aconteceu pela primeira vez ali, naquele momento?

— Não sei.

Não exatamente.

— Será que poderia ter sido por conta do Chamado de Arthur? — sonda Cestra.

Meu âmago, o núcleo do meu ser, se apodera da memória da possessão de Arthur. Arthur, tomando conta da minha pele. Movendo meu corpo do jeito que ele queria, me controlando. Franzo o cenho.

Erebus ergue uma sobrancelha.

— Alguma coisa a dizer sobre o Chamado de Arthur, Herdeira da Coroa?

Retorço a boca.

— Não foi agradável — respondo.

Erebus assente.

— Está escrito que o Chamado de Arthur, em particular, pode parecer bem violento.

— Sei — murmuro.

— Fale mais sobre as outras habilidades dessa Linhagem. — Cestra procura uma anotação em seu tablet. — Quando você tirou a espada, você já era uma... Médium nessa época?

Estou tão exausta.

— Naquela noite, tanto Vera quanto Arthur estavam dentro de mim — falo.

— Dentro de você? — questiona Erebus. — Você podia interagir com eles?

— Eu... eu conseguia ouvir as vozes deles e eles podiam controlar o meu corpo.

Cestra e Erebus ficam parados e trocam olhares. Ela pigarreia.

— Um outro Lendário relatou que sua voz mudou durante e após a batalha. Você está dizendo que os espíritos dos mortos podem usar o seu corpo sem a sua vontade e falar através de você se assim o quiserem? Como numa possessão?

Faço que sim, fraca.

— Sim.

Erebus respira fundo.

— Eu gostaria de me aprofundar nessa habilidade, Regente. Talvez sem a supressão?

Cestra agita a mão.

— Outra hora.

Olho para os dois, alarmada. Isso é exatamente o que Sel disse que poderia acontecer. Que os Senescais iriam querer me examinar. Mas nunca imaginei que me veria nessas circunstâncias. Não assim.

Eu deveria ter imaginado.

Cestra prossegue:

— E o construtor de aether e armadura de Arthur? Nossas informações dizem que você não é capaz de forjá-los. Que você puxa uma grande quantidade de aether e que suas tentativas de feitiços resultam em queimaduras.

Meu rosto fica vermelho.

— Sim.

Cestra cruza os braços e se inclina para trás na cadeira.

— De alguma forma, essa entrevista foi fascinante *e* decepcionante ao mesmo tempo. — Ela gesticula para Erebus. — Acabamos por enquanto.

Erebus se move mais rápido do que um pensamento, segurando o meu rosto entre as mãos.

— Descanse agora, Briana. E esqueça.

A mesmerização dele me joga num sono sem sonhos.

— Boa noite, Briana.

E então...

— Bom dia, Briana.

E então...

— Boa tarde, Briana.

E então....

16

— POR QUE ELA NÃO reage?

A primeira voz, fria e distante, teria feito meu coração disparar — se ele estivesse batendo normalmente. Em vez disso, ele pulsa com um baque lento contra as minhas costelas.

— Ela *está* reagindo. Só não passou por um ciclo completo de sono ainda.

A segunda voz está tensa e cansada, como uma corda de piano. William está aqui.

— Eles a querem alerta hoje. Será que dá para olhar se ela está funcionando ou não?

— Ela não é um *brinquedo*. — O tom de William é ríspido, afiado. — É um ser humano.

— Aham. Vai logo.

Sinto a mão de alguém em minha testa. O quarto se ilumina antes mesmo de eu abrir os olhos. Dedos fortes seguram meu pulso direito.

— O quadro dela é estável, por ora. Mas não podem continuar a drogando com esse... esse *veneno*. Estamos aqui há três dias, não é o bastante?

— Essa decisão não é sua, Sitterson.

Três dias.

Três.

— Will... — sussurro, piscando entre ondas de náusea.

Olhos abertos, luz fluorescente, queimando.

Com cuidado, William me ajuda a sentar na cama. O cheiro do aether dele me aninha, algo confortável numa existência assustadora. Cítrus, calor, *William*.

Na porta, Max suspira alto.

— Ela consegue andar?

William olha para mim. Há olheiras profundas em seus olhos, uma tensão estranha descendo por seu pescoço.

—Você consegue andar?

Estreito os olhos, testo meus braços e pernas.

— Sim...? Onde estamos?

Ele me ajuda a pisar no chão e se ajoelha para colocar os sapatos nos meus pés.

— Espero que seja a última vez.

Faço uma careta. Tento formar palavras com minha língua pesada, seca.

— A... última vez?

Os olhos dele brilham com lágrimas não derramadas.

— Sim.

— Faça ela se mexer. Eu preciso ver uma coisa com Erebus — avisa Max, do corredor.

O silêncio o segue.

William parece atordoado com a partida de Max. Ele leva um dedo trêmulo até os lábios. Quer que eu fique quieta. Quer ter certeza de que Max se foi.

Merlins não fazem barulho quando andam.

Ele espera para verificar se Max vai voltar, e observo a sala em que estou. Não há janelas, luz do sol ou luar para me dizer que horas são, mas as luzes fluorescentes brilhantes inundam o lugar em um branco áspero. Estou debaixo das cobertas, totalmente vestida. Do meu lado, em uma bandeja, há um prato com a crosta de um sanduíche comido e um miolo de maçã. Um copo meio vazio de suco de maçã. Uma refeição que não me lembro de ter comido, mas os sabores parecem familiares e minha barriga está cheia.

Depois de outro momento de silêncio sem Max, William deve ter concluído que ele foi embora. Então se inclina perto do meu ouvido, como se fosse esfregar minhas costas, e sussurra rapidamente:

—Alguma coisa está diferente hoje. É a primeira vez que ele me deixa sozinho. O Conselho tem mesmerizado você. Eles estão limpando suas memórias de cada dia para que você não minta entre os interrogatórios e esqueça o que eles estão fazendo e planejando.

Mesmerizada? Eu fui mesmerizada? Ele continua falando, as palavras saindo tão depressa que mal consigo acompanhar.

— O Rito foi uma emboscada. Eles drogaram você com um *soro*, devem tê-lo criado depois de estudar o sangue Lendário, para mirar em nossas heranças...

Sangue Lendário. Heranças. Alguma coisa está ali, nas margens da minha consciência. Um pensamento sem foco... um detalhe...

— Eles também me drogaram com isso. Não tanto quanto você. O suficiente para bloquear a força de Gawain, tornar os feitiços mais difíceis. Eu não sei onde estamos, deve ser algum tipo de instituto. Há laboratórios, quartos. Não vejo saída...

— Espera aí. — Eu o detenho. O pensamento se torna mais claro até se transformar em *palavras*. — Não só Lendários...

— O quê?

— Eu não sou só uma Lendária. Posso fazer outras coisas... — Eu me afasto e seguro os braços de William. — Preciso de dor.

— Você está machucada? — William analisa meu corpo. — Onde?

— Não — murmuro. — Dor... Ela me ajuda... a resistir à mesmerização.

Ele arregala os olhos.

— Você consegue resistir à mesmerização?

Solto uma risada pelo nariz.

— Não sei se consigo agora, mas sim.

William me observa com mais atenção. Ele olha para o corredor e para, depois segura meu braço com as duas mãos.

— Então me desculpe mesmo por isso.

— O que...

Abro a boca em um grito silencioso. Uma onda quente de aether inunda minha cabeça, se espalhando como fogo pelos meus sentidos. Limões brilhantes e ardentes e laranjas queimadas debaixo de um sol de verão... William guia o seu poder pela minha pele, em minhas veias e músculos, enterrando-o profundamente em meus ossos. Então, de uma só vez, minha mente clareia. Minha voz retorna com um "Aaaai!" ofegante e surpreso.

William me solta.

— Isso vai funcionar?

Ofego.

— Mas que *maluquice* foi essa, William?

Ele estremece.

— Foi mal! O aether queima em grande quantidade e velocidade, lembra?

— Argh. — Assinto. — Sim.

Max reaparece assim que William nos guia até a porta.

—Vamos, Herdeira da Coroa.

Do lado de fora, no corredor branco, sigo Max, que, felizmente, caminha em velocidade humana normal. Aproveito o tempo para colocar meus pensamentos e memórias em ordem. Os Regentes me capturaram. Me drogaram. Me interrogaram várias vezes por três dias. *Três*. Mais alguém sabe que estamos aqui?

Não era assim que as coisas deveriam acontecer.

Outra memória vem à tona, desta vez sobre o soro. *Alguém* me contou sobre isso antes, tenho certeza... *Gabriel*! Sua voz ecoa em meus ouvidos. *Suprimimos as suas heranças ancestrais. A força física de Arthur e a sua habilidade de manipular o aether*. Isso significa que estou sem aether e sem raiz vermelha, mas as outras heranças da Linhagem de Vera, como... meus sentidos, a resistência à mesmerização... Os cientistas dos Regentes não encontrariam esses traços no sangue Lendário. Nem saberiam que deveriam procurá-los. Deus, espero que essas habilidades não sejam afetadas também. Preciso de todas as defesas que conseguir.

Viramos à esquerda, seguimos por um pequeno corredor e terminamos em uma grande porta de madeira.

Max abre uma fresta, espia lá dentro. Balança a cabeça para alguém do outro lado, então gesticula para que eu entre.

É uma sala de reunião enorme e iluminada.

A porta se fecha, me deixando sozinha diante do Alto Conselho dos Regentes. No meio da sala há uma mesa retangular escura. O Lorde Regente Aldrich, o Regente Gabriel e a Regente Cestra se sentam de um lado, enquanto seus Senescais se acomodam do outro, de frente para eles.

Mas... eles não estão nem *olhando* para mim. Em vez disso, Aldrich e Gabriel conversam em voz baixa. Cestra está curvada sobre um tablet. Tacitus folheia um bloco amarelo e fala com Serren.

Pigarreio para chamar a atenção deles.

Aldrich acena para que eu me aproxime.

— Boa tarde, Briana.

Palavras ecoam em meus ouvidos. *Boa tarde, Briana. Boa noite, Briana. Bom dia.* Memórias dos outros dias, voltando em pingos e gotas. A mesmerização, desmoronando. Agradeço silenciosamente a William.

Aldrich gesticula para o único assento vazio ao lado da mesa, o mais próximo da porta.

— Você poderia se sentar?

Eu me sento e, imediatamente, sinto um *déjà-vu*. Já fizemos essa dança antes. *Eles a querem alerta hoje*, Max tinha dito. Alerta para o quê?

Aldrich sorri.

— Briana, como você está se sentindo?

Tento pensar em algo além do barulho de Cestra tamborilando na mesa. *Tadum-tadum-tadum*, como um relógio batendo enquanto eles esperam pela minha resposta. Ainda acham que estou mesmerizada. Que eu não sei que eles me prenderam, drogaram e interrogaram.

Sei exatamente o que dizer:

— Onde estou?

— Meu Deus — reclama Cestra.

— Regente Cestra. — Ele fuzila a mulher com o olhar até ela parar de bater os dedos. — Estamos desperdiçando o seu tempo?

Cestra suspira com força.

— Só estou cansada dessa cerimônia, da repetição. Para que esses truques servem agora? Ela vai ser mesmerizada de novo.

A repetição.

Os Regentes querem me apagar entre os interrogatórios, disse William. Eles *fingiam* que cada reunião era no dia seguinte ao Rito para me manter desorientada, incapaz de fazer planos.

Tacitus revira os olhos.

— Eu sei que você gosta de tornar meu trabalho mais difícil, Regente Cestra, mas que tal não hoje?

— O que somos se não os desafios que superamos? — sussurra Cestra, se inclinando sobre a mesa. — E eu pensei que você fosse o Mestre da Mesmerização, Tacitus. Você, mais do que ninguém, pode apagar o que é necessário sem destruí-la *completamente*.

— Com todo o *respeito*, Regente — rosna Tacitus —, você não tem ideia de quão delicado o trabalho de mesmerização pode ser. Quanto mais memórias ela acumular, mais precisarei remover. Uma discussão rápida seria preferível.

Aldrich assente.

— Como quiser.

Ele aperta um botão em um controle remoto, e uma tela surge do teto atrás dele. Há uma coleção de imagens. Minha identidade escolar do primeiro dia no Programa de Entrada Universitária. Uma foto desfocada tirada de uma câmera de segurança enquanto eu andava por Polk Place com Greer — estreito os olhos — talvez uma ou duas semanas atrás. Eu e Alice no pátio. Eu e Selwyn parando para conversar do lado de fora do prédio de Estudos de Comunicação. Uma foto ampliada minha, curvada sobre um livro na biblioteca da graduação, um olhar de concentração no rosto.

— O tempo todo...

Meus olhos ardem, queimando por conta da humilhação.

— Estávamos te observando, sim — diz Aldrich. — Desde o momento em que Victoria Morgan informou à emissária que você tirou a Excalibur da pedra.

Eu sabia que Tor tinha chamado os Regentes por conta própria, sem alertar a ninguém com antecedência. Tor nunca se ajoelhou para mim. Tor nunca achou que eu devesse estar aqui, com ou sem espada. Eu nem sei se me sinto traída.

Mas Tor não é minha preocupação no momento.

— Vocês planejaram isso tudo?

Aldrich me observa com um olhar analítico, como se avaliasse mais meu humor do que minha pergunta.

— A Ordem não teria durado quinze séculos sem uma estratégia adequada, Briana.

Ele se vira para o resto da mesa.

— Regente Gabriel, seu relatório do domínio público da Ordem.

Gabriel lê algo em uma folha de papel.

— Ao longo de três sessões, o Mago Senescal Tacitus e eu concluímos que o pai de Briana não é uma violação do Código, embora ele deva permanecer sob a supervisão de um Suserano por enquanto.

— Bom saber — comenta Aldrich.

— Também concluímos que o Código de Sigilo não foi quebrado por Briana Matthews, nem por sua mãe. No entanto...

Prendo a respiração, esperando.

— As respostas de Briana sugeriram que o Herdeiro Sitterson falsificou registros para adicionar Alice Marie Chen à rede Vassala. Esses registros afirmam que ela foi juramentada no Código, mas como é um convite não autorizado, não podemos ter certeza.

O ar escapa do meu peito com pressa. *Alice. O que eu disse a eles sobre Alice?*

Aldrich assente.

— Qual foi o destino da srta. Chen?

Tacitus me encara e sorri.

— Mesmerizada. Eu permiti que ela mantivesse as memórias dos estudos dela, mas apaguei tudo relacionado à Ordem e à conexão da melhor amiga a isso.

— Não... — Apoio a mão na mesa para ficar de pé, mas vacilo imediatamente. A lesão que William *enterrou* em meus ossos e músculos envia uma dor fria e lancinante no meu ombro e pescoço. — Você não pode fazer isso.

— Não só podemos como fizemos — murmura Tacitus.

Do outro lado da mesa, o próprio Senescal de Aldrich, Serren, solta um assovio baixo.

— Isso que é um trabalho cuidadoso, meu amigo. Não é qualquer Merlin que consegue distinguir as experiências da garota como você.

Serren tem razão. Eu tinha visto Isaac, o Mago-Real de Lorde Davis, rasgar a mente de Alice sem cuidado, varrendo dias inteiros como um tornado, sem deixar nada para trás. Eu trouxe suas memórias de volta com a cura dos meus ancestrais enquanto estava possuída, mas... não sei se posso desfazer o que Tacitus fez. Não sei onde Alice está, não sei quando a verei de novo, *se* a verei de novo...

— Respire devagar, Briana. — Erebus está sentado bem perto de mim, e então abaixa a cabeça para me olhar nos olhos. — Você está hiperventilando.

Cestra revira os olhos.

— Você é o guerreiro mais feroz que já vi, Erebus, e ainda assim *pega leve* com essa garota.

Erebus olha para sua Regente.

— Ela é a Herdeira de Arthur, quaisquer que sejam as conclusões a que chegarmos hoje. A saúde e o bem-estar dela são uma preocupação para todos nós.

Aldrich pigarreia.

— Vamos continuar. Cestra?

— Meu relatório tem duas partes — diz Cestra. — Falamos com Briana sobre as habilidades dela, e tenho duas propostas.

— Continue.

Cestra recita suas propostas sem precisar olhar para o relatório.

— O status de Briana como Herdeira da Coroa, até agora, era considerado informação necessária. Proponho que a mantenhamos como tal. Com os Davis ainda em fuga, vai parecer que o Camlann está a dois Herdeiros de distância para noventa e oito por cento de nossos constituintes.

Aldrich assente.

— E *como* você planeja manter o status de Briana em segredo?

— Minha primeira proposta é dividir e distrair os Lendários da divisão dela. Vamos enviar uma dupla de Herdeiro e Escudeiro da Divisão do Sul para se juntar à caça a Nicholas. Talvez a Herdeira e a Escudeira de Tristan, Morgan e Griffiths. Diremos a Taylor, Caldwell e Hood, que a melhor maneira de apoiar o grupo de busca é permanecer no campus e continuar lutando contra os cruzamentos de Crias Sombrias. Vamos precisar que trabalhem dia e noite para manter os Portais fechados, mesmo que os deixemos com um guarda ou dois.

— E o Herdeiro Sitterson? — indaga Serren. — Como lidaremos com ele?

— William Sitterson não será um problema — responde Erebus. — Enquanto mantivermos Briana aqui no Instituto, ele permanecerá em seu posto, obediente, mesmo sem o soro para controlar suas habilidades. Vai contra a natureza dele, e a de qualquer Herdeiro de Gawain, deixá-la para trás e sem cuidados.

— Exatamente — concorda Cestra. — A maneira mais efetiva de controlar alguém é entender a motivação dela. É por isso que minha segunda proposta é usarmos a lealdade e a dedicação desta divisão à missão a nosso favor. Informaremos a todos os Lendários que testemunharam o Chamado de Arthur que Briana *escolheu* se esconder para proteger o Feitiço pelo bem da Ordem. E, ao fazer isso, ela concordou em deixar a Regência no comando enquanto a Ordem encontra seu novo caminho. Se houver dúvidas, podemos reiterar a importância de sua segurança e enfatizar sua própria preocupação com o bem-estar de seus amigos.

— Eu nunca desistiria assim. — Balanço a cabeça. — Os outros não vão acreditar em você.

— Não vão? — pergunta Cestra. — Você acha mesmo que eles se sentem *seguros* com você como líder deles? Na pior noite de suas vidas, quando amigos foram assassinados bem na frente deles, você se mostrou uma mentirosa que se infiltrou na divisão deles. Você é o motivo do trauma de todos.

Nojo e vergonha se misturam em meu peito.

— Meus amigos me viram matar o goruchel e os outros demônios. Eu lutei *por* eles, *com* eles...

— Você matou um goruchel quando estava fora de si. Possuída, como você diz. Você é perigosa, Briana... e temos prova disso.

Cestra aperta um botão, mudando a tela para uma imagem minha no *ogof* durante o Rito. Desta vez, vejo a cena com novos olhos, me perguntando o que pensaria dela alguém que não estivesse lá, que não soubesse o que eu estava fazendo e nunca tivesse testemunhado o Rito privado. Estou em cima da pedra, erguendo a Excalibur, sangue escorrendo pela minha mão. A raiz dança ao redor da lâmina e dos meus braços, as chamas se espalhando. Eu vejo a Guarda dos Magos protegendo os Regentes de *mim*, não da minha chama. Vejo a cúpula translúcida, a única coisa entre eles e meu poder, e meus olhos estão distantes, desfocados... e estou fora de controle.

Lágrimas ardem em meus olhos.

— Propostas aceitas — diz Aldrich. — São elegantes, Cestra. Muito bem. Nossa decisão final é, obviamente, como lidar com Briana.

Eu me viro para eles, firme.

— Vocês não podem me prender aqui para sempre.

— Se eu puder opinar — começa Erebus, e Aldrich o deixa falar. — Minha proposta é que mantenhamos Briana aqui no Instituto. Meu time e eu iremos estudar mais profundamente as habilidades dela, com segurança, é claro.

Cestra cruza os braços e se inclina para trás.

— Concordo. Ela não é capaz de controlar o poder que tem. Seu aether é quente e não pode ser forjado. Aquele fogo mágico vermelho só aparece quando ela está correndo risco de morte, não muito diferente das crianças Merlin antes de serem treinadas.

— Ou Morganas — diz Gabriel, a voz cortante. — Ouvimos boatos de que eles estão agindo. Ouvimos dizer que mandaram uma Cria Sombria para esta divisão.

— Ela não é uma Morgana — dispara Erebus, áspero.

— Como você saberia? — indaga Gabriel, tamborilando na mesa. — Uma Morgana não é vista pelo Conselho há centenas de anos.

Erebus silva, mostrando os longos caninos.

— Porque eu posso detectar os filhos da feiticeira. Posso sentir o gosto de sua magia. E porque eu disse.

Suas vozes são abafadas, e olho para a tela, tentando me ver através dos olhos de outras pessoas. Lembro-me da exigência de Arthur para que meus amigos se ajoelhassem diante de mim e me pergunto se ele sabia de algo que eu não sabia sobre o verdadeiro poder.

— Ela poderia ser treinada para controlar os próprios poderes? — pergunta Aldrich.

— Por quem? — responde Cestra, com ironia. — Poderíamos treiná-la como uma Merlin, mas para quê? Como Herdeira de Arthur, ela é a âncora do Feitiço da Eternidade — dispara ela. — Um erro, e o poder Lendário desaparece para sempre.

— E nós queremos mesmo treiná-la? — murmura Erebus. — Para exercer *qualquer* uma de suas habilidades de aether? Já decidimos que não vamos deixá-la se aproximar da lâmina. É por isso que, neste momento, é melhor protegê-la para estudos e testes adicionais sob *minha* supervisão...

Aldrich pede que a sala fique em silêncio. Ele franze a testa, virando-se para mim.

— Briana, não somos monstros. Vamos permitir que você opine sobre o seu próprio destino. Acho que você não queria ser rei de tudo isso, não é? Posso ver em seus olhos que até você tem medo dessas habilidades. Você concorda que ficar aqui, em segurança, é o melhor para você, não?

A filmagem se repete em looping na minha mente. Aquela garota, parada ali, *tão* confiante de que tudo que precisava fazer era completar um ritual e reivindicar o seu título. Ela estudou todas as palavras certas, todo o protocolo certo, mas, no final, aquele título... Respiro fundo.

Aquele título nunca foi meu...

A compreensão, a verdadeira compreensão, toma conta de mim lentamente, então acerta minhas entranhas em cheio. Eu rio, um riso seco e amargo.

— Briana? — chama Aldrich.

Ergo a cabeça, nivelando meu olhar com o do Lorde Regente.

— Você *ainda está mentindo* — declaro.

A sala fica quieta, e Aldrich arregala os olhos, perplexo.

— Briana, essa acusação...

— Você *estava* mentindo desde o início. — Deixo uma faísca de rigidez despontar em minha voz. — Você nunca iria me deixar completar o Rito. Foi uma oportunidade perfeita para me isolar e me tirar de cena, porque o Herdeiro de Arthur deve passar por isso sozinho, sem nenhum Lendário por perto. Não foi *coincidência* você ter trazido uma seringa cheia de uma droga experimental criada para suprimir habilidades ancestrais para o *ogof y ddraig*. Eu não te ataquei... mas você *esperava* que algo chamativo acontecesse... algo que parecesse perigoso. Foi por isso que levou as câmeras.

As expressões deles me dão a resposta. Gabriel faz uma careta.

— Você precisa entender, a tradição...

— Eu puxei a Excalibur da pedra! *Essa é* a tradição! — grito, incrédula. — Vocês viram com seus próprios olhos. Eu retirei a espada, eu sou a Herdeira de Arthur, mas isso nunca seria o bastante para vocês. — Inclino a cabeça para trás com uma risada vazia, delirando com a sensação de estar *certa*, em expor os Regentes, mesmo aqui em particular. — Esconder a guerra. Esconder a traição. Agora... você vai esconder a Herdeira.

Serren, que não disse uma palavra, balança a cabeça e apoia as mãos brilhantes na mesa.

—Você não pode nos culpar por priorizar a estabilidade do reino diante de uma guerra iminente.

Aponto um dedo para ele.

—Você deveria estar priorizando *vencer* a guerra que já começou! Não ficar planejando como continuar no poder!

— O que você saberia da nossa guerra? — zomba Aldrich. —Você foi criada como Unanedig.

— Fui — concordo. — Fui criada como Unanedig, o que significa que sei como as pessoas de fora veem vocês. Isso não tem a ver com a guerra. Nem se trata de sua recusa em entregar a coroa a alguém que você não conhece, porque você também não conhecia Nick. Se Nick fosse o Herdeiro da Coroa, mesmo com a traição de seu pai, ele já teria sido coroado?

— Sim! — afirma Serren, como se fosse óbvio. — Porque Nicholas seria capaz de controlar suas habilidades! Forjar as armas necessárias!

— Ele precisaria de tempo para se *adaptar* às heranças de Arthur — retruco —, assim como qualquer outro Herdeiro Desperto. E vocês teriam dado esse tempo a ele. Se controle fosse um problema para Nick, você teria enviado ajuda imediatamente, um Mestre Merlin para ensiná-lo, ou um Suserano, mas para mim vocês não fizeram isso. Vocês nem *tentaram* me ajudar! E também não é porque vocês temem minha raiz. Cestra acabou de dizer que ela só aparece quando estou correndo risco de morte, o que deve ser uma coisa *boa* para uma Herdeira de Arthur. — Balanço a cabeça. — Não se trata de eu ser um perigo para os outros. Trata-se de vocês impedirem que o poder vá para alguém que vocês acham que não deveria tê-lo.

— O que você...

— A Linhagem é a Lei! — escarneço, os dentes à mostra. — *Y llinach yw'r ddeddf.*

Gabriel ruboriza.

— Não é tão simples assim...

— É simples assim. Tem *sido* simples assim há séculos — falo, com os punhos cerrados sobre a mesa. — Eu não fui criada em seu mundo, mas sei que seguir as linhagens é a regra mais sagrada que vocês têm. São mil e quinhentos anos de uma verdade inegociável e indestrutível: aquele que puxa a espada torna-se rei. Essa é a lei. — Olho para todos eles, um de cada vez. — A menos que a pessoa se pareça comigo.

— Isso é ultrajante — diz Aldrich, empalidecendo. — Como você mesma disse, você não foi criada em nosso mundo. Você foi criada sem os nossos... costumes — insiste Aldrich. — Não tem a ver com... com *raça*.

Rio com frieza.

— Quando os brancos dizem que algo "não tem a ver com raça", geralmente é porque tem a ver, mas eles não querem falar sobre isso.

— É o quê? — questiona Cestra.

— É isso mesmo que você ouviu — retruco. — A questão de Lorde Davis também tinha a ver com minha raça, mas pelo menos *ele* teve a decência de admitir isso na minha cara em vez de — aceno com o queixo para a sala, a tela, a câmera — tudo isso aqui!

Aldrich fica boquiaberto.

—Você não sabe do que está falando, criança.

Raiva e vergonha me queimam por dentro. Eu deveria saber. Eu deveria ter *sido* mais esperta. Eu *tinha sido* mais esperta... eu só... eles queriam que eu esquecesse o que mais estava em jogo aqui. O que está sempre em jogo. Minha respiração está trêmula. Tento evitar que minha voz vacile.

Talvez eu me permita esquecer, mas não vou deixá-los me ver chorando.

— Quer saber *como* eu sei que tem a ver com raça? — sussurro. — Porque durante toda essa conversa, vocês não mencionaram nenhuma vez o *porquê* de eu ser a Herdeira de Arthur. O *porquê* de eu ter o sangue dele correndo nas veias.

Aldrich parece estar se engasgando com ar.

— Briana...

— Herdeira da Coroa — corrijo-o.

Seu rosto fica vermelho. As palavras seguintes parecem ser arrancadas de seu peito, como se ele nunca fosse dizê-las se eu não o tivesse forçado.

— Nós ouvimos os relatos. A *afirmação* sobre como sua linhagem veio a ser a de Arthur. É uma acusação sem *provas*.

A raiva toma conta de mim. Ruge com um vigor tão poderoso que posso sentir seu gosto. A fúria que me domina é tão cortante que fico completamente imóvel. Caso contrário posso explodir.

— Aí está... — Minha voz, baixa e impiedosa, rasga o silêncio na sala. Vejo o cabelo de Vera, sua voz. O sofrimento que ela carregou, o sofrimento que se seguiu e me guiou... sua dor transformada em arma. — Você não acredita que a história seja verdadeira. Você nem vai admitir que é possível. Não vai admitir que sou Herdeira de Arthur não por escolha ou honra, mas por *violência*.

A sala congela. Os argumentos deles foram esfarelados. Até o ar ao redor parece desesperado para me conter, porque posso quebrá-lo, porque sou a ponta da lança. A lâmina afiada pela dor.

— Vocês não vão dizer em voz alta, mas eu vou — afirmo. — Sou a Herdeira de Arthur por estupro. *Eu* sou a sua prova.

Por um longo momento, meu coração bate descontrolado no peito. Todos os seis membros do Alto Conselho dos Regentes permanecem sentados, em silêncio. Um músculo se contrai no canto do olho de Aldrich, mas, naquele momento, até o Lorde Regente fica quieto.

Abruptamente, Gabriel bate a mão na mesa.

— Este Conselho acredita mesmo que Samuel Davis, o último Herdeiro de Arthur *legítimo*, seria tão *irresponsável*?

— *Legítimo? Irresponsável?* — Trinco os dentes. — Minha *mãe* foi uma Herdeira de Arthur. E minha avó também. Por *oito* gerações!

Cestra se recupera da única maneira que sabe, ao que parece: atacando um colega membro do Conselho.

— É tão difícil acreditar que um homem seria tão... *irresponsável*, Regente Gabriel? — Algo perigoso brilha em seus olhos. — O desrespeito de Samuel Davis por uma mulher que ele considerava sua propriedade é, talvez, o elemento mais crível de todas as histórias que o Conselho ouviu até agora.

— Tenha *respeito*, Cestra! — Gabriel estreita os olhos. — Aquele homem era um Herdeiro...

— Desde quando o título de um homem impediu a sua brutalidade em vez de encorajá-la ainda mais? — sibila Cestra.

Aldrich se levanta, passando as mãos pelo terno.

— Precisamos tomar uma decisão sobre o problema que estamos enfrentando agora, não um problema de duzentos anos atrás.

Erebus suspira.

— Como Briana acabou de mencionar, esses dois "problemas" são a mesma coisa.

Aldrich encara Erebus, mas apenas dá de ombros.

— Não estou errado — insiste ele.

— A decisão permanece — afirma Aldrich.

— Não há decisão — diz Gabriel. — Tacitus, apague as memórias dela, depois deixe que Erebus a leve.

Faço uma oração silenciosa para que eu continue tendo uma resistência natural à mesmerização de um Mestre Merlin como Tacitus. Com o soro nas minhas veias... não tem como saber.

Tacitus sorri.

— Eu gosto quando eles esbarram na verdade.

— Sério? — pergunta Serren, sem tirar os olhos de mim. — Por quê?

Tacitus se levanta e para ao meu lado em um piscar de olhos.

— É muito mais satisfatório quando eu a arranco.

A força que ele faz ao segurar meu braço amortece um pouco do fogo de justiça em meu peito. Eu *tenho* que resistir a ele. Se não conseguir, estou perdida.

— Ela não nos deixa escolha. — Gabriel se levanta com um longo suspiro, abotoando a jaqueta. — Vai ser um grande trabalho de hipnose, Tacitus, mas essa garota tomou muito do nosso tempo. Também já estou cansado da cerimônia, e temos uma reserva para o jantar.

— Concordo — diz Aldrich, batendo na mesa com os nós dos dedos. Tacitus irá limpar os eventos até aqui, e então Briana será mantida no Instituto sob a vigilância de Cestra e Erebus. Reunião finalizada.

Fico incrédula.

— Isso é tudo que vocês vão me dizer?

— O que mais teríamos para dizer, Briana? — pergunta Aldrich, com um suspiro pesado. — Temos que agir de acordo com o interesse da Ordem e, do jeito que as coisas estão, se não concordar com as nossas decisões, você só criará conflitos desnecessários.

O insulto e a indignação me atingem como um relâmpago, e minha raiva ruge, voltando à vida.

— É assim que você trata a Herdeira de Arthur, Lorde Regente?

—Você pode ter o sangue do rei — Aldrich me encara por um longo tempo —, mas você não é uma Herdeira. Você é... uma falha. Um erro.

Fico boquiaberta. Lágrimas espetam meus olhos, mas não vou deixá-las cair. Não vou. Tento pensar em algo para dizer, mas as palavras não saem. Por vingança, mas não sei como fazer isso. Quase desejo Arthur, ardendo pela guerra. Mas eles me tiraram tudo que eu poderia usar para combatê-los.

Olho para os outros. Um por um, eles se preparam para sair da sala. Como se tudo já tivesse sido decidido e minha explosão não fosse algo a se levar em consideração.

Claro que não foi.

Eles têm *uma reserva para o jantar*.

As palavras saem da minha boca antes que eu consiga reprimi-las:

— Regente Aldrich!

Ele para na soleira da porta e olha para mim. Deixo um sorriso se espalhar lentamente pelo meu rosto.

— Não vai ser aqui. Nem hoje. Mas será em algum lugar. Algum dia.

Um lapso de incerteza pisca no rosto do Lorde Regente. É rápido, mas eu vejo, e ele sabe que eu vi. Aldrich chama o Senescal de Mesmerização.

—Tacitus, por favor?

Assim que a sala se esvazia, Tacitus envolve meu rosto com as mãos, apertando-o com força.

— Olhe para mim.

Flexiono os dedos, fazendo com que a dor corra pelo braço que William queimou até limpar minha mente. Ainda assim, olho em seus olhos dourados e sinto o puxão profundo. Hoje, sua mesmerização parece... calorosa. Como um convite.

— Você se lembrará das decisões tomadas aqui como se fossem suas e se libertará de suas discordâncias.

Suas palavras passam por mim em uma onda rítmica, com todo cuidado e generosidade, e meus pensamentos começam a segui-las... Libertar minhas discordâncias parece ótimo. Isso é ótimo...

Não. A voz de Tacitus tira a pesada âncora da consciência de minha mente, mas eu a puxo de volta.

— Se alguém da Ordem perguntar o que aconteceu aqui, você dirá que esteve em conferência conosco nos últimos três dias e concordou em se afastar do olhar do público para a segurança da Ordem e do feitiço Lendário.

— Sim — sussurro. — Vou me lembrar do que foi dito aqui hoje.

Tacitus franze as sobrancelhas, parando ao ouvir as minhas palavras.

— Seu auxílio é um ato de bondade para nos ajudar a salvar seus amigos e a vida de milhares de pessoas. Você quer ajudar os outros. E ficar aqui é a melhor coisa que você pode fazer com os presentes que recebeu.

— Meus... presentes? — Eu mal consigo disfarçar a surpresa na voz.

Ele assente.

— Os poderes de Arthur que você herdou.

— Sim, claro — respondo. — O sangue de Arthur é um presente.

Meu estômago se contorce, de forma dolorosa e forte. Um nó se enterrando em meu intestino. O que aconteceu com Vera não foi um presente. Foi um ataque. Um roubo. A única coisa que quero neste momento é queimar esse Merlin. *Destruí-lo.*

A compreensão surge nos olhos de Tacitus. Eu disfarço minha raiva, mas é tarde demais. Ele vislumbrou o que eu escondia. Ele se inclina para mais perto.

— Briana, seu coração está acelerado, e não deveria estar.

Eu congelo.

— Isso é ruim?

— Só se isso significar que a mesmerização não funcionou. — Ele inclina a cabeça, a voz suave. — Nós vamos mantê-la aqui. Mas se por acaso você escapar, eu vou caçá-la até os confins da Terra e arrancar o poder de sua fonte. Você entendeu?

Eu o encaro, mantendo meu olhar firme e sem expressão.

— Estou aqui para minha própria segurança. Por que eu escolheria escapar?

17

EREBUS ME ESCOLTA até meus novos aposentos. Pegamos um elevador perto da sala de conferências e descemos uma longa ponte suspensa, com teto e laterais de vidro. Pela primeira vez, vejo onde estão me mantendo.

O Instituto não é um edifício, mas dois. O prédio de onde saímos parece um centro de conferências do lado de fora. A construção de seis andares para a qual estamos caminhando agora parece residencial, com janelas padronizadas e sem varandas.

A ponte fica alguns andares acima, mas é alta o suficiente para que eu tenha uma visão geral dos arredores. Um labirinto no jardim, uma fonte, um pátio cercado por postes de luz. Logo abaixo de nós, uma piscina de formato ondulado. Ouço uma cascata em algum lugar.

O Instituto é inegável e incrivelmente moderno. Mais adequado a este século do que qualquer outro edifício que a Ordem me mostrou.

A linguagem arcaica, as antiguidades restauradas no Alojamento, as vestes, os rituais... entendo tudo agora. São ferramentas para mergulhar os jovens Herdeiros, Escudeiros e Pajens em suas próprias lendas. Os Regentes mantêm as histórias tão vivas que os Lendários não veem no que a Ordem se tornou.

Quando vejo uma cúpula de aether no alto, preciso de todas as minhas forças para não chorar de alívio. Ainda tenho minha visão mágica, mesmo que a cor do aether pareça suave. Sinto o cheiro de assinaturas, várias delas. O soro foi projetado para os Herdeiros Lendários, então talvez as heranças de Vera não estejam totalmente suprimidas, apenas amortecidas.

A cúpula começa na beira da calçada que circunda o prédio abaixo, arqueia-se sobre a ponte de vidro e se curva até o outro lado, engolindo tudo. Eu me pergunto se essa proteção ao redor do Instituto é um procedimento padrão, ou se os Merlins a estão lançando apenas para mim.

Erebus percebe meu olhar.

— A Guarda dos Magos foi colocada aqui desde que você acordou, e eles vão trabalhar em turnos para sustentar a barreira e mantê-la em segurança até que eu os libere.

Quando saímos da ponte, é como entrar em um hotel cinco estrelas. Erebus me leva a outro elevador, e nós subimos até o último andar. Há apenas uma sala no andar, no final de um longo corredor. Uma tênue camada prateada de éter paira sobre a porta de madeira.

Na porta, Erebus tira um cartão do bolso do blazer e o passa por uma fechadura. A luz na lateral da caixa pisca e muda de vermelho para verde. Em seguida, Erebus leva a outra mão até o centro da porta e pressiona o brilho do aether, um círculo desprotegido crescendo na ponta de seus dedos até cobrir toda a entrada. Só então ele segura a maçaneta. A porta se abre com um silvo silencioso.

Duas travas: tecnológica e mágica.

À primeira vista, o quarto é um estúdio moderno. Uma cozinha à direita, com dois armários sobre uma pia. Uma sala de estar mobiliada em tons de cinza e dourado. Uma cama na parede oposta e uma porta que leva a um banheiro.

— Acho que você vai gostar da sua estadia aqui. Preciso encontrar os outros membros do Conselho para o nosso jantar.

Erebus coloca as mãos no quadril, me dando tempo para responder.

Engulo em seco.

— O que você vai fazer comigo agora?

Ele solta um suspiro de desapontamento.

— Hoje à noite, nada. — Ele me encara, seus olhos vermelhos aquecendo minha pele. — Voltarei em alguns dias, assim que os outros forem embora, para que você e eu possamos começar nosso trabalho juntos, sem mentes não científicas interrompendo.

Nosso trabalho. Científico.

Essas palavras me dizem que, o que quer ele tenha planejado, com certeza será algo invasivo. Não será um trabalho, mas tortura. Minha garganta fecha. Tudo que consigo fazer é assentir.

— Você é muito corajosa, Briana — prossegue ele.

Erebus me analisa como um Merlin, observando o esforço que faço para segurar as lágrimas, ouvindo os sons que faço para me conter. Mesmo que eu tenha convencido os outros de que escolhi ficar aqui, eles não podem esperar que eu não tenha medo de ficar sozinha.

— Isso lhe servirá bem no futuro — diz ele.

Ele fecha a porta atrás de mim sem dizer mais nada. Ouço o mecanismo travar e suponho que a barreira de aether também tenha se erguido.

Já estou acostumada com as partidas silenciosas de Merlins. Fico esperando o *ding* do elevador para saber se ele realmente se foi.

Então, de repente, a tensão da última hora escapa pela minha boca em um gemido baixo e longo. Minhas mãos tremem de adrenalina, tensão e medo.

Depois de um momento, eu me viro para inspecionar a porta. Não há maçaneta no interior, e a superfície de madeira maciça fica rente ao batente da porta, cercada por uma fenda tão estreita que duvido que uma folha de papel passe por ela.

Na parede à direita da porta há uma pequena abertura com uma moldura de metal e uma aba de plástico. Levanto a aba e encontro uma bandeja de comida coberta, idêntica à da minha cama esta manhã. Quando puxo a bandeja para examinar a abertura, a tampa se solta, fazendo o sanduíche e a salada caírem no chão. Não há esperança: a passagem é alta o suficiente para caber uma bandeja e nada mais, e não consigo alcançar o outro lado.

Corro para a única janela perto da cama... e vejo grades. Também não é possível escapar por aqui. Uma gaiola de ouro.

Eles planejam me manter aqui por muito, muito tempo. Talvez para sempre. Ou enquanto os experimentos os entreterem.

Cerro as mãos em punhos, mas a força de Arthur parece muito distante, perdida naquele espaço vazio. Com ela, eu poderia ter puxado as barras para trás, mas os guardas estão do lado de fora. Mesmo que eu pudesse sair, eles me ouviriam, e minha situação ficaria pior ainda.

Estou *enterrada*.

Sou a única pessoa no planeta que consegue empunhar a Excalibur, e "a Linhagem é a Lei". Isso deveria ter sido suficiente.

Mas os Regentes estavam cinco, dez passos à frente. *O poder é uma coisa; controle é outra*. Eles poderiam ter me prendido imediatamente, mas, em vez disso, armaram a armadilha com tanto cuidado e durante tanto tempo que ninguém poderia dizer que traíram a missão e as leis da Ordem. Como eu poderia ter falhado antes mesmo de começar? Como não percebi que isso ia acontecer? Todo aquele esforço, e termina aqui. Eu me afasto da janela e coloco as duas mãos na boca. Se eu não fizer isso, o grito que estou segurando dentro do peito vai fugir do meu corpo, rasgando-o.

Todas as minhas ancestrais e minha mãe, fugindo para que eu não precisasse fugir... e eu as decepcionei.

18

DOIS DIAS SE PASSAM.

Alguém que não consigo ver enfia comida na pequena passagem na parede três vezes por dia sem dizer uma palavra. Chamo por eles, mas eles nunca respondem. São humanos, porém, porque consigo ouvir seus passos se aproximando e recuando.

Fico preocupada com William e Sel, e onde estão aprisionados. Os outros Lendários provavelmente estão ocupados com a missão de Cestra. Espero, mais por eles do que por mim, que tenham acreditado no que os Regentes contaram sobre minha partida. Caso contrário, provavelmente acabariam drogados e presos assim como eu e William.

Também estou preocupada com Alice, mas fico grata por minha amiga e meu pai estarem seguros em sua ignorância, mesmo que a dela seja algo novo. Não costumo passar mais de um dia ou dois sem mandar uma mensagem para meu pai. Eu me pergunto o que os Suseranos vêm dizendo a ele. Sinto o estômago revirar quando penso que talvez eles tenham usado uma Alice mesmerizada e com lavagem cerebral para contar a ele suas mentiras sobre meu paradeiro e por que não liguei. Meu pai acreditaria nela, afinal, é a Alice.

Eu deveria me preocupar mais comigo mesma, mas é mais fácil pensar no destino dos outros do que no meu. Ou dormir e esquecer tudo.

Fico esperando pelo retorno dos meus poderes, mas o que permanece é o vazio.

Não me ocorre até o final do segundo dia de confinamento sem o retorno de minhas habilidades que o soro provavelmente está na comida.

No terceiro dia, fico encostada na parede, esperando, quando o jantar chega. Os passos são muito importantes. Os passos me dizem que a pessoa que se aproxima não é Erebus, ou, pelo menos, que ele não vem sozinho. Ele ainda não veio me buscar, mas sei que virá em breve.

Os passos param do lado de fora da porta, e a aba se abre. A bandeja de metal desliza para dentro.

Agora que descobri como ainda estão me drogando, é difícil imaginar comer ou tomar qualquer uma das chamadas "gentilezas" oferecidas aqui. Pulei o café da manhã e o almoço. Puxo a bandeja da janela e a levo para a mesa.

Quando removo a tampa do prato de entrada, o vapor sobe. Há um bife coberto com um molho escuro, cogumelos e cebolas macias e caramelizadas. Meu estômago traidor ronca ao vê-lo. Antes eles traziam sanduíches e frutas, mingau de aveia em tigelas de isopor, queijo embrulhado em plástico — tudo simples e sem gosto.

Isso parece delicioso.

Eu poderia pular esta refeição também, penso. *Mas, quando Erebus vier atrás de mim, talvez haja uma oportunidade de escapar, e estarei fraca demais para correr.*

Por fim, decido que prefiro ficar presa, impotente e de barriga cheia do que presa, impotente e faminta.

Desembrulho os talheres do tecido branco que os cobre e os enfio no bife, movendo a faca para a frente e para trás até ela parar abruptamente.

Como se tivesse encostado em alguma coisa.

Enfio a lâmina na comida até ver o que atingi: uma minúscula caixa preta do tamanho do meu polegar, debaixo do molho e da carne. Cavo com os dedos até arrancar a caixa. Há um selo fino ao redor da borda. Meu coração começa a acelerar.

Levanto a caixa e vou cambaleando até a cozinha, cuidadosamente esfregando e secando o objeto com dedos trêmulos. Assim que a caixa está limpa, eu a abro e, dentro, no interior de veludo seco, há um dispositivo de plástico preto. É... um fone de ouvido, como os que aparecem em filmes de espionagem.

Nenhuma mágica aqui. Apenas tecnologia.

Coloco o dispositivo no ouvido com cuidado, pressionando-o até ficar bem firme, e então aperto o botão lateral.

Há silêncio na linha, mas posso ouvir que é ao vivo. Que alguém *poderia* estar do outro lado, ouvindo.

— Alô? — sussurro.

Um suspiro de alívio do outro lado do fone de ouvido.

— Herdeira da Coroa Matthews.

Uma voz que não reconheço.

Seguro a borda do balcão, engolindo em seco.

— S-sim.

A voz fica abafada, como se estivessem de costas para o receptor.

— É ela.

— Quem é você?

Quando a voz surge novamente, é clara. Confiante.

— Alguém que pode criar uma janela de fuga de cinco minutos para você. A única opção é fugir hoje à noite. Não haverá segunda chance. Mantenha o dispositivo no ouvido e faça exatamente o que eu digo.

Abro e fecho a boca pensando em uma dúzia de possíveis coisas para dizer, todas fraturadas sob o peso do choque.

— Espera aí — consigo falar, enfim. — Quem é *você*?

— Alguém em quem você pode confiar.

— Não confio em ninguém agora — resmungo.

— Entendo. Olha, o tempo é essencial. Posso te dar uns... três minutos para decidir se você quer ficar aí por meses de sua vida, talvez até anos, ou se está pronta para fugir.

Fico boquiaberta, chocada, tentando acompanhar.

— Agora são dois minutos e cinquenta segundos para decidir. Quarenta e cinco.

Meu coração martela no peito.

— O que eu faço?

— Há um cartão-chave debaixo da bandeja. Pegue-o agora.

Eu me movo rapidamente enquanto a voz fala, procurando debaixo da bandeja, tateando até sentir a ponta da fita e algo plano e duro embaixo dela. Puxo, e o cartão cai na minha mão.

— Dois minutos. Está usando sapatos?

— Sim.

— Fique perto da porta e aguarde o sinal.

— E-eu não tenho meus poderes — gaguejo. — Eles me drogaram com algum supressor, não consigo fazer nada.

— Você pode seguir instruções.

Eu não deveria me incomodar com o tom daquelas palavras, mas me incomodo. Depois de tudo pelo que passei, quem é essa pessoa para me dizer o que posso ou não fazer? Eu sou a pessoa que foi drogada e trancada e...

— Não temos tempo para birra. — Aquela pessoa claramente consegue ler minha mente. — Um minuto. Você está dentro ou não?

— Um minuto até o quê? Pelo que estou procurando?

— Um minuto até a verdadeira contagem começar. E você não está procurando nada. Está ouvindo. Afaste-se da porta.

— Me afastar? — sussurro, mas quase gritando. — O que você vai fazer, explodi-la?

— Não exatamente. Quarenta segundos.

Seguro o cartão-chave. Não tenho certeza do que eu deveria estar procurando — não, ouvindo. Conto os segundos na cabeça, meu coração batendo e o sangue latejando em meus ouvidos.

Uma chance. Uma chance de sair daqui.

De repente, há um silvo parecido com vácuo sendo liberado. O chão estremece sob meus pés, e algo range alto no teto.

Um assobio pesado.

Um barulho alto de estalo que deixa meus ouvidos zumbindo.

Um alarme externo dispara ao meu redor, ecoando do lado de fora da janela, como se a própria fortaleza estivesse gritando.

— O que foi...

— As defesas e o domo caíram. Sabe aquela janela de cinco minutos de fuga que prometi? Acabou de começar. Passe o cartão.

Corro e deslizo o cartão no leitor. A porta se move um centímetro. O suficiente para que eu possa abri-la e ir até o corredor silencioso e sem guardas.

— Estou do lado de fora. E agora?

— Elevador.

Corro para o elevador, o coração batendo forte, a adrenalina dissolvendo minha confusão. Encaro o painel de botões numerados.

— E agora? — guincho por cima do alarme agudo, apertando o botão FECHAR PORTAS mesmo que ninguém esteja vindo atrás de mim. Ninguém está ali, não há mais ninguém neste andar.

— Aperte B2.

Aperto o botão com o polegar, e as portas se fecham com um *ding* alegre. Aperto o cartão-chave com tanta força que o plástico começa a dobrar. *Relaxe*, penso. *Não o quebre. Apenas observe os pisos descerem. Não pense em ser pega.*

— O que há no B2?

Ding. Quinto andar.

— Garagem no subsolo.

— Estou no sexto andar.

— Eu sei.

Ding. Quatro.

— Ainda faltam *sete* andares. Eles vão me pegar.

— Você tem uma boa vantagem, o prédio está vazio, não entre em pânico.

Ding. Três.

— Uma vantagem? Contra *Merlins*? Você está brincando com a minha cara?

Eles podem muito bem estar escalando as paredes, amassando as barras nas janelas do meu quarto.

Tacitus pode estar no saguão, esperando por mim, como ele deixara claro. Ou fora do prédio, pronto para me caçar e me desmontar para chegar ao meu poder.

Outro *ding*, e o elevador começa a desacelerar. Mais um andar, e então é o lobby.

— Chamaram o elevador! — grito.

— Merda. Hora de improvisar — diz a voz.

— O quê?

Ding. Dois.

— Deita no chão!

Eu me abaixo.

— Há um regulador de excesso de velocidade de emergência que...

BOOM!

Ouço uma explosão, o elevador treme, e algo pesado parece se romper...

O elevador cai em queda livre.

Meu corpo se eleva uma lasca do chão, a inércia me prende em seu aperto, e então a gravidade assume o controle.

Eu grito. Um gemido profundo e ensurdecedor de algum lugar grita comigo. O chão estremece. Desacelera. Outro puxão. Quietude.

— Certo, saia daí.

Fico de pé, apertando o botão de ABRIR PORTAS e respirando fundo, levando oxigênio para meus pulmões. As portas se abrem um pouco, menos de dez centímetros.

— Não está abrindo!

— Empurre. Os dispositivos de segurança vão entrar em ação.

Reúno toda a força que consigo e, com as duas mãos, empurro. As portas se movem mais um centímetro, abrindo o suficiente para que eu possa deslizar meu corpo e sair para a garagem bem-iluminada.

— Estou do lado de fora!

— Corra direto para o canto mais distante. Tem uma porta.

Corro o mais rápido que posso, passando por entre os carros.

— A Guarda dos Magos...

— Eles estão ocupados. Use o cartão de novo.

Pego o cartão e corro, olhando para trás para ver se alguém vai aparecer. Chego à porta e passo o cartão. Ela zumbe, depois se abre, estala alguns centímetros. Um cheiro úmido e terroso atinge meu nariz, seguido pelo cheiro de poeira e metal. Vislumbro um corredor escuro. Quando abro a porta totalmente, uma luz se acende no alto.

— Tudo bem, agora é a parte difícil.

— Só agora? — falo, ofegante.

Consigo ver apenas alguns metros adiante.

— Foco. Há túneis de serviço. Você vai precisar correr por eles, Bree. Até o fim, mas as luzes são ativadas por movimento, então elas não vão acender todas de uma vez. Continue correndo.

Hesito. Além da luz azul no chão de concreto, o túnel se estende para dentro da escuridão. Um abismo pelo qual preciso correr.

— Eles estão cercando o prédio. Não sabem em qual andar você está, mas vão descobrir logo. Vão reerguer a barreira em noventa segundos. Você precisa chegar do outro lado antes que consigam. *Corra!*

Eu corro. Em quatro passos, meus pulmões estão queimando. Corro mais rápido do que as lâmpadas fluorescentes podem acompanhar, rasgando o corredor envolto em breu, deixando luzes crepitantes em uma trilha atrás de mim. Não consigo ver *nada*.

— A barreira está subindo! Mais rápido!

— Eu...

— Você pode ir mais rápido. Você está correndo no escuro e não consegue enxergar, então o seu cérebro está lutando contra você. Lute também. É uma linha reta. *Prometo* que você não vai bater em uma parede. Corra mais rápido. Confie em mim!

Cerro os dentes e confio. Minhas pernas se movem mais depressa, e eu balanço os braços para ganhar impulso. Os Merlins atrás de mim conseguem enxergar no escuro. Se eles entrarem no túnel antes de eu sair, me alcançarão em segundos.

A ideia de realmente ir de encontro a uma parede de tijolos — exatamente o que a barreira de aether seria, caso eu a atingisse com essa velocidade — me impulsiona, me fazendo avançar com tanta rapidez que é capaz de eu tropeçar.

— As barreiras... — falo, sem fôlego.

Posso senti-lo no ar, o aether crepitando acima de mim. A cúpula mudando de forma, se espalhando.

— Rápido!

A pressão aumenta, e a mágica pesa sobre mim, como se o teto estivesse ficando mais baixo.

— Quase, quase, continua, cada passo importa...

A voz tem razão.

Um passo, e a proteção ondula por meu corpo.

Na passada seguinte, ela bate no chão, bem atrás de mim.

Não consigo deixar de olhar para trás. A barreira azul brilhante ilumina o resto do salão, colidindo com as luzes vermelhas de emergência. Eu me obrigo a avançar outra vez e vejo uma porta de saída.

Empurro a barra antipânico. O alarme externo atinge meus ouvidos, tocando acima de mim, e tropeço em um bloco de concreto de frente para a via lateral de uma estrada.

— Vem logo!

Uma voz familiar.

Meu coração para.

Eu me viro em direção à voz, uma pequena figura de cabelo escuro pendurada na porta de um jipe preto à minha direita. Um rosto que eu nunca esperaria ver aqui, que nunca *quis* ver aqui.

Meu coração começa a bater de novo — e salta em direção a ela.

Alice.

19

EU NÃO ME LEMBRO de entrar no jipe.

Em um minuto, estou olhando de queixo caído para minha melhor amiga, que está vestida com equipamento tático preto da cabeça aos pés. No outro, estou sendo presa a um assento conforme o veículo arranca para sair do estacionamento com um guincho ensurdecedor. Meu coração ainda troveja por conta da corrida, e meus pulmões estão queimando. Do lado de fora, luzes de segurança e árvores se misturam em um rastro vertiginoso.

—— Bree, meu Deus, meu Deus.

Alice se ajoelha na minha frente, verifica meu cinto de segurança, então me envolve em um abraço enquanto nosso veículo de fuga segue pela estrada escura.

—— Alice? —— Minha voz sai abafada em seu ombro, perdida sob o som do motor. Eu seguro seus braços com força, me estabilizando. Desejando que minha respiração desacelere. —— Como... como você está...

—— Aperte o cinto, Chen! Vai ser um passeio agitado.

A motorista que grita esse comando para Alice é uma mulher branca que deve ter uns trinta anos. Ela tem o cabelo escuro, com uma grossa mecha prateada de cada lado. Alice se remexe ao meu lado e afivela o seu cinto de segurança, os dedos tremendo levemente.

—— Como você chegou aqui? —— exclamo. —— Tacitus disse que tinha apagado a sua memória!

—— Bem... —— começa ela, com um sorrisinho esperto. —— Ele tentou.

Antes que eu possa perguntar o que *isso* significa, somos interrompidas.

— Herdeira da Coroa — diz uma voz irônica e familiar atrás de mim.

Eu me viro imediatamente.

— Gillian?

Minha antiga treinadora de combate sorri do banco na parte de trás do veículo. Está toda vestida com equipamento tático: um suéter preto, calça preta com uma elegante prótese preta em uma das pernas e coturnos surrados. Gillian é uma Suserana com anos de prática de campo no currículo, principalmente ao ar livre. Com aquela vestimenta, ela pode entrar e sair das sombras com facilidade. Ela se inclina para me passar uma garrafa de água, e até suas mãos estão envoltas em luvas pretas.

—Você deve estar com sede depois do que Samira acabou de te fazer passar.

Alguém solta uma risada irônica. Sentada à esquerda de Gillian, diretamente atrás de mim, está uma mulher negra de cabelo curto e grisalho.

— Eu sabia que ela conseguiria.

A roupa da mulher é semelhante à de Gillian, exceto pela barra de sua calça cargo dobrada e sua regata preta, que deixa à mostra ombros largos e bíceps impressionantemente torneados. Seu rosto tem linhas de expressão suaves e maçãs do rosto altas. Deve ser apenas alguns anos mais velha que a motorista, embora a cor de seu cabelo indique o contrário. Ela faz uma saudação com dois dedos.

— Eu sabia que você conseguiria, Herdeira da Coroa — repete ela.

Reconheço a voz da mulher imediatamente.

— *Você* me guiou.

— Sim. E você se saiu bem — diz ela, assentindo. — Meu nome é Samira Miller. Nossa motorista é a Lyssa Burke.

Lyssa me cumprimenta pelo reflexo no retrovisor. No ombro de sua jaqueta há um remendo bordado exibindo o símbolo do lobo cinza da Linhagem de Geraint. Na jaqueta de Samira, vejo o falcão ametista de uma asa de Bedivere.

Finalmente entendo o que está acontecendo.

—Vocês são todas Suseranas.

— O grisalho precoce entregou? — Samira sorri. — Você demorou, hein?

Faço uma careta.

— Acabei de correr para salvar minha vida na escuridão total com os Merlins mais fortes do mundo atrás de mim. Acho que tenho direito a um minuto.

Samira arqueia uma sobrancelha.

— Gill falou que você era esquentadinha.

— Ela é bem mais do que esquentadinha — intromete-se Alice, com um olhar severo.

— É isso que dizem também — comenta Samira, baixando a cabeça em concordância. Ela olha para a frente. — Como estamos, Lyssa?

Lyssa bate os dedos no volante e checa uma tela aninhada no centro do painel.

— Nada em nosso encalço... ainda. O ponto de extração parece estar fora do alcance da audição deles.

— Eu avisei — resmunga Samira.

— Você avisou — concorda Lyssa, num tom seco. — O fato de termos incapacitado todos eles também ajuda.

Samira sorri.

— São Merlins, eles vão se recuperar.

Lyssa balança a cabeça, avaliando a estrada escura na qual entramos.

— Alguém já te falou que você é muito assustadora, Sam?

— Muita gente, na verdade — responde Samira.

— Espera! — grito. O jipe não para, mas Lyssa olha para mim pelo retrovisor. — William ainda está lá! — A culpa assola meu peito. Eu já deveria ter perguntado sobre ele. — Eles também o estão drogando, precisamos...

— Estamos cuidando disso. — Gill segura meu ombro com firmeza. — Respire fundo, Matthews. Não adianta entrar em pânico.

— Mas...

— Ophelia está cuidando disso.

Samira se inclina para entregar a Gillian um pequeno dispositivo.

— Estão todos seguros? — indaga Gill.

Samira solta um suspiro indecifrável.

— Fizemos o que podíamos.

O "todos" se refere a William ou...?

— Eles também estão com Sel — aviso.

— Nós sabemos — responde Gill, fechando a cara. — Em uma Prisão das Sombras. É bem mais difícil entrar e sair de uma prisão. Bem mais difícil.

— O que isso significa? — questiono. — Precisamos salvá-lo!

Gill me lança um olhar firme.

—Vamos fazer o que dá, menina. Fica calma.

— Mas...

Ela me joga uma barrinha de cereal.

—Você precisa de combustível. Use esse tempo livre para se atualizar, Matthews.

Ela salta para a frente e se ajoelha para falar com Lyssa, me dispensando. Aperto a barrinha com força, irritada. Alice revira os olhos, pega a barrinha da minha mão e começa a abrir a embalagem.

— Alice — começo, a cabeça girando.

Ela me entrega a barra.

— Coma.

Quebro um pedaço e falo, ainda mastigando. É uma coisa grossa, seca, com sabor de chocolate, mas me sinto melhor depois da primeira mordida.

— Me conte o que aconteceu — peço.

Ela respira fundo.

— No dia do Rito, William e eu estávamos na enfermaria do Alojamento, esperando você e os Regentes voltarem para o andar de cima. Mas aí houve um estrondo alto, tipo uma explosão, e o piso inteiro chacoalhou.

— O Rito era uma armadilha — murmuro. — Eles me emboscaram enquanto eu estava numa visão e tudo degringolou.

Ela assente.

— Parecia que uma bomba tinha explodido. Derrubou todas as ferramentas do Will, pipetas de vidro quebrando no chão...

Balanço a cabeça.

— Isso foi... Eu que fiz isso.

As Suseranas trocam olhares. Alice assovia baixinho.

— Eu me pergunto se a raiz... — Ela para de repente, pressionando os lábios. — Que bom que você estava no subsolo.

Encaro o chão, evitando o olhar curioso de Gillian, e termino de comer a barrinha.

— É.

Sei o que Alice estava prestes a dizer e também estou me perguntando sobre os Artesãos de Raiz. Se minha porta ancestral estava rachada antes, o Rito a abriu novamente. No fluxo, eu me conectei à Linhagem de Arthur e à Linhagem de Vera, assim como quando puxei a Excalibur. Eu soltei apenas um pulso de aether — o suficiente para que a Guarda dos Magos tivesse que se proteger de mim —, mas não foi uma batalha longa. Talvez a onda não tenha alcançado os Artesãos de Raiz no campus.

Alice continua sua atualização:

— William soube imediatamente que algo estava errado. Não havia tempo. Ele rabiscou um número em um pedaço de papel, enfiou na minha mão e me empurrou pela porta dos fundos. Me mandou correr. Não cheguei muito longe.

— A Guarda dos Magos?

— É. — A voz de Alice fica mais baixa, e seu olhar se perde no horizonte. — Eles eram... Eu nunca vi ninguém se mover assim, com aquela aparência.

Sinto um aperto no peito. Alice não tem a Visão, não pode ver o aether, nunca esteve em uma batalha. E ela nunca viu um Merlin em ação, nem mesmo Sel. Antes disso, o único outro Merlin que ela conheceu além de Sel foi Isaac Sorenson, que a hipnotizou e torturou para chegar até mim. Eu aperto a mão dela.

— Deve ter sido aterrorizante.

— Foi mesmo. — Ela franze as sobrancelhas. — Assim como descobrir que eles tinham raptado você.

— O que aconteceu com Tacitus?

Ela dá de ombros, mas alguma coisa nela parece esquisita. Artificial.

— Eu fui levada de volta para o Alojamento. Ele me mesmerizou para que eu achasse que passei a noite toda na biblioteca, mas, assim que acabou, minhas memórias começaram a voltar, como se estivessem preenchendo uma lacuna. Eu percebi que aquilo não deveria acontecer, então fingi até ele me libertar com uma ordem de ir para casa.

— Como? — exclamo. — Tacitus é o mesmerizador mais poderoso do mundo.

— Estou me perguntando a mesma coisa — diz Gill.

— Não sei — diz Alice.

Apenas uma melhor amiga conseguiria ouvir a mentira na voz da outra, o breve lampejo quando ela, por um breve momento, captura meu olhar.

Ela *sabe*, sim, mas não vai dizer aqui.

— E o papel que William deu para você? — pergunto.

Gill levanta a mão.

— É aí que eu entro. Recebi uma ligação de uma menina em pânico...

— Eu não estava *em pânico*! — exclama Alice, indignada e empinando o nariz.

Gill lança um olhar impaciente na direção dela, mas há um fundo de carinho no gesto.

— Calma, Chen. Considerando como você é nova em tudo relacionado aos Lendários, você estava absolutamente tranquila. — Gill se vira para mim. — Sua melhor amiga aqui se comportou bem. Quando tivemos notícias de Alice e não conseguimos entrar em contato com você ou William, tentamos encontrar Sel. Nenhuma informação. A última vez que você foi vista por alguém foi seis dias atrás, quando Lark a levou para o Rito. Estavam falando por aí que você e William estavam se preparando para se juntarem ao grupo de busca por Nick, mas, se isso fosse verdade, os Suseranos saberiam. Então começamos a investigar. Ficamos sabendo através de nossa rede que todo o Conselho estava se reunindo no Instituto, e depois de juntar dois e dois, montamos uma equipe e fizemos um plano.

— Cinco minutos — diz Lyssa, da frente do veículo.

— Mas vocês são *Suseranas* — falo, confusa. — Fazem parte da Ordem. Por que vocês...

— Podemos fazer parte da Ordem — diz Samira, em voz baixa —, mas *não* somos a Ordem. Somos Lendárias. A nossa aliança é um com o outro.

— As mentiras manterão os Regentes no poder por enquanto — acrescenta Gill. — Se ninguém mais souber que o Camlann chegou, que as Crias Sombrias ressurgiram, não haverá Chamados para o rei ou para a Távola se reunir. As outras divisões estão no escuro. Estamos por nossa conta aqui.

Um zumbido nos interrompe do banco da frente. Lyssa pragueja e pega um celular, vociferando:

— Sim?

Samira e Gill se entreolham.

— Entendi — diz Lyssa, assentindo. — Sim. Vamos estar prontas. Fora. — Ela encerra a ligação e olha para nós pelo retrovisor. — A Guarda encontrou o ponto de extração no Instituto, estão na estrada agora. Eles sabem que são poucos os lugares aos quais podemos ir.

— Quanto tempo temos?

— Ophelia disse treze minutos, no máximo.

Samira balança a cabeça com vigor.

— Vamos agir como se fossem dez. Estamos falando da Guarda dos Magos. Os ouvidos deles provavelmente já estão curados e funcionando agora, então vão estar *extraordinariamente* furiosos.

Franzo a testa.

— Os ouvidos deles?

Alice sorri.

— Bombas supersônicas. Samira disparou algumas perto de todos os seis guardas que mantinham a barreira erguida. Eles já estavam distraídos, e então se *tornaram* a distração.

— Seis distrações muito feridas, com sangue saindo dos ouvidos — diz Gill, se mexendo em seu assento para puxar uma caixa do bolso de trás. — Esse é o número de guardas necessários para manter essa barreira em específico. Aqueles seis tiveram que se curar e se recuperar para criá-la novamente. É preciso foco total para plasmar uma construção tão grande.

Faço uma careta.

— Você... explodiu os tímpanos deles?

— Eles vão se curar. — Gill dá uma piscadinha. — Não temos mais as heranças de nossos cavaleiros, lembra? E algumas pessoas, como eu, nunca as receberam. — Eu quase esqueci que Gill é uma Suserana de Kay, Herdeira de uma Linhagem que, antes deste ano, não tinha sido Chamada em décadas. — Sem esses poderes, não há como lutar contra um ser sobrenatural sem alguns truques na manga. Combate mano a mano não é uma opção...

— A única arma contra os Merlins é a incapacitação — acrescenta Samira. — Sobrecarregar os sentidos deles. Eles vão se curar, mas demora um pouquinho.

— E um pouquinho de tempo é tudo de que precisamos — diz Gill. — E lá vamos nós.

A van entra em uma estrada pavimentada, derrapando na curva. Lyssa dirige até uma pista onde, sob as luzes fortes de um hangar, vejo um jato particular.

— Vamos de avião?

— É a maneira mais rápida de nos distanciarmos dos Merlins. Ophelia é a melhor piloto que temos.

Gill pega o próprio celular e envia algumas mensagens. Um segundo depois, os motores do avião ressoam em um ronco profundo que posso ouvir e sentir do outro lado da pista.

— Mas os outros... — insisto. — Não posso abandoná-los. William...

— Estamos cuidando disso, Herdeira da Coroa — diz Gill.

O carro para antes que eu possa dizer mais.

— Vai ficar tudo bem — afirma Alice, com um sorriso.

Ela aperta minha mão e solta o cinto de segurança.

— Decolamos em três minutos. — Lyssa pega uma bolsa no banco da frente. — Depressa, todos. Cada segundo conta quando estamos lidando com Merlins.

Alice pega uma mochila escondida debaixo de seu banco, e as portas se abrem. O som do motor do avião é estridente. Tenho certeza de que deveríamos estar usando proteção para os ouvidos estando tão perto, mas aparentemente o plano é correr o mais rápido possível. Embarque. Rápido.

Justo.

Seguimos para o avião com as mãos nos ouvidos. Ou pelo menos os outros fazem isso. Minhas pernas ainda estão fracas e aquela barrinha de cereal não foi suficiente. Alice fica para trás, segurando meu braço com força enquanto corremos, fechando a retaguarda. Quando chegamos ao topo da escada do avião, uma mulher branca e alta com cabelo preto e curto aparece na porta, usando um headset de piloto. Ophelia. Ela analisa a situação.

— Vocês duas lá atrás. Gill, Sam, Lyssa, precisamos de vocês na frente.

Ophelia desaparece no interior do avião, e nós entramos.

Gill, Lyssa e Samira viram à esquerda em direção à cabine, e Alice e eu ficamos paradas na entrada acarpetada. Sinto certo alívio quando Alice e eu trocamos um olhar atordoado e uma risada nervosa.

— Como é que viemos parar aqui? — pergunta ela.

— Sei lá — respondo, baixinho, a adrenalina ainda percorrendo meu corpo, deixando minha respiração entrecortada e trêmula. — Não sei mesmo.

A cortina ao lado se abre, revelando outro rosto familiar.

— William — falo, com um suspiro.

Ele avança para meus braços.

— Bree — murmura ele, seu rosto enterrado em meu pescoço. — Eles te levaram e você não voltou. Eles me mantiveram em um quarto do lado da residência por dias. Pararam de me drogar, mas me disseram que iriam te machucar se eu tentasse revidar. Então... as proteções caíram. Max saiu correndo. Aqui. — Ele recua, enfiando a mão no bolso. — Isso é seu.

Meu coração bate fora do ritmo.

A pulseira de ouro da minha mãe e o colar Pendragon.

A moeda ainda está manchada de sangue seco com cor de ferrugem. Meu sangue, da noite do Rito dos Reis. Eu traço a cicatriz fina e já curada que a Excalibur deixou na palma da minha mão. A pulseira da minha mãe está um pouco retorcida e manchada, mas, de resto, tudo bem.

— A saída de Max foi a nossa deixa para resgatar Will. — Gil reaparece e apoia a mão no batente. — Temos mais um carro chegando.

— Ali! — grita Ophelia da cabine.

Ouvimos um guincho ao longe conforme um carro vermelho acelera no estacionamento.

— O último, vamos — diz ela.

Gill passa por nós e desce as escadas correndo. Trocamos olhares preocupados. Eu mordo o lábio, com e sem esperança ao mesmo tempo.

— Aquele é um...

O carro para perto da escada. A porta do motorista se abre e uma figura borrada corre em nossa direção, rápido demais para ser humano.

— Guarda dos Magos... — falo, surpresa.

— Ai, meu Deus. — Alice se volta para a cabine, os olhos arregalados. — Eles nos encontraram.

20

— ACALME-SE. — Samira aparece na entrada, a mão esticada. — É um dos nossos.

Voltamos para as janelas, e o Merlin emerge da parte de trás do carro, içando uma forma imóvel sobre o ombro.

Semicerro os olhos para ver se consigo identificá-los, mas eles são rápidos demais. De repente, o Merlin sobe as escadas trazendo...

— Sel! — William passa por mim com um empurrão.

— Cara, esse moleque é teimoso. — Lark larga Sel em um dos bancos na parte traseira da cabine. Há um hematoma grande e arroxeado na bochecha esquerda do Mago-Real. — Tive que nocauteá-lo só para colocá-lo no carro. Ele vai ficar *uma fera* quando acordar. — Lark se vira para a cabine, com um sorriso irônico no rosto, e pisca quando me vê. — Ei, nem-princesa-nem-rei. Lamento informar que jogaram suas luvas fora. Eu te arrumo outras.

Fico boquiaberta.

— Mas você...

— A Guarda dos Magos foi originalmente criada para servir ao rei — diz ele, passando a mão pelo cabelo bagunçado pelo vento. — Alguns de nós ainda se apegam a isso. — Ele olha para Sel, cujos sinais vitais estão sendo verificados por William. — Além do mais, eu devo isso a Kane, pela outra noite.

— Obrigado. — William olha para Lark, segurando Sel pelo punho. — Por salvá-lo.

— Não precisa agradecer, Herdeiro Sitterson.

William se levanta com um sorriso cansado.

— Me chame de William. Por favor.

Lark o encara por um momento e abaixa a cabeça.

— William.

Se eu não estivesse procurando por isso desta vez, jamais teria reparado em suas bochechas corando.

Gill chama da porta.

— É melhor você cair fora daqui, Larkin. Eles vão suspeitar se você ficar longe por muito tempo.

Lark faz uma saudação para mim e some de vista. O carro no qual ele veio acelera para longe assim que Gill puxa a porta, mandando-nos afivelar os cintos.

Começamos a avançar pela pista.

Minha cabeça é jogada para trás quando decolamos. O movimento abaixo chama a minha atenção.

Um comboio de jipes da Guarda dos Magos vira uma esquina e derrapa até parar na pista abaixo. Meia dúzia de figuras vestidas de preto saem de seus carros e nos encaram com olhos brilhantes.

— Eles estão muito longe para criar um construto e desacelerar o avião — diz Gill, tentando nos tranquilizar. De alguma forma, isso não me tranquiliza nem um pouco. — Prometo.

Samira parece igualmente despreocupada. Na verdade, ela me dá um sorriso.

— Temos cerca de algumas horas no ar, e você tem perguntas.

— Onde estão os outros? — pergunta William.

— Disseram que Tor e Sar seriam mandadas ao campo de ação para ajudar os Suseranos a encontrar Nick — falo.

Gill assente.

— Estão na Divisão do Norte agora. Estamos de olho neles através da rede de Suseranos. E os outros, Felicity, Pete e Greer, estão de castigo na divisão daqui, caçando os demônios que estão atravessando.

William balança a cabeça, incrédulo.

— Então eles só... desistiram de nós?

— Eles ouviram mentiras. — Gill faz uma careta. — Pensamos em enviar uma mensagem a todo mundo sobre o que realmente aconteceu com vocês dois, mas decidimos não fazer isso. Greer e Pete teriam implorado para se juntarem ao resgate, mas, quando se tem muitas pessoas em uma missão, alguém acaba morrendo.

Eu me ajeito no banco.

— Mas eles não fazem ideia do que estão enfrentando.

— Precisamos contar a eles sobre o soro bloqueador de herança que os Regentes usaram para suprimir nossas habilidades. Bree é a Herdeira da Coroa, o rei — diz William. — Se fazem isso com ela, vão fazer com eles.

— Eles não precisam saber — falo, baixinho. — Não se os Regentes os convenceram de que sou muito perigosa para a Ordem. — Todos os olhares se voltam para mim. — Nós já sabemos que Tor nunca me verá como rei. Ela pode até me entregar aos Regentes de novo se me encontrar.

— De novo? — pergunta William.

Assinto.

— Eu não sei o que Tor disse a eles, mas a ligação que ela fez naquele dia... começou tudo. Eles estão planejando isso desde o momento em que ela entrou em contato.

— Não fico surpresa — comenta Alice, estreitando os olhos. — Eu odeio aquela desgraçada.

Fico boquiaberta. Alice joga as mãos para o alto.

— O quê? Ela não gostou de você desde o começo. Desde o *comecinho* de tudo, Bree.

William suspira.

— Só porque você é uma forasteira...

— Não é isso e você sabe — interrompo.

— Olha, a Tor é racista. Negar isso é pior. — Alice se intromete, cruzando os braços. — Principalmente agora.

— Concordo com a Chen — diz Samira. — Não podemos proteger Bree se ignorarmos as forças que agem contra ela. Quão enraizadas estão, quão longe alcançam, quão amplas são.

— Tor vai mudar de ideia — diz Gill.

Alice desdenha.

— Geralmente não é assim que funciona, mas se você diz.

— E Felicity? — sussurra William.

— Ela não está bem. — A voz de Gill é tão baixa no rugir da cabine que quase passa despercebida. — Pelo menos Owen está lá para ajudá-la a suportar a agonia.

— A agonia? — pergunta Alice.

Gill inspira lentamente, fazendo uma careta.

— A agonia é como chamamos a dor e a tristeza de sentir um vínculo do Juramento se romper na batalha. Para o Herdeiro ou Escudeiro deixado para trás... dói mais do que você possa imaginar.

Há um silêncio na cabine. Eu e Gill olhamos para William, mas ele já se afastou de nós. Sinto uma pontada de culpa no coração. Ele sentiu Whitty morrer também e nunca disse nada. Eu nem tinha notado, não tinha perguntado.

Pensar na possibilidade de mais mortes me deixa em pânico.

— Gill, os Regentes disseram que meu pai está sob supervisão de Suseranos. Ele está seguro?

— Os Suseranos que foram designados a ele são leais a você, não aos Regentes. Nos certificamos disso.

Sinto meus ombros relaxarem de alívio.

— Ai, graças a Deus.

Gill aperta meu ombro.

— Temos celulares descartáveis que podem imitar o seu número. — Ela sorri de leve. — Achei que você gostaria de entrar em contato. Diga a seu pai o que você acha que ele precisa saber.

— Não faço ideia do que seja isso, mas tudo bem. — Solto um suspiro lento. — E obrigada.

Penso em aproveitar a oportunidade para ligar para Patricia ou Mariah também, mas decido não fazer isso. Preciso manter a comunidade da Arte de Raiz o mais longe possível da Ordem. Se suas identidades forem expostas, se for divulgado que quebrei o Código de Sigilo com eles também... é perigoso demais.

— Os Suseranos também estão de olho nos meus pais — diz Alice, baixinho. — Por precaução. Eu disse a eles que estávamos ocupadas com as aulas e que demoraria um pouco até que eu pudesse ligar.

Eu sei que ela odeia mentir para os pais. Queria que ela não precisasse.

— Tem outra coisa — murmura Gill. Ela e Samira trocam um olhar preocupado que me dá arrepios. — Os Regentes manterão o Camlann em segredo enquanto puderem, mas, quando a guerra chegar, os tradicionalistas da Ordem, incluindo todas as famílias Lendárias, exigirão um rei. Se os Regentes continuarem alegando que o Herdeiro de Arthur está "resguardado", eles precisarão de um forte Plano B.

— Qual é o Plano B?

— Plano B — a voz rouca de Sel faz com que todos se virem para ele, que está lentamente se sentando no banco em que foi deixado — é quando os Regentes apresentam um Herdeiro de alto escalão obediente aos interesses deles. Um soldado perfeito. — Ele olha para mim. — Alguém que *eles* acreditam ser capaz de agir de acordo com o que eles querem e que tem a aparência certa.

— Então, não é a Bree — diz Alice.

— Nem o Nick — acrescenta William.

Samira olha de William para mim, sobrancelhas franzidas.

— Os Regentes isolaram o próximo herdeiro elegível na Linhagem de Lancelot. Ninguém sabe onde ele está.

A cabine fica em silêncio. Alice olha para todos nós, arregalando os olhos.

— O que isso significa?

— Não temos certeza... — responde Gil.

— Deixa de enrolação, Gill — dispara Sel. — Os Regentes precisam de alguém poderoso o suficiente para liderar a Távola, talvez até reuni-la por completo. A Herdeira de Arthur está fora de questão, deixando apenas o segundo cavaleiro mais famoso e respeitado: Lancelot.

Sinto um calafrio. Vejo um flash de uma memória no Alojamento. Eu me lembro das palavras de Nick, e parece que ele as disse há séculos. Durante um longo tempo, os homens não ligavam para aquilo que o Feitiço queria. Eliminavam as filhas para forçar o feitiço até o herdeiro seguinte.

— Só existe *uma* razão para os Regentes terem o próximo herdeiro na Linhagem de Lancelot totalmente sob seu controle. Um. — Sua voz é lenta, mas cheia de fúria. — Eles não estão enviando um grupo de busca para resgatar Nicholas. Estão enviando assassinos para matá-lo.

21

PERCO A CONSCIÊNCIA CORPORAL, a noção de tempo. A cabine encolhe e expande. Torna-se líquida sob meus pés.

Vozes me cercam. A boca de Sel e Alice se mexe. William colapsa em um dos assentos, apoiando a cabeça nas mãos.

Samira bate palmas, o som ecoando no espaço fechado de metal.

— Não temos tempo para discutir, não temos tempo para chorar. Não é como se estivéssemos desamparados aqui. A rede de Suseranos já está em movimento, entrando em contato com todo mundo que conhecemos para ficarem atentos. — Ela gesticula para nós. — Temos dois Lendários Despertos, uma competente Primavida e um Mago--Real...

— Ex-Mago-Real — interrompe Sel.

Samira o ignora.

— É o bastante. Só precisamos de uma ordem.

— Uma ordem para quê? — pergunto, minha voz arranhada e seca.

Samira me encara, se aproximando.

—Vocês quatro podem ir atrás de Nick com nossos recursos. Com os suprimentos e as pistas que coletamos. A missão de resgate não será fácil. Os Regentes enviaram a Guarda dos Magos atrás dele. A aliança de Crias Sombrias e Morganas ainda pode achar que ele é o rei, o que significa que eles também o querem morto. — Ela faz uma pausa, olhando ao redor da cabine e para Gill, que acena com a cabeça. — Ou...

— Ou? Qual exatamente é a segunda opção aqui? — ironiza Sel. — Resgatar Nicholas é o plano há semanas, e isso foi *antes* de acharmos que a Ordem pode matá-lo. Precisamos achá-lo antes que os outros o encontrem, ponto-final.

— Concordo — falo.

— A segunda opção... — diz Gill, respirando fundo — ... é Bree se esconder. Com todos vocês.

— De jeito nenhum! — exclama Sel.

— É sério? — grito.

— Todos vocês são fugitivos da Ordem da Távola Redonda. — Gill abre as mãos. — Bree, você é a fugitiva número um. Os Regentes precisam de você mais do que precisam de Nick. Manter Sel aprisionado significa que eles saberiam através do vínculo dele com o Mago-Real se Nick está em perigo. Pode ser útil. William sabe demais. E Chen... — Ela olha para Alice com um sorriso. — Bem, ela vai estar no radar deles depois da noite de hoje. Vocês quatro terão uma chance maior de evitar serem capturados de novo pelos Regentes e a Guarda dos Magos, e fugir de qualquer legião de Crias Sombrias, se você sumir, Bree. Se você se esconder *mesmo*. Mesmo de nós, caso sejamos acusados por sua fuga.

— Você quer que eu fuja? — Indignação e desgosto inundam meu peito. — Eu escapei do Instituto. Estamos do lado de fora agora. Estamos juntos. O soro vai sair do meu sistema em breve, certo, William?

Ele assente.

— Sim. Vinte e quatro horas, no máximo trinta e seis, depois da sua última dose.

— Excelente. Então, me dê um dia ou dois, vamos bolar nossos planos juntos... olhar para a... a informação — gaguejo. — Não vou deixá-los ganhar de jeito nenhum!

Samira olha para meus punhos cerrados e suspira.

— Nem todo movimento tem a ver com ganhar. Não em uma guerra como essa.

— Que palhaçada! — Sel está de pé num piscar de olhos. — Tanto Bree quanto Nicholas estão sendo perseguidos por Crias Sombrias. Os demônios que ainda pensam que Nicholas é rei e os que *sabem* que Bree é. A diferença é que os Regentes nunca vão matá-la, mas *vão* matar Nick.

— Como eles conseguiriam fazer isso? — pergunta Alice. — Eles também não são Juramentados? Não são Merlins?

— Os Regentes não fazem esse tipo de Juramento — murmura Sel —, e a Guarda dos Magos só jura proteger os Regentes e o rei.

— Não sou covarde — falo, firme. — Nick precisa da nossa ajuda.

— Nick precisa de você viva. Todos nós precisamos — diz William, em voz baixa, e eu me viro. William me encara, suas sobrancelhas franzidas. — Sabemos que pode haver um goruchel no meio da Ordem. Você está certo, Selwyn, os Regentes não matarão Bree, mas aquele mímico talvez mate. Precisamos tomar uma decisão que a coloque menos em risco.

— Concordo — diz Alice, cruzando os braços.

— Isso não é uma votação — rebate Sel, apontando para ela. — E, mesmo que fosse, você não votaria.

— Ei! — grito para ele. — Deixa ela em paz.

Sel franze os lábios, mostrando a ponta dos caninos, mas se vira para longe, em silêncio.

— Você tem razão numa coisa, Kane — diz Gill. — Isso não é uma votação.

Um novo tipo de quietude toma conta da cabine. Olho dela para Samira, esperando que a Suserana mais experiente nos guie, mas Samira abre um sorriso pesaroso que dá um nó em meu estômago. Os olhos de William estão baixos. Alice apoia a mão no meu joelho. Eu me viro para Sel, mas tudo que ele me oferece é uma risada seca e sem alegria.

A voz de Samira é baixa.

— Independentemente da decisão que você tome, os Suseranos irão apoiá-la.

— Eu... — Sinto um calafrio. — Eu? Não, eu não...

Sel ri de novo.

— Ela ainda não entendeu.

— O que isso significa? — rebato.

— Significa que você *não entende*, garota misteriosa. — Ele se vira, os olhos brilhando. — Não é uma decisão dos Suseranos. Não é uma decisão dos Lendários. É uma decisão *sua*.

Samira sorri com tristeza.

— É como lhe dissemos, Bree. Não seguimos a Ordem. Ela é só um reino falso projetado pelos Regentes. Seguimos os Lendários, governados por um rei. Coroada ou não, o rei é você.

Ergo as mãos.

— Eu não sou...

— A Linhagem é a Lei — murmura Gill.

Eles estão cansados. Exauridos. Destruídos. Com raiva. E estão olhando para mim como se eu pudesse guiá-los.

— O que vai ser, Herdeira da Coroa? — pergunta Sel, com os olhos cintilantes. — Se esconder para salvar a sua vida ou ir atrás de Nicholas e salvar a dele?

Todos na cabine esperam pela minha resposta.

A expressão de Sel muda para algo perigosamente vazio. William olha para os buracos no chão. Gill e Samira são duas soldadas, esperando um comando e prontas para segui-lo. O olhar de Alice é encorajador e tranquilo.

Durante o Rito dos Reis, vi o rosto de Nick. Ele me chamou e eu atendi. Chamada e resposta, um elo mantido entre nós desde o momento em que nos conhecemos. Eu quase me esqueci de como a nossa conexão ressoa dentro do meu peito. Como é inevitável. Assim como sinos tocando em resposta ao vento. A maré subindo ao encontro da praia. Não posso ser rei sem ele. Não quero ser.

Eu sou a razão pela qual Nick voltou para os Lendários. Talvez tudo tivesse acontecido independentemente disso — ninguém pode escapar do próprio sangue, assim como ninguém pode escapar da verdade. Mas os dominós que nos trouxeram aqui hoje começaram quando fugi da morte da minha mãe em vez de enfrentá-la. E agora, se eu escolher fugir de novo, alguém que amo pode morrer.

Não posso deixar que isso aconteça.

— Não vou fugir. Vamos atrás de Nick.

Sel sorri. William fecha os olhos. Os dedos de Alice tremem no meu joelho, mas ela não diz nada. Gill e Samira trocam um olhar.

A mulher mais velha se levanta, assentindo.

— A Herdeira da Coroa falou. Nós vamos levá-los para um esconderijo durante a noite. Todos vocês precisam arejar a cabeça, fazer uma refeição e dar uma boa dormida. — Ela aponta com o queixo para uma porta deslizante na parte de trás da área de estar. — Dois compartimentos na parte de trás, cada um com beliches. Tem alguns sanduíches e água mineral no minibar. Descansem. Vou atualizar Lyssa e Ophelia.

Ela caminha em direção ao cockpit e nos deixa em silêncio.

William fica de pé e vai até os beliches sem dizer nada, fechando a porta atrás de si. Ouço os passos dele se afastando, então uma segunda porta se abre e fecha. Eu me levanto para segui-lo, mas Gill me interrompe, segurando meu cotovelo suavemente.

— Deixe-o ir — diz ela. — Tudo por que ele passou enquanto vocês estavam presos, o que o obrigaram a fazer, não vai passar tão cedo. Primeiro Whitty, agora isso. Dê um tempo a ele.

Engulo em seco e assinto quando ela passa por mim e segue Samira. Vou deixar William em paz, porque sei que ela tem razão. Ele não é o único assombrado pelo que aconteceu no Instituto. Mesmo aqui, a milhares de pés no ar e cercada por aliados, há uma parte de mim que sente que, se eu adormecer, posso acordar desorientada. Confusa. Com a certeza de que fui colocada para dormir como um brinquedo largado em um quarto sem janelas.

Dou um pulo quando Sel se mexe de repente para seguir Gill.

— Sel...

— Vou descobrir para onde estão nos levando — murmura ele, sem olhar para mim.

— Matty.

O apelido de infância que Alice deu para mim. De repente, sinto minha amiga me abraçar pelo ombro e me puxar para o canto mais afastado da cabine.

— Trouxe presentes — começa Alice, abrindo a bolsa. Ela dá uma olhada dentro, a inclinando para o lado. — Roupas íntimas, meias, duas calças jeans, camisetas de Star Wars, absorventes, seus pijamas favoritos. Seu xampu e condicionador, já que não sei para onde estamos indo, mas, onde quer que seja, duvido que tenham algo além de produtos para cabelo de branco, então...

Solto a risada mais genuína que dou em semanas. Seu sorriso de satisfação me faz rir também, e então *ela* está rindo, e é como quando éramos crianças, uma implicando com a outra durante as festas do pijama. Rindo sem parar no escuro.

Mas não somos crianças. E tudo é horrível, doloroso e cru. E eu estou tão, tão assustada, e de repente estou choramingando, e os braços dela estão em volta de mim, e eu estou tremendo e chorando até que, eventualmente, eu me canso.

Deixo que o mundo escureça, ainda com a moeda Pendragon de Nick na mão.

Ouço o barulho de metal se chocando com metal a distância. Grunhidos de esforço, gemidos de dor. Sons que eu lembro. Tenho me lembrado. Estou me lembrando.

Estou ouvindo, agora e quase.

Abro os olhos. Estou no auge de uma batalha.

Descendo a colina, há mais de uma dúzia de cavaleiros com lanças. Meus homens estão em fila ao meu lado, em cotas de malha, couro e elmos, segurando escudos com seus selos. Aqui, alguns de seus nomes, seus nomes originais, *vêm até minha mente em uma torrente de galês antigo:*

Boras, Cai, Bedwyr, Llameryg, Medrawd.

Esses nomes são quem eles eram para Arthur, antes de centenas de anos de literatura e canções serem escritas pelo mundo. Antes que o mundo escrevesse suas ficções e a Ordem começasse a esconder a verdade.

Rodeamos uma cortina preta crepitante, que some e aparece. Um Portal de Crias Sombrias para o outro lado.

— *A wyt barawd?*

Você está pronto? A pergunta é feita pelo meu primeiro cavaleiro, ao meu lado, meu tenente escolhido. Llancelod, Sir Lancelot, olhos sombrios.

— *Dyfod yr amser.*

É chegada a hora.

Minhas palavras saem em um sussurro, mas, descendo a colina, a trinta metros de distância, uma figura encapuzada avança ao meu comando. Seus passos deixam rastros azuis fumegantes na terra.

Myrddin. Merlin.

Com seus dedos longos, o feiticeiro ergue a mão no ar e a abaixa, abrindo o Portal. Um corte para rasgar o véu entre as dimensões e terminar nossa luta com as Crias Sombrias para sempre, levar a batalha para a porta deles em vez de deixá-los nos pegar quando quiserem.

É um erro.

Imediatamente, meus cavaleiros são cercados por diabinhos brilhantes e voadores. Criaturas de três e quatro patas saem da abertura, pulando de costas. Meus cavaleiros contra-atacam com lanças de madeira e metal, mas elas não causam danos em peles demoníacas. Merlin é como um borrão azul, conjurando um arsenal de armas para destruir a horda.

Lancelot pragueja ao meu lado.

— Cachu...!

Nós nos movemos como um só, puxando as espadas e avançando, entrando em outra batalha que esperávamos vencer, mas não vencemos.

Mais tarde, depois que os mortos voltam para casa e jazem, embrulhados, Lancelot me encontra na parede norte do porão.

— Arthur!

Eu suspiro, cansado.

Quando ele me alcança, o fluxo raivoso de galês simplesmente se torna significativo em minha mente.

— Quantos mais terão que morrer? Quantos, Arthur? Você sabe quem perdemos nessa batalha ou já está sonhando com a próxima estratégia?

Seu sigilo está manchado de sangue. Mas não é dele. Ele afasta o cabelo suado e louro grudado na testa.

— Arthur, você está ouvindo...

— O filho de Boras, Elyan. — *Minha voz é um trovão baixo que o interrompe.* — Clawdyn. Brandyles. Morolld. Balan.

Cada nome se enterra mais fundo no meu peito, junto com os outros que perdi. Costumávamos ter entre cinquenta e cem homens. Estamos diminuindo.

Os olhos dele encontram os meus, suplicantes e desesperados.

— Perdemos sessenta e sete.

Avanço contra ele, furioso.

— Eu conheço esses números melhor do que você jamais entenderá! Vejo os rostos deles claramente. Eles juraram suas vidas, assim como suas espadas, a mim. — *Bato no peito, onde repousa o dragão danificado.* — Eu sinto quando o juramento deles é morto! Eu sinto essa dor todos os dias.

— Eu... — *O olhar de Lancelot parece flutuar. Ele olha para longe.* — Eu não sabia, meu senhor. Me perdoe...

Quando ele olha de volta, a imagem tremula, se transforma...

Então vejo os ombros largos de Nick preenchendo a túnica e a cota de malha. Os olhos de Nick, ferozes e cansados.

E então ele some, e Lancelot está de volta.

Abro a boca, porque é quando Arthur fala. Mas, dessa vez, eu pauso, e ele não fala nada.

Lancelot aguarda, e eu não falo nada, e não foi assim que aconteceu.

Porque isso não é real.

Eu não sou Arthur.

Eu sou Bree.

E talvez eu possa controlar isso.

Nesse quase passado congelado, minha mente gira em direção às possibilidades. Não viajei no tempo. Estou na memória de Arthur, mas não estou andando como observadora, como Patrícia em um passeio pela memória. Não é somente visualização.

Quando canalizo Arthur, seu espírito possui meu corpo no mundo real e ele pode fazer coisas que não posso controlar. Mas, agora, seu espírito de alguma forma *me* canalizou. Estou possuindo o corpo *dele* em uma memória. Será que isso significa que posso assumir o controle do mundo de Arthur, da mesma forma que Arthur pode assumir o controle do meu?

Eu vi Nick duas vezes, que nem era nascido séculos atrás. Tento ter esperança de que este mundo seja... mutável de alguma forma. Que eu possa influenciá-lo novamente. *Ah, por favor. Por favor, por favor.*

Tento tocar Lancelot — coisa que Arthur não fez —, e Lancelot não reage, porque Arthur nunca encostou nele no passado. Porque estou fazendo uma coisa *nova*. Criando um ramo na dimensão de memória de Arthur e dobrando-o de acordo com minha vontade. Meu coração dispara sob a cota de malha subitamente pesada demais, forçando meus ombros para baixo.

As pontas dos meus dedos encostam no ombro de Lancelot. A imagem brilha de novo, rapidamente. Meu coração acelera, *com esperança...*

Lancelot brilha mais forte... e se transforma em Nick mais uma vez.

Ele me encara, os olhos arregalados e observando o local.

— Bree?

22

— NICK!

— O-onde estou...

Ele olha para além do jardim, para a charneca e as montanhas.

— País de Gales? — sugiro.

Ele cambaleia em minha direção, agarrando meus ombros, olhando meu rosto, minhas roupas. Quando ele se afasta, se deleita com as minhas feições, acariciando minhas bochechas em movimentos suaves, como se estivesse reaprendendo as curvas e linhas do meu rosto. Meu rosto, não o de Arthur. *Ele também consegue me ver.*

— É você mesmo?

Eu assinto, sorrindo.

— Sou eu.

A emoção escorre como mel em sua voz.

— Era você... antes? No quarto? Na Távola?

Eu faço que sim.

— Você está bem? — pergunta ele, se aproximando.

Solto uma risada.

— Estamos numa... dimensão dos sonhos e vestindo as cotas de malha de nossos ancestrais medievais e você me pergunta se eu estou bem?

— Sim. Sempre. — Nick repousa a testa na minha. — Mas quero saber mais sobre a parte da dimensão dos sonhos, dos nossos ancestrais medievais.

Solto uma respiração trêmula e abro um sorrisinho.

— Estou bem... na medida do possível.

Ele olha para além de mim, para o castelo, para as torres, para o céu.

— E isso...?

Umedeço os lábios, tentando elencar os acontecimentos recentes como se fossem uma pilha de papéis.

— Tanta coisa aconteceu... Eu nem...

— Eu sei. — Ele engole em seco. — Comigo também. Mas comece com a gente, agora. Você e eu. Como viemos parar aqui juntos, B?

Você e eu. Eu aceno lentamente.

— Porque eu sou uma Médium.

Ele estremece. Uma pausa.

— Você consegue falar com... os mortos?

— Sim.

— Foi isso... — Os olhos dele se movem rapidamente, processando a informação depressa, como sempre. — Foi por isso que Arthur estava *com* você no *ogof*?

— Sim. Acontece que o poder com o qual nasci, minha Arte de Raiz, me deixa canalizar os mortos, e eles podem me canalizar. Mas isso aqui — aceno com a mão para o nosso entorno — é uma coisa completamente diferente. É que nem uma caminhada pela memória, coisa que eu não consigo fazer, aliás... com a diferença de que isso não é um passeio pela memória, porque, em vez de *assistir* à memória do meu ancestral de sangue, eu a estou *vivendo*, então isso é meio que uma... caminhada pelo sangue?

Ele me encara.

— Faz sentido.

— Não, não faz — falo. — Isso é...

— Completamente louco? — sugere ele, com um meio sorriso.

De alguma forma aquele sorriso acaba comigo. Um tipo abafado de choro escapa de mim enquanto as lágrimas surgem.

Nick captura minhas lágrimas com os polegares antes de elas caírem.

— Não chore, B — sussurra ele. — Isso é loucura, sim, mas eu estou aqui. Você está aqui.

— Mas você *não* está aqui! — falo, exasperada. — Você está desaparecido. Todo mundo quer que eu diga a eles o que fazer, mas estou completamente perdida. Não sei como controlar os poderes de Arthur, e ele quer que eu o invoque...

Nick franze a testa, perplexo.

— Espera, espera, calma... invocar ele?

— Sim. O espírito dele. Mas isso pode significar ser possuída por ele. — Faço que não rapidamente. — Não quero isso.

Os olhos de Nick brilham de raiva.

— Você não precisa fazer nada que Arthur queira que você faça.

— Não tenho certeza. — Dou de ombros. — Não sei se isso é verdade. — Seguro os pulsos dele com força, sentindo a pele quente de Nick. — *Você* está bem?

Ele suspira. Hesita.

— Honestamente? Não. Não, não estou.

— Eles estão machucando você?

Ele franze as sobrancelhas.

— Eu, não. Outras pessoas, sim. Dois homens da Guarda dos Magos nos encontraram algumas semanas atrás. Teve uma briga.

Fico boquiaberta.

— Eles encontraram você? Mas eles disseram que estavam coletando informações.

Ele dá uma risadinha amarga.

— As duas coisas podem ser verdade. Acho que em teoria esses guardas deveriam ter ficado escondidos da gente. Mas Isaac é bom demais. Ele os viu nos observando de um beco em uma cidade perto de Brevard. Foi atrás deles. Voltou ensanguentado. — Ele engole em seco. — Não sei se sobreviveram.

Os Regentes nunca disseram que encontraram Nick. E nunca avisariam, suponho, já que o plano era matá-lo.

— Nick, os Regentes *estão* procurando por você, mas não para resgatá-lo. Gillian disse que eles garantiram o próximo na fila para Lancelot.

Pensei que Nick fosse ficar chocado, mas não é o que acontece.

— Eu sei. Meu pai tem contatos lá dentro. Ele ouviu que os Regentes já começaram a preparar o próximo da Linhagem. Se eles nos rastrearem, vão me matar para forçar o Feitiço a ele, depois colocarão seu fantoche na Távola.

Eu estudo suas expressões, a aceitação estampada em seu rosto, em seus ombros.

—Você não pode deixar que eles te encontrem de novo — falo.

— Não acho que vão. Isaac toma mais cuidado agora. — Nick solta um suspiro baixo. — Ele e meu pai nos mantêm longe das equipes de busca. Parece que estão conseguindo ficar dois passos à frente. Eu não sei o que estão planejando. Se é que existe um plano.

— Onde você está agora — continuo, incerta de quando o nosso tempo pode acabar.

Nick franze a testa, e eu sei que ele entende que estou falando do mundo real, não aqui.

— Isaac nos leva de um lugar para outro. Ontem acordei em um carro indo para o leste, em direção à costa. Agora estamos em um hotel em algum lugar perto de uma praia.

— Você está na costa? — pergunto, desesperada. — Tudo bem, nós vamos encontrar você.

Ele arqueia as sobrancelhas.

— Nós?

— Estou com as Suseranas. E com William, Alice e Sel.

— Sel? — Uma expressão de preocupação passa pelo rosto dele. — Ele... está bem?

Hesito.

— William disse que cumprir o Juramento aos Lendários conteve os efeitos de não cumprir o Juramento de Mago-Real a você. Ele falou que o fato de Sel estar me protegendo também pode ajudar.

Nick se aproxima.

— Mas o que *Sel* disse?

— Ele disse que está bem. Mas os Regentes dizem que ele irá sucumbir, ou que já começou a sucumbir. Eles *o* acusaram publicamente de abrir os Portais, disseram que ele era um traidor, depois o prenderam na surdina por crimes completamente diferentes.

— Estão culpando Sel pelos pecados do meu pai assim como fizeram com a mãe dele.

O olhar de Nick fica sério, quase venenoso. A expressão só vai embora quando ele pisca.

— Olha, eu sei mais do que ninguém o quanto Sel se preocupa com seu dever — diz ele. — Se ele realmente pensasse que era um perigo para você, se retiraria da situação. Você não precisa dos Regentes para fazer essa escolha, Sel vai fazer.

Sinto uma onda de calor com a confiança de Nick em seu Mago-Real, com o quão bem eles se conhecem, mesmo agora. Os padrões de Sel para o próprio comportamento são extremamente altos, é verdade, e têm um custo terrível. Penso em como ele recrimina suas atitudes o tempo todo, em como aceitou as acusações de negligência por parte de Erebus.

— Mas você não pode vir atrás de mim. — Nick balança a cabeça. — É perigoso demais.

— Eu não ligo!

Ele cerra os dentes.

— Eu sei que não, B. Mas estou falando sério. Meu pai e Isaac... eles se tornam piores juntos. Não venha atrás de mim. E não deixe Sel fazer isso. Isaac vai atacá-lo primeiro, e ele é forte demais. Vai despedaçá-lo.

— Mas não seremos só eu e Sel. William tem o poder de Gawain, temos as Suseranas, e eu... — Pauso, lutando para explicar. — Eu também estou aprimorando meus poderes.

Ele balança a cabeça.

— Não vai fazer diferença. É arriscado demais, especialmente para você.

— Para mim? — Uma faísca de raiva surge em minha voz. — Você acha que eu não sei me virar.

Ele passa a mão pelo cabelo.

— Pelo amor de Deus, Bree. Você sabe que eu acho que você consegue fazer qualquer coisa, enfrentar qualquer coisa ou pessoa no mundo... e eu achava isso *antes* de ver você cuspir *fogo* num bando de demônios voadores! — Ele ofega, maravilhado. — Eu ainda acredito em você, é só que...

Ele respira fundo.

— O quê? — pergunto.

Quando ele abre os olhos, o azul deles se transformou numa escuridão nublada.

— Meu pai está... completamente diferente. Errático. Instável. Não consigo conversar com ele. Ele quer controlar a Ordem, quer que tudo volte a ser como era antes, mas, aos olhos dele, ele não pode fazer isso por sua causa.

— Por minha causa? — disparo, exaltada.

Passo os braços em volta do corpo, fazendo a manopla tinir na cota de malha.

Nick inclina a cabeça.

— Sim. Você. Ele tem *ataques* por causa de você. Está convencido de que você é a culpada por tudo. Que você arruinou a vida dele e a minha e roubou o nosso futuro de nós.

Jogo a cabeça para trás.

— Mas eu não fiz isso! Eu não *roubei* nada.

— Não importa. Para ele, você representa tudo que ele não pode ter. Tudo que foi prometido a ele.

— Bem... — Rio, nervosa. — Pelo menos ele não pode me matar.

A expressão de Nick não muda.

Meu peito aperta.

— Mas ele *não pode* desejar a minha morte — falo. — Se ele me matar, em vez de um demônio, o Feitiço estaria em segurança, de fato, mas a Linhagem de Arthur iria... desaparecer. Eu não tenho filhos.

A boca dele se retorce.

— Se você morrer, alguém, em algum lugar, será Chamado para substituí-la. É assim que funciona para todos nós. Meu pai já está procurando o próximo descendente elegível em sua família. Tentando rastrear a árvore genealógica direta do último Herdeiro Desperto de Arthur, descobrir onde se ramificou. Eles não param de falar algo sobre precisar de mais do que primeiros nomes. Estão tendo dificuldade, mas não vão desistir.

Minhas veias parecem congelar, se comprimir. E então se alargam, esquentam.

— Estão tendo dificuldade porque escravizadores só se importavam em *escrever* os primeiros nomes dos meus ancestrais, mas eles tinham mais do que isso, tinham um sobrenome.

— Meu Deus... — diz Nick, abalado diante dessa constatação.

— Eu *odeio* isso — sibilo. — Eu odeio o fato de que o *seu* pai provavelmente tenha os recursos para voltar tão longe e descobrir... quando *minha* família... — Paro, com o peito apertado pelas camadas de injustiça, a pura densidade dela. — Eu não pedi por isso. Ninguém da minha família *pediu* por isso!

Um pouco da raiva esvanece do rosto de Nick, substituída por uma mistura de tristeza e preocupação. Percebo que talvez ele não saiba a verdade.

— Você precisa saber *por que* sou eu — insisto. — Na caverna, eu tive uma visão. Você deveria saber como...

— Como o sangue de Arthur foi parar nas suas veias? — pergunta ele, baixinho.

— Sim.

— Eu sei — murmura Nick. — Meu pai e Isaac descobriram. Estavam obcecados naqueles primeiros dias, tentando entender o que aconteceu com os Davis. Eles seguiram o poder porque acham que esse é o legado. Mas essa é a questão. O legado Lendário não é poder, é violência.

Deixamos isso pairar entre nós. Essa única palavra e tudo o que ela representa, todo o dano, a mágoa e o roubo. A brutalidade dos homens que projetam e destroem lendas. As interseções da história que nos trouxeram aqui... Há um gosto azedo e metálico na minha boca.

Suspiro, soltando o que posso.

— Talvez seja por isso que não sou boa nesse negócio de Herdeira de Arthur.

— Eu também não era muito bom. — Ele dá um passo para mais perto, pressionando minha mão no peito dele. — Olha, Bree, eu sei que pedir desculpas não é o suficiente, que não há palavras boas ou profundas o bastante para o que aconteceu com seus antepassados. — Seu olhar é tranquilo, mas sua testa está marcada por uma expressão determinada que reconheço. — Mas eu *sinto muito* pelo que aquele Herdeiro fez com ela. Lamento que o que ele fez com ela coloque você em perigo agora e tire suas escolhas. Você foi forçada a entrar em um mundo que não apenas coloca sua vida em risco, mas a encurta. Não está certo. Ou justo. Ou correto.

Tenho vontade de ignorar as palavras de Nick. Ele tem razão: elas *não são* suficientes. Nunca poderiam ser. *Mas*, penso, *ninguém nunca se desculpou com Vera*. Talvez o pedido de desculpas de Nick não mude as coisas, mas o próprio ato de Nick *é* uma mudança. Olho dentro de seus olhos, vejo a sinceridade neles. Não posso aceitar um pedido de desculpas em nome de meus ancestrais, mas posso aceitá-lo por mim.

— Obrigada. Por dizer isso. — Minha voz falha inesperadamente. — Ninguém... nenhuma outra pessoa pediu desculpas por isso. Desde... desde que tudo isso começou. — Solto um suspiro trêmulo, sentindo pelo menos uma parte do peso sumir. A pressão, aliviada. — Ou falou qualquer coisa sobre meu Abatimento, a propósito. Acho que, para eles, as coisas são assim mesmo.

Ele respira fundo, unindo as sobrancelhas.

— A Ordem rouba algo de todos nós. Arthur multiplica o efeito, concentra. Juntos, ele e a Ordem tiraram mais de mim do que os outros. Mas você... — Ele balança a cabeça, o olhar ficando mais severo. — Eles tiraram mais de você do que de qualquer outra pessoa. Mais do que qualquer um deveria suportar.

Sinto um nó tão apertado na garganta que é difícil respirar. Eu tinha me esquecido da facilidade com que Nick consegue... entender meus sentimentos e cuidar de mim, me enxergar no escuro.

Ele leva minha mão até sua boca para um beijo calmo, e uma memória ressurge. Cestra sorrindo do outro lado da mesa. Eu suspiro.

Nick segura minha mão.

— O que foi?

— Uma coisa que a Regente Cestra falou. — Olho para ele. — Sobre a nossa relação ser proibida porque nós dois somos Herdeiros.

O olhar dele escurece.

— Eles só ligam para as Linhagens, não para as pessoas.

— O que isso significa quando você voltar?

— Não sei e não me importo — sussurra ele. Ele leva minha mão até a boca novamente, desta vez se demorando. — Eu não vou deixar a Ordem tirar isso de nós também.

De repente, o mundo ao nosso redor estremece. Nick rapidamente olha para cima.

— O que foi isso?

Há um puxão forte em meu peito. Instintivamente eu *sei* quem é, estendendo a mão para mim.

— É Arthur. Ele está me puxando...

O rosto de Nick se contorce numa careta.

— *Não!*

— Ele está assumindo o controle outra vez — falo, ofegante. — Estou sentindo...

Antes que eu possa dizer mais, Nick pressiona os lábios nos meus, quentes e ferozes. Não hesito em responder, e então somos respiração e ritmo. Fome e satisfação. Chamada e resposta, mesmo aqui. Talvez *principalmente* aqui. O que um de nós quer, o outro dá com lábios, língua, calor.

Ele se inclina para trás, ofegante, deixando nós dois atordoados.

— Por favor, me diga que acabei de beijar *você*, e não um rei morto. — Eu assinto, e Nick arregala os olhos, chocado. — Ai, meu Deus, você é Arth...

— Não! — Sorrio, e ele relaxa os ombros. — Você me beijou. Não um rei morto.

O calor retorna ao seu olhar, e ele me puxa novamente até que nossas testas se encontrem. Até que seu anseio e o meu se encontrem no meio do caminho.

— Que bom. Prefiro meus reis vivos.

Respiro com tranquilidade.

— Nick... Você preferiria que ainda fosse você... e não eu?

Ele abre um sorriso suave.

— Sempre foi você, Bree. — Sua voz é baixa e sombria, cheia de emoção. — Sempre você.

Com um estalo, nós nos separamos.

Estou de volta ao plano existencial entre a vida e a morte, de pé até o tornozelo no riacho que pertence a Arthur. Quando subo na margem, a névoa flutua em volta dos meus joelhos.

Sempre eu.

Primeiro Erebus, agora Nick.

Lembretes da vida que esqueci que estou vivendo.

Está tudo escuro e silencioso como a noite, exceto pelo som da água sobre as rochas, mas agora há um vento frio passando pelo meu rosto. Ouço um homem sussurrando. Nomes, acompanhados por faíscas de luzes esvoaçantes ao redor da minha cabeça.

Herdeira.

Herança.

O único e eterno rei.

Vejo um fio prateado crescendo a distância. Ele se aproxima. É maior que eu, mais largo. Quase na forma de um homem. Encontro alguma satisfação no fato de que, enquanto Vera estava totalmente formada aqui, Arthur ainda é um fantasma. Isso me dá coragem.

— Filha dos filhos.

— Me leve de volta para Nick — ordeno.

— Quem é... Nick?

— O Herdeiro de Lancelot.

Um silêncio que parece confusão, curiosidade.

— E você o viu? Na minha memória de Caerleon?

Acho que o fato de Arthur não conseguir ver o que faço e digo quando puxo Nick para o corpo de seu antepassado é *bom*. Significa que o que eu digo e faço ali se ramifica de alguma forma de sua memória.

— Sim. Eu o trouxe para a memória.

— E, no entanto, sua aparição não é uma memória que possuo. Seus poderes são formidáveis, Briana. — Uma pausa. — Na minha época, algumas mulheres diziam ser capazes de entrar em contato com os mortos. Andar no plano entre a vida e a morte como se fosse um caminho de terra entre um lugar e outro. Eu não acreditava nelas.

— Dá para me levar de volta ou não? — rosno baixinho, impaciente.

Outra pausa.

— Façamos uma barganha, minha Herdeira.

Engulo em seco.

— Não me parece que será algo bom.

Uma risada baixa.

— É inteligente da sua parte ter cuidado.

Então, silêncio. O fogo-fátuo paira, esperando. Isso faz com que eu me pergunte para onde Arthur irá quando eu sair deste plano.

— Onde você estava antes de eu Despertar? — indago.

— Eu repouso em Camelot.

— Merlin te enviou para Camelot?

— Merlin me enviou para meus sonhos.

Penso nisso. Suspiro. *Caramba*.

— Qual é a barganha? — pergunto.

— Me invoque. Assim posso mostrar a você como controlar meus poderes. Se você fizer isso, eu te levarei para as memórias de Lancelot para que você possa visitar o Herdeiro dele.

Eu não deveria ficar surpresa. Arthur deixou claro que quer que eu vá até ele de boa vontade. E deixei claro que nunca mais me arriscaria a deixá-lo entrar. Agora que ele tem algo que quero — acesso a Nick —, vai usar isso. Que escolha eu tenho? Preciso ver Nick de novo para que ele me diga onde está.

Mas essa oferta também é tentadora por outros motivos; Arthur afirma que seu poder pode me ajudar a deter a morte. A *necessidade* crua pulsa pelo meu corpo com o mero pensamento. Um desejo tão profundo que parece vergonhoso.

Ergo o queixo.

—Tudo bem. Vou invocá-lo, mas com uma condição: você não vai me possuir de novo a menos que eu permita. Entendeu?

— Entendi. E fico grato pela sua decisão.

— Eu, não. — Penso outra vez na caminhada pelo sangue, na suposta primeira lição de Arthur. — O que, a propósito, eu deveria ter aprendido com aquela memória?

Ele ri.

— Que dragões são muito leais e nunca se esquecem do que foi tirado de nós. Que em algum momento nós decidimos proteger o que é nosso... e queimar o resto.

E então o velho rei some.

Mas, mesmo ao voltar para mim mesma, ainda sinto Nick. Através da minha memória, através do tempo e do espaço, através da vida e da morte.

23

MINHA PELE FORMIGA. Como uma queimadura solar. Acordo de sobressalto.

— Sou eu.

Ouço a voz baixa de Sel do outro lado da cabine, e a sensação desaparece. Ele devia estar olhando para mim.

— Ah.

Minha voz corta o escuro, áspera por causa do sono, e por um momento lembra o tom de barítono de Arthur. Estremeço e pigarreio para limpar a garganta.

As luzes de emergência estão acesas, banhando o corredor central em um tom desbotado de amarelo. O motor cantarola debaixo de nós, vibrando gentilmente contra a sola dos meus pés. Meu corpo parece drenado e fraco, como se eu mal tivesse dormido.

Mas um pensamento surge em minha mente: eu acabei de ver Nick. Falei com ele. *Beijei* ele. Toco meus lábios com a ponta dos dedos, me lembrando da sensação e do toque dos lábios dele. A breve emoção é rapidamente esmagada pela memória da visão que se seguiu.

Se eu quiser ver Nick de novo, preciso invocar Arthur.

Do jeito que Arthur falou comigo, era como se eu tivesse ido até ele por vontade própria. Como fez... Olho para baixo quando algo cai da minha mão. Durante o sono, eu segurei a moeda Pendragon com tanta força que o metal está quente e úmido de suor, e o sangue velho manchou a ponta dos meus dedos.

Pelo meu sangue. Tal como no Rito.

Na Arte de Raiz, nós levamos oferendas para os nossos ancestrais. Uma coleção de itens, orgânicos ou comestíveis, coisas que já foram vivas um dia ou coisas frescas. Mariah diz que oferecemos as partes favoritas das nossas vidas para os mortos porque isso lembra o ancestral de seu tempo em nosso plano. Mas quem ofereceria sangue?

Minha pele queima novamente. Os olhos de Sel são como dois faróis dourados na escuridão. O silêncio entre nós é estranho, do tipo que preenche o espaço quando há muito a dizer e todo o tempo do mundo para dizer.

— Por quanto tempo eu fiquei apagada? — pergunto.

— Não sei dizer. Acabei de voltar de uma longa conversa na cozinha com a Suserana Gillian Hanover.

Fecho a cara.

— Então você voltou, ficou sentado aí e decidiu me observar dormindo?

— Essa é a sua maior preocupação? — zomba ele.

— Não mesmo.

Ele espera que eu continue.

— Uma coisa aconteceu enquanto eu dormia. Eu vi Nick.

— Bem, Briana, existe um negócio maravilhoso chamado *sonho*... — diz Sel, sarcástico.

— Não foi um sonho — insisto. — Era uma memória de Arthur, mas então se tornou outra coisa.

— Você foi drogada e mesmerizada, repetidamente, por dias. — Até o suspiro dele é desdenhoso. — Você não pode confiar na sua própria mente. Não até o soro sair do seu sistema e você tiver descansado direito.

Minhas pálpebras tremem e minha boca fica seca. Ele tem razão. Mas, ainda assim...

— Falei que estamos indo atrás dele. Acho que foi real, Sel.

Agora ele está ouvindo, não zombando. Ele estreita os olhos.

— Você *acha* que foi real ou você *sabe* que foi real?

— Eu sei. Tenho certeza.

No entanto, me vejo hesitando um pouco. Sentada aqui em uma cabine de avião, com os motores roncando sob as coxas doloridas que ganhei ao fugir de uma prisão, o mundo da caminhada pelo sangue parece estar se esvaindo. Como um sonho desaparecendo aos poucos.

Sel se inclina para a frente, apoiando as duas mãos nos joelhos. O rosto dele aparece nas sombras para me avaliar com uma carranca.

— Você *não* tem certeza. Não quero falar sobre uma visão que você talvez tenha tido, provavelmente um sonho. Vamos agir nos baseando em fatos e informações.

O movimento atrai meus olhos para suas mãos. As algemas de ferro preto em seus pulsos são tão grossas e escuras que parecem absorver a pouca luz que há na cabine.

— Essas algemas. Para que servem?

— Esses adoráveis itens são chamados de *cyffion gwacter*. "Algemas vazias." *Cyffion* são usadas para prender Merlins quando as algemas comuns não funcionam — diz ele com firmeza. — Quando encantadas por um feiticeiro, bloqueiam minha capacidade de sentir ou invocar aether, ou usá-lo para mudar de forma.

Aquela sensação de estouro nos ouvidos quando Erebus as colocou. Parecia um tipo de barreira se encaixando.

— Não entendi.

— Eu disse — repete Sel, pronunciando cada sílaba lentamente — que elas bloqueiam minha capacidade de sentir ou invocar...

— Isso eu ouvi — disparo. Por que ele é tão irritante, mesmo agora? — Eu estava falando que com esses negócios você está...

— "Neutralizado" foi a palavra escolhida pelo Guarda Ramirez quando ele tinha *certeza* de que eu estava ouvindo do outro lado da porta da cela. Não consigo criar construtos, forjar armas ou usar meus poderes para lutar ou me defender. A única pessoa capaz de remover uma algema *cyffion* é o feiticeiro que a colocou.

Erebus.

Sinto uma dor pungente ao ouvir isso. Não poder conjurar aether, seu elemento? Perder aquele senso adicional que o ajuda a fazer seu trabalho, a única coisa que já vi Sel amar por completo?

— Sel, por que você não me disse que os Regentes estavam vindo atrás de você?

Ele me encara.

— O que você teria feito? Pulado na frente para me salvar na véspera do Rito dos Reis, enquanto dava o primeiro passo rumo ao trono?

Faço uma careta.

— Você fugiu quando eles vieram atrás de você, mas depois voltou. Por quê?

— Fiquei entediado — diz ele, com a voz arrastada. — Que diferença faz? Eu salvei você. E então fui pego. Agora estou aqui.

A resposta dele é uma isca, mas estou cansada e confusa demais para mordê-la.

— Isso não é uma resposta.

— É uma resposta, você só não gosta dela. — Ele suspira. — Assim como você não gostou quando eu a proibi de participar das caçadas.

Isso parece tão, tão distante no momento. E tão bobo.

— Eu não gosto de ver que você está escondendo coisas de mim.

Ele dá uma risada curta e aguda, e enterra a cabeça nas mãos. A voz dele sai abafada em suas palmas.

— Notícias urgentes: garota misteriosa e secreta de repente se cansa de segredos.

— Nós já confiamos um no outro antes, Sel — falo. — Sei que quebrei essa confiança, sei que brigamos, mas você não me contou que estava em perigo. Não me contou que estava na mira dos Regentes. — Não me importo em esconder a mágoa que sinto. — Você contou a Lark, de quem você nem gosta, mas não me contou.

Sel não responde. O silêncio se torna insustentável.

— Eu só pensei que, depois de tudo pelo que passamos, depois de...

Eu perco o fio da meada, mas as respostas crescem dentro de mim, altas: *Depois de você ter salvado minha vida. Depois do que descobrimos sobre as nossas mães. Depois da caverna. Depois da varanda, de* cariad *e de quando você falou que eu era seu rei.* Seu.

— Depois do quê?

Ele olha para cima, me encarando com um olhar brilhante e feroz. Ver sua frustração tão de perto me atinge em cheio. Um arrepio involuntário percorre meu corpo. Sel persegue o leve movimento, se aproximando para observar minha linguagem corporal. Então seus olhos encontram os meus novamente e, por um momento tenso, é como se estivéssemos de volta à sacada, ou dançando juntos no baile de gala. Ouro derretido inunda minha visão, e *algo* entre nós acende como eletricidade.

— Depois do quê, Bree? — insiste ele.

Desta vez ele usa a versão curta do meu nome como se fosse um machado, cortando a nossa conexão.

Fecho os olhos com força. Quando os abro, vejo que ele se afastou. Está olhando em outra direção, pela janela, já seguindo em frente.

— Erebus já atribuiu as acusações. Todo Merlin no mundo vai saber o que fiz agora. Se eu for pego, eles me levarão direto a julgamento.

— Um julgamento que nem deveria estar acontecendo, porque você é inocente.

— Ninguém nunca me chamou de inocente antes. — Ele sorri. — Tem certeza de que quer ser a primeira?

Desvio o olhar. Ele está caçoando de mim.

— Bem, você é. Pelo menos nesse caso...

Ele dá de ombros.

— Eu ia me declarar culpado.

Eu me viro.

— Por quê?

— Porque *sou* culpado. — Ele fecha a mão. — Você nunca ia... deixar a verdade ser dita e aceitar as consequências. — A voz dele é um rosnado baixo e acusatório. — Eu me declararia culpado de todas as acusações porque *sou* culpado por cada uma delas.

— Mas, Sel...

Ele ergue a mão, contando.

— Negligência? Culpado. Jurei pela minha vida que protegeria a divisão de toda e qualquer ameaça. Eu sabia que algo estava errado *semanas* antes de Rhaz e Davis mostrarem suas verdadeiras faces. Eu sabia e não relatei nada. — Ele levanta outro dedo. — Sabe o isel que matei na Pedreira na primeira noite em que nos vimos? Entrou pelo Portal de Rhaz. O uchel que Lorde Davis deixou entrar na noite do Juramento? Portal de Davis. Eu deveria ter capturado e interrogado os dois demônios acerca de suas origens. Em vez disso, eu...

— Pare — imploro. — Isso não é justo.

— Por que parar se posso continuar? Faltam mais cinco lapsos de julgamento. — Ele cerra os dentes. — Que tal deixar você e Nicholas fora do meu campo de visão na festa de gala? Vocês dois naquele quarto sozinhos — ele arqueia uma sobrancelha, um brilho de compreensão inundando seus olhos —, indefesos e inconscientes de qualquer coisa ao seu redor, exceto um ao outro...

— Pare com isso.

Minhas bochechas queimam com tudo o que ele não diz, com a inebriante lufada da lembrança. Do ar carregado na antessala depois que aceitei a oferta de Nick para me tornar sua Escudeira. Como ele me segurou. Me beijou.

— Aquele beijo é uma memória ruim para você? Poxa. — Sel inclina a cabeça, fazendo uma careta debochada. — Que *pena*.

— Cala a boca. Você está tentando me deixar com raiva. Não vai funcionar.

— Não estou tentando deixar você com raiva — diz ele, com a voz arrastada. — Estou tentando fazer você entender.

— Você não foi negligente! Nós fomos enganados! — rebato. — Ninguém via um goruchel como Rhaz há anos, e ele enganou a todos. Nem mesmo os Regentes previram o objetivo final de Davis porque ele fingiu durante décadas. Se eles não notaram a traição de seu próprio vice-rei, então não seriam eles culpados também?

— Nicholas é... Eu era o Mago-Real dele e não consegui mantê-lo em segurança dentro do Alojamento. — Ele passa a mão pelo rosto. — Porque eu estava distraído.

— Distraído com o quê?

— Com *você*, para falar a verdade. — Ele olha para mim de novo, e o calor agora é um brilho derrotado. — Com tudo que eu tinha visto você executar. Com o que você significava para meu futuro e para o de Nicholas. Com tudo que mudou numa noite, por causa de uma espada e de uma garota.

— Ah — sussurro.

— Mas Magos-Reais não podem errar — diz Sel. Ele se reclina, apoiando um tornozelo no joelho. — E não vamos nos esquecer da *pièce de résistance*. Ir atrás de você no cemitério com o meu cão...

— Você não sabia o que eu era — sibilo, fechando as mãos em punho. — Ninguém sabia. Eu era uma Pajem naquela época, não a Herdeira de Arthur.

— Você *sempre* foi a Herdeira de Arthur, Briana.

Sel repete o que Erebus e Nick me disseram, mas o tom dele não podia ser mais diferente. Vindo de Erebus, o lembrete era como uma correção gentil. Por parte de Nick, conforto e devoção. De Sel, tudo que escuto é uma brutal recriminação, uma acusação... e ele ainda não acabou.

— Você já era a Herdeira de Arthur desde o momento em que nos encontramos, e muito antes. Você é a Herdeira de Arthur desde o momento em que nasceu. E nenhum de nós pode se esquecer disso.

Por algum motivo, as minhas bochechas ficam quentes. Meus olhos também esquentam por causa das lágrimas não derramadas.

— Os Regentes farão o que for preciso para manter a aparente santidade das Linhagens, mesmo que tenham revelado seu desrespeito pelos próprios Herdeiros. — Ele continua falando, ignorando minha reação. — Como membro das forças armadas, a pena incontestável para a tentativa de assassinato de um Herdeiro de Arthur é a morte.

O espaço parece diminuir ao meu redor, espremendo todos os pensamentos da minha mente. Então, meu medo e raiva se voltam contra Sel.

— E você *se entregou*? No que estava pensando?

Ele se levanta lentamente, seus olhos sérios e ferozes, sua mão no bolso. Aproxima-se de mim em dois passos e segura meu queixo com os dedos para que eu não consiga virar a cabeça.

— Ouça o que vou dizer com muita atenção, Briana Matthews. Eu *queria* te matar. Eu pensei nisso. Mais de uma vez. Eu nunca quis que você saísse daquele cemitério viva. Para evitar dúvidas, serei extremamente claro: as raposas infernais que nos atacaram naquela noite salvaram a sua vida, porque, sem a intervenção delas, *eu a teria matado*.

Estou paralisada no assento, presa. Faz muito tempo desde que Sel olhou para mim dessa maneira. Como uma presa. Ele quer que eu fique com medo, mas seus truques velhos não funcionam mais.

— Tudo bem — falo. — Você queria me matar, mas não matou.

Ele me solta.

— Não foi por falta de tentativa. Eles só me deixam continuar respirando porque ainda estou ligado a Nicholas. Posso sentir se ele está correndo risco de morte. Se não fosse pelo prático sistema de alarme em meu cérebro, eu já estaria numa Prisão das Sombras, apodrecendo em uma cela de ferro de três camadas, esperando um declínio doloroso e a morte.

— Você não... — começo, sem ter certeza de como perguntar. — Você sentiu?

— Se eu senti que a vida de Nicholas estava em perigo? — O olhar dele fica vazio, e ele volta a atenção para algo do lado de dentro. Alguma coisa profunda e sempre presente. — Não. Nenhuma vez.

O aperto em meu peito diminui um pouco.

— Que bom.

Ele murmura uma afirmativa. Os motores parecem ficar mais audíveis durante o nosso silêncio.

— Você me protegeu naquela noite na estrada — falo. — E salvou Lark. Isso deve valer para alguma coisa.

Ele revira os olhos.

— Sou um Merlin, Briana. Salvar você não é uma escolha, é uma obrigação. — Sel bate a cabeça na parede atrás dele. — E eu sou um Merlin que não pode usar aether. Na melhor das hipóteses, sou da infantaria. Força e agilidade, coisas que não são suficientes para matar um demônio.

— Fale por você — diz uma voz. Gill entra e se senta à mesa. — Os Suseranos vão em missões também, sabia? Não paramos de lutar contra demônios só porque envelhecemos para além da elegibilidade ou perdemos nossas heranças. Eu nunca fui Chamada, então nunca tive essa "força e agilidade", e mesmo assim mando bem.

— E os Suseranos que foram Chamados por um cavaleiro, eles continuam lutando por quanto tempo? — pergunta Sel, com o sotaque arrastado. — Treze anos antes do Abatimento levá-los?

Gill dá de ombros.

— Todo mundo precisa ir uma hora, Kane. — Ela chuta o calcanhar dele com a bota. — Não seja um babaca.

Ele ri, mas não diz nada, e ela pula do banco para abrir a geladeira. Olho para os dois, um pouco chocada com a interação antes de me lembrar: Sel estava ligado a Nick aos dez anos, e Nick foi treinado por Suseranos um ou dois anos antes. Gill conhece Sel há tanto tempo quanto conhece Nick... desde que os dois eram bem pequenos.

— Gill — falo, me levantando. — Eu vi Nick numa espécie de visão. Um negócio de Médium, ancestral... caminhada pelo sangue.

— Hum. — A cabeça de Gill aparece acima da porta da geladeira, a boca cheia de sanduíche. — Certo...

— Ele disse que estavam em algum lugar na Costa Leste. Que o pai dele está se comportando de forma estranha. Falou que era muito perigoso ir atrás deles. Que ele acha que Isaac pode ter... — engulo em seco — ... matado dois rastreadores da Guarda dos Magos.

Ela ajeita a postura.

— *Essa* informação nós não recebemos.

— Erebus e o Conselho teriam ocultado notícias assim imediatamente — murmura Sel. — Como tudo que querem esconder.

— Sua equipe pode dar uma olhada nisso? — pergunto. — Podem ver se conseguem encontrá-los com base nisso?

Ela assente devagar.

— Claro. Mas, taticamente falando, eles não vão ficar no mesmo lugar por muito tempo. E a costa marítima do Atlântico é muita terra para cobrir.

Eu me recosto. Ela está certa. Não há informação o suficiente para fazer muita coisa. O giro dos motores muda, e a pressão na cabine muda. Gill olha pela janela.

— Começando os procedimentos de pouso. Podemos acordar os outros. Assim que pousarmos, ainda temos uma hora de carro.

— Até a casa segura no meio de lugar nenhum da Geórgia? — indaga Sel, parecendo entediado.

— É — diz ela, piscando para mim. — Fora da vigilância da Ordem.

— Fora da vigilância de todo mundo, aparentemente.

— Isso aí, Kane — diz Gill, com um sorriso irônico. — A ideia é mais ou menos essa.

24

CIRCULAMOS UMA PISTA de pouso remota no topo de uma montanha. Assim que a nave toca o chão, os faróis de uma SUV piscam de onde está estacionada no escuro. Mais uma Suserana esperando a nossa chegada.

Alice, Sel e William descem as escadas com facilidade. Meu ritmo, contudo, é mais lento. Irritantemente lento.

— Você foi presa e drogada, depois escapou de uma prisão mágica. E deve estar sentindo o impacto disso agora que relaxou um pouco aqui no avião. Seu corpo vai precisar de algum tempo para se recuperar, assim como seus poderes — diz Samira da porta da cabine.

Eu faço uma careta em resposta.

Assim que chego à porta ao lado dela, paro. Ela é uma mulher alta que ocupa espaço, de ombros e quadris largos. Deve ter passado anos construindo os músculos torneados em seus bíceps, em suas coxas. Ela me lembra Sel, de alguma forma. O jeito fácil e confiante de se locomover e a força contida, prontos para serem usados para proteger ou atacar. Casualmente letal. Uma pontada de curiosidade — misturada com inveja — interrompe meus passos, e percebo que tenho uma oportunidade que não posso deixar passar e talvez não tenha novamente.

— O que houve? — A expressão dela é de preocupação.

— Nada de ruim. Eu só estava me perguntando se poderia falar com você... antes de a gente partir.

— Com certeza. — Ela se inclina para fora da porta para gritar com o grupo lá embaixo acima do som dos motores. — Só uns minutinhos, tudo bem?

Da pista, Gill acena para nós. Ela leva os outros até o jipe que está esperando e abre o porta-malas, mostrando os suprimentos, mas Alice fica para trás. Ela chama a minha atenção, faz um joinha questionador. Eu sorrio. *Estou bem*. Ela acena com a cabeça e corre até Gillian, que parece perturbadoramente disposta a mostrar armas para Alice, que está exultante. Maravilha.

Samira aperta meu ombro e se afasta da porta aberta para o relativo silêncio da cabine. Eu a sigo, parando quando ela se recosta em um dos assentos, cruzando braços e tornozelos.

— Como posso ajudar?

Olho para trás, depois me viro, pensando em como começar. Mais fácil ir logo para a parte difícil, acho.

— Você sabe por que eu sou a Herdeira de Arthur?

Ela fica séria.

— Se você está se referindo ao modo como aconteceu, o estupro de sua antepassada, sim. As notícias se espalham muito rapidamente pelos Suseranos. — Então, lentamente, começando pelo canto da boca, um sorriso se forma. — Mas *por que* aconteceu é uma pergunta diferente.

Arqueio as sobrancelhas.

— Você sabe a resposta para essa pergunta?

Ela ri.

— Não. Mas imagino que tenha um motivo. Por que a pergunta?

— Porque — começo — isso adiciona mais uma camada numa situação que já é complicada, acho. Porque sou a única Lendária negra e...

Ela assente.

— Você queria saber como era para mim.

— Isso — falo.

Ela sorri, o olhar pensativo.

— Eu tinha dezessete anos na Divisão do Norte. Meus pais eram Vassalos. Acho que ninguém esperava que eu chegasse tão longe quanto cheguei no torneio. Houve momentos difíceis. Eu não fui a primeira Pajem negra da Ordem, então essa barreira estava presente, mas não era proibitiva. Eu nem fui a primeira Escudeira negra, acredite se quiser. Mas fui a primeira Pajem Negra a almejar e ganhar a Escuderia de um Herdeiro de Bedivere.

Sua boca se curva para cima em um sorriso.

Eu arregalo os olhos.

— Bedivere é do sexto nível. O mais alto...

— O Chamado mais alto que a Ordem viu em décadas, sim. O que significava que era quase certo que meu Herdeiro, John, seria Chamado. O que significava que era quase certo que eu receberia a herança de Bedivere através do nosso Juramento. Uma garota negra ligada ao Herdeiro Desperto mais alto na hierarquia da Ordem. — Ela sorri ao pensar naquilo, balançando a cabeça. — Quando falo que os outros Pajens ficaram furiosos comigo, não estou brincando.

Abro um sorriso.

— Aposto que sim.

O corpo dela fica tenso.

— No início, pelo menos.

— O que mudou?

— John foi Chamado e nós fomos Juramentados, e então, quando estávamos numa ação durante um período difícil — ela respira fundo —, perdemos alguns Pajens. Um Escudeiro. Os invejosos pararam de sentir inveja quando nos viram retornar para a base carregando o corpo de um dos nossos. — Ela engole em seco. — Os pais de Vassalos continuaram a ser babacas, mas os Pajens nunca mais mexeram comigo.

— Que horrível.

— Não foi fácil — diz ela. — John e eu lutamos juntos até a idade-limite. E ainda estamos aqui, mas não topamos muito um com o outro como gostaríamos.

— Então você foi bem treinada — falo. — Para durar tanto tempo.

Ela me lança um olhar profundo.

— E você era a Pajem e a Escudeira escolhida do Herdeiro de Arthur. Você também foi treinada. Só que agora é diferente. É que nem começar em um emprego novo e sem experiência, e então ser promovida a CEO no mês seguinte.

Suspiro.

— É, com a diferença de que eu acabei como CEO porque o CEO anterior era... — Não havia outra palavra para isso. — Um monstro.

Ela assente.

— A forma como você virou Herdeira da Coroa não é correta. O "como" nunca vai ser correto. Mas o "por que" ainda é uma resposta em aberto.

Respiro fundo.

— É.

— Bree... — Samira me encara com admiração e orgulho. — Você quebrou uma barreira de *mil e quinhentos* anos. E mesmo que o "como" não esteja certo, fico feliz de estar aqui para ver isso.

Sinto um misto de emoções. Preocupação com o Abatimento que eu sei que está se aproximando para ela — e para mim. Vergonha por nunca ter pensado no que meu papel poderia significar para quaisquer outros Pajens e Escudeiros negros, se é que ainda há algum vivo e se eles sabem de mim. Eu me senti *tão* sozinha que achei que era a única.

Ela aponta com o queixo para a lateral do avião e em direção às vozes e às pessoas ao longe.

— Eles acreditam em você. Não apenas pelo que você fez, mas pelo que vai fazer. O que você *pode* fazer quando descobrir como controlar seus poderes.

Fico vermelha, envergonhada.

— Eu...

— Não estou julgando. Ouvi dizer que o poder de Arthur não está sendo fácil para você. Alice disse que suas chamas vermelhas não aparecem a menos que elas queiram aparecer. Mas eu estava falando sério quando disse que sirvo ao verdadeiro rei. Acredito que você é a Herdeira da Coroa por uma razão.

— Eu sou a Herdeira da Coroa porque tirei a Excalibur, a espada que devo empunhar e que nem está comigo — respondo. — Eu a deixei cair durante o Rito. Os Regentes provavelmente estão com ela agora, trancada em algum lugar.

Samira abre um sorriso.

— Mas você puxou a lâmina naquele momento e daquele jeito porque se colocou no lugar certo para isso. Não foi sua mãe, não foi sua avó, foi *você*. Você trouxe honra à sua Linhagem, e não me refiro à de Arthur. Você não precisa da espada, Bree. Você *é* a espada. A espada delas. *Nossa* espada.

Minha visão fica turva. Não esperava ouvir tudo isso de Samira. É um lembrete de que a única maneira de honrar minha Linhagem, meu povo e minha mãe é enfrentar minhas lutas com coragem. Eu *sou* a espada. Fungo de leve, pigarreio.

— Obrigada, Samira. Acho... Acho que eu precisava disso.

— Sem problema, chefe — diz ela, com uma piscadinha. Depois, ergue um dedo. — Outra coisa. Você precisa saber que a rede dos Suseranos é um pouco mais... fofoqueira do que os Regentes imaginam. Sempre foi, levando em conta o trabalho que temos. Temos os nossos próprios contatos que estão fora do radar dos Regentes e Senescais.

Eu a encaro.

— Achei que tudo e todo mundo estivessem *no* radar deles.

— Era assim quando o mundo era diferente. Agora eles só *querem* que seja assim — comenta ela, com um sorriso divertido. — Querer que algo fictício seja verdade e ter o poder de convencer as outras pessoas disso... é assim que o poder se mantém. As redes de superfície da Ordem tendem a percorrer certas vias, mas os Suseranos... Nós lidamos com o mundo como ele é, então alguns de nossos canais são um pouco mais *clandestinos* do que outros. — Ela puxa uma caneta e um pedaço de papel do bolso do colete e rabisca algo. — Com base no que ouvi sobre suas outras habilidades, acho que você saberá o que quero dizer quando falo que, nesta parte do país, *as raízes são profundas*.

Fico surpresa, analisando o olhar dela. Ela dá outra piscadinha.

— Você...

Seus olhos castanhos brilham quando ela me passa o bilhete dobrado.

— Não eu, mas algumas tias, alguns primos. Tenho certeza de que você entende por que não compartilho isso com ninguém na Ordem. Nem mesmo com Gil.

— Sim, claro.

Puxo a ponta do papel para abri-lo, mas ela balança a cabeça e fecha minha mão ao redor do papel até que ele esteja escondido.

— Aonde quer que você vá, as coisas serão perigosas. Se precisar de ajuda ou recursos fora das Linhagens, quero que use essa informação aqui. Só tome cuidado com quem você a compartilha, entendeu?

Assinto.

— Com certeza. — Aperto o papel. — Obrigada.

Samira me puxa para um abraço.

— O povo preto nunca precisou de Juramentos para cuidar uns dos outros. Nunca precisamos.

Samira me ajuda a descer a rampa, sob o olhar de Gillian. A maneira como ela observa meus movimentos cuidadosos não é diferente de como supervisionou o treinamento de Pajens para a provação de combate.

Jonas, o Suserano que estava esperando por nós no pequeno aeródromo, é um homem alto com pele marrom-clara e ombros largos. Não consigo ver seu corpo todo, mas posso ver que seu cabelo é cheio, reluzente e grisalho. Brilha na escuridão. Ele me encara, seus olhos escuros avaliadores e astutos.

— Ela vai conseguir?

Samira balança a cabeça como se dissesse para ele não falar aquilo, mas o Suserano a ignora.

— Preciso saber se ela pode correr sozinha se formos atacados na estrada.

— Bree vai ficar bem — murmura Gill, o ressentimento nítido em sua voz cansada. — Ela precisa de comida e descanso. Tempo para o soro sair do corpo dela.

Samira revira os olhos.

— Jonas é um dos Suseranos mais velhos, Bree. Ele cuida do esconderijo nessa região, se certifica de que tenhamos suprimentos e permaneçamos seguros caso precisemos.

— Ele está aposentado e foi colocado para pastar, você quer dizer — ironiza Jonas, mas o olhar do homem é gentil quando ele olha para Samira.

Ela sorri.

— Isso também, velhote.

Jonas não tem nada de velho, mas agora sei que o tempo passa de forma diferente para Suseranos. Durante a noite eu havia pensado que eles tinham ficado grisalhos antes do tempo, mas não. Não com o Abatimento se aproximando de cada Lendário. De mim. Tento não pensar nisso. Não consigo pensar nos próximos vinte anos. As próximas vinte e quatro horas já são incertas por si só.

— Jonas me ensinou a usar uma adaga, acredite ou não — diz Gill, com um sorriso. — E então eu ensinei a Nick.

— Podemos ser nostálgicos numa outra hora? — pergunta Sel secamente, batendo no capô do carro.

Jonas assente, se virando para subir no carro sem olhar para trás.

— De acordo.

Samira nos observa entrar. Lyssa e Ophelia se despedem e voltam para o avião. Os passos dela são tão sincronizados que eu me pergunto se são Herdeira e Escudeira unidas, envelhecidas para além de suas heranças, mas ainda assim Juramentadas.

Gill se vira para mim.

— Descanse hoje à noite no esconderijo. Vamos enviar os detalhes para Jonas.

Ela e Samira caminham de volta para o avião e nós entramos no carro, saindo noite adentro.

O esconderijo é uma casa enorme num terreno plano cercado por uma floresta densa. Sel estava certo. É no meio de lugar nenhum na Geórgia.

Quando chego, a lua está alta no céu, um crescente brilho branco transformando o mundo em prata e cinza.

A casa está um pouco empoeirada, mas há energia e água corrente. A entrada está fria, e Jonas caminha até uma pequena lareira a gás no canto da sala principal, gritando por cima do ombro:

— Dois quartos. Um à esquerda, outro à direita. Fique onde quiser. Vou pegar o sofá!

Por meio de algum acordo implícito, Sel toma o primeiro quarto em um corredor à esquerda. Ou pelo menos parece que Sel vai se estabelecer lá em algum momento. Ele abre a porta, dá uma olhada, então a fecha antes de sair para a floresta, murmurando algo sobre o perímetro.

— Acho que vamos naquela direção — diz Alice, encarando o corredor mal iluminado à direita. — William pode ficar no quarto da esquerda com Sel, e nós podemos ficar juntas no outro, né, Bree?

Nosso quarto é o maior, se minha suposição estiver correta. Nele há uma cama grande e um banheiro privativo. Antes de entrarmos, William faz um joinha.

— Vou tomar um banho.

Alice tira as botas e imediatamente cai na cama. Levo um minuto para me equilibrar nas minhas pernas ainda fracas, mas tiro meus tênis e me junto a ela em cima do edredom. Ela tenta, mas não consegue disfarçar um bocejo com as costas da mão.

— Você é inacreditável — murmuro, balançando a cabeça. — Você ajudou a montar toda uma operação de resgate.

Ela sorri, olhando para o teto.

— Eu fiz isso mesmo, né?

— Como?

— Pura adrenalina, na maior parte. — Ela ri, virando de lado para me encarar. — Se você me perguntar o motivo, eu vou te socar. Tipo, no meio da cara.

Sorrio.

— Não vou te perguntar isso. Já estou cansada de ferimentos.

O rosto dela ganha um ar solene.

— O supressor... William falou que é algum tipo de soro bloqueador de genes, é isso?

Assinto.

— Todos os nossos poderes estão magicamente ligados aos nossos ancestrais. De alguma forma, os Regentes encontraram uma maneira de bloquear essa conexão em nosso sangue.

Ela solta um suspiro.

— Com uma grande rede global e provavelmente financiamento ilimitado, eles seriam capazes de investir recursos em pesquisas médicas ultrassecretas como essa. Terapia genética, aposto. É um negócio nojento, mas quer saber? Não me surpreende que tenham inventado algo para controlar um grupo de guerreiros adolescentes mágicos.

Suspiro.

— Bem, nós aceitamos essa vida.

— Foi doutrinação — diz ela, gentilmente. — Afetando as outras crianças Lendárias mais do que você, obviamente, mas até você aprendeu a história da Ordem com pessoas que cresceram com um paradigma. Desinformação inserida na mitologia. É uma estratégia clássica. Todo mundo é levado a pensar em si como sendo o herói. O romantismo dessa história toda...

Tudo que ela diz faz sentido, mas lembra muito a lógica precisa e as maquinações psicológicas de Cestra. Não que isso vá acontecer, mas Alice seria uma Regente aterrorizante.

Ficamos quietas por um tempo, ouvindo alguém caminhar pela cozinha.

— Lorde Davis também foi manipulado — falo, baixinho. — Todo o plano dele se baseava na suposição de que ser o rei realmente importava e de que ele e seu filho eram os herdeiros do reino de Arthur.

—Toda aquela carnificina para fazer com que Arthur o Chamasse. Pessoas foram mortas, sua mãe foi mesmerizada e rastreada, a mãe de Sel foi rotulada como traidora. E Arthur nunca iria Chamá-lo.

— Arthur também nunca iria Chamar Nick, mas o fato de as pessoas acreditarem que ele era o Herdeiro custou a mãe dele. A infância dele. — Suspiro. — Não me surpreende o fato de ele estar tão... frustrado agora.

— Agora? — Alice faz uma careta. — Você fala como se tivesse conversado com ele.

— Entãããão... — Faço uma expressão, inclinando a cabeça para trás e para a frente. — Acho que conversei.

Alice se senta, os olhos arregalados.

— Conta *tudo*.

—Ainda não conheci esse Nick Davis — diz Alice —, mas, pelo que ouvi, ele não desiste das pessoas. E se Nick conhece você *de verdade*, ele sabe que você é igual.

— *Humm*. — Caio em cima do travesseiro com cheiro de musgo. — Me conte alguma coisa feliz.

Depois de um momento, ela sorri.

— Eu sei dar um soco agora.

Arqueio as sobrancelhas.

— Sabe?

Ela dá de ombros.

— Tivemos um pouquinho de tempo enquanto planejávamos a sua fuga épica. Eu pedi a Gill para me ensinar, só por precaução.

— Precaução em caso de...?

Alice revira os olhos.

— Caso eu termine lutando contra alguém ou alguma coisa. Ela me deu uns socos-ingleses de ferro bacanas...

Fico incrédula.

— *O quê?*

Ela enfia a mão no bolso da frente, tira um conjunto bacana de socos-ingleses de metal e enlaça os dedos nos buracos para que fiquem bem em cima das mãos.

— Ferro bloqueia o aether, assim como a algema de Sel. E talvez se pareça um pouco com a sua Arte de Sangue, com base no que você me disse sobre ela queimar as raposas, exceto pelo fato de que, obviamente, ele não queima, então o efeito é um tanto quanto diferente, mas devem me permitir causar algum dano. Eu só preciso me tornar mais rápida...

— Você aprendeu *muita* coisa sobre o mundo Lendário, bem mais do que eu imaginava, não é? — pergunto, boquiaberta.

— E... — Ela sorri. — Samira disse que eu poderia ficar com uma dessas *belezinhas*.

Ela puxa um pequeno item preto e redondo do bolso de trás. Parece uma caixinha em forma de disco de hóquei com uma luz LED apagada.

Ela abre o estojo com o polegar e mostra um botão.

— Um dispositivo acústico ultrassônico omnidirecional. Um "super-mosquito". O que usaram na Guarda dos Magos. É direcionado especificamente para certos tipos de demônio com audição sensível e também funciona em cambions. Esse aqui é de curto alcance e dura apenas cerca de dez segundos, mas pode ser útil se precisarmos nocautear alguns Merlins.

— Sim, bem, mas estamos fugindo com um Merlin, lembra? — aviso.
— Eu não quero bloquear as habilidades de *Sel*, então vamos ter cuidado com isso. — Fecho o estojo, meio com medo de que ela aperte o botão por acidente. —Você está sendo bem assustadora agora, Alice.

— *Sel* é assustador! — exclama ela. — E ele é um babaca!

— Ele é... — Eu me perco nas palavras, sem saber como explicar.

Ela revira os olhos.

— Você precisa admitir que ele é um saco. Se não muito, um pouco. Uma pitadinha de chatice, espalhada com generosidade.

— Bem, sim — resmungo. — Principalmente agora.

— Além disso, ele parece... — Alice estremece.

Sinto um arrepio.

— Ele parece o quê?

Odeio a ideia de alguém zombar da aparência de Sel. Os olhos de Merlin ou os longos caninos, características que eu esqueço que saltam aos olhos de desconhecidos. Características cambion que podem ser atraentes ou aterrorizantes.

Ela ergue a mão em defesa.

— Ele é meio assustador, Matty. Não é, tipo, preconceito ou nada do tipo, mas eu não confio nele. Ele passou muito tempo tentando matar você por ser um demônio.

Eu me recosto.

— Isso tem *tempo*...

O olhar de esguelha dela é cortante.

— Eu só não me sinto muito disposta a me sacrificar por causa dele. Nunca.

— Realmente — falo —, você está bem malvadinha agora, sabia?

Ela sorri.

— Eu gosto de ser boa em coisas novas.

Alice coloca o aparelho de volta no bolso e olha para o corredor, baixando a voz.

— Você sabe por que a mesmerização de Tacitus não funcionou em mim? — pergunta ela.

— Não faço a menor ideia.

— Eu tenho uma teoria.

Levanto a mão.

— Então por que me perguntou? — retruco.

Alice revira os olhos.

— Você sabe que eu sou dramática. Acho que foi por causa do que quer que você tenha feito para trazer minhas memórias de volta quando foi possuída por aquela ancestral de cura depois... — Ela faz uma pausa, franzindo a testa. — Depois que Isaac me atacou. O que quer que você tenha feito naquela noite, funcionou.

— Funcionou tipo... não dá para mesmerizar você de novo? *Para sempre?*

— Acho que sim. — Ela assente. — Você estava em modo *mega* Médium. Completamente aberta para ancestrais, e foi possuída por... qual era o nome dela?

— Jessie — murmuro. — O nome dela era Jessie.

— Tipo, William me falou uma vez que ninguém consegue resistir à mesmerização, mas *você consegue*. É um componente passivo da sua Arte de Sangue, parte do que você é. Mas você também é uma Médium, então, talvez, se uma ancestral curandeira tivesse usado o seu corpo, que já é resistente à mesmerização, como combustível para quebrar minha mesmerização, ela o teria feito de modo permanente.

— Acho que é possível.

— Pelo menos você tem suas ancestrais Artesãs de Sangue para conversar — diz Alice. — Você pode perguntar a elas, ver se já fizeram algo parecido antes.

Eu me sento, a cabeça girando.

— Alice, você é um gênio.

Ela arqueia uma sobrancelha.

— Eu sei. Mas por que, exatamente, eu sou um gênio no momento?

— Porque eu preciso aprender a controlar minha Arte de Sangue em batalha. Usar de propósito, para atacar. E agora eu acho que sei como fazer isso.

— Como?

Sorrio.

— Vou perguntar aos mortos.

25

DEMORO UM TEMPO para atualizar Alice da conversa que tive com Vera no riacho dos ancestrais durante o Rito e a forma como me defendi de Arthur ao queimá-lo e afastá-lo de mim.

— Então você acha que algum ancestral entre Vera e você sabe como ativar a sua raiz como uma arma ofensiva, não apenas defensiva?

— Sim. Não pode ser apenas lutar ou fugir. — Balanço a cabeça. — Eu preciso ser capaz de lutar contra meus próprios demônios...

— Literalmente — acrescenta ela.

— Sim, literalmente. — Ando pelo quarto. — Eu vou trabalhar com Arthur para controlar o aether dele e com a Linhagem de Vera para controlar minha raiz.

Paro de andar. Penso no que é invocar o aether: as queimaduras, o clarão de poder grande demais para controlar.

— Eu preciso *ver*, estar presente. *Sentir*. Preciso... canalizá-los *inversamente*. Para caminhar no sangue, como fiz com Arthur durante o Rito e no avião. — Procuro o lugar dentro de mim onde geralmente encontro minha raiz, ou o poder de Arthur, e ainda está desaparecido. — O soro ainda está ativo, então a caminhada no sangue é definitivamente uma habilidade mediúnica, não Lendária.

Alice, sempre lógica, pergunta:

— Como você fez para iniciar com Arthur?

Faço uma careta.

— Pelo meu sangue, no meu coração.

Ela fecha a cara.

— Isso não parece *nem um pouco* certo.

— Não é — concordo. Pego o colar Pendragon. — Mas isso funciona através do meu sangue. Você mesma disse, meu corpo se tornou uma espécie de oferenda para Jessie. Talvez meu sangue também possa ser uma oferenda. É, literalmente, vida.

O rosto inteiro dela se contorce de desgosto.

— Certo, isso é legal, mas também é nojento.

— Invoquei Arthur durante o Rito com um corte da Excalibur. Eu o convoquei no avião com sangue seco na moeda Pendragon. Os dois itens estão profundamente conectados a ele, e o sangue é a porta de entrada para a Arte de Sangue, aposto. — Dou de ombros. — Não é uma coisa normal num Médium, mas não acho que eu seja uma Médium normal. Só que não tenho nada da Linhagem de Vera...

— Ah, tem, sim — diz Alice, os olhos arregalados. — O bracelete da sua mãe!

Fico boquiaberta.

— Nível de genialidade: máximo.

Ela olha na minha direção, erguendo meu punho contra a luz.

— Você vai ter que sangrar na joia da sua mãe, o que é meio...

— Coisa de bruxa? — pergunto, esperançosa.

— Eu ia dizer "mórbido", mas, claro, vamos deixar como "coisa de bruxa". — Ela franze o nariz. — Também acho que você devia esperar até depois de descansar um pouco e encontrarmos, tipo, um alfinete de segurança ou algo que possamos desinfetar. — Do nada ela levanta o braço e cheira a axila. — Aff, estou com cheiro de escapamento de avião e suor. Preciso de um banho. A menos que você queira tomar primeiro.

— Não.

— Então — diz ela, a voz estranhamente mansa, guardando o soco-inglês no bolso e indo até sua bolsa —, você vai falar com ele?

— Com... — começo a perguntar de quem ela está falando, mas então me dou conta e olho para ela. — Ah, Sel.

— É, Sel. — Ela fecha a cara. — Eu não ouvi todas as palavras da discussão de vocês no avião, mas ouvi o bastante.

Suspiro.

— Ele só... está num lance de autodepreciação, e não acho que vai sair dessa tão cedo. Talvez ele precise ficar um tempo sozinho, depois a gente conversa. Ou não? Vai saber.

— Ah, tenho certeza de que ele está rondando por aí, franzindo as sobrancelhas escuras para cada criatura e sombra da floresta, mas ele deve saber que não pode fazer isso sozinho.

Com essa advertência sensata, ela acena e entra no banheiro.

Ouço o som metálico de panelas e frigideiras sendo reviradas na cozinha pela porta entreaberta, e meu estômago ronca em resposta. A mera *ideia* de comida me dá água na boca; eu realmente não como há um dia.

Fora do quarto, a casa está cheia de pequenos sons caseiros. Uma música suave toca em um aparelho de som na sala de estar enquanto caminho por ela, apoiando uma das mãos nas paredes para manter o equilíbrio. Em algum lugar da casa, outro conjunto de canos protesta antes que a água escorra. William encontrou seu chuveiro.

Jonas está remexendo em um dos armários de costas para mim quando entro na pequena cozinha que fica nos fundos da casa. A janela sobre a pia dá para o quintal arborizado. Deve ser bonito durante o dia. Agora, com as luzes apagadas no exterior da cabine, o vidro é um painel preto olhando para mim.

Jonas joga um pote grande de molho de macarrão no balcão sem se virar. Ao lado estão suas outras descobertas: algumas latas de feijão, duas barrinhas de cereal, um saco de rotini e um pote de manteiga de amêndoa.

— Poucas opções — falo.

— Muito poucas — murmura Jonas. Ele se vira, gesticulando na direção do balcão de alimentos não perecíveis. — A única coisa que combina aqui é o molho e o macarrão, e... — Uma tosse o interrompe. — Desculpe. Então, acho que é isso que temos, a menos que eu encontre outra coisa.

Dou de ombros.

— Poderia ser pior. Posso ajudar?

Ele resmunga em concordância e passa a mão pelo cabelo grisalho.

— Você começa a cozinhar o macarrão. Vou continuar procurando comida que não esteja vencida.

Ele tosse de novo, desta vez batendo com o punho no peito.

— Você está bem?

Ele levanta a mão, assentindo durante outro acesso de tosse.

— Só estou ficando velho, moça.

Engulo em seco e me viro, esperando esconder a expressão em meu rosto. Se eu tivesse que adivinhar, Jonas tem cerca de trinta e cinco anos. Sinto um aperto no peito, mas não acho que ele queira que eu sinta pena pelo Abatimento. Além disso, de quem eu estaria com pena? Dele ou de mim?

Trabalhamos em silêncio por alguns minutos. Ele procura por mais comida, e eu fico na pia, enchendo de água uma das panelas que ele encontrou e levando-a de volta ao fogão para esquentar. Aprecio o fato de ele não sentir necessidade de disfarçar o silêncio entre nós com papo furado. Mesmo assim, parece estranho nem ao menos reconhecer o apoio dele.

— Obrigada, aliás — murmuro. — Por nos ajudar.

— Não precisa me agradecer. — Ele resmunga novamente, desta vez da pequena despensa perto da porta dos fundos. — Eu era Escudeiro antes mesmo de você nascer, Herdeira da Coroa. Até onde sei, eu me voluntariei para isso. — Jonas se inclina para olhar para mim, me observando por um momento. Ele hesita antes de acrescentar: — Eu sei... eu sei que você não teve escolha. Lamento que tenha entrado dessa forma.

— É. Eu também — murmuro. —Tem sido bem difícil, de verdade.

— Eu... — Ele parece prestes a dizer mais, as sobrancelhas franzidas por conta de algum pensamento que não consigo ler, mas, em vez disso, ele abre um sorriso fraco e balança a cabeça. — Enfim.

— Ainda assim — falo, tentando mudar o clima —, você se voluntariou para caçar Crias Sombrias. Proteger a humanidade do mal. Não para esconder um grupo de crianças dos Regentes.

A porta sanfonada da despensa raspa no chão quando Jonas a fecha, como se a dobradiça não estivesse nivelada.

— Quem disse que os Regentes não são o mal neste caso?

Eu me viro.

— É isso que os Suseranos acham?

Jonas cruza os braços. Ele olha para mim de verdade, e sinto que aquela é a primeira vez que ele faz isso naquela noite, estudando meu rosto como se julgasse se deve prosseguir. Algo em minha expressão deve tê-lo convencido.

— Foram oito Camlanns nos mil e quinhentos anos desde que o Feitiço foi lançado, incluindo este. A cada duzentos, trezentos anos ou mais. Alguns duram alguns meses, outros duram anos. Eles se escondem em guerras sangrentas de Primavidas; revoluções, golpes e países lutando uns contra os outros. Mas entre os Camlanns existe algo que nós, Suseranos, chamamos de "guerra silenciosa", e essa é a guerra que os Lendários travam diariamente. É a mesma guerra que a Távola original de cento e cinquenta cavaleiros lutou no século VI contra as Crias Sombrias e nunca terminou. Apenas três pessoas podem deter o título de Regente ao mesmo tempo: atualmente essas pessoas são Aldrich, Cestra e Gabriel, e centenas deles foram eleitos pelas famílias Lendárias ao longo dos anos. O ciclo Lendário, por outro lado, produziu *milhares* de Herdeiros. Milhares de jovens lutando na linha de frente da mesma guerra silenciosa, ano após ano, morrendo em batalha ou, se tivermos sorte, por Abatimento. Todas essas mortes ao longo de todos esses séculos, e os Regentes no poder não buscaram uma maneira de acabar com a guerra que lutamos todos os dias *nenhuma vez*. — Jonas ri secamente. — Eles nem mesmo permitem que os antigos Suseranos Despertos se tornem Regentes e tenham voz em nossa própria liderança.

A água borbulha atrás de mim, pronta para o macarrão.

— Por que não?

— Porque somos heróis de guerra — diz Jonas, com um gesto de desdém. — Se sobrevivermos o suficiente para perder a elegibilidade, para que nossas heranças nos deixem, somos mais valiosos como treinadores para os novos Herdeiros e Escudeiros. Ou somos necessários no campo, ainda lutando. Ou — ele pega o pote de molho, brinca com ele em suas mãos — perdemos nosso companheiro de união na batalha e estamos ferrados demais para fazer qualquer coisa.

— A agonia — sussurro.

Jonas olha para mim. Então seus olhos perdem o foco, voltando para uma memória — ou alguém. Ele puxa o rótulo da jarra de molho, e o som suave de papel rasgando ecoa alto em meus ouvidos, mais alto que a panela borbulhante, mais alto que a música, mais alto que a água correndo nos velhos canos. Finalmente, ele responde, sua voz rouca.

— É.

— Eu... — Engulo em seco. — Eu...

Ele se vira, vai até o fogão atrás de mim e pega uma pequena panela de molho. O pote estoura quando ele o abre no balcão. Ele olha para meu lado do fogão, analisando o saco de rotini.

— Vou precisar de mais macarrão. Vi outra sacola na despensa.

— Eu pego.

Passo por ele, atordoada com as revelações. Puxo a porta sanfonada, e ela se prende no chão. Puxo com mais força, e uma mão com garras se estende da escuridão, fechando-se em torno do meu pescoço.

26

ANTES QUE EU POSSA emitir qualquer som, antes que eu possa lutar, o aperto da goruchel fica mais forte.

A pressão aumenta por todos os lados: atrás dos meus olhos, na minha garganta, no topo do meu crânio.

O único oxigênio que resta nos meus pulmões é o que já estava lá.

Estou pairando acima do chão.

Pisco para clarear minha visão, ver meu algoz. O demônio tem longos cabelos castanhos, pele pálida. Presas brancas com saliva preta pingando. Brincos vermelhos brilhantes que combinam com o vestido. Garras com pontas pretas. Dedos e braços com veias escuras.

Arranho a mão dela, machucando a pele, enterrando meus dedos.

Chuto, chuto...

Meu pé atinge o joelho dela. Ela rosna. Responde com um soco nas minhas costelas. A dor explode na lateral do meu corpo.

O demônio me gira. Puxo uma lufada de ar fresco, e então a mão dela cobre minha boca de novo.

Ela torce meus pulsos para trás, às minhas costas, prendendo-os com mais força ainda. Empurrando-me para a frente. Meus ombros queimam, ardem, e ela me conduz pela porta dos fundos para o gramado.

—Vamos, Herdeira — sussurra em meu ouvido.

Ela sabe quem eu sou.

Toda vez que grito, ela aperta meu maxilar. Suas unhas cravam em minha pele, como adagas afiadas cortando minhas bochechas, e a fornalha em meu peito finalmente acende.

A raiz queima, subindo pelos meus dedos, quente e causticante. Ela grita e me solta.

Através de uma cortina de lágrimas, vejo o gramado e a floresta além. Selwyn está em algum lugar, caçando. *Sel!* Tropeço para a frente, caio, então corro de quatro para as árvores.

A goruchel mergulha atrás de mim, passando as mãos em volta dos meus tornozelos para me puxar para trás e me virar. Ela pousa no meu peito, envolvendo minha cintura com as pernas, as garras erguendo meus braços acima das minhas orelhas, contra o chão. Luto, rezando para que as forças de Arthur também tenham voltado, mas seus joelhos apertam as laterais do meu peito até que não consigo mais gritar ou me mexer.

Ela poderia quebrar as minhas costelas sem nenhum esforço, me esmagar que nem uma latinha.

Banhada pela luz da varanda, vejo o que minha raiz fez com a cara dela.

As bochechas estão marcadas com queimaduras ainda fumegantes. Feridas abertas, cruas, que soltam fiapos verdes no ar e aumentam quando ela rosna.

— Você não falou que ela tinha aether! — exclama o demônio, a voz dura e baixa.

Jonas está do lado dela, ofegante.

— Ela não deveria ter! Que diferença isso faz?

Jonas. Jonas a está ajudando.

Ai, meu Deus, não.

A goruchel me olha, salivante.

— Porque com um poder *desses*, essa menina vale bem mais viva do que morta.

— Não! — sibila Jonas. — Volte com ela lá para dentro. Acabe com isso!

A goruchel sorri, suas presas brancas e afiadas contrastando com seu rosto machucado.

— Acho que não.

— Nós tínhamos um acordo, Kizia!

Ela sorri para mim, pronta para esmagar minha mão brilhante.

— O acordo está cancelado, Lendário. Essa menina tem mais coisa escondida, posso sentir. Aether o suficiente para alimentar um exército.

— Não... — murmuro. — Pare...

Jonas puxa meu braço, e Kizia o empurra para longe tão rápido que ele cai de costas com força a três metros de distância, gemendo.

A goruchel se aproxima, pairando sobre mim.

— Mostre-me esse poder, garotinha. Mostre-me como você fez de novo... — Ela envolve meu pescoço com a mão e aperta como antes, desta vez cravando suas garras. A raiz em meus punhos brilha, iluminando seu rosto em tons de vermelho e laranja. — Siiiiim.

Ela sorri, triunfante, me levanta no meio do caminho e leva minha mão direita até a boca. Mas assim que seus lábios tocam na minha raiz, ela joga meu braço para longe como se a tivesse queimado novamente.

— Droga! — grita ela, olhos arregalados. — Não pode ser... Não, não...

Caio no chão, o ar chiando na minha garganta, meus olhos lacrimejando. Desta vez, *ela* está tendo dificuldades, uma linha vermelha estirada no gramado, xingando e uivando. Nunca vi um goruchel consumir aether do jeito que as raposas infernais fazem, nunca vi alguém tentar pegá-lo deliberadamente. E nunca pensei que alguém fosse me atacar e reagir como se eu *a* tivesse atacado.

— Droga, *não*.

Kizia passa as costas da mão nos lábios, como se estivesse tentando limpar minha raiz.

Ali perto, Jonas fica de pé. A expressão de choque em seu rosto mostra que ele também não sabe o que está acontecendo com Kizia.

— SELWYN!

William.

Vejo William na porta, suas costas iluminadas pela luz amarela da cozinha. A armadura de aether se materializa no corpo dele ao avançar contra Kizia, que está agitada.

Sons de algo sendo pisoteado ecoam pela floresta.

Perto. Mais perto.

Aqui.

Kizia acelera para longe de William, em direção à entrada da garagem, e Sel bate nela, seu corpo surgindo como um furioso borrão preto vindo de cima. Eles caem um na frente do outro, rosnando e mostrando as presas.

Giro para o lado. Ergo meu corpo, apoiando um cotovelo na terra. Uma dor lancinante atravessa meus ombros no lugar em que Kizia os torceu.

A armadura de aether de William está completa agora, jogando um brilho prateado e azul no pátio.

Capacete. Ombreiras brilhantes. Manoplas. Caneleiras. Cota de malha fluindo pelo seu corpo.

Ele circunda Jonas com uma adaga de aether em cada mão.

Jonas conjurou o próprio par de adagas de metal, o rosto machucado e ensanguentado.

— Jonas — diz William, em aviso. — O que quer que você estiver fazendo...

Jonas avança, desferindo um golpe. A arma dele resvala na armadura que cobre o peitoral de William com um rangido metálico, alto. William pula para trás com uma expressão de surpresa.

—Venho fazendo isso há mais tempo que você, moleque. — Jonas sorri. — Por quanto tempo você acha que consegue manter essa armadura?

William o encara.

—Tempo suficiente para deter você.

William mergulha na direção de Jonas, as lâminas brilhando. Jonas é um oponente maior e mais velho, mas não parece ter perdido velocidade. Ele se esquiva dos golpes de William atacando, como uma cobra, antes de se retirar com a mesma rapidez. Um corte contra uma manopla. Um golpe na cota de malha em seu cotovelo.

William se mantém firme, mas posso ver como ele precisa se concentrar. Quão cuidadoso se torna seu jogo de pés.

Seu oponente passou quase duas décadas lutando contra demônios, a maior parte do tempo sem heranças. Sem armadura de aether. A armadura e as habilidades de William são formidáveis, mas ele não chega nem perto de ser tão rápido e forte quanto um uchel, e Jonas luta contra eles há anos.

Eu conheço William. Ele não quer ferir Jonas a menos que precise.

As garras do demônio deixaram feridas pungentes nos dois lados do meu pescoço. Ofegante, me apoio nas mãos com dificuldade. Faço força de novo, coloco um joelho no chão. Mais uma vez, os dois joelhos. Então me levanto, estremecendo com a dor nos ombros, no pescoço e nas costas, mas de pé.

Um uivo corta o ar, alto o suficiente para machucar nossos ouvidos. Sel dobrou o braço da goruchel para trás. Ela se balança violentamente com o braço livre. Sel desvia das garras, sem soltá-la.

Um segundo depois, William exclama alto o suficiente para me fazer prestar atenção em sua luta com Jonas. O Suserano deve tê-lo desarmado, porque uma das adagas de William está cravada no chão.

Os olhos de Jonas brilham na minha direção, e então de volta para William. Para Sel e a goruchel que ele aprisionou. De volta para mim.

Ele toma uma decisão.

Gira a adaga na mão, ajustando o peso dela e a pegada dele.

— Não! — grita William.

Jonas pega impulso para trás, e o tempo desacelera.

A lança gira na minha direção, mirada diretamente em meu peito, e um corpo atravessa a minha visão, interceptando-a.

O tempo volta a correr.

Sel está no chão a poucos metros de distância, o cabo da lança enfiado no ombro.

— Não!

Mergulho na direção dele, caindo depois do primeiro passo. Vejo de perto como a lâmina desapareceu dentro de seu corpo. Ele se revira com um gemido.

A mão de alguém me gira. A goruchel está atrás de mim, sangue preto pingando da lateral do lábio.

— Isso é culpa sua!

Seu punho já está em movimento — *creck!* — quando o soco dela é contido no meio do ar por uma mão brilhante.

A demônia arregala os olhos, chocada com a mão aberta que impediu seu ataque.

Sigo a armadura de aether brilhante com o olhar até o pulso detendo o ataque dela, até o cotovelo e, finalmente, até o rosto de William. Espero ver um maxilar cerrado, dentes trincados, o esforço de segurar um oponente com força sobrenatural. Em vez disso, existe apenas o poder focado e constante de Gawain.

William segura um dos demônios mais fortes e poderosos — um goruchel em *todo* o seu potencial — sem esforço.

Porque em dois horários por dia, a força do Herdeiro de Gawain é incomparável tanto no mundo demoníaco quanto no mundo Lendário.

Então William usa a força para fechar os dedos ao redor do pescoço dela... e aperta.

Kizia grita, um som alto e gutural. Esperneia para se livrar da mão de William.

Mas ele não para.

Quando os ossos dela se quebram, fazem um som alto e úmido de estalo. O rangido doentio ecoa ao nosso redor no quintal até que não haja mais ossos para quebrar.

Entre os dedos de William, a mão da goruchel agora é uma bola de carne e ossos quebrados.

Ela ainda está gritando.

Tenta se afastar novamente, mas aquilo é um erro. Sua mão destruída ainda está presa no punho de William. A dor deve ser insuportável. Ela teria que quebrar a própria mão para escapar dele.

Nunca vi William *usar* todo o seu poder. Estive perto dele quando a energia estava presente, mas nunca o vi em batalha. Imaginei que, de alguma forma, seria algo mais chamativo. Grandes golpes que fazem as pessoas voarem. Mas esse tipo de força não precisa ser chamativo.

Tudo que ele precisa fazer é... apertar.

William é um curandeiro e um guerreiro. William é uma das pessoas mais gentis que conheço, mas o garoto que vejo agora é um deus raivoso esmagando um camundongo.

Era assim que eu estava quando feri Lark? Foi William quem me advertiu acerca de usar meu poder para machucar alguém, sobre ser responsável pela dor. Agora me pergunto se este é o motivo.

O demônio rosna, cuspe preto voando de sua boca.

— Solte-me, Lendário!

William não solta.

O demônio gira mais rápido do que o olho pode ver, e acerta as costelas de William com a mão livre. A armadura de aether amassa com o golpe, mas William envolve seus dedos em torno do punho dela, prendendo-o também.

É como se as mãos dela tivessem sido presas em cimento. Nada que ela faz suaviza a força de William. Só há uma saída.

O goruchel firma um pé e puxa com força com os dois braços, uivando de dor. Seus ombros saindo das juntas fazem um estalo alto. Sinto o gosto de bile.

— Pare — diz William, fazendo uma careta. — Você só vai se machucar.

— Eu vou te matar! — grita ela, seus olhos vermelhos brilhando.

Sem dizer nenhuma palavra, William dá um passo à frente e, com uma das mãos, a puxa com facilidade para estrangulá-la. Ele pressiona a traqueia dela com o antebraço, não com força o suficiente para esmagá-la, mas com força o bastante para que ela não consiga respirar. Ela chuta o chão e movimenta os dois braços inutilmente — uma das mãos é uma bagunça ensanguentada e nodosa.

De repente, Sel está de pé ao meu lado, a fúria estampada em seu rosto. Ele segura o cabo redondo de madeira em seu ombro esquerdo com a mão direita. Respira fundo por um segundo, depois puxa a lâmina de vinte centímetros com dentes cerrados e um rugido.

Um grande buraco vermelho e brilhante em sua jaqueta brilha com a luz da janela da cozinha. O sangue escorre pelo seu peito, mas ele não parece notar. Em vez disso, Sel franze a testa para a adaga em suas mãos que goteja sangue vermelho na terra, como se a própria arma o ofendesse. Ele a enfia no cinto, ainda molhada. Ele de um lado para outro.

— Para onde foi o Suserano?

— Fugiu — murmura William, apontando para a floresta do lado oposto da varanda com o queixo. — Naquela direção. — Ele ainda segura a goruchel com facilidade, observando o rosto dela com atenção. A pele da criatura está em um tom azulado agora. Os olhos carmesins estão revirados. — Ela está quase desmaiando. Vá atrás dele.

Sel dispara num borrão. Mais lento do que nunca, mas ainda mais veloz do que eu jamais poderia correr, especialmente agora. William me nota cambaleante e me observa com seus olhos brilhantes.

— Ela te machucou mesmo. Eu curo você quando tivermos acabado.

— Meu Deus!

Alice está parada na soleira da porta, o cabelo ainda molhado e pingando em seu pijama rosa de bolinhas.

Ela corre descalça na grama em nossa direção no momento em que William abaixa a goruchel no chão, agora inconsciente, mas para a alguns metros de distância quando vê o demônio.

— Isso é um...

— Demônio? — William assente e solta a goruchel, observando-a em busca de sinais de movimento. — Sim. Goruchel, o tipo mais forte e raro. Embora tenhamos visto dois em poucos meses, então talvez "raro" seja um adjetivo que não possamos mais usar.

— Ela parece humana.

— Ela matou a humana que tinha essa aparência — diz William, sério. — Goruchels não permitem que suas vítimas vivam. Precisam matar um humano para tomar seu lugar.

Alice arregala os olhos, horrorizada. Ela se volta de uma parte da cena para a seguinte como se não soubesse para onde olhar primeiro: o demônio extremamente real sangrando sangue preto, quase morto e inconsciente no gramado, William ajoelhado perto dele ou sua amiga, quase sem forças para ficar de pé.

No fim, ela decide olhar para mim.

— Bree, o seu... você...

Ela se aproxima, percorrendo meu rosto com preocupação, assustada com os ferimentos em meu pescoço, com minha fraqueza, com meu corpo vacilante... Ela levanta meu braço para me pegar. O movimento estende meu ombro direito, e eu grito.

— Desculpa, desculpa! — diz ela.

— Estou bem, é só que...

Falar dói, então fico em silêncio.

— Coloque ela sentada, devagar. Segure a cabeça dela com a mão para mantê-la imobilizada — ordena William, ainda ajoelhado ao lado da goruchel, a mão no ombro da criatura. Para o caso de ela acordar, eu acho.

Alice obedece sem hesitar, me colocando no chão. Na mesma hora me sinto mais segura. A floresta estava começando a girar.

— Estou bem! — insisto.

William move o corpo da goruchel com a mão, puxando-a para cima para que possa segurá-la pela cintura com firmeza.

— Estique a mão — diz ele para mim. — Não posso fazer tudo, mas posso começar a curar o que está pior. Fechar as lacerações, pelo menos.

Estendo a mão até que os nossos dedos se toquem. Ele franze as sobrancelhas, fecha os olhos e range os dentes com o esforço, mas consegue conjurar o aether do ar ao redor de sua mão esquerda e manter sua armadura. Parece muito esforço fazer as duas coisas ao mesmo tempo. Logo sinto a familiar sensação fria do aether restaurador de William deslizar para a palma da minha mão e subir por meu braço e por meu cotovelo, fluir para o ombro e se acomodar sob minha mandíbula, aliviando minha dor. As feridas das garras de Kizia começam a fechar.

Meu corpo inteiro fica quente com a cura, e William retrai os dedos. Ele se afasta para segurar o demônio com mais firmeza, ofegando levemente com o suor que escorre de sua testa.

— Isso foi difícil. — Minha voz ainda está rouca, mas falar não é mais tão excruciante. — Você vai se cansar...

— Eu *ainda* sou um *curandeiro*.

A voz dele é firme e cheia de certeza, como se precisasse lembrar a si mesmo, não só a mim.

Encaro meu amigo por um momento, processando o que ele diz. William é um curandeiro. É quem ele *é*. A força e a luta são coisas que ele faz. O que ele precisa fazer. Ele não gosta de lutar, como Selwyn ou Nick. Da mesma forma que Greer faz, ou mesmo Tor. Qual deve ser a sensação de segurar a morte em uma mão e a cura na outra?

Ouvimos um barulho na floresta e gritos de raiva.

— Cale-se! — berra Sel, com a voz firme e raivosa.

Ele passa pela linha das árvores, arrastando Jonas pelo colarinho da camisa. O Suserano esperneia no chão atrás dele. Conforme se aproxima, vejo um brilho metálico em seu cinto. A outra adaga. Sel para a uns três metros de distância e joga Jonas à nossa frente.

O homem mais velho cai para a frente, sobre as mãos e os joelhos, dominado por um ataque de tosse. A princípio, acho que é porque Sel o arrastou pela camisa apertada na garganta, mas não é isso, porque, quando Jonas se recosta, a tosse continua, molha seu peito. Seus olhos estão vermelhos; seu rosto, corado.

Sel cruza os braços.

— Espero que Jonas pare de expelir o pulmão por tempo suficiente para nos dizer por que tentou matar Bree e por que havia um goruchel mímico *em sua casa*. — Seus olhos âmbar se voltam para a criatura no chão e para William. — Se ela se mover...

— Precisamos interrogá-la também — diz William.

Sel bufa em desagrado, mas não protesta. Ele rosna na direção de Jonas.

— Vamos, Suserano. Fale.

Jonas busca ar. Quando inala, o corpo inteiro dele sacode, e as mãos dele se fecham no chão. Ele olha para Sel.

— Não vou falar.

Sel revira os olhos.

— Nós podemos *fazer* você falar.

A risada de Jonas é rouca.

— *Você* não pode me obrigar a fazer nada, Mago-Real. Mesmo que não estivesse algemado para o uso de aether, você não pode me ferir. Não com a quantidade de Juramentos que você carrega.

Sel estreita os olhos.

— Ele tem razão. Segundo meu Juramento de Serviço, ele ainda é um Lendário, mesmo que seja um traidorzinho de merda.

— Mas você consegue segurá-lo, né? — pergunta Alice. Ela olha do homem ofegante de joelhos para Sel, que está de pé atrás dele. — Consegue pegá-lo se ele tentar escapar?

Sel olha para ela.

— Obviamente.

Alice ignora a resposta sarcástica e fica de pé.

— Já volto.

Ela corre de volta até a varanda e abre a porta para entrar na cozinha.

Sel a observa partir, uma impaciência confusa tomando conta de seu rosto.

— O que a Primavida vai fazer agora?

Balanço a cabeça, e ele olha para mim. Continua me encarando, me examinando pela primeira vez desde o fim da luta. As faíscas em seus olhos vão até minha garganta, e eu só posso imaginar serem as marcas deixadas pelas mãos da goruchel. No momento em que termina de catalogar minhas feridas, um brilho silencioso e perigoso pisca em seus olhos.

— Quanto tempo você tem, Will? — indaga ele, sem tirar os olhos de mim.

William olha para o alto, analisando quando os poderes de Gawain irão abandoná-lo.

— Trinta minutos no máximo.

A porta se abre, e Alice corre com um copo de água na mão. Ela se ajoelha a uma distância segura de Jonas.

— Aqui.

— O que é isso? — questiona Sel. — Não é hora do chazinho!

Alice o ignora. Depois, abaixa a cabeça para olhar para Jonas.

— Para a sua tosse.

Jonas olha do rosto dela para o de William e para o meu, então de volta para ela, cauteloso e pensativo.

— É só água. Eu sou, tipo, a garota nova por aqui. — Alice sorri e ajeita os óculos. — Aprendi tudo sobre isso algumas semanas atrás, então sou completamente Primavida. — Ela dá de ombros, constrangida. — Eu nem sei o que colocaria aqui, se você estiver preocupado com veneno ou coisa do tipo.

Jonas estende a mão lentamente para pegar o copo da mão dela. Ele cheira o líquido primeiro, então a observa com atenção enquanto bebe. O alívio é visível em seu rosto.

— Se você é tão novata assim, precisa sair enquanto pode.

Alice se senta de pernas cruzadas.

— Por quê? Bree é minha melhor amiga.

Sel encara William com uma sobrancelha arqueada. William acena com a cabeça de forma rígida e discreta. Ele quer que Sel espere. Deixe Alice trabalhar.

— Sua melhor amiga é a âncora mágica de um feitiço secular que gerou sessenta gerações de nada além de sofrimento — diz Jonas.

— Ela é o motivo pelo qual essa guerra pode ser vencida — rebate Alice, com calma. — Bree vai ajudar a deter o Camlann.

Jonas tosse, cobrindo a boca com o punho. O tom dele é sarcástico, cortante.

— Este, talvez. Mas nada acaba de verdade com o Camlann, garota.

Alice se senta por um momento, estudando-o.

— Você perdeu alguém, não foi?

Jonas olha para cima, e eu penso no que deve ver quando observa Alice. As sobrancelhas sérias e a boca virada para baixo dela? O olhar focado que faz você sentir que ela não está pensando em mais nada além de você? Uma garota de dezesseis anos que pode ficar completamente parada quando está focada e que escuta as pessoas com todo o corpo?

O vento aumenta atrás de nós. A armadura de William treme de leve, mas se mantém estável. As nuvens mudam acima de nós, e esperamos Jonas responder.

A primeira resposta dele é silenciosa. Lágrimas enchem os olhos dele.

— Minha Herdeira.

A expressão de Alice muda.

— Qual era o nome dela?

Os ombros de Jonas caem com algo mais pesado que o cansaço. Solidão, do tipo profundo, irradia dele. Ele está aqui há sabe-se lá quanto tempo, longe dos outros Suseranos, longe do campo de batalha e de um propósito claro. Vivendo na dor, apenas na dor. Quando ele fala novamente, sua voz falha:

— Lydia.

— Sinto muito — murmura Alice, e eu me reteso junto com Jonas.

Resposta errada.

A carranca dele aumenta.

— O que você sabe sobre o Juramento do Guerreiro? Você não pode sentir muito por uma dor que nunca experimentou ou viu.

Alice franze os lábios, e posso ver seu cérebro se recalibrando por conta de seu erro.

— Posso lamentar a dor que vejo na minha frente.

— É por isso que você não consegue entender. Foi minha culpa! — diz ele, e agora, quando sua voz falha, a tosse volta. Ele tem dificuldade por um momento, então engole a água de forma audível, estremecendo. — Eu poderia tê-la salvado. Deveria. Em vez disso, eu a vi morrer, senti a raiva dela, o medo. Ela achou que eu estaria lá para deter o demônio, e eu falhei com ela.

Os olhos de Alice brilham na noite.

— Eu iria querer vingança se alguém que eu amasse fosse assassinado bem na minha frente. Mas por que você tentaria matar Bree?

Jonas fixa o olhar nela, percebendo o que ela fez. Como o manipulou.

— Não vou viver o suficiente para um julgamento, então nem tente obter uma confissão.

— Se você não vai viver o suficiente para um julgamento, que diferença faz se você confessa ou não? — Isso o detém, e Alice continua, aproveitando sua vantagem: — Para que passar por todo esse problema se não vai deixar sua missão bem clara no final? Eu sou nova aqui. Bree também. Diga-nos algo que não poderíamos aprender com mais ninguém.

Os olhos de Jonas vibram.

— O ciclo Lendário salva vidas humanas e as destrói ao mesmo tempo. Eu escolhi me tornar um Lendário, mas Lydia, não. E ela foi dilacerada por um bando de cães infernais em seu aniversário de dezenove anos. A única maneira de impedir que isso aconteça com mais alguém... a única maneira de parar o ciclo é matar a Herdeira de Arthur enquanto ela está Desperta e acabar com o Feitiço.

— Isso só funciona se uma Cria Sombria matar Bree — sibila Sel. — É por isso que a goruchel está aqui.

— Mas, depois que Sel inutilizou sua assassina, você tentou matar Bree por conta própria — diz William. — Por quê? Sua lâmina não teria acabado com o Feitiço.

Jonas evita meu olhar e resmunga:

— Não. Mas a morte dela enfraqueceria a Távola. Desorganizaria vocês. Evitaria que todos vocês lutassem, morressem, mesmo que apenas por um tempo.

Sel revira os olhos.

— Não sei como eram os Herdeiros na sua época, traidor, mas enfraquecer *esta* Távola não os impediria de lutar! Isso só os tornaria mais vulneráveis.

— E você correria o risco de deixar a humanidade indefesa — falo, superando a dor de falar.

Estou irritada demais com tudo o que Jonas está dizendo, com o que está sugerindo ser o melhor caminho, para ficar em silêncio.

— Se o goruchel tivesse matado Bree... você deixaria que as Crias Sombrias governassem? — questiona William, a confusão retorcendo seu rosto. — Para que ainda mais Lydias possam morrer, só que sem as habilidades ou poderes para se defenderem?

— Não podemos estar em todos os lugares ao mesmo tempo do jeito que as coisas estão! — grita Jonas. — Humanos são mortos por demônios no meio de desertos, em ilhas, no ártico... lugares em que não estamos posicionados ou patrulhando!

— Então, já que não consegue evitar todo o mal, não há motivo para deter mal algum, é isso? — indaga Sel, a voz baixa e fria.

— Quando você fica velho como eu, Merlin, males pequenos e grandes começam a se misturar — diz Jonas, com uma risada. — Essa era a melhor oportunidade de acabar com tudo do meu jeito, a única.

Faço força nos joelhos e fico de pé.

— Você esperou até que Sel tivesse saído, sabia que ele estava algemado — falo, juntando as peças. — Você esperou até que William e Alice estivessem tomando banho. Você queria que eu estivesse sozinha.

Ele até tinha colocado música para abafar o som.

— Quando você vê uma brecha, você tenta aproveitá-la. Mira na cabeça.

Sua risada se transforma em um ataque violento de tosse. Pior do que antes. Mais demorado. Ele se inclina para a frente com uma das mãos. Quando tosse novamente, o sangue espirra na grama e escorre por seu queixo.

— O que houve com ele? — pergunta Alice, se afastando.

William começa a andar na direção de Jonas, mas Sel estende a mão.

— Você sabe que não pode impedir isso.

O rosto de William se contorce. Mesmo que Jonas tivesse tentado matar nós dois, vai contra sua natureza ver alguém sofrer.

O rosto do Suserano fica em um tom vermelho-escuro, como se alguém o estivesse esganando. Ele se recosta, arranhando a própria garganta, rasgando a pele. Alice grita e se arrasta para longe. O sangue escorre como lágrimas pelos cantos internos e externos dos olhos escuros de Jonas.

— Ele quebrou os Juramentos intencionalmente — explica Sel, uma mistura de desdém e desgosto no rosto. — Juramento de Lealdade, Juramento de Serviço...

— Juramento de Valor também. — Jonas passa a mão trêmula pela boca. O suor se acumula em sua testa e sua veia pulsa visivelmente no pescoço. Ele repete seu Juramento com uma voz trêmula e gorgolejante.

— "Juro nunca permitir conscientemente que meu soberano Desperto... sofra danos prejudiciais." Esse foi violado... assim que contei a Kizia onde te encontrar.

Ele tosse de novo, caindo para a frente e vomitando uma piscina de sangue escuro na grama.

Meu estômago se revira com a visão e a resignação no rosto de Jonas. Ele sabia o que aconteceria. Ele sabia que sua morte estava chegando.

Sel observa a cena se desenrolar com olhos indecifráveis.

— Ele jurou manter esses Juramentos. E jurou aceitar as consequências por quebrá-los.

Eu vi o que aconteceu com Ramirez quando ele se lançou contra mim na van da Ordem. Eu sei o que um Juramento faz quando o seu dono conscientemente age com a intenção de me prejudicar.

É por isso que estou preparada para o que acontece a seguir.

Chamas prateadas e azuis irrompem ao redor da garganta de Jonas. O poder do Juramento não o queima visivelmente, mas ele grita quando o fogo se espalha por seu peito. Jonas se vira de costas, deixando as chamas cobrirem seu corpo. Com a mão trêmula, ele puxa algo em volta do pescoço, mal conseguindo arrancá-lo. Envolve a mão em torno do objeto. O fogo mágico ruge mais alto, azul no meio, os tons prateados atingindo três metros no ar. Alice não consegue ver, mas William, Sel e eu observamos o aether da morte de Jonas iluminar o quintal.

Então, com um grande suspiro, as chamas se apagam.

Quando olhamos para baixo, um colar brilhante com duas moedas está em cima de uma grande pilha de cinzas prateadas em forma de corpo.

27

ALICE ESTÁ CHORANDO com o rosto entre as mãos. Ao contrário de nós, ela não viu o fogo mágico, mas viu um homem se debater, sangrando e vomitando as entranhas na grama. Isso por si só é ruim o bastante.

Cinzas na cor do cabelo de Jonas estão espalhadas pelo chão, já se dispersando ao vento.

— Nós não... fizemos nada... só ficamos aqui parados... — A voz dela sai em um suspiro irregular.

William balança a cabeça com um olhar taciturno.

— Nada detém a consequência de quebrar um Juramento. A magia dele se torna parte do DNA de uma pessoa. Quanto mais forte for o Juramento, pior a consequência.

— Mas... — titubeia Alice.

— Mas *o quê*? — Sel aponta para as cinzas com o queixo. — Este homem não merece a nossa *misericórdia*. Ele conspirou com uma Cria Sombria para *matar a sua melhor amiga a sangue-frio*. Qual parte você não entendeu?

— Ele... — sussurro e me viro para William. — Ele estava tossindo mais cedo.

William assente devagar.

— Foi isso que ele quis dizer sobre o Juramento de Valor o atingir primeiro. Ele planejou matar você antes de chegarmos. Os efeitos do Juramento provavelmente estavam agindo quando ele nos pegou na pista de pouso. — Ele olha para a goruchel. — Mas Kizia estava fazendo o trabalho sujo, então os sintomas ainda eram leves.

— A vida dele acabou no momento em que atirou a adaga contra Bree — diz Sel. — O atentado direto contra a vida dela fez a magia agir.

— Na idade dele, Jonas já estava perto do Abatimento — diz William, baixinho. — Eu não o perdoo ou respeito suas decisões. Fico feliz que ele não possa machucar mais ninguém. Os Lendários têm pouquíssimas escolhas com relação à forma como partimos desta vida. Queria que ele tivesse escolhido outro caminho.

Observo a certeza no rosto de William e sinto o contrário. Por dentro, meu coração está em turbulência. Estou aliviada por Jonas ter falhado. Com raiva por ele ter me enganado, nos enganado. Furiosa por ter ferido Sel. Aterrorizada pelo fato de ele ter deixado uma goruchel entrar no que deveria ser um lugar seguro para descansarmos e nos recuperarmos. Mas quando procuro pelo sentimento de vingança contra Jonas, ou de felicidade por ele estar morto, não o encontro.

De repente, Kizia acorda.

Ela luta para se desvencilhar de William, mas ele está pronto, e a força de Gawain ainda flui em seu corpo. Ele a vira rapidamente e segura as mãos dela atrás das costas. A goruchel sibila de dor.

— Me solta! Eu não vou tocar na sua Herdeira.

Sel puxa uma das adagas de Jonas e se ajoelha sobre a goruchel, colocando a arma contra seu pescoço.

— A soneca foi boa?

— Traidor do sangue! — rosna Kizia, mas a dor a mantém imóvel.

Os ombros dela não estão encaixados direito nas órbitas; os ossos se projetam nas mangas de sua camisa, e os músculos do braço estão flácidos, um centímetro abaixo de onde deveriam estar.

— Vocês, Crias Sombrias, adoram me chamar disso, não é? Sempre dizem isso antes de eu matá-los. — A boca de Sel se curva num sorriso lento. — Como você conheceu Jonas?

— Não vou contar porcaria nenhuma para você, cambion.

A goruchel cospe na cara dele. Sel rosna e levanta a camiseta para limpar o rosto. Ele pressiona a lâmina com mais força, fazendo o sangue preto da pele dela escorrer numa linha fina e escura.

— Você sabia que o homem atrás de você está estudando para ser médico? — Kizia parece confusa com o tom comedido e natural de Sel. Seu sorriso e olhos brilhantes. — Agora, ele está *extremamente* forte. Mais forte do que nós dois juntos. Você percebeu, né, Kizia? Como ele poderia, se quisesse, desmembrá-la pedaço por... pedaço. — Ele bate a parte plana da lâmina no pescoço dela. — Provavelmente nomeando cada articulação, ligamento e tendão enquanto faz isso.

Ela solta uma risada arrogante.

— Vocês, Lendários, não têm estômago para isso. — Ela olha para todos nós, e um sorriso debochado surge em seu rosto. — Seu precioso *código* não permite. Vocês descendem dos cavaleiros mais hipócritas do planeta.

— É, não vou discordar da última parte. — Sel dá de ombros, olhando para William. — Mas o resto...

Crec!

Dou um pulo quando Kizia grita, a boca arreganhada, os olhos queimando. Com o coração martelando no peito, olho para onde William acabou de... torcer completamente a articulação do cotovelo dela usando apenas dois dedos. O braço dela está pendurado, unido ao corpo apenas pela carne, mas agora está em duas partes, não uma.

Ela chora, mas William a mantém imóvel. Atrás da criatura que se debate, o olhar dele está vazio.

Alice cai de joelhos, vomitando na grama. Eu faria o mesmo, só que sei o quanto custa para William fazer isso, o preço que ele está pagando por torturar alguém, mesmo um demônio. Esse pensamento assustador me coloca em ação.

— Eu... hum... — começo, engolindo em seco e tremendo. Kizia volta os olhos marejados para mim, e meus amigos fazem a mesma coisa. — Eu nunca o vi assim. Responda logo de uma vez. Antes que ele precise fazer mais.

Ela ofega por um momento e me observa com um olhar astuto, depois olha para Sel. Então toma sua decisão.

— Nunca vi aquele Lendário velho antes da noite de hoje. Ele disse que precisava de um demônio para um trabalho e que meu empregador negociou um acordo de um dia.

— Quem é o seu empregador? — pergunta Sel.

— Alguém que você não quer conhecer — responde ela, sorrindo.

Sel estreita os olhos, como se estivesse decidindo se acreditava naquilo ou não. Ele muda de abordagem.

— Quem mais sabe desse planinho de assassinato seu e de Jonas?

Kizia balança a cabeça, olhando para mim.

— Ninguém mais sabe onde a Herdeira bonitinha está, se é isso que você quer saber. E ninguém vai ficar sabendo se você me deixar ir embora.

— E depois? Você volta para o seu chefe? Tenta matá-la de novo? — indaga Sel. — Acho que não.

— Eu não vou encostar nela! — grita Kizia. — Eu prometo!

— Claro que não — diz Sel, devagar.

— Acho que ela está dizendo a verdade — falo.

Sel olha para mim.

— Por que acha isso?

— Ela... — Engulo em seco, relembrando aqueles breves e desesperadores momentos antes de Jonas tentar me matar. — Ela tentou consumir meu aether...

— Ela *o quê?* — rosna Sel.

— Tentou, mas não conseguiu — continuo, falando diretamente para Kizia: — E então você parou. Como se tentar pegar minha raiz a machucasse por dentro...

Kizia desvia o olhar. O medo de antes está ali, na linha tensa em sua garganta.

Sel bate a adaga na coxa.

— Vocês, demônios, gostam de barganhas. Se você contar o que queremos saber, vamos deixar você ir embora. Que tal?

Kizia o encara, a tentação estampada no olhar.

— Diga o que impediu você de se alimentar da Herdeira de Arthur, Kizia.

Kizia me olha da cabeça aos pés e finalmente cede. Ela engole em seco.

— Ele vai saber que fui eu. Que isso não foi autorizado. Você não está regulamentado. É por isso que você deveria me deixar ir embora.

Uma onda gelada de medo atravessa meu corpo.

— Não estou regulamentado? — pergunta Sel. — Como assim? E quem vai saber que foi você? Seu chefe?

A voz dela sai abafada quando fala novamente, seus olhos arregalados:

— O Grande Devorador. Aquele que caça humanos por poder.

Caçar. Poder. A ameaça final de Tacitus e os olhos vermelhos surgem na minha mente. Estremeço.

— Que besteira — murmura Sel. — Quero uma resposta verdadeira.

— São assuntos totalmente demoníacos, *cambion* — rosna Kizia. — Não tenho mais nada a dizer a você.

— Tem certeza? — pergunta Sel, um brilho sombrio nos olhos.

— Vai à merda!

— Se é assim — diz ele —, agradeço pelo seu tempo, Kizia.

Sel olha para William e acena com a cabeça. Depois de um instante, William a solta. Kizia se levanta. Ela me lança um breve olhar e se vira, correndo na direção da floresta em um borrão escuro.

Então, sem dizer uma palavra, Sel ergue a adaga, semicerra os olhos e atira a lâmina com rapidez e força.

Uma nuvem de poeira verde explode na escuridão, e eu confirmo que a mira de Sel foi certeira.

Depois de um momento de silêncio, Alice se apoia nos joelhos, olhando da floresta para Sel, de Sel para William.

— Você... você... a matou?

— Kizia era um demônio morto-vivo. Nunca esteve viva, para começo de conversa. — Sel dá de ombros. — A mulher que Kizia assassinou para mimetizar o corpo dela... *Ela*, sim, está morta.

Alice cambaleia, tonta.

— Mas ela parecia humana, conversou com a gente, ela...

Sel revira os olhos.

— Pare de surtar, Primavida.

— Eu não estou surtando! — Alice agita as mãos diante de si. — Mas você acabou de matar uma pessoa-demônio e está agindo desse jeito, como se fosse... *normal*. Como se matar não fosse nada!

— Eu também matei uma pessoa-demônio — sussurro. — Rhaz.

Alice abre e fecha a boca, como se não conseguisse encontrar as palavras. Sel cruza os braços, tenso.

— Você fez o que era necessário. E, assim como Rhaz, Kizia conhecia o seu cheiro. Nenhum deles teria parado de caçá-la se você os deixasse ir. Não importava o acordo que fizéssemos. Ela teria buscado vingança.

Engulo em seco.

— Ela disse que não viria atrás de mim — falo.

— Por causa de um suposto bicho-papão das Crias Sombrias? — zomba Sel. — Um negociador de assassinatos? Não. Você é a Herdeira de Arthur. Sua morte pelas mãos dela quebraria o ciclo e permitiria que os demônios reinassem livremente e se alimentassem para sempre. Qualquer medo que ela tivesse iria sumir, e então ela voltaria.

Contenho a vontade de vomitar, mas balanço a cabeça.

—Você tem razão.

—Você *tem* razão, Selwyn. Mas é diferente quando eles parecem humanos. — Vejo William se levantar. Ele finalmente libera a sua armadura. O aether que invocou desmorona, depois se espalha. Ele caminha rapidamente até mim e avalia meu rosto, levantando gentilmente meu queixo. —Vamos levar você para dentro.

— Eu carrego Bree — oferece Sel, dando um passo adiante.

— *Não*, Selwyn. — Alguma conversa silenciosa se passa entre eles, até que Sel cerra os punhos. Os olhos de Sel brilham em um laranja pulsante e profundo, e seus lábios se contraem. Seu olhar escurece, os dedos se contorcendo ao lado do corpo. William diz, em voz baixa: —Vá esfriar a cabeça.

Sel assente, olhando para longe.

—Tudo bem. Vou vasculhar a casa e me certificar de que não há mais surpresas. Encontre as chaves da SUV caso a gente precise sair correndo. Eu aviso quando estiver livre lá dentro, depois faço outra varredura do perímetro.

Ele dispara até a casa. Portas se batem, abrindo e fechando conforme ele corre pelos quartos e armários.

De repente, o mundo se move, e estou nos braços de William como se eu não pesasse nada. Ele me move com cuidado para sustentar melhor meu pescoço e as minhas costas.

— Ele está bem? — pergunto.

— Está sendo teimoso. — William se vira. — Alice, por favor, encontre um espaço limpo enquanto Sel termina. O sofá provavelmente é o melhor lugar.

Alice olha para mim com lágrimas manchando suas bochechas, então assente para William e corre para dentro.

— Isso tudo é muito pesado para ela — murmuro, com a cabeça apoiada no peito de William.

Inalo o aroma familiar da assinatura dele até que ela acalme os meus batimentos acelerados.

— Ela vai precisar do nosso apoio. — Ele sorri para mim. — Quando nos encontrou pela primeira vez, você tinha sido atacada por um cão infernal e a saliva dele queimou seus dois braços. E mesmo assim você voltou no dia seguinte.

— Mas tanta morte... — sussurro, fechando os olhos. — Ver tudo isso na sua frente.

Ele me envolve com mais firmeza.

— Prevenimos aquelas que podemos.

— Quero impedir que aconteçam — respondo.

Ele me observa por um longo momento.

— Eu sei que quer.

Coloco a mão no peito dele.

— William. — Meus lábios estremecem, lágrimas brotando em meus olhos. — Eu nunca te perguntei sobre Whitty. Deveria ter feito isso. Desculpa.

Ele pestaneja, os olhos subitamente marejados também.

Não estávamos unidos há tempo o suficiente para a agonia ser sentida como no caso de Jonas ou Felicity...

Repouso a mão na altura de seu coração.

— Mas você sentiu? Quando ele morreu?

A expressão de William se torna distante.

— Sim.

Aperto a camisa dele.

— E você ainda sente. E isso importa.

— Obrigado. Ele era um bom homem.

— Era mesmo. — Abro um sorriso envolto em lágrimas. — E engraçado.

William ri.

— Muito engraçado. Sempre vestindo aquela porcaria de jaqueta camuflada.

— Tudo limpo! — grita Sel da entrada da garagem.

William se move na direção dos degraus. Assim que estica a mão na direção da maçaneta, diz:

— Também lamento, Bree.

— Por quê?

— Por não ter encontrado antes uma forma de impedir os Regentes de machucarem você.

— Você me salvou. Foi por sua causa que eu pude resistir à mesmerização de Tacitus.

Ele assente e avança pela bagunça da cozinha, mas não acho que aceita meu perdão. Enquanto nos guia pelos restos da refeição de Jonas e pelos itens da despensa espalhados pelo chão, algo se quebra em meu peito por William. William, que foi forçado a vê-los me torturar. Aquele que prioriza o consentimento. E aquele que, contra todos os seus instintos, torturou um demônio para obter respostas.

Farei os Regentes pagarem por muitas coisas, mas machucar William, fazê-lo duvidar de si mesmo, será a principal delas.

Eu juro.

28

O SOFÁ ESTÁ MOFADO, e partículas de poeira circulam no ar acima da minha cabeça.

Mas as almofadas são macias e meu corpo está aquecido. Fico deitada no sofá, pés numa ponta e a cabeça erguida na outra. Alice se inclina para trás no sofá, apoiada nos cotovelos, para observar William trabalhar. Ou observar o que pode, pelo menos.

Sel está empoleirado no descanso de braço. Ele fareja o ar.

— Ela está com uma hemorragia interna.

— Eca — murmuramos Alice e eu.

Ele arqueia uma sobrancelha.

— Se eu contasse tudo que consigo sentir e ouvir, vocês diriam bem mais que "eca".

Alice faz uma careta.

— Eca de novo. Com *vontade*.

— Obrigado pelo anúncio, Selwyn — diz William, balançando a cabeça e sorrindo.

Suas mãos revestidas de aether pairam sobre minha caixa torácica e a lateral do meu corpo.

— Como se você pudesse falar alguma coisa. — Alice faz uma careta ao observar o estado de Selwyn. — Sentado aí, com sangue escorrendo do ombro.

Ele olha para a camisa, onde o sangue secou e grudou na pele ao redor do corte ainda aberto.

— Para ser sincero, estou mais incomodado pela jaqueta.

— Você vai cuidar dele depois? — pergunto a William.

Para minha surpresa, ele faz que não.

— Merlins não podem ser curados pelos meus feitiços.

— O quê? — exclamamos Alice e eu.

Sel olha para nós, nos encarando como se tivesse acabado de comer alguma coisa amarga.

— Vocês duas são assim o tempo todo?

— Não — respondemos, sorrindo.

Ele revira os olhos, exasperado, mas posso dizer que sua raiva é moderada. Desde que nos reunimos na mesma sala — e ele juntou todas as facas da cozinha e itens que podiam servir como armas em seu colo —, ele tem estado menos nervoso. É bem a cara de Selwyn Kane ser reconfortado por uma pilha de objetos pontiagudos.

— Mas por quê? — pergunto.

William atinge um ponto particularmente sensível, e eu preciso me esforçar para segurar um gemido baixo.

Sel inclina ligeiramente a cabeça em minha direção, e um leve rubor surge em suas bochechas. Ele com certeza ouviu aquele gemido.

— A fisiologia dos Merlins é *um pouco* diferente, o suficiente para que o meu — William procura as palavras — tipo de aether não seja útil no processo de cura.

— Como assim? — pergunta Alice, arregalando os olhos.

— Significa "vai cuidar da sua vida", Primavida — interrompe Sel, mexendo na camisa. — Eu mesmo limpo e enfaixo o ferimento quando a gente descobrir o que fazer depois.

— Eu tenho nome — diz Alice, encarando Sel. — Três, na verdade. Primeiro, segundo e terceiro. Sinta-se à vontade para usar qualquer um.

— Bem... — Sel inclina a cabeça. — Sinceramente, ainda estou pensando se quero me referir a você. Não a conheço muito bem, né? Só sei que você é a amiga de infância Unanedig de Briana.

— Não falo galês — diz Alice, fechando a cara.

— Eu sei.

Sel observa o cômodo, analisando o lugar pela terceira vez nos últimos dez minutos. Procurando mais armas, mais esconderijos, ameaças escondidas, tenho certeza.

— Ele é sempre grosso assim? — pergunta Alice.

— Sim — respondemos William e eu.

— Pode chamá-la de Alice — ordeno.

Sel olha no fundo dos meus olhos, depois desvia o rosto. É o mais perto que vou chegar de um acordo da parte dele, acho, pelo menos na frente de outras pessoas. Para Alice, falo: — "Unanedig" é o termo em galês para "Primavida".

— Seu sotaque está melhorando — murmura William, em aprovação.

— *Diolch* — respondo, e ele sorri.

— *Da iawn*, Bree!

— *Da* significa "bom".

Isso eu sei. Não demorou muito para aprender algumas frases. Olho para cima, orgulhosa de mim mesma e satisfeita com o elogio de William, e encontro o olhar perfurante de Sel em minha direção. Sinto um calor subir pelo meu pescoço, e meu sorriso vacila. Ele sabe que aprendi *um pouco* de galês agora, mas *cariad* ainda paira entre nós, uma palavra no limbo.

Ele olha para longe, tirando algo do bolso. Um celular.

— Encontrei o celular de Jonas no carro. Fiz uma busca nele, mas é um aparelho descartável. Nada de útil.

— Ótimo.

William encontra um ponto crítico em minhas costas, e eu paraliso. A dor se espalha pelo meu peito em uma pontada aguda e forte.

— Foi mal. — Ele ergue a mão, com um olhar de apreensão.

Sel se levanta, apoiando as mãos no braço do sofá.

— Precisamos agir como se esse "negociador" no mínimo soubesse que Jonas e Kizia planejaram um assassinato e que têm interesse em garantir que o arranjo ocorra como planejado. Se ele descobrir que ambas as partes acabaram mortas, podemos ter um problema sério. Eu diria que temos uma janela de vinte e quatro horas antes que ele venha à procura de Jonas, de Kizia ou dos dois. Então, amanhã à noite. Devemos partir à tarde, talvez mais cedo.

— Incrível — respondo.

Sel me encara.

— Isso também significa que temos uma nova entidade desconhecida para evitar. Se esse negociador de magia clandestina souber dos Lendários e da guerra, e descobrir quem você é, Bree, virá atrás de você também. — Sua expressão se torna sombria. — Essa é a parte mais interessante dos reis. São tão valiosos mortos quanto vivos.

A sala fica em silêncio.

— Bem — falo, com um suspiro exagerado —, eu sou uma Médium, então sou um rei em vida com um rei morto na cabeça. Pontos em dobro por me matar, acho.

Alice bate no meu ombro.

— Não tem graça, Matty.

Sel me encara durante um bom tempo.

— Concordo com Alice.

Ela fica boquiaberta por um segundo antes de se recuperar.

— Viu só? Até o bruxo ranzinza concorda comigo.

— Feiticeiro, por favor — responde Sel. Ele tamborila no celular com um dedo, chamando a nossa atenção de volta para os problemas. — Precisamos contar a Gill sobre Jonas e Kizia. Para ela saber que precisa se cuidar, pelo menos.

Uma onda de ansiedade preenche meu peito.

— Você acha que existe alguma chance de Jonas estar trabalhando com outros Suseranos?

— Acho que precisamos considerar essa possibilidade. Afinal, ele não é o único Suserano que passou por isso. Precisamos tratar Jonas como se fosse um possível sintoma de um problema maior. Qualquer antigo Suserano em luto, com raiva e sem nada a perder pode acordar amanhã e chegar à mesma conclusão de Jonas.

Na minha opinião, existem Suseranos que são mais perigosos do que muitos Merlins.

Sel contrai os lábios, furioso.

— Não esqueça que Jonas sabia que você estaria vulnerável hoje à noite. Ele teve tempo para planejar.

Um enjoo revira meu estômago.

— O soro — sussurro. — Ele achou que eu ainda estaria sem poderes.

— O efeito passou mais rápido do que ele imaginava — diz Alice. — Graças a *Deus*.

— Não. — Balanço a cabeça. — Percebi que os Regentes estavam me dosando com a comida no Instituto. Parei de comer ontem de manhã.

William respira fundo, arregalando os olhos ao entender a situação.

— Você perdeu três doses seguidas. Se você não tivesse...

— Se você não tivesse feito isso, a sua raiz não teria detido Kizia — conclui Sel, em um tom mortal. — E ela teria matado você exatamente como tinha sido contratada para fazer.

Alice mordisca o polegar.

— Jonas sabia do soro porque Gill e Samira contaram a ele. Tem certeza de que podemos confiar nelas?

Sel bate os dedos no cabo da adaga.

— Eu confio em Gill.

Assinto.

— E eu confio em Samira.

— Tem certeza? — indaga Sel.

Penso em Samira me passando o pedaço de papel ainda em meu bolso. O orgulho que ela pareceu ter de mim, a esperança que depositou na luta que estou travando.

— Sim.

Ele assente, concordando.

— E os Suseranos vigiando nossos pais? — pergunta Alice, apreensiva.

Sinto um aperto no peito ao pensar em meu pai, ainda mais preocupada com ele após a traição de Jonas.

— Podemos pedir a Gill e Samira que cuidem de nossos pais? Ou trazer Lyssa e Ophelia? Pessoas que já se arriscaram para nos ajudar.

Sel faz que sim.

— Boa ideia. Vou pedir. — Ele pega o celular de novo. — Acho que vocês duas deveriam entrar em contato com seus pais amanhã. Eu ligo para Gill.

Ele cruza um braço por cima do peito e segura o celular no alto-falante para que possamos ouvir.

Uma voz desconhecida surge na linha.

— Senha?

— É Selwyn. Preciso falar com Gill.

— Senha.

Sel respira fundo.

— Kane. Canhoto. Horizonte.

— Obrigado. Conectando.

Alice chega mais perto, num sussurro perfeitamente audível:

— Nós vamos ganhar senhas também? Por que ele ganhou uma senha?

Quando me viro para Alice, vejo que seus olhos estão cansados, repletos de lágrimas não derramadas e preocupação. Mesmo assim, ela está forçando um sorriso. Está fazendo o seu melhor. Tentando me trazer de volta ao familiar: nossas brincadeiras, nossas piadas internas. Como éramos antes dos demônios e das tentativas de assassinato. Eu me aproximo e sussurro, com um ar exagerado:

— Acho que é porque os Merlins são treinados para missões de campo.

Ela sorri e diz:

— Chen. Mickey. Tubo de mergulho.

Abro um sorriso fraco.

— Nada literário?

— Você tem razão. — Ela pensa. — Chen. Fausto. Nunca mais.

— Gostei.

Ela pressiona o queixo de leve na minha cabeça e aperta meu ombro. Eu seguro a mão dela, agradecida.

Então o celular de Jonas vibra.

— Hanôver.

— Gill, é o Sel.

Ele desliga o viva-voz e sai pelo corredor.

— Por enquanto é só — anuncia William. Ele gira os pulsos, extinguindo o aether. A fadiga é visível nas olheiras dele, na curvatura dos ombros. A única pessoa que parece minimamente limpa é Alice. — Me desculpe. Se eu tivesse mais energia, poderia deixá-la cem por cento, mas...

— Está tudo bem, William. — Coloco a mão sobre a dele. — Estou bem.

Alice olha do meu rosto para minha barriga.

Queria conseguir ver o que acabou de acontecer.

Sel retorna, dando batidinhas no celular.

— Foi tudo bem, na medida do possível. Tão bem quanto se poderia esperar ao informar a alguém que seu mentor é um traidor que quebrou seus Juramentos e se aliou a um demônio.

— Então... horrível? — comento.

— Sim — responde ele, sério. — Ela precisa atualizar Samira. Vai nos ligar amanhã. Sugiro que todos descansem. Vamos precisar. — Ele olha para mim. — Descanse e se alimente.

— Concordo com o feiticeiro irritado. Você precisa descansar. — Alice me encara e começa a andar na direção da cozinha. — Vou arranjar alguma coisa.

William a segue.

Sinto os olhos de Sel nas minhas costas ao voltar para o quarto.

A luz da pequena lâmpada empoeirada na mesa de cabeceira é muito forte. Ou torna tudo muito real. Não tenho certeza. Eu me viro e a desligo assim que volto para o quarto, e isso faz com que eu me sinta melhor. Eu me reviro no escuro com a luz que entra pela fresta da porta entreaberta do banheiro.

Quando vou até a pia lavar as mãos depois de usar o banheiro, vejo meu reflexo no espelho e respiro fundo, chocada.

Eu provavelmente estava com uma aparência horrível antes de William me curar; as marcas e feridas com casquinhas das garras de Kizia ainda doem e queimam. Vejo cinco contusões roxas do tamanho de um dedo e cicatrizes vermelhas em minha pele. Como se Kizia tivesse mergulhado a palma das mãos em tinta vermelha e segurado meu rosto, fazendo uma pintura mortal. Meus lábios estão rachados, cortados. Meu cabelo está completamente embaraçado. Faz dias que não fico acordada o suficiente para lavá-lo ou penteá-lo. Os cachos parecem desidratados. Ressecados. Como se pudessem quebrar ao toque. No Instituto, eles nem me deram um prendedor de cabelo, e eu tenho dormido em um travesseiro de algodão simples. Estou péssima e me sinto pior ainda.

Eu me abaixo no assento fechado do vaso sanitário, então me inclino para apagar a luz do banheiro também. Não consigo enfrentar tudo isso no claro, não agora. Não quero me ver, ver meus ferimentos, a evidência de tudo que foi feito comigo.

Sozinha no silêncio e na escuridão do banheiro pequeno e velho, as lágrimas finalmente vêm, junto com um tremor incessante.

O ataque de Crias Sombrias na Besta não me abalou tanto assim. Talvez porque fosse igual a qualquer outro ataque de Crias Sombrias: os demônios aparecem, nós lutamos contra eles. Lark estava lá, e depois Sel. Eu não estava sozinha, e os monstros não chegaram perto o suficiente para me tocar.

Deveria ser perturbador constatar que quase morrer não é novidade ou surpresa para mim.

Mas o ataque que acabou de acontecer? Jonas tinha me olhado nos olhos, sabia meu nome. Sabia que eu tinha sido criada como Primavida, fora deste mundo, sem conhecimento nenhum. Sabia que eu tinha acabado de me tornar a Herdeira da Coroa e que estava em um terreno desconhecido, tentando absorver todas as informações possíveis. E mesmo assim ele convidou um demônio para me matar quando achou que eu estava impotente e sozinha.

Jonas queria tanto que eu morresse que estava disposto a deixar que os Juramentos dele o matassem.

Lembro que tem sabonete e algumas toalhas aqui. Alice tinha trazido xampu e condicionador só para o meu cabelo. Quando acendo as luzes de novo, vejo que atrás de uma pequena porta no banheiro há uma prateleira com roupas íntimas limpas e um sutiã, calça jeans limpa, uma camiseta e um moletom com zíper do meu tamanho. Alice, de novo.

Abençoada seja.

Preciso me apoiar na parede de azulejo para tomar banho, e fazer isso devagar para não perder o equilíbrio. A força de Arthur provavelmente voltou agora que o soro passou, mas estou cansada demais. Mesmo enquanto eu me ensaboo, desfaço as minhas tranças e me limpo pelo que parece ser a primeira vez em dias, minha pele vibra de ansiedade. Repouso as mãos nos ladrilhos brancos, meu cérebro correndo de uma preocupação para outra, sem parar.

Os Regentes não podem me matar e não podem tirar o poder do meu corpo. Assim como o pai de Nick, eles irão vasculhar minha árvore genealógica em busca de Herdeiros substitutos. Minha mãe não tinha irmãos, nem minha avó.

Sabendo o que sei agora, entendo o porquê. Uma criança, uma filha que viveria apenas para ver você morrer jovem, é mais do que suficiente.

Não sei o que aconteceu antes de minha avó, mas se, para fins de argumentação, essa regra de filha única remontava a Vera... eles teriam que encontrar os descendentes do parente de sangue mais próximo de Vera. Um irmão, um primo. Algumas plantations mantinham registros, acho... mas quão completos esses documentos eram? Vera nasceu na *plantation* de Samuel Davis ou foi vendida para ele por outro lugar?

É irônico que a Ordem, com o sangue da escravidão nas mãos de seus pais fundadores, com a Muralha das Eras e enormes tomos de registros familiares, tenha que enfrentar o desafio muito comum de pesquisar os ancestrais de uma família negra americana. Talvez realmente tenham os recursos para rastrear meus ancestrais, mas, de novo... talvez não. Os escravizadores nunca acharam que os descendentes dos escravizados estariam livres para olhar para o próprio passado.

Quero desesperadamente saber mais sobre minha própria família, é claro. Talvez até avisá-los. Mas qualquer conhecimento que eu adquira pode colocar meus próprios parentes distantes em perigo se eu for forçada a revelá-lo. Não saber o *suficiente* sobre meu passado era perigoso antes. Agora, saber *demais* pode ser pior.

Deixo a água escorrer pelas minhas costas machucadas e decido que não sei mais o que prefiro: o conhecimento ou a ignorância.

29

SAIO DO BANHEIRO em algum momento. Caminho até a porta, e meus cachos úmidos pingam como um riacho gelado nas minhas costas, molhando a camiseta, resfriando minha pele. Encontro uma presilha na mochila de Alice e prendo o cabelo antes de ir procurar comida.

Quando abro a porta do quarto, paro de repente, porque Sel está encostado na parede a centímetros do meu rosto, a cabeça inclinada para trás, os olhos fechados.

— Jesus! — exclamo. — Por que você está parado aí?

Sem mover a cabeça, ele abre os olhos e me encara. Com o coração ainda martelando no peito, olho para ele e vejo que em algum momento durante meu minicolapso ele trocou de roupa. Ainda está usando calça preta e botas, mas, em vez da jaqueta e da camiseta ensanguentadas e rasgadas, agora está vestindo uma regata preta simples.

A voz dele está rouca, cansada.

— Procurando por um kit de primeiros socorros. Achei que poderia estar no banheiro da suíte.

Ah. Vejo o curativo improvisado no peito e na clavícula dele. Um quadrado de toalhas de papel amassadas e presas pela alça da regata. Faço uma careta.

— Isso aí *não* deve ser muito higiênico.

— Eu não pego infecções — diz Sel, se virando para me encarar. — Mas uma ferida limpa e coberta vai se curar mais rápido e parar de manchar as minhas roupas. — Ele faz uma pausa. — Você está bem?

Franzo a testa, processando a mudança brusca de assunto.

— Sim. Só precisava de um banho.

O olhar dele se mantém firme.

— E antes disso?

— Antes disso... — Fico tensa. — Você estava me ouvindo chorar no banheiro?

— Sim — diz ele, simplesmente.

— Argh. *Tô bem.*

Passo a mão no rosto para tirar a água que cai do meu cabelo, e ele me estende uma toalha de papel grande e limpa, me observando usar o papel áspero.

— Obrigada por me salvar hoje — falo.

Dou um passo para o lado para permitir que ele entre no quarto.

Sel se afasta da parede e entra.

— Por que você está me agradecendo por isso?

— É verdade. Não é uma escolha. Você é *obrigado* a salvar minha vida.

Não era minha intenção deixar a amargura transparecer na minha voz, mas lá está.

Sel ouve muito bem, é claro. Ele para no meio do caminho e vira a cabeça para me observar por um momento, e então continua andando, e eu o sigo. Ele franze o nariz quando se aproxima do banheiro, sentindo o perfume floral sintético de sabonete que ainda paira no ar.

Coloco a toalha de papel no bolso e o vejo se ajoelhar para abrir os armários embaixo da pia.

— Contando eu e Nick, você já deve ter feito isso muitas vezes, acho — comento.

Ele afasta garrafas de alvejante e limpa-vidros.

— Sim. Esse é o meu... era o meu trabalho.

Eu me recosto no batente da porta e o observo procurar um kit. À luz do quarto, seus olhos parecem fundos.

— Seu Juramento de Mago-Real — falo. — Como está...

— Estou bem — diz ele, seco. — Proteger você e William cumpre meu Juramento de Serviço, e isso é o suficiente para me impedir de sucumbir ao meu sangue.

Ele se levanta para colocar um pequeno kit de primeiros socorros branco no balcão, em seguida abre a tampa, retirando os suprimentos.

— Hum — falo.

Ele balança a cabeça com um sorriso ressentido que mostra a ponta de seus caninos.

— "Hum", diz ela. Sem fazer a menor ideia de como é ter uma promessa viva em suas veias que irá matá-la caso a quebre ou drenar a sua humanidade caso não a cumpra.

— Ei — protesto. — Só porque não fiz um Juramento não quer dizer que eu não entenda como eles funcionam.

Ele para.

—Você ainda não fez um Juramento? E o Rito dos Reis?

Um calor sobe pelo meu pescoço.

— Foi interrompido quando os Regentes me atacaram. — Não sei por que estou mentindo, mas sei que não quero dizer a verdade. Em vez disso, mudo de assunto: — Você disse a Lark que os Regentes estavam vindo atrás de você. E aí você fugiu. Para onde você foi?

Observo em seu rosto o desejo de rebater com uma resposta sarcástica, mas o sentimento logo desaparece.

— Eu estava na cabana da minha mãe, perto do rio Haw.

Mudo de posição.

—Você a encontrou?

Ele suspira.

— Não, garota misteriosa. Naquela primeira noite, depois de você ser Chamada, depois de colocar as barreiras no Alojamento pela primeira vez, fui de carro até lá para verificar. Estava trancada, empoeirada como sempre. Alguns roedores estavam morando lá.

Foi nessa noite que fui arrastada pelas memórias de meus ancestrais, jogada feito uma pedra solta em um rio ou riacho. Eu havia me perguntado por que ele não tinha ouvido meu choro desesperado no chão. Agora sei que Sel não estava no prédio. Estava procurando pela mãe porque eu tinha contado a ele sobre minha visão.

— Ela devia saber que um dia eu descobriria a verdade e iria procurá-la. — Sua risada é calma e vazia. — Mas, se a grande Natasia Kane não quer ser encontrada, ela não será encontrada. Aparentemente ela só faz aparições especiais para você e sua mãe. — Ele abre um sorriso cheio de mágoa contida.

Sinto um aperto no peito.

— Sinto muito que ela...

—Tenha deixado que o único filho acreditasse que ela estava morta? — Sel estreita os olhos. — Ela fez uma escolha.

— O que você encontrou na cabana?

—A pesquisa dela, seus livros, do jeito que sempre estavam. Eu li tudo de novo, procurando por pistas sobre como ela impediu que o demônio assumisse o controle, e não encontrei nada. Na noite em que a Guarda dos Magos tentou me prender, voltei para ver se tinha deixado passar alguma coisa, antes que eles... — Ele dá de ombros, mas não termina a frase. Puxa uma pilha de compressas desinfetantes com álcool e rasga uma delas. — Durante a minha vida toda me disseram que afastar um Mago-Real de seu título e separá-lo de sua incumbência é uma punição tão severa que nunca é feita. Achei que poderia usar o que ela aprendeu para me salvar, mas qualquer que seja o conhecimento que encontrou ou a habilidade que ganhou para preservar a própria humanidade, ela deve tê-lo adquirido depois de ter sido levada embora, ou nunca o escreveu, por medo de ser descoberta. Ou...

Ele retorce a boca.

— Ou?

Quando ele fala, sua voz é baixa, raivosa:

— Ou ela não deixou nada para mim, porque não acha que posso lidar com o que será necessário para impedir minha própria destruição. — Ele não olha nos meus olhos. — Ir até a cabana era apenas evitar o inevitável, imagino.

Concordo com a cabeça, traçando com os dedos um padrão invisível no batente da porta de madeira lascada.

— E, quando você voltou, foi parar *por acaso* na mesma rota que Lark usou para me levar para o Rito?

Ele se vira para mim de repente.

—Você está com medo de ferir meus sentimentos, Briana? Não se dê ao trabalho.

Um sorrisinho desponta em meus lábios.

— Só estou perguntando.

— Seja direta, por favor.

— Eu *só acho* que se você teve a força de vontade para fazer o seu trabalho e me proteger, então você claramente não está sucumbindo ao sangue como os Regentes disseram, ou tentando me machucar, ou deixando que eu *me* machuque. — Meu sorriso aumenta, triunfante. — Prove que eles estão errados.

Seus olhos ficam vazios, e ele volta para o kit, tirando algumas bandagens.

— Você não sabe como é quando a demonia infiltra sua consciência. Todos os Merlins conseguem senti-la sob a superfície, se a procurarmos.

Sel puxa uma das alças de sua regata para baixo, tentando esticar a gola com a mão para alcançar o ferimento. O tecido começa a rasgar. Ele xinga e desiste, agarrando a parte de trás da camisa e tirando a peça.

Meu instinto é desviar o olhar, dar privacidade a Sel. Mas ele obviamente não se importa, porque tirou a camisa enquanto estávamos no meio de uma conversa, então, quando ele procura meus olhos no espelho, eu o encaro de volta. Ele sorri, depois sibila ao pressionar o algodão com álcool no ferimento.

— Vamos encontrar Nick — diz. — Por enquanto, você tem a mim, William e o Juramento de Serviço.

Ele abre um pacote de gaze, rindo.

— Por que você está rindo? — pergunto, incomodada.

— Porque, repito, você nunca dedicou todo o seu ser a alguém ou a alguma causa maior do que si mesma. Não entende como são os Juramentos, cumpridos ou não.

— Talvez, mas... — Dou um passo para mais perto, ainda que ache que William ou Alice não estão nos ouvindo. — Eu te falei o que vi na minha visão no *ogof*. Nas memórias, a sua mãe não tinha sucumbido ao sangue. Então, você também não vai sucumbir. E, mesmo que isso aconteça, você ainda será você.

Ele me encara pelo reflexo no espelho.

— E como sabe que eu já não comecei a sucumbir?

— Porque sei. Tenho fé. — Pauso por um momento, então acrescento: — E Nick também tem.

Ele arregala os olhos.

— O que você...

— Ele disse isso na caminhada pelo sangue — murmuro. — Ele disse que você se removeria da situação antes de me ferir.

Uma emoção que não consigo desvendar atravessa o rosto dele.

— Então você o viu mesmo. — Ele abre a boca, fecha. Fica com o olhar perdido. — Como ele está?

— Bem, na medida do possível. Ele também perguntou de você — respondo. Sel franze as sobrancelhas com um misto de surpresa e desconfiança. — E, sim, era ele mesmo. De alguma forma, consegui até tocá-lo.

Sel se vira para me estudar, sua expressão se suavizando. Quando ele volta a falar, sua voz é baixa, quase hesitante:

— Mesmo que deponhamos os Regentes, o que vocês dois têm...

— A Ordem não permitirá que continuemos a ter — completo. — Eu sei.

Ele me encara por um momento, então se volta para seu ferimento, examinando-o antes de cobrir. De tão perto, posso ver a forma, uma incisão profunda com uns três centímetros de largura, bordas limpas, logo abaixo da clavícula e acima do peito.

Ele pressiona o curativo e pega o rolo de esparadrapo. Observar Selwyn Kane arrancar um pedaço e lutar bravamente para aplicá-lo com a mão, tentando fazê-lo ficar esticado, é uma das coisas mais estranhas que já presenciei. Tão estranho que não consigo assistir sem sentir vergonha alheia. Dou um passo à frente entre ele e a pia sem pensar.

— Deixa que eu faço isso.

Pego o rolinho da mão dele e percebo tarde demais que nós dois ficamos paralisados no lugar.

Estando tão perto dele, sinto o calor irradiando de sua pele. Sinto o cheiro de cobre do ferimento, como moedas novas. O aroma fraco e suave de xampu. O ar fresco da floresta no outono e a seiva dos pinheiros em sua pele após sua patrulha pelas árvores. Eu nunca soube de fato como é o cheiro de Sel por trás de sua magia. Nunca estive perto o suficiente para ver os detalhes da tatuagem em seu esterno. O nó celta é escuro no meio, com bordas onduladas dando lugar ao cinza.

Nossa.

Meu olhar salta para seus ombros. Eu silenciosamente obrigo meus olhos a ficarem parados. Como se minha vida dependesse disso e eu não pudesse confiar que eles não se mexeriam.

— Se você for só *roubar* o esparadrapo sem usar... — murmura ele, a voz baixa fazendo um eco sonoro no espaço apertado — Então acho que vou querer de volta.

Estremeço. A voz de Sel sempre parece envolvente, como se fosse uma coisa física que eu poderia tocar. Agora, de tão perto, ela se acomoda em torno de nós dois como um cobertor.

Sinto seu olhar no topo da minha cabeça, na minha testa. Nenhum de nós se move.

Depois de respirar fundo, olho para baixo e analiso a fita. Levanto um pedaço dela, rasgo. Simples. Droga, se é tão simples, então por que tenho que me concentrar em não deixar meus dedos tremerem?

Eu me movo para colocar a fita atrás de mim, mas ele a pega antes que eu possa me afastar. *Mantendo-me perto*, diz uma vozinha.

Ignorando o calor da pele dele, estico o pedaço de esparadrapo por cima de sua bandagem. Um lado, faltam três.

Tento pegar mais um pedaço da mão de Sel, mas ele a segura com força na ponta dos dedos. Puxo, mas ele não solta. Puxo de novo, ouço a risada dele. Suspiro e finalmente o encaro. O arco suave de sua boca está erguido em um dos cantos, e seus olhos dourados — num tom ainda mais laranja queimado do que eu me lembrava — brilham com malícia e algo que faz meu coração ficar descompassado.

Ele inclina a cabeça, os olhos vagando pelas minhas feições.

— Briana Irene, sempre pulando antes de olhar. Depois ela fica presa e não sabe o que fazer.

— Não sei do que você está falando — respondo, minha voz soando distante.

Ele examina o espaço entre nós devagar, sorrindo. Os centímetros de distância já não parecem nada. Ele se inclina para a frente com as duas mãos no balcão, me empurrando contra a pia e me prendendo entre seus braços, seus olhos na altura dos meus.

— Mentirosa. Seu coração está *disparado*. E a sua respiração está entrecortada, rápida.

Meu rosto queima, e não tem nada a ver com o olhar dele.

— Eu queria que você não conseguisse ouvir tudo isso — falo.

— Posso te contar um segredo, Briana? — A voz dele desliza pela fresta de ar entre nós, macia e quente. — Eu *gosto* de escutar a forma como as pessoas reagem a mim. — Ele pausa. — Principalmente você.

Estremeço.

— É involuntário.

— Ah, eu sei.

Seus lábios tremem.

De tão perto, consigo ver a ponta dos caninos afiados dele. Sinto um desejo inexplicável de tocar num deles. Ver se é afiado ou cego contra meu dedo.

A diversão de Sel me faz corar.

— Está gostando do que está vendo?

Ele percebeu meu olhar vagando até sua boca e permitiu que ficasse ali. Deixou que eu o observasse. Um constrangimento quente envolve minha garganta, quase tão forte quanto as mãos de Kizia.

— S-só fiquei curiosa. Os seus caninos estão... estão... — *Palavras, Bree. Encontre-as. Use-as.* — Não tão grandes quanto... — Ele arqueia as sobrancelhas. — Quer dizer, não tão longos...

Jesus amado. Essas palavras, *não*.

Por fim, disparo uma frase:

— Seus dentes parecem diferentes hoje.

Seu olhar é como um pôr do sol aquecendo meu rosto, e sua voz flui entre nós em um rosnado doce.

— Estão?

— Sim — murmuro, minha voz trêmula. — Tipo, eles sempre foram diferentes dos de Erebus. Ou dos outros Senescais. Ou... até mesmo dos de Isaac.

— Ah. O envelhecer, para os Merlins, nos leva para mais perto da nossa natureza demoníaca, nos deixa mais poderosos. É por isso que os caninos deles são mais proeminentes que os meus.

— Então se um Merlin sucumbir ao sangue dele para a... a demonia, eles ficam com uma aparência diferente também? E ficam mais poderosos?

— Aparência diferente, sim. Agora, sobre o poder... — Ele inclina a cabeça. — É difícil dizer por que ficamos mais mercuriais.

— Ah.

Ele solta uma risada.

— Deixando de lado as circunstâncias atuais e *terrivelmente* divertidas, quando digo que você pula antes de olhar, quero dizer que, no minuto em que decidiu que *nós* iríamos caçar Nicholas, *você* parou de se priorizar. E fez isso sem se dar conta de que as pessoas ao seu redor não podem se dar ao luxo de fazer o mesmo. É a mesma escolha que você fez quando forçou Greer a levá-la em uma caçada. A mesma posição em que colocou William quando partiu sozinha para a arena. Quando *você* assume riscos em uma missão, todos nós corremos riscos também. Mas nossos riscos são cinco vezes maiores, porque sua vida deve ser protegida a todo custo. Tivemos sorte esta noite, mas chegará um momento em que William ou eu teremos que escolher entre a sua missão ou a sua vida.

Eu me afasto dele e disparo:

— Eu pensei que você *queria* que encontrássemos Nick. Queria que eu o escolhesse. Você não quer encontrá-lo também?

Ele contrai os lábios em um rosnado silencioso.

— Essa mera pergunta é um insulto. *É claro* que quero encontrar Nicholas. Também preciso que você entenda o que está pedindo às pessoas ao seu redor. Você não é mais a Pajem Matthews entrando em uma situação idiota e perigosa depois da outra. Você é a Herdeira de Arthur, você é o rei.

Sua represália me machuca, então as palavras saem da minha boca antes que eu possa detê-las, confrontadoras e mordazes:

— *Seu* rei?

Os olhos de Sel perfuram os meus, estonteantes. Aquela sensação do avião retorna. Uma sensação arrebatadora de estar caindo nele. Como se eu estivesse perdendo tudo de mim naquele momento. Voluntariamente. Ele fica tão imóvel que me pergunto se parou de respirar. Então eu me pergunto se *eu* parei de respirar. *Você é meu rei agora,* cariad. As palavras dele pairam entre nós, ressoam em meus ouvidos. Quando ele fala, sua voz está cheia de repreensão:

— Não me *obrigue* a repetir o que eu disse. — Quando ele se inclina para trás, o ar ao meu redor cai vários graus na mesma hora, mas seus olhos amarelos brilham de raiva. — E não faça perguntas que você não deseja que eu responda.

Ele fica sério. Eu olho para o chão.

—Alice está vindo. — Sel inclina a cabeça, respirando fundo. — Está trazendo comida para você. — Ele joga a fita para o alto e depois a pega. — Assumo daqui em diante.

Fujo do banheiro, o rosto em chamas, e fecho a porta atrás de mim. Eu me viro e pressiono a testa e as mãos contra a porta, a superfície fria funcionando como um alívio para minhas palmas quentes. Fecho os olhos com força, fazendo uma careta contra o painel de madeira. A culpa, a irritação e a vergonha tomam conta de mim, se chocando com tanta rapidez que não consigo acompanhar.

O que foi aquilo? Tudo aquilo?

Seu rei? Bato a testa na porta. *Meu Deus, Bree, que porcaria é essa?* Sel tinha me avisado para não provocá-lo, e foi exatamente o que fiz. Eu queria arrancar uma reação dele. Por quê? Por que eu decidi forçá-lo?

Faz muito tempo que não fico tão *perto* de Sel, e também faz muito tempo que não me *sinto* assim. Como se estivéssemos no mesmo time em vez de estarmos em lados opostos numa luta eterna. A última vez que senti isso foi na varanda do Alojamento... a voz dele em meu ouvido, baixa e insistente.

Cariad.

Hoje cedo, Nick estava com seus braços ao meu redor, seu corpo pressionado no meu. Claro, era um corpo do plano das memórias abraçando meu corpo do plano das memórias... mas foi real. Seus lábios estavam quentes. Ele até tinha o mesmo *cheiro*. De amaciante, cedro e *Nick*. Então, mais tarde na mesma noite, estou...

— Você está bem? — A voz alta e alarmada de Alice me tira do meu torpor. Ela está segurando uma tigela e para ao meu lado em um segundo. — O que aconteceu? Por que você está...

— *Psiu!* — sibilo.

— Por quê? — pergunta ela. — Por que você está colada na parede...

— Estou bem!

Eu a arrasto para a janela no fim do corredor.

Quando a solto, ela coloca a mão no quadril.

— Pode me explicar?

— Merlins têm uma audição muito, muito boa — falo, acenando com as mãos. — É só que... Eu não podia ficar do lado de fora daquele quarto.

— Sel está lá — deduz ela, suspirando.

Faço que sim.

— Está.

Ela revira os olhos.

— Só você para ficar de rolo com um menino na mesma noite em que quase foi assassinada por uma demônia sedenta de sangue. Rolo com um menino meio-demônio, aliás. — Ela resmunga e levanta a tigela. — Quer falar sobre isso enquanto come macarrão às duas da manhã?

Meu estômago ronca tão alto que acho que a casa inteira pode ouvir, com supersentidos ou não.

Ela bufa.

— Então isso é um sim.

Acordo em uma cama quente, com o coração batendo forte no peito. Eu me endireito e procuro por alguma ameaça no quarto, mas ele está vazio. Um feixe de luz do fim da manhã entra pelas cortinas velhas e carcomidas pelas traças. Ouço o som de pratos tilintando vindo do corredor. A voz de Alice. De William.

Mas meu corpo não acredita que estou em segurança. Sinto a mesma dormência em minhas mãos. Eu as balanço, tentando aliviar a sensação. Um nó se forma na minha garganta. O pânico é como uma mão pesada e invisível nas minhas costas me dizendo para *correr*. Apoio a cabeça nos joelhos. Isso é apenas um medo residual, desativando meu sistema. Fecho os olhos e respiro como Patricia me ensinou. Uma inspiração profunda, uma expiração lenta. Meu coração acelerado demora longos minutos para diminuir a velocidade até se tornar um trote, e depois uma caminhada, até que eu sinta minhas mãos de novo.

A Herdeira de Arthur. Uma Médium. Uma Filha de Vera. E eu nem consigo me levantar de manhã.

Aperto o bracelete da minha mãe com a mão esquerda, buscando seu conforto no meu pulso. Para me centrar. Para me dar propósito.

Quando pego o copo de água na mesinha de cabeceira, encontro mais evidências de Alice trabalhando: um alfinete de segurança prateado e brilhante ao lado de um isqueiro, uma pequena pilha de Band-Aids do kit de primeiros socorros do banheiro e o celular de Jonas para ligar para meu pai, junto com instruções para falsificar um número na hora de fazer ligações. Suprimentos para a caminhada pelo sangue e check-in paterno.

Olho para a porta e calculo quanto tempo me resta antes que alguém entre.

Furo meu dedo. Observo o sangue se acumular, indo de um pontinho vermelho até se tornar uma gotícula, então pressiono o polegar em uma das contas do bracelete de minha mãe e chamo por um ancestral.

Pelo meu sangue, no meu coração.

Estou na pedra coberta de musgo do plano ancestral e giro lentamente. Em todos os lugares a terra me aguarda. Espera que eu chame com intenção.

Nossa espada.

Meu bri.

A mais forte e mais afiada.

— Me mostre como usar a nossa raiz para atacar primeiro — sussurro.

Um som trovejante de algo rasgando. Um riacho dividindo a terra e se abrindo diante de mim, à minha esquerda. Desço em suas águas e começo a caminhar. Ele se expande a cada respiração...

Estou sentada de pernas cruzadas no chão, no meio da minha sala de estar, vestindo uma saia e meias brancas curtas, meu cabelo preso em bobes. Minha colega de quarto saiu, e isso é bom, porque não quero que ela veja nada disso.

Meu nome é Jessie. Tenho vinte anos. Moro em Lafayette, Louisiana. E minha mãe me disse que um dia eu teria o poder dela.

Eu não tinha ideia de que o poder seria assim. Repouso a mão sobre o peito, sentindo os batimentos do meu próprio coração. Fecho os olhos, sorrindo. Descobri há pouco tempo que, se eu deixar minha mão aqui e me concentrar na memória dela, posso sentir o calor aumentar em minha palma.

De repente, chamas vermelhas e alaranjadas surgem em meus dedos.

Quero ver quão grandes elas podem ficar.

No dia seguinte, estou no restaurante.

Empurro as portas vaivém da cozinha para deixar um pedido. Rio de um cliente junto com um cozinheiro mais velho que está na grelha. O cheiro de hambúrgueres e o som de gordura crepitando. Alguém chama meu nome no salão, e a cozinheira acena para que eu vá embora.

— O cliente pediu especificamente por você — diz uma colega de trabalho.

Ela sorri.

Rio junto com ela. Provavelmente meu namorado, penso, e digo isso a ela. O dia já está quase no fim e ele veio me buscar. Eu já sei qual é o pedido dele. Vai ser minha última mesa do dia.

Mas, quando me aproximo, não é ele. É um estudante da faculdade aqui perto. Daquela que só agora começou a permitir a entrada de alunos negros. O cabelo dele está penteado para trás e para cima. Um daqueles caras que andam de moto, usam calça jeans e camisa xadrez.

Os olhos dele são pretos como a noite, com pupilas vermelhas. Elas sugam a luz da tarde.

O sorriso dele prende meus pés no chão. Presas, satisfação e reconhecimento.

Os clientes da mesa ao lado dele se levantam, passam entre nós, escondendo-nos um do outro. Quero correr, mas não sei o motivo. Quando eles somem, ele também se foi. Meu peito dói de alívio.

Não tento usar as chamas por um bom tempo.

Tento novamente, alguns anos depois. Eu me sento sozinha em meu novo apartamento, um espaço em ruínas no porão de um prédio. Tiro a chama do peito, sentindo falta da minha mãe, desejando sua sabedoria e companhia. O sorriso dela.

No dia seguinte, desço a rua na cidade que também é nova para mim. Buzinas.

Um homem caminha em minha direção. Cabelo castanho, comprido. Olhos negros com pupilas vermelhas, olhando para mim.

Estou tremendo. Tremendo. Ponta dos dedos queimando.

Ele se aproxima, os olhos passeando pela minha pele como facas afiadas, procurando algo. Eu me sinto nua. Exposta.

Ele está mais perto agora. Fecho as mãos em punhos. A multidão está muito agitada, não há para onde correr. Cerro os dentes, abro as chamas dentro do meu peito para me preparar, espero até o último momento — e o homem passa direto.

Foi-se.

Preciso de todo o meu esforço para não congelar ali na calçada, em Nova York. Se tivesse feito isso, as pessoas atrás de mim teriam prestado atenção, gritado. Em vez disso, dou mais alguns passos e avanço pelos corpos até chegar à fachada de uma loja em uma esquina. Pressiono as costas contra ela e olho para trás. O homem de preto com olhos vermelhos e cabelo castanho está na faixa de pedestres, parado. Em seguida, atravessa com as mãos nos bolsos. Não sei se ele me viu, mas sei que o pensamento que teria é assustador. Sei que seria ruim se o fizesse. Muito, muito ruim.

Lâmina forjada pela dor.

Você é a espada.

Nossa espada.

Eu me levanto, enfiada até os tornozelos na parte mais larga do riacho da minha ancestral, balançando a cabeça.

— Não entendo. Como você invocou as chamas de propósito?

A voz baixa e rouca de Jessie vem da floresta até mim. Ela parece mais velha do que na caminhada pelo sangue.

— Eu mostrei o que você precisa saber. Para chamar a nossa raiz com intenção, pense no poder que você possui e na mulher que o deu a você.

Meus pensamentos vão até minha mãe em sua escrivaninha. Minha mãe na cozinha. Seu sorriso largo.

— Mas preste atenção ao resto da memória, Bree: se você chamar demais, abrir muito a fornalha, o Caçador encontrará você.

Acordo ofegante, de volta ao quarto. *O Caçador?* Quem é o *Caçador?* O homem que vi não se parecia com nenhum Merlin que já conheci. Até as íris de Erebus são de um vermelho-escuro, não *pretas*. É assim que um Merlin que sucumbe ao sangue se parece?

Kizia temia "o Grande Devorador", algum negociador que pune a alimentação não autorizada de demônios, que lida com "negócios demoníacos". Jessie alertou sobre "o Caçador", um demônio errante que veio atrás de seu poder quando ela o usou. Por mais que eu odeie os Regentes, pelo menos sei quem eles são e o que querem. Fora dos limites do mundo Lendário, todas as regras são flexíveis. Magia é moeda, assassinato é negócio e Artesãos de Raiz são presas. Como vamos encontrar Nick no meio de tudo isso?

Não tenho todas as respostas, mas pelo menos tenho uma. Um começo. Uma maneira. Pressiono a mão contra o peito e sinto a fornalha de volta onde costumava estar. O fogo em meu peito que me faz sentir em casa e perto de minha mãe, aceso pela memória de Jessie.

Encaro o bracelete no meu colo e o colar Pendragon no meu pescoço.

Meu legado e direito de nascença, minhas decisões, tudo embrulhado nesses presentes. Minha mãe escolheu lutar, embora não tivesse ideia de onde vinham seus poderes. Ela nunca soube de Vera. Apenas sabia que tinha força. Que sua mãe teve a mesma força, sua avó também, e outras mais... e isso foi o suficiente. Ela foi muito, muito corajosa.

Pego o celular de Jonas sem pensar, teclando o número do meu pai. Ele atende na primeira chamada.

— Ei, ei, aí está ela.

Seu rosto aparece em minha mente de forma tão nítida que faz meu coração doer. Sobrancelhas espessas e grisalhas, barba grisalha. Nariz largo em seu rosto negro, linhas de expressão ao sorrir.

— Oi, pai.

Escuto os barulhos abafados da oficina ao fundo.

— Não falo com você há uma semana e tudo que recebo é um "oi, pai" — diz ele, rindo.

Como em todas as minhas ligações atrasadas, há repreensão e um pouco de tristeza, mas algo próximo de orgulho também. Como se viver minha própria vida e estar ocupada e feliz valessem os longos intervalos entre as ligações.

Se ele ao menos soubesse...

— Me desculpe. — Forço uma animação na voz. — Ocupada demais com a escola, as festas e coisas do tipo.

— Só quero que você esteja bem, filha — responde ele. — Que esteja em segurança.

— Estou, sim, não se preocupe. — Engulo em seco. — Como você está?

— Ocupado também — diz ele. — Na verdade, uns funcionários se demitiram na loja ontem, e aí duas pessoas novas apareceram pedindo emprego hoje de manhã. Coisa mais estranha.

Eu me sento com as costas retas. Será que Gill já tinha mandado substitutos para vigiar meu pai?

— Isso é esquisito *mesmo*. Eles são bons?

— Parecem excelentes — acrescenta ele, e posso ouvir o sorriso em sua voz. — Entendem de motores. Duas mulheres. Lisa... não, *Lyssa*, esse é o nome dela... e Ophelia.

Sinto um alívio no peito. Lyssa, na direção do jipe. Ophelia, que pilotava o avião. Claro.

— Mulheres mecânicas. Dá gosto de ver.

— E quando ensinam uns negocinhos para os caras antes do almoço? Melhor ainda. — Uma voz no fundo chama a atenção dele. — Ei, tenho que ir. Precisa de alguma coisa?

Hesito.

— Tem algum dos seus discursos motivacionais sobre propósito aí?

— Sempre. — Ele murmura por um instante, pensativo. — Quedas acontecem. As pessoas dizem que o importante é se levantar, mas acho que mais importante ainda é *como* você volta para o ringue. Faça o *como* ser importante e faça do seu jeito. É isso que importa.

Assovio.

— Você já tinha esse *pronto*, né?

— É o meu trabalho, querida. — Ele ri. — Sei que você está ocupada, mas me liga quando der.

— Eu, hum... — Pigarreio. — Vou ficar meio ocupada nas próximas semanas. Provas.

— Tudo bem, eu entendo — diz ele. — Te amo.

— Também te amo.

Seguro o celular por um longo tempo, já sentindo falta do meu pai, mas grata por suas palavras. Elas sempre chegam na hora certa.

O importante não é voltar ao ringue, mas como você volta. A estratégia.

Preciso encontrar Nick e trazê-lo para casa em segurança antes que os Morganas, as Crias Sombrias ou a Ordem possam encontrá-lo. Sel estava certo sobre as minhas escolhas colocarem as outras pessoas em risco. Minha escolha nos trouxe aqui, até Jonas e Kizia. Mas os nossos inimigos não escolhem o caminho mais fácil, e nós também não podemos fazer isso.

Dragões protegem o que pertence a eles e... queimam o resto.

De repente, tenho uma ideia.

Quando entro na sala, encontro William e Sel conversando, preocupados, na porta da cozinha. Alice está sentada no sofá. Os três olham para mim quando entro, como se sentissem que algo havia mudado. E realmente mudou.

— E se os Regentes estivessem certos em me prender? — disparo.

Sel faz uma careta e posso dizer que ele está prestes a discutir comigo, mas ergo a mão para detê-lo.

— Me escuta — prossigo. — E se eles tiverem me trancado porque estavam com medo e os demônios estão atrás de mim por um bom motivo, e Jonas estava certo ao tentar se livrar de mim?

— Bree, do que você está falando? — William dá um passo adiante. — *Nada* disso faz sentido.

— Eu sei, mas... — Balanço a cabeça em busca de palavras. — Você não prende alguém ou tenta matar uma pessoa se ela *não for* importante. Jonas e Kizia olharam para mim e viram a âncora do Feitiço da Eternidade. Uma única vida poderosa o suficiente para destruir as Linhagens ou mudar completamente o curso da guerra. Os Regentes olham para mim e veem uma adolescente negra. Um *erro* que eles não podem desfazer e muito poder em um corpo que não podem controlar. — Ando pela sala, o pensamento ganhando velocidade. — Tenho estado muito focada em usar o título de rei, mas *todo mundo* está mais preocupado com o quão poderosa eu sou, magicamente falando, e o quão poderosa eu posso ser. Não como rei, mas sendo eu, *Bree*.

A sala fica em silêncio por um momento. Alice bate no joelho, imersa em pensamentos. O olhar de Sel perfura o meu, mas eu o evito. Tenho que colocar isso para fora.

— Eu sou a Herdeira de Arthur. — Quando digo isso, soa como uma declaração. Não apenas o resultado de uma série de eventos fora do meu controle, mas a constatação de um fato e da minha força. — E de Vera. Eles têm medo de mim porque sabem que posso vencê-los. E é isso que preciso fazer. Vou treinar mais pesado do que nunca, aproveitar cada momento possível, cada luta, para ficar mais forte. Enquanto seguimos as pistas até Nick, vamos procurar algum isel pelo caminho com o qual eu possa lutar...

— Não. — Alice se levanta num pulo. — Não, Bree.

Seu tom severo me choca, e eu solto uma risada confusa.

— O que foi?

Ela engole em seco e ergue o queixo.

— Nós conversamos e... não podemos continuar. *Você* não pode continuar.

Franzo a testa.

— Alice, o que você...

William se aproxima.

— Não existe um treinamento feito de um dia para o outro que possa mantê-la a salvo de assassinos demoníacos ou aliados que se voltaram contra a Ordem. Sua raiz é imprevisível e seus poderes Lendários...

Sinto um calor subir pelas minhas bochechas.

— Preciso de tempo para treinar... — falo.

— Você não tem esse tempo. — William balança a cabeça. — Lamento.

— Como assim? — Olho para William, então para Alice e Sel.

— Nós estamos falando que... — Sel caminha na minha direção, os olhos fixos nos meus. — Você precisa fugir e se esconder, e não dá para você fazer as duas coisas se estiver procurando por Nick.

A sala parece ter girado. O *mundo* parece ter girado. Não consigo compreender totalmente as palavras deles, porque são o exato oposto do que viemos fazer aqui.

— Vocês estão de brincadeira com a minha cara! — grito. — Vocês não podem simplesmente decidir...

Sel para a alguns metros de distância.

— Você precisa se esconder para a sua própria segurança. Tornar-se um fantasma.

Olho para os três, esperando que isso seja algum tipo de piada. Esperando que Sel lute contra as próprias palavras.

— Você está me pedindo para fugir?

— Não estamos pedindo, Bree — diz ele, lentamente. — Estamos afirmando. Você precisa fugir, senão vai morrer.

PARTE TRÊS
CONTROLE

30

EU MAL CONSIGO FALAR. Meu cérebro tem dificuldade para criar até mesmo uma única frase que responda ao absurdo que eles estão propondo.

Só existe uma palavra possível: traição. E, inexplicavelmente, essa traição parece pior que a de Jonas. Eu não o conhecia, mas conheço meus amigos. Achei que estávamos no mesmo time, mas de repente cá estamos, um contra três. É como encarar um espelho com total certeza de quem você verá, mas então percebe que ele está rachado, torto e *errado*.

— *Eu* preciso fugir? — falo, por entre dentes cerrados. — Eu?

— Sim — responde Sel. — Você.

— *Tenho que?* Então não tenho outra escolha? — Minha visão fica turva com lágrimas e humilhação. — Você acha mesmo que vou ficar sentada enquanto vocês procuram por Nick?

Sel retorce os lábios.

—Você ainda está falando disso como se fosse um jogo do qual a gente não te deixou participar.

Cerro punhos ao lado do corpo, um grito prestes a explodir.

— E não é isso que está acontecendo? Não é isso que vocês estão fazendo?

— Não, Bree, não. — William ergue as mãos abertas. — Me escuta. Avaliamos todas as opções. Como vamos procurar por Nick e manter a sua identidade oculta? Como vamos seguir uma trilha que sabemos que os Regentes já estão trilhando? Como vamos priorizar a segurança dele e a sua ao mesmo tempo? É impossível.

— Não é! — grito. — Você ouviu o que Gill e Samira disseram, a gente só precisa escolher uma coisa ou outra...

— Gill e Samira nos mandaram para um esconderijo que era tudo, menos seguro! — grita Sel em resposta. — Elas tinham um traidor de Juramentos entre elas, capaz de permitir que seus Juramentos o queimassem vivo para poder te matar. As informações delas estão defasadas, e seus tais aliados não são de confiança. Precisamos tirar você daqui o mais rápido possível.

— Estamos em quatro — falo, dando de ombros. — Vamos votar.

— Já votamos — murmura Alice.

Abro e fecho a boca.

— Mas... no avião...

— Uma decisão num avião a trinta e cinco mil pés não significa nada quando pousamos e tudo dá errado em terra — diz Sel.

— Então eu veto o seu voto! — brado.

Sel solta uma risada e sai andando com a mão na cabeça.

— Ridículo.

Alice faz uma careta.

— Você não é meu rei, Matty — diz ela.

— Aparentemente eu não sou rei de ninguém, já que todo mundo pode agir pelas minhas costas!

— Bree... — William esfrega a testa com o polegar. — Sel e eu estamos em campo há mais tempo que você. Sabemos quando temos pouca informação e menos poder. Sabemos quando é hora de bater em retirada.

Eu olho para ele, Sel e Alice, e ninguém se mexe. Não parece que há uma discussão a ser travada, porque eles já decidiram tudo. Sem mim.

Em algum momento Sel terá que cumprir seu Juramento de Mago-Real para preservar sua humanidade, e minha lógica sabe que faz sentido que ele saia para resgatar Nick e se salvar. Que talvez nunca tenha feito sentido ele ficar comigo. Mas minha lógica se foi, se foi, se foi.

Entrei nesta sala pronta para continuar lutando, e de repente, de uma hora para a outra, bati em uma parede de tijolos. Não qualquer parede de tijolos, mas *meus amigos*. Eu pensei que fosse o rei, ou algo perto o suficiente disso. Achei que nossas decisões fossem "minha decisão". Eles *não têm ideia* do que acabei de aprender em minha caminhada pelo sangue, o que eu poderia continuar aprendendo, o quão poderosa eu poderia me tornar...

Uma semana atrás, o rugido de fúria se formando na minha garganta poderia muito bem ser de Arthur, mas agora? Era meu.

— Você sabe que Nick está sendo caçado lá fora! — grito para Sel. — Ele pode morrer! Você se esqueceu dessa parte?

Ele surge na minha frente num borrão, seus olhos parecendo queimar meu rosto.

— Fale isso de novo.

Engulo em seco e ergo o queixo.

— Você quer que eu desista dele...

Ele curva os lábios em um sorriso irônico.

Mimetizo a fúria dele com a minha.

— Eu poderia salvá-lo — falo. — E você está me dizendo para nem tentar.

Sel trinca os dentes, incomodado.

— Se você acha que é isso que estou fazendo, se você acha que esse é o motivo pelo qual estou fazendo isso, se você acha que é *fácil*... então...

— Então o quê? — pergunto, em desafio.

Ele se afasta, balançando a cabeça.

— Então você realmente não está pronta para usar a coroa.

— *Selwyn!* — grita William.

Sel desaparece tão rapidamente que seu casaco estala no ar quando ele vai embora.

Lágrimas quentes correm pelo meu rosto. Meu peito dói. Está tudo errado. Não é assim que deveria acontecer... não foi isso que *eu* decidi.

William se aproxima de mim, acariciando as minhas costas em movimentos circulares. Depois de um momento ele suspira.

— Vou preparar o café da manhã e depois vou atrás dele.

— Obrigado, Will — diz Alice.

William balança a cabeça e se afasta, mas, assim que ele vira as costas, Alice me envolve em um abraço.

— Me desculpe.

Minha voz estremece quando respondo:

— Não posso fugir.

— Você não vai.

— Eu não *posso*, Alice...

Ela afunda a cabeça no meu ombro.

— Eu sei. Mas você não pode fazer nada se estiver morta. E você não pode morrer, Matty...

Respiro fundo. A dúvida infiltra as minhas muralhas, ainda que eu queira afastá-la.

— Eu não...

— Você quase morreu, ok? — sussurra ela. — Quase.

Não posso discordar de Alice nesse ponto, ainda que eu queira. Não quando sinto as lágrimas dela molhando meu ombro através da camiseta.

— Não concordo com isso — murmuro.

— Eu vou estar com você. Vamos achar outra forma de você lutar.

O espelho ainda está rachado, mas Alice está aqui, tentando nos remendar.

— Promete? — sussurro.

Ela assente.

— Prometo.

Depois do almoço, Sel liga para Gill. Assim que escuta o nosso plano de fuga, ela manda Sel nos levar até o porão antes de partirmos. Nem sabíamos que havia um porão ali.

Sel segue as instruções dela e se ajoelha no chão de madeira do corredor, tateando o rodapé em busca de uma trava escondida. De fato, assim que ele puxa, uma parte do chão se ergue alguns centímetros. Apenas o suficiente para Sel levantá-la, revelando um lance de escadas de madeira que desce por paredes de pedra.

— Caramba — sussurra Alice. — Isso parece ter saído de um filme do James Bond.

Já no final da escada, Sel aciona um interruptor, e uma fileira de lâmpadas no teto ilumina uma sala com piso de concreto. Nós o seguimos até um espaço do tamanho da casa.

Armários marcados com nomes rabiscados em fita adesiva estão apoiados em uma parede. Na parede do fundo há um rack familiar de armas semelhante ao do porão do Alojamento.

Sel caminha ao longo de uma fileira de cabides de roupas na parede à nossa esquerda.

— Gill disse para nos equiparmos com o que precisarmos.

Ele aponta para as roupas, prateleiras de botas e jaquetas e uma pequena seção de armas que parecem bem... dobráveis e pequenas. Para que uma pessoa as esconda.

Sel aponta para a mesa e para a enorme máquina cinza e branca no canto. Parece uma impressora, mas não consigo ver para onde o papel iria. Em vez disso, há uma pilha de cartões de plástico por perto.

— Ela está enviando fotos para a documentação. Eles já têm uma coleção de falsificações. Também disse que tem dinheiro nas gavetas.

Ele se vira e sobe as escadas sem dizer mais nada.

William e Alice vão na direção das roupas, e eu sigo Sel com os olhos até ele sumir de vista. Ele não falou comigo desde a discussão antes do café da manhã, e eu concluo que, do jeito que as coisas entre nós ficaram, ele vai partir sozinho atrás de Nick. Espero que tenhamos uma chance de conversar antes de nos separarmos, mas Sel não deixa nenhuma abertura para que isso aconteça.

Alice acena para que eu me aproxime, um sorriso no rosto.

—Vem, Bree, isso aqui é que nem ir fazer compras na loja mais maneira do mundo, com a diferença de que é tudo de graça.

Dez minutos depois, estou de volta ao nosso pequeno banheiro, me olhando no espelho. Alice liga para os pais. Tudo o que os Suseranos tinham no armário era pensado no conforto e na mobilidade deles. Encontrei uma longa túnica cor de carvão dividida nas laterais e um top vermelho-escuro com decote em V bordado, leggings combinando e uma jaqueta com capuz. Alice encontrou para a gente botas de salto baixo, cano alto e claramente usadas. O tamanho não é perfeito, mas o couro é flexível e parece pronto para meus pés.

Depois de contemplar as minhas opções, decido trançar a parte da frente dos meus cachos para que meu cabelo não caia no rosto caso tenhamos problemas. Já se passaram doze horas, mas a parte do meio do meu cabelo ainda está úmida. Estou pensando em trançá-la também, quando ouço uma batida na porta.

— Pode entrar — falo.

— Sou eu. — A voz de William está abafada pela porta, e quando a abro me deparo com meu amigo de calça jeans escura e uma jaqueta preta, com uma expressão de dúvida. São as roupas mais Sel que já vi. — Como estou?

Sorrio.

— William, você está ótimo. Eu nunca teria imaginado, mas preto combina muito com você.

— Preto combina com todo mundo.

Ele se permite abrir um sorriso sutil de apreciação e abaixa a cabeça.

— Aposto que Dylan gosta de você de preto — falo, com um sorriso.

Finalmente conheci o namorado de William algumas semanas atrás. Dylan é um veterano. Alto, pele marrom-escura e sorriso aberto. Adorável, gentil e prestes a se formar em direito ambiental.

William fica sério.

— Ele gosta. Gostava.

— Gostava?

— Nós terminamos. — Ele se recosta no batente. — Ou melhor, eu terminei com ele.

— O quê? — Fico boquiaberta. — Quando?

William respira de forma lenta, comedida.

— Um dia depois do Chamado de Arthur.

— Por que...?

— Naquela noite na caverna eu senti uma coisa — diz William. — Uma *fisgada*. No peito. Cheguei a contar isso para você?

Balanço a cabeça.

— Não — respondo. — Nick também falou algo parecido sobre o Rito dos Reis.

— Eu também senti naquela vez. — Ele assente. — Fico me perguntando se todos nós sentimos, todos os Herdeiros, os espíritos de nossos cavaleiros puxando nossa alma que nem um peixe num anzol. Isso me lembrou de que sou um Herdeiro de Gawain independentemente de onde estou ou do que estou fazendo. Temos pouquíssimas escolhas. Eu falo isso o tempo inteiro, mas é a verdade — diz ele, baixinho. — Então escolhi deixar que Dylan partisse.

— Porque Arthur Chamou? Ou por causa do Camlann? — pergunto, e então engulo em seco. — Ou por minha causa?

William se levanta.

— É tudo a mesma coisa a essa altura, não acha?

O amargor toma conta do rosto dele e então some.

—Will...

—Vim para avisar que Alice resolveu a questão da impressora de identidades.

Ele me entrega uma carteira de habilitação que tem minha antiga foto da carteirinha universitária ao lado do meu novo nome e endereço.

Hesito, mas sigo a deixa em vez de fazer mais perguntas sobre Dylan.

— Ramona Pierce? — indago.

— É. — Ele olha por cima do ombro. — Quando você estiver pronta, Ramona.

Eu me encaro no espelho para avaliar se Ramona Pierce vai chamar a atenção. As marcas no meu pescoço quase desapareceram, então não vai parecer que alguém acabou de tentar me matar. De novo.

Antes de sair do cômodo, adiciono minhas armas escolhidas. O alfinete de segurança e os Band-Aids para minha próxima oferenda de sangue ficam escondidos atrás da túnica, em um pequeno bolso interno. Em seguida, deslizo uma das espadas retráteis em minha bota. Peguei essa espada porque me lembrou Nick e fez com que ele parecesse próximo, embora agora eu esteja correndo para longe dele.

Fico pensando em todos os outros Lendários e se as mentiras de Cestra funcionaram, se eles acreditaram que eu tinha desistido de tudo e me escondido.

Imagino que não posso culpá-los por acreditar nessa mentira, já que agora estou fazendo exatamente isso.

Estou terminando de afivelar o cinto para ajustar a túnica quando entro na sala.

— Certo, Ramona está pronta. Alice, quem...

— Alice e William já estão lá fora, colocando as coisas no carro de Jonas.

A voz de Sel me detém. Ele está jogado no sofá com roupas novas. Uma jaqueta preta com a gola levantada e mangas compridas o suficiente para cobrir os punhos. Calça preta e, aparentemente, botas novas.

— Ah — falo, com cuidado. Imagino que outro Suserano esteja a caminho agora, pronto para pegar Sel e atualizá-lo com as informações mais recentes sobre Nick. — Gill... hum... vai mandar outro carro para você?

— Não.

Ele se levanta do sofá daquele seu jeito único, fluido, e caminha na minha direção com as mãos nos bolsos.

Esquisito.

— Por que não?

Ele me lança um olhar estranho.

— Porque eu não pedi.

Franzo as sobrancelhas.

— Pensei que...

— Desde que eu me entendo por gente, minha vida foi devotada a proteger a de Nicholas.

Ele me encara ao se aproximar, me analisando como se eu fosse um quebra-cabeça frustrante. Ele para bem na minha frente, e pequenas fagulhas se espalham pela minha bochecha. Posso sentir o cheiro de sabonete irradiando da pele dele.

Balanço a cabeça, o coração batendo forte.

— Eu sei. Já entendi isso.

— Não, *você não entendeu*. — Um fogo silencioso floresce em seu rosto, deixando-o em chamas. — Você não sabe como é quando todas as fibras do seu corpo, o âmago do seu ser, foi modificado para manter essa pessoa segura. Tanto que, quando ele está em perigo, parece que não consigo respirar. O Juramento de Mago-Real é invasivo desse jeito. Tem que ser, porque manter o rei em segurança significa manter as Linhagens em segurança.

Não sei o que dizer, porque ele tem razão. Não entendo esse sentimento. Nem sei se quero entender.

— Nicholas se foi porque falhei em proteger meu encargo, entre meus outros pecados. — Ele franze a testa, a culpa e a convicção travando uma batalha em seu rosto. A convicção vence. — Mas eu estaria falhando com a verdadeira missão da Ordem, o espírito do Juramento, Nicholas e você se eu não ficasse ao seu lado para protegê-la agora.

Fecho os olhos. Balanço a cabeça. A paixão na voz dele me deixa atordoada, revira meu estômago.

— Não — adverte ele, erguendo meu queixo com um dedo. — Volte de onde se escondeu. Olhe para mim.

Abro os olhos e o vejo olhando para mim, a incerteza repuxando os cantos de sua boca.

— Não estou me escondendo — insisto.

Seu polegar passeia pelo meu queixo.

— Você quer que eu vá embora? — Desvio o olhar, mas a voz dele me atrai de volta. Mais insistente dessa vez. — Bree. Você quer que eu vá embora?

— Eu não quero que você sofra por não cumprir o Juramento. — Minha voz é baixa, mas resoluta.

— Eu já falei — diz ele —, proteger você e William é o bastante para me manter são. E você não respondeu à pergunta.

Suspiro, dando de ombros.

— Não, eu não quero que você vá embora.

Ele solta um "hum".

— Foi tão difícil assim ser honesta?

— Você estava com raiva de mim mais cedo. Por quê? — pergunto, me sentindo corajosa.

— Porque, bobinha — ele percorre minha mandíbula com o dedo —, você achou de verdade que eu iria te abandonar.

Fico boquiaberta.

— Nós brigamos...

Ele sorri.

— Acho que nós sempre vamos brigar.

— Mas... eu não posso... não vou forçar ninguém a me seguir só porque sou rei. Você tem o seu próprio dever.

— Vejo que você levou a sério o que falei ontem à noite.

— Você falou que me protege por obrigação.

— Sim, eu falei isso.

— Você estava disposto a ir para a prisão por quase me matar.

— E ainda estou. — Ele assente. — Sendo muito sincero.

— Então, você está me protegendo agora porque quer compensar por ter tentado me matar antes?

O silêncio paira entre nós.

Por fim, ele é tomado por uma expressão de preocupação.

— Por quê? — pergunto.

— Porque é impossível. — A boca dele se contorce em um sorriso autodepreciativo. — Posso buscar absolvição, mas nunca serei capaz de me redimir daquilo. Nem com você, nem comigo mesmo nem com Nicholas.

Franzo a testa.

— Por que você iria se redimir com Nick?

Ele aperta minha mão.

— Fica para outro dia. Acabei de professar minha dedicação a você. De forma bem dramática, eu diria. Podemos focar nisso?

Fico distraída com suas sobrancelhas franzidas, com o ritmo com que seu maxilar se retesa. Então, percebo o que esses gestos são: desespero. A pergunta de Sel não é retórica. Se eu o pressionasse agora, ele não fugiria da pergunta com sarcasmo ou com um insulto; ele explicaria. Ele não gostaria de fazer isso, mas faria se eu pedisse, *porque* eu pedi. Eu não o forço. Em vez disso, falo:

— Foi um discurso *ok*. Você praticou?

Ele revira os olhos, mas o alívio surge em seu rosto.

— Eu sou graduando em literatura clássica, sabia? Sei como fazer uma proclamação.

Sorrio.

— Faça em latim da próxima vez, e talvez eu fique impressionada.

31

— TALBOT COM LONGFELLOW? — pergunta Alice, exasperada. — Isso não é um endereço.

— Não, não é — diz Sel, olhando para mim pelo retrovisor. Ele insistiu em dirigir, e ele e William estão no banco da frente do carro de Jonas, eu e Alice no banco de trás. — Você ia mencionar isso em algum momento?

— Foram vocês que disseram que eu precisava me esconder. — Estou começando a me sentir envergonhada por afirmar que minha pista até os Artesãos de Raiz era... bem, uma pista, e não uma indicação. — Samira me deu e falou que eu deveria usar caso precisasse de ajuda. Ela deve ter achado que eu conseguiria solucionar.

Sel resmunga e apoia o cotovelo no painel da porta.

— Dá uma olhada no Google. Por enquanto estou nos afastando da casa e da pista de pouso.

Aquela situação parece muito uma viagem em família. Uma viagem em família mortal, com caça a demônios e fuga da polícia mágica.

— Procurando no Google... — diz Alice, abaixando a cabeça para digitar no celular de Jonas. — Certo, Talbot e Longfellow são duas estradas perto da cidade de, hã, *Clayton, Georgia*. Lá nas montanhas. As estradas fazem uma interseção. Mas, ah, não tem nada por ali. É literalmente uma encruzilhada qualquer no meio do mato.

Sel me encara pelo retrovisor. Ele olha de novo para a estrada, o punho encostado na boca.

— Quão longe?

— Três horas de viagem.

— Já vai ter escurecido quando a gente chegar lá, ou perto disso. — William pega o celular de Alice para ajudar a navegar. — Tenho certeza de que não tem problema. Samira é uma Suserana. Ela não mandaria Bree para nenhum lugar que não fosse seguro.

Alice empurra os óculos para cima e fecha a cara.

— É agora que eu digo que Jonas era um Suserano também?

— Não — respondo. — Não é agora, Alice.

— Entendi.

Uma hora e meia depois, Sel está tamborilando impacientemente no volante.

— Precisamos abastecer.

Alice se inclina para a frente para olhar pelo para-brisa. Na nossa frente há uma longa estrada de duas faixas em linha reta, com campos dos dois lados.

— Não estou vendo posto nenhum.

— Eu estou — murmura Sel. Ele estreita os olhos. — Alguns quilômetros adiante, no lado direito.

Alice fica boquiaberta.

— Você consegue enxergar tão longe assim?

— Sim. O *cyffion* inibe meu uso do aether, não as minhas habilidades naturais. — Ele olha de relance para William. — Vamos pagar com dinheiro. Entrar e sair.

— Concordo. — William ergue a mão. — Só que antes eu preciso ir ao banheiro.

— Eu também — diz Alice.

Sorrio.

— E eu.

Sel faz uma cara feia para nós três, olhando ao redor feito um pai incomodado.

— Certo.

Entramos no estacionamento de cascalho de um posto de gasolina de duas bombas que, caso as luzes não estivessem acesas dentro da loja de conveniência, eu com certeza pensaria que estava abandonado. Até as bombas parecem ter visto dias melhores, e uma placa de compensado está encostada em uma delas, de frente para a estrada. Nela, alguém escreveu as palavras APENAS SELF-SERVICE com uma tinta spray vermelha agressivamente perturbadora.

Sel para ao lado da bomba mais afastada da frente da loja.

— Vamos ser rápidos.

William salta do carro e dá a volta até a porta traseira do lado do motorista. Assim que ele abre a porta para que possamos nos juntar a ele, percebo que William é provavelmente a pessoa de aparência mais inofensiva do nosso grupo. Alice e eu nos entreolhamos, e imediatamente sei que ela está pensando a mesma coisa. Parece que estamos vestidos para algum tipo de... abertura de galeria de arte levemente hostil. Alice mantém as mãos enfiadas nos bolsos de trás, mas tira a jaqueta militar.

Nós três atravessamos o estacionamento e entramos na loja.

Dois homens brancos estão lá dentro, no meio de uma conversa, quando William abre a porta de vidro. Parecem ter por volta de uns quarenta anos e feições parecidas: cabelo escuro, narizes com espinhas e constituição robusta. Irmãos, acho.

O clima azeda na mesma hora.

Eles claramente nos viram chegar e nos observaram atravessar o terreno vazio, mas demoram a se virar na nossa direção. O mais alto balança a cabeça.

— Como 'cês estão?

— Bem, obrigado — responde William. Ele pega a carteira. — Eu gostaria de trinta dólares na bomba lá fora.

— Certo — diz o homem.

Ele pega as notas de William e conta, e o outro irmão olha para mim e para Alice de uma forma que deixa claro que não está pensando em nada bom. A boca dele está brilhando, como se tivesse acabado de comer alguma coisa gordurosa.

William usa sua expressão mais pacífica e razoável.

— Tem algum banheiro por aqui? Onde fica?

— Um. Lá atrás da loja.

O irmão estica a mão para a prateleira acima do balcão, onde ficam os enormes maços de cigarro atrás de um vidro. Então entrega a William um pedaço comprido de madeira, com uma mancha desagradável e uma chave presa num fio.

— Obrigado.

William pega o pedaço de madeira sem hesitação. Ele se vira para Sel, indicando que a bomba está pronta, mas olha para mim e Alice, as sobrancelhas erguidas. *Vocês estão bem?*

Assinto.

—Vamos só procurar alguma coisa para comer — falo, alto o bastante para que os dois homens, e Sel, escutem.

Alice e eu vamos até a prateleira de batatas chips. De repente, desejo que não tivéssemos que fazer xixi. Isso é estranho, e os cabelos da minha nuca estão arrepiados; estamos sendo observadas.

William sai do banheiro alguns segundos depois, graças a Deus, e a gente vai até o meio da loja para se juntar a ele. Ele estende a chave para que uma de nós pegue — e é aí que a sensação nauseante no meu estômago fica mais forte.

— Eu fico com isso — diz o outro homem, dando a volta no balcão.

Ele é maior e mais pesado que William, e pega a madeira antes que possamos fazer qualquer coisa.

— Ah, a gente também precisa ir ao banheiro — explica Alice, com um sorriso nervoso.

O homem enfia a chave debaixo do braço.

— Desculpe. O banheiro está interditado.

Alice fica incrédula, e eu fico rígida.

— O quê? — pergunto, olhando para William e para o homem. — Ele acabou...

— Está interditado.

O canto da boca do homem se ergue em um sorriso cheio de rancor, os olhos grudados nos meus como se tentasse despejar todo aquele rancor em mim. Sem parar de olhar para o meu rosto, para que eu não entenda errado.

Entendo perfeitamente. E mesmo sem olhar para ela sei que Alice também entendeu. Seu rosto fica vermelho de raiva, mas minha amiga não diz nada. Estamos no meio do nada na Geórgia. Há a guerra e há batalhas. Nenhuma de nós escolhe essa batalha.

William, no entanto...

— Como é? — pergunta William, apontando com o polegar por cima do ombro. — Não tem nada errado com o banheiro.

— Agora tem, sim. — O homem dá de ombros, mas uma ameaça sutil se revela na voz dele, no movimento de sua boca. — Simples assim.

O medo serpenteia pela minha garganta, faz meu coração acelerar. William provavelmente poderia derrotar esses homens em uma luta, mas não dá para dizer o que poderia acontecer. Eles podem ter uma arma com eles ou atrás daquele balcão; podem ter uma faca. Se quisesse, o homem poderia usar aquela haste de madeira suja e manchada como arma. Eu tenho a espada retrátil, mas estamos em um local apertado, e o que eu vou fazer, cortar esses dois ao meio? Sel está do lado de fora, mas qualquer coisa que *ele* fizesse iria expô-lo como alguém não exatamente humano. Muitas incógnitas.

— Deixa pra lá, Will — peço, puxando a manga de sua camisa. — Está tudo bem.

Mas alguma coisa dentro de Will explode. Os olhos dele brilham conforme se aproxima do outro homem.

— Você vai me explicar por que as minhas amigas não podem usar o banheiro?

Alice arregala os olhos, se preparando. Mas o homem mais velho apenas balança a cabeça, aquele sorriso se espalhando por sua boca grande e nojenta.

— Não.

O homem atrás do balcão apoia as duas mãos na superfície grudenta.

— A loja é nossa — diz ele, dando de ombros. — Não precisamos explicar merda nenhuma para você.

O sino acima da porta toca.

— Algum problema aqui?

Sel entra. Ele avalia os dois homens e olha para nós, tudo no espaço de uma batida do coração.

— Quem é você? — pergunta o homem, olhando Sel de cima a baixo. — O Dia das Bruxas chegou mais cedo? O que aconteceu com seus olhos, moleque?

— Ei! — falo, dando um passo para a frente.

Sel estica a mão para me deter. Ele força um sorriso vazio, sem emoção.

— Tem algum problema aqui? — repete ele.

— Não, a menos que vocês queiram. — O irmão dá a volta na caixa registradora e, casualmente, se apoia no balcão, cruzando os braços. Ele olha para Selwyn também, com as sobrancelhas franzidas. — Você é um daqueles tais de *góticos*? O que é que tem de errado com seus...

— Posso ajudar? — pergunta Sel, a voz contida. — Se não...

O homem se afasta, olhando para nós.

— É melhor vocês irem embora. Vão lá para a rave de vocês, ou sei lá o que... seja.

O único sinal de que Sel está agitado é a veia proeminente em seu pescoço. Ele cerra os dentes, olha para William.

— Temos que ir, William.

— Concordo — disparo, mesmo que o meu coração esteja ribombando no peito. — Vamos.

Alice e eu já estamos indo para a saída, mas William não se mexeu. Acho que ele nem percebeu que suas mãos estão ao lado do corpo, um gesto que Sel, Alice e eu reconhecemos imediatamente. A palma da mão aberta para invocar aether.

Ele não faria isso.

Sel para ao lado do Lendário em dois passos, segurando o cotovelo dele com força.

— William.

A dor chama a atenção do Lendário. Ele olha para Sel e, depois, para os outros homens.

— É melhor vocês irem embora, *William* — zomba o homem com a chave.

Ele acena com a chave que pedimos, balançando-a longe do nosso alcance com um sorriso no rosto.

William deixa que Sel o arraste para fora da loja.

Voltamos juntos para o carro e nos amontoamos ali dentro em silêncio. Sel dá a partida e arranca suavemente. Assim que chegamos à estrada, ele balança a cabeça e diz:

— Will...

— Eu sei — murmura William. — Me desculpe.

— Eles tinham uma arma atrás da caixa registradora — diz Sel secamente.

Congelo.

—Você... você viu?

— Senti o cheiro. — Sel franze o nariz. — Se um deles tivesse tentado pegá-la, eu os teria detido. Sou rápido o bastante. Mas não podemos nos dar ao luxo de fazer uma cena. Não podemos arriscar que a polícia seja chamada.

— São essas as pessoas que os Lendários devem salvar de demônios? Os humanos pelos quais vocês estão se sacrificando? — zomba Alice, apoiando a cabeça na janela. — Aqueles dois não valem a pena.

Depois de um longo silêncio, William suspira.

— Não é uma escolha nossa. Já nascemos nesta guerra.

— Rá — falo, rindo. — É, bem, sabe aquilo que aconteceu ali atrás? Eu e Alice já nascemos *naquela* guerra.

— Só estávamos tentando fazer *xixi*. Só isso — protesta Alice. — Mas aí demos de cara com o Coisa Racista Um e o Coisa Racista Dois. Mas que *merda*.

— Eu não deveria ter deixado vocês entrarem sozinhos — diz Sel. Ele olha para mim no retrovisor. — Sinto muito que isso tenha acontecido.

— Não dá para lutar contra todos os demônios — falo, baixinho. Observo as árvores passando, forçando a adrenalina a sair do meu corpo, fechando minhas mãos com força para expulsar aquilo do meu sistema. — É só um lembrete de que não importa qual seja meu título, de quem herdei minha magia...

— Eu não sou uma Lendária — continua Alice. — Mas, se eu fosse, e uma Cria Sombria estivesse atrás daqueles dois, eu teria feito vista grossa.

O carro fica em silêncio. O fato de ninguém se preocupar em respondê-la, em contestá-la, provavelmente deveria perturbar a todos nós em algum nível. A declaração dela provavelmente deveria ser chocante, fazer alguém defender a vida humana, mesmo que esses dois homens mal se qualifiquem como tais. Mas ninguém diz nada.

A primeira coisa que noto no Lounge da Encruzilhada é o crânio de dragão acima da placa de neon azul.

Imediatamente depois disso, percebo que ele fica em uma colina na interseção de duas estradas de terra na floresta. De fato, não tem endereço algum.

Paramos na estrada, parte do carro dentro de uma vala. O estacionamento de cascalho do lado de fora do bar é minúsculo, cabem no máximo seis carros, e por isso as estradas estão cheias de veículos. Picapes, sedãs surrados e um SUV de luxo aqui e ali. Multidão eclética.

Tochas enormes estão alinhadas no caminho, provavelmente um grande risco de incêndio, ainda que sejam úteis. Com exceção dessa iluminação, está quase escuro no campo. Sem poluição luminosa, as estrelas do início da noite pairam no céu como diamantes espalhados sobre um tecido de veludo azul-marinho.

— Primeiro o mais importante, encontrar um banheiro. — Alice para do meu lado no topo da colina e ergue o olhar para o crânio, a boca aberta. — É de verdade? Aquele...

— Dragão? — completa William. — Parece que sim.

— O quê? — pergunta Alice, olhando para mim. — Dragões existem?

— Não — falo, então hesito, me virando para William. — Dragões existem?

Ele dá de ombros, as mãos nos bolsos.

— Existira lá em Gales, em algum momento.

— Então isso é algum tipo de código para... um bar aliado da Ordem ou coisa do tipo? — pergunta Alice. — O Pendragon?

Sel, que havia passado na nossa frente e provavelmente já tinha vasculhado cada entrada, aparece na frente dela em um movimento silencioso. Seus olhos brilham no escuro.

— Não mencione nenhuma dessas palavras quando passarmos por essas portas. Nem a organização à qual somos afiliados nem o símbolo da coroa. Entendeu?

Alice ruboriza, mas assente.

— Ótimo. Agora, eu sugiro... — A voz de Sel se transforma em um engasgo.

Ele arregala os olhos, que estão desfocados, e leva a mão ao peito, cravando os dedos na pele.

— Sel? — pergunta William.

Ele respira como um mergulhador que sobe até a superfície em busca de fôlego e se curva, os olhos fechados de dor.

— Sel! — grito, me aproximando. Ele ergue a mão para me deter e dá um passo para trás, dois. — O que está acontecendo?

— É...?

A expressão no rosto de William me assusta. É a mesma que ele fez quando Jonas caiu, quando viu um homem morrer de um jeito que *swyns* não podem curar.

Ainda curvado no chão, Sel balança a cabeça.

— Nicholas.

Respiro fundo.

— Ele está...?

Não quero nem terminar minha própria frase.

— Vivo, mas... — Sel solta um som baixo, de frustração, como se pudesse lutar contra a própria dor. Ele puxa a camisa, torcendo o tecido nas mãos. — Em perigo.

Pego a moeda, esfregando o dedo no metal, mas o sangue secou. Procuro o alfinete na minha túnica. Eu o abro e aperto a ponta contra o polegar.

— O que você está fazendo? — William segura meu braço, mas já é tarde demais.

— Oferenda de sangue — explica Alice, puxando-o para trás.

— Pelo meu sangue... — murmuro, e o mundo instantaneamente se torna preto, como se uma cortina tivesse descido ao meu redor.

Anda. Anda.

Eu me ergo sobre a pedra coberta de musgo.

— Arthur! — chamo, e espero que ele responda.

Um minuto depois, escuto a voz dele. Áspera e irritada.

— *Você não irá me invocar feito um cão em uma coleira para que eu a leve até o descendente do meu cavaleiro.*

Abro os olhos. O mundo reaparece ao meu redor. Alice está me segurando de pé, me perguntando o que aconteceu.

— Você conseguiu vê-lo? — Sel ofega, apoiando a mão em um dos joelhos.

— Arthur não deixou — sussurro. — Ele... ele se recusou a me canalizar para suas memórias.

Eu nunca me senti tão indefesa. Pensar em Nick em perigo mortal já é difícil o bastante, ver Sel sentindo isso e não poder fazer nada é ainda pior.

— Bem, nós já sabíamos que ele era... um babaca. — Sel respira fundo. — A sensação está passando, então Nick deve estar em segurança.

— Devíamos... fazer alguma coisa — falo. — Devíamos...

— Não — resmunga Sel. — Ele está vivo. Está seguro. O que quer que tenha sido, já passou. Não vamos a lugar nenhum. A decisão já foi tomada.

Abraço meu corpo.

— Não, vou esperar uns minutos e chamar Arthur de novo. Só para ter certeza.

— Eu tenho certeza, Briana! — grita Sel. — Essas caminhadas pelo sangue te deixam incapaz de andar ou correr. Não podemos assumir esse risco agora.

As palavras dele soam como um tapa e uma proteção ao mesmo tempo.

— Podemos pelo menos ligar para Gill?

— Não. — Ele balança a cabeça com força. — Eu esmaguei o celular e o joguei fora uns quinze quilômetros atrás.

— O quê? Por quê? — grito.

Ele olha para mim, irritado.

— Ou você é não rastreável ou não é. — Por fim, ele se levanta. — Eu consigo sentir quando a vida de Nick está em perigo, mas posso *ver* quando a sua está. *A decisão já foi tomada.* Se eu te mandar correr, fugir, faça isso.

Ergo as mãos.

— Tudo bem.

Ele dá um passo para se aproximar, até tomar todo o meu campo de visão.

— Prometa.

Ele olha em meus olhos, procurando minha resistência de sempre. Pressiono os lábios, porque reconheço o olhar em seu rosto. Discutir não vai funcionar... e eu sei que Sel está certo.

Eles exigem que eu me esconda e pare de procurar por Nick, e eu fui contra tudo que sou ao aceitar isso, mas, ainda assim, aceitei. Saber que ele está em perigo e não poder ir até ele, ou nem mesmo tentar, é parte da decisão.

— Prometo que vou correr se você me mandar correr.

Satisfeito, ele assente. Antes que possa falar de novo, ele ergue o nariz, os olhos fixados em um ponto acima da minha cabeça, avaliando o estacionamento da esquerda para a direita.

— Não gosto do cheiro daqui.

Antes que eu possa perguntar o que *isso* significa, alguém se aproxima do outro lado do estacionamento. Uma figura em uma jaqueta escura, movendo-se tão rapidamente para entrar que não somos vistos. Ele bate na porta — três batidas rápidas, depois uma curta —, e a porta se abre. Vozes ao longe. Sel inclina a cabeça, ouvindo. Um pulso quente de magia me atinge em uma onda incessante, e William e eu ofegamos. Como se compelida, cambaleio na direção da porta, mas ela se fecha antes que eu me aproxime, e sinto a ondulação de uma barreira de proteção na minha bochecha.

Sel observa o impacto da magia no meu rosto e no de William.

— O que vocês estão sentindo?

— Poder — respondo. — Bastante. Aprisionado atrás de uma barreira.

Sel resmunga, irritado e impaciente. Ele não consegue enxergar a magia, e isso deve estar o deixando bastante frustrado.

— Usuário de aether? Artesão de Raiz?

Faço que não.

— Nenhum dos dois.

— Concordo — diz William, inclinando a cabeça. — O poder que senti não é o mesmo que os Lendários utilizam, mas também não é como o de Bree.

Sel olha para a estrutura e cerra os dentes, como se o prédio em si fosse um oponente.

— William. — A voz dele sai em um rosnado levemente controlado. — Nós acabamos de trazer a Herdeira de Arthur para um covil de clandestinos?

William inclina a cabeça, pouco impressionado.

— Se nos *comportarmos* neste covil de criminosos, talvez possamos sair daqui com aquilo de que Bree precisa: informações.

Sel se irrita com todo mundo e ninguém ao mesmo tempo.

— Se *metade* do que dizem por aí sobre esses lugares for verdade, assim que alguém suspeitar quem somos, estaremos cercados por um monte de usuários furiosos e clandestinos de aether. Usuários de aether que têm todos os motivos do mundo para se esconderem, e odiarem, tanto a Ordem *quanto* Merlins.

— Por que eles odeiam você? — pergunta Alice. — E você acabou de falar "Ordem", mesmo depois de...

— Porque a palavra com O caçava e aprisionava usuários "clandestinos" de aether por usar magia que não compreendiam nem podiam controlar — respondo secamente, cruzando os braços. — Faziam experimentos. Prendiam em lindos prédios com vigias nas portas e janelas. Agora me pergunte como eu sei disso.

Não sou só eu, no entanto. Penso em Patricia e em como ainda estou escondendo a identidade dela. Mariah, a única outra praticante da Arte de Raiz e Médium que conheço. Minha mãe, escondendo suas habilidades. Então, a memória das algemas do Julgamento das Bruxas de Salem em exibição na biblioteca do Alojamento surge na minha mente.

Alice franze o nariz.

— Que horror.

— Vai ficar tudo bem — afirmo para mim mesma e volto a andar. Alice se junta a mim. — Vamos nos ater ainda mais ao plano. Nada de falar de Lendários, de Merlins ou da Ordem.

Sel passa rapidamente por mim, bloqueando meu caminho.

— Este é o *tipo* de lugar do qual devíamos mantê-la longe. São pessoas que iriam sequestrá-la, espalhar a notícia e entregá-la pela maior recompensa.

Manuseio o bilhete no bolso e me lembro da única outra palavra além de "Talbot e Longfellow". Um nome.

— Preciso encontrar Lucille.

— Não, você *precisa* continuar viva. Estamos em menor número e com menos poder. — Sel dá um passo para a frente e aponta para ele e William. — Um de nós vai lá dentro encontrar o contato. Você volta e espera no carro.

Dou um passo para mais perto dele.

— De jeito nenhum!

— Identidade?

Todos nós nos sobressaltamos, até mesmo Sel. A entrada coberta por um telhado de zinco estava vazia, mas não está mais. Agora, está completamente bloqueada por um enorme homem negro de pele marrom-avermelhada, usando roupas de couro vermelho e preto. Sua barba está trançada e desce até o peito, com presilhas brilhantes presas em suas tranças. O cheiro da floresta emana dele em ondas densas. Pinho. Terra. Casca úmida.

Sel solta um xingamento e gira rápido com sua velocidade de Merlin, as mãos instintivamente arranhando o ar ao seu redor. Ele parece perceber ao mesmo tempo que a gente que não há aether fluindo dela. Sel se endireita, o rosto corado.

— Quem é você? — dispara ele.

— Bem-vindos ao Lounge da Encruzilhada. Meu nome é Louis, sou o segurança. Identidade, por favor? — repete o homem.

Sel tem dezoito anos e William tem dezenove, e os dois podem passar por vinte e um se a lei exigir, mas nós duas não podemos. Alice e eu trocamos olhares preocupados. Mesmo que as identidades falsas que Gillian nos mandou imprimir digam que temos dezoito anos, é um exagero. Para ela, principalmente.

Para a nossa sorte — ou azar? —, esse não é o tipo de identidade que o homem está procurando. Ele se dirige a nós.

— Se vocês não tiverem uma carteirinha de membro, precisarão ser marcados como convidados. Pulsos, por favor?

William, Alice e eu trocamos olhares e nos aproximamos da porta da frente. Antes que Sel possa me impedir, estendo o braço. Mas, em vez de enrolar uma pulseira de papel em volta do meu pulso, Louis passa a palma da mão sobre ele. Um símbolo que não reconheço emite um brilho amarelo e quente por um momento, pulsa e depois desaparece. Um círculo feito de quatro flechas, todas seguindo umas às outras para fazer um loop fechado. Ao meu lado, até Sel arregala os olhos. Em seguida, Louis faz o mesmo com William e depois com Alice.

Todos nós prendemos a respiração quando ele se vira para Sel.

— Pulso?

— Nem fodendo — diz Sel.

— Sel! — sibilo.

William baixa a cabeça e esconde o rosto entre as mãos. Alice fica rígida do meu lado. O homem apenas inclina a cabeça.

— Se essa é a sua resposta, então todos os quatros precisam sair da área nos próximos dez segundos. Dez, nove, oito...

— Sel! — repito. — Anda logo.

Sel trinca os dentes com tanta força que suspeito que vão quebrar. Em seguida, estica o braço esquerdo. Se o homem percebe o punho algemado, ele opta por não dizer nada. Então, coloca a marca na mão de Sel também.

— Vai desaparecer em doze horas.

— É melhor mesmo.

Sel gira a mão na luz, fazendo uma careta ao ver a marca.

Num tom entediado, como se estivesse recitando um roteiro pela milésima vez, ele diz:

— Ao entrar, vocês concordam em liberar os proprietários, funcionários e outros convidados, sejam eles humanos ou não humanos, do Lounge da Encruzilhada de toda e qualquer responsabilidade, incluindo, mas não se limitando a: negligência, falha, acordos ou desacordos entre entidades que possam ocorrer em consequência de sua presença nas instalações. Vocês também concordam em não instigar, prolongar ou interceder em quaisquer conflitos mágicos que não sejam explicitamente permitidos pelo proprietário ou pela equipe do Lounge da Encruzilhada. — Louis respira fundo. — Vocês entendem, concordam e juram cumprir esse acordo apalavrado e os requisitos de comportamento?

Surpreendentemente, Sel responde primeiro:

— Tudo bem.

O homem olha para o restante do grupo, e murmuramos nossa concordância. É difícil não fazer perguntas. As sobrancelhas de William e Sel estão franzidas, e as minhas também. Um acordo juramentado não é nada fácil para os Lendários.

— Alguma magia para declarar? — pergunta Louis.

— Não. — A resposta de William é tensa e firme, como se ele estivesse a preparando de antemão.

O homem resmunga, e eu rezo para que ele não seja algum tipo de criatura sobrenatural com audição aguçada, porque meu coração pula no peito. Não *sinto* os olhos dele em mim, então não é um demônio ou parte demônio.

— Pode entrar.

O segurança nos olha pela última vez e se curva para abrir a porta atrás de si. Então, com um súbito barulho de estouro, Louis desaparece.

O som de copos tilintando e rock clássico se espalha pelo ar da noite na mesma hora, alto o suficiente para fazer Sel tapar seus ouvidos sensíveis.

— Ele é... rápido assim? — pergunta Alice.

— Não — resmunga Sel. — Aquela velocidade não é dele. Não gosto nada disso.

— Aff, nós *sabemos* — reclama Alice.

— Comportem-se, crianças. — William levanta a mão. — Precisamos nos adaptar se formos começar a inverter a ordem das coisas.

Alice dá uma risadinha nervosa.

— Ordem. Entenderam? — Ela se vira para nós, exultante. — Entenderam?

— Eu entendi. — William dá uma piscadinha.

— Todo mundo entendeu — diz Sel, com um longo suspiro de resignação.

Alice se aproxima de mim para que caminhemos quase ombro a ombro, seu dedo mindinho entrelaçado ao meu. Aceno para o grupo com uma confiança que não tenho.

— Vamos encontrar Lucille e partir.

Puxo Alice para a frente, me preparando para a explosão de informações sensoriais: a batida grave do baixo pesado, o redemoinho da fumaça, a barreira dançando em meu rosto e pescoço, e o cheiro forte e espesso de aether me puxando rumo ao desconhecido.

32

O LOUNGE DA ENCRUZILHADA é um prédio extenso com uma arquitetura confusa.

O salão principal é um grande armazém de dois andares, mas à esquerda há três contêineres abertos presos à parede da estrutura, cada um identificado por uma placa iluminada no alto. À direita, o telhado é baixo, o chão passa de ladrilho para madeira, e vemos uma longa barra cintilante que vai de uma ponta à outra. Em frente à entrada, há um palco montado sob um loft que parece meio frágil e um segundo andar que se estende mais para trás no prédio.

Todas essas esquisitices estruturais podem ser achadas em um bar comum de Primavidas, mas um bar comum de Primavidas não teria cantos sombreados que mudam e oscilam, tornando impossível saber exatamente onde as paredes terminam. Mesmo quando semicerro os olhos, não consigo distinguir o perímetro do armazém. O que antes parecia um canto agora parece derreter diante dos meus olhos, como se distorcido pelo calor de uma chama.

Já vi Lendários usando magia para criar construções do nada, mas nunca vi magia que pudesse manipular o espaço. Algumas pessoas estão amontoadas ao redor de canecas de prata enferrujadas em mesas de madeira baixas e pegajosas com velas no meio. Outras partes do salão parecem ter sido deixadas escuras propositalmente; mais propício para negócios duvidosos, imagino. A sala tem cheiro de fumaça de cachimbo, desespero e aether.

— Vamos arrumar um lugar para sentar — ordena Sel, a voz dele soando alta na escuridão.

William se inclina para gritar no ouvido dele.

— Acho que a gente deveria se enturmar um pouco por aí antes de perguntar por Lucille. A placa manda a gente se sentar...

Sel responde, mas eu não o escuto, porque a magia do lugar saturou meus sentidos. São tantas *camadas*. Apimentadas. Doces. Terrosas. Amargas. Brilhantes. Uma mistura inebriante que pousa na minha língua e preenche as minhas narinas em um turbilhão. Um gosto tão encorpado que arquejo em busca de ar.

— Bree? — Alice me encara fixamente, e eu pisco, voltando para meus amigos.

— É... — Minhas pálpebras estremecem e minhas palavras saem levemente arrastadas. — É muita coisa. Estou bem.

Sel me encara por um longo momento.

—Tem uma mesa livre encostada na parede, com quatro cadeiras.Vamos.

Ele aponta para o que parece ser o canto esquerdo do prédio e gesticula para que nós o sigamos.

Alguns clientes nos olham quando passamos, mas, à primeira vista, ninguém parece ser outra coisa senão humano. Mas, na última vez que vi tantas pessoas negras e marrons, eu estava em um ritual entre a vida e a morte, olhando para meus próprios familiares. Solto um suspiro, uma sensação parecida com alívio. Pela primeira vez estou em algum lugar onde me sinto mais em casa do que com os Lendários. Um mundo de usuários de magia que se parecem comigo, mesmo que não sejamos exatamente iguais.

Eu nem sabia que isso era possível.

Um bar na floresta para pessoas que conhecem o aether, ou a raiz, ou qualquer um dos outros nomes para o recurso mágico que a Ordem reivindicou para si. Se Nick não tivesse sido levado e eu não tivesse escapado dos Regentes, eu saberia da existência de um lugar como este?

Chegamos à mesa sem problemas, e sou obrigada a me sentar em uma cadeira antes que eu possa protestar, com Alice à minha esquerda, Sel à minha direita e William do outro lado.

O salão já estava quente quando chegamos, mas lá no fundo tudo é quente e pegajoso. Alice tira a jaqueta preta, e eu faço o mesmo com o casaco com capuz que uso. Agora que nós duas estamos com menos uma camada de roupa, não posso deixar de comparar o que vestimos: ela está com uma blusa preta de franjas que a faz parecer durona e elegante ao mesmo tempo. Olho para minha blusa, que parece cara, mas mostra um pouco mais de decote.

Droga. Eu sabia que deveríamos ter combinado as roupas.

Puxo a camisa para cima, corando. Alice nota e ri.

— Boa sorte escondendo isso aí — diz ela.

— Você poderia ter dito alguma coisa antes de sairmos — murmuro, esperando que a música abafe minha voz.

— Nós não nos vestimos juntas, senão eu teria dito. — Ela sorri. — Além disso, o que eu iria dizer? Esconda vossas tetas, Herdeira da Coroa?

Bato de leve no braço dela. Ela sorri e bate no meu também.

Vejo, pela minha visão periférica, que a cabeça de Sel não se move, mas a leve mudança dos seus dedos na mesa me diz que ele nos ouviu.

— Ah, estamos falando sobre as roupas de Bree? — William se inclina para a frente, um grande sorriso no rosto. — Não falei antes, mas gostei. Essas cores ficam perfeitas em você.

— Não é? Bree fica incrível em qualquer variação de vermelho e preto, na verdade. Ou dourado — diz Alice. Uma expressão atrevida cruza o rosto dela. — Ela está linda, não está, Sel?

Uma bomba de vergonha começa a tiquetaquear no meu peito. Meu rosto inteiro está prestes a explodir. Vai explodir. Lá se foi meu rosto. *Não acredito que ela fez isso*.

Sel volta os olhos para mim tão lentamente que preciso apertar os músculos da perna para parar de me contorcer.

— Briana está bonitinha.

Então ele olha para outro lado.

Alice fica boquiaberta.

Bonitinha? Agora eu *realmente* me contorço, porque se eu não fizer isso vou acabar batendo em alguma coisa. "Bonitinha" é a forma como os professores descrevem suas roupas no dia de fotos na escola. "Bonitinha" é como você descreveria uma vizinha que não conhece muito bem. Na última vez que Sel e eu estivemos bem-vestidos, no baile de gala da Seleção, ele disse que eu estava *deslumbrante*. Ele me encarou como se eu fosse metade princesa e metade deusa. Será que foi só porque Nick estava lá? Ou porque eu era só a Pajem Matthews, e não... todas as coisas que sou agora?

Balanço a cabeça. Não posso seguir por esse caminho, é melhor nem começar. Não estou com Sel. Não ligo se ele diz que pareço bonita do jeito mais entediante possível.

— Bonitinha? — Alice, no entanto, já estava na metade daquele caminho e aumentando a velocidade. — *Bonitinha?!* — Ela faz uma cara feia para Sel, e eu a amo ainda mais por se sentir ofendida por mim. Graças a Deus somos melhores amigas. — Seu vocabulário só inclui adjetivos básicos?

Sel a ignora e olha ao redor, impaciente.

— O atendimento aqui é ruim. Se eu estivesse com meu celular, deixaria uma avaliação ruim por causa do atendimento ruim.

— Desculpa, queridinho — diz uma voz. — Não estamos em nenhum mapa, então acho que não vai dar para você fazer uma resenha do Lounge da Encruzilhada.

Uma jovem de pele marrom-dourada e olhos grandes nos cumprimenta. Ela tem mais ou menos a idade de William e Sel, e usa um avental vermelho-vivo, botas pretas e um espartilho vermelho e preto — um espartilho de verdade. A peça levanta os seios dela de uma forma muito mais impressionante do que a blusa que estou usando. Se eu soubesse que iríamos a um lugar com esse tipo de código de vestimenta, poderia ter escolhido algo diferente. A roupa dela me faz querer um espartilho.

— Olá — cumprimenta Sel, em voz baixa. Ele analisa a mulher em um segundo e então a encara, abrindo um sorriso lento. — Gostaria de pedir uma bebida.

Eu me ajeito na cadeira e reprimo o impulso de comparar aquele sorriso com os que ele me deu. Então balanço a cabeça. Isso nem faz sentido. Por que me importo com o sorriso de Sel agora? Ele está fingindo, de qualquer forma. Espero eu.

A moça ri.

— Imaginei. — Então ela coloca uma tigela de azeitonas no meio da mesa de madeira envelhecida, puxa um caderno espiral de seu avental e uma caneta de trás de seus cachos presos. — Meu nome é Emma e vou servi-los esta noite. Temos uma bebida local esta semana, Bons Anjos, uma espécie de stout picante, e uma bebida fermentada cítrica chamada Calamidade.

— Vamos querer dois de cada, Emma — diz Alice, abrindo um sorriso grande demais.

— Alice! — sibilo.

Sem *chance* de eles acreditarem que temos idade suficiente para beber.

Mas Emma apenas sorri para mim.

— Você quer alguma coisa diferente, querida?

Pisco várias vezes.

— Hum, não. Duas de cada está bom.

— Tudo bem. Já volto. — Emma fecha o caderno. Olha para minha camisa. — Adorei sua blusa, aliás.

Minhas bochechas queimam.

— Obrigada.

Quando Emma sai, Alice exclama:

— Viu? É por isso que eu namoro meninas. *Bom gosto!*

— Eu tenho bom gosto — murmura Sel, retorcendo o nariz.

Alice faz uma careta de descrença.

— Meu Deus, estou sentindo tanta vergonha alheia por você agora.

William gargalha com o rosto escondido na manga da camisa, os ombros sacudindo de tanto rir. Sel fecha a cara.

Disfarço minha risada pigarreando e cutucando Alice na perna.

— Vamos querer dois de cada, Emma?

Alice fica exultante.

— Queremos nos misturar, não é?

— Flertando com a garçonete?

Ela dá de ombros.

— Existem ideias piores — diz Sel, entretido. — Mas tenho que concordar com Bree. Não estamos aqui para nos divertir. Temos que revisar a missão e ficar de olhos abertos para qualquer coisa que pareça súbita ou suspeita, ou as duas coisas ao mesmo tempo.

— No que exatamente devemos prestar atenção? — pergunto.

— Em comportamentos inusitados. Conflito entre clientes. Qualquer um nos encarando por muito tempo, ou que passe perto da nossa mesa mais de duas vezes.

Alice aponta para um homem usando uma camiseta preta com uma gola V muito cavada.

— Bem, aquele cara *ali* já passou por nós três vezes. Mas porque ele fica voltando para pedir mais doses. — Ela agita um polegar na diagonal.

— E aquelas duas pessoas naqueles invejáveis vestidos colados estão discutindo por causa da conta.

Olho e, de fato, no canto, duas pessoas estão batendo os dedos no pedacinho de papel na mesa.

Sel arqueia as sobrancelhas. Está impressionado. Que orgulho. Essa é a minha Alice.

— Muito bem, Chen.

Emma retorna com uma bandejinha redonda.

— Aqui vamos nós: duas canecas de Calamidade e dois Bons Anjos. Cinco cada. — Ela coloca as bebidas na mesa e leva a mão à cintura. O copo à minha frente é laranja-claro e espumoso, com cheiro de frutas cítricas. — Pague adiantado quando terminar. — Ela olha para Sel com malícia, depositando na mesa um último shot duplo que eu não havia notado na bandeja. Presumi que fosse para outra mesa. À primeira vista, parece um daqueles shots em chamas em que o álcool é incendiado para aumentar o *drama*. — Parece que você precisa de um pequeno estímulo, cambion. Por conta da casa.

Então ela se afasta, servindo um grupo de três em uma mesa alta no meio do salão.

Sel, William e eu nos inclinamos para examinar a bebida — e imediatamente ficamos quietos. Um pequeno vórtice prateado gira sobre o topo e desce ligeiramente pelas laterais do copo alto e estreito. Mas não é fogo comum. É *fogo mágico*.

Sel sibila, os lábios retesados.

— Para o que vocês estão olhando? — Alice se inclina sobre mim para olhar para o copo, depois nos encara, balançando a cabeça. — É só uma dose grátis.

Pisco algumas vezes, e então me dou conta de que Alice não consegue enxergar aether.

— Não exatamente. — Olho para os garotos. — Me ajudem aqui?

— Ela, ou alguém, invocou o elemento invisível do aether e o fez visível — explica Sel, com a voz baixa, olhando fixamente para o copo. — E, com o aether, lançou uma esfera pequena, autossuficiente e que gira por cima do licor.

O olhar de William é analítico.

— Ela espera que você beba isso?

— Parece que sim — murmura Sel.

A luz do aether se reflete nos olhos dourados dele, fazendo com que brilhem.

—Você pode fazer isso? — pergunto.

Ele olha para mim.

—Tecnicamente? Biologicamente? Sim. As algemas bloqueiam minhas habilidades de acessar o aether no ambiente e usá-lo. A ingestão deve ser possível. — Ele olha ao redor do Lounge parecendo frustrado. — Estou um pouco mais preocupado com o fato de ela conseguir detectar o que sou com tanta facilidade.

Sigo o olhar dele e imediatamente encontro pelo menos três outras pessoas consumindo bebidas com fios de aether prateado escorrendo pelas laterais. Não sei dizer se são humanos ou demônios.

— Ela disse que seria um estimulante. —William está focado. — Será que essa bebida poderia te deixar mais forte? É aether, mas será que pode suprir os Juramentos que você não está executando?

— Possivelmente. — Sel se enrijece, e os dedos dele estremecem, como se qualquer exibição de aether fosse um gatilho para tentar invocar o seu próprio. — Provavelmente.

— Como? — pergunto.

William pausa, olhando para Sel como se pedisse permissão. Sel revira os olhos, gesticulando como se dissesse *pode falar*.

— Sabemos que todos os demônios nascem na dimensão infernal, e é lá que se perpetuam. Mas — William se inclina para a frente, cotovelos sobre a mesa, olhos brilhando com um entusiasmo que não consegue disfarçar —, ao atravessar os Portais para o plano humano, eles se tornam algo como mortos-vivos, precisando de *dois* elementos metafísicos para sobreviver. — Ele levanta o dedo indicador. — Primeiro, energia humana. Os demônios são criaturas caóticas, espontâneas e animalescas, então a humanidade de alguma forma oferece ordem por meio da clareza mental. Se um demônio deseja sobreviver por qualquer período de tempo, ele precisa ser capaz de pensar para além de seus instintos. — Um segundo dedo se junta ao primeiro. — O aether, por outro lado, é como comida. Ele afeta o corpo e fornece sustento físico, e todos os demônios de sangue puro precisam dele de alguma forma para manter suas formas neste plano.

— Espera um pouco. Quando você fala de "energia humana", está se referindo a comer gente? — pergunta Alice, com os olhos arregalados. — É isso que Kizia queria?

— Não. Kizia queria o aether de Bree. A raiz dela. Energia humana significa, na maior parte das vezes, *emoções* humanas. Raiva e medo, principalmente.

Observo Sel, que olha ao redor como se não estivesse ouvindo uma só palavra do que dizemos. Está observando o salão, o palco e o mundo além da nossa mesa.

— Então Sel precisa de energia humana e aether também?

— Não. — Os olhos de William brilham. — Essa é a parte fascinante dos Merlins. Eles são cambions. Bem, é *um* dos aspectos fascinantes neles. Tem uma longa lista, se você quer saber...

— Eu estou *bem* aqui. — resmunga Sel, encarando William. — Por favor, termine logo e pare de falar sobre mim como se eu fosse um experimento científico, William.

William fica sem jeito.

— Certo. Desculpe. Cambions são parte humanos e nasceram neste plano, então eles não precisam de energia humana ou aether para sobreviver. Mas os demônios são criaturas caóticas, e o caos favorece o desequilíbrio. Conforme os cambions envelhecem, seu sangue demoníaco fica mais forte e, mesmo que seja uma parte muito pequena de sua composição, se quiserem manter o controle sobre suas naturezas demoníacas, precisam consumir energia humana para equilibrar isso.

— Os Juramentos — sussurra Alice. — Eles equilibram os... — Ela pausa quando Sel lhe lança um olhar, murmurando a última palavra em silêncio: — Merlins.

— Sim. — William assente. — Juramentos são intenção e crença em conjunto. Proteger os outros do sofrimento é uma das coisas mais humanas que alguém pode fazer, a própria antítese da demonia.

Aponto para o copo de dose ainda flamejante.

— Mas, na falta da execução de um Juramento, o aether pode ajudar?

William apoia o queixo na mão.

— Como a fisiologia dos cambion não *exige* aether, ele funciona mais como uma droga metafísica. Alivia a dor física, diminui o stress, abaixa inibições. O que nos traz de volta para esta dose. Minha hipótese é que uma quantidade limitada de aether poderia ajudar a mitigar os efeitos do desequilíbrio entre humanidade e demonia, e talvez até restaurar a vitalidade de forma tangencial. Uma hipótese com a qual Selwyn parece concordar.

Sel tamborila na mesa.

— Uma hipótese é um chute com evidências, não uma conclusão com provas.

— Selwyn, isso não é vergonhoso. — O suspiro de William é exasperado, contendo uma aflição que eu não esperava. — Pense nisso como um suplemento experimental. Como seu médico, eu recomendaria um pequeno teste...

— Pelo que sabemos, poderia acelerar a mudança — diz Sel.

Ele fecha os dedos na mesa.

— Se fosse o caso com essa dosagem, eles não arriscariam servir como *bebida* num bar lotado — diz William, gesticulando para o lugar.

— É por isso que você fica chapado de aether! — solto.

— O quê?

Sinto a ira de Sel como um choque em meu rosto. Eu me encolho.

— Quando ministra os Juramentos, você fica chapado. Porque você é um cambion.

— Eu não fico "chapado" de aether. Eu fico intoxicado como consequência de ministrar os Juramentos, não é uma coisa que faço de propósito.

Balanço a cabeça, olhando para a bebida.

— Mas, se te ajuda, então você deveria beber — falo. — De propósito.

O escárnio imediato em sua expressão me avisa que eu disse algo errado.

— A intoxicação inevitável pela infusão de aether que recebo ao cumprir um dever obrigatório é uma coisa. Isso — ele aponta para o copo — seria recreativo. Não seria... — Ele faz uma pausa, inspira e se afasta da mesa. — Não é uma boa ideia.

Franzo a testa.

— Por que não? Se é temporário...

— Porque eu *não preciso* — responde ele rispidamente.

— Ah, isso foi um erro — diz Alice de repente, olhando para sua bebida pela metade. Ela pula da cadeira e puxa meu braço até eu tropeçar na cadeira ao lado dela. — Ainda precisamos usar o banheiro feminino. Estamos segurando há duas horas.

Sel fica de pé.

—Você não pode ir sozinha.

— Por que não? — pergunto.

—Achei que seria óbvio. Eu vou com vocês.

E é assim que Sel acaba nos levando por uma multidão ao longo do bar até chegarmos a três corredores com contêineres.

— Descanso. Desejos. Prazer. — Alice pisca, olhando para as placas acima. — Muita coisa acontecendo aqui atrás. — Outros clientes circulam ao nosso redor, caminhando confiantes pelos corredores. — Um desses significa banheiro? — pergunta ela.

Na ponta dos pés, eu mal consigo ver as portas sombreadas ao longo do corredor, iluminadas por luzes vermelhas.

— Descanso, imagino?

Sel nos conduz pelo corredor do Descanso. À medida que o barulho da sala principal vai ficando mais longe, ouvimos conversas vindas do corredor. Mais adiante, podemos ver que cada uma das portas de moldura preta tem um vidro fosco no meio. No final do contêiner há uma porta preta sólida com WC escrito na parte de fora.

Depois de bater na porta, Alice entra primeiro. Eu me apoio na parede externa e fecho os olhos por um momento, fazendo uma pausa na cacofonia do salão principal. A música está tão alta que as paredes de metal do contêiner chegam a tremer, mas pelo menos consigo pensar direito.

Depois de um longo momento, sinto Sel parar ao meu lado, seu corpo pressionando o meu. O contato me assusta tanto que abro os olhos e me afasto, perdendo o equilíbrio, mas ele me segura, apoiando a mão na parte inferior das minhas costas.

— Obrigada — murmuro.

Sinto o calor de sua palma através da minha camisa, mais quente do que me lembro da última vez em que nos tocamos.

— Claro.

Quando olho para cima, ele está observando meu rosto, meu cabelo, meus ombros. Seus dedos, ainda pressionados às minhas costas, se contraem e depois se espalham.

— O quê?

— É claro que meu vocabulário *inclui, sim*, mais adjetivos do que a palavra "bonitinha" — murmura ele.

Fico vermelha. Minha voz sai entrecortada e baixa:

— Quase me enganou.

Estou quase me odiando por soar assim, então vejo o efeito da minha resposta na expressão de Sel. A surpresa, a frustração e o calor, tudo junto. Ele sustenta meu olhar como se o possuísse. Não quero desviar o olhar, mas não conseguiria nem se tentasse. O chão abaixo de mim parece afundar, e os sons ao nosso redor ficam abafados. Meu coração acelera, e mesmo em um corredor agitado por graves e vozes distantes, ele move a orelha, ouvindo meus batimentos. De alguma forma, neste momento, estou preenchendo os sentidos de Sel da mesma forma que ele preenche os meus.

— Acho que não faz diferença, no fim das contas — sussurro. — Faz?

Ele olha para meus lábios na mesma hora, e eu prendo a respiração. Sel entreabre a boca, as pontas de suas presas visíveis apenas a partir de seus lábios inferiores. Sem aviso, ele abaixa a cabeça e me puxa para ele, respirando fundo perto do meu pescoço. Ele fala perto do meu queixo com a voz rouca e áspera, uma provocação e um aviso ao mesmo tempo.

— Você ainda está fazendo perguntas que não quer que eu responda.

— E se eu quiser que você responda? — falo, ousada.

— Então eu diria que você parece... devorável — murmura ele. — E isso, para mim, não é algo que eu gostaria de compartilhar na companhia de outras pessoas. Por muitos, muitos motivos.

Engulo em seco.

— Muitos motivos?

Uma respiração profunda.

— Muitos.

Ele me solta de repente, deixando minhas costas frias sem suas mãos. Ele se levanta e não olha para mim novamente. Minhas entranhas parecem os letreiros de neon nas portas. Desejo intermitente, prazer tremulante, zumbido, brilho. E uma camada de culpa que tenta azedar tudo, e falha.

Alice sai do banheiro, quebrando o feitiço, e eu troco de lugar com ela na mesma hora.

Surpreendentemente, o espaço é limpo. Muito mais limpo do que o banheiro do posto de gasolina teria sido, tenho certeza. Tem até sabonetes perfumados e uma pilha de toalhas de mão felpudas. Lavo o rosto com água e tento recuperar meu senso de equilíbrio, mas tudo em que consigo pensar são nos "muitos motivos" de Sel... e a voz dentro de mim não quer nada além de que ele liste cada um deles, um por um.

Quando saio, Sel e Alice estão falando depressa e em um tom áspero, de frente para uma das portas com vidro fosco a alguns metros de distância. Ele para ao meu lado em um piscar de olhos, seu rosto retorcido de raiva quando começa a andar.

— Temos que voltar para a mesa.

Preciso aumentar o ritmo para acompanhá-lo.

— Por que vocês dois parecem ter engolido uma enguia ou coisa do tipo?

— Pior do que isso — responde Alice, olhando para trás.

— Olhe para os avisos perto das portas — responde Sel, por entre dentes cerrados.

— Quais avisos...? — Perco o fio da meada, então arregalo os olhos quando vejo uma placa perto da porta fechada à nossa direita. Sinto um frio na barriga. — Ai, meu *Deus*.

PROCURE A PESSOA DAS NEGOCIATAS/PROPRIETÁRIA PARA UMA BARGANHA. TROCAS NÃO REGULAMENTADAS SÃO PROIBIDAS NO LOCAL.

Ele me encara e desvia o olhar em seguida.

— Eu disse que isso era uma péssima ideia.

— Não regulamentada... — sussurro. — Foi isso que Kizia...

— É. — Alice mordisca o lábio.

Sel segura meu cotovelo.

— Precisamos sair. Agora.

— E Lucille? — sibilo. — Preciso da ajuda dela...

— Este lugar é comandado pela pessoa que ajudou a coordenar o seu assassinato. Vamos encontrar ajuda de outra forma, Briana!

Quando voltamos para a mesa, William está segurando um copo cheio de água, acenando quando nos aproximamos. Ele nota a expressão de Sel imediatamente.

Sel se inclina para mais perto.

— Descobrimos o tipo de negócio que acontece por aqui. E quem comanda o lugar.

— Quem?

— O tal negociador — respondo.

William se levanta.

— Merda. — Ele olha por cima do ombro, vê o segurança na saída. — Precisamos pagar pelas bebidas...

Sel fica sério.

— Não precisamos, não.

— Quer ser jogado na prisão do bar mágico? — sibila Alice, pegando nossos casacos. — Porque é roubando bebida que você acaba na prisão do bar mágico!

— Camaradas e boa gente, feiticeiros e bruxos, bruxas e cachaceiros — chama uma voz na escuridão, através de um sistema de som que chia e estala no fim das palavras. — Uma salva de palmas para as três irmãs Morrígna!

— Não podemos nos distrair — diz Sel. — Eu pago a conta, se é isso que vocês querem. — Ele olha para mim. — Fique aqui.

Nossa mesa não está voltada para o palco, então William tem que recuar quando Alice sussurra que não consegue ver. Já eu tenho uma visão privilegiada do palco e do aether efervescente no ar, assim como William. Ele franze a testa quando suspiro. As faíscas amarelo-escuras torcem no ar acima do palco até explodirem em um clarão de brasas tão brilhantes que quase todos na sala precisam cobrir os olhos.

Então, assim como foi com Louis, três mulheres aparecem do nada.

— O que aconteceu? — Alice fica de joelhos na cadeira para poder enxergar o palco melhor.

— Fagulhas apareceram — explico, em voz baixa, em um tom mais baixo que a bateria lenta da introdução da música da banda. — Parecidas com fogos de artifício, mas pequenas. Brilharam, e quando sumiram...

— Aquelas três apareceram do nada — murmura William sem se virar. — Que nem o segurança. Como estão fazendo isso se esse poder não é deles?

Vozes irritadas no bar chamam a minha atenção e imediatamente disparam uma torrente de medo por meu corpo.

— Quem você acha que é, moleque? — dispara uma voz masculina, parecendo bem-humorada e... séria ao mesmo tempo.

Não. Não, ele *não faria isso*.

Sim. Ele faria.

Sel está na frente do bar, as duas mãos pressionadas contra a madeira grudenta.

— Isso é urgente. Preciso pagar a conta.

— Ei, esse moleque está furando a fila, Alonzo? — Outra voz, dessa vez de uma mulher alta de pele marrom e com um coque alto e grisalho. Eu dou um pulo.

— Bree! — exclama Alice. — Ele mandou ficar aqui!

Eu a ignoro e atravesso a multidão para chegar até Sel.

— Está tentando — responde Alonzo, o atendente, para a mulher. Ele é mais baixo que Sel, mas bem mais pesado. Há um palito em sua boca. — Você está com quem mesmo?

Paro ao lado de Sel e puxo o cotovelo dele.

— O que você está fazendo? — pergunta. Ele me lança um olhar, então se inclina para a frente. — Sou um cliente. Estou pedindo por um serviço de qualidade, coisa que os funcionários daqui não parecem ser capazes de oferecer.

— O que foi que você disse?

Os olhos do homem parecem brilhar forte por um momento. A mulher de cabelo grisalho puxa seu companheiro de volta, e o resto dos clientes do bar se afasta, deixando-nos sozinhos perto do balcão.

— Sel! — insisto, puxando-o pelo cotovelo de novo. Inutilmente.

Sel ergue o nariz, cheirando o ar.

— Achei mesmo que tivesse sentido cheiro de bruxo. — Ele curva os lábios em um sorriso perigoso. — Eu achava que era exagero, mas os rumores parecem ser reais. Magia de pacto deixa um fedor *terrível*.

Alonzo inala pelo nariz — e fica mais alto, mais largo, e o brilho em seus olhos queima. Eu não sabia o que Sel queria dizer antes, mas posso sentir o cheiro agora: fruta podre, azeda e rançosa. Como aether estragado.

Alonzo pula o balcão e cai com um baque grave e estrondoso no chão de madeira, fazendo o grupo ao seu redor soltar exclamações de surpresa. Ele se eleva sobre nós dois, gigante como uma montanha.

— Repete isso pra você ver.

33

— PARE!

Eu me movo antes de ter tempo para pensar, entrando no meio do feiticeiro e de Sel, minhas mãos contra o peito de Alonzo.

VUSH!

De repente, minhas mãos e braços explodem em chamas. Ativada pela ameaça de Alonzo, minha raiz surge em um fogaréu total e estrondoso. Mais alto que o feiticeiro, mais largo que nós dois, nos cercando em uma coluna de fogo.

Alonzo agarra meus braços, apertando-os com força, e o poder irrompe de minha boca e olhos, lançando um brilho no rosto do feiticeiro. Ele me solta, mas minhas chamas vermelhas permanecem ao redor dele, girando em volta de seu pescoço e de seu rosto, fazendo-o cair de joelhos, gritando.

Uma fumaça negra sobe da pele do feiticeiro, dançando acima dele. A multidão exclama e aponta.

Assim que a fumaça aparece, ela forma um tornado, girando sem parar — então se dissipa em nada. O prédio inteiro ficou em silêncio, nos observando.

As chamas recuam da ponta dos meus dedos e braços, sobem pelos meus antebraços e voltam para meu peito. Sel cambaleia até meu lado.

Os únicos sons no ambiente são a minha respiração ofegante e a do feiticeiro, enquanto nos encaramos em estado de choque.

O homem que antes era enorme agora voltou ao tamanho humano normal, como se sua forma aumentada tivesse sido arrancada e transformada em fumaça.

As expressões de choque das pessoas ao nosso redor me avisam que fiz algo terrivelmente errado. Como se eu já não soubesse. Alonzo baixa o olhar para o peito, raiva e choque misturados. Ele retorce os lábios, e seu bafo quente atinge meu rosto. Então, de repente, ele prageja e se levanta.

— E esta — diz uma voz baixa e bem-humorada, cortando a tensão — é uma demonstração do novo conjunto de poderes que espero poder colocar à disposição nos próximos meses, se a cadeia de produção funcionar. — A multidão se dispersa ainda mais, e um adolescente negro, vestindo uma longa jaqueta vermelha, se aproxima. — Aplausos para os nossos atores desta noite!

O menino é alto o suficiente para bloquear parcialmente Alonzo quando se coloca entre nós e começa a bater palmas. O público responde com hesitação, depois com aplausos crescentes.

Ele fala conosco por entre dentes cerrados, dando uma ordem em um tom firme que não aceita nenhum tipo de argumento.

— *Sorria.*

Alonzo mostra os dentes de forma pouco convincente, mas obedece. Um sorriso trêmulo se espalha por meu rosto, e escondo minhas mãos também trêmulas atrás das costas. A fúria e o medo tomam conta do rosto de Sel.

O garoto se vira para nós como se estivesse aplaudindo a nossa "performance", mas assim que vira as costas para a multidão, seu sorriso de satisfação desaparece.

— Levante. Agora.

Assim que Alonzo se levanta, eu me aproximo do recém-chegado que parece comandar o Lounge.

Se eu o tivesse visto de longe, o teria chamado de Merlin na mesma hora. Um jovem, talvez da idade de Sel. A luz dourada e vermelha reflete em seu rosto na penumbra do Lounge. Há uma graça estranhamente bela e inumana em seus passos e movimentos. Seu cabelo é raspado nas laterais, e os fios grossos e crespos estão penteados para o alto. Enquanto os outros vestem calça jeans escura, couro e brim, ele usa uma calça listrada escura como carvão, uma camisa cinza de botões e um colete vinho sob medida por baixo da jaqueta vermelho-sangue. Um relógio de ouro está enfiado no bolso do colete, com uma delicada corrente trançada saindo de seu esconderijo sobre um dos botões. Assim que o recém-chegado se aproxima de Alonzo, vejo seus olhos brilharem como joias sob as sobrancelhas escuras.

Um demônio Goruchel. Que nem Rhaz. Que nem Kizia.

O medo e a raiva crescem em meu corpo, e meus batimentos cardíacos se tornam estrondosos. O recém-chegado vira a cabeça na minha direção, e seus olhos são de um castanho profundo. Não são vermelhos. Pisco algumas vezes. Rhaz tem assombrado meus sonhos, assim como todos os outros horrores daquela noite na caverna. Eu tinha imaginado isso? Olho para Sel em busca de confirmação, mas sua expressão não revela nada. Não sei dizer se ele viu a mudança nos olhos do garoto ou se os olhos dele sequer mudaram de fato.

O menino olha para Sel, então inclina a cabeça para Alonzo e lhe dá outra ordem.

— Acene e bata palmas.

As palavras são joviais, mas há uma camada sombria de advertência nelas. Todos os aspectos do garoto estão em uma linha tênue entre charme e ameaça. O feiticeiro solta o ar lentamente pela boca e acena como um artista que acabou fazer um número.

— Voltemos para a nossa programação *normal* agora — diz o menino, carismático outra vez. — Os pedidos para essas habilidades podem ser feitos no bar, junto com o depósito de sempre, é claro. — Ele bate com o nó do dedo uma vez no balcão e se vira para a pequena multidão, uma bolha de silêncio enquanto o show continua no palco. — Não tem nada para ser visto aqui, amigos, mas já que insistem em permanecer boquiabertos, bebam alguma coisa. A próxima rodada é por minha conta!

Um grupo corre para o bar, atacando Alonzo com pedidos ansiosos.

— Vocês dois. — O novato se aproximou no segundo em que desviei o olhar. — Quem são vocês?

Sel estreita os olhos.

— Quem é *você*?

O canto da boca do jovem se retorce.

— Meu nome é Valechaz. Pode me chamar de Valec. Sou o dono deste bar.

— Você é o negociador? — pergunto.

Valec sorri.

— Sim, sou eu.

O choque percorre meu corpo, mas o rosto de Sel permanece tranquilo.

— Cada pedacinho de mágica que acontece neste bar é autorizado por mim — continua Valec —, e posso jogar você no meu calabouço num piscar de olhos, se quiser. Mais rápido do que você pode se mover, Merlin.

— Não sei do que você está falando — diz Sel.

Valec fica sério.

— Você anunciou a apresentação, as Morrígna — falo. — Reconheci a sua voz.

Ele abre um sorriso de satisfação.

— É uma das minhas partes favoritas da noite. — Ele se inclina levemente na minha direção, e sinto o cheiro de algo sombrio, picante e ardente. — Fico muito feliz por você ter gostado.

— Afaste-se — exige Sel.

— Só vou perguntar mais uma vez. Quem são vocês? Nomes completos, por favor. Primeiro e último. Apenas a verdade... ou o supracitado calabouço.

— Selwyn Kane.

Os olhos de Valec brilham, e então escurecem.

O belo e estranho garoto se vira para mim.

— E você, gatinha?

— Eu... — começo, mas paro, sem saber como continuar.

Falo meu nome verdadeiro? Ou digo que sou Ramona? Será que eu deveria pegar a identidade para ser mais convincente ou isso pioraria tudo?

Valec sente meu debate interno.

— Apenas a verdade... — murmura ele, entretido.

Sel bufa.

— Boa sorte com isso.

Olho para ele antes de me voltar para Valec.

— Briana Matthews.

Valec avalia meu nome com certa atenção e assente.

— Bem, Briana Matthews e Selwyn Kane, vocês violaram as regras deste estabelecimento e, por isso, precisam vir comigo. Os dois.

Ele estala os dedos, e Louis aparece entre nós, suas grandes mãos já envolvendo nossos pulsos. Vejo Sel agarrar os dedos de Louis com a outra mão, puxando o homem, e então o bar escurece.

Voltamos ao mundo exatamente nas mesmas posições, mas em vez de estarmos no andar de baixo perto do bar, estamos no andar de cima, no que parece ser um grande escritório com uma escrivaninha, um arquivo e duas cadeiras bambas.

O baixo da música é abafado por uma porta fechada. Os dedos de Sel ainda estão agarrados à enorme mão de Louis, mas a expressão de raiva desaparece de seu rosto, nós dois olhando ao redor. Então Louis desaparece, me deixando sozinha com Sel.

Com um suspiro profundo, caio de joelhos, ainda me recuperando de uma explosão tão grande de poder. Acho que nunca usei chamas assim desde o Rito. Estou sem prática. Exaurida.

Sel corre até a porta e puxa a maçaneta, claramente presumindo que a abriria com sua força, sibilando ao se dar conta de que escapar não vai ser tão fácil assim.

— Merda!

— Você está bem? — pergunto, do chão.

— Sim, é claro que estou bem! — explode ele, erguendo as mãos. Há uma grande queimadura em sua pele, vermelha e redonda. — Estou muito bem, Briana. Obviamente.

— Você vai se recuperar. De qualquer modo — murmuro —, bem feito para você.

Ele estreita os olhos.

— O quê?

— Você começou uma briga quando devíamos estar indo embora!

Eu me levanto.

— Bem... — Ele inspeciona a palma da mão queimada, cutucando gentilmente a pele ferida antes de sibilar novamente. — Pelo que ouvi, feiticeiros são bem nojentos, e acontece que são mesmo. Admito que perdi o foco... — Ele se encolhe e me encara. — Ou talvez eu tenha me distraído com o cheiro. Melhor assim? Eu poderia ter começado uma briga com ele de qualquer maneira. Por princípios.

— Que *princípios*?

— Bruxos são humanos que barganham por seus poderes. — Sel vai até a janela e se apoia no parapeito. — Eles fizeram um pacto com o diabo. Vendem alguns anos de suas vidas, seus primogênitos, sua alma etc. E em troca ganham algumas das habilidades do demônio. — O peitoril queima seu dedo, mas desta vez ele se afasta antes que cause muito dano, xingando baixinho. — É de mau gosto. Abominável.

— Pegar emprestado, barganhar ou roubar — murmuro, me lembrando das palavras de Patricia.

— O aether é um recurso — sussurra ele. — Os vivos não podem acessá-lo e usá-lo de graça.

Valechaz entra no escritório sem avisar, quase me derrubando no chão. O ar ao redor de seu corpo fica borrado como uma onda de calor.

—Vocês dois! — Ele bate a porta atrás de si. Conforme se aproxima, a onda de calor o acompanha. —Vocês tinham *mesmo* que ferrar com tudo, né? Se não fossem pelas barreiras, o pulso de poder teria atraído todos os demônios num raio de dois quilômetros para as nossas portas!

Quando Valec se senta à escrivaninha, ele aponta um dedo para as duas cadeiras de couro rachado em frente. Está na cara que precisamos nos sentar.

— Estendi uma cortesia aos dois convidados que os acompanharam hoje à noite, avisando a eles que vocês violaram os nossos costumes. Eles concordaram em esperar pacificamente enquanto determinamos suas punições.

Não consigo imaginar William, e Alice em especial, "esperando pacificamente", mas havia algo em Valec e seu controle sobre o clube que me fazia acreditar que eles não tinham muitas opções.

Tento imaginá-lo autorizando minha execução. Ele sequer sabia os detalhes? Recolheu e dividiu o dinheiro entre Jonas e Kizia? O ar ao redor dele está pronto para se transformar em chamas mágicas a qualquer momento, com uma fome de queimar o mundo que começa em seus ombros, em seus cotovelos, em torno de seus cachos espessos. Será que esse menino, apenas alguns anos mais velho que eu, se importa tão pouco com a vida a ponto de ajudar as pessoas a negociar maneiras de acabar com uma?

Ele ergue a cabeça quando percebe que estou observando, e seus olhos vão de castanho-escuro para vermelho, e depois preto outra vez.

— Sentem-se. Agora.

Começo a me sentar, mas Sel me detém.

— Deixe ela ir e se juntar aos outros. Fui eu quem quebrei suas regras e devo receber a punição.

— Não, vocês dois pecaram esta noite. — Valec aponta para Sel. — *Você* iniciou um ato de agressão sob meu teto, violando diretamente as políticas do Lounge com as quais concordou ao entrar. — Seu dedo se volta para mim. — Mas *você* fez muito, muito mais do que isso. Você tem alguma ideia do efeito que essa pequena demonstração pública de poder já teve no meu negócio? Retirar os poderes de um bruxo por capricho? Não importa se é algo temporário ou permanente, é um truque muito poderoso, e Alonzo merece reparação. Tenho um bando de demônios famintos e furiosos por aí, meia dúzia de bruxos assustados pedindo respostas e uma dúzia de clientes humanos que acham que estou escondendo algo deles.

Valec abre uma gaveta na mesa, tirando de lá uma pasta de papel e uma caneta. Se eu não visse seus olhos brilharem como os de um demônio, eu presumiria que ele era apenas um homem de negócios irritado.

Sel puxa a gola da camisa. Até ele, que está sempre quente, sente o calor.

Que tipo de criatura Valec é?

Ele gesticula vagamente sobre os documentos, como se estivéssemos tão familiarizados com os papéis quanto ele.

— No total, você violou as políticas do Lounge, removeu as habilidades pelas quais alguém pagou e possui por direito, *e* minou minha autoridade como proprietário. — Ele olha para cima, dando de ombros. — Vocês *dois* estão em débito até que *eu* diga que a dívida está quitada.

Gotas de suor começam a escorrer pelas minhas costas. A umidade nas raízes do meu cabelo deixa meu couro cabeludo muito quente, desconfortável.

— O que você quer?

— Para início de conversa, Briana, qual foi o acordo que você fez e com qual demônio?

Sel e eu nos entreolhamos.

— Ela não fez acordo com demônio nenhum.

— Claro que fez — responde Valec, irônico. — E eu fiquei *impressionado* com aquelas chamas, preciso admitir. Tão impressionado que posso até deixar Briana sair impune de todas as acusações se ela me contar tudo que sabe sobre seu poder. — Ele olha para nós dois, fazendo algumas contas na cabeça. — Sim. A liberdade dela em troca de informações extremamente valiosas. Bem equilibrado. — Um sorriso se espalha pelo rosto dele. — Então, quem negociou com você? Se o contrato tiver um Acordo de Sigilo feito com aether, tudo bem, eu posso quebrar o elo para você.

De repente, o ar na sala rareia. Sel e eu nos olhamos, pensando a mesma coisa. Ele fala antes de mim.

— Existe outro negociante?

Valec franze as sobrancelhas.

— Sim, claro. — Ele inclina a cabeça. — Poderia me dizer qual é o outro negociante que te preocupa e por qual motivo?

Sel e eu nos entreolhamos outra vez. O fato de haver outro negociante na área pode mudar as coisas. Mas, se há algo que sei sobre este novo mundo em que vivo, é que mesmo que alguém não seja quem você mais teme, isso não significa que essa pessoa não seja perigosa.

— Não, valeu — murmuro.

— Estamos de boa — diz Sel, ao mesmo tempo.

Valec leva a mão até o peito em uma falsa mesura.

— *Eu* sou o único negociante local que faz a mediação de acordos entre humanos e demônios.

— Que tipo de humanos? — indaga Sel.

Valec arqueia uma sobrancelha.

— Humanos comuns, sem magia, esse tipo de humano. Por quê? Você conhece algum outro tipo de ser humano?

Sel fica quieto. Lendários são tecnicamente humanos, mas, assim que recebem suas heranças, eles se *tornam* mágicos.

— Foi só uma pergunta.

Valec não acredita nele.

— Como eu disse, sou o único negociante do meu tipo. É assim que sei que *alguém* ganhou uma comissão de um acordo como o seu. Geração de aether permanente, destruição de poder demoníaco, tudo isso dentro de uma embalagem muito bonita.

Ele assobia.

Fico boquiaberta.

— Você está... dando em cima de mim?

— Um pouquinho. O que você ofereceu em troca? Uma coisa daquele tipo deve ter um preço exorbitante, e ainda assim, você parece, hum... — Ele deixa o olhar vagar sobre meu rosto e cabelo, ombros e boca. — Perfeita para mim. Com alma e tudo.

Sel revira os olhos. Eu dou um passo adiante.

— Já disse, não fiz acordo nenhum.

Ele ergue a mão e se recosta na cadeira, apoiando os pés na mesa.

— Qual dos meus competidores escreveu o contrato e qual demônio compartilhou o poder com você?

— Ninguém. Não assinei contrato nenhum — respondo.

Ele não mexe um fio de cabelo.

— Espero, pelo seu bem, que esteja mentindo.

Balanço a cabeça.

— Não estou. Não assinei nada!

A temperatura na sala sobe mais um grau, e o alívio de antes some.

— Uma barganha não regulamentada, Briana? Nos dias de hoje? — A voz dele é um ronronar baixo e controlado.

A tontura começa a borrar minha visão. Está tão quente aqui. A mão de Sel está firme no meu cotovelo. Ele responde por mim:

— Ela não fez barganha nenhuma.

Engulo em seco.

— Nenhum demônio me deu nada.

Valec cruza os braços.

— Então de onde vem seus poderes, hein? — Ele fareja o ar. — Você é humana, mas tem um cheiro... acentuado. *Em camadas.*

Contraio os lábios. Discutir com ele não parece estar funcionando.

Valec entende meu silêncio como recusa, e sua paciência diminui de quase nada para nada. Irritação e confusão evaporam de uma vez. Ele fica de pé entre uma piscada e outra, apoiando-se com as duas mãos na mesa. Eu ofego e dou um passo para trás.

— Estou sendo gentil. — Seus olhos brilham como rubi, depois ficam castanhos. — *Existem* maneiras de descobrir mais sobre o seu poder sem perguntar diretamente a você. Se você não assinou um contrato para esses poderes, então não sou obrigado a tratá-la com, bem, qualquer tipo de respeito.

Seus olhos brilham em um leve tom de vermelho, e desta vez eles permanecem assim.

— Estamos aqui para conversar com Lucille! — disparo.

Valec fica imóvel. Os olhos dele passeiam por nós, a suspeita chegando à beira da agressão pura.

— Por que Lucille concordaria em vê-la quando você não consegue nem seguir as regras juramentadas de entrada? Ela é a Grande Dama deste território, do qual meu estabelecimento faz parte, e todos os procedimentos que sigo são aprovados por ela. Então, veja bem, Lucille praticamente endossou qualquer punição que eu decretar. — Ele olha para mim. — Mas já vivi o suficiente para aprender a viver como a formiga, não como a cigarra. Talvez você precise de mais incentivo para considerar minha oferta. Sua vez, Selwyn Kane.

— Não! — respondo em desafio, mas o braço de Sel é como uma barra de ferro contra minha barriga, me empurrando para trás, na direção da porta.

— Eu vou ficar bem. Anda — diz ele, e começa a me virar para que eu fique de frente para a saída.

— Tsc, tsc! — Valec se ergue, levanta um dedo. — Não é assim que este acordo funciona.

Sel se vira, ultrajado.

O garoto sorri.

— Mesmo em nosso curto tempo juntos, Kane, eu consigo ver que a melhor forma de punir você — ele se vira para mim, os olhos brilhando — é ferindo ela.

O rosnado de Sel atravessa a sala. Ele avança sobre a mesa em direção a Valec, deslizando na superfície, e dá de cara com uma cadeira vazia. O negociante se foi. Sel fica de pé, virando-se, os olhos frenéticos.

— Muito lento.

Uma voz atrás de mim.

Sel pula em cima da mesa, mas a mão de Valec está em volta da minha cintura antes que eu perceba. Tento reagir, mas é como lutar contra uma viga de ferro. Ele está imóvel e é inacreditavelmente forte, mesmo para mim.

— Solte-a. — Sel olha para a mão de Valec, que me segura. — Agora.

— Ou o quê? — murmura Valec. Ele se inclina para baixo, perto do meu ouvido. — O que você acha que ele vai fazer, Briana? Pular em cima de mim com seus olhos ferozes e punhos em chamas? Não com uma algema de vácuo que nem aquela.

As algemas de Sel não estão visíveis por baixo da camisa comprida, mas de alguma forma o garoto as viu, e Sel não está feliz por Valec saber exatamente o que são.

— Coitadinho do cambion — cantarola Valec em meu ouvido. Isso é o suficiente para me deixar arrepiada, o fato de que ele sabe exatamente o que é Sel, assim como a garçonete sabia. Mas o que ele diz em seguida faz o pânico disparar pelo meu corpo e pelos olhos de Sel. — Pobre Mago-Real. Controlado pela Ordem durante toda a sua existência patética e agora algemado por ela também?

— Como você sabe quem eu sou?

Sel olha para a mão forte de Valec ao redor do meu corpo.

— Já estou aqui há muito tempo — diz Valec, pensativo. — E sei o que seu Juramento exige de você. É por isso que acho tão curioso que a nossa Briana aqui — ele faz uma pausa, levanta a mão para esfregar o polegar no meu pescoço — consuma tanto das suas atenções protetoras. Dá para ver que ela é uma garota inteligente, corajosa e linda, mas capturar o foco singular de um Mago-Real? Que jurou proteger apenas o Herdeiro de Arthur?

Fico tensa quando Valec me segura. Ele não sabe quem eu sou — nem pode, para meu próprio bem —, mas chegou perto demais da verdade.

— Ela deve ser muito especial. Gosto de coisas especiais, Selwyn. Eu mesmo sou especial.

As narinas de Sel se dilatam.

— Eu vou arrancar todos os membros do seu corpo.

— Hum — pondera Valec. — Seria uma noite divertida sem as algemas, mas, do jeito que as coisas estão, eu ficaria entediado.

— A luta não vai ser divertida se você terminar em pedaços — rosna Sel.

Valec ri.

— É melhor se acalmar, Mago-Real. Onde quer que ele esteja, o seu Herdeiro de Arthur consegue senti-lo, não é? Seu desejo de me matar. Pelos sussurros que ouvi sobre Nicholas Davis, ele não gostaria muito disso... — Valec para, olhando para nós. Ele inclina a cabeça naquele gesto de escuta que conheço muito bem. — Seus corações dispararam agora, e sua respiração mudou quando eu mencionei o nome do Herdeiro. Tem alguma coisa que vocês queiram me contar sobre o único e eterno rei?

Sel recua, os olhos arregalados, seu desejo de não apavorar Nick em guerra com seu desejo de me manter segura.

— Não ouse falar dele — vocifera Sel.

— Sensível com relação ao seu Herdeiro, é? — Valec ri. — Magos-Reais são tão... obstinados. Brinque direitinho, e eu garanto que vocês sairão daqui inteiros, e seu precioso Nick não terá que se preocupar com os problemas em que você se meteu. — Ele inclina a cabeça em minha direção, a voz baixa e conspiratória. — Aposto que é irritante, não é? Tão focado em proteger o rei que se esquece de qualquer outra pessoa.

Um calor sobe por meu corpo e queima minhas bochechas. Valec percebe e ri.

— Ah, estou vendo uma *história* aí.

— Você não faz ideia — rosna Sel. E avança de novo.

Valec me empurra de lado para enfrentá-lo. Em um piscar de olhos, ele segura Sel pelo pescoço e o ergue no ar. Sel agarra os dedos de Valec, seus pés roçando o carpete.

— Você é muito jovem e muito fraco para me vencer, então *pare de tentar*.

Ele arremessa Sel contra a parede. Fotos desbotadas em molduras antigas estremecem com o impacto.

— Não! — Passo correndo por Valec, que não se incomoda em me parar. Alcanço Sel, e ele se senta com um grunhido. Minha mão voa até seu cabelo, passando pelas ondas grossas até a parte de trás de seu crânio. Meus dedos ficam vermelhos. — Sel...

Ele afasta minha mão. Recostando-se na parede e colocando toda a força nas pernas, ele desliza até ficar parcialmente em pé.

— Estou bem!

— Não, não está. — Valec dá um passo à frente, levantando casualmente sua mesa para abrir caminho e empurrando-a para o lado como se não pesasse nada. Ele para ao meu lado com as mãos nos bolsos, olhando para nós. — Quem você acha que está enganando, filhotinho? Você está *acabado*.

— Cala a boca.

Sel ergue a cabeça. Fúria e alguma outra emoção que não consigo ler se misturam em seu rosto.

— Por quê?

Valec inclina a cabeça, confuso.

Sel encara Valec, dentes à mostra. Um aviso silencioso.

Mas Valec o ignora.

Em vez disso, o garoto nos olha uma vez, duas, então apenas para mim.

— Espera... — Ele se aproxima com olhos semicerrados e perscrutadores. Tão perto que quase vejo o vermelho iridescente sobre o marrom profundo. Depois de um momento, Valec recua, uma diversão diabólica dançando em seu rosto. — Ah, pensei que *eu* teria que machucar Briana para atingir você, Kane, mas você fez isso sozinho muito bem...

— Do que você está falando? — questiono.

Valec levanta a mão direita na direção do meu rosto, e eu me encolho, mas não consigo escapar. Ele já está com a mão em volta do meu cotovelo, como uma algema. Eu mal percebi que ele tinha se movido.

— Não encoste nela! — rosna Sel.

— Primeiro — murmura Valec, quase gentilmente, pressionando três dedos na minha têmpora —, olhe para mim.

Se os olhos de Merlin parecem velhos e jovens ao mesmo tempo, os olhos de Valec parecem *antigos*. Eles reviram o espaço entre nós, criando um vínculo como nunca senti antes. Como uma mesmerização, mas... mais como mãos firmes em volta da minha mente, *apertando*... e depois soltando. Quando penso em resistir, já acabou.

— Agora — sussurra Valec, me soltando — olhe para ele.

Confusa, olho para Sel.

— Por quê? — pergunto.

Ele deixou cair as duas mãos sobre os joelhos, e sua cabeça está voltada para baixo, como se estivesse tentando recuperar o fôlego. Ou controlá-lo.

— Porque ele não quer que você faça isso. — A voz de Valec é baixa perto do meu ouvido.

O pavor se mistura com peso e força em minha barriga. Com o coração acelerado, dou um passo à frente. Levo a mão até o ombro dele.

— Sel? — falo.

— Não...

Ele se afasta.

— Sel, você...

— Bree...

A voz dele é um rosnado de aviso. Com a intenção de assustar e desafiar. Parou de funcionar comigo há séculos.

Valec suspira.

— Se você não se virar por vontade própria, Kane, vai fazer sob minha vontade.

O corpo de Sel fica tenso com a ameaça de Valec. Há uma longa pausa, e penso que ele permitirá que Valec o force, ou que irá atacar. Mas ele não faz nenhuma das duas coisas.

Em vez disso, Sel se levanta lentamente, virando-se para mim.

Quando seu rosto se torna visível, fico boquiaberta e incapaz de respirar.

— Ai, meu Deus.

34

O SELWYN QUE EU VI apenas cinco minutos atrás não está mais aqui. Este Selwyn é alguém que não reconheço, mesmo de perfil.

A pele de Sel geralmente é uniforme e pálida, mas agora tem manchas vermelhas brilhantes nas maçãs do rosto, como feridas. Seus lábios são de um tom mais escuro do que o habitual. Observo as mechas negras e úmidas coladas em suas têmporas e testa. A vibração rápida em seu pescoço, visivelmente *errada* para um Merlin, cujos batimentos cardíacos são mais lentos do que os dos humanos. Veias escuras marcam seus dedos e mãos, estendendo-se além de seus pulsos.

— Sel... — sussurro.

Com os olhos fechados e a boca franzida, ele se vira.

— Olhe para mim... — A respiração fica presa na minha garganta. — Por favor.

E então ele me encara, e o que vejo parte meu coração.

Os olhos de Sel sempre foram de um amarelo brilhante e fulvo ao sol. Como joias brilhantes de âmbar à noite. Parecendo mel líquido, concentrado. Mas nunca foram dessa cor de ocre em chamas. Como ouro, quase carmesim. O sol em busca de sangue.

E, no entanto, levo minha mão ao seu rosto antes que eu possa me deter, como se meus dedos fossem compelidos a tocar as mesmas características que capturaram meus olhos. Coisas perigosas são como ímãs, e ele é uma coisa perigosa. Flora venenosa, linda por um motivo. Chamas dançantes, atraindo você para mais perto. Uma atração no escuro por uma criatura que quer sua morte lenta, não rápida.

Então, a compreensão me atinge e minha mão cai ao lado do corpo. Minha voz não passa de um sussurro:

— Você falou que proteger William e a mim seria o bastante.

Sel pestaneja, e seus lábios se retorcem. Os caninos, geralmente longos o bastante para tocar o lábio inferior, agora são duas pontas afiadas.

— Seu...

Seus dentes parecem diferentes hoje.

A voz dele, feita para acalmar. E desviar a atenção. *Parecem mesmo?*

As memórias voltam, entrando por rachaduras tão pequenas que não percebi que estavam lá. Seu olhar no avião enquanto conversávamos. O flerte no banheiro do esconderijo, ele chegando muito perto de mim, me encarando por tempo *demais*. O olhar que compartilhamos lá embaixo, no corredor. A pressão quente de sua mão nas minhas costas... Todos esses momentos. A culpa que senti por estar perto dele, pensando que de alguma forma estava traindo Nick. Pensando que Sel *queria* estar perto de mim, *queria* me tocar, partes de mim *gritando* que eu desejava seu toque também... mas não.

Nada daquilo foi real.

O que achei que se parecia com a sensação de me atrair por ele, talvez de me *apaixonar* por ele, era eu caindo na ilusão de Sel. Uma mentira envolvendo meus sentidos, tudo arquitetado por ele. Sinto dor ao respirar, como um soco. A sensação se instala, profunda e ampla, e me deixa nauseada.

— Você... você me mesmerizou. — Minhas lágrimas enfim transbordam, caindo feito uma corrente. — Você *está* me mesmerizando. Não é?

Ele fecha os olhos. Isso já responde à minha pergunta.

Valec se vira para nós.

— Um Merlin afastado de seus Juramentos é uma coisa feia demais, Briana. Cambions desequilibrados, todos eles. Ao contrário de mim.

Sel abre os olhos.

— Você não pode ser um cambion.

— Por que não? Porque não estou na coleira da Ordem? — zomba Valec. — O primeiro Merlin era equilibrado, nascido de uma união entre demônio e humana. Mas aquele *pouquinho* de sangue demoníaco que vocês, descendentes de Merlin, têm, é como uma gota de corante num copo de água limpa. A tinta se espalha por toda parte, talvez até manche a água de um tom ou outro, mas ela nunca deixará a água totalmente da cor que deseja. E essa é a coisa curiosa no sangue demoníaco: ele tem *desejos*.

— Cala a boca — sibila Sel. Ele me encara. — Por favor, Bree, eu posso explicar...

Valec o interrompe, Sel responde. Suas palavras se transformam em uma confusão de sons. Minhas mãos tremem. A dor pulsa em meu coração diversas vezes, um tambor constante de traição.

— Este *desequilíbrio* é o que torna um Merlin tão volátil — continua Valec. — A ordem favorece o equilíbrio, então, quando o sangue cambion é igualmente dividido em um ser meio demônio, meio humano — ele aponta para si mesmo —, é muito mais fácil controlar. No entanto, nosso querido Selwyn está se esforçando muito para não sucumbir ao sangue dele, admito. Mesmerizar uma pessoa sem tocá-la é uma coisa *muito* impressionante, Kane.

Estou tão tonta que talvez vomite. Tão tonta que *quero* vomitar, expulsar todo esse *erro* de mim, tudo isso. Fecho os olhos, e estou de volta àquela caverna.

Arthur me controlando que nem uma marionete.

Arthur invadindo minha mente no funeral.

Arthur fazendo com que eu me pergunte se posso confiar em mim mesma.

E agora... Sel. Fazendo a mesma coisa.

Tudo que está em meu peito sai em um sussurro trêmulo, baixo:

— Você sabia o que os Regentes fizeram comigo no Instituto. O que *ele* fez comigo.

Culpa e horror se espalham pelo rosto de Sel, que então compreende tudo.

Valec arqueia uma sobrancelha.

— Os Regentes estão na cidade? Quem é "ele"?

Eu o ignoro.

— Você *sabia* que eles me drogaram. Que manipularam minha mente, minhas memórias... para que eu me transformasse em um brinquedo que podiam usar e jogar fora. Você sabe como é a sensação de tê-lo na minha cabeça, como não posso confiar em mim mesma às vezes, como não sei se é ele ou eu...

— Quem é *ele*? — Valec ergue as mãos.

— Bree, por favor...

Sel entende a mão.

Eu me afasto e grito:

— Não *encosta* em mim!

Os olhos dele escurecem para um tom de rubi, mas ele não se move.

— É isso que eu sou para você também... um brinquedo? — pergunto.

Ele fecha e abre os punhos.

— Não.

— Eu pensei que... — Um soluço sai da minha garganta. Sinto como se meu coração fosse implodir, levando consigo o fôlego e a alegria. Eu me sinto violada novamente. — Você é igual a *eles*...

Os Regentes. Arthur.

— Não, eu *não* sou como eles — rosna Sel, a voz assumindo um tom selvagem, áspero.

Algo faminto.

— Eu não me pareço em *nada* com eles. Se você tivesse me *escutado*...

Ele golpeia a parede, um tom de carmesim inundando seus olhos, cobrindo o branco. Seus dedos cheios de veias alcançam as costas da minha mão, e Valec surge entre nós. Ele empurra Sel para longe de mim com tanta força que o Mago-Real bate na parede novamente. Desta vez, Sel fica no chão, ofegante, o choque estampado em seu rosto.

— Eu... — Ele balança a cabeça, o olhar perdido. — Eu... eu não...

— Recomponha-se, Kane — dispara Valec. — Você é orgulhoso demais para me agradecer por isso agora, mas espero a sua gratidão depois.

Fico perplexa.

— O que acabou de acontecer...?

— Sua angústia, a fome dele. — Os olhos de Valec fervilham quando ele se aproxima, passando o braço por cima dos meus ombros. — É melhor ele dar um tempo antes de encostar em você, poço de energia. Agora, tudo que você sente é raiva e sofrimento, e ele também. É uma combinação ruim.

— Eu não...

— Seu sofrimento é *palpável*, Bree. — Valec se inclina em direção ao meu ouvido, sua respiração quente contra a minha bochecha. — Posso sentir o gosto no ar, no fundo da língua. O demônio de Kane não é forte o suficiente para assumir o controle, mas, se fosse, ele devoraria a sua dor como um bom vinho, querida.

William disse isso lá embaixo. Demônios devem consumir aether e emoções humanas. Cambions não precisam de nada disso para sobreviver, mas Sel, longe de seus Juramentos, é mais demoníaco do que nunca agora. Mais demoníaco do que pude perceber. Mais parecido com... Kizia.

A bile sobe em minha garganta novamente. Meu estômago se revira com a ideia de Sel se *alimentando* da minha dor. Erebus, Cestra... eles me avisaram o que Sel se tornaria. Erebus me disse o que um Merlin que sucumbe ao sangue quer. Eles querem o que todos os demônios querem: medo, raiva e caos. Provocando dor nos outros apenas para destruí-los em prol de si mesmos. *Eu diria que você parece... devorável.*

Minha voz sai em um sussurro partido.

— Você fez isso comigo... me enganou, mentiu para mim, para me machucar e... se alimentar da minha dor?

Sel estremece como se eu o tivesse golpeado.

— Não!

Valec apoia as mãos em meus ombros e os aperta, logo em seguida se afastando e observando Sel com crescente frustração.

— Você provavelmente está apenas algumas semanas afastado de suas obrigações, mas os Juramentos menores não derrubariam um Merlin assim. É aquele maldito Juramento de Mago-Real que faz o estrago. Para sempre até a morte? — Seu rosto se fecha, como se as palavras tivessem apodrecido em sua boca. — A Ordem quebra mesmo as pernas dos Merlins com esse truque de Juramento e serviço. E as pessoas reclamam dos *meus* contratos? Meus termos são brincadeira de criança em comparação aos deles. — A cor de seus olhos muda para vermelho quando ele diz, debochando: — "A Linhagem é a Lei." Uma pilha de lixo arcaico e podre, e pode dizer àquele babaca pedante do Erebus Varelian que eu falei isso.

— *Você* conhece Erebus? — sussurro.

Ele estreita os olhos até se tornarem fendas vermelhas.

— Já nos encontramos.

De repente, Valec suspira, um suspiro longo e pesado. O vermelho em seus olhos se transforma em marrom, e ele estala os dedos. Louis aparece ao lado de Sel, uma expressão paciente no rosto. Valec avalia Sel e toma uma decisão.

— A dívida dele está paga. Leve-o embora, dê a ele uma dose de alguma bebida forte e diga à equipe que é a última vez. Estamos indo para o telhado.

Louis agarra o braço de Sel, pronto para tirá-lo dali, mas, no instante que leva para isso acontecer, Sel poderia ter olhado para mim. Poderia ter dito alguma coisa, feito algo. Mas ele não olha, não fala, e, então, eles somem.

Encaro o local onde Sel estava. A única evidência de que esteve ali são os tijolos rachados a dois metros da parede, onde sua cabeça bateu quando Valec o arremessou para longe.

Esfrego o rosto com as mãos, espalhando lágrimas pelas bochechas.

— Para onde você o mandou? — pergunto, e minha voz sai carregada e distante.

Um par de copos bate na mesa. Eu me viro para o cambion, que está ajoelhado, abrindo um armário fora de vista. Após um momento, Valec se levanta, e é como assistir a um líquido fluir para cima. Sobrenaturalmente suave. Ele está segurando uma pequena garrafa brilhante em uma das mãos e um balde de gelo na outra.

— Espíritos de aether com gelo?

Pisco algumas vezes, tentando entender a cena. Meus pensamentos são como um furacão.

— Para onde você o mandou?

O gelo tilinta nos copos. Ele serve uma bebida, depois outra. Senta-se em sua mesa e estende um copo para mim.

— Parece que você precisa de uma bebida.

Encaro o copo, cheio do que parece ser uísque, e a névoa prateada girando no topo.

— Você pode, por favor, responder à minha pergunta?

Ele beberica do copo, os olhos parecendo dançar.

— Por que você se importa? Ele mentiu para você. Lançou uma ilusão sem o seu consentimento, por sabe-se lá quanto tempo.

— Você vai machucá-lo?

Valec ri.

— Ele estava se machucando. Só ajudei a fechar o negócio. Ele não será ferido pela minha equipe, mas ficará no cantinho do pensamento por enquanto, com uma dose maciça de aether para ajudá-lo a se equilibrar um pouco. Falando nisso... bebida?

Ao ouvir aquilo, o alívio me inunda, mas, em seguida, novas lágrimas nublam minha visão.

— Sou menor de idade.

É o único protesto que consigo pensar em dizer.

Ele joga a cabeça para trás, rindo alto.

— Quem vai me prender por servir suco de maçã com magia para uma adolescente?

Faço uma careta.

— Suco de maçã?

Ele dá de ombros.

— Corta o gosto azedo, acho.

— Por que você está sendo gentil comigo?

— Não estou sendo gentil, seu pocinho de energia. — Ele sorri. — É minha hospitalidade sulista.

Pego o copo, e ele me observa com um silêncio de aprovação.

— O que o aether faz com humanos?

— Com humanos? Se for concentrado e misturado de forma especial, eles ganham aquilo que a Ordem chama de "Visão". Temporariamente. — Ele aponta com a cabeça para o copo em minha mão. — Com esse pouquinho aí? Zumbidos pelo corpo, no máximo. — Ele aparece do meu lado em um piscar de olhos, silencioso e imponente. — Mas você não é uma humana comum, é?

Eu o encaro, me sentindo corajosa. Nas últimas horas, minhas emoções foram retorcidas em um nó e espremidas até virarem um lamaçal. Nem sei se tenho capacidade de temer Valec agora. Se tenho, eu a ignoro.

— Não. É por isso que eu me ameaçaria se fosse você.

Ele sorri.

— Ah, eu gosto *muito* de você.

Mostro os dentes para ele. Não um sorriso, mas um aviso. Pelo menos é o que espero.

Ele olha para minha mão, depois para minha boca e meu rosto.

— Nunca vi ninguém ou nada parecido com você, então não sei dizer como você responderia. Para um cambion, beber aether é como uma rodada de pensamentos felizes. Pensamentos completos. — Ele põe o copo na mesa. — Menos preocupante para mim do que para Kane, mas ainda assim é bom. E não destrói o seu fígado. — Ele me avalia por um instante com uma expressão tranquila... que muda de repente. — Agora que a punição de Selwyn já foi resolvida, eu e você temos contas a acertar, Briana Matthews. Eu só vou perguntar mais uma vez. Seu aether vermelho. Quem fez o seu contrato?

Eu me afasto. A bebida respinga pelos meus dedos e no carpete.

— Ninguém.

Ele pega meu copo com gentileza e o coloca atrás de si na mesa.

— Bem, nunca diga que não tentei ser simpático.

Valec me guia até um elevador no corredor, recusando-se a responder às minhas perguntas. Ele nem se preocupa em segurar meu braço ou me forçar a andar com ele. Sei que ele é muito mais rápido e mais forte do que eu, então nem me dou ao trabalho de resistir. A marcha de Valec é estranhamente fluida e determinada. Agora que testemunhei seu poder, vejo a violência em cada passo que ele dá e a ouço em cada vogal arrastada em seu sotaque sulista. Quando chegamos ao elevador antigo, Valec abre o portão enferrujado em forma de sanfona com um barulho estridente. Ele gesticula para que eu entre primeiro.

Uma vez lá dentro, o elevador estremece antes de se mover de forma incrivelmente lenta até um nível superior. No meio do caminho, Valec puxa a alavanca, parando-nos com um arranque.

— Tenho uma pergunta.

Cerro os punhos, sentindo uma emoção silenciosa ao perceber a força de Arthur neles mais uma vez, imaginando o soco que eu acertaria na boca sorridente de Valec. Mas para que serviria? Valec é mais rápido até que Sel, o que significa que, não importa quão forte eu seja, ele ainda assim quebraria alguns ossos meus antes que eu pudesse golpeá-lo.

— Qual?

Ele se recosta na porta, os olhos brilhando.

— É opcional.

— Certo — falo.

Ele invade meu espaço pessoal, as mãos nos bolsos. Com uma voz envolvente, baixa e doce, ele diz:

— Você e o Mago-Real. Está na cara que existe química entre vocês, mas não consigo entender o resto. É algo exclusivo ou...

Baixo os olhos para o chão, como se as palavras dele — ou a situação — pudesse fazer sentido se eu conseguisse reorganizá-las e vê-las com nitidez.

— Você sabe que essa é uma pergunta grosseira de se fazer a alguém, mesmo no mundo dos Primavidas, não sabe?

— Primavidas? — Valec solta uma risada, jogando a cabeça para trás. — Ah, eles te pegaram de *jeito*, não foi? Os Lendários com todos os seus honoríficos e hierarquias, quem tem poder e quem não tem, quem é digno e quem não é. Já estou aqui há tempo suficiente para saber que são várias dezenas de camadas de imbecilidade. Existe um motivo para termos o crânio de um dragão na entrada do nosso Lounge. — A voz de Valec fica mais baixa. — O Pendragon e sua laia *não são* bem-vindos aqui. O Mago-Real tem *sorte* de estar aqui sofrendo sem o encargo dele, porque, se o Herdeiro de Arthur estivesse aqui esta noite, a multidão o destruiria. Na verdade, eu o mataria bem diante dos olhos de Kane só para poder ver os dois sofrerem ao mesmo tempo. Com alegria.

Engulo em seco.

— É mesmo?

Valec solta um suspiro longo, frustrado.

— Se você, dentre todas as pessoas, caiu nas mentiras e perversões das histórias deles, então talvez seja mais boba do que imaginei.

— Eu, dentre todas as pessoas? — pergunto.

Ele inclina a cabeça.

— Uma filha de escravizados. Seus ancestrais já foram considerados propriedade dos colonizadores e seus descendentes. Seu corpo já foi visto como um meio para um fim. A Ordem ainda mantém tradições milenares como se tivessem sido escritas ontem, então por que deixariam de lado uma tradição de quatrocentos anos? — Seus olhos brilham. —

Qualquer conhecimento ou poder que esses brancos se *dignaram* a dar a você, quaisquer que sejam os Juramentos que eles permitiram a você que fizesse, é tudo um gesto. Você viu a verdadeira face dos Regentes. Eles podem permitir que um de seus preciosos Herdeiros compartilhe seus dons de cavaleiro com você, mas, em vez de honrar seu sacrifício, eles exigirão sua gratidão. Quando você morrer a serviço da Ordem, em vez de celebrar sua vida, eles brandirão sua morte como prova da inclusão benevolente deles.

Tudo o que ele diz é verdade. Eu já vi. Sei disso. Talvez minha única correção seria a certeza de que para eles não importa se eu mesma represento o próprio cerne dessas tradições milenares. Eles ainda encontrarão um jeito de reivindicar meu poder como se fosse deles. Ignorar minhas origens porque elas os incomodam. E esperam minha humildade por sobreviver à violência de um sistema que eles ajudaram a construir, que eles mantêm, e do qual ainda se beneficiam.

— Obrigada pelo lembrete — sussurro, assentindo. — E pelo aviso.

Ele aperta o botão do elevador, colocando-nos em movimento outra vez.

— É melhor você ouvir esse aviso antes que seja tarde demais.

Subo no telhado e imediatamente protejo os olhos do brilho intenso das luzes do palco. O telhado do Lounge da Encruzilhada é alto o suficiente para vermos quilômetros de floresta de pinheiros em um céu noturno sem fim.

A vista seria linda, se não houvesse uma plateia de um lado e um palco manchado de sangue velho do outro.

Mesmo ao ar livre, o ar está denso com um cheiro de aether que entope minha garganta. Um pouco enjoativo como o cheiro de bruxos, mas pesado e rico como o de Valec. Essas são as assinaturas de aether daqueles que vivem mais perto do mundo das Crias Sombrias do que da Ordem?

— Bree!

Ouço a voz de Sel vinda de algum lugar à esquerda. Levo um segundo para encontrá-lo, mas, quando o vejo, sinto um aperto no peito. Ele está em uma grande gaiola retangular à direita do palco. Há barras de metal em todos os lados, altas o suficiente para caber um adulto em pé. Ele está balançando a palma das mãos ao lado do corpo, como se estivesse tentando esfriar uma queimadura — as barras devem ser encantadas, assim como a maçaneta do escritório de Valec. Tenho certeza de que Sel tentou quebrá--las no momento em que o jogaram lá. Mesmo daqui, porém, vejo que a cor de seus olhos esfriou para um laranja-escuro. O tratamento com aether de Valec deve ter funcionado um pouco. Eu me viro, incapaz de olhar por mais tempo sem pensar no que ele fez comigo. Conosco.

— Bree!

A voz de Alice chama a minha atenção para o público. Ela e William estão sentados no meio da multidão, cercados por pessoas vestidas com as cores de Valec, vermelho-escuro e dourado. Garçons e bartenders, artistas e seguranças. Alguns deles fizeram acordos com demônios, pela aparência das diferentes densidades de aether girando em torno de seus corpos.

Os punhos de Alice estão cerrados em seu colo, e naquele momento me sinto grata por minha amiga não ter poderes. Aconteça o que acontecer comigo e com Sel, Valec não parece o tipo de pessoa que se apega a uma humana normal que não o ofendeu. Quando olho para William, ele ergue o pulso na altura dos olhos e bate nele com o dedo indicador, fazendo com que eu me lembre da hora. É perto da meia-noite? E, mesmo que fosse, eu iria querer que ele se arriscasse a usar a força de Gawain?

— Nossa transgressora está aqui. Digam olá, todo mundo, para a maravilhosa Briana.

Valec dá um passo adiante, estendendo a mão esquerda para mim.

A multidão solta uma mistura de insultos e vaias, e só consigo pensar que eles devem saber que meu "espetáculo" anterior com Alonzo não foi planejado. Essa mentira era para os clientes, não para a equipe do Lounge.

O palco treme quando Alonzo sobe do outro lado, já com três metros de altura e bíceps do tamanho de melancias. Ele não está carregando nenhuma arma. Em vez disso, bate com o punho na palma da mão. Cada impacto envia uma ondulação de pedra sobre sua pele, fazendo-o parecer um híbrido entre um humano e um pedregulho. Penso no demônio que atacou a mim e a Lark. Então era isso que Alonzo desejava: os poderes de um uchel.

O barman com longos cabelos grisalhos aparece ao meu lado e me puxa escada acima, até que eu esteja sob as luzes quentes, em frente a Alonzo.

Valec se posiciona entre o palco e a multidão, virando-se com um floreio.

— Amigos, temos aqui alguém que se recusa a cumprir sua parte no trato!

Uma vaia crescente se espalha pelo telhado, ecoando de uma parte para outra do sistema de som.

— Sim, sim. E o que dizemos quando os termos são violados? — pergunta Valec.

— Morte ou acordo! — grita alguém lá de trás.

— É, isso mesmo — responde Valec. Ele lança um olhar de soslaio para Sel, que está indo de um lado para o outro da cela. — Morte ou acordo.

— O que isso quer dizer? — grito.

Valec me avalia, as mãos nos quadris.

— Bem, você pode pagar o preço por seus crimes contra Alonzo e contra o meu estabelecimento oferecendo uma morte. Pode ser a sua, a dele, um de seus amigos, não me importo. Ou você pode oferecer um acordo. — Ele abre um sorriso largo, as presas brilhando. — Demônios adoram barganhar.

— Qual é o acordo?

— É você quem decide. Você tem alguma informação de valor? — Em um piscar de olhos ele está agachado em uma banqueta na ponta do palco, um sorriso se abrindo devagar no rosto. Ele ergue o olhar para Sel. — Última chance.

— Pare!

Vejo um homem alto e branco em um terno desgrenhado e colarinho aberto atravessando a multidão, escoltado pela garçonete que vimos lá embaixo, Emma.

— Valec, preciso falar com você.

— Ele não queria esperar lá embaixo — diz Emma, com uma fungada. Ela empurra o homem na direção do palco.

Valec resmunga e se levanta, indo até a beira do palco para olhar o recém-chegado.

— Olá, senador Anderson. Voltou para fazer outro pedido de imortalidade? Eu já disse, não faço para sempre...

— Não, não. — O homem passa a mão pelo cabelo, olhando na minha direção, para o palco, para Alonzo, para a multidão ao redor dele. — Podemos conversar no seu escritório?

— Não, não podemos. — Valec se irrita. — Diga por que veio.

O homem retorce as mãos, assentindo como se tentasse se encorajar a falar.

— Estou enrolado, Valec.

Valec presta mais atenção.

— Me mostre.

O homem enfia a mão no bolso do terno e retira um pedaço de papel longo, amassado e dobrado.

Valec pega o papel e o lê por alto, ficando sério.

— Não posso te ajudar.

O homem parece desesperado.

— Mas... mas eu preciso renegociar, ele... abandonou o lado dele da barganha... Você é um negociante...

Valec suspira.

— Esta barganha não foi regulamentada e foi assinada em sangue. É impossível renegociar um acordo feito. Se queria minha orientação, deveria ter vindo a mim primeiro e me pagado para intermediar o negócio para você. — Ele devolve o papel com uma expressão de desgosto. — O que está feito está feito.

— Não, não — implora Anderson. — Ele falou que só queria meus últimos cinco anos de vida, não... isso!

O corretor balança a cabeça.

— Não tem nada aí falando sobre seus últimos cinco anos de vida, senador. Só diz que são "cinco anos de tempo biológico no plano dos vivos". Deixe-me adivinhar, ele está tirando isso do seu sono?

Anderson abre e fecha a boca, e pela primeira vez vejo claramente as olheiras sob seus olhos.

— Não consigo dormir. Não por mais de uma hora, duas, talvez. Todas as noites eu tento... já se passaram *semanas*, Valechaz... Meu médico diz que vou morrer se não descansar...

— Você pediu riquezas para a vida inteira e, em troca, sem saber, cedeu aquilo que o mantém vivo. Uma história tão antiga como o próprio tempo. Seu sofrimento alimentará a outra parte por anos. — Valec pede que Emma volte, e outra pessoa, que parece um segurança, junta-se a ela. — Quando a linguagem não é exata, a licença poética será usada. O que você esperava quando fez um acordo com um demônio?

Anderson cai aos pés de Valec antes que o levem embora.

— Eu te imploro! Eu tenho uma família!

Um sorriso de escárnio surge nos lábios de Valec, e seus olhos brilham em vermelho.

— Você foi avisado. Barganhas não regulamentadas nunca servem ao ser mais fraco, e agora você entra na *minha* casa e me insulta? — Valec levanta um dos pés, empurrando o senador pelo ombro. — Saia. Antes que eu mesmo chute você do telhado.

—Valec! — berra o homem, mas seus gritos diminuem quando Emma e o outro segurança puxam o senador para trás pelos braços, arrastando-o para a saída e deixando um silêncio atordoado na multidão.

Valec cruza os braços e estala a língua.

— Esses advogados brancos e velhos sempre acham que sabem de tudo. — Ele gira, toda a raiva e irritação desaparecendo como se nunca tivessem existido, e abre bem as mãos. — Podemos continuar?

A multidão vibra em resposta.

— Espera! Eu ofereço uma barganha!

A voz de Alice ressoa pela multidão, fazendo meu estômago se contorcer.

Valec se vira novamente, dessa vez com interesse.

— Outra interrupção, agora por uma das nossas convidadas em questão? — Ele acena para Alice, impedindo sua equipe de segurança de se aproximar. — Olá, pequena humana. Venha até aqui e fale.

—Alice, pare! — grito, mas ela me ignora completamente.

— Eu tenho algo a oferecer. — Ela se aproxima de cabeça erguida, mas posso ouvir o leve tremor em sua voz. Vejo o medo em sua respiração entrecortada. O que ela está fazendo? —V-você parece valorizar a integridade e a transparência nos negócios, certo?

Valec abre um sorriso de orgulho.

— Isso mesmo. Qualquer coisa que valha a pena fazer no escuro vale a pena fazer às claras.

Alice ajeita os óculos no nariz e usa a sua voz de advogada:

— Se você deixar Bree, Sel e todos nós irmos embora, e nos ajudar a encontrar Lucille, vou lhe contar algo que está acontecendo em seu negócio *agora* que viola muito mais do que os termos de nosso acordo de entrada. Algo que está custando clientes a você. E dinheiro, provavelmente na casa dos milhares. Talvez mais.

Há murmúrios na multidão. Valec a observa por um longo momento.

— Eu prometo ouvi-la, e se eu achar a sua informação valiosa como diz, libero você e seus amigos. — Ele balança a cabeça. — Mas é melhor que seja uma coisa boa.

Ele acena para que ela se aproxime. Alice obedece, e coloca a mão em volta da orelha de Valec.

— O mais baixo possível — murmura ele, e Alice assente. Quando ela fala, Valec arregala os olhos em choque, depois os estreita de raiva. — E você mesma viu isso?

Ela faz que sim de novo. Quando termina, Valec a encara, procurando por qualquer sinal de mentira. Então, sem dizer mais uma palavra, ele dispara para a lateral do palco e arrasta a garçonete de cabelo platinado pelo braço.

— É verdade, Miranda?

O rosto de Miranda parece uma pintura, um misto de surpresa e horror.

— O que é verdade, V?

— Que você está roubando frascos de aether?

Um silêncio contido e atordoado recai sobre o lugar. Não consigo imaginar alguém sendo tolo o suficiente para roubar de Valec.

Ela balança a cabeça freneticamente, e Valec retruca.

— Será melhor para sua saúde e sua segurança se você me entregá-los agora.

Miranda engole em seco, então mergulha os dedos na frente de seu espartilho, tirando três frascos brilhantes.

Valec tira os frascos da mão dela sem desviar o olhar.

Ele suspira pesadamente.

— Bem, a noite acaba de sofrer uma reviravolta.

35

ASSIM QUE O telhado é esvaziado e Miranda é removida por Alonzo, Alice e William vêm correndo até mim, e Valec solta Sel.

Alice me alcança primeiro.

— Você está bem?

Pisco algumas vezes.

— Mais ou menos.

Valec funga do outro lado do palco.

— Você está ótima.

William dá um passo à frente e inclina meu rosto para que possa analisar melhor meu estado.

— Você estava chorando. — Ele se vira para Valec, colérico. — O que você fez com ela?

Valec ergue as mãos.

— Vocês suspeitam de tudo, hein? — Ele aponta para Sel, que cambaleia para fora da jaula. — Eu não fiz a menina chorar, foi *ele*!

— Como assim? — pergunta William.

— Significa que Valec removeu a mesmerização que Sel colocou em mim — respondo.

— A mesmerização dele? — William franze a testa. — Em você?

Alice me encara.

— Que mesmerização?

— Ele estava me enganando. Escondendo sua derrocada numa ilusão para que eu não o visse se transformando.

William empalidece.

— Você não conseguia ver?

Faço que não. Claro que era só eu. Todas aquelas vezes que William e Sel brigaram por causa de uma frustração latente que eu não entendia...

— Eu falei que ele parecia um pouco acabado... — diz Alice, apreensiva. — Achei que você tivesse visto também.

— Eu não estava vendo — resmungo.

William se vira para Sel, os olhos repletos de raiva.

— Há quanto tempo, Selwyn?

— Desde o avião — falo, olhando para Sel. — Ele me mesmerizou quando todos estavam dormindo.

— Bree. — Sel se aproxima devagar, então para ao ver minha expressão. — Eu sinto muito...

Eu me afasto dele.

— Não quero ouvir.

— Nem eu. — Alice cerra os punhos. — Você é um merda, sabia disso, Mago-Real? Como *ousa*...

Sel estremece.

— Alice... pare. — Agito a mão. — Não consigo. Não agora.

— Isso ainda não acabou — declara ela, encarando Sel.

— Vamos conversar sobre isso mais tarde, Selwyn — diz William, em um sussurro.

A decepção e a raiva dele são suficientes para que até eu me afaste. Sel, por sua vez, se limita a um aceno de cabeça.

— Sim, sim, todos vocês vão gritar com Kane mais tarde. Eu não preciso me envolver nisso — diz Valec, exasperado. — Aqui no Lounge da Encruzilhada nós gostamos de expor a roupa suja, não de limpá-la.

— A Encruzilhada — repete Alice lentamente. — Finalmente entendi. O nome do bar. Entendi agora. Meu pai gosta de blues.

Valec revira os olhos.

— Parabéns, vocês têm bom gosto.

— Alguém pode me explicar o que tudo isso tem a ver com música? — pergunta William.

— O folclore do blues diz que um músico pode ir até uma encruzilhada à meia-noite para se encontrar com o homem de preto — explica Sel, com uma voz rouca. — O demônio.

O sorriso de Valec é perturbadoramente alegre.

— Ah, continue, eu gosto de uma boa história. Principalmente quando é contada nessa sua voz triste, Mago-Real. Você consegue sorrir? — Valec se vira para mim. — Ele sorri?

— Raramente — murmura Alice.

— Gostei de você — diz Valec. — Qual é o seu nome?

— Alice.

— Eu também conheço essa história — acrescento. — Meu pai me contava. Se o músico vender a alma para o diabo, ele ganhará a habilidade de tocar como nenhum outro. Que nem Robert Johnson.

— As palavras exatas de Jonhson foram "talento musical para além da imaginação humana" — diz Valec, inclinando a cabeça para trás. — Um dos meus primeiros acordos.

— Você é o diabo? — grita Alice.

— Não, meu amorzinho. Mas a história fica melhor assim. — Valec se inclina para a frente. — Eu só ajudo com os acordos. Demônios maiores não precisam de aether para uma forma física, mas ainda precisam se alimentar. Emoções e energias humanas cruas e negativas são deliciosas, mas é como uma baleia comendo plâncton. Os demônios gastam toda a sua energia se alimentando, o dia todo, só para conseguir uma refeição completa.

— Então você atrai humanos para que sirvam de comida para demônios — diz Sel. — Você é a escória.

Valec sorri.

— Eu sou a escória, mas tem gente pior, acredite em mim. Por exemplo, eu não faço contratos de assassinato, mas meus concorrentes fazem. Acho difícil fechar um valor para assassinar alguém, principalmente quando não sei quem é a pessoa. — Ele franze a testa. — Como você começa a calcular essa barganha? A matemática é impossível.

Alice solta uma risada tensa.

— Isso não é nem um pouco assustador. De jeito nenhum. — Nós nos entreolhamos. — Então, estou concluindo que existem corretores muito desagradáveis. Onde você fica nessa história, Valec?

— Ah, eu facilito trocas de genialidade musical, juventude congelada, riqueza incalculável, brilho artístico. Diga uma habilidade, proficiência ou poder mágico, e os humanos querem. O tipo certo de demônio pode oferecer qualquer uma dessas coisas em troca de um pagamento justo. Eu elaboro os contratos entre as duas partes, cuido para que todos estejam de acordo e concordem com os termos e ajudo na execução.

— Por uma taxa, acredito — falo.

— Eu me certifico de que todos cumpram a parte deles do acordo — responde Valec. — Falando nisso... Lucille?

— Sim, por favor — falo, de volta aos negócios e pronta para sair o mais rápido possível dali.

— Sigam-me.

Valec caminha até o elevador, assoviando.

Quando chegamos ao nível inferior, todo o andar se transformou. Cadeiras e mesas de um lado, o chão livre e apenas alguns rostos escondidos nos cantos escuros das cabines. Uma sensação quente de ansiedade domina meu corpo, fazendo minha cabeça formigar. Quando chegamos, pensei que a maioria das pessoas aqui era humana, mas então vi o bruxo que se tornou... outra coisa. Agora, vejo uma mulher loira mais velha fumando um cachimbo de prata cheio de aether amarelo rodopiante. Cada vez que ela inala, seus olhos brilham, dourados. E cada vez que ela exala, eles voltam a ficar marrons. Ela observa Valec nos conduzir a um corredor ao redor do palco principal.

Nós cinco prosseguimos, e Valec bate na porta no final do corredor.

Ouvimos a voz de uma mulher.

— Não me incomode quando eu estiver com clientes.

— Eu compensarei o cliente. Temos uma situação aqui — responde Valec.

A porta se abre, e uma mulher negra com cabelo grisalho preso em tranças e um longo vestido verde sai.

— Não gosto de ser incomodada, Valechaz.

— Oi, sobrinha. — Valec sorri calorosamente.

Ela franze a testa, intrigada, depois olha para nós, parando brevemente ao me ver.

— Pessoal, a Grande Dama, Lucille — anuncia ele.

— Sobrinha? — repito, olhando para os dois.

— Ele é meu tio-avô, a umas sete gerações de distância — explica ela.

— Quantos anos você tem? — pergunto a Valec, desnorteada.

Ele solta um longo suspiro.

— Duzentos e cinco.

Todos nos viramos para ele. Os olhos de Alice parecem que vão saltar do rosto, tamanho o choque.

— Você... Mas você *parece*...

Paro de falar ao me dar conta de que Valec parece irritado. Assunto delicado, acho.

— Cambions equilibrados são raros — diz ele, pressionando os lábios e desviando o olhar.

— E arrogantes — murmura Sel.

Ele lança um olhar furioso ao Mago-Real.

— Eu posso me dar ao luxo de ser arrogante. Conquistei esse direito. Você e eu, Kane... — Valec aponta para si e para Sel. — Nós *não* somos iguais. Ou será que você não percebeu que acabei com a sua raça sem fazer nenhum esforço?

Lucille suspira.

— Por que você trouxe essas crianças até aqui, Valechaz?

— Porque — diz Valec, segurando a mão de Lucille — minha sobrinha de várias gerações exige que seu tio leve até ela todo e qualquer Artesão de Raiz que encontrar pelo caminho.

Congelo. Nunca falei a Valec que era Artesã de Raiz.

Lucille me encara de novo, com mais interesse dessa vez.

— Foi o *seu* poder que eu senti mais cedo? Perturbou minha leitura.

— Desculpe. Mas como *você* sabia que eu sei Arte de Raiz? — pergunto a Valec.

Ele dá de ombros.

— Eu não sabia, até agora.

— Isso significa que minha sessão acabou?

Um homem branco sentado em uma otomana redonda de tricô na sala de Lucille levanta a mão, tímido. Está usando uma camisa de botão cor de pêssego da Geórgia e ostenta uma barba rala.

— Vamos compensá-lo, senhor!

Valec acena para o homem e aponta para o corredor, deixando-nos na porta.

— E aí? Vão entrar ou não? — reclama Lucille, voltando para dentro do cômodo.

Nós damos de ombros e a seguimos. Sentada além da porta em outro divã, servindo chá, está alguém que nunca pensei que veria aqui.

— Mariah?

Ela me encara boquiaberta, parada com uma chaleira na mão.

— Ah, esta noite fica cada vez melhor — diz Valec.

36

MARIAH CORRE para me envolver em um abraço.

— Ai, meu Deus. Eu achei que tivesse sentido a sua raiz mais cedo, mas então pensei: "Não, não pode ser a Bree, ela está lá na Carolina do Norte." O que você está fazendo *aqui*?

— Faço a mesma pergunta a você — falo, rindo.

— Eu ajudo minha tia Lu nos fins de semana.

Lucille se vira para Mariah e, naquele momento, consigo ver a leve semelhança entre elas. A curva do nariz, a forma e a cor do lábio superior carnudo.

— Mariah, você conhece esse pessoal?

Mariah gagueja.

— N-não, tia. Eu conheço a Bree. Ela frequenta a mesma escola que eu.

Mariah pausa, olhando para nós como se ponderasse cuidadosamente se deveria acrescentar mais.

— E ainda assim você está aqui acompanhada por membros da Ordem. — Lucille dá um passo para trás, encarando Sel e William. — Você está aqui com um Mago-Real e um Herdeiro, eu diria. Merlins mesmerizam primeiro, prendem depois. Caçam usuários da raiz há séculos e, a essa altura, eu os consideraria meus inimigos. Me dê um motivo para eu não entregar esses dois a Valec e à turma dele, para me proteger?

— Não sou a única — explico. — Somos todos fugitivos da Ordem.

— Fugitivos? — Valec sorri. — Briana, você fica mais divertida a cada segundo. — Ele olha para Lucille. — Essa nem é a melhor parte, Lu. Sabe aquele poder que você sentiu mais cedo? Ela acendeu que nem um vulcão. Geração espontânea de raiz.

— *Hum*. — Lucille se senta. — Por que alguém pediria uma coisa dessas aos ancestrais? É muito poder para o clubinho do Valec, principalmente se for só para se apresentar.

Mariah pisca duas vezes para mim, os olhos arregalados. Ela sabe exatamente como pode ser muito poder e por quê, mas não vai contar a Lucille sobre minha Arte de Sangue sem minha permissão.

Lucille parece entender algo ao perceber os olhares que eu e Mariah trocamos.

— Você tem algo a dizer, Mariah?

— Não, senhora. Vou pegar mais chá para a gente.

Mariah corre e sai da sala.

— Entendi. — Lucille olha para mim, depois para Valec. — Como você conseguiu meu nome?

— Samira — falo.

Lucille arqueia as sobrancelhas.

— Samira Miller? — Ela olha para William e Sel de novo, dessa vez com suspeita. — Ainda não acredito que você trouxe um Merlin para meu escritório, Valechaz.

— Bem... — diz Valec, apontando para Sel. — Esse daqui não vale muita coisa. Eles o algemaram, e agora está exilado, afastado de seus Juramentos e, além disso, é um babaca deplorável.

Sel revira os olhos.

— Ele é um perigo para os outros?

Lucille analisa o rosto de Sel.

Valec pondera.

— Parece pior do que é. Ainda não está tão longe. — Ele aponta para William. — Esse aqui parece ter um pouco de força, mas é esperto o bastante para não usá-la até ser necessário. E aquela ali é humana. Esperta e observadora.

Mariah volta ao escritório com uma bandeja de chá e a coloca na mesinha ao lado. Valec se move rapidamente ao redor da mesa, arrumando os assentos em círculo e parando para segurar a cadeira de Lucille. Ela abre um sorriso irônico, e ele dá uma piscadela para a mulher.

— Bree, não é?

Todos olham para mim.

— Sim, senhora.

Ela ergue a mão.

— Lucille está bom. Acredito que você e seus amigos estejam aqui em busca de informação, ajuda ou as duas coisas.

— Sim — falo, olhando brevemente para Mariah. — Mariah sabe que eu ainda sou nova nisso. A raiz que faço é o poder da minha ancestral. Eu só o usei quando estava possuída ou com medo de morrer. Preciso aprender a controlá-lo.

— Se você continuar a explodir daquele jeito, vai atrair todos os demônios e Artesãos de Raiz das redondezas, e eles vão arrancar os cabelos quando você desalinhar a conexão deles com os ancestrais.

— Eu sei — admito.

— É por isso que você está fugindo da Ordem? — pergunta ela.

— Mais ou menos. Sabemos como passar despercebidos, acho. Só preciso de ajuda com as minhas habilidades agora.

Lucille toma um gole de seu chá e pensa. Depois de um momento, olha para Valec, não para mim.

— O ideal para uma Artesã como ela é encaminhá-la para uma estação e depois para a Volição.

Valec cruza os braços.

— É o melhor lugar para conter todo aquele poder, realmente. Principalmente com o número de ataques aumentando.

— Ataques? — pergunta Sel.

— O que é Volição? — questiona William.

Noto que ele já está se servindo do chá que Mariah ofereceu.

— Você vai ver — responde Mariah.

Olho para ela, que apenas sorri.

Valec responde à pergunta de Sel.

— Demônios menores têm atravessado os Portais com mais frequência ultimamente. Caçando usuários poderosos de aether. Consumindo-os para ganhar poder. — Valec estreita os olhos. — Dizem que são soldados de infantaria. Batedores, à frente de algo grande vindo do outro lado.

Sel ouve com atenção.

— Camlann — deduz ele.

Valec o olha nos olhos.

— Uma das poucas palavras antigas que nossos mundos compartilham, mas sim. Há rumores de que o Camlann se aproxima. Bem, o Camlann dos Camlanns, na verdade. As pessoas estão falando como se esse pudesse ser o último.

— Último, tipo... para sempre, e então não terão mais Camlanns? — pergunto. — Ou último tipo... uma grande explosão e, no final, ou os demônios ou os humanos estarão no controle do mundo?

Valec dá de ombros.

— Qualquer cenário é ruim para os negócios, como você pode imaginar.

— Um desses cenários termina com os humanos subjugados a demônios? — pergunta Mariah, o desgosto nítido em seu rosto.

— Ah, sim. Esse é o pior, com certeza — confirma Valec. O sorriso dele não instiga nem um pouco de confiança. — Nesse aí a Corte das Sombras sai para brincar.

— Hein? — pergunto.

Ele sorri.

— Boatos antigos sobre o fim do Camlann e uma corte demoníaca presa do outro lado que pode se igualar à Távola em número e força. Antes de serem supostamente presos, eles não estavam sujeitos a nenhuma lei, nenhuma crença além de sua própria busca pelo caos e pelo terror.

— Histórias de ninar — dispara Sel. — Que eles contam a pequenos Merlins que acham que podem vencer a guerra sozinhos.

Valec sorri.

— Aposto que era você, não era?

— Silêncio! — Lucille agita a mão. — Eu tenho coisas para fazer, não posso ficar assistindo a dois cambions discutindo.

— Nem eu — murmuro.

Lucille assente, amigável.

— Preste atenção. As estações são como movemos os Artesãos de Raiz cujos poderes são grandes o suficiente para chamar a atenção dos Merlins — diz Lucille, com firmeza. Sel se mexe na cadeira, e ela lhe lança um olhar sério. — Vai ser difícil usar nossa rede para ajudar a esconder você, sua amiga e esses dois. Preciso de um motivo melhor do que o fato de você ter poderes que não pode controlar e a Ordem estar à sua procura. E temos mais com o que nos preocupar do que os rumores sobre o Camlann. Dizem que o Caçador está à espreita novamente.

— Meu Deus — diz Valec.

Congelo.

— O... Caçador?

— Uhum — diz Lucille. — Temos nossos próprios bichos-papões, que fazem os Regentes e seus Senescais parecerem pragas a serem enganadas e evitadas. O Caçador é um demônio que só quer devorar o máximo de poder que conseguir.

Valec suspira.

— Um filho da mãe ancestral que ninguém é capaz de prever ou deter. Se ele quer aether, ele consegue, e ele deseja principalmente Artesãos de Raiz.

— Por quê? — indago.

— Um pequeno feitiço de um Artesão de Raiz oferece uma linha direta para os ancestrais, o que é muito poder bruto para consumir. Até os goruchel estão com medo do Caçador, porque ele é conhecido por ir atrás deles também. — Valec mexe as sobrancelhas para cima e para baixo. — Eles o chamam de "o Grande Devorador".

Sel sibila. Eu engulo em seco, e Lucille estreita os olhos.

— Vocês já o conhecem.

Uma afirmação.

— Eu...

Todos na sala olham para mim. Como explicamos Kizia sem explicar quem eu sou? Como explicar o Caçador sem contar a todos o que vi em minha última caminhada pelo sangue com Jessie? Felizmente Sel responde primeiro.

— Encontramos uma goruchel que estava morrendo de medo por causa desse demônio. Ela também estava com medo do poder de Bree.

Os olhos de Valec brilham.

— Claro que ela estava. Vi só um pedacinho daquela raiz e tenho a sensação de que você não estava usando nem metade dos seus poderes, não é, poço de energia?

— Eu... não sei quão poderosa sou. Não sei como invocar a raiz quando quero. — Engulo em seco. — Mas gostaria de aprender. É por isso que preciso da sua ajuda.

— Bree não foi criada na raiz — intervém Mariah. — Mas ela é uma pessoa boa, tia. Só é diferente.

— É verdade — falo, assentindo. — As mulheres da minha família não praticavam em uma comunidade.

— E por quê? — pergunta Lucille, a cabeça inclinada para o lado.

Mariah e eu nos entreolhamos, e ela abaixa a cabeça, me encorajando a seguir em frente. Se não fosse por seu rosto familiar, eu nunca diria essas palavras em voz alta. Mas eu tenho que fazer isso.

— Minha ancestral era uma Artesã de Sangue — falo, e acrescento rapidamente: — por necessidade.

Lucille fica quieta e, ao lado dela, Valec está pensativo.

— Arte de Sangue é um pecado — diz a mulher mais velha.

— Eu sei.

— Não há necessidade que valha o preço.

Minha fúria desperta.

— Você não estava lá. Não pode julgá-la — declaro.

— E você estava? — pergunta Valec.

Faço que sim.

— Eu vi acontecer. Em uma caminhada pela memória.

Valec e Lucille trocam olhares. Ele dá de ombros, erguendo as mãos.

— Não sei de nada. Se ela viu em uma caminhada, ela viu em uma caminhada.

— Não estou na posição de julgar a sua ancestral, você tem razão. — Lucille apoia sua xícara na mesa. — Mas eu posso julgar *você* o quanto eu quiser. Acha mesmo que o seu poder vale esse custo? Qualquer que seja ele, você já deve saber a essa altura.

Pisco, surpresa. Se eu acho que meus poderes valem o custo? A ferida causada pela dor de perder minha mãe está aberta em meu peito. Parece que nunca vai sarar de verdade, não importa o quanto eu reconheça sua presença. Depois, há as feridas que meus ancestrais carregaram de uma geração para a outra. Toda perda, somada, multiplicada e acumulada. Tudo isso em ação.

Não tenha medo. Lute.

— Não tenho medo dos riscos ou de me esforçar. Eu vou lutar contra o que minhas ancestrais queriam lutar e não podiam. Vou fazer meu poder *valer* o custo pela forma como vou usá-lo.

Lucille arqueia as sobrancelhas.

— Palavras ousadas. Uma tarefa difícil.

Lanço um olhar rápido na direção de Sel, imitando sua economia de palavras.

— Eu sei.

— Lu — começa Valec, lentamente. — Se você puder treinar Bree para invocar aquela raiz quando quiser, talvez ela seja capaz de derrubar o Caçador sozinha. O poder dela é o único que já vi que rivaliza com o dele, levando em conta tudo o que ele consumiu ao longo dos anos. — Ele dá de ombros. — Pode ser uma vantagem.

Sel se levanta.

— Não, não estamos pedindo para que você treine Bree só para poder usá-la para seus próprios fins.

— Não é uma ideia ruim — interrompo. Eu estico a mão para impedi-lo de prosseguir. — Não posso continuar chamando a atenção para minha comunidade sem ajudá-la. Se o Caçador está de volta, preciso saber como detê-lo. Não apenas para os Artesãos de Raiz, mas para mim também. É apenas uma questão de tempo até que ele me encontre — falo, baixinho. — Assim como encontrou meus ancestrais que tinham esse mesmo poder.

— Se o seu pessoal tinha essa habilidade de gerar raiz, tenho certeza de que o Caçador vivia atrás deles. — Lu me olha com um ar avaliador. — Admiro sua ambição. E Valechaz viveu o suficiente para saber quando algo ou alguém pode ser útil para a comunidade. Se ajudarmos você a controlar seus poderes, você nos ajudará a enfrentar o Caçador um dia, quando estiver pronta. Pode chamar isso de barganha. Uma troca.

— Combinado — falo, assentindo.

Ela sorri.

— Excelente. Você precisa estar na estação em uma hora.

Mariah nos leva a um estacionamento de funcionários atrás do Lounge, nos informando que a próxima estação é uma casa na estrada. Ela me pede para irmos juntas até lá, e eu concordo. Alice se senta no banco de trás sem a menor cerimônia, deixando William e Sel irem juntos no carro de Jonas.

No momento, ainda não estou me sentindo muito bem com relação a ficar tão perto de Sel. E não estou pronta para conversar com ele na frente de outras pessoas.

Só não esperava que Valec pulasse no banco de trás do jipe de Mariah.

— Quero levar vocês até a próxima parada — diz ele.

Mariah olha para ele pelo retrovisor e revira os olhos.

— Você não é motorista, só é fofoqueiro.

Ela dá partida e sai, parando para que Sel e William nos sigam.

Mariah me encara.

— Parece que você quer perguntar alguma coisa.

Olho para Valec e depois para ela.

— Você também é da família deles?

— Não por sangue. Não do jeito que ele e minha tia Lu são — responde Mariah. — Graças a *Deus*.

— Mariah — adverte Valec. — Você era tão fofa quando criança. Agora você é só uma pessoa malvada.

— Mas eu achei que Artesãos de Raiz evitariam... — falo, dando de ombros — cambions.

Mariah funga.

— Não somos um monólito. Alguns rejeitam. Outros, não.

Valec se recosta no banco, passando o braço por trás de Alice.

— Alguns deixam seus bebês meio-demônios congelarem até a morte à noite.

Alice parece chocada.

— Isso aconteceu com você? — pergunta ela.

— Sim.

— Por quê?

Valec inclina a cabeça.

— Minha mãe foi seduzida por um íncubo, uma história tão antiga quanto o tempo. Demônios amam o caos, adoram criar problemas. Eu não a culpo. Uma criança escravizada da encruzilhada correndo loucamente numa *plantation*... Poderia ter dado certo. Ou poderia ter tornado a vida mil vezes pior. — Seus olhos brilham, vermelhos, no retrovisor. — Quando a vida dela já era mil vezes pior do que alguém podia imaginar.

Eu me viro no banco para encará-lo.

— O que foi? — pergunta Valec.

Por um momento, ele parece um rapaz que acabou de entrar na faculdade, saindo para um passeio com três garotas. Malandro, bonito e muito consciente de ser ambos. Mas ele não é. É um meio-demônio de duzentos e cinco anos.

— É só um pensamento aleatório — falo.

Ele sorri.

— É desses que eu gosto.

— Sua mãe... — Estreito os olhos, tentando buscar algo dentro da própria memória. — O nome da sua mãe era Pearl?

Valec arregala os olhos.

— Sim, era. E como você sabe disso, Briana Matthews?

Aperto o banco do carro.

— Uma caminhada pela memória.

— Com a dra. Hartwood? — pergunta Mariah.

Faço que sim.

— Sim. 1815. A ancestral dela, Louisa, me levou para ver Pearl dando à luz num casebre. Cecilia, a outra ancestral dela, também estava lá. Além de uma mulher chamada Betty e outra chamada Katherine. Pearl teve um filho com olhos amarelos brilhantes.

Valec fica muito, muito quieto.

— Eu... — No silêncio, percebo que talvez já tenha passado dos limites. Mas não existe um caminho claro para reverter o que foi dito. — Sinto muito pelo que aconteceu com você.

Valec fica em silêncio por um momento. Então diz:

— Como disse, eu não a culpo. Escravidão não é vida. — Ele se vira, olhando pela janela. — Nem morte, aliás.

Valec não fala mais nada pelo restante do percurso.

37

— ESSA CONDUTORA, a srta. Hazel, é muito fofa — comenta Mariah. Ela salta do Jeep e anda até mim. — Ela é parceira da tia Lu há... caramba, uns trinta e cinco anos? Usamos essa casa como estação de vez em quando. Hazel provavelmente vai oferecer uma refeição completa, então vocês ficarão cheios até a próxima parada.

— Qual é a desses códigos? — pergunta Alice. — Estações, condutores, paradas.

— Estamos seguindo a Ferrovia Subterrânea? — constato.

— Não exatamente — comenta Valec. Ele se aproxima e para ao meu lado, de braços cruzados, observando uma casa velha distante de onde estacionamos. — De qualquer forma, não havia apenas uma rota e, por segurança, ninguém sabia de todas, ou até mesmo a extensão de cada uma. Mas estamos usando a tecnologia e o conhecimento que eles deixaram para trás, sim. Manter nosso povo a salvo ainda envolve se esconder daqueles que querem nos ferir.

Ele olha para Sel, que estaciona o carro mais atrás enquanto conversamos.

— Tecnologia? — pergunta Alice.

Valec abre um sorriso irônico para mim, como se estivéssemos compartilhando um segredo.

— Engenharia é mais do que bytes e LEDs. Sempre foi e sempre será.

Nossa condutora, a srta. Hazel, é uma mulher baixa e gordinha, de avental e um grande sorriso. Ela cumprimenta Mariah na porta com um abraço apertado, daqueles em que a pessoa quase se curva sobre a outra. Ela faz a mesma coisa comigo, e meu corpo parece brilhar e vibrar sob o seu toque. Sinto um cheiro divino de lavanda, menta e sálvia. Manteiga de cacau e de karité — de seus cachinhos — invadem meus sentidos como mágica.

— Entrem, queridos.

A srta. Hazel nos recepciona com seu tom de voz tranquilo e sotaque típico do Sul dos Estados Unidos, a voz afetada pela idade, da qual não se veem sinais em sua pele negra sedosa e reluzente.

Ela passa um braço surpreendentemente forte ao meu redor e me guia pela porta da frente. Entrar na casa dela é como entrar em outro mundo.

O aroma encorpado e quente de tudo que foi cozinhado ao longo do dia vai direto para meu estômago. Identifico todas as comidas na mesma hora: o cheiro forte de macarrão com queijo assado que dá água na boca, broa de milho fresquinha esfriando na bancada, e, mais fraco, o odor de óleo quente de algo que foi frito. Em cada canto há samambaias verdes e suculentas penduradas em vasos de argila e cestos de corda. As plantas nos vasos eram como guardiões nas soleiras, nos guiando através de um antro e da sala de estar com sofás cobertos por plástico. Nos fundos da casa há uma cozinha pequena e gasta com guardanapos sobre a mesa.

A fome deve estar estampada no meu rosto, porque percebo quando a srta. Hazel abre um sorriso atencioso e orgulhoso.

— Parece que você precisa de um prato.

Valec e Mariah se juntam a nós e apresentam William e Sel à srta. Hazel. Ela vê as algemas nos punhos de Sel na mesma hora e arqueia uma sobrancelha para Valec.

— Um Merlin — diz a srta. Hazel, com um tom de reprovação na voz.

— Aprovado por Lucille — diz Sel, erguendo as mãos e depois baixando a cabeça, constrangido. — Obrigado por me receber, mas ficarei lá fora. Para checar o perímetro e fazer a ronda. Se você me der licença.

Ela faz um "hum" que parece ser de aprovação, e Sel vai embora. Eu poderia me intrometer, mas a casa não é minha, e Sel tomou sua própria decisão. Forçar a srta. Hazel a aceitá-lo poderia dar errado, e há muita história aqui para se lidar no meio da noite, principalmente sendo hóspede na casa de alguém.

Depois de comermos, a srta. Hazel enxota William para os fundos da casa para se acomodar. Ele vai, feliz, dizendo "Obrigado, senhora". Valec leva o carro de Mariah de volta para o Lounge e diz que voltará no dia seguinte.

Mariah apressa a mim e a Alice para que nos juntemos a ela na varanda telada da srta. Hazel.

— Vocês, meninas, sentem-se — diz a srta. Hazel. — Vou fazer um pouco de chá.

Eu me abaixo para desviar das ervas penduradas pelo teto da varanda: verbasco, hortelã e outras que não reconheço, em cachos de folhas e raízes unidas, amarradas em um barbante cor de trigo.

A varanda se estende até os fundos da casa, uma península na vastidão verde que era o quintal. Além do quintal há uma área bastante arborizada, onde a luz do dia não entra. Matas como aquela são magnéticas, pois parecem uma aventura. Mas eu sei que esse é o tipo de aventura da qual as pessoas voltam com várias lembrancinhas indesejáveis: óleo de hera venenosa, uma irritação na pele, carrapatos, pulgas nas meias.

— O que você acha? — Mariah senta de pernas cruzadas em uma namoradeira de vime.

Eu me acomodo em uma cadeira rústica de madeira empoeirada que range sob meu peso e estico as pernas.

— Estou tão cheia que não sei se consigo pensar agora. Foi um jantar digno do Dia de Ação de Graças.

— A gente comia assim todo domingo — conta a srta. Hazel, por uma janela acima da pia da cozinha.

Mariah faz que sim, sorrindo.

— Alguns ainda comem. Minha mãe mora em Fountain, na Carolina do Norte, e acho que ela faz frango frito uma vez por semana. E bolinhos de milho fritos também.

A srta. Hazel assovia, impressionada.

— Ah, meu bom Deus, isso mesmo. — A chaleira tilinta no queimador de gás. Ela abre a porta de tela para se juntar a nós. — A Fountain que fica no Condado de Pitt?

— Essa mesma — diz Mariah.
— Tem umas vovós por aqueles lados.
— Tem mesmo.
Encosto a cabeça na cadeira e pergunto:
— Vovós?
Mariah sorri.
— Doutora de raiz. Herbalista.
A srta. Hazel bate o pé para fazer a cadeira de balanço se mexer.
— Não há muitas de nós por aqui hoje em dia, mas ainda vejo algumas. — Ela toma um gole de chá e me encara demoradamente. — Aquele menino Merlin. Você confia nele?
Alice e Mariah esperam minha resposta.
— Eu confio nele de olhos fechados...
É tudo que consigo dizer, mas é verdade.
Ela murmura, levantando-se da cadeira.
— Então eu vou lá preparar um prato para o Merlin.

Todos nós dormimos até mais tarde no dia seguinte.
Quando chego à cozinha, bocejando a cada passo que dou, Alice e William estão no balcão conversando com Mariah sobre um livro de ervas prensadas.
Lá fora, as árvores já soltaram suas folhas, exceto por algumas que flutuam quando uma brisa preguiçosa passa pela floresta.
Eu deslizo em uma cadeira ao lado de William.
— Sel...
— Já está lá fora — diz ele, bebericando o seu café. — Entrou para dormir um pouco, mas não por muito tempo. Não ficaria surpreso se ele passasse o dia patrulhando a floresta e lambendo as feridas.
— Ah.
— Mariah — interrompe Alice. — Se não interferirmos agora, Bree vai lá para o meio do mato confrontar Sel, em vez de, sei lá, esfriar a cabeça e se recuperar do dia de ontem. Socorro.
— Eu tenho uma ideia. — Ela abre um sorriso. — Tome o seu café da manhã e me encontre na varanda.

É assim que acabo me sentando em uma almofada em frente ao sofá de vime com os joelhos de Mariah nas minhas costas e as mãos dela em meu cabelo.

— Esse *cabelo*! — exclama ela, com um grampo entre os dentes. — Esperei um tempão para colocar as minhas mãos nele.

— Não sei se isso é bom ou ruim.

Agradeço internamente por ter lavado o cabelo alguns dias atrás, então o que quer que Mariah esteja fazendo será feito em cachos limpos. Ela borrifa um leave-in hidratante para revestir os fios primeiro.

— É bom, claro — diz ela, com uma risada, e afunda a mão em um pote no colo dela. — Seu cabelo é lindo. Mas você vai precisar fazer um penteado para prendê-lo enquanto estiver em fuga.

— Ser atacada por demônios com certeza exige uma repaginada — acrescenta Alice. — Principalmente se o meio-demônio no seu grupo, que deveria te proteger, for um babaca.

Mariah arqueja.

— Eu sei que a gente não deveria falar sobre o Merlin, mas, hum, parece que existem algumas preocupações.

Alice faz uma careta.

— A lista de preocupações é *extremamente longa*. Sem contar que ela está namorando o protegido dele.

Mariah se inclina para me encarar.

— *Garota!* Conta. Tudo.

Ruborizo e abaixo a cabeça.

— Estou ficando com o *antigo* protegido dele. O garoto a quem ele ainda está ligado. Nick. Ele está desaparecido aqui no mundo real, mas eu o vejo de vez em quando ao canalizar Arthur, já que os nossos ancestrais, o dele e o meu, se conheciam... Mas Sel e eu... Minha mãe conhecia a mãe dele. Quando ela estava escondendo a raiz dela dos Merlins, a mãe de Sel a protegeu. Eram amigas. Sel e eu temos uma conexão, mas ele me enganou e escondeu a sua verdadeira face... — Olho para cima e vejo Mariah boquiaberta. — O quê?

— Repete essa parte — pede Mariah.

— Que parte? — pergunto.

—Tudo.

— Certo, então...

Quando terminamos de conversar e falar sobre penteados, a maior parte do meu cabelo está presa em um coque com tranças e alguns cachos soltos na frente.

É início da tarde, e nenhum sinal de Sel ainda, mas eu também ainda não estou pronta para falar com ele.

Valec retorna para o jantar dirigindo o carro de Mariah e informa que provavelmente não teremos problemas quando seguirmos até a Volição no dia seguinte. Quando vou até a varanda após a refeição, encontro Valec sentado em uma cadeira de metal, suas pernas longas esticadas e os pés cruzados sobre o corrimão de madeira.

— E aí, poço de energia? — diz ele.

Observo quando ele inclina um frasco de prata de volta aos lábios, a garganta se movendo nas sombras. Quando o afasta, ele exala, e um vapor prateado e brilhante flui de seu nariz. Ele inclina a cabeça para trás e pressiona os lábios, então os abre para produzir três anéis de fumaça brilhantes que flutuam no ar.

— Precisando de pensamentos felizes? — pergunto.

— Acho que seria bom — diz ele, baixinho.

Ele começa a tomar outro gole. Pausa. E me oferece o frasco.

Encaro por um momento, então tomo, virando tudo de uma vez antes que eu possa hesitar. Devolvo a ele no momento em que o líquido e o aether descem pela minha garganta. Frio, e depois morno. Quente, que nem um atiçador de brasas cutucando a fornalha atrás das minhas costelas. Não é o bastante para criar fagulhas, mas o suficiente para me lembrar de que está ali.

Vejo que Valec está me encarando, suas sobrancelhas arqueadas.

— O que foi? — pergunto, com a voz rouca.

Preciso tossir para limpar a garganta.

Ele segura o frasco com os dedos de cada lado, deixando a superfície reflexiva voltada para cima. Um par de pontos brilhantes me encaram, depois escurecem. Meus olhos, queimando vermelho e preto, como dois carvões acesos.

— Interessante — murmura ele, e se recosta na cadeira. Ele guarda o frasco em um bolso do peito e pousa a mão na barriga, observando o anoitecer com seus olhos carmesim. — Fiquei seguindo Kane lá fora.

Quando aquele menino falou de patrulhar, ele estava falando sério. — Ele aponta com o queixo para a entrada da garagem e para o campo ao longe. — Começou por ali, andou por um quilômetro. Muito metódico. Ele está no mato agora, andando depressa. Silencioso que nem a morte. Se eu não soubesse como ouvir, jamais saberia que ele estava ali.

Eu me apoio na coluna, tentando encontrar Sel na escuridão. Não consigo vê-lo, é claro. Mas mesmo que ninguém me dissesse que ele estava lá, acho que conseguiria senti-lo.

— De vez em quando — prossegue Valec, atrás de mim, a voz baixa —, caçar e fugir se misturam. Você começa com o objetivo de perseguir uma coisa, tudo bem. Mas, se você não consegue pegá-la, a sua fome aumenta, você deixa seus instintos assumirem o controle... Então, de repente, *você* se torna a coisa mais perigosa na floresta.

Recosto a cabeça, deixando que a melodia dos grilos, do céu e dos sotaques do sul se misturem dentro de mim.

— Você está tentando me dizer alguma coisa.

— Não — diz ele, com a fala arrastada. — Mas tenho uma pergunta: você sabe por que escondemos coisas de pessoas que são importantes para nós?

Fico agitada com a mudança de tom dele.

— Eu... Sim?

— Me dê um exemplo.

Suspiro na escuridão e me viro.

— Antes de conhecer Sel, eu escondi coisas dele. De outras pessoas também. Eu não me sentia segura, ou achei que outras pessoas poderiam se machucar.

— Ah. — Ele ergue um dedo. — Existem muitas razões para se esconder a verdade daqueles que você não conhece. Mas, quando há cuidado e confiança entre duas pessoas, só há uma razão para que as mentiras continuem: não o medo da segurança, mas o medo do julgamento. A vergonha e a culpa são motivações poderosas. Não é fácil superar isso.

Ele tem razão. Eu sei que tem. Sel ficou com medo do que eu pensaria dele, mas... ele jamais deveria ter...

Valec para ao meu lado em um piscar de olhos, tirando um lenço ônix do bolso do peito. Ele o estende para mim em silêncio.

— Posso não aprovar os métodos dele, já que sou muito honesto em meus negócios, como você bem sabe... mas admito que o entendo. Já tive momentos em que eu não queria nada além de não ser notado por aquilo que me consome por dentro. O consentimento e a confiança foram deixados de lado, claro... mas é óbvio que ele não queria que você o visse assim.

O lenço de Valec é macio e tem cheiro de couro antigo com anis estrelado. Encosto o tecido no canto do olho.

— Ele não pode decidir isso — falo.

— Não. Não pode.

Nós dois ficamos em silêncio durante um tempo. Agradeço pelo silêncio. E pela perspectiva.

Valec abre a porta de tela, mas se vira antes de sair, apontando com o queixo para o lado esquerdo da casa.

— Caminhe cerca de quinze metros, por ali. Ele vai ouvir você chegando.

A mola da porta range ao fechar. Respiro fundo e entro na escuridão para caçar a coisa mais mortal da floresta.

O vento aumenta conforme eu adentro a floresta.

Não avanço muito. Nem preciso.

— Podemos conversar? — falo para as árvores que balançam, então espero.

Sinto os olhos de Sel na minha pele um segundo antes de ele cair na minha frente, leve como um gato. Percebo então que não está mais escondendo sua verdadeira aparência. Seus olhos brilham, não da cor de rubi como os de Valec, mas de alguma cor entre o que eu conhecia e o que ele se tornou. As veias de suas mãos desapareceram.

Procuro um lugar para sentar. Há um tronco meio úmido atrás de mim, caído e parcialmente coberto de musgos. Vai servir. Eu me sento e puxo as mangas do moletom para cobrir as mãos.

Ele para na minha frente, com uma expressão determinada.

— Eu não deveria ter mesmerizado você e peço perdão — diz ele. — Violei a sua confiança. E a nossa amizade.

Eu o encaro por um longo momento, tentando ver a pessoa por baixo do escudo da formalidade. Mas tudo o que enxergo são aqueles momentos em que ele me atraiu apenas para mentir. Isso me deixa com raiva de novo.

— Por quê? — pergunto.

— Posso...?

Ele aponta para o tronco.

O nó em minha garganta se aperta.

— Pode.

— Para explicar, eu preciso começar do começo.

Ele se ajeita do meu lado no tronco, as mãos enfiadas nos bolsos. Solta um longo suspiro, inclinando a cabeça e olhando para o céu.

— Seria fácil afirmar que minha queda começou quando Nicholas foi capturado. Mas não acho que isso seja verdade. Acho que começou muito antes.

Junto as peças.

— Quando você tentou me matar?

Ele assente devagar.

— Os Juramentos são selados por meio de crenças e intenções pessoais. A crença é o motivo pelo qual Lorde Davis pôde fazer todo o mal que fez e não ser queimado pelos próprios Juramentos. Ele acreditava que o que fazia era certo. Eu *acreditava* que estava fazendo um bom trabalho quando você chegou ao campus. Que ir atrás de você era a coisa certa a se fazer.

— Não estou te desculpando — falo. — Mas, naquela época, você estava fazendo o seu trabalho. O que você acreditava ser certo com base no que sabia. Eu também não sabia o que eu era.

Ele ri, mas é um som oco, cansado, dentro de seu peito.

— Ser cruel não é o meu trabalho. — Ele olha para a floresta e continua: — Os Juramentos de Ligação são magias extraordinariamente poderosas. Destinadas a provocar respostas nas partes vinculadas quase antes que possam pensar. Sob os Juramentos, as decisões se tornam instintos. Os pensamentos se tornam impulsos. É algo muito útil em batalha, quando a vida e a morte são decididas em frações de segundos. O Juramento de Mago-Real me conecta a Nicholas, e ele a mim, muito profundamente. Mais profundamente do que eu e ele já falamos em voz alta... — Ele balança a cabeça, afastando uma vida inteira de memórias. — Estamos Juramentados há tempo suficiente para entender e antecipar as nuances do vínculo. Quando sinto que ele está em perigo, não apenas detecto seu alarme ou medo, mas também sinto como se minha vida estivesse em perigo. Aquele imediatismo de uma ameaça, o desespero de viver. É tanto meu quanto dele, então sou forçado a agir. E... ele me disse que quando sente minha intenção de destruir uma vida, essa intenção parece a dele. Ele nem precisava me dizer, para ser sincero. Eu *consigo* ver isso dentro dele, em seus olhos. A sede de sangue. Por alguns momentos, o que eu quero destruir, ele quer destruir.

Meu corpo enrijece, um sentimento doentio se revirando no meu estômago.

— Então, na noite da segunda provação...

— Àquela altura, todos podiam ver o que Nicholas sentia por você. Eu mais do que qualquer outra pessoa, imagino. Fiquei com raiva porque ele não estava ouvindo meus avisos, com raiva porque senti que algo estava errado, mas não tinha provas. — Seus olhos brilham quando encontram os meus. — Você lembra que planejei nossa parceria durante a provação? Planejei te enganar, encurralar e matar. Eu sabia que Nicholas sentiria o desejo de matar alguém naquela noite, porque passaria de mim para ele através do vínculo. Planejei que ele descobrisse que a pessoa que ele queria... era alguém que ele... — Sel balança a cabeça com um olhar cortante. — Que era você.

Por um momento, respirar parece impossível. Tudo que consigo fazer é me lembrar daquela noite. A fúria no rosto de Nick, misturada com medo por mim e... dor.

— Nicholas e eu sabemos exatamente como machucar um ao outro. Quando éramos crianças, manipulávamos o afeto de Lorde Davis. Usando de posições e títulos para atender aos nossos caprichos. E isso *fora* da arena de treinamento. Dentro dela, como seu Mago-Real, eu nunca poderia atacar com a intenção de feri-lo, mas dei minha cota de hematomas e olhos roxos... e até ossos quebrados. Eu sempre lutei com ele para torná-lo um guerreiro melhor, um rei melhor, um oponente melhor. Intenções dignas, no que diz respeito ao Juramento.

Um pequeno sorriso sombrio surge no canto de seus lábios. A eterna rivalidade entre os dois brilha em seus olhos. Lutas vencidas e perdidas.

— Nós dois sabemos como explorar o vínculo, encontrar as brechas. Foi uma coisa terrível da parte dele ter feito o que fez, me socar naquela noite, porque ele fez isso sabendo que a única intenção que eu *poderia* ter usado para acertá-lo seria indigna: retaliação. Não vou defender a atitude dele. — Ele respira fundo, levantando-se. — Mas também não posso defender o fato de que fui intencionalmente cruel. Na manhã seguinte ao primeiro Juramento, ele veio até mim. Disse que sentiu meu desejo de matá-la e me *implorou* para que eu a deixasse em paz, por causa do que isso o fez sentir... — Ele bate no peito. — Aqui. Falou que querer machucar você parecia errado.

"Então, eu sabia que tudo que eu enviasse através do vínculo envenenaria a parte dele que estava começando a te amar. Sabia que, se eu falhasse, ele teria que viver com a lembrança de desejar a morte da namorada. Não apenas a lembrança, mas a *sensação* de querer matar você com as próprias mãos. Uma intenção assassina como essa é um dos piores sentimentos do mundo. Ela assombra. Destrói. E para alguém como Nick... iria destruí-lo de uma forma que ele nunca esqueceria e nunca se recuperaria. E eu não me importava. Achei que estava certo, tudo em nome do dever.

Não há palavras para amenizar a culpa de Sel ou aceitar sua confissão. Também não sou eu quem deve fazer isso, mesmo que houvesse. A crueldade e o dano podem ser sentidos indiretamente, mas o perdão não pode ser concedido por terceiros. E posso dizer pelo olhar desolado em seu rosto que ele não gostaria de ouvir nenhuma palavra de consolo.

— Foi isso que você quis dizer quando falou que jamais poderia se desculpar com Nick?

— Sendo sincero... eu abusei do nosso Juramento porque não parecia justo que ele estivesse feliz quando eu não estava. — Uma pausa. — E porque eu podia.

Lembro-me de pensar que aquela noite havia mudado a maneira como Nick via Sel. Depois que voltamos para o Alojamento, a raiva contra seu Mago-Real chegou a um nível implacável.

Agora percebo que apenas Nick e Sel entenderam o que realmente aconteceu entre eles. O abuso de ambos os lados. Parte de mim quer ficar chateada com Nick por não me contar a história toda... mas como explicar à outra pessoa uma crueldade criada especificamente para feri-la? Não há palavras suficientes para descrever a malícia direcionada a alguém, e a dor de tentar encontrar essas palavras às vezes causa o mesmo dano.

— Foi por causa daquela noite que você acha que já tinha começado a sucumbir ao seu sangue? — pergunto.

— Sim — admite ele. — Mas só quando vejo em retrospecto. Odeio admitir, mas, naquela época, eu não estava preocupado com perder minha humanidade. — A voz dele é tão baixa que preciso me inclinar para ouvir. — Isso só veio mais tarde.

Faço uma careta.

— Quando você começou a se preocupar?

Ele se vira para mim, seus olhos passeando pelo meu rosto tão rapidamente que quase não sinto as fagulhas.

— Quando vi sua coragem. Sua fúria. Seu coração. Quando comecei a ver... — Ele engole em seco, franzindo as sobrancelhas. — Quando comecei a ver o que acredito que Nicholas vê quando olha para você. Só um monstro poderia olhar para você e querer destruí-la, Bree.

Sinto um leve alívio no peito.

— Mas você ainda estava servindo ao seu Juramento a Nick. Ainda que estivesse preocupado, não poderia ter sucumbido naquela noite, pelo menos não teoricamente... certo?

— Talvez. Mas meu comportamento naquela noite afetou a forma como me comportei mais tarde, depois de Nicholas ser capturado. — Ele respira fundo. — Quando os Regentes chegaram, senti durante dias os efeitos de não estar cumprindo meu Juramento.

Olho para ele, alarmada.

—Tão cedo assim? Sel...

— Achei que tivesse mais tempo. — Ele dá de ombros. — Depois de fugir, realmente fui até a cabana, como falei. Tentei encontrar a cura da minha mãe... quando não a encontrei, só conseguia pensar em uma forma de me esconder por um pouco mais de tempo. De todo mundo. Quando as mudanças físicas começaram, eu sabia que minha natureza mudaria logo em seguida.

— Mas você *não* escondeu de todo mundo, não foi? — Eu me levanto, lutando contra o tremor em minha voz. — William não deixou você me carregar para dentro depois do ataque de Jonas e Kizia. William mandou você beber aquela dose de aether para se equilibrar. Alice disse que achou você acabado, e eu a ignorei, porque não conseguia enxergar. E não foram só eles. Erebus, Cestra e Valec. Aquela... aquela garçonete aleatória com a qual você flertou no bar... — Cerro os dentes. — Todos sabiam, menos eu. Porque você não confia em mim.

Sel abaixa a cabeça e enfia os dedos no cabelo.

— Eu fui criado para não confiar em *mim*! Mas eu confio em você...

— Então por quê? — grito. — *Por que* você mentiu para mim todas as vezes que eu perguntava se você estava bem? Você achou que eu não era forte o bastante para lidar com isso?

Ele ri.

— Você é a pessoa mais forte que já conheci, Bree.

— E a confiança de Nick em você? — exclamo. — Ele falou que você iria embora antes de me machucar!

— E, se fosse antes, ele estaria certo! Eu *queria* que ele estivesse certo. Eu deveria ter me afastado de você assim que percebi que estava mudando. — Ele olha para longe. — Só isso já era motivo o bastante.

— Por que não fez isso?

— Porque... — Ele engole em seco e umedece os lábios. Respira fundo. — Porque meu raciocínio não funciona como deveria perto de você, Bree. Nunca funcionou.

A confissão dele suga todo o ar de meus pulmões e, em vez de oxigênio, sinto que estou inalando caos, inspirando dor e expirando raiva. Juntas, elas fecham minha garganta com mais força. Quando consigo falar, minha voz sai em um sussurro agudo.

— Aqueles momentos em que estávamos perto um do outro. O avião. O esconderijo. Ontem à noite no Lounge, quando você me tocou, disse aquelas coisas... — Eu balanço a cabeça. — Não sei o que era real e o que era uma ilusão criada a partir do seu... do seu *medo*.

Sel se levanta lentamente, aproximando-se de mim com passos cuidadosos. Eu olho para ele, esperando encontrar algo em seus olhos escuros e penetrantes a que me agarrar.

— Se você não acreditar em mais nada do que eu disse hoje à noite, guarde isso: minhas mesmerizações sempre foram apenas uma ilusão visual. — Sua voz é baixa, determinada. — Por favor, saiba que não exerço nenhuma outra influência sobre você.

O nó se rompe em meu peito.

Lágrimas pinicam meus olhos, meu nariz.

— Então eu nem posso culpar a sua mesmerização por... como eu me senti.

Sel inspira lentamente, a respiração trêmula, e solta o ar.

— Não.

Fungo, esfregando os braços.

— Mas você tirou *vantagem* desses sentimentos, Sel. Você abusou da nossa conexão, assim como fez com...

Eu me detenho, os ecos ressoando por mim.

— Assim como abusei da minha conexão com Nicholas — continua Sel. — Eu sei. Mas não tive a intenção de fazer isso com você. Eu não queria que você visse a parte de mim que parece inumana. Eu não percebi... — Ele dá um passo para a frente. Eu dou um passo para trás. Vejo um brilho forte, cru, nos olhos de Sel quando ele diz: — Bree, aqueles momentos entre a gente... foram *reais*. Eu juro.

— Eu mereço mais do que mentiras — falo, cerrando os dentes. — Você estava mentindo para mim, mentindo para si mesmo... como vou saber o que era real?

O rosto dele se contorce de dor, e ele fecha os olhos com força.

— Imagino que não dê para saber — sussurra ele.

O calor que floresceu entre nós durante semanas se apaga. Não sei como acendê-lo novamente. E nem sei se quero.

Suspiro e ando ao redor dele.

—Vou voltar para a casa.

— Bree. — A voz dele me detém. Posso sentir a expressão feroz e afetuosa em seu rosto, mesmo que não consiga enxergá-la. Eu me viro e o vejo parado ali, o anjo caído que conheço, mais demônio do que nunca. Não por sua aparência, mas pelo que fez. —Tem mais uma coisa que você precisa saber.

Como se fosse possível meu coração se partir ainda mais. Solto um suspiro.

— O que foi?

— Estou me sentindo melhor depois do aether que Valec me deu. Acho que vou ficar bem por mais um tempo. Ele me deu alguns frascos para levar comigo... — A voz dele vai diminuindo.

— Que bom, Sel — murmuro, pronta para me virar.

Ele ainda não acabou.

— Mas, antes que possamos continuar a viajar juntos, você precisa saber que ninguém sabe o que aconteceria se um Merlin matasse uma Herdeira Desperta de Arthur.

Minha respiração acelera.

— O que você...

— Estamos a gerações de distância do Merlin original, meio-demônio, e de nosso ancestral demônio completo, todos nós. Mas o sangue das Crias Sombrias é *forte*. "Se um Arthur totalmente Desperto for abatido pelo sangue de uma Cria Sombria, as Linhagens Lendárias serão perdidas para sempre." Acho que nunca ocorreu a nenhum Mago-Real na história que esse aviso possa se aplicar a nós. Ninguém jamais levou isso em consideração. Eu não poderia matar Nicholas, mesmo que o demônio quisesse. Não sem me matar. Mas *você*... nós não somos...

Os olhos dele parecem implorar, desolados e selvagens na noite.

Eu o observo por um momento, atordoada demais para responder.

— Você está dizendo que vai me matar?

Ele balança a cabeça com veemência.

— Não. Estou dizendo que me tortura o fato de que eu *poderia* ter feito isso. E o que me assusta é que eu ainda posso.

— Eu poderia mandar você embora. Mandar você ir atrás de Nick.

Ele enfia as mãos nos bolsos.

— Você poderia fazer isso.

A possibilidade paira entre nós, porque eu sou a lâmina que ele está esperando. Aquela que poderia separá-lo de mim e de nós. Penso no lugar em minha mente que ainda está se recuperando do que os Regentes fizeram. De Tacitus, apagando as minhas memórias e me mandando dormir. Do soro, roubando a magia em minhas veias. De Arthur, afastando seu conhecimento de mim, me impedindo não apenas de ver Nick, mas da sabedoria e do poder que são meus por direito.

Ele engole em seco.

— Não vou implorar por seu perdão.

Um mês atrás, eu o teria oferecido a ele de bom grado. Talvez até mais. Esta noite, não ofereço nada.

Em vez disso, eu me viro... e vou embora.

A casa está silenciosa quando chego. Não está vazia, mas parece repousar. Não vejo nenhum sinal de Valec. Por mim, tudo bem. Não quero conversar com ninguém aqui.

No quarto que estou dividindo com Alice, há duas camas de solteiro sob uma janela com um grande baú entre elas. Ela está jogada na cama mais longe da porta, seu ronco suave ressoando em um ritmo constante no cômodo. Fecho a porta atrás de mim para não acordá-la.

Perfuro meu polegar antes mesmo de encontrar um lugar no chão. No momento em que cruzo as pernas, a moeda não passa de uma coisa manchada de sangue na minha mão, e estou sussurrando:

— Pelo meu sangue...

38

— *VOCÊ ESTÁ COM RAIVA, minha Herdeira. Em agonia.*
— Sim.
— *Ótimo. Então eu te mostrarei o motivo pelo qual dragões não morrem.*

Clang!

O vento é como uma garra gelada rasgando minha pele. Ele se afunila até chegar a nós à sombra de Cadair Idris, atravessa o lago Llyn Cau e traz o frio do inverno para o nosso pequeno grupo no espaço para o ritual.

Clang!

Paramos na beira do círculo de pedra que há na terra, cercados por tochas erguidas por Pajens, e assistimos enquanto o feiticeiro faz seu trabalho.

Clang!

— Somos tudo que restou. — *Lancelot está à minha direita, transformando meus pensamentos em palavras, como sempre.* — Eles reduziram nossos números a quase nada, Arthur.

— Somos mais do que nada — *murmuro em resposta, meus olhos fixados no movimento que Merlin faz com o braço, agitando-o com veemência, as palavras de forja guiando cada movimento, canalizando poder para dentro da pedra no centro do ritual cerrig.* — Somos treze.

Clang!

Uma onda de aether prateado pulsa pelo chão, parando nas pedras erguidas abaixo dos nossos pés, a maior parte batendo e voltando para a terra, para a pedra. Merlin direciona o poder para a rocha diversas vezes, mas cada onda que bate e volta manda uma reverberação para fora do círculo. Um eco que faz meu corpo estremecer.

— O plano que você e Merlin criaram. — O cabelo dele brilha em dourado sob a luz das tochas. — Como você saberá se teve sucesso?

— Vamos saber se tivemos sucesso — respondo — quando morrermos e retornarmos.

— Em espírito, mas não em carne.

— Não em carne, não em nosso tempo. Mas quando todo Cysgodanedig for pó, a guerra será vencida.

Clang! Fagulhas brancas fazem um arco no ar, caindo no manto de Merlin.

— Quantas gerações? — pergunta Lancelot.

— Quantas forem necessárias.

Eu me viro para ele, observando.

— O Feitiço não vai funcionar se nós não acreditarmos. Nossos Juramentos nos unem a ele. Você duvida, meu cavaleiro?

Ele franze as sobrancelhas. Clang! As fagulhas de aether voam e, dessa vez, são refletidas nos olhos dele. Brasas de poder brilhando em prata e azul, depois sumindo, e, por fim, surgindo de novo. Ele se vira para mim, e seu olhar é o mesmo que vejo nos campos de batalha: tempestade e aço, fúria e foco.

— Eu não duvido. A Távola, para sempre.

Seguro seu braço, e ele faz o mesmo com o meu, nossos dedos no cotovelo um do outro.

— A Távola, para sempre.

Ao sentir meu toque, Lancelot tremeluz, some, então reaparece como o garoto que conheço.

Nick aperta meu cotovelo, me observando com preocupação.

— O que aconteceu?

Dou de ombros, desolada, a voz baixa.

— Um pouquinho de tudo, mas acho que deveria te perguntar isso. Você estava em perigo na outra noite.

Ele me solta.

— Guarda dos Magos. Já terminou, mas meu pai foi ferido. Estamos num lugar seguro. Eu estou... estava dormindo... — Ele se detém. — Sel sentiu, não foi?

— Sim — sussurro.

Alguma coisa deve transparecer no meu rosto — dor, raiva, desgosto —, porque ele franze bastante as sobrancelhas e fala, baixo:

— Aconteceu alguma coisa.

Eu o encaro, avaliando o quanto dizer, o quanto quero que ele saiba. A exaustão emocional e a sombra da culpa me deixam perplexa.

Inspiro, minha respiração trêmula.

— Sel tomou uma decisão ruim. Uma decisão confusa e egoísta que... — Fecho os olhos com força. — Realmente me machucou.

Nick segura meu rosto. Quando abro os olhos, a expressão dele é simpática, mas séria.

— Ele faz esse tipo de coisa.

—Tem algum conselho?

— Com relação a Sel? Se eu tivesse, teria o seguido há um bom tempo. — Ele faz uma careta. — O Juramento dele, ele está...

— Nada bem — falo, e fecho a cara. — Mas estável, por enquanto. Encontramos uma espécie de poção num bar demoníaco...

Ele arregala os olhos.

— Um bar... demoníaco?

Assinto.

— Longa história. Mas Sel está bem. Já voltou a ser mais babaca do que demônio.

Respiro lentamente, olhando para a cena que é o início dos Lendários. Nossa origem. A minha também, até.

— Foi aqui que tudo começou. E, oito Camlanns depois, ainda acontece.

Nick segue meu olhar para os cavaleiros que nos cercam, congelados pela ruptura que causei na memória de Arthur.

— Onde estamos?

—Arthur é do tipo que gosta mais de mostrar do que de contar.

Nick faz uma careta, como sempre acontece quando digo o nome de Arthur. Eu me sinto estranhamente reconfortada por essa reação.

— Ele trouxe você aqui para lhe mostrar este lugar e esta época? Por quê?

Olho para a montanha, para o lago. O círculo do ritual, o poder que há ali. Os cavaleiros de cabeça descoberta, de túnica, despojados, e a resposta vem à tona:

— Porque... esta é a noite em que o Feitiço foi lançado. É a primeira vez que a Távola original recebeu habilidades de aether. Ele disse que me mostraria como controlar o poder dele, e esta foi a primeira vez que ele o usou.

— Então é por isso que ele trouxe você para esta memória. Para que você pudesse sentir como ele assumiu o controle. — Ele franze a testa. — Pena que estão congelados.

— Quando saio da memória dele, isso cria uma espécie de... divisão na corrente. É por isso que posso trazê-lo aqui na sua ausência.

Eu me concentro na memória novamente, desejo que ela continue. A princípio, nada acontece. Então...

Clang! *O martelo de aether de Merlin bate na pedra.*

Nick se ajoelha ao meu lado, então congela.

— Nossa... Eu acabei de ver...

— Sim — sussurro. — É... — Prendo a respiração, porque algo dentro de mim tomou conta do meu peito. Quando olho para Nick, sei que ele também sentiu. — Eu me lembro do que acontece depois.

Ele assente.

— Eu também. Eu sei aonde ir, o que dizer, o que ele fez. — Nick se levanta, vendo o mundo com um novo olhar, observando os outros onze cavaleiros, que agora se movem, vivos ao nosso redor. — Você acha que eles nos enxergam ou veem Arthur e Lancelot?

Ergo a cabeça.

— Eles são invenções do que já aconteceu. Então, acho que veem Arthur e Lancelot, não a gente.

— *Arthur!* — Uma voz chama a minha atenção para o centro do círculo. *Merlin, a respiração acelerada.* — *É chegada a hora.*

Olho para Nick. Ele dá um empurrãozinho em meu ombro.

— Vai.

É estranho se lembrar de uma coisa que não aconteceu com você, mas deixo o impulso de responder ao chamado de Merlin tomar conta de mim.

— *Muito bem.*

Eu caminho como Arthur caminhou, para além da pedra, até a grama, até o feiticeiro.

Merlin joga o capuz para trás e revela uma mecha selvagem de cabelo preto, longa o suficiente para tocar seus ombros, se não estivesse esvoaçando, balançando em chamas mágicas. Ele é um homem bonito — meio íncubo, então isso faz sentido. Maxilar definido, um rosto velho e jovem ao mesmo tempo. Lábios grossos e nariz fino. Mas seus olhos são diferentes de tudo que já vi: vermelhos como os de Erebus, mas com um contorno amarelo.

Ele se curva levemente quando me aproximo.

— Este último golpe quebrará a pedra. Quando ela se abrir, retire a lâmina.

Arthur assentiu, então eu assinto. Com um poderoso golpe final, o martelo de Merlin divide a pedra maciça em duas — revelando a Excalibur em sua primeira forma. Longa, quase transparente e sem o diamante no centro. Guarda cruzada menor, fio mais áspero, mas continua sendo a espada que conheço. Minhas mãos coçam para segurá-la.

Preciso afastar os pedregulhos que se soltaram após o golpe de Merlin para poder segurá-la, mas, quando ergo a lâmina, a Excalibur ressoa em minhas mãos, um grito primitivo que eu reconheceria em qualquer lugar.

— Rhyfelgri — *sussurra Merlin.*

Levanto a lâmina bem alto, e meus cavaleiros rugem em resposta. O aether desce pela minha mão e invade meu peito.

Merlin acena para os outros.

— No círculo. Ajoelhem-se. Prometam servir como cavaleiros mais uma vez, e seu poder será multiplicado e entrelaçado em sua linhagem para sempre.

Nick se ajoelha, me observando com uma expressão de orgulho, admiração, alegria intensa. Ele é o primeiro a se ajoelhar. O primeiro a levar o lado plano da Excalibur até o ombro e, ofegante, receber o choque de aether que ela envia por seu corpo. O primeiro a me fitar, seus olhos prateados e brilhantes.

— A Távola — *diz ele.*

Porque foi o que Lancelot falou.

— Para sempre — *dizemos juntos.*

O Feitiço da Eternidade atravessa as treze linhagens como um raio vivo, deixando todos ao redor bêbados com magia, cobertos por ela, feitos dela. Nick e eu inclusos. Ao terminar, Merlin se despede de todos nós, caminha sozinho até o sopé da montanha e desaparece.

O grupo se divide pela colina. Alguns contam histórias ao redor do círculo, alguns bebem hidromel no acampamento perto de nossos cavalos, outros se retiram para dormir. É fácil encontrar os outros onze cavaleiros, porque seus olhos ainda brilham, prateados, por conta do aether. Ouvimos risos do outro lado da grama, e não posso deixar de rir também. Eu queria escapar, e isso é mais do que eu poderia ter pedido.

Eu me sinto como a lâmina esta noite. Como aether forjado em vida.

Nick se ergue do meu lado, sorrindo, e seus olhos são orbes gêmeas, azul e prata.

— Isso é...

Quando ele suspira, o aether sai de seus lábios em uma nuvem de fumaça.

— Incrível — sussurro.

E realmente é: todos os nervos em meu corpo parecem vivos, elétricos. Deixo meu corpo relaxar, rindo, girando, aproveitando a sensibilidade da minha pele enquanto rodopio pelo aether ao redor. Quando paro, ainda tonta, e ergo o braço, fagulhas de fogo mágico são atraídas para minha pele como se eu fosse um ímã.

— Nem estou fazendo nada — falo.

Nick sorri e estende o braço também — e o aether envolve seu pulso e sua mão nua em uma suave camada prateada. O poder de Lancelot flui sobre a pele de Nick e desce para as mãos, transformando-se em um par de espadas gêmeas. As lâminas de Lancelot.

— Era fácil para Arthur — falo. — Não é fácil para mim. Eu chamo muito, com muito calor.

Baixo o braço.

— Eu sonho com a gente, Bree — diz Nick. — Lutando lado a lado. Juntos. Mas, ultimamente, sonho com o dia em que a gente não precise mais lutar.

Nick solta as espadas no ar.

Depois, diminui a distância entre nós, sua mão pairando sobre a minha.

— Posso...?

Nick entrelaça os dedos aos meus, e eu sinto o poder fluir entre nós como a pedra no círculo. Isso me coloca em uma espiral, o atinge, volta.

— Nossa! — exclamo.

Os olhos brilhantes dele aumentam de tamanho, encontram os meus.

— Seus olhos ainda estão... — diz Nick.

— Os seus também.

Ele olha para trás. O acampamento está próximo.

— Eu não me lembro desta parte.

— Nem eu. — Sigo o olhar dele, e a memória congela de novo. — Isso significa que...

— Somos só nós dois agora. — Seus olhos brilham com uma satisfação sombria, e meu coração acelera. Ele me puxa para perto, e faíscas saltam entre nossos corpos, subindo pelo meu pescoço e envolvendo seus ombros. Ele fecha os olhos. — Meu Deus, B...

— Todo esse poder — murmuro, a voz arrastada. — Por que é assim?

Ele desliza as mãos para cima e para baixo em meus braços, deixando um rastro de fogo.

— Não sei. A hierarquia, talvez... Arthur primeiro, depois Lancelot. Porque é um poder novo e o que sentimos no mundo real é diluído através das gerações? — Sua voz é alegre e ofegante, e ele solta uma gargalhada. A primeira que ouço em muito, muito tempo. — Ou talvez pareça assim porque somos *você e eu*.

Aqui podemos ser Bree e Nick sem as exigências da Ordem. Sem as regras e as leis. Podemos esquecer que as pessoas esperam muito de nós e, em vez disso, podemos querer um ao outro.

— Nick... — imploro, puxando o rosto dele para baixo.

Ele abre os olhos e me encara, as pupilas engolidas em prata.

— Sim. — Ele acena com a cabeça, envolve meu pescoço com sua mão quente, desliza-a para cima em meu cabelo. — Sim.

E então sua boca está na minha, e cada chamada e resposta que já sentimos parece fraca em comparação com esta. O poder circula de seu corpo para o meu em um círculo lento entre a pele dele e a minha. Todos os lugares que tocamos aceleram a rotação até que eu não consiga dizer de quem é a respiração de quem, qual é o arco de chama mais alto, qual faísca inicia o fogo que nos rodeia. Ele geme, nos puxando para o chão. Abro os olhos e vejo que as estrelas sobre seu ombro também brilham em nosso ritmo.

— E se os Regentes nos encontrarem? — sussurro, sem fôlego. — E se a gente não puder fazer isso de novo?

— Eles não podem nos encontrar aqui — responde ele, e pressiona a boca em meu pescoço. Estremeço. Ele se afasta, rindo do seu efeito em mim. — Bree, eu...

Ele para, seus olhos voltando ao tom normal de azul e preto.

— Nick? — chamo.

Ele ofega, vendo alguma coisa que não está ali — ou que não está aqui, na memória.

— Ai, meu Deus. Não. — Ele aperta meu braço. — A cabana... estamos na cabana!

E então ele desaparece.

— Nick!

Eu me apoio nos braços para me sentar, mas ele se foi. As estrelas se apagam. A sombra de Cadair Idris desaparece. Até o chão desaparece, até eu cair para trás, sem parar...

— Bree! — Quando abro os olhos, Alice está sacudindo meu ombro, gritando muito perto do meu rosto. — Acorda!

— Eu... eu estou acordada — murmuro, piscando várias vezes. O quarto está parcamente iluminado em tons de cinza-azulado, o final da noite antes da manhã. — Eu estava... — Sinto um aperto no peito. — Não, não, Nick está...

Ela faz que sim.

— Eu sei. Sel chegou correndo. William está com ele agora, mas as coisas não parecem boas. — Ela avalia meu rosto e pergunta: — O que aconteceu com o seu cabelo?

Passo a mão pelos meus cachos.

— Nada. — Fico de pé. — Escuta, eu sei onde Nick está.

— Sabe? — Ela salta. — Então precisamos ir. Agora!

É uma luta, mas consigo convencer Alice e William a ficarem para trás. Alice, porque não posso arriscar que ela se machuque, e, William, para o caso de alguém da Guarda dos Magos — ou um demônio — seguir nosso rastro de volta para a casa da srta. Hazel.

Sel quase sai sem mim também, mas lanço um olhar mortal o suficiente para fazê-lo mudar de ideia e seguro as chaves com força.

— Não se atreva.

Dois minutos depois, estamos no carro.

Sel sabe exatamente onde fica a cabana e solta vários xingamentos, dando ré na entrada da garagem, os ladrilhos rangendo no cascalho.

— A merda da cabana — diz.

Ele dispara para a estrada principal, pisando fundo no acelerador.

— O que é a cabana? — pergunto.

Estou no banco de trás, olhando a coleção de armas que trouxemos do esconderijo.

— Exatamente o que parece, Briana — responde ele. — Uma casa no meio do mato.

Eu juro que fico com tanta raiva que chego a ficar quente, mesmo sem mágica nenhuma.

— Eu *sei* que você não está sendo grosso comigo agora, Selwyn Kane. Porque eu tenho *muitos* motivos para ser grossa com você.

Ele trinca os dentes, mas mantém os olhos na estrada.

Respiro fundo.

— Vamos deixar os nossos problemas de lado um pouco. Vamos salvar Nick, essa é a prioridade.

Ele assente.

— Concordo.

— Onde fica a cabana? — recomeço. — E por que estão lá?

— Fica no vale Sapphire, perto da reserva florestal Gorges State Park. — Ele pisa no pedal de novo. Devemos estar a quase cento e trinta quilômetros por hora. — E meu palpite é que estão indo para lá porque é a única propriedade de Davis que os Regentes não encontrariam. As outras sete foram vasculhadas semanas atrás.

— *Sete?* — retruco, surpresa.

— Foco.

Faço uma careta para ele pelo retrovisor.

— Por que os Regentes não sabem dela?

— Porque, tecnicamente, não *será* uma propriedade Davis até o aniversário de dezoito anos do Nick. Anna deixou para ele. — O sorriso dele é sombrio. — Os Regentes jamais suspeitariam que eles iriam se esconder numa casa da família Rheon. Foi bem esperto.

Sinto um tremor ao ver a expressão séria de Sel.

— Anna é a mãe dele — falo.

— Sim.

— A mãe dele foi mesmerizada — prossigo. — Nick foi completamente apagado da memória dela, por que ela iria...

— A família de Anna, os Rheon, mantinham certo contato com Nick. — Sel esfrega o rosto. — Ligavam. Mandavam cartões.

— Como?

— Eles a deserdaram, mas ainda queriam manter a conexão com Nick porque ele era um Davis.

— O quê? — grito. — Mas ela perdeu a memória. O filho e o marido dela sumiram. Como eles puderam...

— Anna quebrou uma regra da Ordem. — Sel suspira. — Mas os Rheon são uma antiga família Vassala. Uma das mais antigas. — Ele muda de faixa, nos coloca em uma rampa de acesso, seguindo o GPS do carro. — Eles ficaram do lado da Ordem porque isso significava permanecer nas graças dos Regentes. Ninguém da família Rheon abrigaria um fugitivo da Ordem, então não pareceria uma boa opção, mas é. A casa está vazia desde...

— Desde que Anna foi mesmerizada. — Cerro os punhos. Nunca pensei que me sentiria conectada à mãe de Nick. Eu me sentia triste por ela, sim, mas agora... agora estou com *raiva* por ela. — Quem fez isso?

Sel trinca os dentes.

—Tacitus.

— Claro — murmuro.

Eu tento me ajeitar no banco com minha pilha de facas e ajusto o cinto de segurança.

— O que aconteceu com o seu cabelo? — pergunta Sel abruptamente.

Alice perguntou a mesma coisa, e eu não tive tempo de olhar. Sel muda de faixa novamente, e abaixo o visor do banco da frente. Lá, acima do meu olho direito, há uma mecha de cachos prateados e brilhantes.

— Não sei... — Puxo os cachos, enrolo-os nos dedos. — Não estavam dessa cor ontem à noite.

— Não, não estavam. — Ele estreita os olhos e encara a estrada. — Isso parece cabelo de Suserano. Quanto poder você está usando?

Cabelo de Suserano. Engulo em seco. Não sei como alguém fica com o cabelo que Gill, Samira, Lyssa e Ophelia têm. Nunca perguntei. Pensei que o cabelo grisalho se devesse apenas a alguma forma de envelhecimento acelerado, não ao uso de energia.

— Você acha que...

— Não é só isso... — Ele ergue o nariz, respira fundo. — Seu cheiro está diferente.

— O quê?

Ele retorce o nariz.

— Você está com o mesmo cheiro de Nicholas.

Eu me ajeito no banco novamente, minha pele esquentando no assento de couro de repente.

Sel me olha de esguelha, para a bandagem no meu polegar.

— Você invocou Arthur. Quando?

— Depois que fui embora.

Uma longa pausa.

— Entendi. E Nicholas?

— Ele estava lá como Lancelot na memória de Arthur.

— E... — Ele balança a cabeça, confuso. — O que, exatamente, vocês estavam fazendo?

Mordo o polegar, me encolhendo no banco.

— Eu... eu não sei como a magia funciona.

Os olhos dourados de Sel brilham quando olha para mim, a sobrancelha erguida, então ele volta a atenção para a estrada. Uma pausa, uma ponderação. Por fim, ele se vira para mim mais uma vez.

— *Sério?*

O calor queima minhas bochechas, me deixando desconfortável.

— Eu não preciso me explicar para você.

Ele cerra os dentes. Tamborila no volante.

— Não, não precisa. E eu não pedi para você fazer isso.
— Quanto tempo? — pergunto.
Ele resmunga.
— Mais uma hora, pelo menos.
Ele franze o nariz novamente, apertando o botão para abaixar as nossas duas janelas.

39

CHEGAMOS À CABANA em quarenta e cinco minutos em vez de sessenta porque Sel correu o caminho inteiro. Quando estacionamos o carro, o céu está tingido de vermelho, pêssego e dourado. Quase amanhecendo.

— Lá está a placa. — Um outdoor à direita mostra uma família dos anos 1950 na frente de uma casa com um lago. — Conjunto residencial Sapphire.

Sel fica imóvel assim que para o carro no estacionamento.

— Merlins.

— O quê? Onde? — Eu me viro no assento.

Sel inala.

— Não estão aqui perto, mas estiveram aqui há pouco tempo. Na última hora.

Meu coração acelera, imaginando Nick nas mãos deles. Ou lutando. Morto.

— Chegamos tarde demais.

— Talvez. Olhe ali. — A voz de Sel está fria como gelo. Ele aponta para três veículos escuros em uma garagem sem teto, afastada do edifício principal. — Se eles já estivessem com Nicholas, por que ainda estariam aqui?

— Será que eles...? — falo, mas me interrompo.

— Eu já teria sentido — resmunga ele, esticando o pescoço para tentar ver além dos carros. — Ainda há Merlins dentro dos carros. Os motores estão quentes.

— Eles acabaram de chegar. Como Nick sabia que estavam vindo?

— Você disse que Lorde Davis tinha espiões infiltrados, certo? Ele deve ter sido avisado com antecedência e se escondeu. Tem mais de cinquenta cabanas por essa montanha, com afloramentos, florestas e estradas particulares umas entre as outras. Se os carros deles ainda estão aqui, isso significa que eles apenas receberam uma pista sobre o local. Eles não sabem em qual cabana os Davis estão. Ainda.

— Você sabe? — pergunto, mas era óbvio que ele sabia.

— Claro, mas, ainda que cheguemos lá primeiro, tem o Isaac.

Uma porta bate, e nós nos agachamos instintivamente. Um homem alto vestindo calça jeans e jaqueta preta sai de um dos três carros, indo na direção da entrada com suas pernas longas. Ele está se esforçando para andar como uma pessoa normal, mas reconheço a forma de andar de um Merlin quando vejo. Suave, passos largos. Dedos com anéis prateados.

— E se eles chegarem lá primeiro? — pergunto.

— Pode ser uma vantagem, na verdade. A não ser que consigam algemar Isaac, vão ficar bem ocupados com ele. Seria distração o suficiente para capturarmos Nick. E se ele estiver livre e capaz de lutar...

— E se não estiver?

— Ainda não pensei nessa possibilidade.

O Merlin volta para um dos veículos, e eles saem com os carros na nossa frente, acelerando para a esquerda. Sel vai atrás.

Ele para o SUV em uma curva fechada para a esquerda, então leva as mãos à cabeça com um grito de dor, deixando o volante girar em sua mão. Eu me lanço para a frente, segurando o volante com firmeza, bem a tempo de impedir o carro de virar. Em vez de capotar, saímos girando, dando uma volta de cento e oitenta graus e parando de repente, o carro voltado para o caminho de onde viemos. Sel agarra o cabelo, puxando-o e gritando.

— Sel! — berro, esticando a mão para o pulso dele.

— Não encoste em mim! — grita ele, a voz rouca. — Não...

Eu me afasto.

— O que está acontecendo, o que...

Ele solta a cabeça e agarra o volante de novo, ofegando. Os olhos dele brilham em um tom de laranja-escuro.

— Nick.

— O que...

Sel dá a ré no carro, virando-o de volta para a estrada, e pisa fundo no acelerador.

— Ele está...

— Correndo risco de morrer? — dispara Sel, a voz tensa. — Sim.

Fazemos a curva final na estrada da montanha devagar o suficiente para permanecer nela, depois contornamos por um caminho até uma cabana em uma colina.

O fogo mágico de batalha brilha nas janelas, reluzindo como raios dentro das paredes da cabana.

Eles já estão aqui.

Sel sai do carro antes que eu consiga desafivelar o cinto. Grito para ele parar, falo que ele vai se matar, mas é inútil — e hipócrita. Estou correndo atrás dele, sem pensar na minha própria segurança. Nós dois compartilhamos o mesmo pensamento, eu sei disso: Nick.

Nick. Nick. Nick.

Sel para no meio do caminho, atento.

— Alguma coisa está acontecendo. Precisamos sair da estrada.

Ele para na minha frente e estende a mão num movimento desajeitado. Pestanejo, confusa. Ele se agacha. Então revira os olhos e diz:

— Sobe!

Eu subo em suas costas — por pouco —, e então ele começa a correr pela floresta em direção à luta, silencioso e rápido.

Ele diminui a velocidade quando as árvores começam a ficar mais espaçadas, escuta por um momento e dá os próximos passos em um ritmo humano. Ele não me põe no chão, e o motivo é óbvio: meus passos vão quebrar galhos e agulhas de pinheiro. Os dele não emitem qualquer barulho. Espio por cima de seu ombro, seguindo seu olhar enquanto ele avalia a área.

Uma entrada tranquila. Três jipes pretos da Guarda dos Magos na frente.

Gritaria do lado de dentro.

Tudo acontece tão rápido.

Em um segundo, a cabana é um refúgio rústico de dois andares com grandes janelas panorâmicas.

E então... ela explode.

As janelas explodem em uma chuva de vidro e chamas brilhantes. O telhado irrompe em pedaços de madeira lascada e telhas quebradas.

Sel aperta as minhas coxas com força o bastante para causar um hematoma.

— Meu Deus. Sel...

Ele balança a cabeça e sibila.

— Espera.

Nesse momento, a porta é arrancada das dobradiças por dentro. Quatro Merlins são arremessados junto com ela, cobertos por chamas brancas brilhantes, aos gritos.

Sel me puxa para mais perto e se agacha.

Solto um grito, e Sel na mesma hora me cala. O rosto e a roupa dos Merlins estão em frangalhos, sangue escorrendo pelo queixo e pela camisa. Uma deles está com os braços e as mãos cobertos de sangue, como se ela as tivesse jogado sobre o rosto para se proteger. Não funcionou. A Merlin tropeça nos próprios pés e cai. Não se levanta.

Os outros três não se saem muito melhor. Cambaleiam pelo estacionamento na direção dos carros, mal conseguindo enxergar. Dois caem de joelhos, seus gemidos de dor ecoando nas árvores acima.

Não percebo o quanto estou tremendo até sentir a mão de Sel alisando minha perna e subindo novamente. Isso não ajuda. Preciso de tudo dentro de mim para não fazer barulho, não correr, não me mover.

O único Merlin que resta de pé vira em nossa direção brevemente. Há uma poça de sangue em sua camisa, um ferimento profundo no esterno. E então estou de volta aos túneis.

Fitz na estalagmite na caverna. O peito de Fitz aberto, costelas quebradas e espalhadas. Apoio a cabeça no ombro de Sel.

Sinto a respiração silenciosa dele e abro os olhos bem a tempo de ver Isaac Sorenson parado na porta aberta, completamente ileso. Os olhos de Isaac brilham em um vermelho ardente. A chama mágica envolvendo seus braços é prateada, alimentando nuvens gêmeas de fumaça ao redor de seus punhos. Ele abre a boca em um rosnado silencioso, examinando os Merlins machucados do lado de fora.

Não se parece em nada com o refinado Mestre Merlin que vi pela última vez trajando um smoking em um clube de campo.

Um dos Merlins menos feridos se joga no caminho de Isaac, com as mãos bem abertas. Eu a reconheço: é Olsen, a guarda que escoltou William até o Alojamento naquela primeira noite. O aether prateado se acumula nas mãos de Olsen enquanto ela se prepara para lutar contra o Mago-Real.

Ela não é páreo para a fúria de Isaac: o Mago-Real mostra os dentes, e a chama mágica de suas mãos flui em uma onda enorme em direção a Olsen, girando em torno de seu peito até se solidificar em uma construção — uma faixa brilhante. Isaac estende a mão, puxando os dedos lentamente. A Merlin arranha o corpo com as mãos ensanguentadas, caindo de joelhos mais uma vez.

Isaac fecha a mão com força. Ele está sufocando a vida de Olsen e se divertindo.

Estou tremendo de novo. Olsen gorgoleja, um som estridente emergindo de sua boca, e então me lembro de Fitz de novo. O demônio com as garras enfiadas nas costas dele, seus últimos gritos ao perceber o que estava acontecendo. As mãos de Sel sobem e descem pelas minhas pernas em um ritmo constante.

Mas não há como acalmar isso. Estamos vendo uma mulher ser assassinada e não estamos fazendo nada. Somos testemunhas.

A porta de um carro se abre à nossa esquerda. Depois, se fecha com uma batida. Então outra. As árvores bloqueiam nossa linha de visão. Nenhum de nós se atreve a se mover.

Isaac solta Olsen, que está inconsciente. Ela se inclina para a frente. Ouvimos um baque surdo quando seu rosto e sua cabeça batem na calçada. Isaac não parece notar ou se importar. Toda a sua atenção está voltada para os recém-chegados.

— *Bore da*, velho amigo.

De trás de um tronco largo, surge uma figura alta com um casaco comprido. Os dedos de Sel apertam ainda mais minhas coxas, e eu retribuo o favor agarrando sua camisa com força.

Ah, não.

É Erebus Varelian.

Ao lado dele está Max Zhao, seu segundo em comando e agente de minha tortura nas mãos dos Regentes. Luto para manter minha respiração estável, mas meu coração martela o peito.

Erebus faz uma pausa, examinando a carnificina na entrada da garagem.

— Eu não chamaria a manhã de "boa", Isaac, quando você a usou para ferir quatro de meus guardas.

Isaac dá de ombros, tranquilo.

— Poderia ser pior. Matei outros dois. Pelo menos esses quatro vão se curar.

Erebus suspira, as mãos cruzadas na frente do corpo.

— Onde estão os Davis? Você os protegeu de sua explosão lá dentro?

Como se fosse uma deixa, Lorde Davis surge no degrau ao lado de Isaac. Ele está mais magro do que da última vez que o vi, fugindo do *ogof*, mas sua arrogância só aumentou, selvagem e exagerado em todos os seus movimentos. Ela enche seus olhos, vive em seu desdém. Um homem destemido.

— O Conselho se dignou a enviar o general para longe das sombras depois de tantas semanas? Eu estava começando a me sentir insultado.

— Onde está o Herdeiro? — pergunta Erebus.

Sel e eu prendemos a respiração.

Nós o vemos ao mesmo tempo. Contra seus instintos, Sel quase se levanta, mas então nos força a recuar.

Nick. Finalmente. Emergindo da cabana destruída em passos lentos.

Ele está como eu o vi nas minhas memórias. Mais magro, talvez. Mas ainda com seus ombros largos e majestosos, e com raiva ao ver os Merlins feridos no chão. Antes que ele possa falar, um escudo de aether prateado envolve o grupo na escada.

Um feitiço de proteção, criado por Isaac em um instante para proteger Nick, seu pai e ele mesmo. Lorde Davis segura o braço do filho com força.

Erebus inclina a cabeça.

— Uma barreira, Isaac? — Ele olha para Davis e Nick, então se vira teatralmente para a esquerda e para a direita. — Você não tem para onde ir.

Isaac sorri, estendendo uma das mãos à sua frente e segurando o escudo com a outra. Ataque e defesa ao mesmo tempo.

O olhar de Erebus se aguça.

—Você não pode lutar comigo e manter essa barreira ao mesmo tempo.

Isaac responde com uma explosão de chamas prateadas, rapidamente bloqueadas por Erebus. Max observa os dois com os olhos arregalados.

Erebus suspira.

— Como quiser.

Ele gira, estendendo a mão na direção da barreira de Isaac. Por um momento, acho que ele pode atacar de volta, mas não é isso que acontece.

Em vez disso, a cúpula de Isaac estremece. Racha. Isaac rosna, usando as duas mãos para reforçá-la, mas ela se parte mais rápido do que ele a conserta, bem mais rápido. Em seguida, ela se desfaz em camadas, espalhando-se pela entrada da garagem e direto para a mão aberta de Erebus.

Isaac grita, atacando o Senescal em um borrão de movimento, lâminas se formando em suas mãos enquanto ele se move. Os dois Mestres Merlins lutam, suas armas de aether se chocando repetidamente, chamas rugindo e girando pela calçada.

Então, várias coisas acontecem ao mesmo tempo.

Na escada, Nick luta para se livrar do pai e foge, disparando escada abaixo.

Lorde Davis grita e corre atrás dele.

Erebus berra uma ordem para Max, que invoca uma lança de aether na mesma hora, jogando-a em um piscar de olhos nas costas de Nick. Sel avança, mas outra pessoa chega primeiro...

E a lança perfura o peito de Lorde Davis com um baque alto e úmido.

O pai de Nick cai em câmera lenta, tombando de lado no chão. A ponta da lança brilha, ensanguentada em suas costas, e a haste paira sobre a calçada, estremecendo com o último suspiro do homem.

O berro gutural de Isaac corta o ar.

Nick se joga ao lado do pai.

Sel me solta no chão, boquiaberto.

Eu simplesmente... encaro.

O corpo de Lorde Davis está iluminado com um azul misterioso, iluminado pela lança de aether que se dissipa no nada.

A arma deixa para trás um buraco sangrento na blusa de flanela xadrez vermelha de Davis e uma poça crescente que encharca o pavimento abaixo dele.

Isaac está ao lado do corpo de Lorde Davis em um piscar de olhos.

— Martin... *Martin...*

— Pai?

A voz de Nick me quebra, e a Sel também. Ao meu lado, os punhos dele estão cerrados.

Erebus dá um passo para a frente.

— Lamento que as coisas tenham terminado dessa forma, Nicholas.

Nick ergue a cabeça, os olhos vermelhos e brilhantes de dor e fúria.

— Não, não lamenta.

Em um instante, uma armadura completa surge ao redor de seu corpo, e lâminas idênticas aparecem em suas mãos.

Max avança.

Mais rápido que um Merlin, as lâminas cruzadas de Nick atingem a garganta de seu oponente e depois se afastam, separando a cabeça de Max do corpo.

40

O CORPO CAI aos pés de Nick. Ele o encara, ofegante, os olhos arregalados, em choque. O rosto dele está manchado de vermelho.

Eu esqueço de respirar. Do meu lado, Sel agarra meu punho. Nenhum de nós consegue se mexer.

Erebus suspira.

— Nicholas, solte as espadas.

Nick balança a cabeça, mas não sei se o gesto é para Erebus, para a visão da cabeça de Max no chão ou para o que havia feito.

Antes que Erebus peça novamente, Isaac se levanta devagar do lado do corpo de Lorde Davis. Ele se vira, a respiração pesada. Por um segundo, reconheço a expressão dele, porque é uma que eu mesma já usei. Conheço essa agonia. Eu me lembro.

É ódio, crescendo tão rápida e fervorosamente que aquece a pele. Um luto tão profundo que faz com que você se sinta como uma ferida aberta, apenas dor. Uma dor tão recente que você sente que o mundo deveria queimar.

Em um piscar de olhos, ele e Erebus estão grudados, rolando em um borrão de aether, socos fazendo meus dentes rangerem de nervosismo.

Sel já está no limite da floresta, olhando de um Merlin para o outro e para seu protegido. A movimentação chama a atenção de Nick, e ele nos vê na entrada da garagem. Ele arregala os olhos ao nos ver. Hesita, parecendo incapaz de acreditar nos próprios olhos.

Imaginei esse momento tantas vezes. Como seria vê-lo novamente. Nunca imaginei que Nick estaria bem na nossa frente, coberto de sangue depois de desferir um golpe mortal.

Sel dá um passo adiante outra vez, assentindo. Depois de um tempo, Nick acena em resposta. Ele nos vê. Ótimo. Não podemos ir até ele sem nos expor. Ninguém mais sabe que estamos aqui agora. Somos a escapatória dele, seu resgate.

Sel e Nick viram a cabeça ao mesmo tempo, os dois procurando uma abertura tática. Os Merlins ainda estão lutando, Isaac transtornado demais para se conter e Erebus usando toda a sua habilidade para lutar. A chance está aqui, agora. Sel e Nick se entreolham.

Então, um entendimento silencioso, que dispensa palavras, se dá entre o protegido e o Mago-Real, e Sel prende a respiração.

— Não... — diz ele.

Nick recua um passo. Depois outro. Então eu me pego falando também:

— Não.

Ele balança a cabeça, e o significado é claro.

Está indo embora.

Sem nós.

Está... *nos* deixando.

Ele dá mais dois passos e entra na floresta do outro lado da cabana, a armadura cintilando conforme ele se move, até sumir entre as árvores.

Um estalido alto vem da estrada. Isaac está no chão, imóvel, longe demais para que saibamos se está vivo ou morto. Erebus venceu.

Sel xinga. Depois, me coloca nas costas dele de novo, e entramos em movimento. Velozmente. A floresta é um borrão ao meu redor, o vento bate em meu rosto, na minha boca aberta. Abaixo a cabeça, cerrando os dentes para segurar o choro que cresce como algo primitivo em meu peito.

Sel para no meio da floresta, onde as sombras desenham listras na bochecha dele e o sol forma uma faixa de luz em seu cabelo preto.

— Nick... — falo, arquejando no ombro dele.

— Eu sei.

— Sel, ele deixou a gente...

— Eu... sei. Eu... — Ele respira fundo. Seu corpo inteiro está tremendo abaixo de mim, entre meus braços, contra meu peito. Ele prende a respiração, forçando o corpo a ficar imóvel. Inspira novamente. E então fala: — Nicholas fez a escolha dele, Bree.

— Mas não deveria ser assim... — Minha voz está abafada, molhada e anasalada pelas lágrimas que encharcam a camisa dele. — Ele deveria... ter vindo... *com a gente* — engasgo, tampando a boca. — Nick matou Max. Meu Deus...

— Zhao ia matá-lo — diz Sel, em um sussurro, e não sei se ele está tentando acalmar a mim ou a si próprio. — Zhao *matou* o pai dele.

— Mas não foi... — Agarro os braços dele com força. — Não foi em legítima defesa...

— Não. — Sel vira a cabeça, me olhando nos olhos por cima do ombro. — Foi vingança.

As sobrancelhas dele estão franzidas com todas as emoções que também sinto dentro de mim: tristeza. Confusão. Horror.

— A intenção dele foi assassina — murmura ele, com a voz rouca. Os olhos de Nick estão gravados em minha memória, o azul se tornando quente e cruel. — Ele está com sede de sangue. Eu deveria saber.

— Ele... estava em choque. Eu não... Eu acho... que podemos resgatá-lo.

— Ele não *quer* ser resgatado. Você viu a cara dele, eu sei que você viu. *Ele* largou *a gente*, Bree, depois de tudo que fizemos para... — Ele para, virando a cabeça na direção de onde tínhamos vindo. — Merda. Erebus achou nosso carro.

E então partimos novamente, correndo pela floresta. Passando por riachos, saltando sobre troncos, ziguezagueando ao redor do lodo. O único som é o das nossas respirações altas.

Ele nos leva por mais um quilômetro e meio até uma clareira que parece fazer parte de uma espécie de trilha de arvorismo. Há uma placa de madeira que diz: ACAMPAMENTO ATKINSON. Devemos estar perto de um daqueles retiros de aventura para turistas.

No meio da clareira há um carvalho enorme, com apoios de metal formando uma escada. No topo, a quase dez metros de altura, há uma plataforma de madeira, com um corrimão podre nas laterais e uma abertura quadrada grande o bastante para uma pessoa entrar por baixo. O tipo de estrutura construída para atividades em equipes.

Sel dá vários passos para trás.

— Segura firme. Vou pular na árvore. Tentar despistar o nosso rastro.

Devem faltar mais uns quinze metros até o tronco. Tenho certeza de que ele consegue realizar aquele salto sozinho, mas ele nunca pulou tão longe comigo em suas costas. Tenho apenas tempo suficiente para me encolher e prender as pernas e os braços ao redor de Sel antes de ele acelerar, lançando-nos para cima em um arco longo. O tronco largo estremece quando aterrissamos. Sel enterra os dedos no casco, mas a árvore aguenta. E, em seguida, ele já está escalando. No topo, ele se detém, escala para o lado e se vira para que a escada fique de frente para mim, e não para ele.

— Vai.

Subo o resto do caminho até a plataforma. Deve ter por volta de três metros quadrados. Em todos os cantos, cordas partidas e apodrecidas pendem de ganchos velhos.

Sel sobe atrás de mim e me pressiona no chão até eu estar firme contra a superfície da plataforma. Ele se move até a borda e se agacha, espiando por entre a copa da árvore com olhos que podem ver muito mais do que os meus. Com passos suaves, ele volta até mim com um dedo na frente dos lábios.

O vento sussurra entre as árvores. Um galho range à nossa esquerda. Afastados como estamos, na sombra da montanha, a iluminação é crepuscular, mesmo sendo dia.

Nada. Não escuto nada.

Nem pássaros ou insetos. É como se tivessem fugido de um predador em seu hábitat.

O que significa que a mata não está vazia.

— Briana. — A voz de barítono de Erebus nos alcança pela floresta, e eu agradeço a cada fibra de meu ser por não reagir ao som.

Eu sei que ele está tentando me ouvir. É o que Sel faria. É assim que Merlins caçam.

Solto o ar dos pulmões lenta e silenciosamente, e Sel paralisa.

Uma luz ofuscante e prateada surge ao nosso redor em um círculo. É Erebus, nos cercando.

Longe de mim, do outro lado da plataforma, Sel tensiona e relaxa os dedos, tentando invocar seu próprio aether por instinto, sem conseguir.

Minha raiz ainda não se apresentou, talvez porque Erebus não esteja aqui especificamente para me machucar. Será que minha vida não está em risco?

É agora que *preciso controlar meus próprios poderes*, penso. *Neste momento*. Não posso arriscar e me queimar com o aether de Arthur, mas uma armadura não é o que preciso agora.

Preciso de raiz.

Eu me lembro da visão de Jessie e pouso a mão no peito. *O poder que possuo, e a mulher que o deu para mim. O poder que possuo, e a mulher que o deu para mim. O poder que possuo, e a mulher que o deu para mim.*

Imagino o rosto da minha mãe. O sorriso dela.

E nada acontece.

A voz dela, suas mãos frias em meu rosto.

Nada.

Os olhos de Sel encontram os meus através da luz cintilante do aether de Erebus que se aproxima de nós. A compaixão no rosto dele quase me destrói. Nenhum de nós consegue usar os poderes aqui.

Jessie me ensinou o caminho, e não está funcionando.

— Briana, seria muito mais fácil se você simplesmente desistisse. — A voz de Erebus é monótona, sem emoção. Como se estivesse certo de que esse é o fim. — Não quero ter que arrastar você e Selwyn pelas pernas, mas é isso que vou fazer.

Mergulho dentro de mim, afundando os dedos na pele, agarrando meu esterno...

O poder que possuo.

A mulher que o deu para mim.

O poder que possuo...

De repente, a voz de Erebus some. O tempo desacelera.

Inspiro profundamente e, quando exalo, as chamas da raiz sopram vida em minhas mãos, vermelhas e ardentes. Ergo os braços antes que tenha a chance de me convencer do contrário.

Sel olha para mim, para meus dedos e depois para meus olhos outra vez. Espero que ele entenda, porque não sei como falar o que quero que ele faça. Não sei como pedir isso e nem sequer sei se vai funcionar.

Mas temos que tentar. Não pode acabar assim.

Sel estica a mão, os dedos próximos aos meus. Por um instante, nada acontece.

Então, ele fecha os olhos, franzindo o cenho. E é nesse momento que sinto um leve puxão no peito. O rosto dele se contorce de frustração. Ele sente que nada está acontecendo, mas eu sinto. Consigo sentir.

Forço a raiz para fora, abro mais um pouco a fornalha, deixo-a queimar com mais intensidade — e as chamas em minhas mãos vão até os dedos dele, envolvendo cada um deles e subindo até os punhos. Visualizo minha raiz circulando até as algemas como uma camada de calor vermelho.

Sel prende a respiração.

Mais quente, penso. *Quebre-as.*

As chamas se fecham ao redor das algemas, invadem o metal. Uma pequena linha surge, uma fenda causada pela minha raiz, e depois outra. Outra... até que as rachaduras se espalham feito teias vermelhas sobre o metal.

As algemas quebram e caem nas tábuas.

— Briana, não lute comigo — diz Erebus, e a voz dele vem diretamente de um ponto sob nossos pés. — Seja lá o que está planejando aí...

Sel solta um grito, a cabeça jogada para trás, e meu aether sobe por seus antebraços, girando ao redor de seus cotovelos. Por um momento, é como se *eu* estivesse enrolada ao redor dele. Ele abre os olhos e fica de pé, unindo as mãos para que as chamas se espalhem mais rápido.

BUUUUUUUM!

Nós explodimos, juntos.

41

OS OLHOS DE SEL brilham na cor da minha raiz. Não eram íris demoníacas e escuras, com riscos pretos, mas do tom de sangue fresco, pulsando, com vida. Nós inspiramos juntos, como se fôssemos um só, e exalamos como se fôssemos um só. Inalamos mais uma vez, mais profundamente. Exalamos — e, dessa vez, ele solta duas nuvens de fumaça. Um dragão na noite.

Andamos juntos até a extremidade da plataforma, as chamas nos ligando como uma corrente de fogo.

Erebus está lá embaixo, com os olhos arregalados e as mãos estendidas, aether azul e branco girando como névoa ao redor dele. Quando vê nossa chama, ele rosna:

— O que vocês dois fizeram?

— Nos deixe em paz! — grito.

— Não posso fazer isso — diz Erebus, me encarando. — Um poder como o seu... não pode ficar livre. Uma âncora do Feitiço da Eternidade que consegue gerar aether dessa magnitude? As Crias Sombrias adorariam destruir você. Os Morganas a manteriam como refém. Nós...

— Você me aprisionou!

— Melhor conosco do que com outros...

Erebus ergue os braços, criando uma rede de aether crepitante sobre nós e fazendo-a descer. Seus dedos parecem garras no ar, manipulando a armadilha. Ela se dobra ao nosso redor, uma esfera se fechando.

Como resposta, Sel estende a mão para criar nossa própria esfera. Um círculo vermelho de proteção surge ao nosso redor, chocando-se contra a de Erebus, lançando chamas através do construto dele o mais rápido que Sel consegue.

— Você ficará mais segura comigo do que com ele, Bree. — A voz de Erebus está mais próxima do que antes. Viro a cabeça na direção dela. O Senescal está logo depois dos construtos em guerra, dez metros no ar, no topo de uma coluna azul brilhante conjurada abaixo de seus pés. — Selwyn já está sucumbindo ao próprio sangue. Consigo ver isso agora.

Sel cerra os dentes, concentrando-se em manter Erebus afastado, mas escutando cada palavra.

— O que você está fazendo agora, dando a ele seu poder... vai apenas arruiná-lo mais rápido. Todo esse aether? — Erebus dá um passo à frente. — Todo o *seu* aether? — Outro passo. — Nenhum cambion consegue receber um poder desses sem ansiar por mais para todo o sempre. — Erebus para logo além das esferas em guerra, azul e vermelha, seus olhos fixos nos meus. — Você ficará mais segura sozinha do que fugindo com ele.

— Cala a boca! — grito, e as chamas em meus braços cintilam com mais força.

Agarro a mão de Sel, mas em vez de deixá-lo puxar meu poder, eu o forço contra o dele, alimentado seu construto até ele crescer e ficar mais forte.

Erebus se esforça para manter sua redoma intacta, cerrando os olhos contra a luz.

Foco meu olhar em Sel e ele faz que sim, entendendo o que quero dizer sem palavras.

Nosso construto se expande ao nosso redor com um estalido alto, quebrando o de Erebus. A força o repele para trás, fazendo-o voar.

Quando tudo termina e ele desaparece, eu finalmente me permito cair.

Sel me segura antes que eu caia da amurada, e a última coisa que vejo é meu poder desaparecendo de seus olhos.

Quando acordo, estou presa às costas de Sel mais uma vez. A mata ainda está escura, mas o solo negro do chão da floresta nessa altitude começa a ficar pontilhado de branco por conta da neve. Flocos silenciosos que não vão se fixar no solo, não vão ficar. Nós nos movemos em uma velocidade humana, e suas mãos apertam minhas coxas. Quando resmungo, ele para.

— Bree. — Ele está sem ar.

Nunca tinha ouvido Sel ficar sem ar. Fico alerta imediatamente.

— Me solte.

Não consigo ver o rosto dele, mas o vejo balançar a cabeça. As mechas pretas de seu cabelo estão grudadas no pescoço.

—Ainda não. Só quando você conseguir andar. O ar é... rarefeito aqui em cima. — A voz dele fica entrecortada na última palavra, e sou tomada por medo.

— O que houve? É por isso que você está sem ar?

Ele balança a cabeça.

— Não, não é isso.

Ele começa a andar, e é quando reparo em sua marcha. Cada passo parece calculado. Cuidadoso.

— Sel, pare. — Estapeio o peito dele. — Tem alguma coisa errada.

— Estou bem — diz ele, arquejando. — Temos que continuar.

Eu me contorço, tentando me soltar. O fato de eu conseguir me mexer e de seus dedos terem afrouxado me mostra que ele não está nada bem. Eu me movimento até ele ser obrigado a parar e faço força até ele ser obrigado a me soltar.

Imediatamente, os ombros dele arriam, e ele apoia as mãos nos joelhos. Olha para a esquerda, para a direita, os olhos fechados.

— Estamos perdidos?

— Só preciso de um segundo — responde ele, firme.

— Erebus...

— Nosso construto — diz Sel, ficando de pé, com a mão no cabelo. — Queimou Erebus bastante. Senti cheiro de sangue e músculos. Vai demorar um tempo até ele se curar.

Lembro-me do que aconteceu. Como consegui nos salvar, por pouco. A solução de Jessie funcionou tão bem para ela, mas não para mim.

— Usei minha raiz. Muito — sussurro. — O Caçador...

— Ninguém nos encontrou. Ainda. Por isso precisamos continuar...

—Você precisa descansar.

Ele solta uma risada fraca.

— Não estou cansado.

— Então o que...

Ele se vira para mim, e o olhar em seu rosto me assusta. O vermelho sumiu dos olhos dele, mas o que restou no lugar é um dourado líquido, rico e brilhante. Suas pálpebras estão pesadas. A boca está aberta em uma respiração lenta e silenciosa.

— Você está embriagado de aether.

Ele balança a cabeça.

— Eu sei como é ficar embriagado de aether. Isso... é diferente. — Ele dá um passo para o lado para se apoiar em uma árvore, a cabeça para trás, apoiada no tronco. Eu o sigo, com medo de ele cair. — Ficar embriagado de aether é como um êxtase entorpecido. Equilíbrio temporário. Alívio. Isso é... melhor e pior.

De repente, meu coração começa a bater mais forte, porque, seja lá o que ele está sentindo, não é por causa do aether no ar ao nosso redor ou por um Juramento. É por minha causa. Ele está embriagado de *mim*.

A cabeça dele pende na minha direção.

— Você me disse que podia sentir o aroma da minha magia. No baile.

— Disse. Eu posso.

Ele se vira na árvore para me encarar. Estamos tão próximos que consigo sentir o cheiro de uísque e fumaça. A assinatura do aether dele voltando.

— Eu queria saber como é. Queria que você descrevesse. Não sabia como perguntar.

— Ah — murmuro.

— Você quer saber? — pergunta ele, em uma voz baixa que me causa arrepios. Ele alcança minha mão, e sinto o calor de seus dedos. — Qual é o aroma do seu aether?

Engulo em seco.

— Eu...

— Hidromel. Âmbar. Coisas verdes crescendo. Um pequeno toque de cobre, tipo sangue fresco. Tem mais uma coisa... — Ele respira fundo, e o sinto estremecer — *Poder*.

— Sel...

Está frio, mas a pele dele está fervendo.

— Hum?

— Você disse que não queria beber aether. Não queria usá-lo... de forma recreativa.

Ele ri e se inclina para trás, afastando a mão da minha. A luz brilhante de suas íris são linhas finas ao redor de profundas pupilas pretas.

— Aquele foi um truque barato conjurado por um mágico de festa... O suco de Valec me amorteceu um pouco, no máximo. Não tem comparação. Esse sabor... seu aether, sua raiz... — Ele balança a cabeça, a voz baixa e cheia de admiração. Lambe o lábio inferior. — Ainda consigo sentir o seu gosto.

— Ai, meu Deus. — Solto um ruído engasgado e escondo o rosto, chocada. — Você não pode simplesmente me *falar* uma coisa dessas, Sel.

— Me desculpe. — Olho para cima e vejo que ele está sério, tomado por uma vergonha repentina. — Eu sinto *muito*, Bree. Fico falando para você não se esconder de mim, mas aí eu... — Ele fecha os olhos com força. — Faço de tudo para me esconder de você. Eu nunca... Eu *nunca* deveria...

— Isso parece divertido — diz uma voz na escuridão.

42

A VOZ NOVA nos assusta.

— Espero não estar interrompendo nada importante.

Sel sibila na direção das árvores para algo que não consigo enxergar.

—Você.

— Eu.

A figura toma forma ao sair das sombras, as mãos erguidas em sinal de paz. Seus olhos, entretanto, brilham, querendo guerra.

—Valec — rosno.

— Bree. — Ele sorri.

— O que você está fazendo aqui? — Sel se coloca na minha frente, e Valec e eu reviramos os olhos.

A luz da tarde recai sobre todas as sombras e formas do rosto dele, o contorno dos caninos quando sorri, o vermelho profundo da gravata e do colete.

— É bom ver você também, Selwyn.

— Como você nos encontrou? — questiona Sel.

— Mariah me ligou da casa de Hazel. Disse que vocês saíram apressados. — Ele coloca as mãos nos bolsos. — Imaginem só como fiquei surpreso quando estava reestocando o bar e uma onda do *seu* poder — ele aponta para meu peito — acertou o lugar como uma nuvem de explosão de uma bomba nuclear. Seja lá o que você tenha feito, jogou dois dos meus funcionários no chão, e eles ainda não acordaram.

— Meu... — começo, depois fecho a boca.

Sel me lança um olhar e xinga, esfregando a boca com a mão.

Valec nos observa.

— Aconteceu alguma coisa?

Faço que sim.

— Erebus nos atacou.

Ele arqueia as sobrancelhas.

— Aquele velhaco. Espero que ele tenha estado extremamente perto daquela explosão. Por favor, me digam que ele morreu.

Balanço a cabeça.

— Morto, não. Queimado, aparentemente.

— Isso — diz Sel, aborrecido. Ele segura minha mão. — Precisamos continuar. Ficar o mais longe possível da Guarda dos Magos.

— Deles e de todo mundo — murmura Valec.

Sel para.

— O que isso quer dizer?

Valec xinga.

— Eu sabia. Eu *sabia* que nenhum de vocês teria noção do que fizeram. Hades, odeio estar certo.

— Fale com clareza, trapaceiro — rosna Sel.

Valec aponta para mim.

— Você, minha querida, soltou uma bomba de aether que atingiu meu bar lá nas colinas. Se eu senti, então todas as Crias Sombrias e todas as criaturas parecidas com Crias Sombrias no sudeste sentiram também. Vocês têm sorte de eu tê-los achado primeiro. Sabe esse poder? Todo demônio esfomeado que se preze vai procurar a fonte. Deixe Erebus pra lá, vocês precisam cair fora antes de serem atacados por um grupo de isels querendo assumir forma física.

Sel para ao meu lado.

— Um poder daqueles poderia ajudar dezenas de demônios a tomar forma física.

— Centenas — corrige Valec. — E até mesmo um demônio completamente corpóreo vai querer saber de onde aquela onda veio. — Ele estremece. — Foi como... ódio, dor e caos. Dos bons.

— Temos que ir.

Sel me coloca nas costas dele.

Valec suspira.

— É isso que estou dizendo. E não é de agora. — Ele aponta para mim. — Você precisa ir para a Volição antes de soltar outra daquelas bombas de raiz.

Sel começa a andar.

— Consigo ouvir uma estrada daquele lado. Podemos pegar uma carona, talvez...

Valec balança a cabeça.

— Meu Porsche está estacionado a oeste, a poucos quilômetros daqui. Venham comigo.

O cambion desaparece entre as árvores, e o ar se fechando no vácuo deixado por ele faz um estalo. Sel vai atrás dele, com uma visão melhor que a minha. Apoio a cabeça nas costas dele e rezo para que consiga acompanhar.

Corremos dessa forma por vários minutos até Sel frear o passo, parando abruptamente.

— O que aconteceu? — sussurro.

Ele me cala. Move a cabeça de um lado para o outro, procurando.

Valec volta cambaleante até a clareira onde paramos, derrapando até parar.

— Consigo sentir o cheiro deles também.

Meu coração bate com força. Crias Sombrias.

— Quantas?

Sel me coloca gentilmente no chão polvilhado de neve, me deixando entre ele e Valec.

Valec inspira.

— Não sei. Quatro, talvez? Cinco? E não são só isels.

— Óbvio — constata Sel.

— Bem, eu não tinha certeza...

— Eu sei a diferença — diz Sel, com escárnio.

Eu me afasto deles, e Sel me puxa.

— Fique atrás de nós.

— Eu posso lutar — insisto. — Nós podemos lutar. Mais cedo...

— Eles estão aqui agora por causa de você. — Sel balança a cabeça. — Se conseguirem um pouco mais do seu aether...

— Vão entrar em frenesi. — Valec tira a jaqueta e a joga em um canto.

Uma matilha de isels e uchels sai da floresta ao nosso redor. Cães e raposas, abrindo e fechando a boca. Vejo pelo menos dois uchels feitos de pedra, um de musgos e podridão.

Fogo mágico azul ganha vida ao redor das mãos e dos braços de Sel, estendendo-se velozmente, tomando a forma de duas lanças com pontas de foice. Para minha surpresa, Valec abre os braços, uma linha de raiz longa e dourada se formando entre as palmas. Ele bate as mãos, fazendo a luz virar uma massa brilhante, e, quando as separa, duas clavas bizarras e cristalinas surgem em seus dedos.

Os isels rosnam e mordem o ar, arranhando o solo... e se lançam contra os dois cambions de uma vez. Sem falar nada, Valec e Sel se separam, rodeando a matilha com mais rapidez do que os pequenos demônios podem mudar de rumo, desferindo golpes ao se moverem. É uma técnica que já vi Nick usar: atacar de lado ao passar, usando o próprio movimento das criaturas para cortar a carne delas com sua lâmina.

Sel é apenas um borrão preto e prata, bloqueando minha visão.

— Corre, Bree!

Hesito. Eu poderia invocar a raiz e queimar os demônios, como fiz com o poder emprestado de Alonzo. Como fiz com Erebus... Mas, se isso trouxer outros monstros para a luta, Sel e Valec ficariam sobrecarregados.

Pela primeira vez, tento alcançar Arthur sem uma oferenda de sangue. *Eu sou sua Herdeira! Você não pode me deixar morrer!*

Antes que eu consiga decidir o que fazer, um uchel aparece na minha frente, uma criatura enorme sobre duas pernas, dedos longos e magros e um sorriso enorme, com líquido gotejando de seus dentes. A coisa se prepara, abrindo as garras, e... Arthur responde, sem palavras, mas com ação.

Como imaginei, uma chama mágica e prateada sai do meu peito e se transforma em uma armadura peitoral sólida para bloquear o ataque do uchel.

A criatura arregala os olhos.

— *Lendária!*

Em um piscar de olhos, o uchel me ataca novamente, me fazendo recuar a cada golpe, apesar de suas garras deslizarem por minha armadura. A cada novo ataque, a armadura começa a rachar. Ela estremece depois de dois ataques particularmente fortes, e então volta ao normal. Tropeço em uma raiz e caio no chão.

A poucos metros de mim, a foice de Sel desce, decapitando o uchel com um golpe perfeito.

Do outro lado da clareira, Valec olha para uma das pilhas de cinzas com uma expressão curiosa.

— Sabe... — Ele arqueja, puxando um lenço para limpar as mãos. — Acho que um desses demônios era um cliente meu.

Caio para trás em uma árvore, incapaz de ficar de pé. O mundo sai de foco. Não sei por quê.

— Sel... — falo.

Sel está do meu lado, me observando, farejando.

— Não...

Começo a deslizar. Ele me segura, e eu me encolho de dor com seu toque.

— Calma... — Ouço a voz de Valec do meu lado.

Os dois estão me colocando no chão. Sinto a mão de Sel debaixo da minha cabeça.

Os rostos dos dois se iluminam em um azul fraco com a luz vinda da armadura de Arthur. Valec olha para Sel e para mim, confuso.

— Essa armadura... você não está conjurando.

— Não... — diz Sel, o nariz próximo ao meu peito, procurando pela ferida. — Ela está.

Valec balança a cabeça.

— Como?

— A armadura está cobrindo seus ferimentos. Um demônio deve ter te acertado e quebrado a armadura antes que você pudesse conjurá-la de novo. Consigo ver o que aconteceu. — Os olhos de Sel encontram os meus — Bree, relaxe. Solte a armadura.

Tento soltar a armadura de Arthur, mas não sei como fazê-lo.

Valec está boquiaberto.

— Ela é a Escudeira do seu rei, é isso?

— Ela não é a Escudeira — murmura Sel. — Ela é meu rei.

— Seu *rei?!* — grita Valec. — Se isso é verdade, então...

Ele arregala os olhos.

— Sel... — chamo novamente.

— Respire fundo — diz Sel. O toque em minha têmpora é gentil, mas a voz e o corpo dele estão tensos. — Imagine a armadura desaparecendo.

Respiro fundo. Tento mais uma vez. Sei quando dá certo, porque ele e Valec ficam imóveis, em choque.

— Jesus Cristo...

Valec firma os calcanhares para ficar de pé, pegando o celular com as mãos trêmulas.

— Está muito... ruim? — resmungo.

Sel não responde.

— Para quem você está ligando? — vocifera ele para Valec.

— Para uma ambulância, o que você acha?

— Não! — Sel balança a cabeça. — Não podemos levá-la ao hospital. Eles farão perguntas demais. Ela nem tem uma carteira de identidade.

Valec aponta para mim.

— Ela foi retalhada, cara!

— Sel... — falo.

— Você vai ficar bem. Fique parada — diz ele, tremendo. Eu me movo. Tento olhar para meu peito, e ele puxa minha cabeça de volta para trás, sua mão gentil no meu queixo. — Valec, ligue para a casa de Hazel, pergunte por William, ele pode ajudá-la.

Valec já está ligando, o celular no ouvido.

— William está longe demais, o que ele poderia fazer?

Sel balança a cabeça e engole em seco.

— Herdeiro de Gawain.

— Ótimo, mas, ainda assim, é longe demais... — diz Valec, impaciente. — Ela não vai durar até lá...

— *Cala a boca!*

Valec olha para nós dois e então para as árvores.

— Vou buscá-lo eu mesmo. Correr com ele pela floresta. — Valec some em uma lufada de vento.

Algo na partida dele, ou talvez na falta de uma distração, faz com que eu recupere os sentidos. Um grito se forma na minha garganta, mas a dor se prende no meu peito antes que eu possa gritar. Uma eletricidade atravessa minha barriga, sobe pelas minhas costelas. Uma dor tão profunda que meu cérebro mal consegue processar.

— É muito grave? — falo, com dificuldade.

—William está vindo — murmura Sel.

Ele está pressionando as mãos na lateral do meu corpo.

Inclino a cabeça e vejo... o bastante. Minhas costelas direitas e toda a parte lateral estão abertas em fatias. Músculos brilhando, úmidos. Uma corrente constante de líquido vermelho escorrendo até o solo.

— Eu não vou...

— Vai, sim! — Ele trinca os dentes, e seus olhos se enchem de lágrimas. —Vai, sim. Você só precisa aguentar mais um pouquinho, Bree. Por mim...

Começo a responder, mas quando abro a boca só consigo soltar um gemido baixo, e engasgo em sangue, metálico e salgado. Quero agarrar o punho dele. Fazê-lo olhar para mim. Dizer algo. Ele parece muito distante. Meu corpo parece distante. E pesado. Ouço a voz dele chamar meu nome, mas é um som abafado, como se ele estivesse submerso. Sons, mas sem letras, sem palavras.

Eu me perco naquele espaço pesado, e tudo — memórias, pensamentos, sensações — ficam desfocados.

Desbotados. Sumindo.

A voz de Sel ainda é uma bagunça de sons, mas eles mudam. Crescem, fluidos. E o aroma de canela e condimentos do aether dele me trazem de volta daquele lugar desbotado. Abro os olhos. Ele está observando fixamente a lateral do meu corpo, uma expressão sombria e tensa no rosto. As mãos logo acima da minha carne. Aether brilhando no espaço entre meu corpo e suas palmas em uma camada fina.

— Não se mexa. — Ele cerra os dentes.

— O que você está...

— Eu vou cuidar de você. Fique comigo.

O torpor toma conta de mim mais uma vez, mas a magia de Sel está ali, mantendo a escuridão afastada.

— Fique comigo, Bree.

43

ABRO OS OLHOS, e uma lâmpada muito forte me faz fechá-los com força na mesma hora.

— Se eu não adorasse você e se isso não fosse contra o código de todo curandeiro que já existiu, eu a sacudiria até a morte por me assustar desse jeito.

William.

Abro os olhos novamente e o vejo parado perto de mim. É noite. Estou de volta à casa da srta. Hazel, em uma das camas de solteiro e — percebo ao me ajeitar um pouco — só de sutiã e calcinha debaixo de um cobertor fino.

— Bem-vinda de volta.

As memórias voltam em uma torrente. Sel. A floresta. O cheiro de cobre, muito sangue, misturado com a magia dele.

— Eu estou viva.

William retorce a boca.

— Sim.

— Valec — murmuro. — Foi procurar você.

— Eu e Valec demoramos três horas para encontrar vocês. Isso foi há três dias.

Pisco algumas vezes. Não sei em qual número pensar primeiro.

— Tenho tido sorte como Herdeiro de Gawain — sussurra William. — Nunca tive que escolher entre dois amigos à beira da morte e nunca mais quero fazer isso de novo.

Franzo a testa e me lembro da velocidade dos dois cambions, movendo-se depressa ao redor dos oponentes. Sel estava em sua zona de conforto, ainda impulsionado pelo meu aether. Não me lembro de ver nenhum arranhão nele.

— Dois amigos à beira da morte?

William suspira e dá um passo para o lado.

Atrás dele, na cama de Alice no outro lado do quarto, está Sel. Mais pálido que nunca, a pele se destacando nas sombras. Imóvel, como uma estátua reclinada, esculpida em pedra e vestindo uma calça jeans e camiseta preta.

— Ele está vivo, mas vocês não deveriam estar.

— O que aconteceu?

Não consigo parar de olhar para Sel. Os olhos dele estão fechados com força, como se, mesmo dormindo, ele não fosse capaz de relaxar. Ao contrário de mim, ele está por cima das cobertas. *O corpo dele é muito quente*, penso.

William aponta para o cobertor, desviando minha atenção com um olhar questionador.

— Posso? É mais fácil se eu mostrar.

— Claro, mas...

William ergue a coberta, revelando meu torso seminu e uma porção de curativos fechando quatro cortes longos, vermelhos e irregulares, indo da parte inferior do meu seio direito até meu quadril. Os ferimentos estavam praticamente curados, como se estivessem recém-cicatrizados.

Ele aponta para a linha mais escura.

—Todos os cortes eram graves, com muita hemorragia, mas esse era o pior. Lacerações profundas nos tecidos, através da camada de gordura, chegando ao músculo. As garras cortaram até suas costelas. Entrou ar no seu peito, entre o pulmão direito e a parede toráxica, resultando em pneumotórax e colapso pulmonar.

Então eu a sinto, a dor no meu peito. Como se a mera menção dos machucados fosse capaz de lembrar meu corpo das feridas saradas.

William me observa atentamente, fazendo uma pausa antes de continuar. O dedo dele paira sobre a cicatriz, seguindo a marca até a parte inferior das minhas costelas.

— O demônio partiu seu diafragma e abriu seu fígado. Fez um ferimento no seu estômago e, por sorte, errou seu cólon. Do contrário, a sepse teria sido um problema e... — Ele balança a cabeça.

Meus olhos lacrimejam. Não sei se quero que ele continue. Sei que quero entender o que aconteceu. Mas, a cada palavra que ele fala, meus órgãos se agitam em resposta. Quando ele termina, minhas entranhas parecem queimar.

William troca o cobertor.

— Em um mundo sem magia, você teria entrado em choque e morrido em poucos minutos.

Preciso tentar algumas vezes até encontrar as palavras:

— Sel me curou?

Ele faz que não com a cabeça, os olhos gentis.

— Não. Sel manteve o seu corpo *no lugar* com os construtos dele. Manteve seus órgãos intactos, uniu seus músculos, reconectou veias e nervos, manteve o sangue circulando e evitou a necrose. Manteve o oxigênio em movimento.

Lembro-me de acordar e apagar. Lembro-me do rosto de Sel sobre o meu, contorcido. A voz dele evocando um encantamento.

— A maioria dos Merlins sabe como conjurar armas grandes, pesadas e afiadas, e quanto mais pesadas e afiadas melhor. Mas o que Sel fez foi sem precedentes. Ele conjurou milhares de construtos de aether, pequenos e flexíveis, e os manipulou para mantê-la viva. Foi mais do que uma cura...

— William balança a cabeça, a voz perdida em admiração. — Foi a proteção de sua vida. Por três horas. Mesmo se outro Merlin tivesse tido essa ideia com tanta destreza, e tivesse conseguido, o esforço o teria matado.

— William franze a testa. — Sel desabou assim que me viu. Aguentou o máximo que pôde.

Meu peito machucado exala.

— Eu... eu não sei o que dizer.

O sorriso de Will é gentil.

— Seja lá o que tenha para dizer, diga a Sel. Não a mim. Ele quase morreu para mantê-la viva.

É difícil focar nas palavras dele. Fico presa entre as memórias fragmentadas do passado e do meu corpo destruído do presente. Estou horrorizada com o que poderia ter acontecido e com o que aconteceu. A tontura toma conta de mim, e minhas pálpebras começam a se fechar.

— Descanse — diz William, e eu mergulho outra vez na inconsciência.

Quando acordo, a luz mudou. A cama de Sel está vazia. Para minha surpresa, há um bilhete sobre meu peito.

> *Ele acordou cedo. Se recusou a voltar para a cama. Vocês dois vão acabar me matando de estresse. Eu te pediria para descansar, mas sei que você não vai fazer isso. Pelo menos, por favor, beba a água sobre a mesa. Você perdeu muito fluido.*

— Água?

Alice está quieta, ao pé da minha cama, segurando o copo de água que William tinha deixado. Eu não havia reparado nela.

Faço que sim.

Ela se inclina para a frente com lágrimas nos olhos.

— Matty...

— Estou bem. — Faço uma careta com o esforço de me sentar e pego o copo com as duas mãos. Meu corpo parece tenso, mas consigo sentir que já me curei ainda mais desde a última vez que estive acordada. — Estou bem.

A água está deliciosa.

— Matty, você é incrível. A pessoa mais forte que conheço, mesmo antes de tudo isso acontecer. Mas você precisa *parar* de quase morrer. Não é legal.

Pouso a mão sobre a dela.

— É muito mais legal quando o dano é pequeno, disso eu tenho certeza.

Ela retorce a boca.

— Não quero saber desse papo de ferimento grande ou pequeno. Prefiro ferimento nenhum.

Dou uma risada e recupero o ar.

— Eu também.

Ela coloca a mão no meu cabelo, passando o dedo nos cachos prateados que ainda resistem.

— Não foram embora.

Puxo as mechas que ela encontrou, colocando-as na frente do rosto. Alice os analisa.

— É de usar seus poderes?

— Sei lá. Parece que sim. — Solto os cachos e olho para onde Sel estivera dormindo. — Ele já se levantou. Isso significa que está bem?

William entra no quarto, balançando a cabeça.

— Fisicamente, claro. Mentalmente... não tenho certeza. Ele nos contou o que aconteceu com Nick. E logo depois vocês foram atacados. Da forma como Valec descreveu seus ferimentos, eu tinha certeza de que você estaria morta quando chegássemos lá. Selwyn ficou por lá com você o tempo todo, achando que você poderia morrer a qualquer segundo, bem na frente dele. Eu não desejaria esse tipo de horror a ninguém.

Ele se apoia do outro lado da minha cama, puxando meu queixo com carinho para olhar nos meus olhos.

Faço que sim, a culpa me invadindo ao ver o medo ainda estampado nos olhos do meu amigo.

— Eu sei... as Linhagens...

— As Linhagens? — exclama William, me assustando. O rosto dele está contorcido de frustração e medo. Ele solta uma risada fraca e forçada. — As Linhagens, Bree? Você quase morreu.

— S-sim — começo, agarrando o cobertor. — Eu sei o que acontece se eu morrer. Sei mesmo. Me desculpe. É só que... eu não gosto de me sentir protegida e inútil. Não sou uma donzela em...

— Pare. — William ergue a mão. — Apenas pare. — Eu só via aquela linha na testa de William quando ele cuidava de pacientes em estado grave. — Você é mais do que uma Linhagem, Bree. E o fato de você achar que essa foi a primeira coisa em que pensamos faz eu me perguntar se você nos conhece mesmo.

Não consigo sustentar o olhar que ele me lança, e a vergonha sobe pelo meu pescoço e pelo meu peito em uma onda de calor.

— Eu estava pensando em salvar meus amigos. Não na *porcaria* de uma *Linhagem*. — Ele passa a mão na boca, e a barba castanho-escura no queixo dele se destaca contra a pele clara de seus dedos.

— Não quis preocupar você, me desculpe — murmuro.

Eu me pergunto se estou anestesiada demais para tudo isso agora.

Ele suspira.

— Eu sei que suas intenções são boas.

A situação não me desce bem, mas não sei como consertá-la.

Ele aponta com a cabeça para uma pilha de roupas na cadeira ao meu lado.

—Você recebeu alta. Pode se vestir quando estiver pronta.

Ele se levanta e some pela porta antes que eu possa dizer outra palavra.

Alice o observa ir embora, calada. Assim, sou deixada com meus próprios pensamentos e o silêncio desconfortável proporcionado pela paisagem arborizada ao redor da casa de Hazel. Alice se vira para mim bem quando um pequeno fio de pânico começa a crescer em minha consciência.

— Sel tem andado pela fronteira durante boa parte do dia. Ele sabe que você está acordada.

Engulo em seco, entendendo o que ela quis dizer.

Não se esconda aqui para sempre. Você precisa falar com ele.

Eu me visto e percorro o caminho até o aposento principal da casa, entrando no corredor que leva até a varanda telada. Paro antes de abrir a porta, sabendo que, seja lá onde Sel estiver, ele poderá me ouvir lá fora.

O que dizer para uma pessoa que quase deu a vida para salvar a sua? Eu me lembro da expressão no rosto de Lark naquela noite na Besta e estremeço: uma disposição total e imediata para enfrentar qualquer coisa que nos atacasse, tudo para que eu ficasse segura. Não era só uma vontade, mas uma resignação. Como se já tivesse antecipado aquele dia, imaginado, até. Não como se quisesse morrer, mas algo mais próximo disso do que eu gostaria de admitir. Os olhos de alguém que já havia imaginado como seria morrer em batalha muitas, muitas vezes.

Posso não entender o motivo, mas posso expressar minha gratidão. Não quero morrer, e só não morri por causa dele. Empurro a porta, parando imediatamente quando a sombra no banco ao meu lado ganha uma forma conhecida.

— Valec?

O meio-demônio está vestido com elegância, como sempre. Um colete brocado vermelho e roxo sobre uma camisa preta com as mangas dobradas até os cotovelos. Calça preta e botas brilhantes.

— E aí, potência? É bom ver você com suas entranhas entranhadas.

— Que nojo, Valec.

Ele dá uma piscadinha para mim.

— Também foi nojento ver você sangrar na lama, gatinha.

Abro a boca para responder, mas paro. Ele estava lá naquela noite, e também devo a ele minha gratidão.

— Obrigada — falo, baixinho. — Por buscar William. E por lutar conosco.

Valec me observa por um momento e assente.

— Eu não gostaria que a história de que salvei uma Lendária se espalhasse por aí. Fico feliz em matar seus inimigos, mas preciso manter minha reputação suja, como sempre foi.

Solto uma risada.

— Certo. Falando nisso, por que você não voltou para o Lounge?

Ele se aproxima da tela e espia a floresta do outro lado.

— Eu voltei assim que você ficou estável. E vim para cá de novo quando o médico ligou para dizer que você provavelmente acordaria hoje. — Ele se vira, se recostando na coluna de madeira. — Queria ver você mais uma vez, em carne e osso. Garantir que você é real.

O jeito que ele olha para mim é uma mistura de admiração e inveja, e uma boa dose de fome. Resisto ao ímpeto de recuar.

— Não precisa ficar me encarando o dia todo para saber se sou real, sério — falo.

Valec sorri, mostrando os caninos.

— Gosto de como você é ligeira e esperta.

— Não me sinto tão esperta agora. — Balanço a cabeça — Sinto que... estou cansada de quase morrer.

Ele faz que sim devagar.

— O melhor que você pode fazer é ficar forte o bastante para se defender e continuar vivendo. Ficar com medo o tempo todo não é jeito de viver. Ouvi o que aconteceu com Erebus e Davis. Lembra o que eu falei sobre se tornar algo mortífero?

Agarro o parapeito de madeira.

— Sim, eu me lembro.

Nick havia se tornado algo mortífero. Um assassino. Ainda não sei como isso muda o que há entre nós.

Ele olha para a floresta mais uma vez e inclina a cabeça de um jeito que já vi Sel fazer. Ouvindo.

— Quando se é um cambion, você se vê preso entre dois mundos. O tempo todo. Não apenas entre duas culturas ou duas comunidades, mas, literalmente, dois estados de ser. Vida. Morte. Esse plano e aquele que nos chama de volta ao lar no meio da noite. — Ele olha para mim. — Vários de nós passam muito tempo sem sentir que pertencem a algum lugar.

Olho por cima do ombro de Valec, sabendo que ele não está falando apenas de si.

— Sel pertence à Ordem. À divisão dele.

Valec suspira e balança a cabeça.

— Você não pode pertencer a uma ideia, Bree.

— Como assim?

— Você é uma garota esperta. — Ele apoia a mão no meu ombro e abre a porta para entrar, olhando para trás. — Descubra sozinha.

Ainda é manhã. Está frio, mas o sol preguiçoso escondido nas nuvens começa a aquecer o dia. Alguém havia posto um feitiço de proteção ao redor da casa. Não tenho certeza se foi Valec ou Sel até atravessá-lo e sentir o gosto de canela e uísque, mas a queimação é bem-vinda. Significa que as habilidades de aether de Sel estão de volta.

E os poderes dele estão de volta porque os *cyffion* se foram, e os *cyffion* se foram porque eu os queimei.

Posso até estar quase curada, mas meu corpo sabe que ainda não estou cem por cento, então desacelero ao entrar na floresta. Presto atenção e paro.

— Sel? — sussurro.

Fico de pé, esperando por trinta segundos, quase um minuto, e me pergunto se ele está longe demais.

Eu não deveria ter me preocupado.

Fico surpresa. William disse que Sel quase morrera para me salvar, mas ele parece muito melhor do que eu. Até o cabelo dele parece saudável e brilhante sob os raios solares.

Ele para a alguns metros de mim, as mãos ao lado do corpo, e me deixa observá-lo.

— Você salvou minha vida — falo.

— Salvei.

Não achei que fosse chorar, mas meus olhos começam a queimar.

— Meu Deus, Sel. E se nós *dois* tivéssemos morrido?

O olhar dele fica sério.

— Você está dizendo que eu deveria tê-la deixado morrer?

— Não, eu só... — Solto uma lufada de ar. — Claro que não. Sei que as Linhagens...

Sel faz uma expressão de dor antes que a raiva tome conta dele.

— Tenha muito, *muito* cuidado com o que você vai dizer agora, Briana — diz Sel, com a voz baixa.

Suspiro.

— Eu sei o que acontece se a Herdeira de Arthur morrer. Eu não vou simplesmente esquecer isso, ok? — Ainda sinto vergonha pela minha última interação com William, mas não posso deixar pra lá o que sei. O que vi que é importante para a Ordem e para os Lendários. — Não vou agir como se as Linhagens não tivessem nada a ver com isso.

— Você acha que eu fiz o que fiz... por causa das Linhagens — sugere ele, com os dentes cerrados.

— Não é o que estou falando.

— Parece que é. — Ele solta uma risada vazia.

— Não, estou agradecendo você por ter salvado minha vida. — Cerro os punhos. — Mas foi você quem disse que me salvar era uma obrigação, e não uma escolha. Então, sim, acho que você me salvou por causa das Linhagens, por causa dos seus Juramentos...

Ele dá um passo na minha direção, os olhos cintilando.

— Meu Juramento de Mago-Real é com Nicholas! Como você felizmente me lembrou no passado. Em alguns dias é praticamente *impossível* lutar contra esse instinto, mas com você... — Ele franze a testa ao me encarar. Depois, balança a cabeça, parecendo ter tomado alguma decisão. — Nenhum outro Merlin pode proteger você como eu posso, porque nenhum outro Merlin sente por você o que eu sinto. Quero que você viva porque eu quero que você seja feliz. Não por causa de um encantamento, mas porque muitas coisas se quebrariam e seriam deixadas na escuridão sem você no mundo. Eu incluso.

A voz dele é como uma pressão morna contra meu peito. Uma pressão que fica cada vez mais forte e brilhante até sair de mim na forma de uma respiração entrecortada e uma lágrima, que ele seca gentilmente com os dedos. Não sei bem o motivo do meu choro.

Com a voz rouca, ele diz:

— E porque os momentos entre nós foram reais e você sabe disso.

— Nick...

Não consigo ler os olhos de Sel, nem sua voz.

— Você acha mesmo que Nicholas ficaria magoado com a gente por causa disso?

Sel, sempre assertivo.

— Disso? — sussurro.

Ele me observa com cuidado. Demora tanto que dá tempo de o vento erguer seu cabelo. E soltá-lo. E erguê-lo novamente.

"Isso" poderia ser o sentimento entre nós, todos os limites quentes e cortantes que quase tocamos constantemente. "Isso" poderia significar o quão perto estamos e o ar que dividimos ao respirar. "Isso" poderia significar meus batimentos cardíacos, parecendo trovões em nossos ouvidos. Sel poderia definir o nosso "isso" de diversas formas, mas agora ele escolhe uma.

— Sim, disso — sussurra ele por fim, um olhar cauteloso. — Um Mago-Real e um rei que precisa de proteção.

Sinto um nó na garganta e engulo todas as outras respostas que ele poderia ter dado.

— Certo.

— Certo.

Eu recuo em direção à casa.

— Eu preciso... encontrar Alice.

Ele enfia as mãos nos bolsos.

— Ok.

— C-certo — gaguejo.

Os lábios dele se curvam em um pequeno sorriso.

—Você já disse isso.

Eu me viro antes que ele possa dizer qualquer outra coisa. Ainda que eu vá embora com o clima mais leve entre nós, sei que as coisas não são mais as mesmas.

Não preciso me virar para saber que ele me observa até eu chegar à casa. A atenção dele é quente e constante em minha pele.

O olhar de um Mago-Real é inabalável.

44

NA MANHÃ SEGUINTE, a srta. Hazel sai para ver o próximo grupo de "passageiros" que está chegando. Mais usuários de aether que precisam de proteção para se locomoverem. Ela me dá um beijo na bochecha e a última fatia da torta de noz-pecã antes de ir.

Enquanto junto nossas coisas, Valec bate na porta do quarto que eu e Alice dividíamos.

Ele entra, vestindo um novo traje que conseguiu sabe-se lá onde.

— Vou embora daqui a pouco.

Ele fecha a porta atrás de si, observando o quarto rapidamente com seus olhos escuros.

Eu tento adivinhar:

— Alice está lá fora na varanda, conversando com Mariah, caso você esteja se perguntando se estou sozinha.

— Estou menos preocupado com Alice e mais com Kane. — Ele faz uma pausa. — Mas talvez eu não devesse estar. A mente de seu amigo é incrivelmente astuta.

— Você não faz ideia.

Valec retoma seu tom sagaz.

— Eu queria me despedir te dando uma coisa, se você não se importar.

Olho para ele, desconfiada.

— Que tipo de coisa? E se eu aceitar, vou ficar te devendo algo?

Ele ri.

— Esse presente é de graça. Nada de pactos, nada de contratos.

Faço que sim e estico o braço, mas ele balança a cabeça, dobrando meus dedos e fechando minha mão.

— Eu te disse que tinha uma forma mais direta de descobrir informações sobre suas habilidades.

— Sim.

Ele dá um passo adiante, e aquele cheiro de couro e anis-estrelado sobe no ar e pinica minha bochecha. Percebo que o olhar de Valec nunca havia causado nenhum efeito na minha pele. Olho fixamente para ele. Seus olhos haviam voltado para a tonalidade vermelha. Fico surpresa, mas não me afasto. Em vez disso, sinto uma vontade de me aproximar mais para ver exatamente como a íris dele fica na luz. A pele dele, lisa e negra, pede para ser tocada. E eu *poderia* tocá-la... Ele ri, segurando dedos que eu não percebi ter erguido. Quando ele fala, os caninos estão mais longos do que eu me lembrava. Estou na ponta dos pés, e a boca de Valec está a poucos centímetros da minha.

— Agora você entende a falta de ética em soltar o demônio quando se está com clientes.

Dou um passo para trás, balançando a cabeça. De repente, ele não parecia mais atraente do que o humano mais atraente do mundo... mas ainda parecia poderoso.

— Me... me desculpe.

— Eu poderia ter te avisado — diz ele lentamente. — Mas não avisei.

Argh.

— É por isso que você faz contratos? Porque é metade humano e metade demônio?

Ele retorce a boca.

— Sou o único cambion justo da região, em quem ambas as partes podem confiar. Se os pactos serão feitos, e eles serão, como têm sido desde o início dos tempos, então pelo menos posso garantir que não irei tirar vantagem dos humanos.

Arregalo os olhos.

— Você... você é *bom!*

Ele revira os olhos, mas os cantos dos lábios dele sobem de leve.

— Não me venha com esses julgamentos puritanos. Eu não sou "bom", sou justo.

— Bem, isso me faz confiar um pouco mais em você.

— Tudo bem por mim — diz ele, com um sorriso. — Pelo menos isso faz com que eu me sinta um pouco melhor a respeito disso.

— Disso o quê?

— É preciso uma habilidade especial para analisar o metafísico. Como alguém determina a qualidade de uma alma que é oferecida em comparação a um poder sobrenatural que só se tem uma chance de conseguir? Quanto realmente vale a juventude eterna? Qual o peso da beleza? Não existe só uma resposta. Cada caso é um caso, é um trabalho complicado. — Ele pressiona a mão contra meu peito, os dedos quentes na minha clavícula, e me encara. — Antes de fazer um pacto, eu gosto de, digamos assim, avaliar os bens. Eu poderia dar uma olhadinha, se você permitir. Como um favor. — Ele repuxa um canto dos lábios — O problema é que isso... não será agradável.

Cerro os dentes e faço que sim.

— Pode fazer.

A mão de Valec fica cada vez mais quente na minha pele, e os olhos dele brilham até eu começar a cair, com força e suavidade, lenta e rapidamente. Até o mundo se tingir de vermelho, escurecendo cada vez mais, até não ser mais vermelho, e sim preto. Os olhos dele me alcançam de longe, e um calor, morno e encorajador, invade meu peito. Como uma mesmerização poderosa, mas muito mais profunda.

Se a mesmerização de Sel parece a maré me puxando para baixo da água e a de Isaac é como uma onda, a de Valec é o oceano inteiro, subindo como uma muralha e arrebentando sobre mim de uma só vez.

Um calor abrasador e fervente corre em minhas veias. A fornalha em meu peito, minha Arte de Sangue de nascença, se abre para queimar o poder dele. Vozes surgem dentro de mim, e minha própria voz se junta ao eco:

Permita-me ver o perigo antes que ele chegue. Ajude-me a resistir a suas armadilhas. Dê-nos a força para nos esconder e lutar. Proteja-nos. Proteja-me. Proteja ela. Por favor.

O poder de Valec está perto demais e se parece muito com o deles.

Queime. Ele.

Há uma explosão dentro de mim. Sou jogada de volta no meu corpo, e uma bola de fogo de raiz lança Valec do outro lado do quarto.

O cambion se vira no ar, e em vez de atingir a parede, chuta a construção com um baque. A raiz, sem um alvo, dissipa-se em uma nuvem de fumaça. Valec aterrissa, agachado, os olhos vermelhos, bem abertos e brilhantes, grunhindo para a fumaça como se ela pudesse tentar atacá-lo mais uma vez.

A porta se abre com força, e Sel se põe entre nós dois, rosnando, pronto para o ataque. Meu peito se aperta ao vê-lo. O rosto dele, cheio de fúria e presas; o cabelo arrepiado e fumegante. As pontas dos dedos, escurecidas. William, Alice e Mariah surgem atrás dele, gritando. O chão se inclina debaixo de mim, e meu peito coça. Não, ele *dói*.

Sel avança, e Valec ergue as mãos para cima.

— Já terminei, já terminei!

— Sel... — murmuro, e ele se vira na minha direção, arregalando os olhos ao me ver.

Apesar de eu não conseguir ver o que há por baixo das minhas roupas, sei que a marca começa no meu peito, onde Valec havia pousado a mão. Observamos a marca se espalhar, tornando-se vinhas vermelhas que sobem pelo meu pescoço e descem pelos meus braços até os cotovelos, enrolando-se como botões de flor nas minhas mãos. Olho chocada para meu corpo.

— O que você fez com ela? — pergunta Sel, a voz baixa e rouca.

Os olhos dele começaram a voltar para a tonalidade amarela. Seu cabelo cai ao redor do rosto, e seus dedos voltam para a cor pálida normal.

Alice avança até mim, mas William a detém.

— Eu não fiz isso — diz Valec, dando a volta para ver melhor, com as duas mãos erguidas. — *Isso* já estava ali.

Lentamente começo a me dar conta de que Valec não havia posto aquela marca em mim.

Ele havia *revelado*.

Enquanto observamos, as vinhas vão desbotando até desaparecerem completamente na minha pele negra. Como se nunca tivessem estado lá. Ou como se sempre estivessem estado. Não tenho certeza. Com as mãos tremendo, retiro o suéter, me sentindo desconfortável com os olhares de Sel e Valec.

Valec inclina a cabeça para trás, entendendo tudo.

— A Arte de Sangue. É claro! — Ele olha para mim com interesse e admiração. — Sua ancestral pediu poder. E, se *você* é o resultado, eu diria que ela pediu *muito* poder.

— Sim. Ela fez isso para fugir. Para proteger a filha que carregava na barriga.

Valec pragueja.

— Duzentos anos atrás, quando uma mulher preta fugia, isso significava que um homem branco iria atrás de sua propriedade. No caso da sua ancestral, ela estava carregando o sangue dele... aquilo que os Lendários mais valorizam.

— Sim — falo.

Valec parece se empolgar.

— Bem, é isso, está resolvida uma parte do mistério. Sua ancestral fez um pacto. Eu sabia!

—Valechaz — alerta Mariah. — Isso não é um jogo.

William e Alice começam a fazer perguntas ao mesmo tempo.

— Esperem! — Balanço a cabeça. — Não, Vera e os Lendários são Artesãos de Sangue. O poder deles é ligado às Linhagens. Vera não...

Valec me interrompe.

— Arte de Sangue e Arte de Raiz são ideologias de praticantes. Crenças sobre qual a melhor forma de *usar* o aether. Algumas pessoas são muito... — Ele fareja. — São muito *hipócritas* sobre a forma em que foram criadas dentro da magia.

Ele lança a Mariah um olhar mordaz.

— Então Patricia estava... errada? — pergunto a Mariah.

Ela balança a cabeça.

— Que nada. A dra. Hartwood não está errada. Ela só é muito *específica* com suas tradições. Conheço muitos praticantes como ela, e muitos que não são, como a tia Lu, por exemplo. — Ela sorri. — Somos todos criados com crenças ligeiramente diferentes.

Valec revira os olhos.

— Existem *milhares* de filosofias diferentes sobre a "forma correta" de lidar com o poder quando se adquire ele, seja metafísico ou não. — O cambion se vira para mim, os olhos cintilantes. — No caso da magia, seres vivos podem acessar esse poder de apenas três formas.

— Pegando emprestado, barganhando ou roubando — murmuro.

— Exatamente. A crença que você escolheu determina seu método de aquisição. Quem pratica a Arte de Raiz acredita no equilíbrio, acredita que a magia não pertence a eles, então a pedem emprestado. Tudo bem, esse é o jeito deles. Artesãos de Sangue acreditam que é melhor vincular a magia permanentemente a suas Linhagens... uma filosofia moralmente questionável, e são seus praticantes quem *geralmente* acessam o poder através do roubo. Veja os Lendários com o Abatimento. Essa é a forma de o universo corrigir o roubo. Mas Artesãos de Sangue não são *obrigados* a roubar poder. Nada impede que um Artesão de Sangue faça uma barganha permanente para ter poder. — Ele sorri. — Então, vamos revisar? Vera usou magia para praticar Arte de Sangue, mas como ela conseguiu essa magia...?

Eu penso. O pedido. *Proteja-nos, por favor*. E depois milhares de vozes respondendo. *Um preço*.

— Meu Deus. Com uma barganha.

Ele aponta a mão aberta para mim.

— E com quem Vera fez a barganha?

— Com os ancestrais *dela*. Os meus.

— Quantos?

— Todos...?

— Minha nossa. — Mariah olha para Valec, que solta um assobio longo e baixo.

— Uma recompensa dessas pode custar alto.

Mordo o lábio.

— "Uma filha de cada vez, para sempre." E as mães, minha mãe... todas morrem cedo.

Vejo a dor no olhar de Valec.

— Esse é o preço. Mas não foram suas ancestrais que colocaram essa marca em você. Não podem ter sido.

Franzo as sobrancelhas, confusa.

— Então quem foi?

— E o que é isso? — pergunta Sel.

Valec nos observa por um momento, e a satisfação dele se transforma em preocupação.

— Nenhum de vocês sabe?

— Você está adorando ver a nossa ignorância — rosna Sel.

— A sua, principalmente.

— *Valec* — repreende Mariah. — Nem eu sei. Fale de uma vez.

Valec inspira fundo. Pela primeira vez desde que o conheci, algo parecido com compaixão aparece em seu rosto, e ele arqueia as sobrancelhas quando se vira para mim.

— Para a maioria dos demônios, humanos são criaturas instáveis, de vida curta e que mentem. Muito.

— Demônios não mentem? — protesto.

— Bem, é claro que mentem — responde ele. — Mas não em relação a promessas. Demônios não conseguem resistir a uma barganha e não podem quebrá-las depois de feitas. Humanos, entretanto... Digamos que uma jovem humana prometa algo *dela mesma* como parte de uma barganha, algo importante... sua alma, futuro filho, uma habilidade poderosa que só ela tem... Há uma grande chance de que, quando chegar a hora da troca, a humana vá mudar de ideia, se virar e fugir. A única coisa que prende um humano ao demônio ou que o previne de entregar seu bem prometido a um demônio com uma oferta melhor é um contrato mágico. Tipo o que eu faço.

— Fala logo, Valec... — Mariah o apressa.

Valec faz uma careta para ela.

— Mas, antigamente, antes dos contratos e da papelada, havia outra forma de os demônios recolherem as recompensas de humanos. Principalmente se a recompensa fosse algo pelo qual precisassem esperar e não quisessem que ninguém a pegasse antes.

Sinto um aperto no peito, uma queimação onde a marca havia brilhado em minha pele. O olhar de Valec se suaviza.

— Foi mal, poço de energia, mas você foi marcada com sangue.

Pressiono a mão no peito.

— Tem um demônio por aí esperando *por mim* para completar uma barganha?

Ele faz que sim.

— Sim. E não há nada e ninguém... em qualquer dimensão... que possa impedi-lo de coletar o que deseja.

45

TODOS NO QUARTO OLHAM para Valec, inexpressivos, esperando que continue.

— Queria poder contar mais. — Ele coça a nuca. — Queria mesmo.

Sel balança a cabeça.

— Não dê ouvidos a ele, Briana. Valec está tentando convencer você de que ele tem utilidade aqui. Ele inventou um motivo para te passar informação, na esperança de você ficar devendo um favor.

Valec perde a paciência.

— Você está ficando atrevido de novo, Mago-Real? Foi direto para a pior opção possível. Achar que quero ligar Bree a mim está além dos limites dessa conversa. Pegá-la para mim?

— E você não quer?

— Bem... — Valec pensa, sorrindo com as presas à mostra. — Sim.

Sel inclina o queixo.

—Tenha cuidado.

O sorriso de Valec se abre ainda mais.

— A diferença entre nós dois, Kane, é que *eu* sou um cara sincero e fico feliz em falar em voz alta o que desejo. — Seus olhos castanhos ficam vermelhos e voltam para o marrom. — Você quer o mesmo que eu, mas não pode pôr pra fora e falar. Não mesmo.

A resposta de Sel é um silêncio aturdido. William fica corado e Alice parece enojada. Ela aponta um dedo para Sel.

—Tenha cuidado *você*, Mago-Real. Ela é minha melhor amiga, e eu não gosto nem confio em você o *suficiente* para...

— Parem. *Parem.* — Agito as mãos, lutando contra o calor subindo pelo meu pescoço. Expiro e me viro para Valec. — Como um demônio pode estar esperando que eu dê algo que nunca concordei em dar?

—Você não concordou. Vera, sim. Ele a marcou, e você herdou a marca. E como a barganha não foi regulamentada, esse demônio poderia ter pegado qualquer coisa que quisesse. — Valec ajeita o colete. — Tudo que sei é que a sua marca é forte que nem o fogo do inferno, o que significa que o demônio que a criou é antigo. Nunca vi uma marca ser carregada através de gerações.

— Foi o que queimou Kizia — sussurro.

— Kizia? — pergunta Valec. — Aquela goruchel fedorenta que está sempre atrás de alguma coisa? Como você a conhece?

— Conhecia — murmuro. — Ela... morreu.

Valec respira fundo.

— Não diga mais nada. Preciso poder fingir que não sei de forma convincente. Mas me diga como a marca a queimou.

— Do mesmo jeito que queimou você — falo.

— Kizia tinha medo do Grande Devorador — comenta Sel, olhando para mim. — Dizia que ele iria encontrá-la e comê-la por ter se alimentado sem aprovação.

Valec assobia.

— O Grande Devorador. Você quer dizer o Caçador? Tem certeza de que ela disse isso?

— Cem por cento — sussurro.

Meu peito dói e queima, como se falar o nome dele fosse o bastante para atrair a marca do demônio.

— Marcada com sangue pelo próprio Caçador... Nossa. —Valec coça o queixo. — Preciso voltar para o Lounge. Quero ver se descubro alguma coisa sobre isso com meus contatos e ver o que consigo encontrar sobre a última vez que o Caçador foi visto. — Ele aponta para mim, andando até a porta. — E você precisa conseguir a proteção da Volição. O mais rápido possível, potência.

— Espera! — Paro na frente da porta. — Eu vi quando Vera fez a barganha. Não tinha demônio nenhum. E, a essa altura, ela já teria falado alguma coisa, tenho certeza.

— Alguns demônios oportunistas podem tirar proveito de barganhas verbais, se você não tiver cuidado — diz ele por cima do ombro. — Você é Médium. Chame alguém e pergunte.

— Não é tão simples assim! — protesto, mas ao falar penso no aviso de Jessie. Sobre *ele*... o homem que a seguiu por dias depois que ela usou a Arte de Sangue.

— Claro que não é. Principalmente onde qualquer demônio pode encontrar você. Por isso que você precisa ir à Volição.

E, assim, ele parte, sem olhar para trás.

Mariah resmunga algo sobre Valec ser "um porre" e vai atrás dele.

Depois de um segundo de silêncio, Alice Chen decide que é um bom momento para provocar.

— Acho que Valec gosta de você, Bree.

— Concordo — diz William, divertindo-se.

— Valec gosta de joguinhos. — Dou de ombros. — Sou só um brinquedo novo para ele brincar.

Sel se vira para mim ao ouvir isso.

— Brincar *como*, exatamente?

Fico corada.

— É só um jeito de falar.

Sel sorri com escárnio.

— Ele é um demônio. Não podemos confiar em nada do que diz.

— Ele é um cambion — respondo. — Assim como você.

Em um piscar de olhos, Sel está na minha frente, os olhos em brasas.

— Valec não é *nem um pouco* parecido comigo.

— Ah, então é que nem a lei da gota de sangue dos estados racistas do Sul no passado? — pergunto, arqueando a sobrancelha. — Eca.

— Não é a mesma coisa. — Ele passa as mãos no cabelo, andando de um lado para o outro. — Isso é... *besteira* de supremacista branco. Estou falando da maldade, *verdadeira* e *ativa*, no sangue de alguém.

Alice coloca a mão no queixo.

— Então, qual a porcentagem verdadeira e ativa de maldade em você?

Sel a encara.

— Não tente parecer espertinha.

Ela ri.

— Não preciso tentar, dentinhos.

Jogo as mãos para cima, irritada. Atrás de mim, Willian resmunga:

— Agora seria um momento maravilhoso para eu intervir e lembrar todos vocês de que atos de maldade não são escritos com hemoglobina. Não dá para vê-los com um microscópio.

— Não, mas você pode vê-los nas ações de alguém — dispara Sel. — Valec negocia para que humanos virem comida.

— Na verdade, os humanos vão até ele — respondo, ponderada. — Ele mesmo disse isso. Clientes de ambos os lados da negociação vão até ele. Não estou dizendo que é algo que eu faria, ou que é "o correto", só que são adultos e consentiram, não sei qual é o problema. É melhor do que deixar os demônios devastarem a população humana. E menos trabalho para os Lendários. Talvez ele até esteja facilitando o seu trabalho.

— Ou criando mais trabalho para nós, porque goruchels e uchels têm uma fonte de alimento constante e todo o tempo do mundo para planejar ou se unirem aos Morganas! — Sel joga a mão para cima. — Não existe um universo em que facilitar a vida de demônios seja uma coisa boa, Bree. A Ordem...

— Você vai mesmo falar da Ordem para mim agora? — disparo. — Logo você! A Ordem mentiu para você a sua vida inteira. Prendeu você. Por que está se apegando a regras inventadas por uma organização que existe apenas para servir a si mesma?

— Porque eu preciso dessas regras para me manter remotamente humano! — grita Sel. — E a Ordem, até mesmo Davis, Isaac e Erebus, me acolheram, me mantiveram vivo e me treinaram quando meus próprios pais me abandonaram! Não importa o quão horríveis os Regentes sejam, os nossos Juramentos são importantes. Algo que talvez você não entenda, porque nunca fez Juramento algum para nada ou alguém na sua vida.

Sel prageja e desaparece, sumindo em um rastro escuro.

Lágrimas começam a brotar em meus olhos, e eu luto contra elas. Respiro com dificuldade. Quando minha respiração ficou tão pesada? Quando a conversa se transformou em briga? Por que as coisas sempre se desenrolam assim com ele?

William solta o ar lentamente e passa o braço por meus ombros.

— Valec tocou em um ponto fraco, e Sel descontou em você. Logo ele supera.

Suspiro.

— Ele... precisava ser tão imbecil?

— Sim — respondem William e Alice juntos.

Três horas depois, com nós cinco no carro, Mariah estaciona um pouco depois dos portões de uma estrada de terra muito comprida, parando a meio caminho da rua quando chegamos a uma placa de madeira que diz VOLIÇÃO.

Quando saímos do carro, o vento frio atravessa minha jaqueta com capuz e minha calça legging. Quando Mariah dá a volta no capô, vejo o canto de sua boca se erguendo.

— Esse lugar se chamava Senzala Guthrie. *Era* a Senzala Guthrie, até que Artesãos de Raiz se uniram para comprá-lo do estado nos anos 1920. Ainda bem, já que assim eles impediram que o lugar se tornasse uma daquelas senzalas que brancos alugam para fazer festas de casamento. — Ela retorce o nariz com raiva. — Fazer festas de casamento bem onde fomos massacrados, violentados, estuprados, chicoteados, onde nos deixaram com fome e nos separaram de nossas famílias. Tirando fotos de família em cima de séculos de sangue e morte. Que merda *asquerosa*.

Estremeço, assentindo. Olho para a estrada, depois da placa, mas ela parece sumir no horizonte.

Mariah acompanha meu olhar.

— O terreno é gigantesco. A Casa-Grande histórica ainda está lá. Também tem várias casas menores, preservadas para o nosso uso privativo e algumas estruturas residenciais novas que foram construídas e que o pessoal da preservação histórica nunca teria permitido.

Ela nos guia adiante e então estica o braço.

— Parem aqui.

Sel franze a testa.

— O que foi? — pergunta William.

O Mago-Real balança a cabeça e diz:

— Pode ser minha imaginação, mas eu poderia jurar que acabei de sentir... aether.

Mariah sorri.

— Espere e verá.

Ela dá um passo e para, pegando um pacote de nozes com frutas secas e abrindo a tampa de um pote de conservas cheio de água. Depois, ela coloca tudo no chão.

Chamas mágicas douradas criam vida nas mãos dela. Sel, William e eu damos um passo para trás, surpresos. Rapidamente, a magia se espalha como fogo em uma linha fina e quente em volta de Mariah, fazendo uma curva aberta e correndo até a vegetação rasteira e árvores ao longe.

— Mariah... — sussurro.

Um alarme parece tocar dentro de mim, como um chiado baixo. Chamas mágicas não incendeiam coisas como o fogo normal faz, mas ver a fumaça e a luz tremeluzindo pelo chão seco ainda é angustiante.

Mariah sorri, olhando por cima do ombro, a luz refletindo nos óculos enquanto ela segue seu caminho.

— Esperem mais um pouco...

BUM!

De repente, o céu da manhã se transforma em um dourado crepitante e brilhante.

— Uma barreira — diz Sel, com pura admiração estampada no rosto.

Mariah toca a superfície de leve. Eu observo o ouro ondular contra seus dedos.

— Pronto, é isso — declara Alice. — Vou encontrar *alguém* para me Juramentar.

Eu a encaro, intrigada.

— Eu não aguento mais isso... Todos vocês conseguem ver coisas que eu não vejo, já estou ficando de saco cheio.

Ela percebe meu olhar, mas não liga. Posso ver que já tomou uma decisão.

— Faça isso mesmo — murmura William, voltando a olhar para a barreira. — Isso é...

Sel está balançando a cabeça, absorvendo a enormidade da estrutura, a altura do escudo transparente que forma um arco no céu.

— Quem está conjurando esta barreira?

Ele, assim como eu, observa a floresta, procurando por algum usuário de aether, mas não vemos ninguém.

Mariah dá um passo para trás com um sorriso satisfeito.

— Primeiro, essa barreira está sempre de pé. Eu só avisei que estamos aqui para que aparecesse. Segundo, ninguém aqui está a conjurando.

— Bem, então quem é que está? — pergunta William.

Mariah olha para mim e me puxa para perto dela até estarmos lado a lado, perto da barreira.

— Você consegue senti-los, Bree?

Assim que ela fala algo e eu ativo meus sentidos, os pelos da minha nuca se arrepiam.

— *Ah...*

Caio de joelhos, pressiono as mãos na terra e escuto. As chamas mágicas douradas envolvem meus braços, subindo pelos meus ombros, feito mãos, procurando algo em mim. A luz se espalha até meu peito. Sel está do meu lado, abaixando-se.

— Pare — repreende Mariah. — Não toque nela.

— É o qu...

— Não, Sel — murmuro. A luz está invadindo meu pescoço, subindo pela minha garganta. Ela entra na minha boca e orelhas, cobrindo meu corpo. — Estão me observando. Não... Não dói. Só querem saber quem eu sou. Por que estou aqui.

Ele olha para o chão ao meu redor.

— Quem?

— Os mortos. Os ancestrais que morreram aqui. — Sou lançada para a frente, atingida pela força deles. — Ai, meu *Deus*, são tantos. As mortes e as vidas. Tantas. Me perguntando...

Inclino a cabeça. Por instinto, encosto a orelha na terra. Olho para cima.

— Querem saber se devem deixar entrar.

Sel parece alarmado.

— Se devem *me* deixar entrar?

Fico de joelhos.

— Todos vocês.

Mariah para ao meu lado, exalando orgulho.

— Este lugar foi tomado de nossos opressores. Artesãos de Raiz cuidaram daqui por cem anos e gastaram metade desse tempo ajudando os ancestrais que desejavam seguir em frente e abandonar seus traumas. Os espíritos que ficaram controlam esse lugar em morte, já que nunca puderam fazer isso em vida. É por isso que todos vocês precisam de permissão para atravessar a barreira.

Sel assente, fitando o chão com outro olhar.

— Com todo respeito, eles não conhecem a Bree... conhecem?

— A maioria é formada por pessoas que foram Artesãos em vida, então eles sabem o bastante. — Mariah se vira para mim. — Então, Bree, você precisa se *apresentar*.

Faço que sim, porque *sim*. Sim, é claro. A terra sob meus pés está repleta de vozes, muito próximas à superfície, sangue no solo, vidas inteiras vividas aqui, do nascimento até a morte. Minhas pernas cedem quando a luz sai de mim, me convidando a responder.

— Sim, por favor — sussurro, colocando a mão sobre a barreira. Olho para Alice, William e Sel por cima do ombro. — Eles estão comigo. Estão aqui para me ajudar.

A barreira estremece, e uma abertura se abre no local em que minha mão está, se tornando um círculo grande o bastante para passarmos. Atravesso e espero ao lado de Mariah.

Assim que o círculo se abre o suficiente, William e Sel atravessam juntos. Posso ver no rosto deles que estão atentos à sensação, procurando as diferenças. Procurando as similaridades.

— Esse é o maior construto que já vi. — A admiração de William é contagiante. — Eu... Eu não sabia que aether poderia ser usado assim. Conjurado pelos mortos.

— É porque isso não é aether — responde Mariah, com um sorriso. — É raiz.

Alice atravessa cambaleante depois de William e Sel, parando em meus braços.

— Bree... — sussurra ela, os olhos arregalados. — Eu consigo ver.

— Consegue?

— Consigo sentir também. — Ela ri, atordoada. — Doeu, e aí parou de doer.

Mariah se vira, a barreira se fechando atrás de nós. Com os braços abertos e as colinas do terreno atrás de si, ela sorri.

— Bem-vindos à Volição. Onde a nossa vontade é feita.

PARTE QUATRO
VOLIÇÃO

46

— A BARREIRA VAI CAIR? — pergunto.

Atravessamos o restante do caminho a pé. Atrás de nós, a barreira permanece erguida, brilhando no céu do meio-dia.

Mariah balança a cabeça.

— Não, nunca. Só fica mais ou menos visível. Os ancestrais estão acordados agora. Você é uma Médium nova na área. A barreira deve ficar acesa desse jeito por algumas horas.

Sel olha adiante, erguendo a mão para o céu, apesar de a barreira estar a quase dois quilômetros de distância. Ele move os dedos no ar.

— Ela é... *forte*.

— Não, Mago-Real — avisa Mariah. — Você não pode usar raiz sem permissão aqui.

Espero pela reclamação dele, principalmente por ter passado tanto tempo restringido pelas algemas, mas, para minha surpresa, Sel não faz nada.

Ele baixa as mãos.

— Entendido.

— Os limites da terra são demarcados por árvores-garrafas aqui e lá. — Ela aponta para uma árvore de quase dois metros, pouco atrás de nós, do outro lado da barreira de raiz dourada. Garrafas coloridas de vidro cobrem as pontas dos galhos. A luz da barreira reflete nas garrafas azuis e verdes, iluminando as amarelas e vermelhas. — Quando a barreira fica invisível e você está andando por aí, "olhe para a esquerda e depois para a direita, até as duas árvores-garrafas estarem à espreita". Se você vê duas, pode imaginar uma linha entre elas e saber onde a proteção da Volição acaba. Não acho que vocês vão sair andando por aí, mas é melhor avisar caso saiam. E, se saírem da barreira, não podem voltar sem um de nós.

— É parecida com uma de minhas barreiras — sussurra Sel. — Designada para alguns e restringida para outros.

Mariah aponta para as áreas da Volição ao andarmos.

— Então, há algumas construções modernas à esquerda e à direita da estrada principal. Um escritório. Um arquivo. Três residências reformadas para convidados.

— Convidados? — pergunta Sel.

— Sim, *convidados*. Assim como você. Você é um convidado. — Ela aponta para um celeiro vermelho-ferrugem enorme logo adiante, com duas portas grandes abertas em um dos lados. — Não mantemos mais criações aqui, então o celeiro foi reformado e remodelado por dentro para reuniões da comunidade. A Volição era um lugar de domínio e agora é um cemitério vivo, e nós somos os zeladores do cemitério. Apesar de os ancestrais enterrados aqui terem sido trazidos para a Senzala Guthrie contra a vontade deles, os descendentes dos escravizados *escolhem* visitar a Volição. Escolhem aprender, descansar, chegar e partir.

Fico para trás na caminhada, sobrecarregada com a energia ao nosso redor, minhas pálpebras quase se fechando. Preciso resistir à vontade de tirar meus sapatos ou de esfregar as mãos na terra a cada passo que dou. A cada prédio e a cada jardim por que passamos, minha visão mediúnica me mostra o que é e o que já foi: construções fantasmagóricas com batentes de pau a pique que levam a interiores de terra batida, lugares que não estão mais aqui, mas estiveram um dia. Mulheres negras usando camisetas e saias largas entram e saem da minha visão, andando em minha direção carregando baldes de água tirada de um rio. Eu o ouço ao longe, a corrente forte no passado, mas seca no presente. Uma cozinha pequena mais adiante, silenciosa agora, mas minha visão mostra a fumaça que saía da chaminé. O cheiro da carne cozinhando há duzentos anos me deixa com água na boca. Quando meus amigos percebem que não estou com eles e voltam, me encontram de joelhos na grama, passando as mãos pelas folhas, mas perdida em uma visão de pegadas na lama do passado.

Mariah ri.

— Você precisa trabalhar mais no quesito fechar a porta, querida, ou nunca vamos passar do estacionamento. Você vai ter visões da *plantation* inteira se não tomar cuidado.

— Tarde demais.

Fico de pé.

Ela sorri.

— Todos os Artesãos de Raiz comungam com os ancestrais, mas a Volição é um lugar intenso para Médiuns, mais do que para qualquer outro praticante, por causa da natureza de nossas habilidades. É por isso que esse é o melhor lugar para vir quando se tem questões para perguntar e não quer ser perturbada, quando se tem um trabalho ancestral para fazer. Mas para *você*, Bree-Bree? — Ela ri para mim. — Você meio que enfia o pé no rio das memórias só de andar por aqui.

Sel balança a cabeça.

— Mas o poder é dela ou deles?

Mariah ri de novo.

— Você está pensando como um colonizador, Mago-Real. Os ancestrais têm acesso ao poder. Estamos pegando *emprestado,* deixando-o fluir através de nós, mas, no fim das contas, não pertence a nós. "Temporário" é a palavra-chave para a maioria dos Artesãos de Raiz. — Mariah olha para mim, enlaçando nossos braços. — Mas, por causa da barganha de Arte de Sangue de Vera, Bree é uma torneira que não se fecha.

— Um lança-chamas, eu diria — murmuro.

— É, bem, tem um motivo para o Valechaz chamar você de "potência".

Eu paro.

— Valec pode entrar aqui ou ele seria um convidado?

Mariah faz uma expressão estranha.

— Valec nasceu em uma *plantation*, de uma mãe praticante. O povo da mãe dele o expulsou, mas ele acabou escravizado em outro lugar. Ele é bem-vindo na Volição, sempre foi. Mas ele não vem muito aqui. — Mariah olha em volta. — Eu e você podemos até sentir e ver os mortos, mas não carregamos as memórias de como lugares assim realmente foram. Ele, sim. Ele viveu em um lugar assim. E sobreviveu.

— Às vezes é fácil esquecer isso, já que ele parece tão novo — diz Alice.

Surgindo à nossa frente, imponente, enorme e recentemente pintada de branco e cinza, está a casa principal.

— Essa é a Casa-Grande original. Algumas adições foram feitas uns cinquenta ou sessenta anos atrás, e claro que por dentro é diferente. Rituais de limpeza foram feitos à exaustão, por exemplo.

— Mariah?

Uma voz a chama de um jardim enorme de muro baixo no quintal ao lado.

—Tia Lu! — exclama Mariah. — Hazel avisou que viríamos?

— Sim. — A Grande Dama surge ao virar a esquina, sorrindo para mim. — Olá de novo.

Olho para Lu, boquiaberta.

— Eu não sabia que você estaria aqui.

Lu dá um abraço apertado em Mariah, depois olha para o resto do grupo com um sorriso perspicaz.

—Vocês não são como os nossos outros passageiros. Pensei em cuidar disso sozinha. Além disso, as minhas habilidades são mais fortes aqui. — Ela se aproxima de mim e estende a mão. — Então, vamos fazer o check-in, Artesã de Sangue.

Estendo a mão, me preparando para um simples aperto. Em vez disso, os dedos dela zumbem contra os meus. Lu se retrai e abre um sorrisinho, erguendo a outra mão como se para bloquear a luz.

— Com quem você tem conversado? — pergunta ela. —Tanto poder... Mariah morde o lábio.

— Bem, aí que está, Lu. Bree não está canalizando ninguém no momento. Isso está dentro dela.

Lu dá um passo para trás, me avaliando.

— Sempre ligada, hein?

— Nem sempre consigo controlar — corrijo.

Ela assente, passando a mão pelas tranças, enrolando as pontas nos dedos, reflexiva.

— Bem, os ancestrais não teriam deixado você entrar se você não tivesse intenções protetoras. E a sua aura parece boa para mim, mas as cores... — Ela olha para William e depois para mim outra vez. —Você é uma Lendária, assim como ele. Uma Herdeira. De Arthur, aposto.

Selwyn solta um palavrão.

— Você pretendia mencionar esse fato? — pergunta Lu, num tom gentil.

Engulo em seco.

— Não era seguro falar isso no Lounge. E Valec não é muito fã.

Lu cruza os braços.

— Eu também não sou muito fã, mas estou curiosa para saber como uma de nós se misturou com um deles.

Os outros se viram para mim, porque cabe a mim contar a verdade.

— Vou contar tudo. Mais tarde, se estiver tudo bem para vocês.

Lu faz que sim, mas semicerra os olhos, pensativa.

— Tudo bem. — Ela vai até Mariah e aponta para a casa. — Hazel virá mais tarde para ajudar com a refeição. Acomode os outros três na casa de hóspedes, Mariah. Eu levarei Bree para o quarto dela. Vocês todos tiveram dias longos. Descansem, tirem uma soneca. Nos vemos no jantar.

— Nós viajamos juntos. Posso ficar na casa de hóspedes também — falo.

— Você não pode ficar na casa de hóspedes. — Lu balança a cabeça. — Não se estiver aqui para fazer um trabalho ancestral. — Ela faz um gesto para que os outros sigam Mariah, como se a conversa tivesse terminado. — E vocês vão trabalhar também. Ajudar a cuidar do lugar ou ficar de olho na fronteira... uma coisa ou outra. Sejam úteis. Vocês ainda se verão muito, não se preocupem.

Sel parece incomodado com a ideia, dividido entre reclamar e ficar calado. Ele olha para a casa atrás de Lu.

— Podemos visitar o quarto da Bree? Ver onde ela vai ficar?

— Não. — Lu balança a cabeça, me guiando na direção da casa. — Os ancestrais dizem quem entra na casa, e decidiram há muito tempo que são os descendentes dos escravizados. — Ela dá de ombros. — Não se pode discutir com os fantasmas dos escravizados. Eu não iria querer e não recomendo. — Ela faz um gesto com a cabeça para o terreno da Volição. — É aqui que eles repousam. Os que morreram aqui, sangraram aqui, sofreram. Eles fazem as regras, não a gente.

Sel segue o olhar dela e assente, em silêncio. William está com um ar solene, pensativo.

— Na tradição dos Lendários, nós nos chamamos de Despertos quando nossos reis nos chamam. Mas não falamos deles como se estivessem vivos. Estou começando a me perguntar se talvez devêssemos.

— Bem... — diz Lu. — Desperto não é o mesmo que vivo.

É estranho me separar deles. Nós quatro passamos tanto tempo juntos e agora preciso passar por algo que não posso dividir com eles.

Alice dá um passo para a frente e me abraça com força.

— Vejo você em breve.

Retribuo o abraço.

William me abraça do outro lado e beija minha bochecha.

— Ainda estaremos próximos.

Mariah revira os olhos.

— Galera, não é como se ela estivesse indo embora para sempre. Credo.

Eles seguem Mariah, mas Sel fica para trás. Dou uma olhada para Lu, que revira os olhos e segue o caminho para a casa, resmungando algo sobre "adolescentes" e "drama".

Sel se aproxima de mim, franzindo a testa. Ele observa os cachos prateados em minha testa com uma expressão de desgosto e me encara. Ainda com desgosto.

— Não preciso dizer que não gosto de você fora da minha vista, independentemente do quão segura você esteja nessa propriedade.

— Não — respondo, imitando o tom de voz baixo dele. — *Não* precisa.

Ele revira os olhos, fingindo aborrecimento.

— Mas eu preciso dizer uma coisa.

— Claro que precisa.

Ele segura as minhas mãos, me puxa para bem perto dele e se inclina, falando no meu ouvido.

— Eu... Me desculpe pelo que aconteceu de manhã.

A tensão em meu peito se dissipa, mas ainda me sinto irritada.

— Você foi péssimo — sussurro.

Ele faz que sim, o cabelo preto e macio roçando minha bochecha.

— É porque eu sou uma pessoa péssima. — Ele faz uma pausa. — Mas as outras pessoas merecem. *Você,* não.

Meu coração se enche de um calor doce como mel, e Sel sorri como se pudesse perceber. Como se soubesse que fez com que eu me sentisse daquele jeito e não se importasse em esconder. Eu ainda não o perdoei por ter me mesmerizado. Ainda não sei como iremos curar aquela ferida, mas, talvez, em um lugar seguro e pacífico, isso seja possível. Pelo menos não ficarei preocupada em ser sufocada, atacada ou retalhada.

Eu deveria estar surpresa por viver com todas essas três ameaças há semanas, mas não estou. Saber que eu poderia estar em um lugar onde essas ameaças não existem me afeta mais. Estou em um lugar — estamos em um lugar — em que não precisamos ter medo. Nem mentir sobre quem somos. Não precisamos nos preocupar se Erebus está à espreita, nem Kizia ou Jonas. Devo estar demonstrando que sinto algo diferente, e Sel inclina a cabeça, intrigado.

— Só estou pensando... — falo. — Vou dormir essa noite sem me preocupar com o fato de que posso acabar sendo morta. Ou de que você, Alice ou William podem ser atacados porque estão comigo. Talvez uma boa parcela do meu cérebro consiga relaxar, pelo menos um pouco.

Ele ri, concordando.

— Fico feliz. Não fomos feitos para lidar com tantos traumas.

Olho para o terreno.

— Acho que esse lugar entende isso.

— Fico feliz que algum lugar entenda — acrescenta ele. — Ninguém consegue correr para sempre.

Os olhos dele estão distantes. Sei em quem Sel está pensando pela ruga entre suas sobrancelhas.

— Não tentei entrar em contato com Arthur de novo, para achar Nick — falo. —Talvez eu...

— Não. Se você tentar falar com Arthur, faça isso por você, não por Nick. — Ele resmunga, apontando com o queixo para Lu, a poucos metros dali, e para a casa. —Vai lá. Estaremos aqui.

Ele espera até eu chegar às escadas, então vai atrás dos outros até uma das casas de tijolos perto da estrada.

— Você já esteve na casa de um espírito? — pergunta Lu quando a alcanço na porta da frente.

Vejo a semelhança entre ela e Valec com um pouco mais de clareza, o olhar que vê mais do que você gostaria de compartilhar.

— Não. — Estico a mão instintivamente, e uma barreira ao redor da casa envia uma eletricidade que atravessa meus dedos e sobe pelo meu pescoço. — Outra barreira de raiz? — Olho para a outra, à distância. — Por que eles iriam querer outra ao redor da casa?

Lu cruza os braços.

— Perguntei para meu avô a mesma coisa quando eu tinha a sua idade. Ele disse que o fundamento da raiz é proteção, e são os ancestrais que decidem quanta proteção querem oferecer ou de quanta precisamos. — Ela olha para trás, para os outros entrando na casa de hóspedes. — Não quis alarmar ninguém, mas se algum dos seus amigos tentar entrar aqui, a casa não vai deixar.

— Não posso pedir, como fiz lá na estrada? — pergunto.

— A casa não negocia. — Ela balança a cabeça. — A Volição é um cemitério e um refúgio. Uma terra de luto e de esperança. Se existe algum lugar nesse país em que os espíritos dos mortos podem reivindicar um lugar para eles e seu povo, então será uma casa como essa, não concorda?

Faço que sim lentamente, pensando na fuga de Vera da *plantation*, na origem da sua Linhagem de poder. Apesar de eu ter me preparado para confrontar os Regentes e forçá-los a enfrentar a verdade juntamente com a Ordem, eu fugi. Eu me escondi. Precisei escapar, várias vezes. Eu sobrevivi, mas tenho cicatrizes para mostrar, por dentro e por fora.

— Um lugar nosso — falo. — Para descansar.

Lu entrelaça o braço no meu.

— Onde decidimos o que e como preservar.

47

A SALA PARA a qual ela me convida é uma mistura de elementos modernos — tomadas e um cabo para recarregar o celular que não tenho — e objetos históricos. Uma pia na frente de um espelho pesado e dourado. Painéis de madeira de três lados e uma parede colorida em brocados vermelhos, amarelos e verdes. Há um banheiro no fim do corredor e mais quatro quartos no segundo andar. Eu não trouxe mala nenhuma para desfazer, mas há roupas que parecem caber em mim em cima de uma cômoda antiga de quatro gavetas e acessórios para me manter aquecida: calças leggings, um vestido longo de mangas largas, um cachecol, uma jaqueta grande com capuz. Eu troco todas as roupas, me sentindo grata pela limpeza, e me sento na cama, fechando os olhos em questão de minutos.

Acordo no fim da tarde, em cima da colcha da cama, com o rosto esmagado no travesseiro floral. Eu não pretendia cochilar, mas meu corpo tinha outros planos.

Lu me encontra do lado de fora da casa, ou melhor, eu a encontro. Ela parece estar confortável na varanda quando chego. Está vestindo uma calça jeans larga e uma camiseta preta solta, debruçada sobre uma cesta, vasculhando objetos. As tranças cinza dela estão amarradas em um coque em cima da cabeça.

Sem preâmbulos, ela diz:

— O pessoal que vem aqui fazer algum trabalho precisa anunciar sua intenção diretamente para os ancestrais.

— Faz sentido — falo. — Eu sei qual é minha intenção: quero ficar mais forte.

Lu ri, continua procurando algo no cesto. Tira algumas pedras, algumas ervas amarradas, um tecido branco.

— Talvez.

Um sentimento de ultraje cresce em meu peito, surpreendendo tanto Lu quanto a mim mesma.

— Como assim "talvez"? Eu passei por *muita coisa* para chegar aqui, e antes mesmo de saber o que era Volição eu sabia que precisava de um lugar assim. Eu sei o que eu quero.

— A intenção não é o querer. A intenção nem é a necessidade. — Ela olha ao longe, para o quintal, bate o indicador no peito e o aponta para a frente. — A intenção é a base do desejo, mas requer combustível. E esse combustível é a sua vontade. — Ela olha ao redor. — A palavra "Volição" é a sua escolha de se prender e de se alinhar com o seu desejo. Os nossos trabalhos mais poderosos nascem desse alinhamento.

Parece algo que Patricia diria, só que de forma mais gentil.

— Eu já tenho uma psicóloga — murmuro.

— Bom para você — diz Lu, com uma risada. — Eu não sou a sua psicóloga. Eu só trabalho aqui.

Muito mais gentil.

Ainda assim, quando penso nas palavras dela, não consigo deixar de me lembrar dos Juramentos Lendários. Existem alguns princípios que se entrelaçam, pelo menos para mim. Palavras diferentes para as mesmas ideias, execuções diferentes para os mesmos fins.

— Hum — solto.

— "Hum" o quê?

Dou de ombros.

— Os Lendários, a Ordem... eles trabalham com a magia de intenção também. Os Juramentos deles são baseados nisso.

Lu franze o nariz.

— Os Juramentos deles ligam seus corpos através da intenção e vivem permanentemente dentro deles para punir desvios de alguma promessa. Volição não é um local de punição. É um local de ensino.

A tensão se esvai dos meus ombros.

— Você não faz ideia de como é maravilhoso ouvir isso. O tanto que fugi, que nós fugimos. Mesmo quando eu conseguia invocar meus antepassados, isso me exauria depois. Eu... — Olho para o terreno, o brilho dourado da barreira marcando a segurança do lugar. — Estou grata por estar aqui. Aliviada.

— Que bom. — Lu se levanta com sua coleção de itens enfiada em uma bolsa e coloca o cesto na mesa. — Vamos começar amanhã cedinho. Está com fome? Temos que preparar o jantar. Os outros já começaram.

Dez minutos depois, estou andando de um lado para o outro na sala de jantar no celeiro com vários pratos, ajeitando a mesa para sete pessoas.

Lu entra na sala com um conjunto de chá, coloca a louça na mesa e se vira para o lugar de onde veio. A porta para a área da cozinha se abre e se fecha atrás dela, e vejo brevemente Mariah e Alice rindo enquanto preparam uma salada. Hazel passa por uma porta lateral segurando uma travessa de alumínio e um pegador, indo para uma cozinha externa.

Quando Lu nos acompanhou pelo terreno, ela apontou onde ficavam as cabanas.

— A preparação ao ar livre nas cozinhas das *plantations* era bastante comum. Nós a centralizamos no celeiro, renovamos os espaços, adicionamos gás e eletricidade, mas continuamos a usar algumas das velhas formas de cozinhar. Não precisamos seguir os passos de nossos ancestrais para conhecê-los, mas cozinhar como faziam os cozinheiros da *plantation*... é um tipo peculiar de magia.

William e Sel pediram para caminhar pela fronteira de Volição para conhecer o desenho do terreno. Alice ficou para trás, mas fez perguntas demais aos cozinheiros, o que a fez ser alocada para a preparação de comida com Mariah.

A sala de jantar do celeiro parece mais um local de acampamento do que eu esperava. Várias mesas longas de piquenique, uma cozinha, enormes janelas abertas para o campo. O espaço é grande o suficiente para caber uma centena de Artesãos de Raiz com facilidade.

Hazel entra e coloca uma tigela grande na mesa, enfia a mão dentro dela e tira outra menor, de plástico, e a coloca na mesa também. Depois ela tira vagens da primeira, apertando a ponta.

Vê-la apertando as vagens faz com que eu me lembre do meu pai. O barulho me lembra minha infância e a única tarefa culinária que meus pais me davam quando eu tinha seis anos de idade e muita vontade de ajudar.

Deslizo pela mesa para me juntar a ela e enfio a mão na tigela grande, pegando minha própria vagem longa.

Ganhamos ritmo, pegando vagens e apertando as pontas enquanto conversamos. É um trabalho meditativo. Algo que tem a ver com a busca pelo ponto de ruptura de cada casca, uma de cada vez. Meia hora depois, os grãos estão fervilhando na panela de Mariah, sob a supervisão de Hazel, e Alice está andando ao redor da mesa no lado oposto ao meu, tirando os óculos enquanto sirvo chá.

Sel e William entram bem no momento em que o cheiro da comida começa a chegar em ondas constantes, dando água na boca, e se oferecem para ajudar. William pega os guardanapos e Sel pega os utensílios, ficando atrás de mim. Seu silêncio me diz que ele tem algo na cabeça, mas eu não forço a barra.

A refeição é esplêndida. Quente, com sustância e viva.

Eu me ajeito no assento, digerindo a comida, a ansiedade enchendo minha barriga mais do que o alimento que ingeri, me atraindo para dormir.

— O que exatamente vai acontecer amanhã de manhã? — pergunto.

Lu pausa, olha para mim.

— Depende. Mariah diz que você não tem usado oferendas materiais para suas comunhões...?

— Oferendas de sangue parecem ser a abordagem mais direta. Não sei o motivo, mas é isso que me permite caminhar pelo sangue. Viver as memórias que eles escolhem me mostrar.

Hazel mexe o chá dela.

— As oferendas honram os ancestrais com presentes de vida. É por isso que é melhor fornecer algo que já foi vivo, fresco, próximo de sua forma original ou criado pela natureza. Mas a Arte de Sangue, no seu caso, conecta você aos mortos de duas maneiras: ao poder de milhares de ancestrais em uma linhagem e ao poder de alguém que viveu há mais de mil anos em outra. Chegando tão longe, fazendo perguntas que cobrem tantas vidas e anos... faz sentido que você precise de algo mais rico do que frutas e bolos. Principalmente se estão convidando você para as memórias deles.

— Eu uso mais do que sangue. — Com a mão esquerda, levanto o colar com a moeda Pendragon, sacudindo-o para que a moeda e o bracelete brilhem sob a mesma luz. — Uso isso também.

Lu olha para os dois objetos.

— Itens de foco, conectados a cada uma das linhagens. Eu uso focais para trabalho com aura de vez em quando. Faço com que o cliente o segure para que eu possa ajudar a entender a dinâmica entre ele e seu objetivo ou relacionamento.

— Mas, quando você invoca Arthur, você também vê Nicholas — diz Sel, a voz baixa. Não há rancor, raiva ou frustração no rosto dele, apenas uma espécie tranquila de contemplação. — Que não é um ancestral.

— Sim. O ancestral dele é Lancelot, e se eu focar em Nick, Nick assume o lugar do ancestral dele — explico para Lu.

Ela estremece.

— Possessão mediúnica... canalizando um espírito até os vivos... é uma coisa rara. Canalizar na direção oposta, ainda mais raro. Mas trazer *outro* ser vivo para o corpo do ancestral no fluxo? Nunca ouvi falar disso.

—Talvez seja porque Nick me deu o colar? — sugiro.

Hazel e Lu se entreolham, conversando mais entre si do que com a gente.

— Isso foi um presente de uma via só, não uma troca — afirma Lu. Ela se vira para a esposa com olhos arregalados, animados: — Haze, ela está entrando em contato com a memória genética?

— Isso seria epigenética — comenta Hazel, pensativa. — E, sim, pode ser. Os Médiuns viajam pelo fluxo ancestral, um tipo de DNA espiritual. Bree é mais poderosa do que um Médium comum, com uma fonte aparentemente infinita de raiz a energizando...

— Espera. *Epigenética?* — William se inclina para a frente, perplexo. — Srta. Hazel, a senhora acha que Bree consegue navegar pela memória do DNA?

— É uma hipótese. Mas, sim, eu acho. — Ela sorri para William, que está boquiaberto. — Vocês todos me chamam de "senhorita", mas meus alunos me chamam de "doutora".

William sorri.

— Dra. Hazel, eu gosto muito de você.

Ela ri.

— Nós somos biologia e magia ao mesmo tempo, Herdeiro. — Ela se serve de mais um copo. — A comunicação com os ancestrais requer uma conexão que vai nas duas direções. Espiritual e física. Um canal aberto dos dois lados, juntando uma parte com a outra. Que nem sangue.

— Ou um Juramento — murmura Sel. — Nossos Juramentos se ligam ao nosso DNA e unem as pessoas, seja unindo duas pessoas ou unindo uma pessoa a um grupo.

— Na verdade, faz sentido — diz Alice. —Vocês estão entrando em contato com a linhagem dele.

— Obrigada, pessoal — murmuro, depois de um momento de silêncio. — Por estarem aqui.

Alice revira os olhos.

— Sério? Não ter que fugir para salvar a nossa vida é meu novo conceito de férias.

Sel retorce os lábios.

— Ela não está errada.

— Precisamos de férias *de verdade* — comenta William.

— O que é isso? — pergunto.

Todos riem.

— Também estou feliz por você estar aqui, Bree Matthews. — Lu senta-se à mesa, os olhos pensativos. — Espero, pelo bem de todos nós, que você encontre as respostas que procura.

48

NO DIA SEGUINTE, a primeira coisa em que penso quando entro no grande círculo de comunhão nos fundos da propriedade é sua semelhança com as salas de treinamento dos Lendários. Círculos para lutas e prática de habilidades de combate. Círculos para estabelecer limites para os adversários, restringindo a luta.

Espero que meu trabalho ancestral não se transforme em uma luta.

— Você sabe o nome de todos eles? — pergunta Hazel.

Ela e Lu caminham em direções opostas ao redor do espaço para "estabelecer o círculo" de avivamento.

Lu diz que a roda da comunhão está no local há muito tempo, mas eles precisam acordá-la de alguma forma. Avisar aos ancestrais que algo grande está para acontecer, acho.

Sempre que as duas mulheres se cruzam, elas passam um pequeno cigarro enrolado à mão uma para a outra, fumando, andando em círculos e o devolvendo depois. Não tem cheiro de nicotina — *mesmo* —, mas isso não é da minha conta.

Alice observa todo o processo com atenção. Ela, William e Sel estão atrás de mim, sentados em um monte de pedregulhos desgastados pelos observadores do passado.

— Sim — respondo. — Começando do começo, tem Vera, aí...

Hazel agita a mão.

— Não precisa dizer. Espere até a gente começar o avivamento, então recite todos em ordem reversa para que eles no chão possam ouvir e saber com quem você está tentando entrar em contato.

— Aham — confirma Lu, cruzando com a esposa e entregando o cigarro para ela. — Quase pronto. Você vai ficar aí, falar o nome deles com toda a força, e então a gente começa.

— Você trouxe uma lâmina? — pergunta Hazel.

Puxo meu confiável alfinete de segurança do bolso e o coloco no joelho, com a ponta afiada e recém-desinfetada protegida.

— Sim.

Ela encara o pequeno alfinete prateado e solta uma risada.

— Acho que isso também funciona.

— Sangue é sangue — falo, dando de ombros.

Ela e Lu dão mais uma volta, até que haja uma depressão profunda na terra em um círculo quase perfeito ao meu redor. Elas limpam a sola dos sapatos e se sentam em lados opostos do círculo. Hazel se acomoda e explica o ritual de avivamento mais uma vez.

— Pense neste lugar e nesta cerimônia como um amplificador para o fluxo ancestral. Volição e o círculo de comunhão aumentarão sua ligação para que você possa falar com todos eles ao mesmo tempo, em vez de um de cada vez, e chamar por aquele de quem você precisa diretamente, sem adivinhação.

Eu assinto. Já falamos sobre isso antes, mas é um bom lembrete. Da última vez que vi todas as mulheres da Linhagem de Vera ao mesmo tempo, eu estava suando muito no chão de madeira do Alojamento, queimando dentro de um círculo de chamas. A última vez que tive tanto líquido ancestral na ponta dos dedos, eu estava no *ogof y ddraig*, soprando chamas em demônios.

Este círculo me protegerá de qualquer coisa que aconteça comigo, ou qualquer coisa que eu faça, e a barreira sobre a Volição é uma segunda camada de proteção.

— Ok, estou pronta.

Pressiono o dedo na ponta do alfinete, depois o esfrego nos elos do bracelete da minha mãe.

— Pelo meu sangue...

Imediatamente, uma fogueira de chamas de raiz dourada explode no centro do círculo.

— Merda... — sussurra Alice, em algum lugar atrás de mim.

Se até Alice consegue ver a magia de uma Artesã de Raiz, esse ritual é amplificador mesmo.

Eu sabia que chamaria o nome da minha mãe, mas saber não é a mesma coisa que dizer em voz alta pela primeira vez em muito tempo.

— Faye.

Por um momento, nada acontece. Então, a fogueira amarela e laranja no centro cresce, queimando com mais força, até ficar tingida do vermelho-escuro da Arte de Sangue.

Então, saindo das chamas, minha mãe dá um passo à frente.

Ela está exatamente como em minhas lembranças, mas iluminada. Brilhando em ouro e branco e usando um vestido com a barra carmesim. Seu sorriso é largo e caloroso, e ela caminha em minha direção, descalça na terra arenosa.

Corro até ela, esperando, rezando para poder tocar qualquer matéria de que ela seja feita agora. *Por favor. Por favor, apenas um abraço.*

Quando ela envolve os braços ao meu redor, tudo que sinto é calor. Não a textura fria e suave de sua pele negra, mas uma chama crescente, como se eu pudesse envolver a própria raiz.

Abraçar minha mãe em morte se parece com minha mágica na vida. Queimando sob a superfície, quase uma erupção. A arma que se tornou ferida, aberta e em carne viva.

— *Oi, meu amor* — murmura ela, e se afasta.

Sua mão tingida de fogo repousa na minha bochecha.

— Mamãe — falo, suspirando.

Ela sorri para mim.

— *Eu nunca vou dizer que você está grande demais para me chamar assim, mas você está crescendo. Quase dezessete.*

Rio por entre as lágrimas. Eu tinha me esquecido disso completamente.

—Você está acompanhando meu aniversário do outro lado?

— É o único momento na existência do qual eu nunca vou me esquecer, *onde quer que eu esteja.* — Ela me puxa para perto, pressionando o queixo no topo da minha cabeça. — *Nossa Impetuosa Bree.*

Ela olha por cima do meu ombro, para além do círculo de chamas. Sigo o seu olhar. Alice se levanta num pulo, com lágrimas escorrendo pelo rosto.

Minha mãe acaricia o queixo dela.

— *Eu sabia que você estaria aqui por ela, Alice.* — Ela avalia William, então Selwyn. Ela abre um sorriso. — *Acho que preciso agradecer a todos vocês por cuidarem de Bree.*

Movimento e som atrás de mim. Alice chorando tanto que talvez eu comece a chorar também.

— Tem tanta coisa que eu quero perguntar para você. Coisas que eu preciso saber. Eu preciso da sua ajuda...

Minha mãe nota seu bracelete na minha mão.

— *Você encontrou a memória perdida?*

— Encontrei — murmuro. — Quanto tempo você pode ficar?

Ela se inclina para trás, pressionando a mão contra minha têmpora, com aquela linha entre as sobrancelhas dela. Depois, puxa meus fios brancos, fazendo uma careta.

— *Não muito. Faça suas perguntas.*

Eu sei o que perguntar. Agora eu sei, aqui, mais claramente do que nunca.

— Você já chamou a raiz por vontade própria?

Ela franze as sobrancelhas.

— *Não.*

Tento disfarçar minha decepção, mas as mães notam tudo.

Ela sorri e me abraça com força.

— *Nenhum ancestral pode orientá-la sobre como viver a sua vida no presente. Mas eles mostrarão a vida deles, esperando que você colete o que precisa. Continue procurando.* — Um segundo, então ela sussurra: — *Eu sei que você quer impedir a morte, Bree, mas tenha cuidado. O luto tem muitas formas. Certifique-se de que você ainda não está em agonia, mas chamando por outro nome.*

O aviso dela cai como uma luva na parte de mim que é atraída para Arthur e suas promessas, mas deixo isso de lado quando sinto que ela está partindo.

— Espera.

Ela pausa, mas vejo a luz dentro dela diminuindo.

Olho por cima do ombro, mas Sel não se virou, e eu sei que está ouvindo.

— A mulher que ajudou você a esconder a memória... era a mãe de Sel?

Minha mãe abre um sorriso que é um misto de alegria e tristeza.

— *Sim. Natasia.*

Preciso perguntar.

— Você sabe onde ela está?

Ela olha para Sel, e sei que sua resposta será tanto para ele quanto para mim.

— *Não. Mesmo se eu pudesse falar com ela agora, ela não me contaria.*

Minha mãe me dá um último abraço e franze a testa.

— *Eu te amo, Bree. Diga ao seu pai que eu o amo.*

Rio e choro ao mesmo tempo.

— Eu vou. Prometo.

Ela se vira e vai embora antes que eu possa implorar para que ela fique.

— Eu também te amo — falo.

Eu vejo o sorriso dela, e então ela se transforma em fogo e luz, e eu mal consigo distinguir suas feições.

— Continue — sussurra Hazel.

Esfrego os olhos, fungando e balançando a cabeça. Respiro fundo, me concentro na voz de quem nunca vou esquecer. O espírito que canalizei pela primeira vez em minha vida como Médium.

— Vovó Charles, Leanne.

Leanne sai do fogo, uma mulher gorda e baixa usando um avental sobre uma saia rodada. Ela sorri.

— *Nos encontramos de novo.*

— Sim, senhora — sussurro.

Ela fecha a cara.

— *Você está comendo direito? Seu rosto está tão magro.*

Alguém ri atrás de mim. Eu ignoro, assim como ignoro a decepção típica de avó dela.

— Preciso perguntar uma coisa para a senhora. Você usou o nosso poder para atacar, não apenas para se defender?

Ela balança a cabeça com uma expressão de tristeza.

— *Minha mãe me treinou tanto para que eu ficasse longe do perigo que passei a maior parte da minha vida sem que o poder sequer se manifestasse. Não fazia diferença que eu não o usasse. Ele iria capturar minha mãe do mesmo jeito.*

O luto na voz dela faz com que meu próprio luto aumente, tomando conta de mim.

— Entendo... — sussurro.

— *Me desculpe, querida.*

Ela acena e dá um passo para trás.

Já falei com Jessie, mas ela aparece mesmo assim, olhando para a esquerda, onde sua própria filha acabara de aparecer, com tristeza em suas feições.

— *Eu mostrei a você o que sei. Que o Caçador virá se você usar o nosso poder, se aumentá-lo o suficiente para causar danos.*

Sinto os olhares dos meus amigos em mim, os de Hazel e Lu também.

— Quem é ele? — pergunto.

Ela balança a cabeça.

— *Eu nunca descobri. Só conseguia fugir.* — Ela dá um passo adiante, séria. — *Sou uma curandeira, mas fique sabendo de uma coisa: minha mãe queria ser uma heroína. E lutar acabou com a vida dela. Mas o poder teria levado a vida dela do mesmo jeito.*

Depois vem Emmeline, a heroína. Vejo mais esperança ali.

— *Eu lutei contra as criaturas que via durante a noite.*

Ela coloca a mão no peito, assim como eu tinha visto na memória de Jessie, esticando o braço e extraindo de si um chicote de chamas. Eu a imito, ansiosa para aprender mais... Então, abruptamente, ela deixa cair a mão.

— *Até que, uma noite, raposas me encurralaram. Mais tarde, o Caçador me encontrou morrendo na rua. Ele me viu morrer e não disse nada.*

Meu coração martela meu peito, tanto que chego a sentir as batidas pulsando em meus ouvidos. A fogueira sobe no mesmo ritmo. Na borda do círculo, Lu e Hazel se entreolham. Elas sabem que eu poderia me tornar poderosa o suficiente para enfrentar esse demônio, a presença que assombra minha Linhagem e persegue os Artesãos de Raiz há gerações.

— O Caçador... é o demônio que nos marcou com sangue?

Emmeline estremece.

— Eu não conheço essa palavra, mas eu me lembro dele — sussurra ela. — Olhos negros como a noite, escuros como o espaço entre as estrelas, carvões vermelhos brilhantes no meio. Aqueles olhos foram a última coisa que vi. — Ela dá um passo para trás. — Tenha cuidado, Bree.

Não tenho tempo para ser cuidadosa. Já fugi demais.

Ainda tenho mais cinco, incluindo Vera. Ergo o queixo e chamo outra vez.

— Corinne.

Corinne balança a cabeça quando pergunto sobre o uso de nossa raiz.

— Eu morri trazendo Emmeline ao mundo. Não posso ajudá-la com o que você busca. Não consegui ajudar nem minha própria filha. Eu já tinha partido antes de poder dizer a ela de onde tinha vindo o nosso poder.

Regina é a próxima.

— O poder veio até mim quando precisei dele. E quando eu pedia.

Meu coração bate com força no peito.

Ela destrói minha esperança.

— Mas aí eu comecei a vê-lo. Do nada, ele me encontrava.

— Mas como...

Ela balança a cabeça.

— Eu não te mostrarei, caso contrário ele te encontrará também. Já perdemos muito. — Ela pausa para examinar a Volição antes de partir com uma expressão curiosa. Com uma rápida matemática mental, eu me dou conta de que ela viveu durante a Emancipação, na época da Guerra de Secessão. Ela olha para Hazel e Lu. — Este lugar é nosso, não é?

Lu assente.

— Sim, senhora.

Regina sorri, afetuosa e cheia de esperança, então some.

— Bom.

Então, Mary.

— Os demônios estavam em todos os lugares naquela época. Mas outros monstros também. Vi aquele Caçador uma vez e me assegurei de que ele nunca me encontrasse de novo. Eu só sabia que ele queria me matar e não podia deixar isso acontecer. Não depois que perdi a mamãe. Então eu fugi. Não posso ajudá-la, querida.

Selah, a filha de Vera, ouve minha pergunta e balança a cabeça.

— Depois que mamãe morreu, eu fugi e sobrevivi. Sugiro que faça o mesmo.

Quando Selah desaparece, estou de pé outra vez, andando.

— Ninguém sabia como usar a raiz como uma arma? Ninguém? — questiono. — E, se soubessem, o Caçador vinha atrás delas!

Eu me viro para chamar a última ancestral. Minha voz não é mais um pedido, mas uma exigência.

— Vera!

Fico parada, olhando para a chama por um longo tempo. Vera dá um passo à frente, os olhos queimando como a fornalha que todas nós carregamos, cultivamos e para onde perdemos nossas mães.

Ela assente uma vez com a cabeça.

— *Filha das filhas.*

— Você sabe por que chamei você. — Minha voz sai baixa e raivosa, e eu nem tento esconder.

— *Sei.*

Espero que ela explique, até o momento em que me canso de esperar.

— Você diz que eu sou a lança, a lâmina forjada pela dor. — Aponto para ela. — Você diz que sou a ferida transformada em arma, mas você não vai me ajudar a me *transformar* nessa arma! Ou ninguém sabe como fazer isso, ou sabem e se recusam a me contar. Eu tenho fugido para salvar minha vida, quase *morri* porque preciso chegar perto da morte antes de poder me defender! Que tipo de poder é esse?

— *Nenhuma de nós pode ajudá-la a se tornar... nada. Só podemos mostrar a você o que sabemos, o suficiente para que você tome suas próprias decisões.*

Eu bufo com escárnio.

— Você só pode estar brincando. Não podemos *fazer* as nossas próprias escolhas, você deu um jeito nisso!

As chamas de Vera queimam com mais intensidade. Ela desliza em minha direção, e de onde estou posso sentir sua insatisfação.

Bem, também estou insatisfeita.

— *Eu barganhei pela nossa sobrevivência* — declara ela.

— Você nos aprisionou — sibilo. — E nem parece se importar. E o Caçador? Você sabe dele? Sabe da marca de sangue?

— *Eu não conheço esse tal de Caçador, admito* — responde Vera, erguendo o queixo. — *Mas você não sabe como é viver aprisionada. Ter uma vida limitada.*

— Não, não sei. Não como a que você viveu — admito. — Não vou me esquecer disso ou fazer pouco-caso.

— *Bom.*

Ela assente, começando a se virar.

— Mas "uma filha de cada vez, para sempre". Esse foi o acordo que você, de boa vontade, nos obrigou a cumprir. Essa foi a *sua* Arte de Sangue! — grito. — E a Arte de Sangue é uma armadilha que os descendentes precisam carregar. É uma dívida desde o nascimento. É por isso que outros Artesãos chamam isso de pecado — argumento. Olho ao redor do círculo vazio, onde minhas ancestrais estavam. — Você barganhou pela nossa sobrevivência, mas *nunca* teve que arcar com as consequências disso. Eu *vejo* a agonia que ainda existe no rosto de todas elas. Dá para ouvir em suas vozes. E eu consigo ouvir porque está na minha também.

Dou um passo em direção a ela, os dentes à mostra.

— Bree... — A voz de Hazel é um apelo urgente.

— Você conseguiu o seu desejo, mas não o herdou à custa de perder a sua mãe. Você apenas nos obrigou a perder as nossas, repetidamente...

Vera ruge sobre mim, uma onda quente me atingindo.

— *Você deseja usar meu poder, mas não consegue controlar a própria língua. Eu salvei nossa linhagem.*

— Isso até pode ser verdade, mas não é a história completa. — Entro em suas chamas, a fúria me deixando ousada. — Você disse que nossa família fugiu para que eu não precisasse fugir, e pensei que você estivesse falando da Ordem. O que você não mencionou é que algumas fugiram do Caçador e *todas* nós fugimos *da dor e do sofrimento*. Você não salvou nossa linhagem, *você a amaldiçoou*.

A imagem dela treme, então volta ao normal.

— *Isso não é verdade.*

— É verdade, sim. Você simplesmente não teve que viver com isso. — Balanço a cabeça. — O mínimo que você pode fazer é me dizer como fazer a morte da minha mãe valer a pena. Como usar o poder para me manter viva!

— *Agora é você quem decide como manter a nossa Linhagem viva, Briana Matthews.* — Vera estreita os olhos. — *Eu fiz a minha parte.*

Ela se vira e desaparece em um flash de luz. O círculo é lançado na escuridão. Suas bordas são iluminadas apenas pelas pequenas velas em bandejas de metal no gramado externo.

Caio de joelhos, esfregando a palma das mãos na terra.

— Volte — exijo. — Volte aqui!

— Bree, pare — diz Lu. Ela fica no limite da fronteira da comunhão. — Não posso entrar no círculo agora. Preciso que você saia.

Minha respiração está pesada, e eu inspiro o ar furiosamente. Meu peito sobe e desce, alimentando o fogo ainda aceso em meu peito por esse chamado.

— Não. — Cravo os dedos na terra como garras. — Volte. Aqui!

Fuuuón!

Uma coluna de chamas explode para cima do círculo ao meu redor. Eu grito para ele, vocifero ao lado dele.

— Ainda não terminei com você, Vera!

O pilar rodopiante da minha raiz e da minha fúria fica mais quente, mais brilhante, e explode em uma onda, fazendo um buraco redondo através da cúpula dourada que protege a Volição.

49

A VERGONHA ME faz ficar de pé.

O medo apaga a grande coluna de chamas.

O terror me faz correr.

Lágrimas borram o caminho, mas eu sei a direção. Sinto o zumbido da barreira — e então estou do outro lado, atravessando a floresta que cerca a Volição, chamas vermelhas saindo do meu punho e da minha boca.

— Pare!

Continuo correndo, até tropeçar em um tronco e cair do outro lado, meus joelhos batendo dolorosamente na terra dura.

— Bree, pare!

Resmungo, pressionando as costas contra a madeira e abraçando meus joelhos com força.

— Me desculpe — sussurro. Jogo a cabeça contra o tronco com mais força do que pretendo, mas a dor é boa. Ela corre, elétrica, pelo meu crânio. Eu mereço, pelo que fiz. — Me desculpe, me desculpe...

Sel salta sobre o tronco na mesma hora, girando e parando agachado na minha frente.

— Você está bem?

Minha raiz pisca na palma da minha mão, iluminando a floresta, pintando listras de luz em suas roupas escuras.

— A barreira... Me desculpe, eu não queria...

— Está tudo bem, Bree — assegura Sel. — Eles estão consertando. Os ancestrais estão reparando.

— Mas era tanta raiz... — Deixo a cabeça cair em minhas mãos ardentes. — Qualquer demônio poderia ter visto isso, eles vão encontrar a Volição.

Sel se inclina para a frente.

— Vão chamar Valechaz. Pedir a ele para entrar em contato com a rede dele para ver se alguém notou. Foi bem rápido, Bree.

— O demônio que me marcou com sangue, e se ele tiver visto... ele pode aparecer — falo, sem forças.

— Ele ainda não veio atrás de você — diz Sel. — E talvez não venha. E, se vier, vamos cuidar dele.

Fecho as mãos em punhos, pressionando os olhos.

— Eu fiquei com tanta, tanta raiva.

— Eu sei — sussurra Sel. — Olhe para mim. — Eu o encaro por entre as chamas dos meus dedos. — Ninguém está com raiva de você. Ninguém. Todos nós vimos o que aconteceu, sabemos como isso é frustrante para você.

Faço que não com a cabeça.

— Eu estraguei tudo. Destruí a barreira, esse lugar.

Choro com o rosto afundado entre as mãos, desejando ter escolhido uma resposta diferente. Desejando não ter vindo para a Volição. Desejando... Meu Deus... desejando que minha esperança não tivesse sido estilhaçada.

Por fim, exausta, fungo e repouso a cabeça no tronco.

— Eu nem sei se Vera vai voltar a falar comigo.

A voz de Sel é branda. Paciente.

— Você exige mais de você mesma do que das pessoas ao seu redor, Bree. — A voz de Sel é branda. Paciente. — Você é tão boa em tantas coisas, como em punir a si mesma, por exemplo.

Ao ouvir isso, levanto a cabeça e vejo Sel olhando para minha raiz com preocupação, como se quisesse estender a mão para me tocar, mas com medo de que isso pudesse queimá-lo.

— Eu não quero machucar você — murmuro, esfregando o nariz. — Então não acho que as chamas vão fazer isso. Que nem da última vez.

— Eu estava esperando que funcionasse assim. — O tom triste na voz de Sel chama a minha atenção. — "Que nem da última vez"... É disso que tenho medo.

— Medo?

— Sim. — Ele muda de posição, ficando de pernas cruzadas, nossos joelhos a centímetros de distância. — Tocá-la quando você está assim...

— Ele ri baixinho. — É perigoso de várias formas. Queimar é a menor das minhas preocupações.

— Ah — sussurro.

— "Ah" é a resposta certa. — Ele suspira. — Não sei se é porque sou um descendente afastado, nem tão eu mesmo nem tão demoníaco, ou talvez seja porque a sua raiz não é como nenhuma forma de aether que já vi, mas foi preciso todo o tempo em que você estava se recuperando na casa de Hazel para o seu cheiro sair de mim. Aqueles três dias e mais um pouco.

Arregalo os olhos.

— Ah.

Ele ri.

— De novo?

— Você não me contou — sussurro.

Ele observa as chamas com seus olhos dourados conforme elas dançam pelas minhas mãos.

— Eu não sabia como. Estava muito envergonhado, para ser sincero.

— Por quê? — Balanço a cabeça. — Como William disse, aether, ou raiz, afeta você de outro jeito, mas não é nada vergonhoso.

Ele se inclina para a frente, segurando as minhas mãos, deixando as chamas beijarem a parte de baixo de sua palma. Depois de um momento, ele encontra meu olhar.

— Seu poder é inebriante, assim como você. Fiquei envergonhado porque, assim que ele saiu do meu sistema, eu o quis de volta. Ansiava por isso... e por você. Aquilo não era... certo. — Ele desvia o olhar, olhando para baixo. — Você pode...?

— Sim, claro. — Eu me ajeito e curvo os dedos para dentro. — Eu consigo puxá-las de volta, pelo menos...

Observamos as chamas voltando ao meu peito, escurecendo e depois voltando a se esconder sob minha pele.

Quando elas se vão, Sel me encara e diz:

— Seus olhos ainda estão vermelhos e brilhantes.

— Provavelmente. Eu ainda consigo sentir o acúmulo de poder do círculo. Minhas veias parecem estar *fervendo*.

Ele passa um polegar na minha bochecha.

— E você ainda está chorando.

— Aff. — Esfrego o rosto. — Me desculpe, é só que...

— O que você está sentindo agora? — pergunta ele, em um sussurro.

Seus olhos dourados estão preocupados, intensos como sempre.

— Como assim? — retruco.

— O que você está sentindo?

Pisco uma, duas vezes.

— Eu me sinto... horrível? Constrangida. Envergonhada, como se eu não estivesse pronta para voltar lá e encarar todo mundo. Estou aterrorizada e só quero... quero me sentir...

— Segura? — pergunta ele.

Engulo em seco, mas não nego.

— Sim. Quero me sentir segura.

Um sorriso triste surge no canto de sua boca.

— Eu pensei que você poderia querer isso.

Ele enfia a mão no bolso de trás e pega meu alfinete.

Eu o encaro, fechado na palma da mão de Sel, e percebo o que ele está sugerindo. O que ele está oferecendo. Eu me encolho de vergonha. Ele segura meus joelhos, me mantendo no lugar.

— Está tudo bem, Bree. Eu já te disse. Quero que você se sinta segura. — Com gentileza, ele puxa minha mão manchada de lágrimas para a frente e a vira, pressionando o alfinete fechado na palma. — Se isso significa estar com ele agora... — Ele franze as sobrancelhas e respira fundo. — Então que assim seja.

Não tenho certeza do que dizer. Da última vez que vimos Nick, ele matou uma pessoa. Não sei o que direi a ele quando o vir novamente, mas sei que meu coração o quer por perto. Puxo a moeda Pendragon de debaixo da camisa.

Então vejo meu reflexo em sua superfície prateada. Íris vermelhas brilhantes, como Sel disse. Assim como Valec tinha visto naquela noite na varanda da srta. Hazel. Engulo em seco, me perguntando o que poderia ser possível agora que talvez não seja possível nunca mais. Querendo saber sobre genética e epigenética, poder de raiz e fluxos.

— Você também se sente mais seguro com ele? — pergunto, baixinho.

Sel me estuda, surpreso com a pergunta.

— Eu... — Ele solta um suspiro pesado e uma confissão: — Às vezes. Mais seguro. Mais inteiro.

— Você confia em mim?

Ele ergue a cabeça.

— Você sabe que sim.

Pressiono a ponta do alfinete na palma da mão e seguro a moeda.

— Eu não sei se isso vai funcionar, mas...

— Se algo pode funcionar...

Seguro a mão dele e sussurro:

— Pelo meu sangue...

50

A MEMÓRIA QUE Arthur escolhe me mostrar não é como as outras. Não há violência, nem sangue, nem magia ecoando pelo meu corpo.

O castelo está cheio de súditos, risos, alegria. Longas mesas de jantar feitas de madeira e iluminadas por velas de sebo se estendendo desde o estrado. No alto, o candelabro de ferro segura as velas mais finas, feitas de cera de abelha para durar até a celebração, iluminando nosso caminho para uma nova Camelot.

Eu me sento com onze dos meus cavaleiros em uma mesa comprida. Eles estão comemorando com suas famílias e vizinhos, rindo uns com os outros.

— O Rei das Sombras está morto! — vocifero, porque Arthur assim o fez.

Mas isso me pega de surpresa. O Rei das Sombras? Meus súditos batem nas mesas ao lado de seus pratos, levantam suas canecas de couro.

— E a corte cairá em seu rastro! — A voz ao meu lado atravessa a sala, despertando outra rodada de aplausos da multidão.

Meu primeiro cavaleiro. Meu Lancelot.

Na extremidade da mesa, Bors bate com o elmo na madeira, chamando a atenção. Ele se levanta, brindando à nossa vitória, dando a Arthur — e a mim — um momento livre.

Eu me lembro das regras. Espero que Nick também se lembre. Deslizo os dedos para a direita e pressiono seu antebraço. A cena estremece, Lancelot sai de foco...

E Nick está do meu lado, os olhos pesados de tristeza. Ele olha para a memória, e posso ver as imagens preenchendo sua mente enquanto ele se familiariza com o que seu ancestral fez neste momento, entendendo por que estamos aqui, o que virá a seguir. Depois de inspecionar o refeitório, ele se vira para mim.

— Por quê? — pergunta ele.

— Porque eu senti a sua falta.

Ele abre um sorriso fraco, com um pouco de tristeza e carinho.

— Eu também senti a sua falta.

Nick tamborila na madeira, ansioso.

— Precisamos conversar, como Nick e Bree, não como Arthur e Lancelot. Nós podemos...?

— Espera — peço.

Ele franze a testa, olhando ao redor para procurar na memória de Lancelot o que acontece a seguir.

— Esperar o quê? Eles vão brindar de novo e então... — Ele estreita os olhos, captando um momento mais forte daqueles que pudemos reviver. — Então a coroa?

Engulo em seco.

— Sim. Vamos esperar para ver se funcionou. Continue.

Eu me inclino em direção à entrada do corredor e rezo para que meu experimento não tenha sido um desperdício. Forço a memória para momentos depois.

— Para ver se funcionou? — pergunta Nick. — O que você fez?

As portas se abrem, e uma figura encapuzada em uma longa capa entra, encharcada até os ossos com a chuva dos pântanos, fumegando com magia e calor. O salão cai em uma animação nervosa. Os cavaleiros estão acostumados com Merlin, mas os súditos estão fascinados e cautelosos.

O feiticeiro se move silenciosamente pelo corredor, embora seus pés deixem marcas molhadas na pedra atrás dele. Em uma das mãos, ele segura um grande pacote preto. Ele sobe ao estrado, passa pelos cavaleiros, acena para eles em saudação e para na minha frente.

— Meu senhor.

Merlin joga o capuz para trás, revelando seu cabelo cheio e escuro com mechas prateadas, longo o suficiente para esconder as pontas de suas orelhas. Olhos dourados ardentes e inconfundivelmente sobrenaturais me estudam.

Nick e eu quase perdemos o momento seguinte, porque não conseguimos parar de olhar para o ancestral de Sel. O criador de todos os Merlins ao redor do mundo. O arquiteto por trás do Feitiço da Eternidade. Vemos tudo isso, mas também estamos procurando algo — alguém. Procurando a parte de Sel que é esse cambion, até aqui. Merlin não percebe. Ele joga a sacola pesada na mesa com um baque metálico.

— Você conseguiu? — pergunta Arthur, então eu também pergunto.

Merlin assente.

— Ele não conseguiria sobreviver sem isso. E ninguém irá usar novamente. A corte dele foi partida.

As mãos de Arthur estão trêmulas ao puxar o tecido da coroa do Rei das Sombras, e as minhas também.

É imponente, ameaçadora e preta obsidiana. Tão escura que absorve a luz mesmo agora, diminuindo a pouca iluminação oferecida pelo candelabro acima. Se as coroas solares têm um círculo de pináculos radiantes, a coroa do Rei das Sombras é exatamente o oposto. Seus pináculos são lâminas escuras como a noite, longas como a mão de um homem, quase adagas.

Preocupação revira meu estômago. Quando Valec descreveu a Corte das Sombras, Sel agiu como se aquilo fosse apenas um conto popular. Uma história inventada tão impensável quanto as histórias que o mundo dos Primavidas conta sobre Arthur. Talvez Sel e os outros Merlins tenham aprendido que a Corte das Sombras é uma lenda, mas eu sei melhor do que ninguém que as lendas estão apenas a meia sombra de distância da verdade. E essa memória prova que não apenas a Corte das Sombras era real, mas a Távola Redonda lutou contra ela.

E aquela corte já teve um rei que Arthur derrotou. Um rei que nem Valec nem Sel pareciam conhecer. Por fim, seguro a coroa e a levanto bem alto.

— O Rei das Sombras caiu e sua corte se dispersou, enfraquecida sem o líder deles. A Távola Redonda os forçará para fora do Portal que nosso feiticeiro criou, para serem barrados de nosso mundo por toda a eternidade!

O salão explode em comemoração. A celebração perdurará até tarde da noite.

— Eu a segurarei por você, irmão.

Uma jovem pálida com cabelo cheio e escuro e olhos verdes profundos aparece à mesa, sua abordagem quase tão silenciosa quanto a de Merlin. Arthur a reconhece imediatamente, e eu também.

— Obrigado, Morgana.

Estendo a coroa para ela, que espera de mãos abertas, mas Merlin intercepta a entrega, levantando a pesada coroa antes que ela possa pegá-la.

— Vou ficar com isso por enquanto. — A voz de Merlin é baixa, com uma mistura de advertência e preocupação. — Obrigado.

Morgana fica vermelha e abaixa a cabeça, uma pequena reverência para seu mentor.

— Peço desculpas. Eu não queria passar dos limites.

Morgana olha para mim, depois para Lancelot, e fica corada antes de murmurar uma despedida e se retirar. Provavelmente voltará ao laboratório compartilhado por ela e Merlin.

— Sua aprendiz anseia por sua aprovação, feiticeiro. — Arregalo os olhos, mas Nick sorri. Isso foi o que Lancelot disse. Ele está seguindo o roteiro. — Talvez ela anseie por mais do que isso, também.

Merlin observa a figura de Morgana desaparecer nas sombras além da luz das velas.

— Estou ciente.

Nick e eu congelamos. O jeito de falar é tão parecido com o de Sel, dito quase no mesmo tom dele, que por pouco não perco a próxima fala de Arthur.

— Por favor, fale sobre "anseio" em tom baixo quando se trata de minha irmã, e longe de mim.

— Meia-irmã, então vou ficar meio quieto — responde Lancelot antes de bebericar seu hidromel.

Merlin embrulha a coroa e a guarda em sua bolsa, ignorando as zombarias de Lancelot.

— Eu serei o único a mantê-la segura, meu rei. — Ele olha para nós, depois volta a observar o ambiente. — Isso é tudo...?

Engulo em seco. É agora ou nunca. Eu sou Bree, na memória de Arthur. Este não é o passado, não é um sonho. É uma experiência recriada. Uma experiência que eu posso manipular. Nick suspira ao meu lado. Ele sabe o que estou fazendo. Estendo a mão na direção dos dedos com anéis de prata de Merlin, que repousam sobre a coroa do Rei das Sombras. Quando nossa pele se toca, prendo a respiração. A sala estremece. A memória pisca.

O resto da cena congela... e este mundo da caminhada pelo sangue é nosso.

Sel olha para minha mão sobre a dele.

Ele segue meus dedos com o olhar até meu pulso, do meu pulso até meu cotovelo, do meu cotovelo até meu ombro e rosto. Seu campo de visão se expande. Seus olhos encontram Nick. Ele inala profundamente, então exala duas palavras:

— Puta merda.

Nick se levanta, seus olhos arregalados e reluzentes.

— Sel?

— Nicholas?

Sel suspira.

Nick estende a mão primeiro, segurando o ombro de Sel com a mão direita, puxando-o para mais perto da mesa, deslizando para segurar a nuca do Mago-Real. Sel faz o mesmo movimento, e então eles ficam frente a frente, olhos bem fechados, respirando o ar um do outro pela primeira vez em meses.

Observando-os se conectarem, percebo que o sentimento que Sel me ofereceu, o sentimento que ele sabia que eu queria, está aqui. Está entre os dois e entre todos nós. A segurança cresce em meu peito, expandindo-se para alguma outra emoção, transformando-se em algo doloroso e belo ao mesmo tempo.

51

HÁ UMA SACADA de pedra bruta esculpida no castelo, acima da sala de jantar. O restante da celebração está congelado, e por algum acordo tácito nós três decidimos que não podíamos ficar lá. Não queríamos ver ou sentir a presença de uma multidão. Subimos a escadaria curva de pedra, três degraus por vez, cada passo adicionando mais um pensamento ou pergunta, que crescem no silêncio.

Quando chegamos ao topo da escada, vamos juntos até a mureta. As nuvens acima estão carregadas e enormes no céu, iluminadas pela lua cheia atrás delas. Do outro lado do fosso e da parede, um corpo d'água reflete a luz, espelhando o firmamento.

— Parece uma lembrança — murmuro.

Sel e Nick seguem meu olhar. Sel enxerga mais longe do que Nick e vasculha a margem do outro lado do lago.

— O que parece uma lembrança? — pergunta ele.

— O reflexo no lago — explico. — Parece o céu, mas com pequenas diferenças. O movimento na água. Um é fixo, o outro se move.

— Entendi. — Sel se vira, apoiando-se na mureta e nos encarando. — Estamos na memória de Arthur, mas nos afastamos dela, por enquanto.

Nick se inclina sobre a sacada, com os cotovelos apoiados no parapeito de pedra. Nós dois esperamos pelo que achamos que virá a seguir.

— Não vou pedir a você que se explique — começa Sel.

— Não sei se conseguiria se você pedisse — responde Nick.

— Eu *vou* perguntar onde você está agora. Se está seguro.

— Estou seguro — responde Nick.

Sel espera que Nick elabore a resposta. Estreita os olhos, encara o chão de pedra. Cerra os dentes. Quando fica claro que a resposta não vem, ele pragueja:

— Que merda, Nicholas.

— Preciso de tempo — diz Nick, com calma. — Eu nunca tive tempo para mim mesmo, Sel.

— Quanto tempo? — indaga Sel. — Para fazer o quê?

Nick junta as mãos.

— Para descobrir como acabar com tudo isso.

— A guerra? — pergunto.

Ele balança a cabeça.

— Parar o ciclo.

Engulo em seco. A voz de Sel é baixa e perigosa.

— Só existe um jeito de parar o ciclo, Nicholas, e é melhor você nem pensar nisso.

Nick olha ao redor.

— Meu *Deus*, Selwyn. Você *acha mesmo* que eu seria capaz de matar a Bree?

— Eu *acho mesmo* que você deveria se explicar! — replica Sel.

Eu me coloco entre eles antes que as coisas piorem.

— Não, ele não pensa assim! — Solto um suspiro. — Mas tem bastante gente por aí tentando me matar.

— É por isso que preciso encontrar uma outra forma — diz Nick.

— Qual forma? — pergunta Sel.

Nick aponta para o salão.

— Este é o começo da Ordem. Você percebeu, certo? A princípio foram cento e cinquenta cavaleiros, depois foram os treze, aprimorados por Merlin e vinculando seus poderes às suas linhagens. Mas isso acontecendo lá embaixo... é o começo da sociedade. O elogio público. A vanglória. A demonstração de poder, a coroa do nosso inimigo. Húbris, organizada.

Sel cruza os braços.

— E aonde você quer chegar com isso?

— Este é o começo de séculos roubando coisas de crianças e suas famílias. — A fúria retorce o rosto de Nick, repuxa seus lábios em um rosnado. — A Ordem levou nossas três mães, de uma forma ou de outra. Meu pai jogou o jogo, era um soldado de infantaria leal, mas até ele viu que havia corrupção. Jogos políticos. Mesmo um relógio quebrado, mesquinho e maligno está certo duas vezes por dia.

— E ainda assim você matou por ele — pondera Sel.

— Eu não matei Zhao pelo meu pai. — Os olhos de Nick queimam. — Eu matei por mim.

Sel o encara, perplexo.

— Nós deveríamos... voltar nesse ponto.

Nick passa a mão pelo cabelo.

— A Ordem tirou a nossa infância da gente, Sel. — Ele olha para mim. — Se eu voltar, os Regentes nunca vão nos deixar ficar juntos, B, se é que me deixarão viver.

Sel revira os olhos.

— Eles nunca vão deixar que você e Bree durmam juntos, você quer dizer.

Fico boquiaberta, resistindo à vontade de bater nele.

— Não seja grosseiro — diz Nick. — É mais do que isso, e você sabe. Mesmo que encontremos nosso caminho de volta um para o outro, seguros e inteiros, e mesmo que os Regentes sejam eliminados, a lógica da Ordem ainda permanecerá. Enquanto o ciclo continuar, ninguém arriscará o entrelaçamento da Linhagem de Lancelot e da Linhagem de Arthur.

— Você ainda não me respondeu. Como acha que pode parar o ciclo sem machucar a Bree?

— Eu... eu não sei. — Ele se vira de costas para nós, inclinando-se sobre a varanda de novo. — Mas eu acho que existe uma forma.

— Você *acha*? Você percebe que isso parece... aquele inseto do desenho animado, não é? Desejando a uma estrela que seus sonhos se tornem realidade? — ironiza Sel.

— Eu também acho que deve existir uma forma — murmuro. — E era o Grilo Falante.

Sel fecha a cara.

— Hã?

Nick ri, cobrindo o rosto com a mão.

— O grilo que aparece em *Pinóquio*.

Sel olha para Nick e para mim.

— Eu não *acredito* que estou preso com vocês.

A tensão aumenta, e eu sorrio.

—Você está, sim. Preso com a gente.

Nick faz um som de descontentamento.

— Não, eu acho que *você* é que está presa com *a gente,* Bree.

— Concordo em discordar.

Ando até a beirada da sacada, olhando para cima. À procura de uma estrela, talvez. Ainda bem que estamos juntos neste refúgio do tempo que não é tempo, em um lugar que foi real e um espaço que não é.

Sinto o olhar de Sel na minha nuca, na minha bochecha, antes de ouvir sua voz.

— *Mae hi'n brydferth*.

— O quê? — pergunto.

Nick se vira ao mesmo tempo que eu, igualmente confuso. As memórias de Arthur não incluem o galês moderno, e eu só sei um pouco, mas reconheço as palavras para "ela" e "linda".

Ou talvez Nick *não* esteja tão confuso quanto eu, porque um sorriso se espalha lentamente por seu rosto, como se ele já entendesse o jogo de Sel. Ele se recosta na parede para me observar ao lado de seu Mago-Real, olhos provocantes.

— *Ydi, mae oi.Yn dragwyddol*.

Talvez essa última palavra tenha sido "para sempre". "Linda para sempre"? Não, "infinitamente"? Ruborizo e faço beicinho.

— Por causa de Arthur eu só sou fluente em galês antigo, não moderno. Vocês sabem que isso não é justo.

— Nós sabemos — respondem os dois ao mesmo tempo, e riem.

É difícil ficar brava, observando o raro humor compartilhado entre eles. Quando foi a última vez que os vi brincando um com o outro? Quando foi a última vez que sorriram juntos? Algo desabrocha em meu coração ao testemunhar isso: a familiaridade da longa convivência, os laços forjados fora dos Juramentos e, apesar deles, a sintonia entre Sel e Nick, a compreensão entre eles.

Sel suspira, faz uma pausa. Pigarreia.

— *Mae hi'n gweld dy eisiau di.*

Não entendo nenhuma palavra, mas a expressão em seu rosto me diz que seu humor mudou ligeiramente. Nick olha de Sel para mim, e o olhar demorado e solene que ele me lança confirma que estão falando sobre algo sério.

— *Mae hi'n gweld dy eisiau di hefyd* — responde Nick gentilmente.

Sel balança a cabeça.

— *Mae gen i ofn amdani*, Nicholas...

Ele disse "com medo"? "Ela"? Sel está com medo... *por* mim?

Nick encara Sel, olhos sérios.

— *Dwi'n hyderus y medri di gadw hi'n ddiogel.*

Acho que ouvi o suficiente: confio em você, cuide dela.

A risada de Sel é oca e vazia.

— Você não deveria, não depois de tudo que fiz. Não depois das últimas semanas. Depois... — Ele para. — Meu demônio está sob controle por enquanto, mas você não deve confiar no meu comportamento perto dela.

Nick inclina a cabeça, analisando as palavras de Sel e sua expressão.

Eles se encaram, e preciso usar todas as minhas forças para não interrogá-los ainda mais. Porque mesmo que estejam falando em inglês, estou perdendo alguma coisa.

E então a ficha cai: Sel não acha que Nick não deveria confiar nele para me *proteger*. Ele acha que Nick não deveria confiar nele *perto de mim*. Porque Sel também não confia em si mesmo ao meu redor.

Nick não sabe sobre a mesmerização de Sel. As mentiras. Mas ele responde como se soubesse.

— *Dwi yn* — murmura ele, então traduz. — Eu confio em você.

Isso me dá o impulso de responder por Sel e por mim mesma, porque ele é muitas coisas, mas também é meu amigo. E agora, neste mundo que é só para nós, nosso próprio tipo de cúpula protetora no tempo, longe do perigo, ele precisa ouvir isso de nós dois.

— Eu também.

Eles se viram para mim. O olhar de Nick se torna gentil e afetuoso. Sel ruboriza, mas não diz uma palavra.

E tudo bem.

A cena ao nosso redor estala, fica confusa e depois nítida.

— O que é isso? — pergunta Sel. Seus olhos ficam alertas, observadores. — O que está acontecendo?

Minha respiração é trêmula, e a incerteza rasteja em meu peito.

— Não sei...

—Você nos trouxe aqui — responde Nick. — Isso é uma grande perturbação da memória de Arthur.

As pedras sob os nossos pés tremem e começam a ficar transparentes. Acima de nós, o céu noturno é tomado por um breu sobrenatural.

— Este mundo é instável... — Os lábios de Sel se curvam. Ele olha para nós. — Podemos nos machucar aqui? Morrer?

— Não sei — respondo. Mas ainda não posso ir embora. Olho para Nick. — Nick, por favor, deixe a gente ir até você...

Ele morde o lábio.

— Existem outras maneiras de viver além daquelas que a Ordem nos mostrou. — Ele balança a cabeça. — Eu já... eu já vi.

—Viu o quê?! — exclama Sel.

Mas, antes que Nick possa responder, a caminhada pelo sangue se quebra como um espelho. Linhas irregulares através do espaço e do tempo aparecem entre nós três, dividindo-nos de volta em nossas próprias linhagens, de volta ao mundo real.

— Nick!

Eu avanço, me esticando para alcançar Nick, mas minha mão atinge uma parede invisível.

— Fique segura, B — diz ele. Depois, se volta para Sel. —Vocês dois, fiquem seguros.

Olhos fechados.

Olhos abertos.

E Sel e eu estamos na floresta outra vez.

Seus olhos brilham amarelos na escuridão. Eu suspiro, apreensiva. Os sons da noite preenchem o silêncio entre nós.

52

OS DIAS SEGUINTES na Volição são calmos. Lu e Hazel se mantêm por perto, me assegurando de que não estão bravas e que os ancestrais estão um pouco agitados, mas bem. Todos nós respiramos com um pouco mais de leveza quando Valec reporta que não ouviu rumores sobre uma explosão de raiz.

Certo dia, no jardim com meus amigos, mostro a Lu a pulseira de minha mãe e realmente falo sobre ela. Ela faz perguntas sobre minha família mais próxima, minha mãe, meu pai. De alguma forma, aqui entre a pesada presença da perda, da morte e do luto, é mais fácil falar sobre ela. Talvez, depois que a encontrei, viva, mas não aqui, tenha ficado mais fácil também.

Não encosto em raiz há mais de uma semana, mas certa manhã pergunto a Lu se posso praticar usando aether sem invocar Arthur. Ela concorda que é uma boa ideia. Se os ancestrais da Volição não gostarem, diz ela, eles nos avisarão na mesma hora.

Sel e eu nos separamos do grupo depois do almoço para ir até uma área limpa, mas eu nos detenho antes de nos afastarmos muito, voltando por onde viemos.

— Sel pode invocar os poderes dele aqui sem a nossa permissão? — pergunto. Lu e Hazel estão se ajeitando nas cadeiras de balanço na varanda. — Ou só do lado de fora da barreira?

Lu assente.

— Com permissão, sim. Alguns diriam que não deveríamos deixar um Merlin praticar aqui, mas esse pessoal só deve estar preocupado com o fato de um Artesão de Sangue praticar no terreno. No fim das contas, vocês não vão conseguir machucar ninguém dentro da barreira. Se tentassem, os ancestrais revidariam. Então... — Ela dá de ombros e fala bem alto: — Vá em frente, Merlin. Mostre-nos o motivo de toda essa confusão.

Sel se vira para nós, e vejo uma luz brilhante inesperada em seus olhos. Eu nunca o vi lançar algo só por lançar. Pela expressão dele agora, não sei se já fez isso.

— Obrigado, Lu — diz Sel.

Ela faz um gesto para Sel se apressar.

Lentamente, como se não tivesse certeza, Sel retorce as mãos para cima e faz um movimento suave de puxão com os dedos. Aether flui em suas palmas, e ele solta uma risada curta e aliviada.

Eu rio.

— Ficou com medo de que não estaria aí quando chamasse?

— Um pouco.

Ele respira fundo, os olhos trêmulos fechados. Aether azul-prateado inunda suas mãos, envolvendo seus pulsos e braços, girando ao longo de suas tatuagens. O vento sobe de seus pés, erguendo tufos azuis e prata até que seu corpo esteja tomado por chamas, poder e luz.

Quando Sel finalmente abre os olhos, o sorriso imprudente se abrindo em sua boca é o nosso único aviso.

Em um piscar de olhos, ele movimenta os punhos e move as mãos para cima, depois para baixo, e o aether flui dele em um ritmo constante pelo chão. Quando ele gira os pulsos, a luz sobe ao nosso redor, estendendo-se como uma nuvem — e então explode, chovendo como brasas azuis. Pequenos fogos de artifício faíscam e explodem antes de atingirem o chão.

Lu bate palmas.

— Incrível show de luzes. E eu achei que Merlins só serviam para fazer armas.

A cabeça de Sel está inclinada para trás, um sorriso lento se abrindo no rosto quando o aether cai ao redor dele.

— Eu também.

No dia seguinte, William se senta diante de mim em um banquinho, e fico de pé na grama.

— O aether é lançado e formado porque assim o desejamos, bem como os Juramentos só funcionam quando você tem a intenção total de cumpri-los.

Ele estende os braços, as mãos para cima. Então, William forma uma manopla cristalina do nada à sua esquerda, e, com os olhos apertados, a libera, transformando-a em uma manopla à sua direita.

— Como você faz isso tão depressa? — pergunto.

— Porque as construções de Herdeiros são sempre as mesmas — responde Sel. — Tecnicamente, os Merlins podem criar qualquer construção que quiserem.

Sel sorri e fecha as mãos. A armadura de aether se encaixa nele, mais rápido do que a exibição mais instrutiva de William e mais completa do que qualquer Herdeiro. Ele tem até um capacete.

William vibra.

— Exibido — murmuro.

— E talvez Bree consiga criar o que ela quiser também — diz Alice, sentada no chão.

Ela não consegue ver a nossa prática, mas gosta de ouvir sobre a mecânica.

Dou de ombros.

— Talvez.

— Talvez não. — Sel se aproxima de mim. — Eu vi suas chamas vivas e soltas em torno de suas mãos e de seus braços. Já até vi você criar um escudo. Você e eu fizemos algo mais contido do que chamas mágicas naquela noite na floresta com Erebus. Foi direcionado, como uma bomba.

— Mas aquilo foi você — comento. — Eu só forneci a... a matéria bruta.

Ele balança a cabeça.

— Não. Fizemos aquilo juntos. Tente de novo.

Tento invocar a armadura de Arthur. O máximo que consigo, depois de uma hora de trabalho, é um par de braçadeiras frouxas, sólidas ao toque, mas macias como couro, e elas queimam tanto que preciso soltá-las quase imediatamente. Nada do que fiz me protegeria de um ataque de Crias Sombrias.

— Lançar um feitiço depende tanto de fé quanto de intenção — reitera William. Ele flexiona os dedos para puxar o aether sobre eles em uma névoa prateada que cresce devagar. — Eu *sei* que o aether está no ar ao meu redor, mesmo que eu não possa vê-lo em sua forma inativa. Mas minha intenção é usá-lo antes que eu possa vê-lo. Eu o invoco sabendo que está lá.

— É assim com você também, Sel? — pergunta Alice.

Sel me encara.

— Não.

— Tão útil — diz Alice, revirando os olhos.

— Você criou uma armadura quando estava com Valec na floresta — diz Sel certo dia, a frustração evidente no rosto.

— Eu implorei a Arthur por aquilo.

— Mas você ainda era você mesma quando a armadura foi lançada. É por isso que vamos ver se você precisa de um empurrãozinho.

— Uma luta, você quer dizer?

— Isso mesmo.

Há um acordo tácito de que algumas coisas não acontecem no terreno da Volição. Então, para essa sessão, nós quatro atravessamos a barreira até um espaço plano perto de algumas árvores.

Pássaros cantam acima de nós. As folhas das árvores vão cair em breve. Não nessa semana, mas provavelmente na próxima.

Sel invoca um bastão, sua arma preferida, e aponta para mim.

— Vamos, Herdeira da Coroa. Sem velocidade de Merlin, e vou segurar minha força por enquanto. — Ele cria outra arma, um cajado menor e brilhante adequado para minhas mãos, e o entrega a mim. — Vou até fazer sua arma para você.

William e Alice soltam gritinhos.

Quando não respondo, William pergunta:

— Você está disposta a isso?

— Sim — respondo. — É só que...

— Intenção.

Saio para a clareira que escolhemos, sentindo o peso da arma de aether em minha mão. Girando meu pulso. Esperando que pareça estranho depois de não ter manuseado uma arma por semanas... mas não é. Troco o cajado para a mão esquerda — a posição de ataque preferida de Arthur — e me sinto em casa. *Hum*.

A luta começa. Avanço com o bastão pesado, e Sel ataca e desvia. Eu o desarmo, mas ele deixa o bastão cair e invoca um novo no ar. Muito devagar. Empurro-o para a frente e uso meu impulso para derrubá-lo, e nós vamos girando sobre as folhas espalhadas na grama.

Sel rola por cima de mim uma vez, duas. Consigo girar o bastante para recolher meu joelho esquerdo e dar um chute no peito dele.

A força de Arthur o faz *voar*. Ele cai de costas e com um baque.

Meu coração bate com força no peito.

— Sel!

Ouço sua risada primeiro. Em um piscar de olhos, ele puxa as duas pernas e executa um salto perfeito sem as mãos para se levantar — um salto para a frente e agachado. Ele sorri, as presas visíveis em seu lábio inferior.

— Ah, isso é *muito* divertido.

Quando ele ergue o bastão, a luz atinge o aether, e um pulso de calor vermelho escaldante atravessa minha mente, perfurando o espaço atrás do meu olho direito. Largo minha arma na grama e me inclino para o lado com um gemido.

Uma cena se espalha pela minha mente, pintando as árvores em uma fina camada de vermelho.

Memórias que já vi antes, surgindo espontaneamente.

Estou andando pelo French Quarter. Um trompete uiva por perto e um piano dança lá embaixo. O jazz está no ar.

Um homem negro caminha em minha direção. Pupilas vermelho-sangue, caçando.

Estou tremendo. As pontas dos meus dedos ardem.

Seus olhos percorrem minha pele como facas me cortando, procurando *algo. Eu me sinto nua. Exposta.*

Ele está mais perto agora. Fecho as mãos em punhos — a multidão é muito densa, não há para onde correr. Cerro os dentes, abro as chamas dentro do peito para me preparar, espero até o último momento — e o homem passa por mim.

Ele se foi.

— Bree!

Arquejo, inalando a cena em meus pulmões e afastando-a da minha linha de visão. Como fumaça, ela é atraída de volta para meu corpo.

Sel e William estão ajoelhados na minha frente.

— O que aconteceu?

No momento em que me balanço sobre os calcanhares, Sel já está de pé. Ele olha para mim com perguntas em seus olhos. Eu me levanto, esfregando as mãos suadas na calça jeans.

— Não sei.

— O que você viu?

— Um vazamento de memórias de Emmeline, acho.

— Qual filha é essa? — pergunta Alice.

— Aquela que o Caçador encontrou e viu morrer.

Jessie viu dois homens brancos em duas cidades diferentes, Emmeline viu um homem negro em Nova Orleans, e eu sou a única que viu todos eles. Pela primeira vez, me pergunto se o Caçador não é um demônio, mas vários. Ou uma corte itinerante de demônios trabalhando juntos em uma única missão. *A Corte das Sombras*.

Depois de tudo que vi, tudo parece possível.

Estremeço. Ainda sinto a adrenalina e o medo na pele por causa da memória de Emmeline. Mas aquilo foi de outra era, e o Caçador não está aqui.

— Vamos de novo? — pergunto a Sel.

— Não. Chega de treino por hoje. — Os olhos de Sel se voltam para a floresta ao nosso redor. — Ela poderia estar te alertando. Vamos voltar para dentro da barreira.

No dia seguinte, após descer os degraus da casa principal, vejo duas longas mesas de piquenique juntas no gramado em frente ao celeiro, com balões flutuando em cada extremidade.

— Mas o que...

— Surpresa!

Meus amigos estão batendo palmas, comemorando, e Hazel traz uma bandeja de cupcakes. Fico tonta diante de tanta atenção.

— O que...

— Um passarinho me contou que era o seu aniversário — diz Mariah, parada ao lado de um balão solitário amarrado a uma cadeira na ponta da mesa.

— Ela ouviu de mim — corrige Alice. — Depois que sua mãe nos lembrou.

— Alice... — sussurro, emocionada.

Ela me envolve em um abraço.

— É o que ela queria e é o que eu quero. Então não seja teimosa, sorria e coma um pedaço de bolo.

Eu retribuo o abraço.

—Você dá as melhores ordens.

— E nunca se esqueça disso.

Lágrimas pinicam meus olhos.

— Eu não sei o que faria se você não estivesse aqui, sinceramente.

Ela me abraça com mais força antes de me soltar.

— Ficaria triste, não teria bolo, iria se esquecer de beber água...

— Certo, certo! — falo, rindo.

— Não tem muita decoração aqui. — Mariah abre um grande sorriso, olhando para os balões. — Mas, ainda assim, o dia do seu nascimento é algo a ser celebrado.

Vou com ela até a mesa, e eles cantam um "Parabéns para você" desafinado. Sel, recostado numa árvore próxima, não canta, mas parece ter deixado escapar uma palavra ou outra. Alice para ao meu lado e me abraça rapidamente, e William me oferece um cupcake com uma única vela.

Olho para o grupo de amigos ao meu redor e decido que, se eles podem reservar um momento para celebrar minha vida, talvez eu também possa. Eu apago a vela e deixo a guerra de lado por uma noite.

Só bem depois da meia-noite, quando me sento sozinha no jardim, é que percebo que faz muito tempo desde que celebrei alguma coisa, muito menos a mim mesma.

— Ei, aniversariante.

Sinto os olhos de Sel em meu rosto de algum lugar à minha esquerda. Sorrio. Desço do muro do jardim e vou até ele.

— Eu mesma.

Sel emerge das sombras com as mãos nos bolsos.

— Não sabia que seu aniversário era em novembro.

— Também não sei quando é o seu aniversário.

Ele bufa.

— Junho.

— Ah — falo, com um sorriso.

Apenas alguns meses antes de a gente se conhecer.

Ele olha para a direção de onde vim.

— Já vai entrar?

Olho para trás, para o celeiro, onde as luzes estão acesas por toda parte. Vozes, ainda falando.

— Não. Só queria um pouco de silêncio.

Ele assente, pensativo.

— Tenho um presente para você — diz. — Se você quiser.

Arqueio as sobrancelhas.

— Você comprou um presente para mim?

Ele se aproxima.

— Não é... — Ele olha ao redor, dando de ombros. — É um presente, não uma lembrancinha.

— Tudo bem. — Solto uma risada pelo nariz. — Quem é o garoto misterioso agora?

Ele sorri.

— Ah, eu sempre fui. — Ele aponta por cima do ombro. — Está do outro lado da barreira. Não é muito longe. E eu vasculhei a área mais cedo.

Ele estende a mão para mim, um convite, antecipando totalmente o choque elétrico em minha pele. Não decepciona.

Caminhamos juntos até a barreira dourada e paramos em sua extremidade. Seus dedos pairam sobre a superfície.

— Percebi que tem uma ao redor da casa principal — comenta ele.

Arregalo os olhos.

— Você sentiu aquilo, não foi?

Ele dá de ombros.

— Eu também iria querer proteger os meus. Nem todo mundo precisa estar em todo lugar.

Atravesso a barreira ao redor da Volição, e Sel me segue.

— Você colocaria uma barreira ao meu redor se pudesse, não é?

Ele sorri e me puxa para perto.

— Não me tente.

Ele coloca meu braço por cima de seu ombro e inclina a cabeça. Um pedido silencioso. Concordo com a cabeça, e ele me puxa para cima, então vamos embora.

Ele para em um denso agrupamento de árvores. Olho ao redor, mas não consigo ver mais do que alguns metros à frente.

— Você sabe que não consigo ver daqui, não é? — pergunto.

Ouço a risada dele.

— Eu sei. Só parei porque precisamos andar o resto do caminho.

Encosto a cabeça em seu ombro e fecho os olhos. Não adianta olhar para cima se não consigo ver o que está vindo na minha direção, embora, enquanto nos movemos, eu sinta o braço de Sel se esticar de vez em quando para tirar um galho do nosso caminho. Eu me deixo sentir o cheiro de seu aether, o aroma familiar de canela e a fumaça queimando meu nariz, aquecendo minhas entranhas.

— Sua assinatura de aether voltou — murmuro.

Sua resposta é um "aham" baixo e satisfeito. Quase um ronronar que mais sinto do que ouço.

Por fim, escuto o barulho de água.

— Isso é...

— Psiu — diz ele. — Vai estragar a surpresa.

— Hum — respondo.

Sel me solta, e eu desço para o chão da floresta. Ele me guia através das últimas árvores em uma clareira estrelada com névoa flutuando baixo sobre o solo úmido. E lá, com pelo menos dois andares de altura, há uma cachoeira caindo em uma piscina cercada por pedregulhos do tamanho de carros pequenos.

— Uau...

Eu me afasto dele e passo com cuidado pela névoa. Ela muda e quebra em torno dos meus joelhos, mas se junta atrás de mim em uma camada espessa. Eu me viro para Sel para ver sua reação, mas ele não está olhando para a água. Está me observando.

— Esse é o meu presente?

Ele se move pela névoa para se aproximar de mim, os pés silenciosos pelo chão.

— Não.

Alguma coisa no rosto dele detém minha resposta rápida. Uma agitação dos seus nervos. Algo raro de se ver em Selwyn Kane.

— O que é?

Ele olha ao redor da clareira, as sobrancelhas franzidas.

— Não pensei nessa parte. Para funcionar, você tem que fechar os olhos. — Ele sorri para mim. — Mas tenho que ser honesto agora... Eu não confio em sua capacidade de seguir as instruções.

Olho para ele.

— Posso cobrir os olhos.

Levanto as duas mãos, mais do que feliz em mostrar que ele está errado. Ele para atrás de mim, e sinto suas mãos deslizarem pelas minhas.

Deixo as mãos caírem.

—Você não confia *mesmo* em mim — falo, bufando.

— Não é por isso. — Ele dá um passinho adiante, até que eu possa senti-lo respirando no meu ouvido. — Você não ouve. É a criatura mais teimosa que eu já vi.

Estremeço.

— E?

Uma pausa.

— E... você também é a criatura mais maravilhosa que já encontrei, a mais maravilhosa que vou encontrar. E eu sei que não existe nada nesse mundo que você não consiga fazer.

Engulo em seco.

— Ah. — Fico quieta por um momento, então falo uma verdade que acho que ele vai entender mais do que ninguém: — Eu só fico pensando no que Nick teria feito se ele realmente fosse o Herdeiro de Arthur.

Sel ri e me empurra para a frente com passos lentos, até eu começar a andar de novo.

— O que foi? — pergunto.

— Você não estava lá quando ele era mais novo. Você não o viu errar, lutar até a aceitação. Apenas dois anos antes de conhecer você, Nick não teria feito... nada do que você está fazendo. Ele teve uma fase de rebeldia no ensino médio.

— Sério? — Eu rio.

— Foi horrível. — Ele resmunga com desgosto. — Bebendo vodca em garrafas de plástico atrás de arquibancadas com Primavidas.

— E não ligava para os estudos? — pergunto, ligeiramente chocada com essa visão de Nick.

Quando nos conhecemos, ele era um aluno dedicado.

— Ah, não, ele era estudioso — responde Sel. — Bêbado, às vezes.

Eu rio baixinho e ele também, a respiração quente em meu ouvido. Parece hora de dizer as coisas silenciosas, fazer as perguntas silenciosas, então eu faço.

— Você sente saudade dele?

Silêncio por dois passos, três.

— "Saudade" não é bem a palavra. É mais profundo do que isso. — Uma pausa. — Acho que você não sente falta dele porque o vê, ou costumava vê-lo, nas caminhadas pelo sangue.

Respiro fundo.

— Você tem ciúmes? — pergunto.

Uma pausa.

— Do quê, exatamente?

— Sel, eu sei que você tinha sentimentos por ele. Ainda tem?

Sel abaixa as mãos, virando-se para me encarar. Ele respira fundo e balança a cabeça.

— O Nicholas por quem me apaixonei se foi, acho, se é que ele existiu. Então, não. Meus sentimentos por ele são profundos, mas não desse jeito. Não mais.

—Você queria que ainda fossem desse jeito?

Ele ri baixinho.

— O que eu sentia por Nicholas antes não era saudável, Bree. Era adoração envenenada com despeito mútuo. Eu sabia como ser o guarda-costas deles, mas não sabia como ser seu amigo. Ou como pedir a ele para ser o meu. Não quero isso.

—Você quer outra coisa, então? — insisto, me sentindo corajosa. — Algo... saudável?

— Não sei se isso está em jogo para mim. — Ele parece pronto para protestar, então para, me estudando. — Se eu me permitisse esse desejo, seria uma coisa muito grande. Mas os desejos são jogos mentais perigosos que jogamos com nós mesmos. A única maneira de ganhar é não jogando.

Ele me encara novamente, um pedido. Assinto, e ele envolve as mãos em meu rosto suavemente, até que a floresta desapareça mais uma vez. Continuamos caminhando. Depois de um momento, ele diz:

—A questão é que você está muito à frente de Nick, à frente de todos nós, acho... — Ele engole em seco. — Uma das minhas maiores esperanças é que um dia você acredite nisso, mas, infelizmente... — Ele estala a língua, a voz com um tom falso de melancolia. —Você é muito teimosa.

—Talvez eu devesse começar a acreditar no meu próprio hype só para provar que você está errado — falo.

Ele ri.

— Por favor, faça isso.

Por um momento, me pergunto o que essa conversa significa. Selwyn no meu ouvido no escuro, me dizendo tudo de que ele gosta em mim. Eu poderia ter questionado os elogios algumas semanas atrás. Questionado os motivos dele. Quero acreditar que ele está sendo sincero, mas um pedacinho do meu coração não me deixa. Não consigo me livrar do pensamento de que a voz dele é amável na verdade e nas mentiras. Eu pigarreio.

— Já estamos chegando?

— Quase.

Espero, ouvindo. Há grilos aqui. Um trinado sob a água corrente. A névoa e as gotículas se misturam em meu nariz em rajadas aqui e ali. E as mãos de Sel estão quentes na minha testa, suaves sobre meus olhos.

— Tudo bem — sussurra ele, baixando a mão e revelando meu presente.

A clareira está muito, muito mais iluminada do que antes, porque está cheia de vaga-lumes piscando. Eles flutuam ao nosso redor, luzes pulsando preguiçosamente. Estão lá, e então ficam invisíveis novamente. Tantos que não consigo seguir nenhum deles, mas me sinto cercada por rajadas de luz suaves e lentas. Olho ao redor, me sentindo zonza e encantada ao mesmo tempo.

— São tantos!

— É o final da temporada para eles. Não achei que ainda estariam aqui, mas devem gostar desta clareira. — Ele me observa com curiosidade. — Você gostou?

Eu sorrio.

— Amei.

O sorriso dele cresce até se tornar imprudente.

— Eu sabia que você ia amar.

Jogo os braços em volta do pescoço dele e o puxo para um abraço. Depois de um momento, ele envolve minha cintura. Desta vez é ele quem enfia o rosto no meu pescoço e murmura:

— Feliz aniversário, Bree.

Eu me afasto um pouco, e ele me solta, intrigado.

— Essa é a sua cara de quem está louca para fazer uma pergunta — murmura ele.

— Sim.

— Prossiga.

Mordo o lábio, lutando contra mim mesma. Seria mais fácil não dizer nada.

O olhar de Sel é gentil. Paciente.

Solto as palavras como em uma corrida silenciosa.

— Você me chamou de *cariad*.

Ele arqueia uma sobrancelha.

— Chamei.

— Eu não sabia o que significava na época.

— Eu... estava ciente. — diz ele, encabulado e sério. — E?

— E... eu quero falar sobre isso — insisto. — O que você quis dizer.

549

Não espero o som de sua risada seca, cheia de diversão. Ou a expressão mista de frustração e surpresa.

— É mesmo? Você quer uma aula de galês sobre algo que eu disse meses atrás agora?

— Seja legal, é meu aniversário — rebato.

Ele me olha por um momento.

— Tudo bem. — Sua voz é baixa e cuidadosa. — Bem, aquilo foi uma afirmação, não uma pergunta. E, se vamos mesmo discutir isso, prefiro ter certeza de que você não está se escondendo. Então, eu gostaria que você repetisse, por favor.

O tom de sua voz é de desafio, mas há algo por trás que raramente vejo nele: vulnerabilidade.

Ergo o queixo e repito o que disse, olhando-o nos olhos ao enunciar cada palavra:

— Você me chamou de *cariad*.

— Chamei. — Ele dá um passo mais perto, procurando meus olhos antes de falar novamente. — Essa é a sua pergunta? Quer que eu traduza para você?

Balanço a cabeça, e ele arqueia as sobrancelhas.

— Não. Perguntei a William outro dia.

— Ah — diz ele, surpreso. — Entendi.

Ruborizo sob seu olhar. Reviro os olhos para disfarçar uma onda de constrangimento.

— Ainda estou brava, aliás, com você e com Nick por falarem de mim em galês naquela caminhada pelo sangue enquanto eu estava lá.

Ele não cai nessa.

— Não, não está.

Olho para ele, meu coração trovejando no peito.

— Um pouco.

Uma expressão obstinada surge no rosto dele.

— É por *isso* que você está trazendo esse assunto à tona, me perguntando o que eu quis dizer com aquilo? Porque você está com raiva de Nicholas por ter abandonado você?

— Não! Não é isso — falo, indignada. — Não estou com raiva dele. Nunca estive. O que eu sinto está mais para... mágoa.

— Ah. — Suas narinas se dilatam, e a voz dele fica monótona. — Então você está me perguntando por que eu disse aquilo só porque Nicholas machucou você?

Quase me engasgo com o choque.

— Não. Pelo amor de Deus, Sel. Não.

Ele estreita os olhos.

— Então por que trazer isso à tona agora, Briana?

Sinto o gosto da culpa no fundo da garganta, frio e constante. Minha língua parece congelada na boca. Se Nick estivesse aqui, será que eu teria revisitado essa conversa com Sel? *Alguma vez* eu expressei isso em voz alta e o confrontei sobre o assunto como estou fazendo agora? Uma vozinha dentro de mim responde às duas perguntas em um instante. *Sim*, eu teria pensado em *cariad* de novo, porque *tenho pensado* nisso, e *não*, eu não teria confrontado Sel sobre o uso dessa palavra se Nick estivesse ao meu lado.

Uma parte petulante de mim quer gritar com Sel que este exato momento é culpa dele. Ele começou tudo.

Sel estava pronto para deixar essa atração entre nós em paz, mas isso foi antes de ele me trair, antes de seu demônio, antes de tudo. E aqui estou eu, passando por *tudo isso* para trazer um único momento na varanda do Alojamento de volta à vida, só para me lembrar de que algumas partes de nós podem ser reais. E se os sentimentos de Sel eram reais naquela época, talvez eu pudesse confiar nele agora. Mas é um desejo egoísta. E uma lógica boba. Porque não posso apagar tudo o que aconteceu, e não podemos voltar a ser como éramos antes de Sel usar meus sentimentos por ele contra mim. E se eu deixar *este* momento ir mais longe... posso estar traindo o que tenho com Nick. Mesmo assim, à sua maneira, Nick nos traiu ao nos abandonar na floresta naquele dia.

Isso é um erro.

— Eu não quero... — Eu me afasto dele. Ele me segue com os olhos, mas não se mexe. — Eu não deveria ter dito nada.

O olhar dele fica mais leve.

— Você não quer o quê?

Suspiro.

— Tornar as coisas confusas!

— Você está? Confusa?

Ai, meu Deus. Eu consigo sentir os olhos dele na minha boca.

— Não. — Balanço a cabeça. — *Sim*.

— Tudo bem. Certo. — A voz de Sel é baixa e tranquilizadora. Ele se aproxima de mim devagar com a mão estendida, como se esperasse que eu fugisse. — Isso não é um interrogatório. Me desculpe. É o seu aniversário. E eu tinha perguntas... mas não quero que você vá embora. — Seus dedos envolvem os meus, e ele faz um círculo lento na palma da minha mão com o polegar.

— Certo — falo, assentindo.

— Vamos simplificar as coisas? — Ele sorri de leve. — Me diz o que você descobriu sobre *cariad*.

Engulo em seco e mantenho os olhos focados em nossas mãos unidas.

— É um termo carinhoso, mas há mais de um significado — respondo.

— E quais significados você encontrou?

— Eu...

Meu coração está martelando no peito. Aposto que ele pode ouvi-lo. Na verdade, eu sei que pode, porque ele franze a testa e, após um momento de hesitação, levanta minha mão e passa o rosto nela, os olhos semicerrados. É como um suporte. Ele está aqui. Não está me apressando, me acusando ou tirando sarro de mim. Está ouvindo.

Não é a primeira vez que me pergunto quantas vezes ele foi tocado com carinho. Ao pensar nisso, acaricio sua têmpora, e ele aproxima a cabeça dos meus dedos, forçando-os ainda mais em seu cabelo, buscando contato. Então isso é um sim, ele está sedento pelo toque. Quando enrolo os dedos nos fios escuros e sedosos sobre a orelha dele, Sel arregala os olhos, ouro brilhante contra o brilho amarelo-azulado dos vaga-lumes.

— Qual significado você encontrou?

— *Cariad* pode significar "querida" — sussurro.

Ele faz que sim e se inclina para roçar os lábios em minha bochecha.

— Sim.

— "Estimada".

Sinto os olhos de Sel no meu rosto quando ele se aproxima da minha outra bochecha, beijando-a de leve.

— Sim.

— "Amada".
Seus lábios são quentes contra minha testa.
— Sim.
— Também... significa "amor".
Ele se afasta com um olhar afetuoso. De tão perto, os olhos dele queimam minha pele, a escaldam, mas não quero que ele pare.
— Sim, é verdade.
Respiro fundo, mas o ar entra de forma irregular e inútil.
— Qual... você quis dizer?
Seu sorriso é suave, irônico.
— Pergunta capciosa.
— Por quê?
— Porque eu quis dizer tudo. — Mordo o lábio inferior, e ele sorri, desenhando em minha palma com o polegar. — Mas você já sabia disso. Não sabia?
Concordo com a cabeça, porque não adianta mentir.
— Sim.
Ele franze a testa.
— Então por que...?
Eu tento dar de ombros, corando.
— Eu... eu só queria ter certeza...
Ele observa as minhas feições, então arregala os olhos, entendendo tudo.
— Você queria ter certeza do que eu sentia por você antes de eu manipular como você me via, literal e figurativamente. — Sel me estuda, um redemoinho de dor e arrependimento em seus olhos. — Porque agora, mesmo que você confie sua vida a mim, você não confia a mim o seu coração.
É dolorido olhar para Sel, porque sei que ele vê tudo.
— Entendi. — Ele abre um sorriso pequeno e triste. Renúncia. — Entendo você querer voltar no tempo para ajudar a entender o presente. Misturei mentiras com verdades quando você mais precisava de mim. E quando outros fizeram a mesma coisa para te machucar. — Ele suspira baixinho e acena com a cabeça, como se estivesse se preparando. — Entendo por que você pode não acreditar em mim agora, então precisarei ficar feliz

por você pelo menos acreditar no que eu sentia por você naquela época. Talvez isso seja o suficiente para mim, se é disso que você precisa.

É minha vez de rir. Ele inclina a cabeça, confuso. Com todo o meu afeto e frustração, falo:

— Mentiroso.

Ele pisca.

— Não estou mentindo...

— Bem — falo, mordendo o lábio. — Talvez não seja o suficiente para mim.

Antes que Sel possa responder qualquer coisa, puxo a cabeça dele para baixo e pressiono minha boca na sua até seu olhar taciturno desaparecer e seus lábios ficarem macios e quentes. Sinto seu corpo estremecer contra o meu. Então ele envolve minha nuca com a mão, tornando o beijo feroz, sua boca aberta e quente. Ele me puxa para mais perto pelo quadril, uma pulsação crescendo entre nós, um desejo compartilhado. Há um movimento sibilante, e, quando me dou conta, estou contra uma árvore, a casca espetando minhas costas, a boca de Sel na minha, e então ele se afasta completamente, soltando um gemido baixo.

— Não podemos — diz ele, ofegante. — Assim não...

— Eu... — Arquejo e fecho os olhos, o calor inundando as minhas bochechas.

Constrangimento e desejo se misturam tão densamente que não consigo distinguir um do outro. A sensação parece uma onda, me agitando de dentro para fora. Minha boca *queima* com o toque e minha mente gira em torno da sensação de sua mão no meu quadril. Lógica e palavras parecem distantes. Meu coração está batendo rápido em algum lugar na ponta dos meus dedos, na minha barriga, em todo o meu peito.

Quando abro os olhos novamente, Sel está me observando com uma fome desenfreada e admiração, como se soubesse tudo o que meu corpo está sentindo, o calor, a tortura e o choque... e esperando que nunca acabe.

— Meu Deus! — exclamo. — Para de me olhar assim.

— Então para de fazer *essa* cara. Como se você estivesse desesperada para voltar para meus braços. — Ele arqueia a sobrancelha e baixa a voz: — Eu gosto desse olhar em você.

Afundo a cabeça nas mãos.

— Foi você quem nos parou.

— Eu sei — sussurra ele. — E eu gosto disso também.

Olho para cima, a raiva me queimando por dentro.

— Você está gostando disso!

— Eu sou parte íncubo, é claro que estou gostando disso — rebate ele, com tranquilidade. — Começar, parar e tudo mais, se for com você.

Eu gemo, incapaz de aguentar mais.

— Sel, por favor... Eu...

Ele suspira, cede.

— Não é que eu não queira... — Ele se vira com outro gemido, os punhos cerrados ao lado do corpo. — Eu *quero*. — Ele balança a cabeça, a voz mais suave agora. — Mas ainda há muitas perguntas, Bree... Entre mim e você, entre você e...

Entre você e Nicholas.

Ele não precisa terminar a frase. Nós dois conseguimos ouvir muito bem, mesmo sem as palavras.

Concordo. Claro que ele tem razão. Não é para ser assim.

— Me desculpe. Eu não queri...

— Não.

Ele volta a me encarar, escaldando minha pele.

Pisco várias vezes tentando entender. Não consigo.

— Não?

— Não diga que não queria me beijar. — Ele se aproxima, a voz desesperada, a mão quente em minha bochecha. — Eu não suportaria se isso fosse verdade. — Dessa vez, quando ele beija a minha bochecha, seus lábios são como uma promessa firme e quente. Uma advertência. Um desejo. Contra minha pele, ele sussurra: — Em vez disso, me diga que você quis.

Minha boca fica seca. Ele recua, esperando com um olhar sério.

— Eu... — Respiro, trêmula, e ouço meu coração batendo no peito. Sinto o burburinho da magia de sua pele ondulando na minha. Fico no centro de sua atenção e desejo, e falo a verdade. — Eu quis beijar você.

Não parece real. Repito de novo por precaução.

— Eu quis beijar você, Sel.

Ele observa meu rosto, me avaliando como sempre. Então, depois de um momento, ele ri baixinho, balançando a cabeça, sua expressão silenciosamente satisfeita.
— Garota imprudente.
Levanto o queixo.
— E?
Ele sorri.
— E... nunca mude, Briana Matthews.

Quando voltamos para a Volição, é com passos lentos, sorrisos tímidos e corpos que se tocam enquanto caminhamos. A madrugada está apenas começando a tingir os azuis mais escuros do mundo de um pêssego pálido, enquanto a floresta permanece adormecida. Sel para abruptamente, me puxando de volta para seus braços. Ele acaricia meu rosto.
— Diz mais uma vez... — murmura ele.
Eu sorrio, encostada nele, e fico na ponta dos pés para sussurrar em seu ouvido:
— Eu queria beijar você.
Fico esperando que ele responda com mais doçura, uma piada, um encostar de ombros, mas ele vira a cabeça no último segundo, seu corpo tenso, seus ouvidos captando algo que os meus não conseguem.
— O que foi? — pergunto.
— Problemas.
Ele me puxa para trás e nos leva para a fronteira. Paramos do lado de fora bem a tempo de ver dez membros da Guarda dos Magos em um semicírculo do outro lado, as mãos contra a barreira, tentando rompê-la.

53

ASSIM QUE ATRAVESSO a barreira de raiz da Volição, respiramos com mais facilidade.

Mas só um pouco.

Com toda essa quantidade de mortos o mantendo, o domo ancestral da Volição é muito mais forte do que qualquer barreira de aether conjurada por um Merlin poderia ser, mas a Guarda dos Magos não sabe disso. E a mera presença deles é alarmante, mesmo que não possam nos ver ou ouvir, porque, de alguma forma, eles descobriram onde estamos nos escondendo. Onde estávamos em segurança.

Lu e Mariah estão no meio da estrada principal, paralisadas de raiva. William e Alice se voltam para nos receber. Hazel deve estar em casa, graças a Deus.

Desço das costas de Sel.

— Vocês estão bem? — pergunto.

— Estamos — responde Alice, arquejando.

— Como eles encontraram vocês?

Lu não desvia o olhar do Merlin.

— Não sei.

A pergunta dela não foi em tom de acusação, mas ainda assim doeu. William e Sel ficam lado a lado, conversando sobre táticas.

— ... Não há vergonha nenhuma em esperar — diz William.

— Eles sabem que ela está aqui. Vão esperar o tempo que for — responde Sel, os olhos escurecidos.

— Mas a barreira... — comenta Alice.

— Nunca vai cair com a magia deles, mas isso não quer dizer que estamos protegidos.

— Então fomos de protegidos para encurralados — diz Mariah, séria. Sel fecha os punhos.

— Eu poderia correr, fazer eles me seguirem. Lutar. Por tempo suficiente para vocês três entrarem em um carro.

— Não — falo. — Não vamos nos separar.

Ele resmunga em vez de brigar comigo, e esse é o sinal de que as coisas entre nós mudaram. Observamos a Guarda dos Magos em preto do outro lado, seus rostos escondidos pelos capuzes escuros. Alguns deles mudaram de posição e agora andam ao longo da barreira. Eles retorcem as mãos contra ela como se estivessem analisando a superfície, procurando uma abertura.

— Também analisei a barreira — diz Sel. — Estão tentando roubar o aether dela para eles. Manipular uma abertura. — Ele balança a cabeça. — Não vai funcionar.

— Então o que *eles* estão fazendo? — pergunta Alice, apontando para um grupo de três Merlins rodeando a área que Sel e eu acabamos de atravessar.

— Estão nos rastreando — responde ele, com um rosnado. — Estivemos lá recentemente, e eles sentiram o cheiro de Bree. Se tinham alguma dúvida de que a Herdeira da Coroa está aqui, agora não têm mais.

Assistimos, horrorizados e em silêncio, a uma caravana de SUVs passar pela estrada, parando perto da barreira da Volição. Vários outros membros da Guarda dos Magos saem vestidos em suas fardas pretas, os capuzes abaixados. Não sei se quero ver Lark ou não. Se ele estivesse infiltrado lá, do nosso lado, isso poderia nos ajudar ou prejudicá-lo. Mas quando ele não aparece no meio dos outros guardas, uma preocupação vem à tona: será que o haviam descoberto? Será que Cestra havia percebido que existiam Merlins leais à Herdeira da Coroa em seu meio?

Não tenho tempo de temer por Lark, porque o último carro desacelera, e Erebus Varelian aparece. Está usando uma calça preta e um sobretudo cinza-escuro, os ilhoses prateados cintilando com os primeiros raios de sol do dia, parecendo dourados do outro lado da barreira. Cerro as mãos.

Erebus Varelian veio para a Volição, e eu vou tirá-lo daqui.

E então, num tom amedrontador, Erebus grita para mim:

— Desculpe pelo atraso, Briana! O carro que você e Selwyn deixaram na cabana Rheon tinha placas não registradas, mas o GPS estava funcionando. Logo encontramos uma garçonete muito agitada e vingativa que nos contou que sabia para onde o ilustre Valechaz havia levado você. Acho que o nome dela era Miranda.

— Aquela ladra? — Alice se contorce de raiva. — Ah, Valec vai *matá-la*. Miranda não vai durar muito neste mundo, isso é fato.

Erebus anda devagar ao longo da barreira.

— Já vi uma barreira assim. Feita com Arte de Raiz, forjada por ancestrais. Impressionante. — Erebus olha através da magia. Ele só pode ver o que deveria ver: uma propriedade histórica vazia. Porém, por um breve momento, posso jurar que estou olhando diretamente nos olhos dele. — Sei que você está aí do outro lado, Briana, me vendo e ouvindo. Não está?

Odeio como ele repete meu nome. Enfatizando que sabe onde estou, o quão perto estou. Ele faz isso para me provocar, e está dando certo.

Alice segura meu cotovelo.

— Não responda.

— Não vou responder. E ele não pode nos ouvir, lembra? — Minha voz não passa muita segurança. Em vez disso, sai afobada e alta.

Ela engole em seco.

— Sim. Sim.

O vento sopra, e Erebus se vira na direção dele com o nariz erguido.

— E você ainda está com o antigo Mago-Real? Selwyn, você já deve estar desesperado, com sede de humanidade sem seus Juramentos e enfraquecido pela falta de aether. Imagino que, no momento, seus olhos só prestam para procurar a dor que pode consumir dos outros. Briana, eu tomaria muito, muito cuidado com ele...

Um sorriso convencido cresce no rosto de Sel, mas ele não responde. Erebus não sabe que ele tem os frascos de aether de Valec. Isso é uma vantagem.

— Conheço o bastante sobre barreiras ancestrais para saber que vocês poderiam muito bem decidir nunca sair de onde estão. — Erebus faz um sinal para o segundo carro da caravana atrás dele. — Então trouxe reforços para encorajá-los a fazer uma escolha *diferente*.

A porta se abre atrás dele, e meu estômago gela.

Olsen, recuperada dos ferimentos que sofreu na cabana, arrasta alguém familiar para fora do veículo: Patricia.

— Não! — grito.

Mariah grita também. Lu agarra o cotovelo dela e Sel faz o mesmo comigo, puxando nós duas para trás antes que possamos correr na direção da barreira e de nossa mentora.

Sel me puxa com força para o lado dele.

— Ele está provocando você, Bree. Patricia está lutando.

É verdade. Patricia não é forte o suficiente para lutar com Olsen, mas também não está facilitando. Não consigo entender o que ela está gritando, mas vejo sua expressão séria e ouço seu tom de voz. Ela está vociferando algo para a Merlin. Sinto uma onda de gratidão por ela não parecer mesmerizada para obedecer ou machucada demais para se mover. Mas então me pergunto o motivo de ela ter sido trazida, e a gratidão se transforma em preocupação. Patricia é levada pouco além do alcance de Erebus e imobilizada por Olsen, que cobre sua boca com a mão.

Erebus se aproxima da barreira.

— Não vivi esse tempo todo sem saber me mover de forma estratégica em batalhas, Briana. Sem estudar as histórias de meus oponentes. Aldrich queria trazer o seu pai, mas falei para ele que seria um plano muito arriscado. Perigoso demais colocar em risco o pai de uma criança que já perdeu a mãe... principalmente quando a criança é você.

Odeio estar aliviada. Odeio o fato de que, por um breve e aterrorizador instante, a visão de meu pai nas mãos daquela Merlin surgiu na minha mente, e tudo que pude fazer foi agradecer por nada daquilo ser real.

—Você se dispôs a ir até o inferno, a arriscar a própria vida como uma intrusa em nossa Ordem, para vingar a morte de sua mãe. Falei para o Lorde Regente que trazer a sua mentora seria mais efetivo.

— Ele quer que você *seja grata* a ele por não ter trazido seu pai? — sibila Alice. Ela está andando de um lado para o outro, aflita, passando a mão em seu soco-inglês, pronta para agir. — *Que babaca.*

— Isso — concorda Lu.

— Eu disse que você conhece bem a dra. Hartwood, se importa com ela, e... — Erebus olha para cima, além do domo de Volição. — E ela é uma Artesã de Raiz. Alguém com conexões nesse mesmo santuário em que vocês se esconderam. Seria uma pena machucá-la, mas vocês sabem que eu estaria disposto.

Patricia está com os olhos arregalados, desesperada, a mão de Olsen ainda cobrindo sua boca. Consigo ouvir seus gritos abafados.

— Merda — diz Sel.

Cerro os dentes. A fúria tomou conta da minha respiração, transformou o ar em facas quentes em minha garganta e meu peito.

Erebus mostra as longas presas.

— Proponho uma troca. Se você, só você, sair da barreira, prometo que enviaremos a dra. Hartwood aí para dentro, onde você sabe que não poderemos alcançar nem ela nem ninguém de seu grupo.

— Nem pense nisso, Bree. — Sel está na minha frente, bloqueando minha visão de Erebus.

— Ela é insubstituível — sibilo.

— Bree, você é...

— *Ninguém* que eu amo é substituível, Sel. A Ordem lida com a morte com muita facilidade, a aceita com muita facilidade, mas eu me recuso. Eu *nunca* serei o tipo de rei que joga uma vida fora em troca de outra.

Mas isso é assunto da Arte de Raiz, na propriedade da Arte de Raiz. Olho de Patricia para Mariah, de Mariah para Lu. Lu faz que sim.

— Os ancestrais confiam que você tomará a decisão correta.

Eu sei o que preciso fazer.

Puxo o braço de Sel.

— Você confia em mim?

Ele responde no mesmo instante:

— De olhos fechados.

Alice segura minha mão.

— Não gosto da expressão que você está fazendo, Matty.

— Eu tenho um plano — falo, apertando os dedos dela com força antes de soltá-los.

— O plano envolve atravessar a barreira? — Sel semicerra os olhos.

— É aí que entra o "confia em mim".

Sel pisca algumas vezes.

— Retiro o que disse. Não confio em você.

Reviro os olhos.

— Sel, por favor. — Olho dele para William. — Você é o único rápido o bastante para pegar Patricia se eles não a soltarem. Preciso de você do meu lado. E William, preciso que você cuide dos outros se algo der errado.

— Conte comigo — diz ele.

Sel me encara por um longo momento, a indecisão e o conflito em seus olhos fazendo-os brilharem mais. Ele faz que sim.

— Estou com você.

Estendo a mão para ele. Juntos, andamos até perto da barreira, parando a três metros dela.

— Ok — falo, observando o espaço aberto à nossa volta. Inspiro e expiro. — Deve ser o suficiente.

Não conto a ele meu plano, porque sei que ele não vai gostar. Nem *eu* gosto.

Eu me aproximo da barreira e toco no alfinete, e depois na moeda em meu bolso, abrindo uma nova ferida.

Pelo meu sangue...

"Filha dos filhos."

— Já chega disso. Preciso da sua ajuda — falo, em voz alta.

Do meu lado, Sel fica tenso de repente, apertando minha mão. Ele não estava preparado para me ouvir falar com Arthur, e não está preparado para o que vou pedir para Arthur fazer a seguir.

— Não me leve para uma memória — peço. — Veja o que vejo, aqui e agora. Saiba o que sei.

Um momento. A sensação desconfortável de Arthur revirando minhas memórias recentes. Imagens ondulam rapidamente na minha mente, desacelerando em seguida. A Guarda dos Magos em seus mantos negros. Anéis prateados cintilando em mãos com luvas sem dedos.

— *As crianças de Merlin.* — Arthur se demora em Olsen e Patricia. — *Organizadas contra você sob uma forte liderança.* — Uma ponderação. — *Você não pode lutar contra esse grupo sozinha.*

— Eu sei — resmungo, impaciente.

Uma pausa.

— *Eu consigo derrotá-los.*

—Vamos fazer isso, então, antes que eu mude de ideia.

— *Sozinho.*

— O quê? — sibilo. — Quer que eu deixe você me guiar? — Sel segura minha mão com mais força. — De jeito nenhum. Vamos juntos, como da última vez.

— *Ineficiente. Você já viu meu poder. Você tem uma questão de vida ou morte nas palmas de suas mãos. Um rei deve fazer tudo que for preciso.*

Engulo em seco. Preciso deixá-lo entrar. Completamente. Sem me perder. Sem perder o controle.

—Tudo bem.

Sinto sua presença antes de vê-lo, porque ela queima em meu peito ao mesmo tempo que Arthur aparece na minha frente. Uma figura fantasmagórica viva, mais real do que uma ressurreição.

Arthur Pendragon, filho de Uther Pendragon, portador da Excalibur, está na minha frente porque eu o chamei.

Arthur é enorme. Ombros largos, brilhando com uma armadura conjurada de aether no estilo Lendário. Cabelo loiro, meio grisalho, em ondas espessas. Consigo discernir mechas prateadas em sua barba grossa mesmo com a luz do aether.

É a mesma cor dos cachos que tenho ostentado nos últimos tempos.

E, de repente, eu entendo. O cinza precoce em meu cabelo não é um sinal de quanto poder estou usando. Não é um cabelo típico de Suserano. É um sinal de Arthur... E sei no meu âmago que o conquistei pelas longas caminhadas pelo sangue que compartilhamos.

O mundo ao nosso redor se desfaz. Uma barreira esférica azul-prateada rodeia a mim e meu ancestral, e então o mundo é apenas meu e do rei.

Ouço Sel gritar meu nome, mas o som fora do pequeno domo é baixo. Não sei se sou eu que o conjuro ou se é Arthur, ou nós dois, juntos. Sel bate na barreira com os dois punhos, mas ela não se quebra nem racha.

Arthur dá dois passos adiante para me observar. Ergo o queixo.

— Você é exatamente o que achei que seria nesse plano. — Ele ergue um dedo translúcido até minha têmpora, puxando o cacho de cabelo branco igual ao dele. — Meu bri.

Eu me afasto.

— Não encoste no meu cabelo. — Cerro os dentes. — Vamos logo.

Ele arqueia a sobrancelha espessa, e o canto esquerdo de sua boca faz o mesmo movimento. Um lampejo de humor colore a expressão e a voz de Arthur, e ele diz:

— Você finalmente me convoca por inteiro quando o Camlann se inicia e a sua própria corte se volta contra você, e é assim que me trata?

— Sim — vocifero.

Os olhos dele cintilam, prata derretida transformando-se em aço. Ele estende a mão com a palma para cima.

— Diga as palavras, Briana.

Sel ainda está gritando, e agora Alice se junta a ele. Eles batem na barreira, socando-a com golpes silenciosos. Mas, em vez de ouvir as palavras que saem de suas bocas, olho para eles e ouço as vozes de mais cedo, e me pergunto o que aconteceria se eu me permitisse acreditar nelas. Se eu pudesse ser a garota que eles veem: a garota que já era poderosa, mesmo que ela não pensasse que era. A garota que já era o rei deles.

Você também é a criatura mais maravilhosa que já encontrei... E eu sei que não existe nada nesse mundo que você não consiga fazer.

Matty, você é incrível. A pessoa mais forte que conheço, mesmo antes de tudo isso acontecer.

E Nick, que me viu desde o começo. *Você sabe que eu acho que você consegue fazer qualquer coisa, enfrentar qualquer coisa ou pessoa no mundo...*

Eu consigo.

Seguro a mão de Arthur com força.

— Pelo meu sangue, no meu coração... para nos unir em espírito e em carne.

Juntos.

Juntos.

Juntos nos aproximamos da barreira.

Chegamos perto, bem na frente de Erebus.

Seus olhos vermelhos ainda não nos enxergam.

Não temos que coordenar ou falar um com o outro, porque somos um. Passamos para o outro lado, a barreira de Volição se abrindo diante de nós com um estalo alto e depois se fechando com um estrondo baixo.

Nossas vozes se misturam, um som estrondoso e profundo.

— *Uma troca.*

Erebus arregala os olhos, observando-nos, olhando a mecha branca em nosso cabelo.

— Briana, sua aparência... a cor dos seus olhos...

— *Agora!* — gritamos. — *Uma troca.*

A confusão no rosto de Erebus desaparece. Ele estala os dedos, e Olsen solta Patricia. Ela foge das garras da Merlin e hesita. Quando olha para nós, o medo distorce suas feições. Patricia sabe quem somos, *o que* somos. Ela caminha com as memórias dos mortos, e com seu poder ela vê que somos carne e memória ao mesmo tempo.

— Bree, não...

— *Vá* — dizemos.

Ela pula, mas se move rapidamente na direção da barreira. Os ancestrais estão prontos, e uma abertura aparece diante dela. Com dois passos, ela se derrete pelo escudo dourado e desaparece do outro lado, onde Sel a espera.

Erebus dá um passo à frente e agarra nosso braço, segurando para machucar. Ele acena para Olsen, que para ao nosso lado em um piscar de olhos.

—Vamos.

Mas quando eles nos puxam, não nos movemos. Temos a força dos reis.

Olsen paralisa.

Nós sorrimos.

Olsen nos puxa novamente, o esforço de uma criança tentando remover uma pedra de seu descanso ancestral.

Isso nos faz rir. Nossa diversão coloca medo nele.

Erebus é mais esperto do que a Merlin. Ele dá um passo para trás, mãos para cima, pronto para a luta que ele suspeita que está por vir.

— Briana, o que... o que você está fazendo?

— *Concordamos em atravessar a barreira* — dizemos, e erguemos nossas mãos, imitando-o. — *Não concordamos em ir com você.*

Erebus rosna. A Guarda dos Magos se posiciona. Colocamos nossa armadura no lugar com um estalo alto. Uma espada se materializa em nossa mão entre uma respiração e outra. Não é a Excalibur, mas vai servir.

Então... os próximos minutos são um borrão.

Nós varremos a Guarda dos Magos como um furacão azul ardente.

Somos velocidade e luz, riso e destruição.

Nós nos movemos como um, mas a Guarda dos Magos faz o mesmo.

São necessários dois deles em cada galho para nos levar ao chão e, mesmo assim, estamos lutando. Os Juramentos impedem seus ataques: eles procuram conter, não ferir, ou arriscar que os Juramentos se voltem contra eles no meio da batalha. Nós lançamos um no ar. Um som alto de estalo, misturado com o barulho de algo molhado. Um osso se quebrando quando ele cai. O outro Merlin sai de nosso alcance e é acompanhado por outro.

O rugido de um guerreiro à nossa direita. Selwyn é uma mancha negra correndo pela barreira da Volição, girando uma corrente acima da cabeça. Cortando Erebus no ombro com uma foice afiada. Tentando de novo nas pernas. O Senescal está sobre ele em um segundo, o poder o inundando enquanto ele ataca. O Mago-Real grita...

Os dois Merlins mais próximos de nós se movem como um só, mas nós os encontramos no meio do caminho. Corto o da esquerda e o jogo para baixo, girando, golpeando o outro com uma cotovelada no rosto.

Mas eles são substituídos por outros dois...

De repente, os gritos se multiplicam. Merlins, segurando a própria cabeça. Merlins, caindo de joelhos. Selwyn, ofegando com os olhos arregalados, deitando-se em posição fetal e cobrindo os ouvidos.

E Alice, parada do lado de fora da barreira. Seu rosto está tomado de medo, mas ela segura um pequeno dispositivo preto com uma luz vermelha piscando bem acima de sua cabeça, sem vacilar.

A arma ultrassônica elimina os cambions de uma só vez. Os Merlins ficam incapacitados de dor no chão.

Exceto um.

Sangue escorre das orelhas de Erebus, manchando a frente de seu sobretudo preto, e ele examina a Guarda dos Magos caída. Suas tropas estão se debatendo no chão, desarmadas por seus próprios corpos. Quando ele se vira para nós, seu rosto se contorce em um rosnado desumano.

O dispositivo o feriu, mas não o suficiente.

E então os dez segundos se passam.

Alice joga o dispositivo agora desligado no chão e corre em direção a um dos corpos gemendo. Selwyn! Atrás dela, a barreira se abre e revela Mariah, gritando para ela se apressar.

Alice para ao lado de Selwyn, levantando-o até que o braço do cambion esteja sobre os ombros dela, e ela tenta arrastá-lo de volta para a Volição.

O corpo de Selwyn é pesado, e suas pernas se arrastam na terra. Alice avança lentamente, suspirando, esforçando-se...

Erebus olha de nós para os nossos amigos com um olhar de vingança, aether reunindo-se em torno de seus punhos, fazendo seu cabelo esvoaçar.

Ele não vai deixá-los cruzar essa barreira.

Estamos correndo para interceptá-los no momento em que ele rosna e pula para detê-los.

Alcançamos Alice e Selwyn antes do Senescal, por pouco. Bloqueio o ataque e lanço um contragolpe, um soco que faz o homem voar de costas contra a barreira. Ele colide contra a superfície dura de concreto com um estalo alto e desliza para o chão.

Sinto a mão de alguém agarrando o nosso ombro.

Nós puxamos o oponente para cima pelo braço, jogando-o na lateral da van com um baque pesado. A pessoa cai imóvel no chão.

Meu Deus.

Ah, não.

O cabelo preto de Alice. Os óculos dela, quebrados. Os membros, frouxos demais. Ela não se levanta.

— ALICE!

Não foi um Merlin que nos segurou. Foi Alice.

Porque ela achou que nós éramos... eu.

— *Alice!* — grito, mas o som ricocheteia nas paredes da minha própria mente e volta, inútil. — *Me solta. Preciso voltar. Me deixe ir, me deixe...*

Mas a consciência de Arthur se expande, me pressionando cada vez para mais longe do lugar de possibilidade, de controle.

— *Ainda que eu pereça, eu não morrerei.*

Aquelas palavras. Todo Herdeiro profere essas palavras no momento em que é Chamado, exceto quando seus cavaleiros falam. A voz que emerge é deles, anunciando que seu espírito Despertou. Arthur as torce em meu ouvido, e percebo muito, muito tarde, que ele não está anunciando seu retorno, mas sim minha partida.

— Arthur!

— *Eu não morrerei...* — a voz dele troveja, uma tempestade se aproximando — *... mas chamarei ao sangue para viver.*

— *Me solta!*

— *Não, meu bri. Agora, não. Nunca.*

Ele mentiu. E eu acreditei nele.

A corda entre meu espírito e meu corpo se *rompe...* e caio para longe de mim.

APENAS
UM REI

54

O MUNDO É mais brilhante desse jeito.

Mais quente.

Mais alto.

Vivo.

Ao meu redor, vejo a destruição que Briana e eu havíamos causado juntos. A Guarda dos Magos está destruída e dispersa. Alguns parecem mais mortos do que eu, mas não me preocupo em verificar. O general deles, o Senescal, está caído onde o deixamos.

A amiga de Briana — a garota com o barulho que incapacitou os Merlins — está imóvel e pálida, com a boca aberta. A barreira dourada próxima está aberta, e o Herdeiro de Gawain corre até ela, tarde demais para salvá-la.

Briana ficaria arrasada.

— Arrrgh... — Um gemido à minha esquerda.

O garoto Merlin está despertando. Está grogue, desorientado. Seus olhos de cambion estão desfocados, analisando o caos que restou. Ele encara Briana, e seu olhar ganha vida imediatamente.

— O que aconteceu...? — Ele se ergue e estica a mão para mim. Na direção de Briana. — Está tudo bem?

Estranho.

Deixo que ele puxe o corpo de Briana para mais perto. Ele quer abraçá-la. O garoto afunda o nariz no pescoço dela... inalando e, então, paralisado.

— Bree, o seu cheiro... está diferente...

Ele sente o aroma da pele dela uma segunda vez.

Eu aperto seu maxilar com força e o detenho, afundando as unhas de Briana na pele dele. Ele se debate e recua, os olhos amarelos brilhando.

— O que...?

Minha risada no peito dela é lenta, deliciosa. Eu gosto do som. O menino Merlin, não. Seu rosto e seus olhos lembram o de seu ancestral. Se ao menos Merlin, pudesse ver seus filhos agora.

— Bree? — pergunta o menino.

Abro um sorriso com os lábios grossos de Briana.

— *Dydi Briana ddim yma.*

Briana não está aqui.

O sangue desaparece das bochechas dele. Ele avalia a aparência de Briana assim como Erebus fez. O cabelo grisalho. O brilho azul-prateado em seus olhos. O sorriso. Todos os pequenos pontos onde pedaços de mim se misturam com os pedaços dela. Têm se misturado, na verdade. Uma memória de cada vez.

O Merlin sibila, as presas à mostra, as mãos erguidas para o céu.

— Você é Arthur.

— Sim. — Penso nas palavras em inglês moderno. Elas serão mais doloridas assim, ditas na voz dela e no idioma dela. — Eu sou Arthur Pendragon, e eu possuo este corpo agora.

Um rosnado cresce no peito dele, saindo por entre dentes cerrados.

— Não, não possui.

Ele se lança sobre mim, e eu rio, desviando dele com facilidade. Briana é muito mais rápida do que pensa. Ele tropeça na terra, o choque estampado em seu rosto.

Ele nunca a viu se mover dessa forma.

Mas o menino, Selwyn, é esperto. Quando ele se endireita, não faz como alguns oponentes fariam e tenta o mesmo ataque — ou algo similar — novamente. Ele desiste de sua primeira estratégia e busca outra. Seus olhos percorrem o posicionamento dela, a distribuição de seu peso, a espada em sua mão e, enquanto isso, ele invoca uma bola de aether na mão, formando um cajado longo e brilhante, maciço e denso como qualquer espada.

— Solte-a, Arthur.

Andamos em círculos. Rio de novo.

— Eu acabei de chegar, garoto. Não seja grosseiro.

— Eu lutarei contra você.

Ao ouvir isso, jogo a cabeça para trás em uma risada.

— Não minta para os mais velhos. Você nunca machucaria este corpo, nem poderia. Você sabe disso. Eu sei disso.

A confiança dele vacila, assim como sua arma.

— Eu não vou permitir que você a manipule de novo.

— De novo? — pergunto, brandindo minha espada. — Eu estou manipulando Briana há meses. Brincando com o desejo dela de usar as minhas habilidades... uma façanha impossível de se realizar com uma abundância de aether no ambiente, que ninguém nem sonharia em controlar.

A raiva no rosto do garoto cresce.

—Você estava fazendo isso com ela. Deixando-a se queimar... — Os olhos dele brilham. — E então ela seria forçada a chamar você para pedir ajuda, sangrar por você? Viver suas memórias?

— Exato.

— Por quê?

Ele está ganhando tempo. Procurando uma maneira de atacar sua amada sem feri-la permanentemente.

Eu me canso.

— Isso seria impressionante, descendente de Merlin — falo, e avanço em direção a ele.

O Merlin não prevê meu movimento. Recuo e acerto a têmpora dele com o punho fechado. E com toda a força de Briana.

O estalo contra o osso ecoa no ar da madrugada.

Ele se encolhe. Fica imóvel.

Não pretendo permitir que Briana recupere o controle de si mesma, é claro, mas se ela o fizesse e encontrasse seu Merlin morto, ela ficaria extremamente perturbada.

Extremamente.

Passo por cima do corpo dele e sigo na direção do veículo ainda funcionando.

Chuto a pessoa mais viva da Guarda dos Magos, uma jovem mulher. Olsen, creio eu. Ela se mexe, e eu a chuto de novo.

— Levante-se. Leve-me aos Regentes.

Olsen olha para mim.

— Matthews — rosna ela.

— Não mais. — Aponto para a elegante besta preta. — Leve-me aos Regentes. — Ela pisca como se não estivesse acreditando no que vê. — *Fy duw* — murmuro.

Que inútil.

Um assobio de movimento. Uma lança negra de aether cai na terra a poucos centímetros do pé de Briana, ainda vibrando por causa do arremesso e pela força de quem a jogou. A arma engole a luz, destinada a trazer a noite e a morte com ela.

A luz solar acima de mim e ao meu redor diminui. O ar fica mais frio. O mundo, mais escuro.

Ah.

Eu me viro para ver quem a lançou.

— Eu pensei que tivesse matado você, velho amigo.

Minha voz falha devido ao longo tempo sem uso.

— Só por um tempo.

55

EU ACORDO SUBMERSA na Linhagem de Arthur. O fluxo está na minha garganta, nos meus ouvidos, enchendo minha boca quando engasgo em busca de ar. Aperto bem os lábios e chuto *com força* em direção à luz vermelha distorcida da floresta acima. Meus dedos arranham a água gelada, procurando por *qualquer coisa* — oxigênio, a margem do riacho, o céu — e, em vez disso, eles colidem com uma barreira lisa e invisível. Um *baque* abafado saúda minhas unhas, como se elas tivessem batido em um vidro grosso.

Eu soco, dessa vez com vontade, e a dor dispara pelo meu pulso. Mais uma vez, mais forte. A dor atinge meu ombro. Eu grito. Um erro. Meus pulmões se enchem de água. Agito os braços fracos e famintos por oxigênio, meus músculos protestando. Sel perguntou se poderíamos morrer em uma caminhada pelo sangue, nas memórias de nossos ancestrais. Eu não sabia a resposta. Mas será que posso morrer? Em minha própria mente?

Pontos negros mancham minha visão. A resposta nunca vem. Afundo cada vez mais, esperando que o leito do riacho atinja as minhas costas.

Mas isso também nunca acontece.

Em vez disso, caio em uma superfície fria e dura. No alto, arcos se erguem em uma câmara iluminada tão alta que, sem a luz do sol entrando pelas longas janelas de vidro, eu não seria capaz de ver o teto. Uma *sala*, não o riacho. De dia, não de noite. Eu *reconheço* este lugar do Rito dos Reis.

Ofego em busca de ar, os pulmões livres da água. O som se perde sob um coro agudo de gargalhadas masculinas que ricocheteiam nas paredes. O tumulto alegre depois que alguém em uma festa termina uma piada.

Olho para a direita. A cena que vejo rouba o fôlego que tanto lutei para recuperar.

Seis cavaleiros estão sentados na pedra à minha direita: Geraint, Gawain, Bors, Mordred, Caradoc, Erec. E seis estão sentados à minha esquerda: Owain. Bedivere. Kay. Lamorak. Tristan. Lancelot. A Távola reunida, inteira e saudável, sorrindo uns para os outros, mas sem olhar na minha direção.

Eu me viro, fazendo força com as mãos e os joelhos, e vejo que minhas mãos são minhas. Sólidas, negras, cobertas de calos do treinamento. Cada uma com a metade do tamanho das mãos que costumo ver quando faço a caminhada pelo sangue de Arthur. Minhas roupas também são minhas. Algodão fino e calça jeans em vez de couro desgastado e tecido pesado. Levo a mão ao meu rosto, meu cabelo. Tudo meu. Confusão e medo eriçam os pelos da minha nuca.

A conversa flui ao meu redor ininterruptamente. Aceno com a mão na frente do rosto de Sir Bors.

— Olá?

O homem acaricia a barba curta, distraído, acenando para Mordred ao lado dele enquanto o outro cavaleiro o presenteia com uma história. Ele não olha para mim em nenhum momento.

Nenhum deles me vê ou me ouve.

Em outra ocasião, eu até poderia ficar aliviada por não ser vista por todos os cavaleiros originais de uma vez. Aliviada por não ter que explicar o motivo de estar ali, quem sou, de onde venho. Mas, agora, parece errado. Porque...

Não deveria ser *eu* aqui.

Deveria ser Arthur.

Imediatamente vejo a única cadeira desocupada à minha frente. Sentindo um frio na barriga, avanço lentamente em direção ao lugar de Arthur à mesa.

Assim que me aproximo, as altas portas duplas de madeira se abrem no canto mais distante da sala. Um jovem Arthur surge em trajes completos: um longo casaco de pele, coroa de bronze sobre seu volumoso cabelo castanho-claro, olhos dançando como se guardassem um segredo.

A Távola aplaude o rei que se aproxima.

— Ali está ele! — grita alguém.

— Você está atrasado, meu soberano!

— Começamos sem você, Pendragon!

Saio da mesa e ando na direção de Arthur.

— Seu babaca!

Tento invocar o aether na sala... mas nada acontece.

Mesmo nos meus piores dias com o poder de Arthur, eu conseguia pelo menos invocar *um pouco* de aether. Aqui, é como se não existisse.

Arthur não vacila, sua atenção nunca vacila, e ele passa direto por mim.

Uma sensação vertiginosa e terrível dispara do meu estômago para minha garganta.

— Deixe-me adivinhar — diz o jovem rei, com uma risada. — Caradoc bebeu todo o hidromel?

A mesa ruge de alegria, e Arthur pega uma caneca. Estremeço. Até o ar é deslocado, mas ele se moveu através de mim como se eu fosse menos que o ar. Como se eu não fosse nada.

A verdade se instala na minha garganta.

Esta *não* é uma caminhada pelo sangue.

Da última vez que estive na câmara da Távola em Camelot, cheguei através do Rito, e o mundo parecia uma ficção. Cada homem ali era um espírito de outro mundo, adormecido, paciente. Mas aqui os cavaleiros são tão sólidos que eu poderia estender a mão e tocá-los.

Isso não é uma visão.

A luz chama a minha atenção, Caradoc esticando a mão sobre a mesa através de um raio de sol. Candelabros espalhados pela sala oferecem um brilho quente, mas o odor forte e pungente da fumaça de velas de sebo das memórias de Arthur está completamente ausente. As tapeçarias penduradas em hastes douradas ao redor da sala parecem ter sido recentemente tecidas. Cores saturadas e fios perfeitos... Tudo está impecável.

Isso não é uma memória.

Sinto um aperto no peito. O que Arthur disse quando perguntei onde ele estava antes do Despertar?

Eu repouso em Camelot.

Merlin te enviou para Camelot?
Merlin me enviou para meus sonhos.

Prendo a respiração. Sonhos de Arthur. Estou nos sonhos *dele*, dentro do reino de espera de uma Camelot imaginária. Cambaleio para trás, longe dos homens fabricados e da alegria.

Arthur passou *séculos* neste lugar, vendo o mundo real quando Desperto, quando o Camlann chegou, quando a Távola dos Herdeiros precisava dele para liderá-los.

Mas, assim como várias outras coisas no mundo Lendário, o Feitiço da Eternidade não foi criado comigo em mente. A magia não contava comigo ou com o que posso fazer. Ou com o que Arthur pode fazer, com o que ele fez.

Eu sou uma Médium *e* Herdeira de Arthur, e minha conexão com ele funciona nos dois sentidos. Seu espírito esteve em minha mente e eu estive na dele. Repetidas vezes, durante meses. Ele me enganou para que eu confiasse nele e, enfim, eu cedi. Isso era tudo de que ele precisava para nos forçar a trocar de lugar.

O pânico se instala em meu peito. Fecho os olhos, lágrimas quentes surgindo nos cantos. Um gemido baixo e assustador escapa de mim antes que eu possa contê-lo, mas os cavaleiros não conseguem ouvi-lo, não podem me ajudar, continuam rindo. Meu coração acelera. Respiro fundo, forçando-o a desacelerar.

— Isso... isso não é real — sussurro. — É só um sonho.

De repente, o mundo ao meu redor estremece e fica borrado, depois escurece. O trovão rosna do lado de fora das janelas, como se ressoasse em resposta às minhas palavras. Como se o próprio sonho me *ouvisse*.

— O que...

Ouço o barulho alto de algo se rasgando, como um tecido grosso se rompendo. Um chiado e um estouro pesado, como um tronco na lareira. Então, um raio corta a sala de cima.

Pulo para trás assim que o raio atinge o centro da sala, e com um *estrondo* assustador... ele parte a Távola Redonda ao meio.

As duas lajes pesadas em semicírculo colapsam para dentro, caindo com força suficiente para sacudir o chão.

Estou tão atordoada que levo um segundo para perceber duas coisas: uma, que os cavaleiros ainda estão em suas cadeiras, como se nada tivesse acontecido, e dois... o relâmpago não terminou.

Golpes menores atingem o chão em rápida sucessão, tão altos que tenho que cobrir os ouvidos ao me afastar. Eles cercam a Távola, aproximando-se a cada raio.

Observo, impotente, doze flechas caírem de uma vez — acertando diretamente cada um dos cavaleiros em um piscar de olhos — e deixando esqueletos cobertos de teias de aranha para trás.

Este não é mais o sonho de Arthur.

Não, isso... acabou de se tornar o pesadelo dele.

O estalo acima é meu único aviso antes que um raio caia mais perto de mim, partindo a pedra a dois metros de distância.

Real ou não, meu instinto assume.

Corro até a parede mais distante, em direção às portas por onde Arthur entrou na sala, o coração trovejando. *Por favor, tenha uma saída. Por favor...*

Busco minha raiz, mas não há resposta. Minha raiz também não existe aqui...

Plén! Plén! Os castiçais de metal caem quando o chão se abre.

Estou correndo rápido demais para parar, e deslizo até uma porta. Quando seguro a maçaneta com as duas mãos, arrisco um olhar por cima do ombro.

As tapeçarias pegaram fogo. Relâmpagos constantes se aproximam de mim, seguindo o caminho que fiz até a saída. Um deles cai a três metros de distância; outro, a dois metros...

Puxo a porta pesada com força. Ela se abre, apenas o suficiente. Eu me espremo pela abertura. Não me importo com o que está do outro lado.

Tudo que vejo são os ossos de homens duplamente mortos se esfarelando.

Saio em outra sala — brilhante, quente — e empurro a porta o máximo que posso para fechá-la atrás de mim. Eu me afasto, meu peito arfando em busca de ar, e observo pelas frestas da porta, esperando ver o relâmpago mortal brilhar abaixo dela.

Mas ele não brilha.

— Arthur!

A voz abafada de uma mulher chega até mim, acompanhada por passos abafados que se aproximam.

Eu finalmente presto atenção no meu entorno.

A sala inteira está coberta pela luz dourada e alaranjada do pôr do sol do lado de fora de uma ampla janela com bordas de pedra. Em uma extremidade há duas cadeiras largas de madeira, um tapete de couro e uma mesa baixa entre elas. E há uma *enorme* lareira em uma parede. Tão alta que eu poderia ficar em pé dentro dela.

Basta um olhar para ver que as chamas tremulam em um ritmo repetitivo. Não há faíscas, nem cheiro na lareira. É perfeito.

Eu me viro, esperando ver a porta pela qual entrei, mas ela não está mais lá. Uma parede de pedra branca e cinza está no lugar.

Outro sonho.

A única porta da sala se abre, e Arthur entra, atormentado e distraído. Seu cabelo está solto e sem adornos, e seu rosto, cansado. Em vez do traje mais sofisticado da sala do trono, ele usa uma túnica azul-escura e uma calça marrom larga com botas combinando.

— Arthur! — Logo atrás se aproxima uma jovem de cabelo escuro que reconheço da minha caminhada pelo sangue com Nick e Sel: a meia-irmã de Arthur, Morgana. Ela segue o irmão até a lareira, abraçando o próprio corpo. — Você sabe que eu não pediria se não fosse importante!

O rosnado baixo de Arthur é carinhoso.

— Eu *não* sei disso, querida irmã.

Quando Arthur passa por mim para ir até a janela e se agarra ao parapeito de pedra, eu me aproximo. Aceno com a mão entre seu rosto e a vista das colinas atrás de nós; ele não pisca. As rugas nos cantos dos olhos podem ter sido conquistadas com alegria, mas as da boca foram formadas por solenidade e preocupação.

— Você é conhecida por pedir muitas coisas, tenho certeza de que sabe disso... E, com bastante frequência, você recebe o que pede.

Arthur se vira para ela e abre um sorriso.

Morgana interpreta o comentário como um encorajamento e continua:

— Pare de resistir às minhas exigências e me acompanhe! — Morgana não deve ter mais de vinte e cinco anos, mas aqui ela se comporta como uma adolescente travessa. Ela arqueia as sobrancelhas escuras. — Eu tenho algo para mostrar a você, irmão. E não pergunte o quê, porque é uma surpresa.

Arthur olha para ela e solta um longo suspiro.

— Estou cansado, Morgana.

Ela puxa a mão do irmão, e ele sorri.

— Então você deveria vir comigo antes que se perca para sempre nesta cadeira, seu velho.

Arthur me surpreende murmurando palavras que não parecem ser direcionadas para ela, mas para ele mesmo.

— Você sempre foi tão travessa, irmã?

— Sim. — Ela ri. — Venha comigo — implora ela, e o puxa de novo. — Rápido, antes que Merlin volte.

— Você está escondendo algo de Merlin? — Ele arregala os olhos, com um brilho de travessura também. — Isso não vai dar certo.

Ela dá uma risadinha.

— Como se isso já tivesse impedido você antes.

Arthur observa Morgana como eu poderia observá-lo, imaginando se ela é produto de sua imaginação. Isso me dá uma ideia.

Dou um passo à frente para ficar entre eles.

— Arthur, não sei se você pode me ouvir. Mas isso é um sonho, ela não é real...

Atrás deles, as chamas da lareira rugem mais altas, mais quentes. Um segundo se passa e tudo está como estava antes, mas estou cambaleando. Este mundo reagiu às minhas palavras, assim como na sala do trono.

Morgana franze a testa para o irmão.

— Você tem mesmo que ser tão teimoso?

Arthur semicerra os olhos.

— Não. Vamos, então. Mostre-me a sua surpresa.

— Pare! — Estendo a mão, mas seu corpo passa pelo meu como antes. Vertiginoso, nauseante. — Nada disso é real...

A luz muda na sala, como se a noite tivesse caído abruptamente. Um trovão ressoa por perto, um mau presságio. O precursor do relâmpago.

Em silêncio, vejo o fogo se acalmar e as nuvens de tempestade se dissiparem. A luz muda lá fora, e o céu fica calmo. O sonho me avisa novamente que, se eu continuar, ele se diluirá ao meu redor. Que a única maneira de manter as coisas pacíficas aqui é se comportar como se este lugar fosse real, *acreditar* que é real. Ignorar que existe outro mundo além deste feito de magia e consciência. Se eu reconheço que o sonho é um sonho, então ele se torna um pesadelo.

Essas são as regras de Merlin? Ou Arthur se voltou contra si mesmo depois de séculos de espera e transformou seus próprios sonhos em uma prisão?

Não é de admirar que estivesse tão ansioso para me conhecer e ver o mundo através dos meus olhos.

Eu era sua fuga.

Morgana e Arthur estão conversando alegremente quando o último trovão ressoa, como se o volume aumentasse novamente. Eles caminham até a porta e saem da sala, virando à direita no corredor.

Algo me diz que não posso ficar em uma sala sem eles, então vou atrás.

Não tenho escolha a não ser seguir os sonhos que não me pertencem nem nunca pertencerão.

Se eu quiser continuar viva aqui, preciso me tornar um fantasma.

56

O REI DAS SOMBRAS tem a mesma aparência de sempre.

Fumaça negra na forma de um homem, empesteando o ambiente com seu cheiro de enxofre. O ar ao redor dele é destituído de luz. Asas feitas de algo semelhante a tinta despontam de suas costas, erguendo-se, garras acima de sua cabeça.

Seus olhos são do mesmo preto obsidiana, com carvões vermelhos pulsantes no centro.

Seu olhar queima a pele de Briana. *Ah, sim.* Sua habilidade de detectar as atenções dos demônios. Cerro os dentes contra a sensação quase insuportável. Como ela *suporta* isso?

Procuro dentro de mim a tal raiz dela, o aether vermelho conectado aos seus sentidos aguçados, e embora eu sinta a fornalha adormecida, assim como ela, não consigo ativá-la quando quero. Nossos espíritos trocaram de lugar, mas nem eu tenho acesso ao seu maior dom. Olho para a brilhante espada azul-prateada ainda em sua mão. O único aether que posso acessar neste plano é o meu.

— Algo errado, Pendragon?

A voz do Rei é um estalo baixo e bem-humorado. Sua voz é como o som do vento correndo pelas montanhas em Cadair Idris. A voz que os aldeões temiam que poderia atrair os Cŵn Annwn, os cães do outro mundo. A voz que comandou todos os Cysgodanedig, todas as Crias Sombrias.

É uma voz que, certa vez, também me assombrou... antes de eu silenciá-la.

Não respondo.

— Qual sombra você usou para acessar este plano, demônio? — Eu rapidamente observo o gramado repleto de corpos, procurando as sombras mais escuras e profundas no terreno, sua forma de pular de um espaço para o outro em um piscar de olhos. Existem algumas possibilidades pelas árvores, seguindo de volta o caminho de cascalho, perto dos veículos que aguardam. Ele poderia ter usado qualquer uma dessas sombras para chegar... mas essa não é a pergunta a que preciso responder. — E como você sabia que eu tinha voltado?

Suas asas batem, espalhando fumaça ardente no rosto de Briana. Ela tosse. Outro aborrecimento da fisicalidade.

— Arrogante como sempre, Pendragon.

— Aí é que você se engana, rei de Cysgodol — rebato, fungando. — Arrogância é o que separou você de sua corte, não o que me separa da minha.

— Sua corte está desorganizada como sempre esteve. — Conforme ele fala, sua forma se torna densa, tornando-se mais corpórea. As brasas vermelhas crescem, transformam-se em duas chamas em preto. Uma língua vermelha dividida brilha, depois desaparece na fumaça. Em um piscar de olhos, ele se torna uma sombra outra vez. — Eu os tenho observado. Centenas de anos depois, e são facções dentro de facções. Não avançam mais sob a bandeira do dragão rampante de Arthur, filho de Uther.

Ele tem vigiado meus Lendários? Não gosto disso. Caminho na direção do meu antigo oponente e fico surpreso ao vê-lo voar para trás. Como se estivesse me evitando.

Há algo... esquisito.

Olho para sua lança negra de aether ainda no chão. Quinze séculos atrás, sua pontaria era certeira o suficiente para atingir o olho de um homem através de seu elmo em um campo de batalha escuro. O Rei das Sombras não erra seu alvo.

A não ser que ele deseje.

Uma teoria se forma.

Corro na direção dele, usando a velocidade de Briana. Balanço a espada de aether — uma arma que pode feri-lo — em um amplo arco. Ela se choca contra um escudo, moldado às pressas com fumaça. Ataco novamente; outro bloqueio. Um giro, um ataque, e ele se dissipa e se recompõe a alguns passos de distância.

Ele está apenas se defendendo.

— Existe algo que você deseja compartilhar comigo? — pergunto. — Em relação à sua relutância em atacar este corpo?

O Rei recua, afastado a uma distância de dez passos com suas pernas longas e curvas com garras negras nas pontas.

— Digamos que esta menina é um investimento que gostaria de manter.

Ele não se move, mas lança um chicote fino de fumaça em minha direção. Uma garra consegue roçar o peitoral de Briana antes que eu consiga escapar.

Um lampejo de dor, queimando, espalhando-se.

Tropeço para trás, levando a mão ao peito de Briana. Rasgo o peitoral de aether, deixo-o se dissolver no chão e observo com horror uma árvore brilhante e ramificada crescendo sob a sua pele por baixo de sua roupa, descendo pela pele negra de seus bíceps até os pulsos. Ela pulsa, vermelha, no mesmo ritmo dos olhos ansiosos e sorridentes do Rei.

Uma marca invisível, ativada pela magia do Rei das Sombras, senhor dos demônios.

A fúria toma conta de mim.

— Você *marcou* esta garota *com sangue* — rosno.

— Sim... e não. — O Rei das Sombras dá de ombros, as asas subindo, então se ajeitando. — Eu marquei a ancestral dela. Ela apenas herdou.

Briana não é alta o suficiente para se erguer acima do Rei, mas eu avanço contra ele como se fosse.

— Por qual motivo você faria isso? Diga-me!

— Você me confunde com um de seus súditos, Pendragon! — As asas do rei se abrem, com o dobro da altura de um homem de cada lado. — Exigindo respostas como se eu devesse lealdade a você. Como se eu me ajoelhasse para você. "Por qual motivo?" — O Rei ri, um som crepitante, rouco, cada vez mais baixo. Sua voz me alcança no vento. — Pelos meus próprios motivos, é claro...

Com isso, sua forma de aether negro gira e se dissipa, iluminando a grama e o campo de batalha mais uma vez.

Mas isso não significa que ele se foi. Eu sei que não devo cometer esse erro novamente.

Eu giro em um círculo, as duas mãos em volta do punho da lâmina de Briana, procurando pelo meu velho oponente nos cantos escuros do campo aberto.

— Escondendo-se nas sombras de novo, velho amigo?

A risada do Rei irradia em uma onda vinda de uma direção, depois retorna em outra. Pode ser real, ou pode ser minha memória, enganando meus ouvidos e os de Briana.

Ele pode estar em qualquer lugar. Sob qualquer forma.

E, agora, ele se foi.

Mas temos visitantes. Os veículos se aproximam, seus sons aumentam. O motivo da partida do Rei, talvez? Eu me viro e vejo as três bestas de metal se aproximando no cascalho e, sem aviso, sinto os braços de Briana torcidos atrás dela em um aperto poderoso. Uma enxurrada de magia enche seu nariz: cernes encharcados de resina queimada, mirra e incenso.

— Arthur, não é? — Uma voz áspera sussurra no ouvido de Briana, cheia de veneno. — *Meu senhor*.

Reconheço o chiado de um homem cuja respiração é prejudicada por costelas quebradas. A assinatura do aether e os ferimentos identificam nosso captor.

— Acho que não nos conhecemos formalmente — falo. — É assim que você trata seu rei, Senescal Varelian?

Erebus puxa Briana na direção dele, com a mão em seu cotovelo. Eu permito, curioso para analisar seus ferimentos: o peito, que ele aperta de um lado com a mão esquerda; seu andar, lento por conta de uma perna machucada.

— Sua chegada complica as coisas — resmunga ele, estremecendo.

— Porque seus Juramentos o impedem de realmente machucar Briana? — pergunto, sorrindo. — Isso é lamentável. Para você.

Luto contra sua força e fico satisfeito quando ele precisa de ambas as mãos para me manter no lugar.

Chegamos aos veículos, e suas portas se abrem. Quatro guardas saem de cada carro, parando ao nosso redor.

— Bree? — chama um deles.

Ah, o jovem Merlin que ajudou Briana a escapar.

— Olá, Larkin Douglas — falo.

Ele arregala os olhos, surpreso, então olha para mim e seu comandante Senescal, a preocupação lutando contra o dever.

— Senescal Varelian... o que está acontecendo?

— Prestem atenção, todos vocês — anuncia Erebus. — Este indivíduo não é mais a Herdeira da Coroa Briana Matthews. Ela foi possuída pelo espírito de Arthur Pendragon, e foi ele quem atacou o esquadrão atrás de mim.

— Bree!

Erebus nos vira. Atrás de nós, a barreira de raízes desceu apenas por tempo suficiente para permitir que seus ocupantes saíssem.

As três figuras ainda permanecem no chão: o Herdeiro de Gawain, curvado sobre Selwyn, e a garota Primavida, Alice. Mas agora, montando guarda entre o curandeiro e nós, estão as Artesãs de Raiz que acompanhavam Briana. Através das memórias dela, lembro seus nomes: Mariah, a jovem. Lucille e Patricia, as mais velhas.

Isso vai ser interessante.

É Mariah quem encara o grupo de Merlins, os olhos em chamas.

— Liberte-a.

— Vocês não estão mais diante de Briana, Artesã de Raiz — responde Erebus. — Acho que você já sabe disso.

— É o corpo da Bree. *Da Bree*. Ela ainda está aí dentro — responde uma das anciãs. Patricia, recuperada do sequestro. — *Nós* vamos exorcizar o espírito. Você não tem nada a ver com isso.

— A garota pode não ser ela mesma — diz outra voz. — Mas ela ainda é uma peça valiosa.

A Regente, Cestra, para ao lado de Erebus. Deve ter acabado de emergir de um dos veículos da Ordem.

— Nós vamos controlá-la do nosso jeito — declara a mulher.

— Controlar? — disparo. — Isso é *traição*.

Cestra sorri.

— Contra quem? Os Regentes são os atuais líderes da Ordem. — Ela balança a cabeça. — Ataque-me como fez com a Guarda dos Magos, meu Suserano, mas algo me diz que você não veio até aqui para lutar contra o seu próprio reino.

— Não — declaro. — Eu vim para governar. Para reinar. Para vencer a guerra.

Ela exibe um par de *cyffion*. Erebus nos segura com mais força.

— Então você usará isso enquanto negociamos.

Analiso as *cyffion*. Não as vejo há eras. Nunca as vi sendo aplicadas a ninguém na minha corte, muito menos a mim.

Antes que eu possa protestar, Patricia intervém, a voz tremendo de raiva.

— Não se *atreva* a colocar isso nela.

Cestra ergue uma sobrancelha.

— E por que não?

Lucille, a menor das mulheres, avança, sua voz baixa e ríspida:

— Os ancestrais da Volição não vão mais tolerar correntes de qualquer tipo em nosso povo, nunca mais.

Cestra cerra os olhos de forma quase imperceptível.

— Eu não tenho medo de fantasmas.

— Deveria temer os nossos.

A mulher mais jovem, Mariah, abaixa o queixo, o punho cerrado apoiado nos quadris.

— Eu ouviria essas descendentes se fosse você, mulher — falo, com uma risada baixa e gutural.

— Se você soubesse o quão idiota você parece nesse corpo. — Cestra dá um passo à frente, abrindo a primeira algema. — A Ordem nunca permitirá que um erro como você lidere. E trabalhei muito para ser derrubada por uma garotinha cuja ancestral estava no lugar errado, na hora errada. — Ela olha rapidamente na direção do guarda, Larkin. — Douglas! Diga a Sitterson para recolher os feridos. Quero Kane e a garota Chen conosco.

Larkin olha de Cestra para Erebus, hesitante.

— Douglas, agora! — grita Cestra.

O Merlin se aproxima das Artesãs de Raiz com as duas mãos levantadas em sinal de paz. Lucille se vira para o Herdeiro de Gawain, que acena de leve com a cabeça. A linha de mulheres Artesãs de Raiz permite que Larkin passe, e os dois meninos começam a falar rapidamente sobre os feridos.

— Coloque as algemas, Senescal — ordena Cestra, entregando-as ao subordinado.

A voz de Erebus permanece inalterada.

— Por qual motivo, se me permite perguntar?

— Para que possamos lidar com ela e com o resto da Távola de uma vez.

A menção à Távola chama a minha atenção. Estão todos reunidos, esperando? Dez Herdeiros e o Herdeiro de Gawain... uma Távola quase totalmente reunida e já preparada para minha chegada. E Cestra sabe onde estão. A esperança queima, ao mesmo tempo que luto contra a irritação que sinto por essa mulher desagradável. Estar com meus cavaleiros novamente é impossível, mas ver seus descendentes, sentir seus espíritos...

Cestra olha para seu mago:

— Isso é uma *ordem*.

Erebus hesita por mais um tempo. Olha para as Artesãs de Raiz, para a barreira, então de volta para Cestra, suspirando.

— Como quiser, Regente.

Ele lentamente pega o braço de Briana — meu braço — e dá a volta para que fiquemos frente a frente. Eu poderia correr, lutar, como diz Cestra, mas desejo ver minha Távola. Eu desistiria da minha vantagem se isso significasse nos reunir novamente, em espírito e em carne.

Estico os braços de Briana com relutância.

Quando Erebus coloca a primeira algema em volta do pulso esquerdo de Briana, o efeito interno é imediato: uma dor lancinante e fria congela o poder dentro dela. Sua fornalha de raiz, minha sensação de aether no ar, a armadura que nós dois colocamos em torno de seu corpo se esvai. Tudo se transforma em nada.

Um instante. Os pelinhos na nuca de Briana se levantam. Erebus fica quieto de repente.

Silêncio.

Então, a barreira da Volição explode, florescendo até que a cúpula se espalhe o suficiente para abranger os veículos. Conforme ela se move para fora, segue-se um som profundo de estalo, sacudindo a terra entre nossos pés.

— O que é isso? — pergunta Larkin.

Os outros Merlins recuam, olhando para a terra com os olhos arregalados, como se estivessem ouvindo mais do que nós com nossa audição humana.

O tremor é o bastante para desequilibrar até mesmo os Merlins.

— Isso é a Volição! — grita Mariah. — Nossos ancestrais estão avisando, Lendário. Vão embora agora, rápido, ou serão aprisionados aqui e morrerão.

Cestra balança a cabeça, a boca fechada em uma expressão teimosa.

— O outro braço, Erebus.

Quando ele hesita novamente, a mulher agarra o pulso direito de Briana com os próprios dedos impacientes. Ela fecha a outra algema em meu pulso, e a terra ao nosso redor se abre com um estalo poderoso. Uma dúzia de fissuras em forma de raio dividem o solo ao redor dos Merlins, isolando o grupo em um pedaço de solo em ruínas.

Gritos irrompem ao nosso redor, e o chão se abre com outro estalo, e depois outro — e as rodas traseiras de um dos veículos vazios da Ordem caem na terra. Um alarme alto e estridente soa de dentro do carro, e suas luzes começam a piscar.

Cestra tropeça na onda do poder dos ancestrais da Volição. Eu quase rio com a queda dela, mas o barulho alto do chão ao meu lado rouba o meu senso de humor.

— Mulherzinha arrogante — zombo.

— Ela é mesmo. — Erebus segura o cotovelo de Briana com a mão e, com um único movimento, levanta Cestra com a outra, levando-a para um veículo desocupado. — Precisamos ir, minha Regente!

— Leve-nos até a Divisão do Norte! — exige Cestra, furiosa.

Erebus trinca os dentes.

— Sim, Regente.

A terra balança abaixo de todos nós, quase engolindo todos os outros veículos da Ordem. Resta apenas um, que pode cair no chão a qualquer momento, bloqueando nossa fuga.

— Larkin! — grita Erebus por cima do ombro, mas o outro Merlin está lutando para manter o equilíbrio carregando o menino Kane em seus braços na direção da casa e longe dos carros da Ordem. Ao lado dele, o curandeiro ergue a menina Primavida, levando-a para um local seguro também.

— Deixe-os! — exclama Cestra. — Tire-nos daqui!

Erebus pragueja e nos leva rapidamente para o veículo, jogando Cestra, que está furiosa, no banco da frente. Imediatamente, ela pega um tijolo preto fino e o leva ao ouvido.

— Aldrich, estamos a caminho...

Não consigo ouvir o resto porque Erebus empurra Briana para trás, colocando-a em um assento. Antes que eu possa protestar, ele pressiona a palma da mão quente contra a testa de Briana, fazendo com que o sono invada seu corpo. Em um segundo, ele está no banco da frente, ligando o veículo com um toque. Então, os olhos dela se fecham, e nós estamos indo embora.

57

NO MOMENTO EM que o corpo de Briana se recupera da mesmerização do Senescal, eu acordo, sendo atacado por todos os lados por sensações vívidas.

Meu estômago — o dela — se enche de náusea. A cabeça dela está vazia. Sua boca e seus lábios, ambos secos como palha. Tudo é agravado pela viagem irregular em uma estrada acidentada. As pesadas carrocerias de metal desses carros se movem rapidamente sobre a terra, mas será que não poderiam nos transportar com mais conforto?

Eu não gostava de vomitar em meu próprio corpo. Não vou gostar de fazer isso no de Briana, tenho certeza. Engulo a bile e organizo meus pensamentos.

O Senescal se moveu rápido demais para que eu usasse a habilidade de Briana para resistir ao seu poder. Não vou deixar isso acontecer de novo.

Um sol de fim de tarde brilha do outro lado da janela do carro. Passamos a maior parte do dia na estrada.

— Você está me levando até a Távola? — pergunto, na voz rouca de Briana.

Eu deveria exigir água.

No banco da frente, a mulher Regente se vira para trás e sorri.

— Nosso informante diz que eles estão reunidos na Fortaleza da Divisão do Norte, realizando uma votação sobre como proceder contra nós, os Regentes, agora que alguns... boatos se espalharam sobre o tratamento que dispensamos à Herdeira da Coroa e a seus aliados. Veremos se a sua presença é suficiente para trazer bom senso aos Lendários.

— Eu já vi esses jovens pelos olhos de Briana — falo. — Ao contrário de você, eles são leais à missão.

Os olhos de Cestra, pétreos e despidos de sentimentos, encontram os meus no espelho.

—Veremos.

Ao contrário do isolado Alojamento da Divisão do Sul, a Fortaleza da Divisão do Norte é um castelo de tijolos cinzentos no alto de uma colina.

Cestra e Erebus me rodeiam enquanto atravessamos o caminho de pedra que serpenteia ao redor do gramado da frente. O Senescal relaxa a cada passo, seu corpo cambion se curando de seus ferimentos recentes. Não há guardas nem Merlins esperando nossa chegada.

— Onde estão as sentinelas? — pergunto.

— Não estão esperando companhia.

Erebus aponta para um arco de pedra na lateral do prédio.

— Eles acham que organizaram uma reunião particular dos Lendários, os Herdeiros e Escudeiros que sobraram, alguns Juramentados recentemente, para discutir os rumores crescentes acerca da verdade por trás do desaparecimento de William Sitterson, Briana Matthews e a melhor amiga dela, a garota conhecida como Vassala Chen.

— Ah — falo. — Suas maquinações desandaram, não é?

A carranca de Cestra me responde antes que ela possa falar qualquer coisa.

— Convencemos os Lendários de que Sitterson e Matthews estavam juntos, escondidos para a própria segurança deles, a princípio, mas os pedidos de contato só podem ser negados durante um tempo. Esta caça ao tesouro na qual a sua descendente nos colocou durou muito mais do que havíamos planejado. Tempo demais. Os pais de Chen estão fazendo perguntas, assim como o pai de Matthews. Nicholas Davis sumiu completamente, e o corpo de seu pai foi encontrado pelas autoridades Primavidas. Os Lendários ainda acreditam, por enquanto, que Selwyn Kane está em uma Prisão das Sombras, mas até mesmo essa história pode ter começado a ruir com os boatos de certos Suseranos. — Cestra enfia as mãos no casaco comprido. — Permitimos que os jovens organizassem várias dessas reuniões, com olhos e ouvidos lá dentro para colher informações, é claro. É a primeira vez que todas as divisões se reúnem e, portanto, nós, como

Conselho, decidimos que agora é um bom momento para... como eles dizem isso? — Ela ri. — Participar do bate-papo.

Eu não entendo muito bem essa referência, é algo abstrato demais nas memórias de Briana.

— Por que permitir que eles se reúnam?

— Porque é muito mais fácil entender e orientar o sentimento do que esmagá-lo completamente. — Cestra sorri. — A guerra não é feita só de lâminas e arcos. Talvez, se você e a Távola original tivessem entendido isso, não estaríamos ainda nesta guerra.

Ela passa a mão por um corrimão de madeira.

Não mordo a isca dela.

— Você nunca viu o derramamento de sangue e o caos do Camlann, criança. Essa é a única razão pela qual você brinca com isso agora.

Penso em compartilhar que vi o Rei das Sombras, que este Camlann não será como nenhum outro, mas, depois que eu for coroado, os Regentes serão meus conselheiros. As únicas pessoas que precisam ouvir a verdade são os meus Lendários.

Atrás do edifício há um estranho tipo de arena cercada por quatro lances de degraus de pedra esculpida que dão para entradas em todas as direções, com um campo no meio. Na outra extremidade há uma pista de obstáculos com anéis suspensos e vigas finas para se equilibrar.

— Este é um lugar para treinamentos?

Erebus assente.

— Um dentre os vários lugares do tipo para os Lendários.

Erebus dirige minha atenção para o outro lado, onde uma multidão crescente de jovens se reúne em um círculo disforme. Nós nos movemos em direção ao conjunto de degraus mais próximo, vindo do leste.

Mesmo a essa distância, o clamor de uma discussão é audível. Conforme descemos os degraus de pedra em direção à multidão, algumas vozes e rostos se tornam mais claros. Eu reconheço muitos dos amigos de Briana da Divisão do Sul: Peter, o Herdeiro do meu cavaleiro Owain, e ê Escudeire dele, Greer. Victoria, a Herdeira de Tristan, e a Escudeira dela, Sarah. Felicity, a Herdeira de Lamorak, ainda sem um novo Escudeiro. O novo Herdeiro de Bors, um jovem garoto de dezesseis anos, sem Escudeiro também.

Crianças que possuem meros ecos dos meus homens.

Há outros reunidos aqui que Briana não conheceu, Herdeiro e Escudeiros de outras Divisões. Presumo que também estou vendo os Herdeiros de Kay, Bedivere, Erec, Caradoc, Mordred e Geraint.

Queria que seus rostos fossem familiares para mim. Queria poder sentir suas linhagens e espíritos, mas não sinto.

Todos os membros atuais da Távola estão presentes, exceto o amigo dela, Herdeiro de Gawain, e seu amado Nicholas. Preciso de uma Távola totalmente reunida para terminar o que comecei, para viver verdadeiramente neste plano e acabar com o Camlann por conta própria. Este grupo incompleto de dez Herdeiros e diversos Escudeiros terá que servir, por enquanto.

— Honrados Lendários da Távola Redonda, posso ter um momento da atenção de vocês? — grita Cestra ao passar.

Todos se viram ao mesmo tempo, como um corpo só — muitos criando armas de aether por instinto.

— Uma Regente...?

— Regente Cestra!

— É uma Senescal.

— Bree! — Greer e Peter se movem na minha direção.

— Não exatamente — diz Cestra, com um sorriso.

As crianças param, encaram-se e então olham de novo para Cestra.

Eu a encaro.

— Posso falar por mim mesmo.

— Onde está William? — pergunta Greer.

Girando os punhos, elu invoca o leão de aether de Owain.

— E Selwyn?

Felicity avança, a armadura de Lamorak se encaixando nos ombros dela. Cestra levanta as mãos em um gesto de paz.

— William está cuidando dos feridos. Um deles é o querido Mago-Real de vocês, quase sucumbindo ao sangue dele.

A multidão fica em choque.

— Chega — falo. — Permita-me falar com minha Távola.

— *Sua* Távola?

Uma voz altiva se junta ao grupo. O Regente que brinca de político desce as escadas de pedra a oeste, com seu Senescal a tiracolo.

— Aí está você, Gabriel — falo. — E Tacitus.

A multidão se abre para deixá-los passar. O Regente Gabriel estreita os olhos ao se aproximar.

— Você não fala como a garota, e ainda assim ela está aqui. — Ele olha para seu Senescal. — O que você acha, Tacitus?

Tacitus para a vários passos de distância de mim e me olha de soslaio, contorcendo os dedos cheios de anéis ao lado do corpo.

— Eu gostaria de fazer um tour por essa mente.

Suas presas mostram a sua idade, e seus olhos parecem queimar, quase tão escuros quanto os do Rei das Sombras.

— Bree, do que eles estão falando? — pergunta Greer, a voz falhando. — Por que você está algemada?

— Esta não é Bree — diz Victoria. Ela usa a velocidade de Tristan para avançar, aproximando-se de mim antes que os outros Lendários ousem chegar perto. — Não está vendo?

Sua Escudeira aparece ao lado dela num segundo.

— É...?

— Eu sou o Rei Arthur Pendragon da Bretanha.

Uma voz zombeteira ecoa pelo lugar. Eu me viro e vejo o Lorde Regente Aldrich descendo, com um brilho no olhar, as escadas ao sul, se aproximando do nosso grupo.

— Filho de Uther Pendragon. O primeiro portador de Caledfwlch, a lâmina Excalibur, e o primeiro da Távola Redonda na guerra santa contra as Crias Sombrias.

— Você reconhece o seu rei, Aldrich — respondo. — Será muito mais fácil para você ceder a liderança a mim, e depressa.

— Bree... — chama Greer.

— Ela *não* está ali dentro! — Victoria balança a cabeça, gritando para os Lendários. — Esta não é a nossa Herdeira de Arthur! Está mais para um demônio do que para um Lendário. Olhem para ela! Está possuída por um fantasma. Os Regentes deveriam tê-la mantido drogada e trancafiada!

— Victoria, minha querida — diz Aldrich, com uma careta. — Nos dê um pouco de crédito. Tentamos fazer isso, mas havia traidores no nosso meio.

—Tor...? — Sarah se afasta da namorada. — Os Regentes nos disseram que Bree tinha se escondido com William pela segurança dela. Todas essas semanas em que tentamos descobrir se estavam mentindo, você... você sabia o que realmente tinha acontecido com eles?

Outra onda de choque se espalha pelo grupo.

Victoria ergue a cabeça.

— O Camlann chegou e Bree não tem ideia do que está fazendo. Ela nem deveria estar aqui, Sar!

O rosto de Sarah é uma confusão de emoções: choque, medo e depois algo parecido com nojo.

—Você se infiltrou para ajudar os Regentes? Esse tempo todo?

Enquanto as garotas discutem, noto a lâmina envolta em pano que Aldrich manteve escondida atrás dele. Mesmo sem vê-la descoberta, minhas mãos e meus dedos coçam para reivindicá-la. O corpo de Briana conhece a lâmina porque o nosso sangue compartilhado exige isso, mesmo quando algemado.

—Você está com a Caledfwlch — constato.

— Isso aqui?

Aldrich ergue a espada pela parte plana da lâmina, puxando as cordas enquanto fala. Aos poucos a arma surge em sua forma real, quando não é mantida pelo sangue do Pendragon: uma espada longa de metal antigo, estreita e fina, sem características notáveis e sem maior força do que qualquer outra lâmina forjada em metal.

Exceto pelo fato de que está partida em duas.

— O que você fez, garoto? Essa lâmina foi forjada pelo próprio Merlin. — Meu sangue gela, doses de pânico correndo pelas minhas veias. — Não pode ser forjada por ninguém novamente.

Aldrich solta uma gargalhada.

— Garoto? — Ele balança a cabeça. — Você realmente é Arthur. Com relação à Excalibur, fiz com que meu Senescal a partisse para poder guardá-la depois que Briana não a colocou no seu devido lugar na pedra.

— Guardá-la? — disparo, apontando para os pedaços. — Entregue-a a mim! É minha por direito de nascença!

Aldrich me olha, então se vira para a multidão de Lendários:

— Se você é o verdadeiro rei, acho que deveria lutar por sua espada quebrada diante de sua Távola. Três Senescais devem ser suficientes, você não acha?

A tensão faz o ar ao nosso redor ficar pesado, mas meu corpo parece cantar.

— Estou preparado para fazer o que for preciso — murmuro, e estendo a mão para lançar um escudo e uma lâmina de aether. Apenas para me lembrar do *cyffion* prendendo meus braços.

Aldrich continua a falar com os Lendários:

— Vocês serão governados por um rei que se permite ser algemado como a usuária de magia desonesta que ela é? Se tirarmos isso, ela vai nos mostrar a raiz não natural de Briana? Ou sua incapacidade de controlar até mesmo o mais básico dos poderes Lendários?

Esse é o objetivo dos Regentes, não é? Forçar a Távola a testemunhar seu rei fora de controle, possuído por um espírito e fraco em batalha? Desacreditar Briana antes mesmo de ela começar? Os Lendários olham de mim para os Regentes, para os três Senescais, e para mim novamente. A incerteza se espalha entre aqueles que não conhecem Briana, e a confusão se espalha nos rostos daqueles que a conhecem.

Mas é o olhar alegre no rosto de Victoria que faz o "descrédito" parecer o menor dos males.

— Ela não pertence a este lugar — diz ela. — Nunca pertenceu. E agora ela está corrompida. Assim como ela deseja *nos* corromper, vocês não enxergam?

Victoria não é uma líder nata, mas sabe como controlar uma multidão. Suas palavras fazem a confusão se transformar em suspeita para alguns, e, então, medo.

— Por que você não manda Erebus remover essas algemas, Aldrich, para vermos quem triunfa? — sugiro, com sarcasmo.

— Chega!

Com um estalo alto, o aether desce ao redor dos seis membros do Conselho, prendendo-os em uma prisão azul quase translúcida com padrão cruzado.

Os membros do Conselho gritam em protesto, mas os Lendários mal reagem. Em vez de responder com alarme, os Herdeiros e Escudeiros reunidos se separam, permitindo que quatro dos Escudeiros desconhecidos de Briana passem pela abertura. Enquanto os Senescais dentro da prisão de aether fazem tudo ao seu alcance para quebrá-la, os quatro Escudeiros desconhecidos os cercam com os braços estendidos e os dentes cerrados, sussurrando feitiços e palavras que soam estranhas aos ouvidos de Briana para reforçar a estrutura.

Mas seus encantamentos, seus cantos, os movimentos de suas mãos... são uma forma de magia que não vejo há muito, muito tempo.

Vejo agora que esses "Escudeiros" que Briana não reconheceu não eram Escudeiros, e que essa reunião clandestina interrompida pelo Conselho não era apenas uma reunião de membros da Távola Redonda. Esses quatro usuários de aether também foram convidados e, em sua briga com as crianças Lendárias, o Conselho não percebeu que os forasteiros estavam observando, esperando.

— *Quem* são vocês? — questiona Victoria.

Parece que a espiã do conselho, Victoria, não sabia de tudo.

— Victoria? — grita Cestra. — O que é isso?

— Não *o quê* — responde uma nova voz. — Quem.

Três dos recém-chegados se separam para analisar o feitiço da prisão, deixando seu último membro livre para se mover. É uma jovem de cabelo castanho curto, vestindo peças de couro e botas marrons.

Respiro fundo quando os nossos olhos se encontram.

Não pode ser. Não deveria ser possível.

Neste momento, a guerra, o Rei das Sombras, os Regentes tolos, todos desaparecem até se tornarem assuntos menores. Até a Caledfwlch foi esquecida sob a pressão do sangue em meus ouvidos, o batimento cardíaco martelando no peito de Briana.

A jovem desvia o olhar do meu e se volta para os Regentes:

— Nós assistimos, ouvimos e finalmente chegamos ao nosso *limite*.

A malícia em seu olhar diminuiu, mas ainda está lá. Seu rosto tem uma forma diferente, assim como seu cabelo, mas, ao contrário de quando olho para meus cavaleiros, *consigo* ver seu espírito pairando ao redor dela. Não sei por que ela é diferente das outras, mas sei que a reconheço e a sinto diante de mim.

Reconheço minha irmã.

— Morgana?

A jovem olha para mim, feroz como sempre.

— Não fale comigo.

Engulo o choque e a dor, cambaleio para a frente nas pernas trêmulas de Briana.

— É você mesmo, irmã? — sussurro. — Minha Morgana?

Os olhos da mulher brilham.

— Eu não sou sua irmã — diz ela, com uma calma enervante. — Mas nós somos descendentes dela. E está na hora de colocarmos um fim nos Regentes e na Ordem.

— Colocarmos... um fim? — gaguejo. — Morgana.

— Meu nome é Ava — diz a garota, me corrigindo.

Os olhos dela são como duas adagas idênticas apontadas diretamente para mim.

Essa garota diz que não é Morgana e suas feições são diferentes, mas não consigo deixar de sentir que estou diante de minha própria irmã, sangue do meu sangue.

— Seu reino, sua *Ordem*, é exatamente o que fez sua irmã ser exilada! — grita Ava. — Ou essa história ficou perdida entre suas muitas guerras?

Vasculho a mente de Briana para descobrir o que ela sabe sobre os descendentes de minha irmã. Para minha frustração, não há muita coisa.

— A Ordem... acusou seus descendentes de traição... — A raiva me inunda. — Não, isso foi um erro — falo. — Eu vou consertar isso. Juro.

— Tarde demais para isso, velhote — responde Ava, num tom amargo.

Ela levanta a mão, o aether estalando e rodeando-a como uma trança. Do mesmo jeito que a magia da minha irmã chegava até ela.

Bum! Os Senescais atacam sua prisão juntos, formando rachaduras finas que se espalham como uma teia. É apenas uma questão de tempo antes que rompam.

De dentro de sua prisão cruzada, Cestra grita com a Herdeira de Tristan:

— Você escondeu isso, Victoria! Você escondeu que a Távola se alinhou com Morganas!

A Herdeira de Tristan ergue as mãos.

— Eu não sabia, juro!

— Os Morganas nos abordaram com suas informações sobre o que os Regentes estavam fazendo nos bastidores — explica Greer. — Eles são a razão pela qual sabemos que vocês drogaram e sequestraram William e Bree. Eles nos disseram que vocês trancaram Sel em uma Prisão das Sombras sem realizar um julgamento. Eles são a razão pela qual sabemos que os três escaparam e que vocês queriam matar Nick. O inimigo do seu inimigo é seu amigo, e os Regentes provaram ser inimigos de todos os Lendários.

A raiva toma conta das feições de Victoria.

— E você escondeu isso de mim? — Ela lança um olhar raivoso para os companheiros Lendários. — Todos vocês?

— Sim. — A decepção estampa o rosto de Sarah. — Porque não confiávamos em você.

Victoria encara a namorada com os olhos arregalados.

— Sarah?

A jovem balança a cabeça.

— Você tentou nos fazer confiar no Conselho, mesmo quando todos nós sabíamos que eles estavam mentindo para nós... Você perseguiu Bree desde o começo, Tor, pelos motivos errados. — Seus olhos brilham com lágrimas não derramadas. — Então eu disse aos outros que eles não podiam confiar em você.

Em um momento de distração, Serren, o Senescal dos Construtos, finalmente abre a prisão, libertando todos os seis ocupantes de uma vez. Sem hesitar, ele cria duas foices e as aponta para a Morgana mais próxima. Erebus e Tacitus seguem logo atrás, criando armas e se esquivando de seus oponentes. A princípio, parece que os Morganas podem se defender, mas os três Senescais são mais velhos, mais fortes. Cambions construídos para a guerra. E, no entanto, o grupo de Morganas não luta sozinho. Leva apenas um momento para os Herdeiros e Escudeiros se juntarem a eles e enfrentarem os três Mestres Merlins.

Os Regentes traidores começam uma fuga desenfreada, deixando seus Senescais e a magia deles diante de uma multidão de quase vinte guerreiros treinados.

Mas eles não vão escapar de mim.

A batalha cresce em volume e violência ao meu redor, e caminho na direção dos Regentes em retirada, mas no terceiro passo sinto um puxão no chão e olho para baixo: os pedaços quebrados da Caledfwlch. Onde Aldrich a deixou cair no chão, a lâmina me chama mais uma vez.

Eu me ajoelho no chão para recuperá-la. Assim que os dedos de Briana envolvem o cabo, a pequena seção da lâmina ainda presa arde em fogo azul, lançando um brilho forte e amplo mais uma vez. Um golpe no meu pulso com a borda irregular, e o primeiro punho da algema cai. Viro a lâmina, corto novamente, e a algema direita se rompe. Minha armadura ruge, ganhando vida nos meus braços e ombros, no meu peito e sobre meus quadris, joelhos, pés.

Assim que me vejo envolto em aether e respirando com facilidade, percebo os Senescais se retirando, superados em número pela Távola Redonda quase cheia e pelos Morganas.

Meu triunfo dura pouco, no entanto, porque, abruptamente, Ava, descendente de minha irmã, está diante de mim, observando minha armadura e a Excalibur com olhos solenes.

— Eu gostaria que você não tivesse invocado seu aether.

Passo a ponta quebrada da Caledfwlch para a mão esquerda, o indício de batalha estalando entre nós. Invoco o aether em direção à ponta da espada partida, reconstruindo rapidamente sua lâmina brilhante até que a espada esteja completa.

— Por quê? — pergunto.

Ava invoca a própria espada em um piscar de olhos, aproximando-a do corpo, pronta para a batalha.

— Porque ainda que tenhamos vindo aqui para lutar contra os Regentes, você é o coração da Ordem, Arthur. E para que ela realmente morra, você também deve morrer.

— Não desejo ferir a descendente de minha própria irmã, mas o farei se for preciso.

Ergo a lâmina feita metade de aether e me preparo para atacar.

Antes que qualquer um de nós possa atacar, um som estridente irrompe de um túnel escuro situado entre duas escadarias de pedra. Um grande veículo sai, disparando pelo gramado e vindo em nossa direção.

58

SIGO ARTHUR E Morgana de perto conforme atravessamos os corredores do castelo, mas tento adivinhar quão grande o lugar é e quantos quartos tem. Fico perdida, ou os aposentos mudam de lugar enquanto andamos. O sonho de Camelot de Arthur parece meio real, meio ficção, meio desejo. Não faço ideia de quanto tempo se passou no mundo exterior ou se o sonho se move rápida ou lentamente. Não tenho ideia do que Arthur está fazendo enquanto possui meu corpo. E tenho medo de descobrir.

Desejos são jogos mentais perigosos que jogamos com nós mesmos. A única maneira de ganhar é não jogando.

As palavras de Sel soam mais verdadeiras que nunca.

A coroa do Rei das Sombras está em um calabouço nas entranhas de Camelot, em um suporte de metal atrás de um construto trançado de aether, meio translúcido. Apesar de eu saber que estamos em algum lugar subterrâneo, a coroa está sob o sol, que chega ali através dos andares por uma claraboia pequena e redonda acima de nós.

— Eu mesma fiz essa barreira — diz Morgana. — Merlin me ensinou como fazer.

— É mesmo? — pergunta Arthur, e ela parece brilhar de orgulho diante do irmão.

É difícil prestar atenção na conversa deles, porque meus olhos estão focados na coroa.

Os objetos inanimados no mundo de sonhos de Arthur parecem brilhantes e nada realistas, mas a coroa do Rei das Sombras é como um lampejo da realidade — lascada e amassada, suja de terra. Seu formato de garras, a cor, a forma como a luz parece ser absorvida pelo metal, em vez de refletida.

— E o que é que você gostaria de me mostrar? — pergunta o Arthur do sonho.

Tento entender, e não pela primeira vez, o que faz com que essa interação entre Arthur e sua meia-irmã seja um sonho e não uma memória. Às vezes, nossos sonhos são memórias revisitadas, claro, mas outras vezes os sonhos se desprendem do que foram e se tornam algo novo.

Eu me pergunto se a natureza tranquila e acessível de Morgana é o que faz essa visão ser fictícia, uma idealização do quanto ela compartilha com o irmão e como está orgulhosa de aprender com ele. A garota que vi na memória do banquete de Arthur era muito mais nervosa e reservada. Um objeto para ele proteger e cuidar, não uma conselheira ou confidente com a qual ele compartilhava segredos.

Morgana anda ao redor da coroa.

— Você viu como ela ficou opaca desde que você a tirou do Rei das Sombras?

Arthur se aproxima, e eu me junto a ele.

— Sim — diz ele. — É a poeira?

Ela balança a cabeça.

— Tenho uma teoria.

— Fale.

Ela se envaidece com a atenção dele.

— Acredito que essa coroa não é diferente de sua Caledfwlch. — Morgana se aproxima, inspecionando a coroa ao falar. — A Caledfwlch absorve seu poder, mas está ligada a você. Conectada. É por isso que ninguém mais pode usá-la em batalha *a não ser* você. Quando está longe de você, também fica opaca.

Uma ruga aparece entre as sobrancelhas de Arthur.

— É uma arma de aether?

Morgana assente, empolgada.

— Sim. E como é a arma de aether do Rei das Sombras, ele não apenas perdeu sua coroa, mas também perdeu a capacidade de liderar e lutar. Por isso ele se tornou fraco e pereceu. Não é maravilhoso?

Arthur coça a barba.

— Isso vai parar a guerra para sempre?

Morgana suspira e se inclina até a coroa ficar na altura de seus olhos.

— Não sei. A corte ficará presa do outro lado, mas com relação aos outros Lendários... O caos pode torná-los mais forte. É por isso que Merlin está trabalhando no Feitiço da Eternidade para você e a Távola... — Os dedos dela pairam sobre a barreira. — Mas e se houvesse uma forma de *usufruir* até mesmo do poder moribundo dessa coroa, irmão? Usá-lo a nosso favor?

Com gentileza, Arthur puxa a irmã para trás pelos ombros.

— Nada de bom pode vir de magia de Crias Sombrias, Morgana.

Ela resiste por um momento antes de ceder ao toque dele.

— Não tem como você saber.

— O que Merlin diz?

Ela se endireita.

— Que ele não confia no povo demoníaco e que sabe mais do que os outros por que a magia deles não é de confiança.

Eu me aproximo da barreira com a mão esticada antes de me segurar. Não sei por que essa coroa feia, retorcida e sombria me atrai, mas é a única coisa desse mundo que é descaradamente real.

Talvez seja por isso que não consigo me segurar.

Assim como o Arthur do sonho me atravessa como se eu não fosse nada, meus dedos atravessam a barreira do sonho como se ela sequer existisse.

Mas a coroa é sólida. Assim que as pontas dos meus dedos tocam a parte mais alta da coroa do Rei das Sombras, uma onda negra de poder pulsa do centro dela, sobe pelos meus braços e se espalha pelo meu peito.

Sinto a marca de sangue ganhar vida antes de ver uma luz brilhar debaixo da minha camisa.

E, com ela, minha raiz volta à vida com um rugido, chamas carmesim me cobrindo como um cobertor, iluminando o calabouço com a cor doce e furiosa da Arte de Sangue. Quase choro de alívio.

O grito horripilante que Morgana solta acaba com meu entusiasmo.

— Merlin! — grita ela.

Eu me viro, trazendo as chamas de raiz comigo. Morgana e Arthur já estão com as lâminas desembainhadas.

— Quem é você, monstro?

— Eu... eu... — gaguejo, o choque pelo fato de eles poderem me ver substituindo o alívio por ter meu poder... *qualquer* poder... de volta nesse reino. — Vocês conseguem me ver?

Morgana conjura uma bola giratória de aether na palma da mão e a leva para trás, pronta para arremessá-la.

— A quem você serve?

— A ninguém! — falo, mas cometo o erro de erguer as duas mãos em defesa.

As chamas vermelhas sobem mais alto e mais brilhantes entre nós.

Um som familiar e estridente corta o ar, mais alto que o som das chamas de raiz. Uma coruja está voando lá em cima, e então ela mergulha pela claraboia. Um segundo depois, o próprio Merlin está entre mim e Arthur, seus olhos refletindo o vermelho-escuro da raiz. O intento assassino no rosto do feiticeiro me surpreende, e quase caio ao me afastar dele.

— Abrande seu poder, ou farei isso por você.

Forço minha raiz o máximo que consigo, mas ela não desaparece, apenas diminui o bastante para que Merlin possa ver meu rosto. E a marca de sangue brilhando em meu peito.

— Você carrega a marca do Rei das Sombras — sibila Merlin.

— Não, é do Caçador... — O protesto morre em meus lábios.

O Caçador... O Grande Devorador... é o Rei das Sombras.

O que significa que o Rei das Sombras sobreviveu ao ataque de Arthur e viveu tempo o bastante para marcar a Linhagem de Vera com sangue.

Todo demônio que nos assombrou, independentemente do modo como aparecia, era o mesmo. Um único demônio ancestral que marcou nosso poder... e que está esperando por seu prêmio.

Antes que eu possa processar aquilo por mais tempo, Merlin avança.

Atiro uma parede de chamas no último segundo, e ele ruge de dor, pulando para trás com as mãos e os braços queimados.

Não espero para fugir. Passo pela porta de madeira aberta que nos trouxe até o calabouço, disparando o mais rápido possível até o corredor... e vou diretamente até uma couraça de aether.

Essa armadura é mais do que uma túnica e cota de malha. Ela irradia um brilho azul-prateado, só podendo ser conjurada apenas após Merlin encantar o sangue da Távola com magia. Braços fortes me seguram pelos ombros e me erguem, até eu ficar cara a cara com Sir Lancelot.

— Quem é você, garota?

Faço a única coisa em que consigo pensar.

— Nada disso é real! — grito.

Sobressaltado, ele abre a boca para responder, mas é interrompido pelo trovão que sacode as paredes à nossa volta. Ele me solta, e eu atravesso o corredor em busca de uma porta, qualquer porta que me tire desse sonho.

Lancelot está logo atrás de mim, gritando. E a assinatura do aether de Merlin parece se agarrar ao meu nariz. Ouço suas chamas mágicas quando ele lança o poder pelas paredes do corredor apertado.

Vejo minha saída à frente e a empurro com o ombro, forçando a porta para fora... e chego no meio de um dia iluminado de verão em um pátio vazio e coberto de serragem, rodeado por raques de espadas de madeira para treinos e, ao longe, árvores gigantescas.

Eu me viro, esperando ver a porta desaparecer assim como as outras, mas Lancelot e Merlin surgem atrás de mim com armas nas mãos.

— Isso não é real! — grito. — Vocês não são reais!

Uma trovoada transforma o dia em noite. Raios caem ao meu redor, e as tochas espalhadas pelo pátio se acendem com fogo sem fumaça. Relâmpagos trovejam mais uma vez, me cegando temporariamente... Tudo está branco. Pontos cintilantes brilham no meu campo de visão, e tudo parece turvo... Então eu corro de costas, me agachando, tossindo, esperando minha visão voltar.

Imediatamente me dou conta de que forcei os limites do sonho. Se eu continuar, o mundo irá ruir ao meu redor. Se os relâmpagos não me pegarem primeiro.

— Saia de onde está, demônio! — grita Lancelot para mim. Ele também está tossindo com a fumaça, e de alguma forma evitou os raios. É impossível me ver. — Sabemos que você é da Corte das Sombras.

Corro até um raque de armas e me escondo atrás delas, tampando a boca, forçando minha raiz para dentro até ela sumir. Merlin é meio-demônio... será que ele se move como Valec? Se me ouvir, será que estará do meu lado em um piscar de olhos, pronto para me matar sem piedade?

O raque de armas de madeira atrás de mim é arrancado do solo e arremessado para longe. Disparo na direção das árvores, mas sinto a mão de alguém agarrando meu colarinho e me segurando com força. Então sou erguida e rodopiada até ficar de frente para Merlin, que me olha com ferocidade, franzindo as sobrancelhas espessas.

— Aí está você, pequena Cysgodol.

— Eu não sou uma Cria Sombria! — grito.

Merlin me solta no chão, liberando as mãos para invocar aether ao redor dele, conjurando uma tempestade tão forte que rapidamente limpa a fumaça.

— Sua marca diz o contrário.

Não tenho tempo de explicar mais nada antes de Merlin me atacar. Não há escapatória.

Minha marca de sangue pulsa no mesmo ritmo do meu coração acelerado. Em vez de ficar mais fraca, como aconteceu antes, ela está *viva* e radiante, brilhando através das minhas roupas, serpenteando pela minha garganta, descendo pelos meus braços e cotovelos.

Merlin está certo. O Rei das Sombras *realmente* me marcou... e, ao despertar a marca dele, recuperei minha raiz. Não apenas a recuperei... Ela veio mais forte. Eu me dou conta de que, pela primeira vez desde que apareceu, sinto que meu poder não se parece com a raiz de Vera.

Aqui neste mundo, de alguma forma, posso manusear as chamas vermelhas como eu quiser.

Elas pertencem a *mim*.

Não vou ficar à mercê dessas visões, desses fantasmas de pessoas mortas há tempos. Esse até pode ser o sonho de Arthur, mas vou destruí-lo com fogo antes de morrer aqui. Se puder, vou transformá-lo em um pesadelo, do meu jeito.

— Não vou morrer sem lutar — falo, me afastando.

Lancelot alcança Merlin, brandindo duas espadas cintilantes.

— Eu estava esperando que ela fosse dizer isso.

Pressiono as mãos na terra, invocando minha raiz até a superfície por tempo suficiente para lançá-la pelo chão até os pés deles. Merlin salta para trás antes que minhas chamas o alcancem, e Lancelot acelera até ficarmos frente a frente, dois contra uma.

Eu me deleito com a surpresa nos olhos de Merlin. Ele já lutou contra demônios, mas nunca lutou contra mim. Ele e Lancelot se entreolham, mudando a posição de suas armas, me analisando.

Não espero até eles criarem uma estratégia. Em vez disso, direciono minha raiz para cima e para fora do meu peito, até os meus braços, e peço a ela para que faça algo que nunca consegui com o poder de Arthur: que se torne sólida.

E, aqui, ela responde.

A raiz flui pelo meu peito e pelas minhas pernas, solidificando-se no caminho até eu estar coberta de rubis achatados e iridescentes, um por cima do outro em camadas que se parecem com...

— Escamas — sibila Lancelot.

Merlin balança a cabeça.

— Não é possível. Eles estão extintos.

— Dragões nunca morrem — sussurro, e avanço na direção dos dois, me movendo como uma lâmina através de líquido.

Giro no último segundo para golpear Lancelot com uma manopla com garras, partindo a armadura dele em duas. Minha garra atinge o ombro dele até o músculo, e então recuo.

Com os olhos arregalados, ele conjura novamente a cota de malha, unindo os pedaços partidos.

Uma lança assobia. Eu me abaixo, esquivo e empurro o chão para me lançar na direção de Merlin.

O feiticeiro conjura uma parede de aether assim como fez antes, mas, dessa vez, girando ao meu redor, aproximando-se de mim, me encurralando. Ele está proferindo um encantamento, conjurando um construto cada vez mais sólido.

Uma prisão feita para me prender.

Não vai funcionar.

Empurro o círculo que está se fechando. Ele estremece.

Uma lâmina atinge meu punho através da barreira. Um golpe de Lancelot, forte o bastante para quebrar ossos...

Mal perfura as minhas escamas.

Recuo. Invoco a raiz em meu peito para contra-atacar a prisão giratória de Merlin, movendo minhas chamas velozmente na direção oposta até as duas se dissiparem, uma contra a outra.

Merlin está na minha frente, ofegante, as mãos esticadas e os olhos arregalados com terror.

— Demônio!

Lancelot ajusta sua empunhadura no ombro ferido.

— Monstro.

— Não — falo. — Meu nome é Bree.

— Bree. — Lancelot pisca algumas vezes e balança a cabeça. — Bree?

— Sim! — grito. — Bree!

Antes que se preparem para outro ataque, eu me lembro da corrente com foice de Sel. Com um pensamento, minha chama mágica se espalha pelo chão, formando correntes, um elo por vez. A esfera pesada em uma das mãos e a lâmina curva em outra.

Ergo a arma acima da cabeça como Sel fez e rio da sensação do poder da minha própria raiz em minhas mãos, mortífera ao meu comando, porque eu a fiz assim.

— Cerque-a! — grita Lancelot.

Merlin grita alguma coisa que não consigo ouvir. Mais acusações, mais mentiras, mais condenações.

Eu o ignoro e giro a corrente mais rápido.

Depois do que parece um rosnado de frustração, Merlin se abaixa para socar o solo com um dos punhos queimando em azul. O aether dele ondula ao meu redor, mas, em vez de assumir a forma de um ciclone para me rodear, ele se solidifica em construtos na forma de seis animais.

As raposas prateadas formam um círculo, rangendo os dentes e uivando atrás de mim, ao longe, na minha frente.

Atrás delas, Merlin e Lancelot se afastam. Merlin ordena que seus construtos lutem em seu lugar.

— Covarde — sussurro. — Mandando criaturas fazerem o seu trabalho.

Merlin e Lancelot trocam palavras furiosas que não consigo ouvir por cima do barulho da minha arma e dos uivos dos cães. Eles parecem estar discutindo, provavelmente sobre a melhor forma de me derrotar.

Não faz diferença. Eu não vou dar a eles tempo para chegarem a um consenso.

Os cães do feiticeiro desaparecem — fatiados em pedacinhos — em menos de três rotações.

Isso pega Merlin e Lancelot de surpresa. Sorrio. Ótimo. Estico a corrente para que a lâmina assovie perto deles, e dou um passo para mais perto.

— Pare! — gritam eles. — Bree!

Outro passo.

Eles começam a fugir ao mesmo tempo quando um trovão acima de nossas cabeças sacode a terra, e o céu brilha com um relâmpago.

O mundo dos sonhos está contra-atacando.

Um relâmpago cai aos pés deles, fazendo com que saiam voando em direções opostas.

Antes que eles possam erguer uma espada, invocar um cão ou usar o aether deles contra mim, deixo que a foice de corrente se derreta em chamas ao lado do meu corpo. Então alimento as chamas com raiz, injetando ainda mais combustível nelas, *imaginando* as armas no formato que desejo.

Imaginando as *asas* que desejo.

Enormes. Com garras. *Poderosas.*

Com uma poderosa batida, estou no ar.

As asas são brilhantes, vermelhas com escamas de rubi e parecidas com couro; medem três metros de largura de cada lado. O trovão ressoa, me dando apenas tempo suficiente para desviar para o lado e me afastar de um relâmpago. Sou mais rápida no ar, mais forte.

Não quero descer nunca mais.

Um raio divide o céu em três lugares ao mesmo tempo. O trecho de árvores mais próximo do castelo arde em chamas. O fogo salta e se espalha. Logo toda a floresta estará em chamas.

Abaixo de mim, Lancelot e Merlin agitam os braços, me chamando de volta.

— Desça!

— Que diferença faz para vocês? — grito. — Vocês só querem me matar.

— Não é verdade, garota misteriosa! — grita Merlin, e minhas pálpebras estremecem.

O vento chicoteia perto das minhas orelhas, provavelmente distorcendo os sons tão aqui em cima. Eu me ajeito, endireitando as asas para continuar voando.

— Bree, por favor! — grita Lancelot, e desvia por pouco de outro raio que cai aos pés dele.

O sonho, o sonho de Arthur... está mudando. Está dialogando comigo agora, como se conhecesse as minhas esperanças e desejando que eu acredite nele. Como uma droga, ele quer que eu absorva a mentira. Está construindo uma nova história que acha que eu vou aceitar, tenho certeza.

Uma mentira que diz que eles estão aqui comigo.

Mas não é possível.

Não quando os rostos deles ainda são de Lancelot e Merlin, homens bem mais velhos do que eu e mortos há muito tempo. Homens que nunca me conheceram, nunca me conhecerão e jamais poderiam compreender quem eu sou ou o motivo pelo qual sou assim.

— Não... — Balanço a cabeça. — É o sonho. Foi isso que prendeu Arthur... O sonho o recompensava se ele acreditasse, o punia se questionasse...

— Você se lembra do que eu falei para você? — diz Merlin para mim. — Que você é a criatura mais teimosa que eu já vi.

— Você nunca me disse isso... — sussurro, mas minha consciência já está alinhada com as minhas memórias, na direção da esperança, e eu vou descendo cada vez mais na direção da terra sem me dar conta.

Um cordão prateado se enrola em meu tornozelo — e puxa.

— Não! — grito, mas minhas asas estão se desmaterializando sem meu foco.

Elas batem contra a corda de aether e me puxam para baixo, mas perdem força a cada batida da minha asa, o construto perdendo a solidez até se tornar chama e fogo sem substância.

Um puxão final e forte me faz cair no chão, mas, antes que eu possa me recuperar, braços reforçados com aether envolvem meu peito e me puxam contra uma armadura sólida.

— Sou eu...

Eu grito, e minha raiz se expande para fora e para cima. Lancelot encolhe a cabeça — de elmo e tudo — contra meu ombro e aguarda até passar.

Mas não há limite para minha raiz. Envio mais chamas em ondas, sem parar, mas toda vez que a armadura dele é atingida, ele a invoca novamente e me abraça com mais força.

Estou ofegante nos braços dele, e as chamas vermelhas nos cercam. Ele não solta, e eu não paro.

Até que sinto um puxão bem no centro da minha fornalha. Ergo a cabeça e vejo Merlin ajoelhado diante de nós, a mão aberta pairando a trinta centímetros de distância, recolhendo uma esfera rodopiante da minha raiz vermelha em sua palma. É apenas o suficiente para que minhas chamas enfraqueçam brevemente. Eu as invoco de volta à vida com um rugido e aponto diretamente para ele.

Merlin absorve o fluxo de poder, mas estremece com o esforço, as presas à mostra.

— Nicholas — diz ele, por entre dentes. — Não é o bastante. Ela... é forte demais. Ela não acredita que somos reais. Ela vai nos matar se conseguir se libertar.

Ao meu lado, Lancelot olha para o alto.

— E eles vão matá-la lá fora se não a trouxermos de volta! Tente de novo!

Merlin levanta as duas mãos, absorvendo duas vezes mais meu aether, extraindo-o tão rapidamente quanto eu consigo invocar, assim como uma raposa demoníaca faria.

— Ainda não é o bastante.

Ele cerra os dentes e balança a cabeça.

— Continue tentando! — grita Lancelot.

Uma pausa. Um rosnado.

— Você sabe o que preciso fazer — declara Merlin.

— Não!

O capacete de Lancelot desapareceu. Consigo ver o queixo dele agora, o cabelo loiro-escuro empapado de suor na testa dele.

— Eu não posso perder você. Eu *não vou* perdê-la...

— Você vai perder nós dois se não me deixar tentar — diz Merlin.

Os dois homens me encaram. Algo naquele olhar compartilhado, a preocupação ali, o cuidado... faz o sonho parecer bom demais para ir embora. Dá vontade de ficar ali entre eles, mesmo que no final seja tudo mentira.

A voz de Lancelot está tensa quando ele finalmente responde:

— Faça.

Merlin engatinha para mais perto.

— Quero que você saiba, Briana Matthews — diz ele —, que você vale isso e muito mais.

Sem hesitar um segundo, ele me puxa para perto o suficiente para que quase nos beijemos. E absorve meu poder em seu corpo. Devora-o por inteiro. Minhas asas encolhem e viram fumaça. Minha armadura derrete, então solta faíscas, e, por último, se torna pó. Minhas manoplas se estilhaçam em pedacinhos brilhantes. E tudo isso — tudo isso — flui para cima e para dentro da boca do feiticeiro, drenando minha raiz até que a fornalha se apague. A cada respiração, Merlin absorve mais profundamente minha raiz. E, a cada respiração, seus olhos ficam mais vermelhos, mais escuros, até ficarem da cor de sangue. Ele segura minha mão, e eu engasgo ao ver suas unhas ficando escuras, as veias subindo em seu pulso em linhas pretas.

Lancelot segura meu rosto e o prende com força.

— Volte, Bree. Volte para nós.

Minha raiz me abandonou. A única coisa que eu tinha aqui, a única coisa que me mantinha segura neste inferno.

— Não... — Balanço a cabeça.

— Por favor. — A voz de Merlin é quase irreconhecível. — Volte para nós.

— Isso não é real — sussurro. — Não pode ser. Se isso for real...

Então Sel está prestes a partir, mais demônio do que humano, porque consumiu minha raiz.

E Nick está de volta, mas machucado e ensanguentado nas minhas mãos.

Se isso for real, então Alice...

Se isso for real, então o pesadelo não vai acabar quando eu acordar.

— Ai, meu Deus — falo, surpresa. — É... real.

O mundo se abre, e expiro de uma vez só.

O trovão sacode a terra abaixo de nós. A fumaça que sai das árvores enche o ar, entope meu nariz, anuvia minha visão.

O mundo escurece. Ao longe, as árvores em chamas estalam e se partem, tombando sobre si mesmas.

Por fim, minha visão clareia, e eu vejo aquilo que eu tanto temia em desejar. Os dois garotos, reais e presentes.

Mas Sel não é o Sel que reconheço, não mais. Em um breve instante, vejo o que ele sacrificou para me salvar. Seus olhos ficaram vermelhos como sangue, suas presas mais afiadas, suas feições mais angulosas, bonitas e aterrorizantes. As mãos em meus ombros se afastam, e garras com pontas pretas estão no lugar de seus dedos. Ele se afasta de mim e de Nick, voltando para a fumaça antes que eu possa ver mais alguma coisa de sua transformação.

Eu avanço, e Nick me solta, coloca a mão quente nas minhas costas. Eu me viro para ele, vejo seu rosto familiar, as covinhas e os olhos azuis cansados. A fuligem colada na bochecha dele por causa da minha raiz, as pontas chamuscadas do cabelo dele.

— Oi, B.

— Você... — Meu lábio inferior treme. — Ele...

Nick segue meu olhar.

— Eu sei. Precisamos tirá-lo daqui.

Esta é a pior coisa que posso imaginar: tudo pelo que lutamos e tudo que Sel fez para evitar que seu demônio o dominasse aconteceram bem diante dos meus olhos. Não apenas através de mim, mas por minha causa.

Nick aperta meu ombro, chamando a minha atenção.

— Existe alguma chance de você saber como voltar para a casa? — Ao longe, uma árvore em chamas cai, mandando uma lufada de chamas para o céu. — E rápido?

— Eu nem sei como vocês chegaram aqui, para começo de conversa — respondo.

— É uma longa história. — Ele segura minha mão. — Mas precisamos de você agora. Como saímos daqui?

— Eu... — Estreito os olhos, organizando os pensamentos. — Merlin não construiu este lugar para que alguém saísse de forma voluntária. É o lugar onde Arthur espera até ser Chamado.

— Mas como ele trocou de lugar com você?

— Ele não... — sussurro. — Eu... eu permiti. Aceitei a oferta dele de viver através de mim.

Os cantos da boca de Nick se viram para baixo. Outra árvore racha ao longe.

— Você aceitou que Arthur viesse até aqui — diz ele lentamente. — Então qual é o oposto de aceitação?

O relâmpago do mundo dos sonhos ameaça o limite da minha consciência, esperando que eu o desafie, mas não o farei. Porque, se Sel e Nick conseguiram entrar, eu consigo sair.

Eu me ergo, trêmula, e Nick me ajuda a levantar. Em algum lugar próximo, Sel geme, e eu o ouço se levantar também, um vislumbre de seu cabelo preto na poeira iluminada por chamas.

Então sei o que preciso fazer.

— Eu... — sussurro no sonho. — Eu rejeito meu título como Herdeira de Arthur.

O mundo ao meu redor se aquieta. Ao meu lado, Nick respira fundo.

— Eu não vou me erguer para dissipar as sombras — murmuro.

O fogo do sonho diminui, fica silencioso. O mundo escurece.

Em seguida, a figura de Arthur surge.

Ele está em meu corpo no mundo real, mas aqui eu o vejo como ele apareceu na Volição, com sua armadura brilhante quase translúcida. Mas, desta vez, seu olhar é de pura raiva, que se multiplica quando vê Nick.

— Você.

Não sei o que Nick fez com Arthur do outro lado, mas o Herdeiro de Lancelot levanta o queixo com um olhar firme e um ar desafiador.

— Sim. *Eu*.

Entro na frente de Nick e encaro meu ancestral.

— Eu não me responsabilizarei pelo peso do sangue do mundo...

A imagem de Arthur se torna sólida, escurecendo enquanto meu corpo, o de Nick e o de Sel começam a brilhar.

— Pare...

Olho para Nick, que segura minha mão. Assente. Das sombras, os dedos agora brilhantes de Sel seguram meu braço.

— Briana...

— Eu rejeito tudo aquilo que o seu sangue já me deu. Eu não servirei à missão da Ordem acima de todas as outras — murmuro. A cada palavra, perdemos densidade, nos tornamos luz. — Eu rejeito estes Juramentos, pelo meu sangue... e no meu coração.

Acordo no meu próprio corpo, ofegando, meu coração batendo tão alto que não consigo ouvir as palavras acalentadoras que Nick murmura contra minha bochecha. Tudo que consigo ver são as estrelas brilhantes acima da minha cabeça, a realidade árdua voltando ao meu redor... ou o contrário. Eu, voltando à vida. Ele se mexe, apoiando meu pescoço em sua mão cálida e firme.

— Nick... — falo, rouca.

— Estou aqui. — Quando ele pressiona a boca na minha testa, a barba no queixo dele roça a ponta do meu nariz. — Você está bem. Estamos de volta.

— Sel...

Nick fica quieto, incapaz de dizer qualquer coisa. Ele se afasta para que eu possa ver Sel atrás de nós, onde ele está deitado de costas, inconsciente. Os dedos dele têm garras negras nas pontas, e as veias escuras que vi na memória de Arthur continuam aqui.

— Ele está vivo.

As palavras de Nick são cuidadosas. "Vivo" não é o mesmo que "bem".

Um corte recente atravessa a palma aberta de Sel, voltada para cima. Ao lado dele está a Excalibur, quebrada em duas. Olho para a mão de Nick em seguida, onde um corte combinando percorre o mesmo caminho.

Há uma mancha grudenta de sangue na minha bochecha. Uma longa faixa vermelha no meu antebraço.

Eles fizeram uma caminhada pelo sangue para me encontrar. Caminharam pelo sangue para me trazer de volta.

— Fizemos o que você nos mostrou — diz Nick. — Não sabíamos se ia funcionar... Tínhamos que tentar.

— Você e Sel... vieram atrás de mim? Mesmo sem saber como iríamos voltar?

— Tínhamos fé — diz ele, baixinho. — De que você iria saber como trazer todo mundo de volta em segurança.

— E se eu não soubesse?

Nós nos olhamos por um longo momento, depois observamos Sel e voltamos a nos olhar. Quando Nick finalmente fala, sua voz é quente o suficiente para envolver nós três, um vínculo próprio.

— Então seria o fim do mundo, em vários sentidos.

Meus olhos se enchem de lágrimas.

— Sel precisa de ajuda. Eu não sei como...

Alguém pigarreia, e a nossa reunião no mundo dos vivos é interrompida.

Eu me dou conta de que estamos no meio de um campo durante a noite.

Parados ao nosso redor estão rostos que reconheço, e muitos que não. Greer e Pete, Felicity e Sarah. Outros Herdeiros e Escudeiros em armaduras de aether cristalino. Até Gill e Samira estão aqui.

Há outras quatro pessoas que não reconheço, cada uma segurando uma espada cristalina apontada na minha direção. Uma delas, uma jovem, me encara com uma expressão que posso chamar de ódio, só que ela não me conhece e eu não a conheço. Ela franze a testa para mim, depois para Nick, então dá meia-volta e se afasta, o corpo tensionado de raiva.

—Vamos.

Os outros abaixam as armas e a seguem, mas tenho a sensação de que os verei novamente.

— Cadê... — falo, com a voz rouca. Pigarreio, tento de novo: — Cadê a Alice?

59

NUNCA VI ninguém em coma. Nunca vi Alice tão parada.

Estou observando-a há mais de duas horas, depois de William curar os meus ferimentos, e nada mudou. Ela inspira silenciosamente, pouco se movendo e quase sem emitir nenhum som, e cada expiração é igualmente silenciosa, mas acompanhada por um fio de aether azul flutuando lentamente de seus lábios.

Enquanto Gill e Samira me levavam até Alice e William, Lark e Nick carregaram Sel, ainda inconsciente, para uma das casas de hóspedes da Fortaleza separada do prédio principal.

— Eu não sei se fiz a coisa certa — sussurra William. — Não sei.

— Você a salvou. — Pisco para afastar as lágrimas. — Você a salvou, William... depois que eu...

William continua a falar como se não tivesse me ouvido:

— Quando aconteceu com você, foi diferente. Sabe o aether de cura que apliquei nos seus ferimentos na primeira noite em que nos conhecemos? Foi um risco, mas nada que iria afetá-la a longo prazo. E, no fim, acabou que você nem era Primavida, então não tinha com o que se preocupar. Mas, Alice... — A voz dele falha. — Eu tive que usar tanto, Bree, tanto, e o aether nela não está desaparecendo como deveria...

Outra expiração lenta e um sopro de aether — brilhante e cítrico, a assinatura de William — sobe de seus pulmões. O ar sobre a cama de William é uma nuvem azul e prateada, pairando baixo.

— Eu não sei o que isso está fazendo com ela. Não sei o que vai acontecer quando ela acordar.

— Você está com medo de isso ser permanente — constato, minha voz distante.

Ele assente.

— Sim.

Quero gritar que não importa, que ela está *viva* e *isso* é o que interessa, mas não faço isso. Ela não teria chegado nem perto de morrer se eu — nós — não a tivesse machucado.

Eu nem posso culpar Arthur, porque não foram apenas as escolhas dele que nos trouxeram até aqui. Foram as minhas também.

— Eu não posso fazer mais nada, de verdade — diz William.

Ele balança a cabeça, como se também não estivesse acreditando. Como se devesse ter mais cura na ponta dos dedos para quem precisasse, independentemente do ferimento.

Uma batida suave na porta nos interrompe. Quando ela se abre, Lark enfia a cabeça pela fresta para espiar.

— Parece que Kane está acordando, Will — diz ele, baixinho. — Mas ainda está bem debilitado. Se você quiser dar uma olhada nele.

William aperta meu ombro e se levanta.

— Eu preciso dar uma olhada no Sel.

Lark nota minha hesitação, me perguntando se vou com William ou se fico com Alice. A expressão dele se torna pesarosa.

— Me desculpe, Bree. Eu não sei...

— Não precisa se explicar.

Lark não tem certeza se é uma boa ideia eu estar lá quando Sel acordar. Também não tenho certeza se é uma boa ideia, depois do que aconteceu. Abro um sorriso choroso que ameaça partir meu coração mais ainda.

— Ele desistiu de sua humanidade para me salvar — falo. — Talvez eu não devesse ser a primeira pessoa que ele vê ao acordar.

— Eu ia dizer que não sei como Kane vai estar quando acordar completamente — responde Lark, com gentileza. — Coloquei uma barreira ao redor dele, só por precaução, e Nick está vigiando a porta.

Pestanejo, engulo em seco.

— Certo.

Porque Sel pode ser perigoso agora. Demônios querem medo, raiva e dor, de toda forma possível.

William começa a falar, então para.

— Me avise se alguma coisa mudar. E descanse um pouco esta noite. Vamos ter mais informações amanhã de manhã.

Quando ele fecha a porta atrás de si, eu me aproximo da cabeceira da cama de Alice, segurando os dedos gelados dela. Demoro um tempo para pensar no que dizer. Eu luto até que as palavras cheguem.

— Me desculpe, Alice — sussurro, a voz falhando. — Foi minha culpa, minha... minha arrogância, causou isso a você.

Silêncio. Outro fio azul-prateado sai de sua boca aberta.

—William diz que os pacientes em coma conseguem ouvir — sussurro. — Não sei se alguém te contou o que aconteceu depois... — engulo o nó na garganta — ... depois da Volição, mas posso contar. Eu sei que você gostaria de saber.

Respiro fundo e assinto, colocando os pedaços da história em ordem, então conto tudo que aconteceu, tanto nos sonhos de Arthur quanto no nosso mundo.

Vozes passam por nós no corredor do lado de fora. Espero até que tenham seguido adiante antes de continuar contando o que eu tinha descoberto nas últimas muitas horas.

— Assim que Erebus chegou à Volição, Nick sentiu a intenção assassina de Sel através do vínculo. Foi tão forte que Nick ligou para Gill de um dos celulares descartáveis de Isaac, desesperado, e exigiu que ela viesse buscá-lo. Elas o pegaram perto de Sapphire Valley, mas não sabiam para onde ir. Felizmente, quando Erebus e Cestra deixaram você, William e Sel na Volição, eles também deixaram Lark. Quando ele ligou para os Suseranos para dizer que havíamos sido encontrados, eles disseram que Nick já estava com eles. — Mordo o lábio. — As coisas pioraram quando Arthur me tirou de cena e atacou Sel. Toda a intenção assassina que Nick estava sentindo através do vínculo simplesmente desapareceu. Nick pensou que Sel tinha morrido.

Tento imaginar como seria sentir toda a raiva de Sel durante sua vida inteira, como se fosse sua, então, de repente... não sentir nada.

— Sel acordou pouco depois de todos descobrirem para onde os Regentes haviam me levado. Os Suseranos e Nick chegaram aqui primeiro, mas Lark, Sel, você e William chegaram logo depois. Nick atacou com a armadura completa no momento em que a líder Morgana, Ava, ia matar Arthur. Obrigou todos eles a se retirarem até que conseguissem tirar Arthur do meu corpo. Os Regentes e Senescais já haviam fugido.

Estremeço.

— E bem, o resto... o resto foi ruim de várias formas, acho. — Faço uma pausa. — Mas também... foi incrível, de certa forma. Porque Nick e Sel me salvaram, e eu nos salvei. — Pauso novamente e faço uma careta. — Isso não soa bem. Não foi uma coisa boa.

Espero outro momento, e me dou conta tarde demais de que estava esperando que ela comentasse. Tirasse sarro de mim. Fizesse perguntas.

Meus olhos queimam com lágrimas. Não sei se Alice vai acordar novamente.

Aperto a mão dela e levo a minha até meu colo, onde os pedaços de metal da Excalibur estão enrolados em um tecido.

Enxugo os olhos e respiro fundo antes de soltá-la. Depois, beijo sua testa.

— Quero que você saiba que eu te amo, e se você vir meu pai antes de mim, diga a ele que eu o amo também, ok?

Ela não responde. É o melhor que posso fazer.

Eu me sinto entorpecida quando saio da sala, e não tenho certeza de que quero que isso mude. Talvez "entorpecida" seja uma coisa boa, se esse for o preço de continuar perdendo as pessoas que amo.

60

NAS PRIMEIRAS HORAS da manhã seguinte, o corredor principal da Fortaleza está repleto de Herdeiros, Escudeiros Lendários e Suseranos, liderados por Gill e Samira.

Eu os evito completamente.

Vou até o pátio dos fundos da Fortaleza e subo uma colina que encontrei na noite anterior e que vai servir muito bem. É um bom esconderijo.

Há um pedaço gramado antes de um grande bosque de arbustos e árvores altas e velhas, com sombras cada vez maiores conforme o sol se põe no alto.

Estou pronta para o primeiro passo.

Eu me sento no chão, coloco os pedaços quebrados e embrulhados da Excalibur ao meu lado e fecho os olhos.

Quando os abro novamente, estou parada na pedra central do riacho ancestral.

Ferida transformada em arma.

Nossa espada.

Herdeira da Coroa.

As vozes me inundam. Talvez elas *sempre* tenham me inundado.

Penso em todas as mulheres que vieram antes de mim, todas as oito, e depois na própria Vera, e os riachos que se abrem diante de mim se alargam. Imagino o de Arthur e, ainda agora, seu córrego aparece no solo.

Muitas vozes diferentes e caminhos a seguir, prontos para os meus passos. Vera está ao meu lado.

— O que você está fazendo?

— Dando espaço a mim mesma — murmuro —, para ser alguma coisa além daquilo que todos vocês ficam me mandando ser.

— O que você quer dizer com isso?

— Agora percebo por que o mantra de Jessie ao invocar a raiz não funcionou para mim. Ela disse: "Pense no poder que você possui e na mulher que o deu a você." — Sorrio com tristeza. — Eu achava que a mulher era minha mãe e, por meio dela, você. Tentei do jeito dela, e não funcionou.

Ela inclina a cabeça.

— E por quê?

— Porque vocês não me deram meu poder. — Eu me ajoelho para enfrentar os riachos, enfio minhas mãos na terra de onde eles vieram. — Eu mesma me dei.

De uma vez, a fornalha de raiz surge no meu peito, e eu permito que ela cresça a partir das minhas mãos. Deixo que esquente, esquente, o mais quente possível — até que seja uma roda de fogo aos meus pés. Uso para queimar o riacho de Arthur, até que o leito embaixo esteja seco, mas não paro por aí, porque os sussurros, as expectativas e a pressão não acabam com ele.

Lâmina forjada pela dor.

Nossa resistência.

A ponta da nossa lança.

Eu me ajoelho perto do próximo riacho e deixo que a minha raiz queime pela água até ela ferver ao meu redor. Quente. Mais quente. O mais quente possível.

Não sou mais a ponta da lança, a ponta de uma flecha.

Não sou mais a pessoa mais forte que todo mundo conhece.

Não sou mais a garota mais maravilhosa ou impossível de lidar.

Não sou mais uma lâmina forjada pela dor. Não sou mais uma lâmina. Não sou a arma de ninguém, apenas de mim mesma.

Queimo o plano ancestral até que seque, até que o leito se transforme em pó e as vozes se acalmem no silêncio.

Vera suspira ao meu lado.

— O que você fez?

Eu me viro para ela, e tudo parece muito óbvio.

— Você disse que elas fugiram para que eu não precisasse fugir — falo. — Mas acho que elas fugiram para que um dia eu pudesse escolher. E, hoje, eu me escolho.

— Você é uma criança. Jovem demais para entender o que fez. — Vera balança a cabeça lentamente, tornando-se transparente. — Eu não posso mais ajudar você.

Fico parada.

— Não está vendo? Eu não quero a sua ajuda. Não quando termina desse jeito, quando fico com essa sensação.

Ela está quase desaparecendo, um fiapo de luz vermelha.

— Então, ao menos, aceite meu aviso.

— E qual é? — murmuro.

— Você não quer o nosso peso, mas pense bem aonde isso a levará. Lembre-se de que o caos favorece o desequilíbrio.

Quando abro os olhos novamente, na colina acima da Fortaleza, a fornalha dentro de mim ainda está acesa. Parte de mim temia que não fosse estar, depois de queimar os riachos até meus ancestrais. Parte de mim temia que esse pudesse ser o preço que eu pagaria para viver sem suas vozes e influência.

Mas eu não deveria ter me preocupado. Meus instintos estavam certos.

O mundo dos sonhos de Arthur me mostrou uma maneira de usar meu poder fora do riacho e longe do meu próprio corpo, longe até do meu próprio *sangue*. O sonho do rei deixou claro que não preciso seguir as instruções de meus ancestrais ou atender a seus avisos para sobreviver. Tudo que tenho que fazer para controlar meu poder é decidir que ele é *meu*.

Ao queimar as raízes deles, finalmente me sinto livre para deixar que as minhas cresçam.

E meu poder está pronto para crescer comigo. Posso sentir. Pronto para meu chamado. Queimar pela minha vontade.

Quente o bastante para forjar o que eu quiser.

A Excalibur é uma pilha de ferro velho sob as minhas mãos no chão, mas não vou permitir que permaneça assim.

Respiro fundo, estico as mãos acima da lâmina e ordeno que tanto o aether quanto a raiz se empilhem sem parar em camadas, subindo e descendo pela lâmina. É uma arma, criada e forjada pela minha linhagem de sangue — e eu vou recriá-la e forjá-la de novo.

Em pouco tempo, a espada larga e pesada brilha no chão, sua pedra agora em um roxo-escuro, sua lâmina prateada e afiada, o cabo pronto para acolher minha mão. Vou precisar de uma bainha para viagem.

Há um último passo a ser dado. Uma última decisão. Uma última escolha.

Eu me sento no pedaço de grama de frente para a floresta que escurece, solto um pulso quieto, brilhante, de raiz e aguardo.

Não demora muito.

Pupilas vermelhas brilham na escuridão, e uma grande sombra se move pelas árvores na minha direção, e vejo as silhuetas de suas asas.

— Eu sabia que era você — sussurro. — Eu sei quem é você. E quem você já foi.

— Ah, duvido muito.

— Você é o Caçador. Aquele que marca com sangue. O Grande Devorador. O Rei das Sombras.

A sombra se encolhe na forma de um homem. O homem da memória de Jessie na lanchonete. De Emmeline, observando-a enquanto ela morria na rua. Então, para a forma que eu mais reconheço. Cabelo escuro, pele negra, sobretudo preto e uma assinatura de aether mais antiga que os próprios anciãos.

Quantas pessoas ele matou só para andar entre nós? Olho para ele sem me mover, e ele olha para mim com uma expressão calma e curiosa, esperando que eu o chame pelo nome que conheço melhor.

— E você é o Senescal. — Sorrio. — Olá, Erebus.

— Olá, Briana. Descendente do Pendragon, Descendente de Vera, Filha de Faye. — Ele coloca as mãos nos bolsos. — Como você sabia que era eu?

— Minhas muitas mães me contaram, cada uma do seu próprio jeito — falo. — Elas diziam que o Caçador sempre aparece quando a nossa raiz fica poderosa o suficiente. E os Artesãos de Raiz disseram que o Caçador estava a caminho.

Ele sorri.

— E?

Olho para ele.

— Quando minha raiz brilhou durante a batalha do *ogof*, isso deveria ter sido o suficiente para trazer o Caçador até mim, mas ele nunca apareceu. *Você* nunca apareceu, ou assim pensei. — Eu me levanto. — Então eu me perguntei: e se o Caçador *fosse* alguém que conheci depois da caverna? Alguém disfarçado?

— Poderiam ser várias pessoas — diz Erebus, dando de ombros. — Qualquer um que você conheceu no funeral. Um membro da Guarda dos Magos. Larkin, ou até mesmo Valechaz.

Balanço a cabeça.

— Não. Foi Valec quem me contou o que era uma marca de sangue. Explicou por que Kizia tinha tanto medo de se alimentar de mim. Um demônio muito antigo estava muito interessado em manter a minha linhagem, em me manter viva.

— Continue — diz Erebus, assentindo.

— Minha marca de sangue respondeu à sua coroa no reino dos sonhos de Arthur. Isso me fez perceber o que um Rei das Sombras derrotado que sobreviveu ao ataque de Arthur podia querer mais do que tudo: vingança. — Eu abro as mãos. — Que posição melhor para buscar vingança do que a de um membro do Conselho, que é o primeiro a saber quando o Herdeiro de Arthur é Desperto?

Ele bate palmas lentamente.

— Bravo.

— Adivinhar isso foi a parte fácil — falo. — Eu sei o que Vera implorou na noite em que negociou com nossos ancestrais, mas a sua barganha com Vera não foi regulamentada. Como você a encontrou? E o que você trocou, exatamente?

— Eu sabia que uma oportunidade poderia surgir com algum Herdeiro de Arthur um dia, e esperei por esse momento. Eu não fazia ideia de que isso aconteceria com o feitiço de Vera. Só estava na hora e no lugar certo. Ela implorou pela proteção da linhagem dela, e eu entrei na barganha — diz ele. — Quando alguém da sua Linhagem está em perigo mortal, eu sinto e posso localizar vocês.

Assinto.

— É por isso que você aparece quando usamos muito a nossa raiz. Você não está tentando nos matar, você está vindo para nos proteger. É por isso que você tentou me proteger dos outros Regentes.

— Eu protejo a Linhagem de Vera se eu puder, quando posso. — Os olhos dele ficam distantes. — Algumas vezes eu cheguei tarde demais, e em outras só estava dando uma olhada no meu investimento. — Ele sorri. — Agora me pergunte o que estou esperando em troca. Pergunte por que coloquei uma marca na sua linhagem de sangue.

— Não sigo suas ordens — falo.

Erebus assente.

— Eu busco vingança, é verdade, mas também quero a minha coroa e minha corte. Preciso do poder no seu sangue e da sua conexão com Arthur para recuperar as duas coisas. No dia em que Vera pediu por ajuda, eu respondi, para que eu pudesse marcar aquilo que esperava que fosse acontecer: a cria da Arte de Sangue de uma Artesã de Raiz e de um Herdeiro de Arthur, Desperto. Uma criança que poderia invocar uma quantidade infinita de poder ancestral, que irá jorrar esse poder quando morrer.

— Uma filha de cada vez, para sempre.

— Aberto a interpretações em uma negociação não regulamentada. — O sorriso de Erebus se alarga. — Eu exigi uma filha, dentre toda a eternidade, de minha escolha.

— Mas a sua barganha foi com Vera. Você não pode me ferir.

— Não. Mas sou um demônio muito velho, muito paciente, que precisa de um recurso muito poderoso para recuperar a Corte das Sombras. *Quando* você morrer, e você vai morrer um dia, eu mesmo irei consumir o seu aether. — Depois de um momento ele inclina a cabeça. — Você não está surpresa com isso.

Não estou, mas foi bom confirmar todas as minhas suposições.

— Ouvi dizer que um demônio não resiste a uma boa barganha.

Ele estreita os olhos.

— Eu irei com você — continuo — e ficarei do seu lado para que você possa clamar meu poder como seu prêmio sem nenhum problema, se você me fizer um favor em troca.

— Por que você iria a qualquer lugar comigo? — pergunta ele, intrigado.

— Sua marca de sangue devolveu meu poder para mim no sonho de Arthur. Você é o único ser no planeta forte o suficiente para me manter segura, e você está obrigado pela barganha a fazer isso. — Olho para a floresta, ponderando. — Você é o único ser com idade suficiente, que já viu o suficiente, para me ensinar.

— E o que você quer saber?

— Força, poder, controle. Sobre meu próprio destino. — Olho para ele. — Apenas um rei pode ensinar a um rei.

—Você sabe que, no segundo em que você atingir o seu pico de magia, eu vou me certificar de que você morra e devorar toda essa força e poder que você busca obter.

— Ainda mais motivos para você me ensinar — falo, dando de ombros. — Quanto mais poderosa eu ficar, mais poderoso você vai ficar quando me consumir.

Ele sorri.

— Estou impressionado. Você é a filha de sua mãe, de todas as suas mães. Mas preciso ouvir o que você quer de mim. O que você deseja em troca, Briana Irene?

Respiro lenta e profundamente. Foi isso que planejei, mas fazer esse pedido significa que ele pode não se tornar realidade. Estou apostando em um palpite.

— Com a sua longa vida — começo — e seu longo tempo se infiltrando na Ordem, você deve saber onde Natasia Kane está.

Erebus fica imóvel, me estuda. Por fim, diz:

— Sei.

Engulo em seco e falo:

— Você viaja pelas sombras. Vá diretamente até o quarto de Sel na pousada. Se você levá-lo até ela, eu vou com você.

Erebus balança a cabeça lentamente.

— O menino já está em um estágio muito avançado. Não há garantia de que Natasia possa salvá-lo.

— Eu sei. — Cerro os punhos. — Mas é a única chance dele.

Erebus retorce os lábios.

— Assim que ele estiver bem, você poderia fugir de mim. Voltar para seus amigos.

— Estou te pedindo isso por mim! — falo. — E não vou escapar de você para voltar aqui. — Minha risada é azeda e triste ao mesmo tempo. — Porque nada que eu faça será o suficiente para eles. Os Regentes se certificaram disso quando me exibiram possuída por Arthur, perigosamente fora de controle e impotente. Antes eu pensava que não deveria estar aqui, mas agora sei que não posso. E talvez eu não precise estar. Este mundo quer meu sofrimento, e não posso continuar dando isso a eles.

Erebus pondera durante um longo tempo, então assente.

— Aceito seus termos.

Fico de pé.

— Traga Sel até aqui primeiro. Por favor.

— Como quiser.

Erebus inclina a cabeça, então se derrete em sombras e desaparece.

Ele reaparece pouco depois com Sel tentando se desvencilhar de suas mãos. De repente, Sel ergue o nariz, seguindo um aroma, procurando...

Quando ele me encontra, fico paralisada por olhos que se tornaram vermelhos. E então o olhar dele perde o foco, passa pelas minhas feições, corta a minha esperança... e um lento e perigoso sorriso de predador se abre em seus lábios, exibindo longas presas com pontas pretas.

— Sua angústia... — ronrona Sel, com a voz baixa e faminta — ... está em volta do seu coração.

Antes que eu possa reagir, ele dispara para a frente, com as garras estendidas, estendendo a mão para mim e para a minha dor, assim como fez no escritório de Valec. Erebus o puxa de volta com firmeza e o mantém imóvel.

— Selwyn sente a sua tristeza — resmunga Erebus, impaciente. — Isso é tudo que você significa para ele agora.

Lágrimas borram a minha visão. Garota Misteriosa. Herdeira. *Cariad*. Rei. Tudo que sou, tudo que fui... Queria que Erebus, o Rei das Sombras, estivesse mentindo. Mas não acho que esteja.

Estamos todos contando os dias até nos tornarmos seus vilões.

— Depressa — diz Erebus, inclinando a cabeça na direção da Fortaleza. — Nicholas percebeu que ele sumiu.

— Coração partido. — Sel me absorve com os olhos, e a atenção dele parece uma chama fraca. — E tanta, tanta culpa...

Arrisco a dar um passo adiante.

— Sel, você me salvou diversas vezes. Agora me deixe tentar ajudá-lo.

A cabeça dele se inclina, e espero que esteja ouvindo, mas a expressão dele se torna raivosa.

— O que você *fez?* — rosna ele.

As mãos de Erebus envolvem os ombros dele.

E então os dois desaparecem.

A espera é maior dessa vez. Seguro a Excalibur na mão esquerda, a lâmina na altura dos meus quadris. Ando de um lado para o outro.

Então Erebus aparece, sozinho, limpando as mãos no traje.

— Feito.

— Ela pode ajudá-lo?

Ele arqueia uma sobrancelha.

— A mãe dele não prometeu nada do tipo.

Eu sabia que ela não faria isso.

— Bree! — Ouço a voz de Nick vindo da parte de baixo da colina.

William está ao lado dele. Eles veem Erebus atrás de mim e começam a correr. Nick se lança para a frente, a armadura se encaixando no corpo. Ele grita por mim, e preciso me forçar a não responder, a não tentar alcançá-lo também. Ele está no meio do caminho, a apenas alguns passos de distância.

Estendo a mão direita antes que mude de ideia, e Erebus a segura.

— Me desculpe — sussurro para Nick. — Por favor, saiba que eu...

A última coisa que vejo antes de sumir com Erebus é a mão de Nick, tentando me alcançar... e se fechando ao redor de fumaça e ar.

VERSÃO EXPANDIDA DO
CAPÍTULO 51 DE
MARCADA COM SANGUE

51

JURAMENTADO

HÁ UMA SACADA de pedra bruta esculpida no castelo, acima da sala de jantar. O restante da celebração está congelado, e nós três, por algum acordo tácito, decidimos que não podíamos ficar lá. Não queríamos ver ou sentir a presença de uma multidão. Subimos a escadaria curva de pedra, três degraus por vez, cada passo adicionando mais um pensamento ou pergunta, crescendo no silêncio.

Quando chegamos ao topo da escada, vamos juntos até a mureta larga. As nuvens acima estão carregadas e enormes no céu, iluminadas pela lua cheia atrás delas. Do outro lado do fosso e da parede, um corpo d'água reflete a luz, espelhando o firmamento.

— Parece uma lembrança — murmuro.

Sel e Nick seguem meu olhar. Sel enxerga mais longe que Nick e vasculha a margem do outro lado do lago.

— O que parece uma lembrança? — pergunta ele.

— O reflexo no lago — explico. — Parece o céu, mas com pequenas diferenças. O movimento na água. Um é fixo, o outro se move.

— Entendi. — Sel se vira, apoiando-se na mureta e nos encarando. — Estamos na memória de Arthur, mas nos afastamos dela, por enquanto.

— O que você achou? — pergunta Nick. — De ver essa memória através dos olhos de Merlin?

Sel dá de ombros.

— Não gostei muito. Eu conseguia captar o que ele diria a seguir. Como se as palavras dele fossem minhas antes de eu conseguir pensar nelas.

Nick estuda a própria mão, fechando os dedos com força.

— Consigo sentir o que o corpo de Lancelot fez... o que eu poderia fazer sendo ele. — Ele inclina a cabeça, pensativo. — Como se eu estivesse interpretando um papel no passado. Com tudo já predeterminado.

— Os pensamentos de Merlin eram mais severos e astutos que os meus. De uma clareza maliciosa. — Sel faz uma careta. — Me pergunto se é porque, ao contrário de mim, ele era meio-humano, meio-demônio... assim como...

— Assim como Valec — completo.

A tensão no rosto de Sel me diz que meu palpite está correto.

— Quem é Valec? — pergunta Nick.

Sel contorce o rosto.

— Um cambion trapaceiro e negociante de poder demoníaco, ligado com Arte de Raiz.

Nick franze as sobrancelhas.

— E ele está atrás da Bree?

— Depende do que você quer dizer com "atrás" — responde Sel, devagar.

— Valec não está tentando me matar — explico para Nick. — O que é uma novidade.

Sel parece irritado.

— Valec flerta tanto com você que é capaz de *me* matar.

Nick arregala os olhos.

— Um negociante de poder demoníaco *flerta* com você? — Ele se vira para Sel. — Quem esse cara pensa que é?

— Eu dou conta do Valec — falo, revirando os olhos. — Ele é meio-demônio, e pelo jeito o equilíbrio o deixa em paz com seu lado demoníaco.

— Não dá para saber. Assim como nenhum outro Merlin que veio depois do feiticeiro original sabe. — Sel ajeita as vestes. — Não consigo entender por que nossos homônimos acharam que os descendentes dele seriam bons protetores. Nossos Juramentos significam que estaremos sempre lutando contra instintos sobrenaturais. Mesmo nos tempos bons.

Nick encara Sel.

— *Você* não é como os outros Merlins.

Sel observa Nick por vários segundos, então sussurra:

— Antes de me elogiar, espere até estarmos a quilômetros e a séculos de distância do nosso próprio tempo. E mesmo assim você estará errado, Nicholas. No fim, eu *sou* exatamente igual aos outros Merlins. Sou igual aos outros cambions "desequilibrados".

— Então o seu Juramento não é como os outros Juramentos — insiste Nick.

— Nenhum compromisso chega perto do Juramento de Mago-Real, isso é verdade — concorda Sel. Ele me encara. — Não é algo que Briana parece entender ou parece estar interessada em entender, para o horror de Larkin, o futuro Mago-Real dela.

Cruzo os braços.

— Não quero ser Juramentada a um desconhecido. Lark é legal, mas eu não o *conheço*.

Nick ri.

— Também não conheço Lark, mas eu disse a mesma coisa quando Sel veio morar conosco.

— Você me odiava — diz Sel, com um sorrisinho.

— Ah, sim — diz Nick, recostando-se na mureta. — No começo.

— E aí? — pergunto. — O que fez você parar de odiá-lo?

— O Juramento — respondem eles ao mesmo tempo.

O olhar de Nick vaga pelo horizonte.

— Algo mudou para mim — comenta ele, baixinho. — Na primeira vez em que senti sua raiva.

— E, para mim, foi quando senti seu medo — diz Sel, assentindo. — É difícil *odiar*, *per se*, quando você passa por certas coisas. Mas, ainda assim, as pessoas ainda podem abominar, desprezar, zombar...

— Detestar, abominar, desdenhar — acrescenta Nick.

Sel arqueia uma sobrancelha.

— Óbvio. Porque você era um mimado.

— Óbvio — retruca Nick. — Porque você era cruel.

Espero a briga piorar, como sempre acontece. Mas algo nesse lugar e no poder que ele tem, na magia que nos reuniu depois de tanta destruição e morte, parece nos enclausurar em uma bolha de união.

Tenho medo de que o momento acabe, então faço minha própria pergunta. Uma pergunta que quero fazer há muito tempo.

— Como foi quando vocês descobriram que seriam Juramentados um ao outro?

Nick e Sel olham para mim, e Nick ri.

— Nossa, isso faz tanto tempo.

— Oito anos — corrige Sel. — Eu tinha dez, você tinha nove. Seu pai... — Ele não termina a frase.

O sorriso irônico some dos lábios de Sel, e seus olhos escurecem.

A expressão de Nick também muda. Ele engole em seco.

— Meu... pai pediu para Isaac trazer Sel para nossa casa para viver conosco depois... depois que minha mãe foi mesmerizada e levada embora.

A sacada fica em silêncio enquanto as palavras de Nick se acomodam entre nós. Mães mortas. Mães levadas. Mães perdidas.

— Não precisa contar a história — sussurro.

Nick balança a cabeça.

— Não, está... Um dia você vai ter que ser Juramentada a um Mago-Real. Você deveria ouvir da gente como foi. Nós não tivemos a chance de perguntar para a geração anterior. Meu pai não falava muito sobre isso.

— Isaac também não — resmunga Sel. Ele olha para mim, os olhos brilhando nas sombras. — Nicholas tem razão. Você tem a oportunidade rara de ouvir a perspectiva de outro rei Juramentado, por assim dizer... — Ele inclina a cabeça na direção de Nick. — E de seu Mago-Real. — Ele suspira. — Não que ainda tenhamos esses títulos, mas a magia é real, e a história também.

—Você começa, Sel — murmura Nick.

É um convite, e Sel faz que sim, aceitando. Ele desliza pela parede da sacada até o chão de pedras, os joelhos dobrados na frente do corpo.

— Você que manda.

OITO ANOS ATRÁS

Eu queria que um dos outros Mestres estivesse me levando para minha nova casa.

Mestre Isaac me assusta mesmo quando me sento o mais longe possível dele na sala de aula. Seus olhos começaram a ficar vermelhos depois de tantos anos de serviço, e parece até que ele pode ver através da minha pele.

Pelo menos ele não está olhando para mim agora. Em vez disso, observa a estrada enquanto guia a limusine da escola através do bairro suburbano que fica fora da cidade de Chapel Hill. Paramos atrás de um ônibus escolar amarelo grande em um cruzamento, e me inclino para a frente no assento traseiro para conseguir enxergar as crianças humanas encontrando seus pais humanos depois de um dia de aula.

Uma garota baixa e loira desce primeiro, sua mochila rosa enorme quicando nas costas quando ela pisa na calçada. Outra garota, mais alta, desce as escadas atrás dela. Depois, um menino de aparência taciturna de óculos tortos. Os últimos alunos a saírem do ônibus são dois garotos. São os que mais observo.

Eles estão no meio de uma conversa e não param de falar mesmo enquanto descem da plataforma para a rua, mesmo enquanto andam pela calçada. Suas cabeças estão coladas como se discutissem algo alegre e secreto.

Eu me pergunto se serei assim com Nicholas Davis, o garoto a quem em breve serei Juramentado.

Os olhos atentos de Mestre Isaac encontram os meus no espelho retrovisor, e sei que ele adivinhou meus pensamentos.

— Você não está aqui para fazer amigos.

— Sim, Mestre Isaac — resmungo, me ajeitando no banco.

— Você se lembra da sua parte do Juramento?

— Sim, Mestre Isaac.

— Seria bom você recitar de novo antes de chegarmos. Comece.

Sigo as ordens dele porque não tenho outra opção. As palavras saem da minha boca automaticamente. Já as falei tantas vezes que agora são apenas barulhos para mim. Enquanto as recito, penso que em breve serei obrigado a fazer muitas coisas, independentemente do que for, então é melhor eu ir me acostumando.

Fora do carro, pela janela de vidro fumê, vejo os garotos trocarem um aperto de mãos. O som é alto e parece doer, mas eles sorriem ao fazer aquilo. Então eles andam até seus carros, que os esperam do outro lado da rua.

Eu me pergunto se Nicholas vai querer me cumprimentar com um aperto de mãos hoje. A última vez que o vi foi há um ano, quando ele, seu pai e um Suserano vieram visitar a academia de Merlins. Ele observou nossa sessão de treinamento de luta enquanto o Suserano cochichava coisas sobre nossa forma física, nossas táticas, nosso duelo. Ele parecia curioso na época, interessado em nossas disputas, e torcia para cada competidor, apesar de nós mesmos não podermos torcer. Nicholas sorria muito.

Mestre Isaac avança enquanto ainda estou praticando meu Juramento. Observo as casas passando: amarelo-vivo, verde fraco, bege com a porta vermelha.

— ... pelo tempo que meu coração permanecer verdadeiro — termino, assim que Mestre Isaac faz uma curva e para na longa garagem de uma casa de dois andares no fim de uma rua sem saída.

Mestre Isaac puxa o freio de mão e desliga o motor.

— O Herdeiro acabou de passar por um... trauma. Ele e o pai se mudaram para essa casa há pouco tempo. Talvez o garoto não seja mais tão gentil com você como era. Permaneça focado.

— Sim, Mestre Isaac — falo, apesar de secretamente desejar que esta seja a primeira vez que Mestre Isaac esteja errado.

O Herdeiro Nicholas Davis ainda não está em casa, então depois que o pai dele, Lorde Martin Davis, nos convida a entrar, Mestre Isaac me leva para esperar na sala de estar. Caixas de papelão estão espalhadas pela casa — algumas pelos quartos que passamos e várias sobre a mesa de jantar que vejo através de um arco. Metade das caixas estão abertas e foram parcialmente esvaziadas, como se alguém estivesse procurando por algo nelas, e, quando não conseguiram encontrar, deixaram o restante do conteúdo intacto e foram em frente. Eu me sento no sofá e faço duas coisas de uma vez só.

A primeira: olho a sala de estar dos Davis tentando absorver o máximo de detalhes possível, como os Mestres nos ensinam a fazer. Tomar "consciência da situação", como eles dizem.

Há várias fotos emolduradas sobre a cornija da lareira, a maioria de Nicholas e seus familiares. Reconheço a mãe dele das visitas à academia. Ela tem o sorriso e os olhos dele, enquanto Nicholas tem o cabelo loiro do pai.

Inspiro em silêncio, movendo meu nariz para lá e para cá. Há pouquíssima poeira neste aposento, como é de se esperar em uma mudança recente, imagino, e um cheiro fraco e artificial de limão me diz que alguém limpou o ambiente ontem. As janelas são grandes e cobertas por cortinas amarelas que vão até o chão.

Em algum lugar desta casa há um gato.

Sinto o cheiro da caixa de areia. E o conteúdo da caixa que tem talvez... umas duas horas. Estremeço.

O gato estava na sala antes de entrarmos; ainda sinto seu cheiro, e o lugar ao meu lado do sofá está afundado. O felino provavelmente fugiu assim que farejou dois Merlins entrarem na casa. A maioria dos animais domésticos não gosta muito de nós, e não tenho certeza de que confio em animais domésticos. Eles parecem... inconsistentes.

Eu me pergunto se o gato vai mesmo voltar quando se der conta de que vou morar nessa casa também.

Observo todos esses detalhes em pouco tempo, mas continuo procurando, porque sempre há mais detalhes quando se toma consciência da situação. Mestre Cassandra diz que a *observação* é a habilidade mundana mais importante que um Juramentado pode cultivar depois da capacidade de mesmerizar humanos e criar construtos de aether.

Sou bom em construtos, talvez o melhor da escola, e sou tão bom em mesmerização que algumas das outras crianças mágicas se perguntam se posso controlar a mente delas também. Nunca faço isso, mas elas ainda se preocupam, porque como elas saberiam se fiz ou não? É muito injusto elas não confiarem em mim. Se eu tivesse mesmerizado alguém, eu não faria questão de me livrar das suspeitas? Essa é a Primeira Lei das Atuações, não é? *Não deixar rastros.*

A segunda coisa que faço enquanto espero no sofá *pode* ser considerada tomar "consciência da situação", mas acho que Mestre Isaac a consideraria bisbilhotagem.

Imagino que eu poderia me esforçar muito para *não* ouvir a conversa entre o Mestre Isaac e Martin Davis na cozinha, mas não estou acostumado a ter que me esforçar muito. Na escola, qualquer um que não queira ser ouvido desaparece atrás de portas de metal hermeticamente fechadas para uma conversa privada, ou falam muito, muito baixo nos cantos mais distantes do terreno para que até mesmo os ouvidos sensíveis dos Merlins não possam captar a discussão.

Reparo que todas as portas dessa casa são de madeira. E parece que Lorde Davis *nunca* usou o tom discreto tão típico dos magos. A voz dele é alta. E como os ouvidos de Lorde Davis não são sensíveis como os de um Merlin, Mestre Isaac precisa falar em um volume humano também.

O que significa que ouço tudo.

Martin Davis toma um gole de alguma coisa quente e aromática que faz cócegas no interior do meu nariz. Chá Earl Gray, acho.

— E você tem certeza de que ele é poderoso o bastante? — O pai de Nicholas fala com as vogais arrastadas em um sotaque sulista.

— Selwyn tem uma performance que supera muito a dos outros estudantes — confirma Mestre Isaac. — As mesmerizações dele são inquebráveis e não desvanecem com o tempo. Os construtos que ele faz são completamente corpóreos, detalhados, difíceis de destruir, e, caso ele deseje, animados. As criaturas dele permanecem do jeito que foram criadas por até duas horas antes de começarem a perder forma ou densidade. Em termos de força e habilidade físicas, ele venceu a Mestra Ariadne semana passada sem uma gota de suor. Kane e Nicholas têm menos de um ano de diferença. É uma boa combinação.

Fico incomodado ao perceber que o pai de Nicholas se preocupa com a minha competência agora, a poucas horas da cerimônia de Juramento. Ele e Nicholas não avaliaram os outros candidatos? Até eu vi a pasta.

E é claro que sou o melhor. Sou o filho de Natasia Kane.

— Isso é bom, isso é bom. Sei que já discutimos isso tudo... — O humano parece mais preocupado do que hesitante. Acho melhor assim. — É só que... isso não pode ser desfeito.

— Você sabe disso tão bem quanto eu, Martin — responde Mestre Isaac. — Algo te preocupa?

Um suspiro.

— Tem sido uma longa semana. Com tudo que aconteceu com Anna, eu só... não quero deixá-lo mais triste ainda. Eu me pergunto se estamos indo *rápido* demais, Isaac...

— Uma nova presença pode ajudar com a perda de outra... — Mestre Isaac imita o tom do outro homem de forma tão sutil que parece estar terminando a frase dele, em vez de interrompendo. — Selwyn será uma boa distração para o jovem Herdeiro.

Uma distração do quê?

Fico muito quieto no sofá, embora minha confusão alimente meu impulso de me mexer. Eu penso melhor quando me mexo. Mas, se eu me mexer, Mestre Isaac saberá com certeza que estive escutando.

Não estou raciocinando direito.

Claro que ele sabe que estou escutando. Mestre Isaac sabe de tudo.

— Você está preocupado com alguma *outra* coisa? Algo com que eu possa ajudar? Não ofereço aconselhamento há muitos anos, mas...

— Isaac, você sempre oferece aconselhamento, seu bruxo velho — diz Davis, dando uma risadinha e batucando na lateral da xícara pela metade. — Você só finge que é outra coisa. Escuta ativa, ou qualquer merda do tipo.

— Hum. — É tudo que Mestre Isaac diz. — Estou ouvindo agora.

Uma pausa.

— O que você achou? Antes de me conhecer?

Na minha mente, vejo Mestre Isaac arqueando uma de suas sobrancelhas escuras e peludas acima do nariz pontudo. Imagino o pequeno ponto vermelho em seus olhos piscando como um rubi sob a luz.

— De você? Ou do relacionamento que poderíamos ter?

— Os dois. Qualquer um.

Outra pausa.

— Eu me preocupava em não decepcionar meus Mestres. Tinha medo de você se colocar em perigo. Me perguntava se você iria gostar de mim e se a afinidade de fato importava.

— Ah — responde Davis, pensativo.

É muito difícil ficar parado agora, porque Mestre Isaac citou tudo que me preocupa também. Bem, não tudo, mas quase.

— Mais alguma coisa?

— Já faz muitos anos desde aquele dia, mas, sim, é disso que consigo me lembrar.

— Mas você se mudou para nossa casa quando eu ainda tinha pai e mãe. Nicholas tem apenas a mim agora que a mãe dele foi... levada.

Levada? Eu me sento com as costas retas o mais silenciosamente possível. *Quem a levou?* Demônios do lado de lá? Ou humanos? Neste subúrbio, poderia ser qualquer uma das opções. Esta vizinhança densamente rodeada de árvores poderia ter todo tipo de adversários e inimigos. Será que as coisas ou pessoas que levaram a mãe de Nicholas voltariam para pegar o pai dele? E, caso isso acontecesse, será que eu deveria proteger Martin Davis?

Não, penso. *Se qualquer perigo entrar nesta casa, a prioridade deverá ser a vida de Nicholas.*

A verdade é que preciso me preparar para deixar Martin Davis se proteger sozinho, mesmo que isso signifique a morte dele. E é por isso que estou aqui, afinal, e se alguém sabe disso muito bem, é o antigo Herdeiro de Arthur.

— Não entendi o que você quis dizer — responde Mestre Isaac, e imagino a cabeça dele inclinada para o lado daquela forma que faz os jovens magos tremerem nos corredores e nas aulas teóricas sobre construtos.

É aquele olhar que faz você querer vomitar uma resposta o mais rápido possível, mesmo que esteja errada, só para ele deixá-lo em paz. O fato de Davis não parecer nem um pouco abalado por isso é... surpreendente.

— Quero dizer que, deixando de lado o treinamento dele e as visitas na academia, Nicholas cresceu tendo uma infância muito normal e humana. O primeiro contato dele com os perigos do nosso mundo veio de dentro da nossa própria casa. Veio das ações da mãe dele e das consequências que os Regentes impuseram. Acabamos de nos mudar para cá, para ficarmos mais perto do Alojamento e do campus, mas, no momento, ele não tem um bom relacionamento comigo... e o relacionamento dele com o próprio destino é ainda pior. Ele não acredita no que somos, Isaac, e receio que Kane seja uma lembrança diária que ele não saberá apreciar, que ele dificulte o trabalho do pobre garoto.

O medo toma conta do meu estômago como um pedregulho.

Dificulte o trabalho do pobre garoto.

Eu sempre soube que os Regentes poderiam me nomear Mago-Real. Treinei para esse momento, como todos os outros estudantes, e fui escolhido a dedo pelo Senescal Erebus Varelian em pessoa. Eu me mudei para o nosso colégio interno quando minha mãe Merlin foi assassinada e meu pai humano parou de... se importar.

Tenho dez anos de idade, mas o único futuro que imaginei para mim mesmo foi o de Mago-Real, e hoje é o dia que isso vai se concretizar.

Nunca passou pela minha cabeça que o único e futuro rei poderia não querer minha proteção.

Quando o ônibus escolar desacelera, já estou me levantando do assento. Porém não sou rápido o bastante para escapar de Rory e Terrence.

— Rory disse que podemos ir jogar na televisão grande do pai dele hoje à noite — avisa Terrence.

Ele se inclina e olha para Rory no corredor.

— Não é, Rory?

Rory ainda tem dois dentes faltando do nosso último jogo da Liga Infantil. Ele sorri, levantando-se também.

— Isso!

— Quer vir, Nick? — pergunta Terrence.

Não conheço Terrence e Rory muito bem. Nós só estudamos na mesma escola, e eles por acaso também moram no mesmo bairro para onde nos mudamos uma semana atrás, depois... depois do parque em que vi minha mãe — mas que ela não me viu. E ela não me viu porque não se *lembrava* de mim. Não me conhecia.

Minha mãe não sabe quem eu sou.

— Nick? — Terrence me tira de meu devaneio. — Quer vir?

Terrence e Rory decidiram que somos amigos, acho. Normalmente eu diria que eles são meus amigos também, mas... eles não sabem nada, nenhuma coisa *real* sobre mim.

— Não, foi mal. — Ajeito a mochila no ombro nos fundos do ônibus e me afasto do assento que dividimos. — Não posso sair hoje.

Enquanto atravesso o corredor, Terrence permanece atrás de mim.

— Bem, amanhã também dá. É sexta-feira, então a mãe dele disse que podemos dormir lá se quisermos. E usar o quarto grande de visitas. Eles vão pedir pizza e tal.

Descemos do ônibus e espero até o último minuto para responder. O sinal vermelho de PARE da lateral do ônibus é recolhido, e o motor ronca de volta à vida, tornando difícil escutar e respirar. Gesticulo com a mão na frente do rosto.

— Eu meio que estou preso em casa pelas próximas duas semanas — grito enquanto o ônibus se move para longe. — Mesmo de noite, nos fins de semana e tudo mais.

Terrence olha para mim como se eu tivesse acabado de pisar em Rufus, a tartaruga de estimação dele.

— O que você fez? — pergunta.

Ele acha que estou de castigo. Ótimo. Trinco os dentes.

— Nada — respondo.

Rory se aproxima.

— É por causa da sua mãe?

— O quê? — Eu me viro para Rory.

O garoto menor gagueja.

— N-nada, é só que... é que minha mãe disse que sua mãe...

— Para de falar sobre minha mãe, está bem? — disparo.

Odeio saber que a mãe de Rory está falando da minha. Acabamos de nos mudar para este bairro, e estas pessoas que nem a conhecem ficam... fofocando sobre ela? Estou com tanta raiva que posso socar alguém. Cerro os punhos na lateral do corpo.

— Você não sabe do que está falando.

— Ei! — Rory recua, surpreso, de olho nos meus punhos.

— Opa! — exclama Terrence, ficando entre nós.

— Tenho que ir — murmuro, abrindo as mãos.

Rory fica visivelmente aliviado. Ele e Terrence não sabem do meu treino com os Suseranos, sobre minha vida pessoal ou porque chego em casa com marcas de luta de vez em quando. Mas até mesmo eles sabem o significado de um punho fechado. Sinto uma onda de vergonha. Eu não deveria brigar fora de casa ou fora dos campos de treinamento do Alojamento. Eu sei disso, de verdade. Eu só... não quero mais *conversar*. E eu *não posso* conversar com eles, não sem mentir, então abaixo a cabeça para esconder o rosto. Mamãe sempre diz que tenho uma expressão fácil de ler.

Dizia.

Ela não diz mais isso, ou qualquer outra coisa, porque eles a mesmerizaram. Os Regentes apagaram a memória dela.

Mas vou descobrir uma forma de recuperar a memória dela, recuperar *ela*.

Sou tomado por uma onda de empolgação e esperança.

— Tenho que ir — falo.

Terrence não para de falar e andar do meu lado. Pelo menos a distância até minha casa é curta.

— Tchau — falo.

Terrence faz que sim, e seus cachinhos pretos balançam.

— Tchau!

Ele vira para a esquerda quando viro para a direita, e andamos em direções opostas na rua sem saída. Quando ele some de vista, apresso o passo, ansioso para chegar no meu quarto e ficar sozinho de novo. Sei *exatamente* qual livro vou abrir hoje...

Vejo, apreensivo, uma limusine na entrada da garagem.

Alguém da Ordem está aqui.

Tento andar devagar para entender o que está acontecendo, mas já estou na velocidade mínima que meus pés podem andar sem que eu seja notado por um vizinho fofoqueiro.

Há um vaso de hortênsias de cada lado do nosso capacho de boas-vindas, e mamãe sempre cuidou delas. Imagino que elas vão morrer agora. Encaro as flores como se elas fossem as coisas mais interessantes do mundo, só para adiar seja lá o que meu pai quer que eu faça com seja lá quem chegou à nossa casa.

Papai deve ter me visto chegar, porque abre a porta assim que começo a olhar fixamente para a flor roxa.

— Nicholas. — Ele dá o mesmo sorriso de sempre, o mesmo de todas as aulas de psicologia que leciona na universidade. Cheio de dentes, falso e inútil. — Mestre Isaac chegou não faz meia hora, então você chegou na hora certa.

Um homem magro feito uma vara aparece ao lado de papai. Sei exatamente quem ele é porque já o vi antes: um Merlin chamado Isaac Sorenson, o Mago-Real do meu pai, de quando ele foi o Herdeiro de Arthur. Os olhos de Isaac estão ficando mais vermelhos, assim como os dos mais velhos, e as pontas dos caninos dele ultrapassam o lábio inferior quando sorri.

Meu coração acelera no peito, mas tento forçá-lo a se acalmar. Merlins conseguem ouvir seu medo, e não quero nunca mais que este — ou nenhum deles — saiba que tenho medo deles. Merlins conseguem apagar sua memória tão bem que você até esquece que teve um filho.

Isaac não estava lá naquela noite, mas ele me lembra o Merlin que levou minha mãe embora quando a Ordem encontrou mamãe e a mim na rodovia. Três carros nos fecharam, nos pararam, e um Merlin saiu e mandou que ela me soltasse. Aposto que Isaac sabe quem era aquele Merlin. Eu me pergunto se ele vai me falar se eu perguntar.

Isaac sorri.

— Oi, Nicholas.

Ignoro minha garganta seca. Ele não pode saber que estou com medo, porque não estou com medo.

— Oi.

Com adultos fora da Ordem eu preciso dizer "senhor" ou "senhora", mas dentro da Ordem eu consigo escapar das consequências por falar qualquer coisa. Geralmente eu não *quero* ser grosseiro, mas agora, depois de tudo que aconteceu, eu meio que *quero*, sim. Eles que fiquem bravos ou se sintam mal se eu não falar as palavras certas. Eles não podem fazer nada quanto a isso. Não comigo.

Isaac assente, cortês, e noto que ele está pensando algo sobre minha grosseria, mas não diz nada.

É bom mesmo.

Eu me sinto melhor.

Meu pai e Isaac me guiam para dentro de casa como se eu não soubesse fazer isso sozinho, e quando entro na sala vejo Selwyn Kane sentado no sofá. O garoto Merlin que tenho visto aqui e ali desde pequeno.

Selwyn se levanta assim que entramos na sala, com as mãos atrás das costas, a cabeça erguida e atenta, como a maioria dos Merlins quando me veem. Ele é magro e um pouco mais baixo que eu. Sua pele é muito pálida, e o cabelo dele é preto e volumoso, em um corte curto. Ele está vestindo um terno completo, como se estivesse na igreja ou em um funeral, algo do tipo.

Aquela onda de empolgação que eu havia sentido antes se transforma em algo pesado.

Há dois Merlins na minha casa e não sei o motivo.

Meu pai aponta para nós dois.

— Nicholas, você se lembra de Selwyn Kane?

— Sim — respondo. — Oi.

— Olá, Herdeiro Davis — diz ele enfim, estendendo a mão.

Apertar a mão dele parece um ato de desistência. Como se... apertar a mão dele significasse que estamos bem. Que está tudo bem. Que eu estou bem.

Eu não estou bem. E não preciso fazer nada que eu não queira fazer. Eles não podem me obrigar. Esse garoto Merlin, Selwyn, não pode me obrigar. Ignoro a mão estendida dele e mudo a posição da mochila para o outro ombro.

— Não me chame assim.

O olhar do meu pai vai de mim para o Mestre, e depois de Selwyn para mim. Ele e o outro Merlin se entreolham. É constrangedor e eu odeio isso, mas não me dou ao trabalho de dar um sorriso falso igual ao meu pai, e Selwyn não se dá ao trabalho de dar um sorriso falso igual a Isaac. Pelo menos isso.

Selwyn arqueia uma sobrancelha, surpreso, e puxa a mão de volta.

— Não chamar você de Herdeiro? Mas você é o Herdeiro de Arthur.

— Não sou o Herdeiro Desperto — retruco, desafiando o Merlin a me corrigir. — Talvez eu nunca seja.

É um argumento bobo, mas demonstra meu ponto de vista. Não quero falar sobre Arthur e não quero que ele fale de Arthur, tipo... *através* de mim. Odeio quando adultos fazem isso.

— Nicholas... — Meu pai balança a cabeça.

— Mas Arthur *pode* Despertar em você — responde Selwyn, com sensatez.

Dá para ver que ele está confuso. Faz tempo que não nos vemos, e nunca fomos de conversar muito. Talvez ele espere que eu seja como as outras crianças Herdeiras. Agora que algumas delas completaram dez anos, começaram a treinar e *mal podem* esperar para receberem o Chamado. Acham que isso é legal.

Estou treinando há mais de um ano. Comecei com oito. Nunca achei legal.

— Pode, mas talvez não — falo.

— Nicholas! — exclama meu pai.

Acho que cheguei ao limite.

— Cadê sua educação? — repreende ele.

Minha mãe costumava dizer isso quando eu me comportava mal, e ouvir meu pai dizer isso da forma como ela dizia faz meus olhos lacrimejarem e meu pescoço ficar quente.

— Por quê? — indago.

— Porque Selwyn veio até aqui de longe e...

Meu pai desvia o olhar de mim para observar o vestíbulo, e algo nesse movimento faz com que eu sinta um frio na barriga. Quando olho para trás, vejo o que não percebi ao entrar em casa, acomodada sobre nossas caixas de mudança e sacolas plásticas: uma mala preta pequena e uma bolsa preta com armas.

Olho para ele na mesma hora.

— O que está acontecendo? — grito. — O que são essas coisas?

Meu pai coloca as mãos atrás das costas.

— A bagagem de Selwyn.

— E por que ele trouxe bagagem? — indago.

— Nicholas... — Meu pai dá um passo à frente. — Você tem que entender...

E é assim que minha visão fica turva, igual a quando minha mãe foi levada e o mundo parecia girar rápido e devagar demais ao mesmo tempo. Como se os sons gotejassem nos meus ouvidos em chapiscos, sem se encaixar no que eu estava vendo.

— Muito perigoso... arriscado... Mago-Real... Juramento... hoje à noite.

— Não — falo, recuando para fora da sala e na direção das escadas. — Não, você não pode fazer isso.

— Nicholas, você sabia que esse dia ia chegar, nós conversamos sobre isso — diz meu pai.

Os três me seguem pelo vestíbulo.

Já subi três degraus.

— Você trouxe esse garoto até aqui, de mala e cuia, e quer Juramentar ele a mim? E minha opinião não importa?

— Não, não importa — responde Mestre Isaac.

— Isaac. — A voz de meu pai se torna dura.

Mestre Isaac ergue a mão e abaixa a cabeça.

— É a verdade. Eu falei para você que surpreendê-lo não seria a melhor abordagem.

— Não acredito nisso. — Aponto para Selwyn, parado ao lado das malas dele lá embaixo. — Eu nem *conheço* ele!

Durante todo esse tempo, Selwyn apenas observou a cena com os olhos dourados ligeiramente arregalados. Algo o pegou de surpresa. Aproveito a deixa, minha única esperança.

— Olha só, ele também está surpreso! — falo. — Como vocês simplesmente atiram essa... essa bomba em nós dois?

— Eu sei por que estou aqui — responde Selwyn, dando de ombros. — Só estou surpreso com a sua reação.

— *Meu Deus* — murmura meu pai. Ele nos encara, e então sua expressão de Vice-Rei toma conta. — Nicholas, vá para o seu quarto. Agora. Seu Juramento de Mago-Real será esta noite. O Senescal Varelian já está no Alojamento, pronto para auxiliar com o ritual. Já separei sua roupa. Espero que a camisa esteja perfeitamente passada e alinhada e que seu sapato esteja brilhando quando sairmos de casa.

— Mas...

— Vá! — grita ele, de um jeito que faz até mesmo Selwyn se sobressaltar. — Vou chamá-lo para o jantar em uma hora. Aceite o seu futuro antes disso, por favor.

Aceite seu futuro. É isso que meu pai diz quando discuto com ele sobre qualquer coisa relacionada à Ordem. Agora ele fala isso sobre a mamãe de vez em quando. Odeio isso. Odeio tudo isso.

Mas também sei que essa não é a hora de brigar com ele. Não tenho nenhum aliado aqui.

Os Merlins estão me olhando de forma idêntica, inclinando a cabeça como se me achassem fascinante, não como se quisessem me ajudar.

Subo as escadas batendo os pés, dois degraus de cada vez até chegar ao corredor do andar de cima. Quando chego ao meu quarto, bato a porta com força suficiente para fazer o batente tremer.

Meu pai havia mesmo separado meu melhor terno preto e uma camisa branca. Por um segundo, toda a raiva dentro de mim congela — ele esteve no meu quarto. Será que ele viu? Será que encontrou? Disparo até o baú de madeira onde guardo minhas coisas de esportes, me ajoelho e vasculho entre cotoveleiras, protetores de queixo suados e chuteiras até encontrar o painel escondido no fundo, intacto.

Mamãe me deu esse baú e me mostrou onde eu poderia abri-lo se eu quisesse. Ela fez um gesto indicando silêncio e disse:

— Todos nós precisamos de esconderijos, querido.

A primeira vez que coloquei alguma coisa naquele esconderijo foi alguns dias atrás, depois da minha primeira ida à biblioteca do Alojamento no campus. Pressiono o canto esquerdo do painel e ouço um clique baixinho. A madeira levanta de uma dobradiça escondida, e lá no fundo do baú há três livros com capas de couro que encontrei e escondi na mochila. *Tradições e fatos sobre cambions: Estudos de caso de 1810-1900. Merlins da Ordem: Volume um. Compêndio de mesmerização.*

— O que é isso?

Reajo sem pensar. Giro, esticando a perna para uma rasteira. Sou rápido, mas Selwyn é muito, muito mais. Ele desvia do meu ataque, parando em silêncio e perfeitamente equilibrado na ponta dos pés, como nossa gata, Rosie. Ao contrário de mim, ele parece inabalado.

— Como você entrou aqui sem...

— Merlins são muito silenciosos. — Ele se move como um borrão, bem na minha direção. — Você roubou esses livros?

Eu me apresso para esconder os livros roubados com um casaco, mas, de novo, Selwyn é rápido. Ele dispara e agarra os três livros, parando do outro lado da cama antes que eu sequer tenha tempo de me levantar.

— Para! Esses livros são meus!

Selwyn larga a pilha de livros na minha cama e encara os títulos, e depois a mim.

— Por que você está lendo livros sobre Merlins?

Eu pulo nos cobertores para agarrar os livros, mas ele os ergue rapidamente para fora de meu alcance.

— Não é da sua conta!

Ele pisca algumas vezes.

— Por que você está escondendo isso? Tem algo a ver com ser o Herdeiro de Arthur? — Ele franze as sobrancelhas. — Você já recebeu o Chamado dele?

Rio com escárnio.

— Não, ele não me Chamou! Arthur Pendragon...

— Se você estiver guardando qualquer tipo de segredo que seja — interrompe ele, com um toque de irritação —, recomendo que mantenha a voz baixa. — Selwyn olha de relance para a porta, que de alguma forma ele abriu e fechou sem que eu notasse. — Mestre Isaac e seu pai estão lá fora agora, mas Isaac vai conseguir nos ouvir quando voltar.

Cerro os punhos e me forço a manter a voz baixa.

— Arthur Pendragon é um babaca — sibilo. As palavras são verdadeiras quando falo. E estou *feliz* por ter falado aquilo. — Espero que, seja lá onde estiver, ele saiba que seu descendente o odeia. Por mim ele ficaria morto para sempre.

Selwyn arregala os olhos dourados.

— O que você vai fazer — pergunto, desafiando o Merlin. — Me dedurar?

Do outro lado do quarto, ele inclina a cabeça como se estivesse ouvindo alguma coisa.

— Você está com medo — diz ele. — Então, não.

— Não estou com *medo!* — gaguejo. — Eu acabei de falar que odeio Arthur Pendragon. Pode me dedurar se quiser. Não estou nem aí!

— Está, sim — diz ele, a voz firme. — E você *está* com medo. Consigo ouvir.

Selwyn aponta para meu peito, e me dou conta do que ele quer dizer: ele pode ouvir os meus batimentos. Isso só me deixa com ainda *mais* raiva. Rosno, frustrado, e encaro o teto.

— Nicholas — começa Selwyn, quieto, e espera até eu olhar para ele. Ele dispõe os livros sobre a cama, como se os devolvesse.

— Esses livros têm algo a ver com sua mãe?

Respiro fundo.

— O que você sabe sobre isso?

— Só o que deduzi. Seu pai disse que sua mãe foi "levada" e que ele trouxe você para cá. Você tem livros sobre Merlins, não demônios, então devemos estar envolvidos. Você está escondendo a informação de seu pai, então ele deve saber algo sobre isso, e você não quer que ele descubra o que você está lendo... ou planejando.

Eu o encaro, sério.

— Um Merlin a mesmerizou. E eu *vou* descobrir uma forma de recuperar a memória dela.

Selwyn retorce os lábios. Apesar de ser mais baixo que eu, de repente ele parece maior. Como se fosse eu quem devesse estar olhando ele de baixo, e não o contrário.

— Você gostaria de ouvir o que tenho a dizer? — pergunta ele.

— Não.

— Não existe nenhum método documentado para recuperar as memórias mesmerizadas de... — Ele faz uma breve pausa. — Uma vítima.

As lágrimas enchem meus olhos, e sinto uma queimação na garganta.

— Só porque você não conhece ninguém que...

— Mas eu conheço — continua Selwyn.

Quero gritar com ele, mas tudo que ele faz é continuar falando.

— Eu sei os fatos, e os fatos se relacionam com a situação de sua mãe.

— Cala a boca — falo.

— Ninguém pode resistir a uma mesmerização, ninguém pode escapar dela e ninguém pode quebrá-la depois que é feita. A solução que você procura... — Ele gesticula para os livros sobre a cama. — A pessoa que você espera encontrar, que pode resistir a algo assim, não existe. É impossível.

Uma lágrima escorre pela minha bochecha, e eu a seco depressa.

— E como você sabe disso? Por acaso você é o melhor Merlin que existe?

— Sim — responde ele, como se fosse apenas um fato. — Da minha turma e da minha geração.

— Não estou nem aí.

— Você fica repetindo a mesma coisa. — Ele me encara. — Estou dizendo isso para você não se perder perseguindo um fantasma. Se alguém que pudesse resistir a uma mesmerização *existisse*, os Merlins, a Guarda dos Magos e o Mago Senescal encontrariam essa pessoa e a matariam.

Estremeço.

— Por que você está me dizendo isso?

— É assim que nosso mundo funciona. — Selwyn balança a cabeça de leve e volta ao assunto. — Se houvesse alguma outra pessoa no mundo que pudesse ser o Herdeiro elegível de Arthur, eu estaria na frente dessa pessoa agora. Mas não tem. É você. Nós seremos Juramentados, e prefiro ser Juramentado a alguém que encara a verdade.

— Não quero me ligar a você — sussurro.

— Não há escolha. Para nenhum de nós. — Uma expressão severa atravessa o rosto dele, mas então desaparece como se nunca tivesse acontecido. — Estou aqui porque você é o Herdeiro de Arthur, e antes de a noite acabar eu serei seu Mago-Real. Brigar não vai mudar nada para nenhum de nós. É você e eu. Será *apenas* você e eu. Então... — Ele não termina a frase.

— Então o quê? — indago. — Deveríamos ser amigos?

Ele solta uma lufada de ar, move os ombros para trás e então me olha nos olhos.

— Não. Deveríamos nos acostumar.

DIAS DE HOJE

Balanço a cabeça quando Nick termina de falar.

— Essa... não foi uma boa história.

Nick dá uma risadinha.

— Não, mas é a nossa história.

Ele olha para Sel, que o observara em silêncio por muito tempo. Nenhum dos dois interrompeu o outro. Em vez disso, eles pareciam... curiosos. Relembrando suas memórias enquanto ouviam outras.

— Nós dois estávamos errados naquele dia, né? — diz Nick.

— Sobre muitas coisas. — Sel inclina a cabeça e fica de pé. — No fim das contas, o impossível existe, sim.

— É. — Nick sorri para mim. — Ela existe.

Fico corada.

— Mas essa não é a *minha* história — falo.

— É, sim — diz Nick, com delicadeza. — Sua história *e* a nossa. Nós só não sabíamos disso.

Nick se inclina sobre a sacada, com os cotovelos apoiados no parapeito de pedra. Nós dois esperamos pelo que achamos que virá seguir.

AS LINHAGENS DA TÁVOLA REDONDA

NÍVEL	LINHAGEM	SÍMBOLO
1	Rei Arthur Pendragon	Dragão rampante
2	Sir Lancelot	Veado
3	Sir Tristan	Três flechas sinistras
4	Sir Lamorak	Grifo correndo
5	Sir Kay	—
6	Sir Bedivere	Falcão com uma asa
7	Sir Owain	Leão deitado com a cabeça para cima
8	Sir Erec	—
9	Sir Caradoc	—
10	Sir Mordred	—
11	Sir Bors	Círculo de três voltas
12	Sir Gawain	Águia de duas cabeças
13	Sir Geraint	Lobo correndo

COR	HERANÇA	ARMA(S)
Dourado	A sabedoria e a força do rei	Espada longa
Azul-tempestade	Velocidade e visão aguçada	Espada longa dupla
Azure	Mira e velocidade	Arco e flecha
Vermelho-carmesim	Força sobrenatural (duradoura)	Machado
Roxo-ametista		
Amarelo-tenné	Familiar de leão de aether	Bastão
Laranja-queimado	Agilidade e destreza	Espada longa
Verde-esmeralda	Habilidades de cura aumentadas; força sobrenatural ao meio-dia e à meia-noite	Adagas duplas
Cinza-pedra		

NOTA DA AUTORA

ASSIM COMO *Marcada com sangue* é uma sequência de seu predecessor, esta nota da autora é uma continuação da nota no final de *Lendários*. Eu incentivo você a ler aquela nota, caso ainda não a tenha lido, e depois voltar aqui.

LUTO E TRAUMA

Enquanto *Lendários* foi inspirado na minha jornada pessoal por um luto profundo, *Marcada com sangue* impulsiona essa jornada para revelar o quão extenso o luto pode ser: como ele pode se transformar em novos desejos e missões, como atravessa gerações e como pode se tornar o tipo de fardo que se disfarça de "dever". Quando Bree ouve Vera declarar que as gerações de mulheres entre elas "fugiram para que você não precisasse fugir" e que ela é "a ponta de nossa lança", ela internaliza essas palavras e prioriza essa responsabilidade, aplicando a tudo em sua vida, porque ela se *importa*, e a vida delas importava. Esse processo é comum para muitas mulheres pretas que conheço e pode ser danoso. Ainda que eu acredite que mulheres pretas são mágicas, também somos humanas. Apesar de não podermos realizar todos os desejos de nossas ancestrais, frequentemente nos sentimos impelidas a tentar. Isso também é uma manifestação do trauma geracional e do luto. Na série *Lendários*, exploro como esses processos podem acontecer nas famílias, entre mulheres negras e internamente em meninas negras.

SOBRE EXCELÊNCIA NEGRA E SER A "PRIMEIRA"

Este livro é dedicado a "toda menina negra que foi a 'primeira'" porque quebrar barreiras traz bagagens. Vivemos em um cenário onde pequenas e grandes "primeiras vezes" ainda estão sendo alcançadas por pessoas não brancas. Nós vivemos, trabalhamos e aprendemos em instituições que encontram formas de alterar suas estruturas e regras para impedir determinadas populações de se tornarem poderosas, mudando as metas e redefinindo o conceito de excelência assim que percebem que a igualdade pode ser alcançada. Eu fui criada por uma mulher preta que foi "a primeira" em sua área de educação e profissão. Eu também fui uma "primeira". Bree é "a primeira" de diversas formas — e, constantemente, "a única". Ela precisa lidar com as expectativas externas de um mundo preconceituoso e com a própria confusão em relação a seus desejos, tudo isso enquanto faz o que é correto para sua família. Às vezes vejo essa batalha sendo retratada como se essa resiliência compulsória fosse "força" e essa solidão perturbadora fosse "empoderamento", mas esses conceitos custam caro. Não quero que Bree seja vista como "forte" a ponto de não ser amada. Ela tem o direito de ser uma adolescente. Ela merece ser protegida — independentemente do que pode fazer pelos outros.

Enquanto eu escrevia *Marcada com sangue*, uma amiga observou que o arco de Bree trazia elementos similares ao da jornada de Simone Biles antes e depois das Olimpíadas de Tóquio, em 2020. Simone, obrigada por sua decisão. Significou muito para mim.

REI ARTHUR

A parte mais empolgante e desafiadora de trabalhar com lendas arturianas é equilibrar o meu desejo pessoal por uma representação histórica precisa com ficções criativas do cânone. A série *Lendários* navega por esse equilíbrio de diversas formas: primeiro, Camelot como um "castelo" com sacadas de pedras não existiu no País de Gales do século VI, assim como a "Távola Redonda", mas não pude resistir a esse imaginário. Escritores arturianos geralmente criam o elenco de suas próprias Távolas, incorporando cavaleiros que foram criados com séculos de distância uns dos outros. (Lancelot du Lac, por exemplo, apareceu pela primeira vez em Chrétien de Troyes no século XXII, na França, mas é comumente representado como um membro "original" da Távola de Arthur.) No meu caso, eu queria que Bree encontrasse os mesmos cavaleiros da caminhada pelo sangue de Arthur e que eles compusessem a corte dela hoje. Decidi trabalhar com meu medievalista galês, consultor de tradição bárdica e tradutor, dr. Gwilym Morus-Baird, para criar origens do País de Gales do século VI para os nomes dos cavaleiros que possamos conhecer por outros nomes, imitando a globalização de tradições arturianas no mundo real. Então, Sir Lancelot começou como "Llancelod" e Sir Lamorak começou como "Llameryg" etc.

Todo o crédito vai para o incrível dr. Morus-Baird por modernizar a ortografia de *Marwnad Owain ap Urien,* a elegia antiga e muito real originalmente composta em galês antigo, por Taliesin, poeta e bardo do século VI, e recitada por Aldrich e Bree durante a cena de funeral de *Marcada com sangue.*

ARTE DE RAIZ E VOLIÇÃO

Vale repetir que me inspirei em minha própria experiência de vida e história e tradições espirituais da população preta para criar o sistema mágico da Arte de Raiz. A Arte de Raiz não é representada como uma instituição, porque isso não faz sentido nem parece autêntico para sua inspiração. Eu *realmente* vejo Artesãos de Raiz como uma espécie de aliança fluida, com comunidades que podem se sobrepor ao redor de princípios fundamentais. Nesse sentido, criei a *plantation* fictícia Volição como um lugar que pudesse ser reivindicado por um grupo de Artesãos de Raiz em nome dos valores que compartilham.

A Volição foi imaginada para estar no sudeste dos Estados Unidos. Como Mariah relata, a Volição foi um lugar de repressão. Sendo um cemitério vivo, ele dá protagonismo aos ancestrais que morreram escravizados em suas terras e para o que eles possam desejar como espíritos, em vez de focar nos escravizadores, na história da *plantation*, na terra em si ou nos visitantes modernos.

A Volição também é o lugar que escolhi para cristalizar as tensões específicas pelas quais Bree está passando, a procura por entender as escolhas e os contextos de nossos ancestrais, nos permitindo trabalhar essas escolhas e, talvez, buscar escolhas diferentes. Ela, como muitas de nós, vive o desafio de honrar o caminho de suas ancestrais, tudo enquanto faz o melhor para forjar o próprio caminho.

AGRADECIMENTOS

ESSA HISTÓRIA E ESTE livro me ensinaram muito sobre mim mesma como escritora, artista e pessoa. Estou orgulhosa do resultado, mas também estou orgulhosa por ter corrido atrás desse resultado durante uma época incrivelmente difícil. Obrigada a todos que apoiaram a jornada deste segundo livro e a evolução da série *Lendários*.

Obrigada, eternamente, a meus pais. Ouço-os com mais clareza a cada dia que passa. Sinto saudades de vocês e sei que estão me vendo e torcendo por mim.

Minha eterna gratidão aos ancestrais que traçaram o caminho de minha jornada.

Aos leitores: quer você esteja na sua segunda (terceira ou quarta!?) releitura ou tenha acabado de se unir ao mundo Lendário, obrigada pelo apoio e amor por esses personagens. Eles também amam você.

Vou estourar o limite de páginas se tentar escrever toda gratidão e admiração que tenho por minha agente, Joanna Volpe. Jo, seu apoio gigantesco e a forma como luta por meus livros é incrível, inabalável, me dá confiança. Mas, por todo esse processo, você nunca me deixou esquecer que sou um ser humano criativo, que merece apoio e auxílio também... e esse impacto é impossível de ser medido. Obrigada mil vezes multiplicado pelo infinito.

Agradeço imensamente à minha editora, Kendra Levin, que sempre mergulha no mundo dos Lendários pronta para resolver quaisquer problemas. Nossas ligações são estruturadas como histórias, mágicas, com arcos emocionantes e romance, e tudo o que existe entre uma coisa e outra.

Muito obrigada por tudo que você fez por mim como autora, pela série e por sempre fazer as *melhores* perguntas.

Um grande obrigada a Laura Eckes e Hillary Wilson por fazerem mais uma capa incrível e desenharem nosso garoto Selwyn pela primeira vez. O cabelo dele ficou *perfeito*.

Agradeço imensamente a todos da Simon & Schuster, principalmente para as equipes da Simon & Schuster Books for Young Readers e Margaret K. McElderry Books. Em especial, fico muito agradecida por essas pessoas terem trabalhado tão arduamente para colocar esse livro e essa série na mão dos leitores: Justin Chanda, Anne Zafian, Jenica Nasworthy, Kaitlyn San Miguel, Kathleen Smith, Olivia Ritchie, Chel Morgan, Emma Saska, Hilary Zarycky, Elizabeth Blake-Linn, Caitlin Sweeny, Alissa Nigro, Ashley Mitchell, Emily Ritter, Michelle Leo, Nicole Benevento, Amy Beaudoin e a equipe de educação e biblioteca. Um obrigada especial a Tara Shanahan, Morgan Maple, Nicole Russo e à equipe de marketing. Obrigada também a Lauren Carr.

Obrigada também à equipe da New Leaf Literary & Media, que apoiou meu trabalho, incluindo, mas não apenas: Jenniea Carter, Abigail Donoghue, Jordan Hill, Veronica Grijalva, Victoria Henderson, Pouya Shahbazian, Katherine Curtis, Hilary Pecheone e Eileen Lalley.

Um agradecimento especial ao restante do pessoal da indústria e o pessoal da comunidade "Team Legendborn": Andrea Barzvi, Cassie Malmo e Liesa Abrams.

Tenho uma gratidão imensa por meus consultores de pesquisa, especialistas e pessoas que fizeram leitura sensível: dra. Hilary N. Green, por seu trabalho, apoio e ideias, mais uma vez; dr. Gwilym Morus-Baird, pelo conhecimento de galês medieval, traduções e criações do galês moderno; dra. Chanda Prescod-Weinstein, por me ajudar a sonhar o espaço entre física, genética e fantasia, e Bezi Yohannes, por me ajudar a visualizar como seria quando Arthur e Bree finalmente se "conhecessem" e, além disso, qual a importância de Bree para a cultura (tanto a pop quanto para a comunidade) e para estudos medievais como uma disciplina. Obrigado a Papa V. pelos conselhos médicos.

Para Karen Strong: a campeã eterna de Bree! Agradeço demais por suas leituras iniciais, suas opiniões sinceras e pelo olhar estável e brilhante em relação à criação e à edição. Quando olhamos para o trabalho juntas, sempre sei que você carrega meus interesses criativos no coração. Obrigada.

Para Lillie Lainoff: toda conversa com você é uma dádiva, e tenho sorte de ter seu apoio e olhar incrivelmente afiado (haha!) em minhas cenas de luta, nas cenas sentimentais e mais. Você é um sonho de colaboradora artística e uma amiga vivaz. Agradeço por ter sua espada, e você sempre terá a minha.

Existem muitos autores em minha vida aos quais agradecer pelo apoio, conselhos e amor durante a escrita desse livro: Daniel José Older, Bethany C. Morrow, Susan Dennard, Kiersten White, Sabaa Tahir, Roseanne A. Brown, Namina Forna, Jordan Ifueko, Antwan Eady, Elise Bryant, Adam Silvera, Julian Winters, Brittany N. Williams, Tiffany D. Jackson, Mark Oshiro, Maya Gittelman, L.L. McKinney, Dhonielle Clayton, Kwame Mbalia, Leigh Bardugo, Eden Royce, Lora Beth Johnson, Charlie Jane Anders, Monica Byrne, Chloe Gong, Olivie Blake, Victoria Lee, Ashley Poston e Ebony LaDelle.

Para Annalise e Alyssa: obrigada por serem a melhor parte da minha internet e a melhor parte do fandom. Nossa amizade tem sido uma âncora; nossa irmandade, empoderadora.

Para Adele: você é do Time Lendários, Time Tracy e Time Bree, e eu não poderia ter lutado por tudo sem você do meu lado como ajudante-rockstar-guerreira. Obrigada por se esforçar tanto para me ajudar. Vamos nessaaa!

Agradeço imensamente a todos os membros da minha família, e de todas as minhas famílias, pelo entusiasmo pelo meu futuro e por essa série. Obrigada.

Para Walter: *Marcada com sangue* simplesmente não existiria sem você. E mesmo se existisse, a Tracy que o escreveu não seria tão orgulhosa, corajosa e esperançosa como sou agora. (Ou hidratada.) Você fez com que tudo fosse possível. Obrigada por acreditar em mim e ser meu parceiro nessa grande aventura. Eu te amo.

- intrinseca.com.br
- @intrinseca
- editoraintrinseca
- @intrinseca
- @editoraintrinseca
- editoraintrinseca

1ª edição	MAIO DE 2023
impressão	LIS GRÁFICA
papel de miolo	PÓLEN NATURAL 70 G/M²
papel de capa	CARTÃO SUPREMO ALTA ALVURA 250 G/M²
tipografia	PERPETUA